STALLER UND DIE HÖLLENHUNDE

Bisher in diesem Verlag erschienen:

Staller und der Schwarze Kreis

Staller und die Rache der Spieler

Staller und die toten Witwen

Chris Krause

STALLER UND DIE HÖLLENHUNDE

Mike Stallers vierter Fall

Impressum:

© 2015 Chris Krause

Autor: Chris Krause

Verlag: tredition GmbH, Hamburg
ISBN: 978-3-7323-5683-6
Printed in Germany

Bibliografische Information der Deutschen Nationalbibliothek: Die Deutsche Nationalbibliothek verzeichnet diese Publikation in der Deutschen Nationalbibliografie; detaillierte bibliografische Daten sind im Internet über http://dnb.d-nb.de abrufbar:

Die beiden Männer vom Format familientauglicher Kühlschränke durchteilten den Raum wie russische Eisbrecher die Beringsee. Die Kneipe war gut gefüllt, aber vor ihnen tat sich automatisch eine Gasse auf. Ob es an den baumstammartigen Oberarmen mit den großflächigen Tätowierungen lag? Oder an den schwarzen Lederwesten? Vielleicht war es einfach der Blick der beiden Herren. Aus zusammengekniffenen Augen schien er auf einen imaginären Punkt in der Ferne fixiert – gar nicht so einfach in einer Gaststube, die maximal zehn Meter lang war.

Ohne Zwischenfall erreichten sie das äußerste Ende der Theke und angelten sich zwei Barhocker, die unter dem Gewicht von jeweils gut hundert Kilo zu schrumpfen schienen.

„Zwei Kaffee, bitte", erklang die erstaunlich sanfte Stimme des einen Riesen und wie zur Bestätigung hob er zwei Finger seiner rechten Hand, wobei übergroße Ringe aus Silber aufblitzten.

Der Mann hinter der Theke nickte zustimmend und stellte zwei Becher bereit. Falls das Auftreten der beiden ihn beunruhigte, ließ er es sich jedenfalls nicht anmerken. Mit routinierten Bewegungen schenkte er die Kaffeepötte voll und arrangierte sie auf einem vorbereiteten Tablett mit Zucker und Milch. Er fügte noch zwei in Zellophan verpackte Kekse hinzu und stellte das Ganze auf den Tresen.

„Bitte sehr, die Herren!"

„Danke", entgegnete Riese Nummer zwei und nahm sich einen der Becher. Augenscheinlich mochte er seinen Kaffee schwarz.

Der Mann hinter dem Tresen verharrte noch einen Moment und wandte sich dann den übrigen Gästen zu. Offenbar waren die beiden Männer mit ihrem Heißgetränk zufrieden und hatten keine weitergehenden Wünsche. Eine Kellnerin stellte ein großes Tablett mit schmutzigen Gläsern ab, unter dem Zapfhahn warteten sechs Biere auf einen letzten Schuss und ein Mann an einem Vierertisch von Skatspielern machte eine kreisende Bewegung mit dem Zeigefinger in der Luft, was bedeutete, dass er vier weitere Kurze bestellen wollte. Um diese Zeit herrschte Hochbetrieb und der Wirt und seine Bedienung konnten es sich nicht leisten, irgendwelchen Gedanken nachzuhängen. Schlag auf Schlag trafen die Wünsche der Gäste ein, Tablett um Tablett verließ den Tresen und für eine Stunde blieb nicht einmal Zeit, um die Gläser zu spülen. Gerade als der Vorrat frischer Bierhumpen auf einen kleinen Rest zusammengeschrumpft war, entspannte sich die Lage ein wenig und der Wirt trat tief durchatmend an das Spülbecken.

„Füllst du noch mal nach, bitte?"

Die Pranke mit den auffälligen Ringen schob sich ins Blickfeld des Wirtes. Regelrecht verloren wirkten die Kaffeebecher darin. Dafür fielen die Tätowierungen über den Knöcheln ins Auge. A – F – F – A stand da zu lesen. Was auch immer das bedeuten mochte.

„Klar, geht sofort los!"

Hatten die beiden Hünen jetzt wirklich eine Stunde hier nur gesessen und vor sich hin gestarrt? Der Wirt hatte sie total vergessen. Eilig schenkte er nach und wandte sich dann erneut seinen Gläsern zu. Abgießen, vorspülen, säubern, klarspülen und auf das Tropfblech stellen – seine Hände bewegten sich derart schnell und routiniert, dass das Auge des Betrachters nur mit Mühe folgen konnte.

Als er fertig war und den Blick durch den Raum schweifen ließ, bemerkte er, dass der Höhepunkt des heutigen Abendgeschäfts überschritten war. Ein Teil der Gäste war bereits gegangen, die Skatrunde beglich gerade ihre Zeche bei der Kellnerin und das Pärchen vor ihm am Tresen deutete an, dass es ebenfalls bezahlen wollte. Rasch kassierte er ab und wollte gerade nach einem Lappen greifen, als Riese Nummer eins ihn heranwinkte.

„Hast du mal einen Moment Zeit?"

„Eine Sekunde, ich will nur noch die Theke abwischen!"

Das Pärchen war schon auf dem Weg zur Tür und der Wirt stellte ihre Gläser einfach neben das Spülbecken, bevor er die Bierdeckel einsammelte und den angegrauten Lappen oberflächlich über das polierte Holz sausen ließ. Dabei überlegte er, was seine beiden letzten Gäste am Tresen von ihm wollten. Um das herauszufinden, musste er wohl mit ihnen reden. Geschmeidig, wie es seine Art war, schritt er in die hinterste Ecke, stützte sich mit beiden Händen auf dem Edelstahlblech ab um seinen Rücken zu entlasten und blickte neugierig auf die beiden Männer.

„So, was gibt es denn?", fragte er halblaut.

„Ist 'n schöner Laden, den du hier hast. Läuft gut, oder?" Riese Nummer eins schien der Wortführer zu sein.

„Danke, ich komm' zurecht." Wo führte dieses Gespräch nur hin?

„Gastronomie ist ja kein Selbstläufer mehr. Früher war alles einfacher."

„Worauf wollt ihr eigentlich hinaus? Braucht ihr Tipps für eine eigene Kneipe?"

Die beiden Gäste schauten sich an und grinsten breit.

„Nee, das wäre nichts für uns. Jeden Abend so viel Stress, das wäre mir zu anstrengend." Eine vage Handbewegung, die den ganzen Raum umfasste, unterstrich diese Bemerkung. „Aber ich freue mich, wenn ich sehe, dass jemand einen guten Job macht."

„Ja, danke, aber ich verstehe immer noch nicht ..."

„Zwei Jahre bist du schon hier", fuhr der Redner unbeirrt fort. „Das ist gut. Wusstest du, dass in Hamburg eine Kneipe durchschnittlich alle sechs Monate den Besitzer wechselt?"

„Nein, das wusste ich nicht." Der Wirt war unsicher, was ihn mehr überraschte: die eigentliche Information oder die Menschen, die sie lieferten.

„Das bedeutet, dass du eine Zukunft hast. Du kannst von deinem Laden leben, das ist schon mal nicht schlecht."

Der Wirt verlor langsam die Geduld. „Könntet ihr mal auf den Punkt kommen?"

„Nur die Ruhe! Du wirst uns schon verstehen." Das Lächeln des hünenhaften Mannes wirkte plötzlich eisig. „Wenn man sich mit viel Einsatz so eine Existenz aufgebaut hat, dann möchte man sie ja auch behalten, oder?"

„Natürlich."

„Aber Gastronomie birgt viele Risiken. Rechte Spinner, linke Punks, neuerdings auch diese durchgeknallten Vollbartträger – wenn solche Typen hier öfter auftauchen, dann ist deine schöne Kneipe ganz schnell tot. Oder wenn irgendwelche Arschlöcher deine Einrichtung zerlegen."

„Du bist nicht der Typ, der eine Wumme unter dem Tresen hat, hm?", mischte sich erstmals Riese Nummer zwei in das Gespräch ein. „Ich wette, du würdest in so einem Fall die Polizei rufen, stimmt's?"

„Klar, was denn sonst?"

„Die Bullen kommen bei Kneipen aber fast immer zu spät. Bei denen hat Oma Posemuckel halt Priorität", stellte der erste Sprecher fest. „Und dann sitzt du auf deinem Schaden und keiner ist's gewesen."

„Für so etwas gibt es ja Versicherungen."

„Ah, Versicherungen, richtig. Wie oft, meinst du, machen die das mit? Ein, zwei Male? Dann erhöhen sie erst die Beiträge um ein Vielfaches und beim nächsten Schaden werfen sie dich raus."

„Das kann ja alles sein, aber hier gibt es keine solchen Probleme."

„Bisher nicht. Aber wer weiß, ob das so bleibt?" Bei diesen Worten beugte sich der Riese nach vorn und packte mit beiden Pranken die Kante der Theke. „Wär' doch schade um den schönen Laden!"

Der Wirt fuhr zurück und musterte sein Gegenüber misstrauisch. „Soll das jetzt etwa eine Drohung sein?"

„Aber nicht doch." Die Mundwinkel des Mannes verzogen sich minimal nach oben und deuteten ein überlegenes Lächeln an. „Wir wollen dich nur auf die Gefahren dieses Gewerbes aufmerksam machen." Entspannt lehnte er sich wieder zurück.

„Aha." Der Kneipier wusste nicht mehr, was er von der Situation halten sollte.

„Schau mal. Du machst bummelige fünf Riesen in der Woche, kommt das ungefähr hin?"

„Wüsste nicht, was euch das angeht", antwortete der Wirt achselzuckend.

„Das war eher konservativ geschätzt. Den Laden schmeißt du mit Blondie hier allein, nur am Wochenende kommt für ein paar Stunden noch ein Mädel dazu. Da bleibt richtig was hängen für dich."

Die Kellnerin war damit beschäftigt, die mittlerweile verlassenen Tische zu säubern und letzte Gläser abzuräumen. Der Laden hatte sich komplett geleert.

„Ich mache jetzt Feierabend", verkündete der Mann hinter dem Tresen und wollte sich abwenden.

Eine Hand schoss ihm entgegen und packte ihn am Arm. Der Griff war hart wie von einer Stahlklammer und stoppte die Bewegung ebenso mühelos wie unauffällig.

„Einen Moment – bitte." Immer noch klang die Stimme sanft und das höfliche "bitte" stand in seltsamem Kontrast zu dem erbarmungslosen Griff. „Wir wollen nur dein Bestes. Es wäre ausgesprochen klug, wenn du zehn Prozent von deinem Umsatz in die Zukunft deines Geschäfts investieren würdest."

Der Wirt wurde bleich. „Schutzgeld? Ihr wollt von mir Schutzgeld erpressen? Und wenn ich mich nicht darauf einlasse, dann wird mein Laden zerstört? Habe ich das jetzt richtig verstanden?"

„Auf keinen Fall!" Der Sprecher ließ den Arm des Wirtes los und strich mit sanften Fingern eine Falte im Hemd glatt. „Wir sind doch keine Erpresser! Unser Business sind Versicherungen."

„Versicherungen." Verständnislos wiederholte der Kneipier das Wort und seine Augen flackerten ängstlich umher.

„Genau. Aber im Gegensatz zu normalen Versicherungen, die nur aus Verbrechern bestehen, arbeiten wir sehr kundenorientiert." Dieser Satz wurde vom zweiten Riesen mit einem belustigten Glucksen kommentiert.

„Wenn dein Laden mal nicht so gut läuft, zahlst du weniger. Läuft es super, haben wir beide was davon. Das ist sehr fair, das musst du doch zugeben!"

„Wer seid ihr?", flüsterte der Wirt und musste sich wieder auf dem Tresen abstützen, denn seine Beine wurden plötzlich wachsweich.

„In der Gastronomie geht es ja zum Glück ganz zwanglos zu. Ich bin Bernie und mein Kollege hier heißt Tommy." Bei dem Wort "Kollege" gluckste Tommy erneut vergnügt.

„Und du bist Uwe, das wissen wir schon. Wir wissen übrigens auch, dass Blondie hier Sara heißt und gelegentlich mit dir ins Bett geht. Aber nur bei dir, denn sie hat eine kleine Tochter; die soll dich wohl nicht sehen. Tommy?"

„Ja?"

„Sperr doch mal zu. Uwe will schließlich Feierabend machen."

„Klar." Tommy war kein Freund vieler Worte. Er erhob sich langsam, schlenderte quer durch den Raum und schnappte sich kurz vor der Eingangstür einen Stuhl, dessen Lehne er unter der Türklinke verkeilte. Dann trat er zu der Kellnerin, die nicht zu kapieren schien, was hier gerade vor sich ging, und packte ihre Hand.

„Setz dich!" Er zog die Widerstrebende in die Ecke am Tresen und deutete auf seinen Barhocker. Dann hielt er die Hand auf. „Telefone!" Nichts passierte.

„Tommy möchte eure Handys! Ich an eurer Stelle würde sie ihm freiwillig geben", mischte der Riese namens Bernie sich wieder ein.

Sara, die Kellnerin war mittelgroß und schlank. Auch wenn sie körperlich den beiden Gästen nicht gewachsen war, hatte sie die jahrelange Arbeit in der Gastronomie abgehärtet und schlagfertig gemacht. Zurückstecken würde sie nicht.

„Sagt mal, habt ihr sie noch alle?", fing sie an, da wurde sie von Uwe unterbrochen.

„Gib ihnen dein Handy", bat er und zog gleichzeitig seins aus der Hosentasche.

„Ein guter Ratschlag", befand Bernie und übernahm das Telefon des Wirtes.

„Was soll denn das werden?" Sara wollte so schnell nicht aufgeben.

„Bitte!" Uwes Stimme wirkte gepresst und drängend.

Mürrisch griff sie in ihre Kellnerschürze und zauberte eine abgegriffene Hülle mit ihrem Handy hervor.

„Danke!" Bernie ließ die beiden Telefone in das Wasser des Gläserspülbeckens fallen. „Ich möchte euch doch nur helfen, Fehler zu vermeiden. Tommy, das Festnetz!"

Auf der Rückseite des Tresens befand sich eine meterlange Ablage, auf der neben unzähligen Gläsern und Flaschen auch die Ladeschale eines schnurlosen Telefons stand. Tommy entsorgte das Gerät kommentarlos ebenfalls im Spülbecken.

„Ich sage euch jetzt, wie es weitergeht. Einmal in der Woche werden wir kommen und den Versicherungsbeitrag kassieren. Wir behalten deinen Laden im Auge. Sollten wir den Eindruck haben, dass du uns mit der Summe bescheißt, steigt die Prämie jeweils um fünf Prozent. Irgendwelche Fragen?"

Der Wirt schüttelte stumm den Kopf. Sara wollte etwas sagen, überlegte es sich aber anders, als sie den flehenden Blick in den Augen ihres Chefs sah.

„Sehr gut!" Riese Nummer eins, Bernie, wirkte zufrieden. „Darf ich annehmen, dass der Kaffee aufs Haus geht?"

Uwe nickte ergeben.

„Danke sehr. Er war wirklich gut! Ich sag' es ja: prima Laden. Auf eine langwährende Geschäftsbeziehung dann! Schönen Abend noch!" Er wandte sich ab und ging zur Tür. Dort angekommen, drehte er sich noch einmal um.

„Muss ich erwähnen, dass dieses kleine Arrangement unter uns bleiben soll?"

Er machte eine Pause und schenkte dem Wirt einen vielsagenden Blick. Inzwischen räumte Tommy den Stuhl unter der Türklinke weg.

„Ich denke, nicht." Die beiden Riesen zogen die Köpfe ein und traten durch die massive Tür. Der automatische Schließer sorgte dafür, dass sie langsam wieder zufiel. Das Knacken, mit dem sie schließlich im Schloss einrastete, hallte wie ein Schuss durch den Raum.

„Was machen wir denn jetzt?", wollte Sara wissen. „Rufen wir die Polizei?"

„Nein, das bringt nichts. Fahr nach Hause. Ich kümmere mich darum."

„Was soll das heißen: Ich kümmere mich darum? Was willst du denn machen?"

„Überlass das einfach mir. Ich weiß schon, was ich tue. Geh schon!" Uwe wirkte müde. Mechanisch sortierte er Gläser in ein Regal und beförderte durchweichte Bierdeckel in den Abfalleimer.

„Soll ich nicht noch mit zu dir kommen?"

„Nein, heute nicht. Nun geh endlich, bitte!" Er vermied es, sie anzusehen.

„Wie du willst." Sie fischte ihr Handy aus dem Spülwasser und seufzte. „Das ist vermutlich hin." Sie steckte es trotzdem ein. Dann trat sie von hinten an den Wirt heran und legte die Arme um seinen Bauch.

„Alles in Ordnung mit dir, Uwe?"

„Ja klar. Gute Nacht!" Er drehte sich um und gab ihr einen flüchtigen Kuss auf die Wange. Seine Augen waren dabei in die Ferne gerichtet, als ob er in Gedanken ganz weit weg wäre.

„Bis morgen!" Sie legte die Schürze ab, ergriff ihre knappe, ausgeblichene Jeansjacke und winkte ihm zu. Vor der Tür warf sie vorsorglich einige Blicke nach links und rechts, bemerkte aber nichts Ungewöhnliches. Dann verschwand sie eilig in der Nacht.

Uwe wartete, bis die Tür hinter ihr zugefallen war, dann begann er fieberhaft in den Schubladen unter dem Tresen zu suchen. Schließlich fand er das Prepaidhandy, das irgendwie unter einen Stapel Rechnungsblöcke gerutscht war. Er drückte die Kurzwahltaste für die einzige eingespeicherte Nummer und lauschte einen Augenblick.

„Hallo! Da waren zwei Männer heute hier. Groß, tätowiert, schwarze Lederwesten, auffällige Ringe." Er beschrieb die beiden Gäste so ausführlich, wie er konnte. Gerade die ungewöhnlichen Tätowierungen interessierten den Teilnehmer am anderen Ende.

„Sie wollen Schutzgeld. Zehn Prozent vom Umsatz."

Der Wirt hörte eine Weile nur zu.

„Gut, danke." Nachdenklich schaltete er das Telefon aus und warf es gleichgültig in den Mülleimer unter dem Tresen.

* * *

Um diese Uhrzeit war der Bürotrakt völlig verwaist; nur in dem letzten Raum am Ende des Ganges brannte noch Licht. Dieter Grabow war bekannt dafür, dass er sich nicht um Arbeitszeiten scherte. Wer sollte es ihm auch verdenken, schließlich war er der alleinige Inhaber und Chef der Bau- und Wohnungsgesellschaft Grabow. Am Tage pflegte hier ein rundes Dutzend Angestellter hektisch zu telefonieren, Termine zu machen und Planungen abzustimmen. Im Laufe der Jahre war die BaWoGra zu einem der größten Anbieter auf dem Hamburger Wohnungsmarkt geworden. Egal ob Gewerbeobjekt, Studentenbude oder repräsentative Altbauwohnung – an Dieter Grabow führte fast kein Weg vorbei. Manch ein Konkurrent rieb sich verwundert die Augen, aber aus dem kleinen Immobilienmakler war innerhalb von zehn Jahren ein Tycoon geworden.

Im Moment saß er vor seinem Schreibtisch, hatte die Ellenbogen auf die Tischplatte gestützt und studierte konzentriert den aufgeschlagen vor ihm liegenden Aktenordner. Gelegentlich notierte er auf einem losen Blatt Papier untereinander ein paar Zahlenreihen, die jeweils ziemlich lang waren. Nachdem er den ganzen Ordner durchgegangen war, zog er einen Strich unter seine Zahlenliste und addierte routiniert. Die Summe, die er errechnete und mit einem Doppelstrich hervorhob, befriedigte ihn zutiefst. Da standen etwas über 16 Millionen und gemeint waren Euro. Aus purer Lust setzte er noch ein Pluszeichen vor die Summe. Der Gewinn aus seinem aktuellen Projekt ließ sich sehen.

Dieter Grabow war ein groß gewachsener Mann, den man viel eher für einen Kapitän gehalten hätte als für einen Baulöwen. Sein Gesicht wirkte gebräunt und wettergegerbt, als ob er sich viel im Freien aufhalten würde. Der dichte Vollbart war gepflegt, aber relativ lang und passte nicht recht zur Vorstellung eines aalglatten Geschäftsmannes. Immerhin trug er eine dezente, dunkelblaue Anzughose, aber die Ärmel seines weißen Hemdes waren aufgekrempelt und entblößten muskulöse Unterarme, die beide mit einer Tätowierung versehen waren. Rechts prangte der Turm des Hamburger Wahrzeichens, der Michaeliskirche, und links bildeten seltsam verschlungene blaue Linien entweder ein Schlangennest oder ein Symbol, dessen Bedeutung nicht offensichtlich war.

Auch das Haar des Mannes fiel aus dem Rahmen. Einigermaßen ungebändigte dunkelbraune Locken fielen bis fast auf seine Schultern und verdeckten den Kragen des Hemdes, an dem die obersten beiden Knöpfe geöffnet waren.

Er lehnte sich zurück und streckte die Arme nach beiden Seiten, bis die Schultern leise knackten. Dabei offenbarte er einen breiten Brustkorb und einen flachen Bauch, die auf regelmäßige Besuche im Fitnessstudio oder eine andere Art von körperlicher Betätigung schließen ließen. Mit einem lauten Gähnen, das in der Stille des leeren Raumes rasch anschwoll und nur zögernd wieder verebbte, schloss er den Aktenordner. Sein Tagewerk war vollbracht und zwar zu seiner vollsten Zufriedenheit.

Gerade als er sich erhob und den Ordner in den Aktenschrank neben seinem Schreibtisch schieben wollte, klingelte sein Telefon, das er achtlos in den Ablagekorb geworfen hatte, als er mit der Arbeit begonnen hatte. Er warf einen kurzen Blick auf das Display und zog überrascht die Augenbrauen hoch. Nicht nur er arbeitete bis tief in die Nacht.

„Herr Senator, kennen Sie denn keinen Feierabend?"

Der Anrufer lachte herzlich.

„Bloß weil der Bürger glaubt, dass wir Politiker nur auf Empfängen herumstehen und umsonst essen, muss das ja nicht stimmen. Der Ausschuss hat bis eben getagt und ich sitze gerade erst im Wagen."

„Mit Ihnen möchte ich lieber nicht tauschen!"

„Wieso? Sitzen Sie vielleicht nicht mehr im Büro?"

„Okay, der Punkt geht an Sie. Aber ich mache das ja freiwillig." Grabow warf sich wieder in seinen Bürostuhl und legte ein Bein über die Ecke der Schreibtischplatte. „Was kann ich denn für Sie tun?"

„Gar nichts. Heute tue ich mal etwas für Sie."

„Oh, jetzt bin ich aber gespannt."

„Und das mit Recht! In der heutigen Ausschusssitzung wurde beschlossen, den Verkauf eines weiteren Gebäudekomplexes zu empfehlen, der sich bislang in städtischem Besitz befindet."

„Das klingt in der Tat interessant."

„Es wird natürlich seine Zeit dauern, bis der Beschluss umgesetzt wird, und dann gilt es selbstverständlich die üblichen Fristen und das normale Prozedere einzuhalten. Aber ich könnte mir vorstellen, dass derjenige, der rechtzeitig von der Verkaufsabsicht weiß, diese Zeit sinnvoll nutzen kann oder täusche ich mich da?"

„Da haben Sie vollständig recht, Herr Senator", erwiderte Grabow und setzte sich wieder aufrecht hin. „Eine gewisse Vorlaufzeit erleichtert es ungemein, ein angemessenes Gebot abzugeben."

„Sehen Sie, das dachte ich mir doch." Der Leiter der Behörde für Stadtentwicklung und Wohnen von Hamburg klang selbstzufrieden. „Haben Sie einen Stift zur Hand?"

„Aber ja!" Grabow drehte das Papier, das er eben noch mit Zahlen beschrieben hatte, um und notierte eine Adresse. Dabei spitzte er die Lippen zu einem stummen Pfiff. Das Objekt, um das es ging, war ein Sahnestück. Wenn alles nur halbwegs normal ablief, dann hatte er seinen vorhin ausgerechneten Verdienst gerade verdoppelt.

„Herr Senator, ich danke Ihnen sehr für Ihr Vertrauen. Ich werde mich sofort und persönlich mit der Angelegenheit beschäftigen und versichere Ihnen, dass Sie nicht enttäuscht sein werden."

„Nun, die Vergangenheit hat gezeigt, dass Sie ein seriöser Geschäftsmann sind und sich stets fair verhalten haben. In meiner Verantwortung für die Bürger unserer schönen Stadt, muss ich doch verhindern, dass irgendwelche windigen Schwindelfirmen sich an den Wohnungen und Gewerbeimmobilien Hamburgs kurzfristig bereichern und dann urplötzlich mit dem Geld verschwunden sind. Nachhaltigkeit ist schließlich das Schlagwort unserer Zeit!"

Grabow rollte mit den Augen. Politiker konnten einen solchen Scheiß labern! Aber es galt dieses Spiel mitzumachen – so lautete die Geschäftsgrundlage.

„Dieser Gedankengang ehrt Sie, Herr Senator. Wenn mehr Politiker so dächten wie Sie, dann ginge es unserem Land sicher besser!" Eine Hand wäscht die andere, ein Lob für ein anderes. Hauptsache, die Protagonisten haben ein gutes Gefühl.

„Darf ich fragen, ob wir uns Donnerstag im Ernst Deutsch Theater sehen werden?" Kulturelle Ereignisse boten einen wunderbaren Vorwand für allerlei Dinge, die mehr mit Ökonomie als mit Kunst zu tun hatten. Wer zur Premiere eines Stückes ging, durfte sicher sein, dass ein Haufen Prominenter anwesend war. Interessierten sich diese für Theater? Ja, aber hauptsächlich für das, in dem sie selber Hauptdarsteller waren.

„Selbstverständlich! Roswitha redet seit Tagen von kaum etwas anderem. Hoffentlich ist es nicht so ein moderner Kram, bei dem alle nackt über die Bühne rennen und unverständliches Zeug schreien!"

Grabow lachte ob der gespielten Verzweiflung seines Gesprächspartners. „Ich bin sicher, dass wir uns gut unterhalten werden. Bestellen Sie doch bitte Ihrer Gattin meine besten Grüße!"

„Mach' ich – wenn ich zu Wort komme." Der Senator gab sich stets Mühe leutselig und witzig zu wirken, konnte aber seine tiefe Humorlosigkeit nur schwer kaschieren. „Gute Nacht, Grabow!"

„Ihnen auch eine gute Nacht, Senator!"

* * *

Die Straße lag so still und dunkel da, wie es in einer Großstadt nur möglich ist. 3 Uhr morgens ist die Zeit, in der sogar der Pulsschlag einer Metropole wie Hamburg sich spürbar verlangsamt, jedenfalls außerhalb der einschlägigen Viertel. Wer jetzt die Stadt von Eimsbüttel nach Meiendorf durchqueren wollte, schaffte dies bei großzügiger Auslegung der Geschwindigkeitsbegrenzung in weniger als zwanzig Minuten. Nachtschwärmer waren an einem Wochentag weitgehend aus dem Straßenbild verschwunden und der tägliche Strom der Werktätigen hatte noch nicht eingesetzt.

In der kleinen Nebenstraße am Rande des Großneumarkts waren aktuell weder ein Fußgänger noch ein fahrendes Auto zu sehen. Von drei Straßenlaternen brannte eine gar nicht, eine flackerte gelegentlich für Sekundenbruchteile auf und die dritte verströmte ein mutloses Leuchten, das den Kampf gegen die Dunkelheit nach wenigen Metern verloren gab. Einige Fahrzeuge parkten am Straßenrand und ließen nur wenig Platz zur Durchfahrt. Um einen Metallpfahl mit angeschraubtem Papierkorb hatte sich eine kleine Mülldeponie gebildet, in der zwei große, graubraune Ratten ungestört nach Essbarem suchten. Sie schienen die einzigen wachen Lebewesen weit und breit zu sein. Gegenüber dem Chaos aus Plastiktüten, blauen und gelben Müllsäcken und einzelnen Flaschen befand sich der Eingang zu einer Kneipe, die aber geschlossen war. Zwei Stufen führten zu einer etwa einen Meter tiefen Türnische, in der ein schwach beleuchteter Glaskasten eine verblichene Speisekarte beherbergte. Die Tür zur Gaststätte war mit Holz verkleidet, sehr massiv und dunkelbraun lasiert.

An der nächsten Straßenecke erschien langsam ein bedrohlich wirkender Kühlergrill mit verchromten Stoßfängern. Er gehörte zu einem schwarzen Pick-up, der vorsichtig um die Ecke bog. Die Scheinwerfer waren ausgeschaltet, lediglich ein Standlicht sorgte für eine unzureichende Beleuchtung. Das dumpfe Grollen eines Achtzylinders jagte die Ratten in die Flucht, als der Wagen neben dem Müllberg zum Stehen kam. Zwei Männer mit dunklen Schirmmützen stiegen aus der Kabine und traten an die Ladefläche. Diese war mit einer schweren, schwarzen Plane vollständig abgedeckt. Einer der Männer öffnete die Ladeklappe, während der andere die Plane zurückschlug. Beide schauten sich noch einmal nach allen Richtungen um, dann mühten sie sich unter großen Schwierigkeiten damit ab, ein gewaltiges und offensichtlich schweres Bündel von der Ladefläche zu wuchten und in die Türnische vor der Kneipe zu schleppen. Als ihnen dieser Kraftakt gelungen war, gingen sie zurück zum Wagen und hoben ein zweites, nicht minder schweres Objekt herab. Auch dieses zerrten sie vor die Kneipentür. Die beiden Männer keuchten hörbar, obwohl sie überdurchschnittlich groß und ausgesprochen athletisch gebaut waren. Zusammen mit den Bündeln, die ein wenig an überdimensionierte Teppichrollen erinnerten, füllten sie die Nische vollständig aus.

„So?", fragte der eine Mann, der sich ein rotes Halstuch vor die Nase gezogen hatte.

Der andere schüttelte den Kopf.

„Fass noch mal mit an!", befahl er. Dann zerrten sie gemeinsam die eine Rolle an der Kneipentür nach oben, bis sie in der Mitte abknickte und einen rechten Winkel bildete. Nun ragte nichts mehr aus der Türnische heraus.

Den gleichen Vorgang wiederholten sie mit der zweiten Rolle. Nun sah es so aus, als ob ein Lieferant irgendwelche Ware abgelegt hätte, vielleicht aus einem Baumarkt. Nichts blockierte den Fußweg und vorbeifahrende Autos würden aller Voraussicht nach nicht einmal bemerken, dass hier etwas lag.

Der zweite Mann nickte zufrieden.

„Los!", sagte er mit tiefer Stimme und einem starken Hamburger Akzent. „Hauen wir ab." Er äugte vorsichtig um die Ecke der Nische in beide Richtungen. Die Straße war nach wie vor vollkommen verlassen. In aller Gemütsruhe bestiegen die beiden den Pick-up; der Fahrer startete den Motor und verließ die Straße mit niedriger Drehzahl. An der nächsten Ecke schaltete er das Licht vollständig an und gab Gas.

* * *

„Moin Bommel!" Die fröhliche Stimme von Polizeireporter Mike Staller klang aufreizend ausgeschlafen in den Ohren von Kommissar Bombach.

„Moin. Wie kann es sein, dass du schon wieder so schnell … ach, vergiss es. Ich will es gar nicht wissen." Bombach war die ewige Diskussion leid, auf welchen vermutlich ungesetzlichen Wegen sein Freund von "KM – Das Kriminalmagazin" sich so aktuelle Informationen über einen Fall beschafft hatte, dass er praktisch zeitgleich am Tatort eintraf.

„Ich hab' die kürzere Anfahrt", stellte Staller ganz sachlich fest und zeigte keinerlei Anzeichen eines schlechten Gewissens.

Aus einem weißen Kombi, der jetzt hinter dem Pajero des Reporters anhielt, sprang Eddy, der Lieblingskameramann von Staller, und brachte innerhalb kürzester Zeit sein Equipment in Stellung.

„Steht mir bloß nicht im Weg rum", brummte Bombach und gab sich dabei keine Mühe seine schlechte Laune zu verbergen.

„Was ist denn los, Bommel? War der Schweinebraten gestern zu klein? Oder hast du wieder Sodbrennen?"

„Ha, ha, ich lach dann später. Der letzte Monat hat mir vierzig Überstunden eingebracht und, wenn ich mir die beiden Gestalten da im Hauseingang anschaue, dann kommen da demnächst weitere vierzig hinzu." Der Kommissar deutete mit dem Daumen hinter sich und sah erschöpft aus, obwohl es noch früh am Morgen war.

Staller gab Eddy ein beiläufiges Zeichen und trat näher an den Eingang heran. Ein Mann im weißen Schutzanzug machte unzählige Fotos, obwohl es eigentlich wenig zu sehen gab.

„Nicht weiter als bis zu den Treppenstufen, okay?" Bombach hob warnend die Hand und Eddy, der mit der Kamera auf der Schulter eifrig drehte, nickte bloß. Der Franke war wortkarg, arbeitete hochprofessionell und kannte sich nach jahrelanger Arbeit für das Kriminalmagazin mit dem Verhalten an Tatorten bestens aus.

Der Mann im weißen Schutzanzug war offenbar mit Fotografieren fertig, denn er zog sich zurück. Dadurch war der Eingang jetzt besser einsehbar. Angelehnt an die breite Tür waren zwei Männer, einer rechts und einer links. Der verbliebene schmale Gang in der Mitte wurde überdeckt von schwarzer Folie, in die die Männer eingewickelt gewesen waren, und die irgendjemand aufgeschnitten hatte.

„Wer macht denn bitte so etwas?", beklagte sich der Kommissar und wies mit kraftloser Geste auf die Gesichter der Toten. Dort, wo sich normalerweise die Nasen befanden, war jeweils nur ein blutiger Krater zu sehen.

„Das scheint eine Art Statement zu sein. Eine Botschaft an jemanden." Staller schüttelte langsam den Kopf. „Aber was das bedeutet – keine Ahnung."

„Als Foltermethode ist es meines Wissens jedenfalls nicht sehr verbreitet", äußerte Bombach zynisch.

„Ich bin ja kein Arzt, aber ich denke, dass die Nasen postmortal abgeschnitten wurden. Damit kannst du Folter wohl ausschließen."

„Zu wenig Blut?"

„Genau."

Staller ließ seine Blicke nochmals gründlich über die Toten schweifen, dann trat er einen Schritt zurück, um Eddy ein besseres Blickfeld für seine Bilder zu verschaffen.

„Sind sie schon identifiziert?"

„Nein, sie haben keinerlei Papiere bei sich. Aber ich wette, es dauert nicht lange, dann habe ich sie in meiner Kartei gefunden."

„Sei doch nicht so voller Vorurteile. Die beiden sind bestimmt Erzieher im Waldorfkindergarten." Der Reporter grinste breit.

„Aha." Bombach ließ seinen Blick über die muskelbepackten Hünen in den schwarzen Lederwesten schweifen. „Trägt man das jetzt so in Sozialberufen?"

„Warum nicht? Tätowierungen sind schließlich gesellschaftsfähig geworden. Womöglich hast du auch schon eine", stichelte Staller.

„Soweit kommt es noch!" Die Stimme des Kommissars klang empört. „Hast du die Hände gesehen?"

„Ja, Pranken wie Klodeckel. Fette Ringe, Lederarmbänder – das volle Programm."

„Ich meine eher die Tätowierungen."

Der Reporter kniff die Augen zusammen und schaute nochmal genau hin.

„Die auf den Knöcheln?"

„Genau die."

„A-F-F-A. Angels forever – forever Angels. Tja, verboten ist das Tattoo nicht."

„Aber die Hamburger Hells Angels sind es. Und ihre Symbole. Seit Jahrzehnten übrigens." Bombachs Miene war ernst.

„Na ja. Jeder weiß, dass Harbor City der inoffizielle Nachfolgeclub der Hells Angels Hamburg ist. Die gleichen Strukturen, viele Mitglieder von früher, nur der Name ist halt minimal verändert."

„Das stimmt. Aber unsere beiden Freunde hier haben Kutten von den Free Riders an" gab der Kommissar zu bedenken, wobei er auf die Westen der Toten zeigte.

„Du glaubst an irgendeine Auseinandersetzung zwischen Rockergruppen?" Staller blickte seinen Freund nachdenklich an.

„Zwei tote Rocker, offenbar Ex-Hells Angels und jetzt bei den Free Riders aktiv, erschossen und an anderer Stelle mit abgeschnittenen Nasen öffentlich abgelegt - was würdest du vermuten?"

„Hm." Der Reporter blickte versonnen vor sich auf den Bürgersteig.

„Du bist doch sonst nicht so maulfaul. Raus mit der Sprache, was geht in deinem verqueren Schädel vor?"

„Ich kenne die Riders ein bisschen."

Bombach stöhnte auf. „Natürlich! Wen kennst du eigentlich nicht?"

„Hey, das ist mein Job! Worauf ich hinaus will: Die Riders sind eigentlich keine Rocker in dem Sinne. Die haben es nicht mit Drogen, Waffen oder Prostitution. Das sind eigentlich ganz normale Motorradfahrer, die nur äußerlich ein bisschen wüst rüberkommen."

„Und worauf willst du hinaus?"

„Ich kann mir die schlecht als Teil eines Rockerkrieges vorstellen. Und darauf willst du doch offenbar hinaus."

„Ich will auf gar nichts hinaus. Hier liegen zwei Tote, die irgendwer umgebracht hat. Diesen Mörder will ich finden. Das ist alles."

„Schon gut, Bommel. Ich wollte nur darauf hinweisen, dass die Tat nicht unbedingt etwas damit zu tun haben muss, dass die beiden Rocker waren."

„Das Finanzamt geht so jedenfalls nicht vor. Und eifersüchtige Ehefrauen dürften nicht in der Lage sein diese Kleiderschränke zu schleppen."

„Da hast du auch wieder recht. Eine wichtige Frage ist doch: warum hier?"

„Du meinst, warum sie hier abgelegt wurden?"

„Genau!" Staller drehte sich um und beschrieb mit den Händen einen Halbkreis. „Eine Nebenstraße in der Neustadt, Kneipenviertel, im Eingangsbereich eines Lokals. Vielleicht weiß der Besitzer etwas." Interessiert drückte er die Nase an die Fensterscheibe neben dem Eingang. Durch die halbtransparente Gardine sah er einen Raum, der wie alle geschlossenen Kneipen am Tage trostlos und ein bisschen verwahrlost wirkte.

„Wer hat euch eigentlich alarmiert?"

„Ein Postbote. Er arbeitet seine Tour weiter ab. Ich spreche später noch mit ihm, aber viel dürfte nicht dabei herauskommen."

„Vermutlich hast du recht. Ich tippe mal, dass die Jungs zwischen zwei und fünf Uhr hier deponiert worden sind. Vorher dürften noch Leute unterwegs gewesen sein und später sind die ersten Frühaufsteher auf dem Weg zur Arbeit."

„Bäh!", unterbrach Bombach und zeigte auf eine große, graue Ratte, die wegen der Störung empört über die Straße flitzte.

„Was erwartest du? Überall liegt Müll rum – das muss ein Paradies für Ratten sein. Sei froh, dass sie noch nicht an den Herren geknabbert haben."

„Danke für die Bilder im Kopf!", grummelte Bombach.

„Immer gern." Staller wurde schnell wieder ernst. „Was wirst du tun?"

Resigniert zuckte der Kommissar die Schultern. „Auch wenn's nichts bringt: Anwohner befragen, den Postboten löchern, vielleicht Überwachungskameras checken. Und dann die Kollegen von OK aushorchen, ob es gerade aktuelle Auseinandersetzungen zwischen Rockern gibt." Die Überwachung der auffälligen Rockergruppierungen oblag aufgrund der entsprechenden Delikte dem Dezernat Organisierte Kriminalität.

„Na, ob die ausnahmsweise mal was wissen … ", zeigte sich der Reporter skeptisch. „Aber zum Glück hast du ja mich! Ich werde mich mal mit dem Präsidenten der Riders unterhalten und meine Informationen freundlicherweise mit dir teilen."

„Mit dem rede ich natürlich auch!"

„Sollst du ja. Du wirst nur nichts erfahren. Rocker haben, selbst wenn sie nur so tun als ob sie harte Jungs wären, spontane Zungenlähmung, wenn ein Bulle mit ihnen im gleichen Raum weilt."

„Das wäre doch ziemlich dämlich. Sie sollten ein Interesse daran haben, dass der Mord an ihrem Kollegen aufgeklärt wird."

„Das haben sie auch. Allerdings stehst du auf der Liste derer, denen sie das zutrauen, nicht gerade ganz oben."

„Ach, aber du vielleicht?"

„Jedenfalls höher als du." Staller tätschelte dem Polizisten freundschaftlich den Oberarm. „Nimm's nicht persönlich, Bommel. Das richtet sich nur gegen deinen Beruf!"

Der Kommissar wandte sich grummelnd ab und gab den Männern von der Spurensicherung, die mit großen Koffern anrückten, halblaute Anweisungen. Eddy, der seine Kamera in der Zwischenzeit abgesetzt hatte und, an die Hauswand gelehnt, zu dösen schien, erwachte im Nu zu neuem Leben. Vielleicht ergab sich ja noch das eine oder andere interessante Bild. Wenn das so wäre, dann würde er es aufnehmen. So viel war sicher.

Staller zwinkerte seinem Kameramann zu und gab mit der Hand das "Daumen hoch" Zeichen. Auf Eddy war Verlass. Er würde auch ohne Anweisungen alles drehen, was für einen Bericht in der nächsten Ausgabe von "KM – Das Kriminalmagazin" notwendig war.

„Bommel, ich mach mich dann vom Acker! Lass mich wissen, wenn es etwas Neues geben sollte, ja?"

„Wüsste nicht, dass ich für deinen Verein arbeiten würde. Jedenfalls zahlt ihr mir kein Gehalt."

„Deine Arbeit ist eben unbezahlbar!" Staller winkte fröhlich und machte sich auf den Weg zu seinem Wagen. Er war sich in diesem Fall sicher, dass der Kommissar sich nur pro forma gegen die Zusammenarbeit sperrte. Denn die sprichwörtliche Mauer des Schweigens zwischen Rockern und den Vertretern der Ordnungsmacht war natürlich auch für ihn kein Geheimnis. Und die Anspielung auf etwaige Informationshonorare war in keiner Weise ernst gemeint. Bombach war ein absolut unbestechlicher Beamter, der sich bei aller Freundschaft zu Staller von den Medien stets deutlich abgrenzte. Wie oft gab es zwischen den beiden Diskussionen über die Vorgehensweise entweder der Polizisten oder der Presseleute! Da es auf beiden Seiten genug schwarze Schafe gab, war das Konfliktpotenzial natürlich gewaltig. Jeder verteidigte seine Berufsgruppe mit Zähnen und Klauen und so manche Auseinandersetzung wurde äußerst hitzig geführt. Trotzdem verstanden sie sich insgesamt prima und wussten genau, dass sie sich aufeinander verlassen konnten.

* * *

In der Straße Auf dem Königslande in Wandsbek herrschte ein buntes Durcheinander. Wohnblöcke mit zwei oder drei Stockwerken, kleine Geschäfte, Discounter, Werkstätten und sogar einzelne Freiflächen wechselten sich munter ab. Das Viertel war vielleicht nicht besonders schön, aber durchaus lebendig.

Durch eine schmale Einfahrt gelangte man an einem größeren Rotklinkerbau vorbei in einen Hinterhof, der sich erstaunlich geräumig präsentierte. Eine langgezogene Halle mit Flachdach beherrschte das Bild. Ein Teil der Front war gemauert mit ganz normalen Fenstern und Türen, der Rest bestand aus großen Metalltüren, deren oberer Teil mit Sicherheitsglas bestückt war, das zwar Licht in die Räume ließ, jedoch Schutz vor neugierigen Blicken bot. Auf dem Hof standen neben einigen älteren Autos ein Abschleppwagen und etliche Motorräder, die sorgfältig vor dem gemauerten Teil der Halle aufgereiht waren. Ganz hinten in der Ecke befand sich ein großer, rostiger Container, der mit allerlei Schrott gefüllt war. Daneben stand eine rustikale Konstruktion aus Tisch und zwei Bänken, wie man sie von Autobahnrastplätzen kennt.

Über den Hallentoren hing ein fleckiges Metallschild. Es zog sich über zwei Meter hin und lautete: Autos und Motorräder – Ankauf und Verkauf, sowie Reparatur. Flankiert wurde der Aufdruck mit dem mäßigen Informationsgehalt rechts und links von dem Logo eines Ölherstellers.

Über der Eingangstür links hing ein weiteres, kleineres Schild mit der Aufschrift: Büro. Alles in allem entstand der Eindruck einer ganz normalen Hinterhofwerkstatt, wie es sie vermutlich zu Hunderten in Hamburg gab. Die drei Männer, die jetzt durch die Tür ins Freie traten, wirkten allerdings alles andere als durchschnittlich.

Der erste mochte etwa fünfzig Jahre alt sein, war groß und kräftig – der kapitale Bauch war unmöglich zu übersehen – und trug einen teilweise ergrauten Vollbart, der ihm bis auf die Brust reichte. Das lange, ebenfalls graue Haar, war zu einem dünnen Pferdeschwanz zusammengebunden und unter einem Piratenkopftuch versteckt. Anstelle des zu erwartenden Blaumanns steckte er in engen Lederjeans und einem schwarzen T-Shirt mit "Wacken"-Aufdruck. Darüber saß eine schwarze Lederweste, die mit allerlei Bändern, Chromteilen und Aufnähern versehen war. Über dem Herzen prangte der Schriftzug "Free Riders", auf der gegenüberliegenden Seite stand das Wort "President". Auf der Rückseite befand sich ein großes Logo in Gestalt eines Motorrades mit langer Vordergabel, das von den Begriffen "Free Riders", "Hamburg" und "MC" für Motorradclub eingerahmt war. Die mächtigen Arme waren mit Tätowierungen verziert, wobei ein Teil der Farbe auch durchaus Kettenfett oder ein ähnlicher Schmierstoff sein konnte. Um den Hals baumelte eine breite Silberkette, an der als Anhänger ein Indianerkopf mit üppigem Federschmuck und Friedenspfeife hing.

Überraschenderweise trug der Mann eine Plastikbrotdose unter dem Arm und einen gefüllten Kaffeebecher in der großen, schwieligen Hand. Er setzte sich auf die Bank, Gesicht zur Sonne und stellte die Utensilien vor sich auf den Tisch. Dann öffnete er die Dose und entnahm ihr ein dick belegtes Schinkenbrot, in das er mit Appetit hinein biss.

„Mahlzeit!"

Ihm gegenüber nahmen die anderen beiden Männer Platz, die ihm im Wesentlichen ähnelten, nur dass sie nicht ganz so füllig wirkten. Außerdem stand auf ihrem Patch über der Brust nicht "President", sondern "First Member", was sie als Gründungsmitglieder der Hamburger Free Riders auswies.

„Ja, Mahlzeit, Fiete!"

Ein illustres Bild bot sich, als die drei Gestalten mit dem furchteinflößenden Äußeren so friedlich in der Sonne saßen und ihr mitgebrachtes Mahl verspeisten. Der eine futterte Salat aus einer Tupperschüssel, während der andere belegte Brötchen aus einer Papiertüte mit Bäckereiaufdruck fingerte.

„Wie weit bist du mit dem Daimler?", erkundigte sich der Präsident mit dem urhamburgischen Namen.

„Die neue Kupplung ist schon drin. Ich muss nur noch die Glocke wieder fest kriegen. Das ist 'ne ziemliche Frickelei. Aber das schaffe ich heute noch", antwortete sein Gegenüber mit vollem Mund.

„Super. Ich hab dem Kunden gesagt, dass er ab sechs seine Karre abholen kommen kann. Dann passt das ja."

„Auf jeden Fall!" Zufrieden biss der Mann erneut in sein Mettbrötchen.

„Isst du eigentlich auch mal was anderes als deine ewige Maurermarmelade?", mischte sich der dritte Mann, der mit dem Salat, ein.

„Warum?"

„Na, immer rohes Fleisch – das kann schon mal schief gehen."

„Ach was! Das schmeckt und gibt Muckis. Reicht doch, wenn du meinem Essen das Essen wegfrisst! Seit du Vegetarier bist, wirkst du auf mich etwas schwach auf der Brust."

Der Mann mit dem Mettbrötchen lachte dröhnend und der Präsident fiel prustend mit ein.

„Hast du sie noch alle? Dich mach ich doch mit einer Hand fertig!" Der Mann mit dem Salat schob seine Schüssel beiseite und sprang auf. „Na los, komm schon! Was ist? Kneifst wohl, was?"

Nun stand auch der andere Mann auf und legte sein Brötchen aus der Hand. Die beiden standen sich gegenüber und maßen sich mit wütenden Blicken.

„Jetzt mal halblang", sprach der Präsident ein Machtwort. „Gebeult wird sich nicht. Wenn ihr was abzumachen habt, dann zeigt es beim Armdrücken." Mit diesen Worten stand auch er auf und deutete auf seine Seite der Sitzgruppe.

„Ist okay für mich. Ich lass mich nur nicht von einem Aasfresser anmachen."

„Du lässt dich doch von deiner neuen Ollen abrichten! Bringst du ihr vielleicht auch das Frühstück ans Bett?", provozierte der Erste fröhlich weiter.

„Das reicht, Lasse", tadelte der Präsident milde. „Bringt es hinter euch. Rollo, du gehst auf meine Seite."

Lasse packte seinen Brötchenrest sicherheitshalber ein, während Rollo auf die andere Seite des Tisches wechselte. Dann setzten sich die beiden Kontrahenten mit bitterbösen Blicken gegenüber und stemmten je einen Ellenbogen auf die Tischplatte.

„Die andere Hand flach auf den Tisch", kommandierte der Präsident. „Jetzt verschränkt ihr die Hände. Mein Kommando gilt. Vorher wird nicht gedrückt!"

Zwei Augenpaare bohrten sich ineinander und die Fingerknöchel traten weiß hervor, während die beiden jeweils den anderen durch kraftvolles Zupacken zu beeindrucken suchten.

„Fertig – los!"

Breitbeinig saßen die Kontrahenten auf ihren Bänken und versuchten sich dadurch einen guten Halt zu verschaffen. Ihre Unterarmmuskeln schwollen an und traten wie Schlangen unter der Haut hervor. Die freien Hände pressten sie flach auf die Tischplatte, ihr Atem ging stoßweise. Zwar hatte jeder nach dem Kommando versucht, mit einem schnellen Ruck einen Vorteil zu erlangen, aber dieser Versuch war gescheitert. Jetzt vergingen die Sekunden, ohne dass sich die Fäuste nennenswert bewegten. Die Wettkämpfer waren einigermaßen gleichgroß und von ähnlicher Statur, sodass keiner als Favorit in die Auseinandersetzung ging.

„Ist das alles?", bemühte sich Lasse um einen gelassenen Tonfall, konnte die Anstrengung in seiner Stimme allerdings nicht verbergen.

„Ich hab noch gar nicht angefangen" entgegnete Rollo keuchend.

„Dann mach doch endlich mal! Es wird langsam langweilig." Auf der Stirn des Mettbrötchenliebhabers erschien ein leichter Schweißfilm, der nicht mit der warmen Sonne zusammenhing.

„Du kannst jederzeit aufgeben, alter Mann. Ich möchte keinen Bruder umbringen. Hast du eigentlich ein gesundes Herz?"

„Könnt ihr mal weniger labern und mehr drücken?" Der Präsident biss wieder in sein Schinkenbrot, wachte aber sorgsam darüber, dass beide die Regeln einhielten.

„Rollo zittert schon so! Ich hab Angst, dass er gleich ohnmächtig wird."

Genau genommen zitterten alle beide und das kräftig. Die Sätze kamen nicht etwa flüssig, sondern wurden abgehackt und atemlos mehr gepresst als gesprochen. Trotzdem zeigten die verschränkten Fäuste immer noch schnurgerade himmelwärts. Keiner hatte auch nur einen Zentimeter Terrain gewonnen.

In diesem Moment schienen die Türen der Werkstatt zu erzittern, als vier schwere Motorräder in den Hinterhof einbogen. Das Geboller großvolumiger Zweizylindermotoren wurde von unzureichend gedämpften Auspuffrohren mitleidslos an die Umwelt weitergegeben. Staub wirbelte auf, als die Harleys schwungvoll vor das Büro kurvten und dann in Reih' und Glied abgestellt wurden. Auf Knopfdruck verendeten die brüllenden Motoren; der Lärm schien jedoch in den Ohren weiterzuklingen.

Die drei Männer konnten diesen Auftritt unmöglich ignorieren und taten das auch nicht. Ohne ein offizielles Zeichen beendeten Lasse und Rollo ihre Auseinandersetzung und erhoben sich langsam und gleichzeitig. Der Präsident trat unwillkürlich einige Schritte vor und zog die Augenbrauen zusammen. Die anderen beiden gesellten sich einen halben Schritt dahinter rechts und links neben ihn und blickten den Ankömmlingen mit finsteren Mienen entgegen.

Die Harley-Fahrer ließen keinerlei Eile erkennen. In aller Seelenruhe nahmen sie ihre Helme, die diesen Namen kaum verdienten, da sie nur bessere Mützen waren, ab und hängten sie über die Lampen ihrer Motorräder. Der erste Mann fingerte in seiner Westentasche nach einem Zigarettenpäckchen, schüttelte einen Glimmstängel heraus und entzündete ihn mit einem Zippo, das er anschließend mit einem geübten Schlenkern seines

Handgelenks wieder schloss. Er nahm einen tiefen Zug der filterlosen Camel und blies den Rauch gemächlich durch die Nase. Dann sah er sich zu seinen Mitfahrern um, nickte kurz und machte sich langsam und breitbeinig auf den Weg zur Sitzgruppe in der hinteren Ecke des Hofes.

Dort beobachtete man das Nahen des großgewachsenen Mannes bewegungslos. Es hätte der entsprechenden Insignien nicht bedurft, denn Caspar, der Präsident der Hounds of Hell war stadtbekannt. Sein Motorradclub beherrschte das Bild über die Grenzen von Hamburg hinaus. Gegründet in den Achtzigern, als die Angels verboten wurden und die Liberty Wheels auseinanderfielen, hatten die Höllenhunde sich das entstandene Vakuum zunutze gemacht und die Übriggebliebenen systematisch eingesammelt. Entstanden war ein Auffangbecken für nostalgische Motorradfreunde, erklärte Männerbündler, Halbweltler mit Hang zu Harleys und die sogenannten Onepercenter, Schwerkriminelle, die ihre gesellschaftsfeindlichen Neigungen hinter einem vordergründig getragenen Outlaw-Image geschickt zu verbergen wussten. Letztere schienen in der näheren Vergangenheit die Herrschaft über den Club gewonnen zu haben.

Caspar Kaiser stand für diese Entwicklung und hielt mit seiner Vorstellung nicht hinter dem Berg, wie der rautenförmige Patch mit der Bezeichnung "1 %" auf der Vorderseite seiner Kutte bewies. Entstanden war dieser Ausdruck bereits in den Vierziger Jahren des vergangenen Jahrhunderts, als die Vereinigung der amerikanischen Motorradfahrer 99 % ihrer Mitglieder als friedliche und rechtschaffene Bürger bezeichnete, die ein gemeinsames Hobby pflegten und sich am Sonntag zu Ausfahrten und gemeinsamem Grillen trafen. Der Rest – also das eine Prozent – wurde als gesetzlose Gruppe von Rauf- und Trunkenbolden abgestempelt. Mit dem Erfolg, dass der Aufnäher "1 %" von vielen wie eine Trophäe getragen wurde.

Seit fünf Jahren herrschte Kaiser nun über die Hounds of Hell und das mit eiserner Hand. Er duldete keinen Widerspruch und keine Gegenspieler. Wer nicht loyal zu ihm stand, sollte besser sehr schnell sehr weit weg reisen. Aber trotz aller Härte gelang es dem Präsidenten den Club aus dem Fokus von Polizei und Öffentlichkeit herauszuhalten. Ganz anders als bei den Angels damals, sprach eigentlich niemand über die Höllenhunde. Und genau deshalb konnten sie verhältnismäßig ungestört ihren dunklen Geschäften nachgehen.

„Welch seltener Gast! Was führt dich zu uns, Caspar?"

Der Präsident der Free Riders hakte einen Daumen in seine Gürtelschlaufe und gab sich Mühe lässig und entspannt zu wirken, obwohl er innerlich in höchster Alarmbereitschaft war. Eine Visite der Hounds of Hell bedeutete in aller Regel Ärger.

„Ich muss mit dir reden, Fiete. Unter vier Augen. Können wir in dein Büro gehen?" Kaiser hatte sich der Gruppe bis auf drei Schritte genähert und blieb jetzt stehen. Mit dem Daumen deutete er über die Schulter auf die Tür, vor der seine Begleiter sich aufgereiht hatten. Sein Gesicht wirkte absolut undurchdringlich. An Mittel- und Ringfinger seiner Rechten, mit der er die Kippe erneut zum Mund führte, glänzten die übergroßen, viereckigen Silberringe mit dem hervorstehenden H. Es hieß, dass man diese Initialen noch wochenlang lesen könne, wenn er mit den Ringen jemandem ins Gesicht schlug. HH wie Hansestadt Hamburg. Oder Hounds of Hell.

„Worum geht es denn?" Fiete war auf der Hut und wollte Zeit gewinnen. Zeit, in der er versuchen würde, sich ein Bild von der Situation zu machen. Denn obwohl die drei Männer bei ihren Harleys aussahen, als ob sie nur mit sich selbst beschäftigt waren, wusste er, dass ihnen keine Bewegung von ihm entging. Das war ihre Art und Weise, ihren Präsidenten zu schützen.

„Clubangelegenheiten!" Kaiser war nicht gewillt lange zu diskutieren. Er drehte sich bereits um und wollte zum Büro gehen, als Fietes Stimme ihn aufhielt.

„Kann ich mich darauf verlassen, dass deine Männer keinen Zoff anfangen?"

„Die wollen nur hier sitzen und ein bisschen Pause in der Sonne machen. Solange du ihnen keinen Anlass bietest, halten sie die Füße still."

Fiete seufzte leise. Mehr Sicherheit würde er nicht bekommen.

„Also gut. Gehen wir." Er bedeutete Lasse und Rollo sich wieder zu setzen und marschierte los. Unterwegs fiel ihm auf, dass er immer noch sein Schinkenbrot in der Hand hielt. Er warf es achtlos auf den Boden. Der Appetit war ihm bereits jetzt gründlich vergangen. Auf Höhe der Harleys hatte er Kaiser eingeholt und nickte dessen Männern kurz zu. Sie schienen es nicht zu bemerken.

Im Büro tippte eine junge Sekretärin auf einer schmuddeligen Computertastatur. Schmuddelig war sie, weil er manchmal auch daran saß und vergaß, dass er stets Öl an den Fingern hatte.

„Conny, mach mal Pause. Wir haben was zu besprechen."

Die Sekretärin, die vom Alter her Fietes Tochter hätte sein können, schaute verwundert auf.

„Aber ich hab' doch schon Mittag gemacht."

„Dann geh Kaffee kaufen. Jedenfalls mach 'nen Abflug!" Er deutete mit dem Kopf in Richtung Tür und allmählich schien es der Bürokraft zu dämmern, dass ihre Anwesenheit nicht erwünscht war.

„Na klar, Chef. Bin schon weg!"

Eilig suchte sie nach ihrer Handtasche, warf ein knappes Jeansjäckchen über und stöckelte zur Tür. Dort angekommen drehte sie sich noch einmal um, besann sich dann aber und verließ den Raum.

Fiete deutete auf einen kleinen Tisch mit vier Stühlen in der Ecke. Er war übersät mit Papieren, Kartons und Kaffeebechern, da er gleichzeitig als Ablage, Posttisch und Kantine bei schlechtem Wetter diente.

„Wie du siehst, bin ich auf Besuch nicht vorbereitet."

„Macht nichts. Es wird auch nicht lange dauern." Kaiser setzte sich mit dem Gesicht zur Tür und streckte die Beine unter dem Tisch aus. Fiete zögerte und wählte dann den Platz schräg gegenüber, obwohl gerade dort ein besonders großes Chaos herrschte. Aber es schien ihm geschickt, einen möglichst großen Abstand zu seinem Besucher zu halten.

„Ich nehme nicht an, dass du zum Kaffeetrinken gekommen bist."

„Nein." Kaiser sah sich ungeniert im Raum um. „Du arbeitest hier richtig, ja?"

„Allerdings. Das ist mein Job hier. Von irgendwas muss der Mensch leben."

„Na ja. Es gibt einfachere Methoden, um Geld zu verdienen als so eine Klitsche."

„Mag sein. Aber ich bin nun mal Mechaniker." Fiete fragte sich langsam, wohin dieses Gespräch steuerte. Brauchte der Präsident der Höllenhunde Unterstützung bei einer seiner kriminellen Unternehmungen? Aber was wollte er dann bei den Riders? Der Club war weit entfernt von illegalen Geschäften, denn Fiete sorgte dafür, dass alle Mitglieder einen anständigen und vor allem ehrlichen Job hatten. Zur Not in seiner Werkstatt.

„Schutzgelderpressung ist kein Lehrberuf."

„Da hast du wohl recht. Aber das ist nicht unsere Baustelle und das solltest du auch wissen."

„Hm. Wie kann es dann sein, dass zwei Männer in deinen hässlichen Kutten bei einem Freund von mir in der Kneipe auftauchen und zehn Prozent vom Umsatz einfordern?"

„Unmöglich! Kein Rider erpresst Schutzgeld. Wir sind Rocker und wir sind Brüder. Wir achten die Gesetze unseres Clubs und uns gegenseitig. Bestimmt sind wir auch keine Waisenkinder, aber Kriminelle sind wir nicht. Was andere Clubs machen ist uns egal und wir würden auch niemanden verpfeifen. Aber Onepercenter haben bei den Free Riders keine Chance." Fiete hatte sich in Rage geredet und dabei völlig vergessen, mit wem er gerade sprach.

Caspar Kaiser nickte gleichgültig und griff in die Innentasche seiner Weste. Allerdings zog er keine Waffe, wie Fiete in einer Schrecksekunde zunächst befürchtete, sondern förderte einen kleinen Plastikbeutel zutage.

„Hier", sagte er und schob ihn über den Tisch. „Das gehört jetzt dir. Mir ist es egal, ob deine flammende Rede echt war und ob irgendwelche Member der Riders hinter deinem Rücken eigene Deals einfädeln. Entweder du erzählst mir hier einen Scheiß oder du hast deinen Club nicht im Griff."

Er erhob sich und richtete sich zu voller Größe auf. Dann deutete er auf den Präsidenten-Patch auf seiner Brust.

„Mein Club macht jedenfalls, was ich sage. Und ich habe allen gesagt, dass kein Rider – und kein Member von irgendeinem anderen Club – im Gebiet der Hounds of Hell wildert. Für den Moment belassen wir es dabei. Aber wenn das noch einmal vorkommt, dann gibt es Krieg zwischen uns. Verstanden?"

Fiete, der zwar bis hierhin gar nichts verstanden hatte, außer, dass der Präsident der Höllenhunde stinksauer war, nickte trotzdem. Es schien ihm die angemessene Unterwerfungsgeste, ohne dass er sein Gesicht ganz verlor. Kaiser schien jedenfalls für den Moment zufrieden und setzte sich Richtung Tür in Marsch. Dort angekommen drehte er sich noch einmal um.

„Ich glaube, was du sagst. Aber dir tanzen die Member auf der Nase herum. Eigentlich solltest du dankbar sein, dass ich dir den Job abgenommen habe."

Mit diesen Worten drückte er die Tür auf und verschwand. Einige Momente später tönte das Dröhnen der startenden Motoren in den Raum und Fiete hörte, wie die vier Harleys sich donnernd durch die Einfahrt entfernten. Wenige Sekunden später wurde die Tür wieder aufgerissen und Lasse und Rollo eilten ins Büro.

„Alles in Ordnung, Präsi?"

Fiete, der in der Zwischenzeit den Plastikbeutel einer flüchtigen Untersuchung unterzogen hatte und ihn jetzt vor den neugierigen Blicken der andern verbarg, war ziemlich blass um die Nase, als er leise entgegnete:

„Nein, nichts ist in Ordnung!"

* * *

„Guten Morgen, Mike!"

Wie immer, wenn sie ihren Lieblingskollegen sah, strahlte Jutta Brehm, die Sekretärin von "KM – Das Kriminalmagazin" wie ein geschmückter Christbaum.

„Hallo Jutta, du siehst mal wieder bezaubernd aus!"

Prompt errötete die junge Frau heftig und strich verlegen ihre Bluse über den sehr weiblichen Formen glatt. Sie selbst hielt sich für zu dick und war ein bereitwilliges Opfer für jede neue Diätmethode. Ärgerlicherweise konnte sie jedoch machen, was sie wollte – sie nahm einfach nicht ab. Für ihr Selbstbewusstsein war es ein wahrer Segen, dass Staller ihr mit schöner Regelmäßigkeit Komplimente machte, die er allerdings auch durchaus ernst meinte. Dies trug ihm ihre stille Zuneigung ein, die sie auch heute wieder zeigte.

„Soll ich dir einen Kaffee in dein Büro bringen?"

„Das wäre außerordentlich liebenswürdig, ich hab nämlich noch einen Haufen Arbeit bis zur Konferenz. Danke dir!"

Mit diesen Worten stürmte der Reporter weiter. Bei der heutigen Themenkonferenz würde festgelegt werden, welche Beiträge für die nächste Sendung vorbereitet werden sollten. Der Doppelmord von heute Morgen war mit einiger Sicherheit das brisanteste Ereignis und er wollte so viel Zusatzinformation zusammentragen wie irgend möglich. Dafür galt es jetzt einen Haufen Telefonate zu führen. Er holte sein berühmtes schwarzes Buch aus der obersten Schreibtischschublade und überlegte, wen er zuerst anrufen sollte. Ein solches Adressverzeichnis war in Zeiten von Smartphones und Tablets zwar ein Relikt aus der technischen Steinzeit, aber er hatte sich nun einmal daran gewöhnt und pflegte den Anachronismus mit Überzeugung. In diesem Buch standen sämtliche Kontakte, die sich im Laufe vieler Jahre bei seiner Arbeit als Polizeireporter angesammelt hatten. Und das waren einige Hundert. Die Bandbreite reichte vom Innensenator bis zum Sozialarbeiter in einer Kiezküche, vom Bankdirektor bis zur Prostituierten.

In diesem Fall suchte er jemanden, der ihm erklären konnte, welche Bedeutung die abgeschnittenen Nasen haben konnten. Er blätterte durch die Seiten seines Notizbuches und dachte nach. Plötzlich kam ihm die passende Eingebung. Ein Tätowierer mit eigenem Studio, der früher selber zur Rockerszene gehört hatte! Wenn er ihm nicht selbst weiterhelfen konnte, dann kannte er bestimmt den richtigen Mann für diese Frage. Das war das Herzstück von Stallers Arbeit: Menschen finden, die seine Fragen beantworten konnten. Manchmal brauchte es ein paar Zwischenstationen, aber fast immer stand am Ende einer Recherche eine Person, die das entsprechende Wissen besaß und bereit war es zu teilen. Die große Kunst des Reporters bestand darin, den Menschen so entgegenzutreten, dass sie ihm vertrauten und mit ihm redeten. Er besaß das außerordentlich nützliche Talent, die richtige Atmosphäre aufbauen zu können, egal ob der Gesprächspartner Manager oder Obdachloser war.

Beim achten Läuten meldete sich eine verschlafene Stimme am Telefon mit einem geknurrten: „Ja?"

„Kuddel, hier ist Mike Staller. Ich brauche deine Hilfe."

„Wie spät ist es?"

„Gleich elf Uhr."

„Warum rufst du mitten in der Nacht an?"

„Es ist elf Uhr morgens!"

„Sag ich ja!" Die raue Stimme am Telefon verstummte einen Moment. Aus dem Lautsprecher war ein leises Geraschel zu hören, dann ein Klicken. Es folgte ein tiefer Atemzug. Offenbar hatte der Tätowierer sich eine Zigarette angesteckt.

„Was willst du?"

Immerhin. Das war so etwas Ähnliches wie Kooperationsbereitschaft. Der Reporter schilderte sein Anliegen und schloss die entscheidende Frage an.

„Sagt dir das irgendwas?"

In der Pause, während sein Gesprächspartner das Gehörte offenbar verarbeiten musste, huschte Jutta mit einem dampfenden Becher Kaffee ins Büro, den sie mit einem schüchternen Lächeln auf den Schreibtisch stellte. Staller deutete auf das Telefon, nickte dankbar und warf der Sekretärin eine Kusshand zu, woraufhin sie erneut errötete und mit glänzenden Augen den Raum verließ. Er setzte den Becher an den Mund, verbrannte sich die Lippen und schaffte es mit Mühe, den Kaffee wieder abzusetzen, ohne den ganzen Schreibtisch zu bekleckern.

„Das bedeutet, dass jemand seine Nase irgendwo reingesteckt hat, wo sie nicht hingehört." Kuddel war am anderen Ende der Leitung zu einem Ergebnis gekommen.

„Was könnte das sein?"

„Tja, das kommt drauf an."

Staller rollte mit den Augen. „Geht es ein bisschen genauer?"

„Das kann alles mögliche sein. Eine Gebietsübertretung. Einmischung in einen Geschäftszweig. Oder er hat eine Old Lady angegraben." So wurden die Frauen oder festen Freundinnen der Rocker genannt. „Allerdings würde ich dann eher vermuten, dass ihm der Schwanz abgeschnitten wird."

Der Gleichmut, mit dem Kuddel diese Erklärung abgab, ließ Staller erschauern. Gewalt war in diesen Kreisen offensichtlich völlig selbstverständlich.

„Also du glaubst, dass das eine Angelegenheit unter Rockern ist?"

„Die einzigen Typen, die sonst noch Nasen abschneiden, sind die Triaden. Aber die Chinamänner bleiben in Hamburg eher unter sich. Wüsste nicht, dass die Stress mit anderen Jungs hätten."

„Danke Kuddel! Das hat mir schon mal sehr geholfen. Vielleicht brauche ich dich nochmal, dann melde ich mich."

„Schon gut. Aber dann vielleicht zu einer etwas zivileren Uhrzeit!"

„Werde ich mir merken", lachte Staller. „Und jetzt leg dich wieder hin!"

Es blieb ihm noch rund eine Stunde bis zur Themenkonferenz. Bis dahin gab es noch viel zu tun. Zunächst rief er Eddy an, den er im Auto erreichte. Die Dreharbeiten am Tatort hatte er beendet, nachdem die Leichen abtransportiert worden waren. Jetzt war der Kameramann auf dem Weg in die Redaktion. Staller bat ihn, bis 12 Uhr die Bilder auf den Server zu überspielen, damit er in der Konferenz einen ersten Eindruck vermitteln konnte. Wie immer verließ er sich vollständig auf den wortkargen Franken.

Dann wählte der Reporter die Nummer von Thomas Bombach. Auch dieser befand sich im Auto, hatte aber trotzdem Neuigkeiten.

„Die KTU hat heute mal ausnahmsweise ein paar zügige Ergebnisse geliefert. Wie erwartet hat der Abgleich der Fotos mit der Kartei zwei Treffer geliefert. Unsere beiden Toten haben jetzt Namen und eine Biografie."

„Und?"

„Tom Mahler und … warte mal … Bernd Hinsch. Beide hatten früher bei den Hells Angels als Prospects angeheuert, haben aber keine Vollmitgliedschaft mehr erwerben können, da ihnen das Verbot zuvorkam. Danach waren sie solo unterwegs, immer so zwischen Baum und Borke. Keine ganz großen Strafen, aber häufig auffällig. Körperverletzung, Nötigung, Drogenbesitz. Tja, und heute tragen sie die Colours der Free Riders."

Prospects nannten die Rocker Anwärter auf eine Mitgliedschaft. Diese mussten ihre Loyalität und Tauglichkeit für einen bestimmten Zeitraum unter Beweis stellen. Fiel diese Probe zufriedenstellend aus, wurden sie anschließend Vollmitglied. Während dieser Probezeit mussten sie klaglos alle Aufträge ausführen, Drecksarbeit verrichten und sich dafür gegebenenfalls auch noch erniedrigen lassen. Da galt es schon mal, das Motorrad vom Präsidenten auf Hochglanz zu wienern oder den gefährlichen Transport von Drogen zu übernehmen.

„In erster Linie sind sie heute mal tot", erinnerte Staller. „Ich glaube nicht, dass die Riders etwas damit zu tun haben." Er berichtete, was Kuddel ihm über die abgeschnittenen Nasen gesagt hatte.

„Besonders weit bringt mich das nicht", klagte Bombach. „Ich kann nur hoffen, dass die Obduktion und die Spurenermittlung noch Hinweise bringen."

„Nach unserer Konferenz werde ich mich mal bei den Riders umhören. Vielleicht wissen die, womit sich ihre Kumpel gerade beschäftigt haben."

„Werdet ihr die Story bringen?"

„Waren noch andere Teams vor Ort?"

„Zwei weitere Geier habe ich gesehen, ja."

„Dann senden wir es. Wenn es exklusiv gewesen wäre …"

„Soll ich jetzt auch noch deine Kollegen verjagen?" Der Kommissar klang aufgebracht.

„Nein, schon gut. Bis später!"

Jetzt war der Kaffee natürlich fast kalt. Mit einem Seufzer nahm der Reporter trotzdem einen großen Schluck. Dann überlegte er, wie seine nächsten Schritte aussehen würden.

„Moin Mike!"

Frisch und munter wie ein Sonnenaufgang am Meer stand Sonja in der Tür. Sonja Delft, Kollegin, Moderatorin, Freundin und die einzige Frau, die ihn regelmäßig aus dem Konzept bringen konnte. Das hing damit zusammen, dass immer noch ungeklärt im Raum hing, ob sie wirklich nur gute Freunde waren oder vielleicht doch einiges mehr. Ihr langes blondes Haar trug sie heute offen und das schlichte hellblaue T-Shirt schmiegte sich eng an ihre schlanke Figur. Obwohl Jeans und Sneakers nicht gerade der Inbegriff raffinierter Mode waren, verschlug der Gesamteindruck Staller den Atem. Er musste sich räuspern, bevor er antworten konnte.

„Hi Sonja! Alles klar bei dir?"

„Natürlich. Und du bist schon wieder über zwei Leichen gestolpert?

„Na ja. Eddy hat mich informiert."

„Vielleicht solltest du dich mal mehr mit lebendigen Körpern beschäftigen", meinte Sonja schelmisch und platzierte eine Pobacke auf seinem Schreibtisch. Eine verdammt knackige Pobacke, wie er unwillkürlich denken musste, bevor er einen Anstieg der Raumtemperatur zu verspüren glaubte.

„Wird erledigt. Nach der Konferenz besuche ich die Hinterbliebenen. Die dürften recht lebendig und ziemlich aufgebracht sein."

Die Moderatorin zog einen Schmollmund. Er brachte es doch immer wieder fertig, ihren zarten Annäherungsversuchen auszuweichen. Andererseits hatte er natürlich recht. In wenigen Minuten begann ihre Konferenz. Vordringlich war jetzt, die spannendste und informativste Sendung zu bauen, die die Themenlage hergab. Nach etlichen Jahren der Zusammenarbeit mit Staller wusste sie, dass er mit Leib und Seele an seinem Beruf hing. Und auch sie war ein Vollprofi, denn sonst hätte sie es nicht trotz ihrer gerade mal dreißig Jahre in diese Position gebracht.

„Meinst du, wir bekommen mehr Material als das, was wir schon haben?"

„Hm. Der durchschnittliche Rocker neigt dazu etwas kamerascheu zu sein. Ich rechne mal mit nichts und freue mich, wenn doch noch etwas dazukommt."

„Brauchst du meine Hilfe? Ich könnte dich bei der Recherche unterstützen."

Staller lachte laut auf, was ihm einen bösen Blick einbrachte.

„Glaubst du etwa, ich könnte nicht … ?"

„Du kannst vieles, das weiß ich doch. Aber wenn es zwei Bevölkerungsgruppen gibt, denen Rocker nichts erzählen, dann sind das Bullen und Weiber."

Sie zog misstrauisch die Augenbrauen hoch.

„Übernimmst du jetzt diesen Machojargon?"

Schuldbewusst hob er die Hände. „Tut mir leid! Als du hereinkamst, hatte ich gerade über den Besuch bei Fiete, dem Präsi der Free Riders, nachgedacht."

„Und zack – verfällst du ins Altrockerverhalten! Ja, ja, so kennt man dich!" Sie lächelte ihn schon wieder an. Es fiel schwer, diesem großen Jungen böse zu sein. „Komm, die Konferenz fängt gleich an."

Staller warf einen Blick auf seine Uhr und verstaute dann sein schwarzes Adressbuch wieder in der Schreibtischschublade, die er abschloss. Das war keine Frage von Misstrauen, sondern ganz normal. Kontakte waren alles im Bereich des Journalismus und etliche davon legten großen Wert darauf, sehr diskret behandelt zu werden. Nach einem letzten Schluck kalten Kaffees war er bereit und sprang auf.

Im Konferenzraum waren schon fast alle Kollegen versammelt.

Eine Themenkonferenz für eine Magazinsendung ist oft schon ein Ereignis für sich. Journalisten neigen zu Eitelkeit und Rechthaberei und leiden in den seltensten Fällen unter Schüchternheit. Treffen also mehrere von ihnen zusammen, dann muss mit allem gerechnet werden, nur nicht mit Langeweile. Unterstützt wurde dieses Naturgesetz im Falle von "KM" durch die Person des CvD, wie der Chef vom Dienst üblicherweise abgekürzt wird. Helmut Zenz war unbestritten ein hervorragender Journalist. Er stellte in aller Regel Sendungen zusammen, die das Interesse der Zuschauer weckten und sicherte so die Existenz des Magazins. Zweimal pro Woche fünfundvierzig Minuten monothematisch über Kriminalität zu berichten und trotzdem stabile Quoten einzufahren – das war schon eine besondere Fähigkeit.

Leider waren seine menschlichen Qualitäten deutlich sparsamer gesät. Zenz war cholerisch, beleidigend, rechthaberisch, ungerecht und damit etwa so beliebt wie ein Pickel am Gesäß. Das interessierte ihn hingegen nicht die Bohne und so war das Verhältnis zwischen ihm und der Redaktion stets gespannt. Bester Beweis für seine Art war die Begrüßung, die er Sonja und Mike zuteilwerden ließ, als diese um Punkt zwölf den Raum betraten.

„Ah, die Prominenz lässt sich herab, unsere bescheidene Konferenz mit ihrer Anwesenheit zu adeln! Dann können wir ja endlich beginnen."

Staller lächelte nur mild und suchte für Sonja und sich freie Stühle. Die Moderatorin hatte ihren Mund zu einem schmalen Strich zusammengekniffen und warf wütende Blicke auf den CvD, die dieser entweder nicht bemerkte oder bewusst ignorierte.

„Also: Für morgen haben wir aktuell die Einbruchsserie am Tag und den Tankstellenräuber mit Video. Als Reportage Michels Bericht über die Ausbildung von Polizeihunden und als schräge Nummer die versteckte Kamera mit der Politesse."

Das Geheimnis einer erfolgreichen Sendung war die gelungene Mischung aus Aktualität und Hintergrundberichten, erschreckenden und anrührenden Momenten und ein Ausstieg mit Humor, damit die Zuschauer nicht voller Angst aus der Sendung entlassen wurden.

„Das sind zusammen vielleicht zwanzig, fünfundzwanzig Minuten. Was habt ihr noch zu bieten?"

Verschiedene Vorschläge schwirrten durch den Raum. Einige Fahndungswünsche der Polizei wurden aufgenommen, denn das sicherte die Kooperation der Behörden in anderen Fällen. Der dringende Wunsch einer sozial engagierten Kollegin, das "Abziehen" von Smartphones auf Schulhöfen zu thematisieren, wurde hingegen brachial abgeschmettert.

„Früher waren es Klamotten oder Turnschuhe, heute sind es halt Handys oder iPods. Wen soll das interessieren? Da schlafen mir ja die Füße ein. Was noch?"

Hannes, der junge Volontär, berichtete von vermehrt entdeckten Blüten, und zwar bei den neuen Zehneuroscheinen, die doch angeblich nochmals fälschungssicherer sein sollten.

„Das könnte was werden", überlegte Zenz. „Wenn's ums Geld geht, sind die Leute immer interessiert. Und gerade bei so kleinen Scheinen. Recherchiere das mal weiter und mach einen Vorschlag, wie du das umsetzen willst!"

Als langsam absehbar war, dass es keine weiteren Themen mehr geben würde, räusperte sich Staller und ergriff das Wort.

„Heute Morgen wurden zwei Leichen in einem Hauseingang in der Neustadt entdeckt. Erschossen. Offenbar wurden sie in der Nacht in Planen eingewickelt dort abgelegt. Dem äußeren Anschein nach waren es Rocker."

Zenz stieß einen anerkennenden Pfiff aus.

„Das ist doch mal was! Gibt es Bewegtbilder?"

Staller nickte und griff nach dem Laptop, der auf dem Konferenztisch stand. Nach ein paar Klicks hatte er gefunden, was er suchte und schaltete den großen Flachbildschirm an der Stirn des Raumes mit der Fernbedienung ein. Das Standbild des Hauseingangs erschien. Nach einem Druck auf die Starttaste fuhr die Kamera näher heran. Genau im richtigen Moment wurde die Blende verändert, so dass aus dem Dunkel in der Bildmitte die beiden Toten gut sichtbar hervortraten. Nach einer kurzen Totalen fuhr die Kamera dicht auf das Gesicht des einen Mannes. Das Loch, wo einst die Nase gewesen war, wirkte extrem realistisch und erschreckend. Dann zog die Kamera wieder auf und schwenkte auf die zweite Leiche. Diesmal zoomte sie nicht ganz so dicht auf das Gesicht, so dass der Anblick etwas weniger ekelhaft war.

„Klasse! Das ist super Material. Damit machen wir die nächste Sendung auf. Mike, du findest raus, worum es da ging, wer die waren und ob wir vor einem Rockerkrieg in Hamburg stehen. Mann, das sind die schönsten Leichen seit Langem!"

Zenz war in seiner Begeisterung kaum zu bremsen und übersah völlig, dass seine Sätze nicht bei allen Kollegen gut ankamen. Seine zynische Art war bekannt, aber nicht gerade beliebt.

„Wir sollten entweder die schlimmsten Bilder weglassen oder sie wenigstens ein bisschen bearbeiten", schlug Staller vor.

„Um Himmels willen! Auf keinen Fall. Du hast hier ausnahmsweise Gold angeschleppt und wirst das jetzt nicht mit Blech überdecken." Der CvD war fassungslos.

„Für neun Uhr ist das vielleicht ein bisschen heftig", argumentierte Staller weiter.

„Ach, Blödsinn! Die Leute gucken doch morgens schon Youporn und nachmittags Zombiefilme. Die können das ab." Für Zenz war der Fall damit erledigt. Staller hingegen nahm sich vor, im Schnitt dafür zu sorgen, dass der Anblick der Toten nicht zu schrecklich werden würde.

„So, Herrschaften!" Zenz klatschte in die Hände. „Jetzt nicht den halben Tag Kaffee trinken und quatschen. Es gibt viel zu tun, bewegt mal eure faulen Ärsche. Wer kein Thema hat, der kommt in mein Büro und holt sich was. Ich will niemanden rumsitzen sehen!"

Seufzend erhoben sich die derart Abgewatschten und hatten es eilig, aus der Reichweite des ungeliebten CvD zu kommen. Auftritte wie dieser riefen häufig die Frage hervor, ob man bei der Berufswahl wirklich aufs richtige Pferd gesetzt hatte.

* * *

Kommissar Bombach saß an seinem Schreibtisch. Das war schon das erste Problem. Er hasste die Arbeit im Büro. Leider gab es viel zu viel davon. Lieber wäre er rausgefahren und hätte Verdächtige vernommen, Wohnungen durchsucht oder sogar Häuser nach möglichen Zeugen abgeklappert. Aber jetzt saß er hier und versuchte seinem Computer Informationen zu entlocken und das war das zweite Problem. Der Rechenknecht – standesgemäß mit Windows XP ausgerüstet und mit nur noch zur Hälfte lesbarer Tastatur – folgte seinen eigenen Gesetzen. Vermutlich war er für den Mittelmeerraum eingeplant gewesen, denn er legte immer mal wieder unvermutet eine Siesta ein, während derer er sich strikt weigerte irgendwelche Befehle auszuführen.

Anfänglich hatte Bombach in solchen Fällen noch den Support der hauseigenen IT-Abteilung in Anspruch genommen. Nachdem er aber festgestellt hatte, dass deren ganze Hilfe darin bestand, ihn anzuweisen, dass er den Rechner komplett herunterfahren und neu starten sollte, hatte er das aufgegeben. Ein Neustart bedeutete nämlich keine Kaffeepause, sondern die Möglichkeit zu einer mehrgängigen Mittagsmahlzeit. Und danach war alles wie vorher.

Und obwohl der Computer heute, wenn auch im Schneckentempo, arbeitete, bestand das dritte Problem darin, dass es einfach zu wenig Informationen gab. Die interne Datenbank ließ vermuten, dass es so etwas wie Rockerkriminalität in Hamburg offenbar nicht gab. Die vergangenen zwei Stunden hatten ihn nur Nerven gekostet und keinerlei Erkenntnisgewinn erbracht. Die Kollegen von der Organisierten Kriminalität hatten ihren Laden entweder dicht gemacht oder waren alle im Außendienst, jedenfalls bequemte sich niemand ans Telefon zu gehen. Sein neuer Fall stand offensichtlich unter keinem guten Stern.

Enttäuscht meldete sich Bombach vom System ab. Es war zwar eigentlich noch zu früh, aber er würde als Nächstes wieder an den Tatort fahren und den Wirt der Kneipe befragen, ob er wusste, warum zwei tote Rocker vor seiner Gaststätte lagen. Das war nicht besonders erfolgversprechend, aber immer noch besser, als hier im Büro zu sitzen und seinen Computer anzubrüllen.

Zuerst griff er aber zum Telefon. Ein Anruf bei seiner Frau half ihm meistens, wenn er von seinem Job frustriert war, was leider zu oft der Fall war. Er war Polizist aus Leidenschaft, der hochmotiviert antrat, den Kampf gegen das Verbrechen aufzunehmen. Was er nicht ertrug, waren in seinen Augen unnötige Probleme wie steinzeitliche Ausrüstung, fehlendes Personal und bürokratische Hürden. Oder unverständliche Entscheidungen von oben, die ganz offensichtlich politischem Kalkül entsprangen.

„Hallo Schatz!"

„Na, mein Bär?" Die Stimme von Gaby verursachte auch nach jahrelanger Ehe immer noch ein Prickeln an seinem Rückgrat. „Nervt dich die Arbeit wieder?"

„Allerdings", maulte er. „Wenn dieser Computer noch einen Tick langsamer wäre, dann müsste man ihn der Deutschen Bahn schenken. Und das Wenige, was er ausspuckt, nützt mir nichts!"

„Das ist natürlich besonders ärgerlich." Sie wusste, dass er keinerlei Information zu irgendwelchen Fällen weitergab und deshalb auch keine konkrete Hilfe erwartete. Aber sie hörte aufmerksam zu und zeigte Verständnis. Das reichte ihm.

„Und was willst du jetzt machen?"

„Ich erledige das, womit ein Polizist noch etwas erreichen kann: Rausgehen und mit den Leuten reden. Die Luft im Büro tut mir eh nicht gut." Bombach behauptete steif und fest, vom Aktenstudium Asthma zu bekommen. Unglaubwürdig daran war nur, dass er zu Hause stapelweise Oldtimerzeitschriften hortete, an denen mehr Staub haftete als im ganzen Präsidium zusammen zu finden war.

„Wirst du rechtzeitig zum Essen hier sein?"

Ein weiterer kluger Schachzug von ihr, um seine Laune zu heben. Er liebte Essen allgemein und ihre Küche ganz besonders. Und sie wusste, dass sein Herz der deutschen Hausmannskost gehörte.

„Was gibt es denn?", fragte er prompt erwartungsgemäß.

„Wie wäre es mit einem leckeren Jägerschnitzel?"

„Klingt vielversprechend! Da ich heute vermutlich sowieso nicht mehr viel erreichen kann, werde ich pünktlich da sein."

„Prima! Ich freue mich schon ..." Ihre Stimmlage rutschte eine Terz tiefer. Ebenso der Schauer, den sie bei ihm auslöste. Meine Güte, was für eine prachtvolle Frau, dachte er.

„Bis nachher dann!"

Deutlich besser gelaunt suchte er nach seinem Autoschlüssel. Vielleicht ließ sich der Tag noch retten.

* * *

Der Imbiss sah aus wie nahezu jede Abfütterungsstation der Republik. Der offene Bereich, in dem die sogenannten Speisen zubereitet wurden, wirkte fettig und schmuddelig, obwohl Fliesen und Edelstahl das Bild dominierten. Zum Rest des Raumes war er durch einen Tresen abgeteilt, der zum überwiegenden Teil als Kühltheke fungierte. In trauter Eintracht lagen hinter Glas blasse Currywürste, plastifiziert wirkende Frikadellen und Schnitzel, die aus Kostengründen mehr Panade als Fleisch enthielten. Einige Schüsseln beherbergten verschiedene Salate, allerdings nicht frisch, sondern eingelegt. Wachsbohnen, Gurken oder Rote Beete – sollte bei ihnen ein Vitamin gefunden werden, handelte es sich garantiert um ein Versehen. Dafür gab es reichlich Konservierungsstoffe.

Im Hintergrund stand ein großer Pappkarton mit Pommes Frites, von denen mit schöner Regelmäßigkeit zwei Schaufeln in die Fritteuse wanderten, denn im Gegensatz zur Qualität der Speisen ließ die Quantität der Gäste nicht zu wünschen übrig. Handwerker, Schüler, Bankangestellte – ein Imbiss schafft, was der Kommunismus nie erreicht hat: Alle Menschen sind gleich. Sie wollen billiges Fleisch, sättigende Kohlehydrate und überwürzte Saucen. Und das für kleines Geld. Entsprechend riss die Schlange an der Theke nicht ab und der speckige Mann hinter dem Tresen wischte sich immer wieder mit dem ziemlich schmuddeligen Ärmel seines weißen Kittels den Schweiß von der Stirn, während er virtuos Fritteusen, Bratflächen und Ladenkasse bediente.

Auf der Fensterbank stand eine räudige Yuccapalme, vermutlich die einzige Pflanze, die in einer derart lebensfeindlichen Atmosphäre existieren konnte. Ein Flachbildfernseher über der Tür zum Nebenraum zeigte auf verschmiertem Bildschirm stumm eine Sportsendung. Dafür plärrte aus einem nicht sichtbaren Radio laut und knisternd ein aktueller Hit nach dem anderen, unterbrochen hier und da von einem extrem aufgeräumten, aber dabei komplett unlustigen Moderator. Zwei Stehtische, opulent mit Pfeffer- und Salzstreuer, sowie einem Päckchen Zahnstocher dekoriert, luden zwar nicht unbedingt zum Verweilen ein, waren aber trotzdem besetzt. An einem von ihnen verdrückten drei Handwerker in Blaumännern die Spezialität des Hauses: Riesige, fetttriefende Haxen, an die eigentlich ein Warnhinweis gehört hätte: Dieses Essen gefährdet ihre Gesundheit! Ungeachtet dessen schien es den drei Herren aber bestens zu schmecken und sie führten dazu im wahrsten Sinne des Wortes eine vollmundige Unterhaltung.

Aus dem Fauchen und Brutzeln der Fritteusen, dem Klingeln der Kasse, dem Rascheln der Plastiktüten, aus Bestellungen, Musik und dem Geschnatter der Handwerker entstand eine Kakophonie des Grauens. Rechnete man jetzt noch die beißenden Gerüche im Raum dazu, dann musste man sich die Frage stellen, warum auch nur irgendein Mensch diese Lokalität besuchte. Oder gar freiwillig dort verweilte, wie es die Gäste am zweiten Stehtisch taten. Denn diese schienen nicht einmal zum Essen gekommen zu sein, denn vor ihnen standen lediglich eine Dose Cola und eine Flasche Bier. Während der eine mit seiner abgewetzten Jeans und dem fleckigen gelben T-Shirt zumindest optisch in den Raum passte, wirkte der andere im dunkelblauen Anzug mit blütenweißem Hemd und Krawatte eindeutig fehl am Platze. Seine schwarzen Budapester glänzten frisch poliert und eine teure Uhr am Handgelenk legte den Schluss nahe, dass der Aufenthalt in diesem Gourmet-Tempel zumindest nicht finanziell motiviert war.

Der mit dem gelben Shirt ergriff zunächst die Bierflasche für einen ausgiebigen Zug und dann das Wort.

„Was liegt an?"

Dabei streckte er sich ungeniert, wobei zwischen Oberkante der Jeans und Unterkante des Shirts ein Stück stark beharrten Bauches sichtbar wurde. Überhaupt wirkte der große Mann mit seinen langen, leicht verfilzten Haaren und dem Vollbart neben dem wie aus dem Ei gepellten Anzugträger ziemlich ungepflegt.

„Hier!"

Ein neutraler weißer Briefumschlag ohne Aufschrift erschien wie von Zauberhand auf dem Tisch, halb verborgen von der Hand des kleineren Mannes im weißen Hemd.

„Die Adresse steht drinnen. Dritter Stock links. Zwei Satz Schlüssel liegen bei."

Der Langhaarige legte seine Hand auf den noch unbedeckten Teil des Umschlags und wollte ihn zu sich herüberziehen, aber der andere Mann hielt noch fest. Seine sorgfältig manikürten Nägel standen in krassem Gegensatz zu den Trauerrändern an der schmuddeligen Pranke des Hünen.

„Um Missverständnisse zu vermeiden: Die Spur darf keinesfalls zu uns führen. Andernfalls ist unsere Vereinbarung nichtig. Und der Zeitrahmen beträgt maximal drei Monate. Ist das ein Problem?"

Der Biertrinker schüttelte den Kopf. „Kein Problem. Die Angelegenheit ist praktisch erledigt."

„Gut."

Der Mann führte die Coladose mit abgespreiztem kleinen Finger zum Mund und nahm einen kleinen Schluck. Dann verzog er das Gesicht und stellte die Dose ab.

„Selbst die Dosencola schmeckt hier nicht." Er schüttelte sich kurz. „Wir haben uns nie getroffen."

Mit einem unmerklichen Nicken verließ er den Stehtisch, drängte sich an der Schlange vor dem Tresen vorbei und trat auf die Straße. Ohne sich noch einmal umzuschauen verschwand er zügigen Schrittes.

Der andere faltete den Umschlag und schob ihn in seine Gesäßtasche. Dann hob er die Hand und errang die Aufmerksamkeit des Mannes hinter dem Tresen.

„Einmal Schnitzel mit Pommes, aber ohne Grünzeug!"

* * *

„Paps, bist du das?"

Die Stimme von Kati Staller klang überrascht. Es war nicht die Regel, dass ihr Vater an einem normalen Arbeitstag kurz nach Mittag in die gemeinsame Wohnung in Eilbek kam.

„Wer hat denn sonst noch einen Schlüssel zu unserer Wohnung, sollte ich da etwas wissen?"

Er begrüßte seine knapp neunzehnjährige Tochter mit einem liebevollen Kuss auf die Stirn. Seit dem tragischen Tod seiner Frau vor sieben Jahren lebte er allein mit Kati und hatte den Härtetest als alleinerziehender Vater einer pubertierenden Tochter ziemlich ordentlich bestanden. Die Aufgabe hatte ihn zwar oft bis an die Grenzen gefordert und war vielleicht auch mit ein Grund, warum er sich nie wieder ernsthaft gebunden hatte, aber der Lohn der Mühen war ein großartiges Verhältnis zwischen ihnen.

„Ich war nur überrascht. Aber gut, dass du da bist! Ich wollte mit Isa ein paar Tage rausfahren. Die Abiprüfungen sind durch und wir wollen mal überlegen, wo es im Leben so hingehen soll."

„Oh bitte, lass dir von Isa keinen Floh ins Ohr setzen!", stöhnte Staller in komischer Verzweiflung auf. Isabell war Katis beste Freundin und einigermaßen speziell. In rascher Reihenfolge konnte sie sich für die abenteuerlichsten Dinge begeistern und verschrieb sich ihrer neuen Leidenschaft dann auch mit Haut und Haaren. Und das im wahrsten Sinne des Wortes: Für ihre buddhistische Phase hatte sie sich ihre wunderbaren, langen Haare einfach abrasiert. Während ihres Engagements für Obdachlose lebte sie selber vier Wochen auf der Straße und roch entsprechend. Und als sie sich für Femen interessierte, musste man stets damit rechnen, dass sie in der Öffentlichkeit blankzog und ihren mit Parolen bemalten Oberkörper präsentierte.

„Mach dir keine Sorgen", lachte Kati. „Seit der Hochzeit von George Clooney mit dieser Menschenrechtsanwältin strebt sie ein Jurastudium an."

Abseits von ihren Marotten war Isa eine sehr intelligente junge Frau mit einem ausgeprägten Gerechtigkeitsgefühl, die auf jeden Fall immer das sagte, was ihr gerade durch den Kopf ging.

„Das ist für ihre Verhältnisse geradezu erschreckend normal. Dann macht mal ruhig! Ich habe im Moment eh zu viel zu tun, um rauszufahren."

Er besaß nämlich ein Wochenendhaus am Rande der Lüneburger Heide, ganz verschwiegen in der Nähe eines winzigen Dorfes gelegen. Das ehemalige Bauernhaus besaß neben dem ländlichen Charme allerdings alle Errungenschaften moderner Kommunikationstechnik, sodass er zur Not auch dort arbeiten konnte.

„Eigentlich hatte ich gedacht, dass Sonja und du am Wochenende dazustoßen könntet. Das wäre doch ganz nett. Wir könnten grillen oder so." Sie guckte betont unschuldig bei diesen Worten.

Er zog skeptisch die Augenbrauen hoch. „Sonja und ich, so, so. Was möchtest du deinem Vater denn damit mitteilen?"

Kati rollte mit den Augen. „Mensch, Paps! Das haben wir doch nun schon so oft besprochen. Du magst Sonja, Sonja mag dich – nun stell dich doch nicht an wie eine Ordensschwester!"

„Rede ich dir in deine Freundschaften rein?"

„Nein – ja, ganz subtil schon." Sie bereute ihre direkten Worte. Normalerweise mischte sie sich ungern in die Privatsphäre von ihm ein, aber in letzter Zeit hatte sie den Eindruck, dass er von alleine wirklich keinen Schritt in Richtung einer neuen Beziehung wagen würde. Und da sie Sonja Delft sehr mochte und von ihr auch wusste, dass sie mehr als Freundschaft für Mike empfand, waren die Pferde jetzt ein bisschen mit ihr durchgegangen.

„Tut mir leid!"

„Ist schon gut. Ich weiß ja, dass du mir nur Gutes wünschst!" Zärtlich strich er ihr übers Haar. „Ich muss gleich wieder los, sehen wir uns heute Abend noch?"

„Ich hole Isa um fünf Uhr ab – wenn du bis dahin wieder hier bist..."

„Na, das wird wohl eher nichts! Dann viel Spaß und ruf mal an, wenn ihr heil gelandet seid."

Sie umarmte ihn und meinte grinsend: „Zumindest in dem Bereich bist du zu hundert Prozent normal! Und überleg es dir nochmal mit dem Wochenende!"

„Mach' ich!", versprach er. „Und jetzt ziehe ich mich um und fahre wieder los."

Zehn Minuten später schwang sich ein äußerlich stark veränderter Michael Staller in seinen alten Pajero. Zu einer abgewetzten Lederhose in Schwarz trug er Bikerboots, die auch schon bessere Zeiten gesehen haben mussten. Sein T-Shirt zierte das Logo der Rockgruppe AC/DC und die darüber getragene Lederweste war mit allerlei Schnüren und Conchas verziert. Ein taubeneigroßer Silberring in Form eines Totenkopfes komplettierte das auffällige Äußere. Dieser war tatsächlich das Geschenk des ehemaligen Präsidenten der Liberty Wheels, einer Rockergruppe, die in diesen Tagen keine Rolle mehr in Hamburg spielte.

Als Reporter lebte Staller davon, dass Menschen Vertrauen zu ihm fassten. Seine Währung war Information und um sie zu bekommen, musste er eine Verbindung zu seinen jeweiligen Ansprechpartnern herstellen. Und obwohl er selbst wenig Wert auf Äußerlichkeiten legte, wusste er doch, wie sehr der erste Eindruck über den weiteren Verlauf einer Begegnung entschied. Unterschiedliche Gruppen von Menschen achteten auf verschiedene Signale. In Wirtschaftskreisen, bei Bankern und bei Anwälten spielten Schuhe und Uhren eine herausragende Rolle. Maßgeschneiderte Budapester waren die Eintrittskarte in den Klub des Geldadels. Teure, aber keinesfalls protzige Chronometer kleiner Manufakturen bewiesen zweierlei: Geschmack und Understatement. Eine Rolex war prollig, da sie von jedem kleinen Zuhälter getragen wurde, auch wenn nicht immer gesichert war, dass es sich um eine echte handelte.

In Rockerkreisen funktionierte die Zusammengehörigkeit mehr über das Ausschlussprinzip. Keinesfalls war Kleidung akzeptiert, die bürgerlich wirkte. Das Schuhwerk sollte motorradtauglich und nicht modisch sein. Auch übertriebene Sauberkeit wurde misstrauisch beäugt. Insofern war Staller mit seinem derzeitigen Outfit auf der sicheren Seite.

Während der kurzen Fahrt nach Wandsbek überlegte er sich, wie er wohl am meisten über die beiden toten Rocker erfahren könnte. Aber wie so oft beschloss er, sich spontan nach der Situation zu richten. Denn das war seine große Stärke: Er konnte blitzschnell auf jede Wendung des Gesprächs, auf jedes Signal seines Gegenübers reagieren und sein Vorgehen anpassen. Dabei gelang es ihm stets authentisch zu wirken. Auf diese Weise erzählten ihm die Menschen in aller Regel mehr als seinen Kollegen. Wichtig war dabei aber natürlich, dass er Absprachen stets respektierte und penibel einhielt und dass er nicht versuchte, seine Informanten über den Tisch zu ziehen. Einzige Ausnahme: Wenn er überzeugt war, einen Kriminellen vor sich zu haben, dann griff er ohne Gewissensbisse auch tief in die Trickkiste.

Mit Schwung bog er in den Hinterhof der Werkstatt der Free Riders ein und parkte auf einem der drei Kundenparkplätze. Die anderen beiden waren unbesetzt, so dass er vermutlich in Ruhe mit Fiete sprechen konnte. Bei den wenigen Schritten über den Hof veränderte sich auch sein Gang. War er als passionierter Läufer im Alltag meist mit federnden, ausgreifenden Schritten unterwegs, so stampfte er jetzt breitbeinig und leicht schwankend daher, als ob er eben erst nach einem stundenlangen Ritt aus dem Sattel gestiegen wäre. Dieses chamäleonhafte Verhalten legte er ganz unbewusst an den Tag, ohne dass er sich extra dafür bemühen musste. Er drückte die Tür zum Büro auf, betrat den Raum und hakte die Daumen lässig in die vorderen Hosentaschen, während er sich in Ruhe umsah.

Auf der linken Seite tippte eine junge Frau vorsichtig mit überlangen künstlichen Nägeln auf einer Computertastatur. In höchster Konzentration hatte sie die Zungenspitze aus dem rechten Mundwinkel herausgestreckt. Staller überlegte, ob die Arbeit an sich so anspruchsvoll war oder ob die Angst um ihre Nägel sie in den Klauen hielt. Vielleicht beides. Jedenfalls ignorierte sie sein Eintreten völlig und schaute nicht einmal von ihrem Bildschirm hoch. Ihre Haare mit halb herausgewachsener Dauerwelle waren offensichtlich blondiert, wie ein drei Finger breiter, dunkelbrauner Ansatz rechts und links des Mittelscheitels offenbarte.

Weiter hinten im Raum saß Fiete mit dem Rücken zur Tür und war entweder in ein kurzes Nickerchen verfallen oder schwer in Gedanken versunken. Jedenfalls reagierte auch er nicht auf den plötzlichen Besucher.

„Moin Fiete! Was iss'en los? Brauchst du jetzt schon 'nen Mittagsschlaf oder was?" Auch in Wortwahl und Aussprache passte Staller sich ansatzlos dem jeweiligen Milieu an. In diesem Fall wich das Hochdeutsche einem breiten Hamburger Dialekt mit dem charakteristischen "a", das aus dem "Schlaf" eher einen "Schlof" machte.

Die Wirkung hätte nicht elektrisierender ausfallen können. Fiete fuhr förmlich herum und versuchte aufzuspringen. Allein sein Körperumfang ließ eine derart geschmeidige Bewegung nicht zu und so blieb er an der Tischplatte hängen und fiel unverrichteter Dinge auf den Stuhl zurück, was dieser mit einem empörten Knarren quittierte. Immerhin brach er nicht zusammen. Der Mann unternahm einen zweiten, etwas weniger spektakulären Anlauf und schaffte es diesmal bis auf die Füße.

„Mike Staller! Was bringt dich denn hierher?"

„Ich wollte mal mit dir quatschen!"

Fiete kniff misstrauisch ein Auge zusammen und runzelte die Stirn. Für einen Moment schien er zu überlegen, ob er nach einer Ausrede suchen sollte, dann entspannte sich seine Miene und er nickte zustimmend.

„Kaffee?"

„Klar."

Nach einem kurzen Blick auf seine Sekretärin, die weiterhin erfolgreich ignorierte, dass außer ihr noch weitere Menschen im Raum waren, trat Fiete selbst an die Kaffeemaschine und schenkte zwei Becher voll. Einen davon drückte er Staller in die Hand und nickte dann mit dem Kopf in Richtung Tür.

„Gehen wir raus? Ist schön heute."

„Sicher."

Gemeinsam traten sie in den Hof und spazierten auf die kleine Sitzgruppe zu, die jetzt vollständig in der Sonne stand. Es war angenehm warm, aber noch nicht zu heiß.

„Was gibt's?", fragte Fiete, nachdem er sich ächzend niedergelassen hatte.

„Ich hatte heute Morgen an einem Tatort zu tun. Zwei Tote. Sie trugen eure Colours." Staller hatte sich spontan für die schnörkellose Eröffnung entschieden, weil er sich durch das Überraschungsmoment eine unbedachte Äußerung des Präsidenten der Free Riders erhofft hatte. Die Reaktion fiel allerdings ganz anders aus. Fiete senkte den Kopf und nickte nur.

„Ich weiß", murmelte er nach einem kleinen Seufzer.

„Waren die Bullen schon bei dir?" Der Reporter war seinerseits überrascht.

„Was? Nein."

„Woher weißt du das dann?"

Einen Moment lang schien es, als ob der Rocker keine Antwort geben würde. Zweimal öffnete er den Mund und holte tief Luft, zweimal schloss er ihn wieder ohne ein Wort zu sagen.

„Jemand anderes hat es mir gesagt", brachte er schließlich doch heraus.

„Aha. Und wer?"

Wieder folgte eine lange Pause, während der Fiete offenbar mit sich rang, ob er von seinen Besuchern erzählen sollte. Staller drängte ihn nicht, sondern wartete in Ruhe ab, ohne jedoch den Blick von ihm zu wenden. Wie sich zeigte, war das der richtige Weg, denn nach einer gefühlten Ewigkeit des Schweigens bekam er schließlich doch noch eine Antwort.

„Caspar. Caspar Kaiser war mit drei von seinen Männern hier."

Jetzt war die Reihe an Staller, den Mund mehrfach tonlos zu öffnen und zu schließen. Allerdings war er nicht unsicher, ob er reden sollte, sondern derart baff, dass ihm nichts einfiel, was selten vorkam. Aber auch er brachte schließlich einen halbwegs vernünftigen Satz zustande.

„Caspar Kaiser, der Präsi der Hounds of Hell?"

Fiete nickte bloß.

„Hui." Staller pfiff durch die Zähne. „Und woher wusste er davon?"

„Er hat sie umgebracht." Nachdem Fiete sich einmal entschlossen hatte, den Vorfall mit Kaiser zu erwähnen, antwortete er nun zügig, was den Reporter glatt überrumpelte.

„Wie bitte? Kaiser kommt zu dir, um dir auszurichten, dass er zwei deiner Leute umgepustet hat?" Der Zweifel in Stallers Stimme war unüberhörbar. Diese Information kam derart unvorhersehbar, dass sein Gehirn mit dem Verarbeiten nicht hinterherkam.

„So ähnlich, ja."

„Und warum sollte er das tun?"

„Weil er glaubte, dass sie in seinem Gebiet Schutzgeld kassieren wollten."

„Augenblick!", wehrte der Reporter ab. „Ich komme nicht mit. Zwei Riders sollen Schutzgeld kassiert haben?"

Fiete nickte.

„Und zwar ausgerechnet auf dem Gebiet der Hounds of Hell?"

Erneutes Nicken.

„Aber das klingt absolut bescheuert!"

Ein Schulterzucken.

„Fiete! Rede mit mir! Wie kann das angehen? Seid ihr neuerdings doch in kriminelle Machenschaften verwickelt? Ich dachte, du duldest keine Onepercenter."

Der Präsident der Free Riders richtete sich auf und gab eine Erklärung ab: „Solange ich diesen Patch trage ...", er deutete auf seine rechte Brusthälfte, „ ... haben die Riders weder mit Schutzgeld, noch mit Waffen, Drogen oder Prostitution etwas am Hut. Wer das nicht einhält, kann sofort gehen und ist seine Kutte los."

Kutte hieß die Weste mit den Insignien des Clubs. Sie wurde als Zeichen der Mitgliedschaft verliehen, sobald jemand als Vollmitglied aufgenommen wurde, blieb aber Eigentum des Clubs. Verstieß man gegen eine Regel, so konnte sie zusammen mit der Mitgliedschaft wieder entzogen werden. In Einzelfällen konnte dies der Präsident eigenmächtig entscheiden, in anderen Fällen musste es eine Sitzung der wichtigsten Member geben.

Staller überlegte einen Moment. „Könnte es sein, dass die zwei hinter deinem Rücken etwa ...?"

Fiete zuckte erneut mit den Schultern. „Ganz sicher kann ich natürlich niemals sein. Aber in der Regel kann ich für meine Riders die Hand ins Feuer legen."

„Was waren sie für Typen?"

„Rocker vom alten Schlag. Sie waren ja in meinem Alter und von Anfang an dabei. Für sie zählten die Gemeinschaft, ihre Bikes und das Anderssein. Früher wollten sie mal zu den Angels, aber die wurden dann ja verboten. Dann hatten sie eine Phase, wo sie allerhand Scheiße gebaut haben und auch mal im Knast waren. Aber das waren Peanuts. Nichts wirklich Schlimmes."

„Und wovon haben sie gelebt?"

„Tommy war bei Hellmann im Hafen. Packer. Kein Traumjob, aber es reichte. Bernie hat öfter gewechselt. Und wenn gerade nichts lief, hat er bei mir geschraubt. Von Bikes verstand er 'ne ganze Menge."

„Familie?"

„Nope. Die Riders waren ihre Familie. Sie haben meistens abends hier mit den Jungs abgehangen, die auch allein gelebt haben. Da hinten, hinter der Werkstatt ist jetzt unser Clubhaus!" Er deutete auf einen Eingang ganz in der Ecke des Hofes. Über der Tür prangte das Logo der Free Riders.

„Warum sollte Kaiser deine Jungs umlegen, wenn sie ihm nicht in die Quere gekommen sind?"

„Ob er es selbst war, weiß ich natürlich nicht. Aber er hat es ganz klar als Clubangelegenheit bezeichnet. Gedroht hat er auch noch."

„Inwiefern?"

„Er meinte, wenn er noch einmal einen von uns in seinem Revier erwischt, dann gibt es Krieg."

„Und was wirst du nun tun?"

„Was soll ich tun? Nichts natürlich. Wir sind nicht die Typen, die jetzt aus Rache zwei Hounds platt machen. Von uns aus gibt es keinen Krieg."

„Sehen das deine Männer genauso?"

„Wir treffen uns nachher und werden darüber reden. Natürlich wird irgendjemand nach Vergeltung schreien. Aber wo führt uns das hin? Macht das Tommy und Bernie wieder lebendig? Nein. Und im Streit mit den Hounds of Hell können wir nur verlieren."

„Und was ist mit der Polizei? Werdet ihr die Bullen unterstützen?"

Fiete streckte die Arme zur Seite und drehte die Handflächen nach oben. Eine Geste der Resignation. „Auch wenn wir keine Kriminellen sind, sieht die Bullerei uns als Outlaws. Sie tut nichts für uns. Also tun wir auch nichts für sie."

Staller war betroffen angesichts der großen Gleichgültigkeit und Frustration, die aus den Worten des Präsidenten sprach.

„Willst du denn gar nicht, dass der Mörder zur Rechenschaft gezogen wird?"

„Natürlich will ich das." Fiete schnaubte wütend durch die Nase. „Aber meine Erfahrung lehrt mich, dass es keine Gerechtigkeit gibt. Selbst wenn die Bullen wissen, wer das getan hat, dann wird derjenige ein wasserdichtes Alibi haben. Jeder weiß, was die Hounds alles am Laufen haben. Wie viele sind denn in den vergangenen Jahren in den Bau gewandert, weißt du das?"

„Keiner", musste Staller zugeben.

„Also!" Der Rocker zog eine kleine Plastiktüte aus der Westentasche und warf sie auf den Tisch. „Die hat Caspar mir gegeben. Glaub mir, der fühlt sich sehr, sehr sicher."

Entsetzt betrachtete der Reporter die blutigen Nasenstümpfe in der durchsichtigen Verpackung.

„Kaiser selbst hat sie dir gegeben?"

„Allerdings. Was meinst du - macht man das, wenn man Angst hat, dass man des Mordes überführt wird?" Bitterer Sarkasmus klang aus der Stimme von Fiete. „Denk nicht, dass mir der Tod zweier Member egal ist. Oh, nein! Ich bin scheißwütend, aber ich weiß auch, dass ich momentan nichts in der Hand habe."

„Das stimmt nicht ganz. Die Rechtsmedizin hat heutzutage allerhand Möglichkeiten. Wenn an den Nasen zum Beispiel fremde DNA-Spuren anhaften, dann wird es eng für den Täter. Die sollten wirklich zur Polizei. Ich könnte sie mitnehmen und dort abliefern." Stallers Stimme war drängend. Hier handelte es sich definitiv um wichtiges Beweismaterial.

„Meinetwegen." Mit seiner schwieligen Pranke schob der Präsident den Beutel über die Tischplatte. „Ich kann die sowieso nicht anschauen. Da läuft mir glatt die Galle über!"

„Danke. Vielleicht kommt ja was rum." Wo sollte er die Tüte mit dem unappetitlichen Inhalt nur unterbringen? Schließlich schob er sie in die Außentasche seiner Weste. Da passte sie zwar nicht ganz rein, aber etwas in ihm wehrte sich dagegen, die Nasen in die Innentasche zu schieben. Er wollte sie nicht spüren müssen.

„Und du? Berichtest du über den Fall?"

„Zwei Leichen ohne Nasen in einem Kneipeneingang in der Neustadt, das können wir nicht ignorieren. Sagt dir der Name "Oma Plüsch" eigentlich was?" So hieß nämlich die Kneipe, vor der die Toten gefunden wurden.

„Hm", überlegte Fiete. „Ist das nicht in der Nähe vom Großneumarkt?"

„Ja, in der Wexstraße."

„Da bin ich einmal gewesen, glaube ich. Gemütliche Kneipe, aber nix Besonderes. Und außerdem liegt sie im Hounds-Gebiet. Da bist du mit fremder Kutte nicht so gern gesehen."

„Wussten Tommy und Bernie das auch?"

„Keine Ahnung. Was sie gemacht haben, wenn sie mal nicht hier im Club waren, weiß ich nicht."

„Wann ist euer Club-Treffen?"

Der Präsident schaute auf die Uhr. „Um acht Uhr."

„Kann ich dabei sein?"

„Eigentlich ist das eine Sitzung nur für Gründungsmitglieder. Aber in diesem Fall könnte ich eine Ausnahme machen. Wirst du versuchen die Schweine zu kriegen, die das gemacht haben?"

„Mein Job ist normalerweise über die Ermittlungen zu berichten. Aber da ich genau wie du der Ansicht bin, dass die Bullen allein nicht viel auf die Reihe kriegen, mische ich mich auch ein." Mit dem Beweismittelbeutel in der Tasche hatte er in der internen Auseinandersetzung mit Bommel vermutlich bereits die Nase vorn. Er war schon gespannt auf sein Gesicht.

„Okay. Aber zeig den Beutel nicht rum. Davon müssen die Anderen nichts wissen. Ich will nicht, dass jemand ausrastet und Blödsinn macht. Zwei Tote sind genug."

* * *

Der Kommissar zog die schwere Eingangstür zur Kneipe auf und betrat den Raum. Nach dem gleißenden Sonnenlicht draußen dauerte es einen Augenblick, bis sich seine Augen an die Dämmerung gewöhnt hatten. In den Fenstern hingen altmodische Tüllgardinen, die zusammen mit etlichen anspruchslosen Grünpflanzen die Helligkeit aus dem Inneren fern hielten. Auch die größtenteils dunkle Einrichtung verstärkte den düsteren Eindruck. Die Sitzecken bestanden aus unterschiedlichen, aber durch die Bank alten Möbelstücken, die an einen Flohmarkt erinnerten. Plüschige Sofas, geschwungene Stuhllehnen und altertümliche Dekorationen wirkten zwar zusammengesucht, aber durchaus gemütlich. Lediglich der Tresenbereich war nüchterner und moderner gestaltet.

Zu dieser frühen Stunde herrschte noch kein Betrieb. Ein einziger Gast saß an einem Fenstertisch, vor sich einen Becher Kaffee, und blätterte in einer Zeitschrift. Der Wirt war hinter der Theke damit beschäftigt, sich auf den abendlichen Ansturm vorzubereiten. Im Moment schnitt er Zitronen in gleichmäßig große, halbe Scheiben, die er in einer Schüssel stapelte.

„Was darf es sein?", fragte er ohne lange von seiner Arbeit aufzuschauen.

„Ich nehme auch einen Kaffee", entschied Bombach und schwang sich auf einen Barhocker.

„Kommt sofort!"

Mit den routinierten Bewegungen des erfahrenen Gastronomen bereitete er das Tablett vor und schob es seinem Gast entgegen.

„Bitte sehr!"

Der Kommissar nickte dankend, probierte vorsichtig und ließ dann wie von Zauberhand seinen Dienstausweis aufblitzen.

„Ich hätte da mal ein paar Fragen, Herr …?"

„Bartels. Uwe Bartels. Was gibt es denn?" Der Kneipier wirkte vollkommen unbefangen und wischte ein paar Zitronenkerne vom Tresen.

„Sind Sie der Inhaber?"

„Ja, warum?"

„Haben Sie irgendwelche Probleme hier?"

„Nein, gar keine. Also, außer dass man ja immer gern noch etwas mehr Umsatz hätte." Der Wirt grinste, aber sein Witz kam etwas bemüht rüber.

„Keine unangenehmen Gäste, keine Streitereien?"

„Absolut nicht. Klar, wenn einer dicht ist, dann ist das schon mal nervig, aber, hey, das ist mein Job!"

„Was für Gäste kommen denn hier so?" Bombach hatte das Gefühl, seine Zeit zu verschwenden, wollte aber trotzdem gründlich vorgehen.

Der Kneipier zuckte mit den Schultern.

„Ganz normale Leute. Nicht zu jung, nicht zu alt. Ein paar aus dem Viertel, viele aus der ganzen Stadt."

„Keine Rocker?"

„Rocker? Sie meinen diese Ledertypen? Nein."

Kam diese Antwort nicht ein bisschen zu hastig? Der Kommissar fixierte sein Gegenüber genau, wurde aber in seiner Überlegung unterbrochen.

„Krieg' ich noch einen?", tönte eine tiefe Stimme aus dem Hintergrund. Der Wirt nickte und bereitete einen neuen Kaffeebecher vor, während Bombach sich nach dem Gast umsah. Der Mann war groß und kräftig mit einem kurzen Bart und etwas längeren Haaren. Das gestreifte Hemd spannte ein wenig über dem Brustkorb und war bis zu den Ellenbogen aufgekrempelt. Vage kam er dem Kommissar bekannt vor. Diese Augen, dieser Bart … - aber irgendetwas stimmte nicht. Verflixt, was konnte das sein? Vor seinem geistigen Auge erschienen und verschwanden Gesichter wie in der Verbrecherkartei. Eines nach dem anderen verwarf er. Doch plötzlich kam die Erleuchtung. Jetzt wusste er, was ihn irritiert hatte. Das halbwegs seriöse Outfit eines Geschäftsmannes passte nicht. Als er diesen Mann das letzte Mal gesehen hatte, trug er eine Lederweste und die Insignien eines Rockerklubs. Das Treffen fand vor Gericht statt und gehörte zu seinen frustrierendsten Erlebnissen der letzten zehn Jahre. Außerdem hatte es seine so solide und gefestigte Ehe in ihren Grundfesten erschüttert. Bombach spürte, wie eiskalte Wut in ihm hochkochte und bemühte sich zumindest um äußere Gelassenheit. Mit eckigen Bewegungen rutschte er von seinem Barhocker und trat an den Fenstertisch.

„Na so was, wen haben wir denn da?"

„Herr Kommissar!" Der Mann deutete eine ironische Verbeugung an und schob seinen alten Kaffeebecher zur Seite.

„Da frage ich den Wirt nach Rockern, der weiß von nichts und der einzige andere Gast ist einer von den Liberty Wheels. Zufall?"

„Das ist lange her. Die Wheels existieren gar nicht mehr."

„Es gibt genügend Nachfolger."

„Ich bin heute ein ganz normaler Geschäftsmann."

„Welches Geschäft ist es denn diesmal, Waffen, Drogen oder Prostitution?"

„Im- und Export. Autos und Motorräder."

„Vielleicht nebenbei noch ein bisschen Schutzgelderpressung rund um den Großneumarkt?"

In diesem Moment trat der Wirt mit dem frischen Kaffee heran und schob ihn mit einem freundlichen Nicken über den Tisch.

„Danke, Uwe. Sag mal, zahlst du vielleicht Schutzgeld an mich?"

„Was? Nein! Natürlich nicht. Du zahlst doch an mich. Zwofuffzich. Und zwar pro Kaffee." Der Wirt lachte meckernd und wollte sich zurückziehen. Bombach hob abwehrend die Hand.

„Heute Morgen sind zwei Tote in Ihrem Hauseingang gefunden worden. Die beiden gehörten offensichtlich einer Hamburger Rockergruppe an, den Free Riders. Klingelt da was?"

Uwe, der Wirt, schüttelte nur den Kopf. „Kenn' ich nicht."

„Irgendeine Idee, warum die vor Ihrem Laden umgebracht wurden?" Bombach blieb geduldig am Ball.

„Keinen Schimmer. Falscher Zeitpunkt, falscher Ort?"

„Hatten Sie gestern irgendwelche auffälligen Gäste?"

„Nein. Alles wie immer. War's das? Ich muss noch Sachen vorbereiten für heute Abend."

Bombach hielt es für Verschwendung, aber er zückte trotzdem eine seiner Visitenkarten. „Rufen Sie mich an, wenn Ihnen noch etwas einfällt."

„Uwe hat ein gutes Gedächtnis. Wenn da was gewesen wäre, hätte er es Ihnen bestimmt gesagt."

Bombach beugte sich über den Tisch.

„Ich habe auch ein gutes Gedächtnis. Ich weiß noch genau, wer mir damals den Molotow-Cocktail auf die Terrasse geworfen hat."

Der andere Mann zuckte die Schultern. „Keine Ahnung, wovon Sie reden. Mein gutes Gedächtnis sagt mir, dass ich von dem Vorwurf freigesprochen worden bin."

„Ja", zischte der Kommissar, „weil ein paar von deinen feinen Freunden dir ein falsches Alibi gegeben haben."

„Ein angesehener Anwalt, ein Bürgerschaftsabgeordneter und ein Geschäftsmann sollten für einen kleinen Biker lügen? Das hat schon damals den Richter nicht überzeugt. Geben Sie es doch auf!"

Der Mann lehnte sich entspannt zurück und griff nach seinem Kaffeebecher.

„Ich schwöre dir: Wenn du irgendwas mit der Sache zu tun hast, dann kriege ich dich. Noch einmal lasse ich mich nicht verarschen." Bombachs Stimme vibrierte vor Wut. Er fixierte sein Gegenüber und in seinem Blick lag eine klare Drohung.

„Tun Sie, was Sie nicht lassen können." Der ehemalige Rocker wirkte wenig beeindruckt. Nach einem kurzen Blick zum Tresen, wo der Wirt gerade in der Tür zur Küche verschwand, fügte er leiser hinzu: „Schreckt deine Alte nachts manchmal noch hoch, wenn ein Motorrad vorbeifährt, hm?"

Bombach sprang von seinem Stuhl hoch und ballte die Fäuste. Dann zwang er sich schwer atmend zur Ruhe.

„Fühl dich nicht zu sicher. Ich hab' ein Auge auf dich!"

Er drehte sich um, knallte einen Fünfer auf den Tresen und wandte sich zur Tür.

„Schönen Tag noch, Herr Kommissar", waren die letzten Worte, die er aus der Fensternische vernahm.

* * *

Die Wohnung war nicht besonders groß und die Einrichtung hatte schon bessere Zeiten gesehen. Alle Möbelstücke hatten schon etliche Jahre auf dem Buckel und kleine Macken erzählten von ihrer Vergangenheit. Die Schramme an der Kommode stammte von der Tretkurbel eines Dreirades und war so tief, dass sie sich nicht einmal annähernd wegpolieren ließ. Auf der Couchgarnitur hatten zahllose Zwischenmahlzeiten Spuren hinterlassen, die allen Hausmitteln erfolgreich getrotzt hatten. Der Schokopudding war zwar verblasst, aber nicht verschwunden. Der schwach sichtbare rote Fleck stammte von einer Frikadelle, die mitsamt einer üppigen Ketchupumhüllung irgendwie vom Teller gerutscht war.

Die vier Personen im Raum saßen zu beiden Seiten des Esstisches im hellen Schein der Lampe und starrten konzentriert auf die Tischplatte, auf der ein kompliziertes Spiel aus Steinen mit verschiedenfarbigen Symbolen aufgebaut war. Abwechselnd legten sie weitere Steine an und ergänzten ihren Vorrat aus einem herumgereichten Leinensäckchen. Der Vater führte eine Punkteliste, in die er jeden Spielzug eintrug.

"Das gibt sechs Punkte!", jubelte das vielleicht achtjährige Mädchen und legte einen blauen, einen roten und einen gelben Kreis an. Dann angelte es drei neue Steine aus dem Sack und stellte sie vor sich auf.

„Damit führst du", stellte die Mutter mit einem Blick auf den Spielstand fest und schaute ihre Tochter stolz an.

„Aber die Runde ist noch nicht zu Ende", trompete ein Junge von etwa zehn Jahren und wollte schon seine Steine auf den Tisch legen.

„Nicht so voreilig, junger Mann, erst mal bin ich dran", mahnte der Vater gutmütig und blickte dabei gleichzeitig frustriert auf seine Steine.

„Ich tausche alle", erklärte er mit einem Seufzen und warf seine Spielsteine in den Sack.

„Ha, dann bin ich jetzt ja doch dran", frohlockte der Junge und legte zwei Quadrate auf den Tisch.

„Schatz, gehst du mal in die Küche und holst uns eine neue Flasche Apfelsaft?", bat die Mutter ihre Tochter.

„Ich möchte viel lieber Cola", quengelte der Junge.

„Das mag ja sein", reagierte die Mutter verständnisvoll. „Aber am Abend gibt es keine, das weißt du doch. Morgen ist wieder Schule und du kannst sonst nicht einschlafen."

Die Tochter, die diese Auseinandersetzung offenbar schon kannte und das Ende voraussah, machte sich auf den Weg in die Küche. Auch diese war klein, aber mit den nötigsten Dingen ausgestattet. Auf der linken Seite stand eine komplette Küchenzeile mit Herd, Spüle, Kühlschrank und einigen Schränken. Rechts befand sich eine durchgehende Arbeitsplatte, in deren Unterbau eine Spül- und eine Waschmaschine Platz fanden. Oberhalb davon erstreckte sich ein Regalbrett über die ganze Wandbreite, auf dem Gewürze, Pakete mit Nudeln und viele andere Dinge des täglichen Gebrauchs lagerten. Unterhalb des Regalbretts waren weiße Wandfliesen angebracht, die teilweise mit lustigen Klebemotiven verziert waren. Die Wand über dem Regal war mit Raufaser tapeziert und blassgelb gestrichen.

Das Mädchen wandte sich direkt dem Kühlschrank zu und entnahm ihm die gewünschte Flasche Apfelsaft. Ohne sich weiter im Raum umzuschauen, flitzte sie in ihren rosa Hüttenschuhen mit dem lustigen Katzenmotiv zurück ins Wohnzimmer.

Den großen, dunklen Fleck über dem Regalbrett, der sich fast über die gesamte Breite des Raumes erstreckte und rasch nach unten ausbreitete, hatte sie überhaupt nicht registriert. Für ihr Blickfeld war er momentan noch zu hoch. Aber das änderte sich rasch.

Im Wohnzimmer verlief das weitere Spiel laut und turbulent, da sich die beiden Kinder ein Kopf-an-Kopf-Rennen um den Sieg lieferten. Mal führte der Junge, mal lag das Mädchen knapp vorn. Das wurde jeweils mit großem Jubel oder enttäuschtem Geheul kommentiert. Die Eltern lächelten sich heimlich zu und sorgten dafür, dass ihr Nachwuchs den Sieg unter sich ausmachen konnte. Es blieb spannend bis zum letzten Zug; erst dann stand der Sieger fest. Der Freudenschrei des Jungen gellte derart durch die Wohnung, dass die Eltern nun doch eingreifen und um etwas Rücksicht auf die Nachbarn bitten mussten. Das kleine Mädchen ertrug seine Niederlage tapfer und ohne Tränen, war aber naturgemäß deutlich zurückgenommener als sein Bruder. Nachdem das vergangene Spiel noch ausführlich besprochen worden war und alle Spielsteine verstaut waren, stellte die Mutter mit einem Blick auf die Uhr fest: „Zeit fürs Bett!

„Och nö!"

„Nur noch fünf Minuten!"

„Ich will aber noch fernsehen"

Der Vater lachte laut.

„Kinder, ihr seid so herrlich berechenbar! Aber morgen geht es zur Schule und ihr braucht euren Schlaf."

„Menno!"

„Ich bin doch viel älter als Laura. Deswegen brauche ich weniger Schlaf als sie."

„Deswegen darfst du ja auch noch eine Viertelstunde im Bett lesen, bevor ich das Licht ausmache. Los, ab mit euch!" Die Stimme der Mutter deutete an, dass heute keine Ausnahme möglich war.

„Also gut!" Das Mädchen gab zuerst auf und schob betont langsam seinen Stuhl zurück, bevor es in Zeitlupe aufstand und den Raum verließ. Der Junge hatte sich unbemerkt das Glas noch einmal vollgeschenkt und stellte zufrieden fest: „Ich muss nur noch austrinken, dann gehe ich auch!" „Du Schlingel!" Der Vater war nicht ernsthaft böse. Sie hatten nur ein Waschbecken im Badezimmer und unterm Strich würde es schneller gehen, wenn die Kinder es nacheinander benutzten.

„Mama?" Die Stimme der Tochter klang unsicher.

„Was ist denn, mein Schatz?"

„Hast du das Bad gewischt? Hier ist es ganz nass!"

Fragend schauten sich die Eltern an. Was war da los?

„Hast du wieder deinen Zahnputzbecher ausgekippt?" Bei zwei Kindern waren derartige Haushaltsunfälle eher die Regel als die Ausnahme.

„Nein, hab ich nicht!" Die Stimme näherte sich wieder dem Wohnzimmer. Laura erschien in der Tür und zeigte auf ihre vollgesogenen Hüttenschuhe.

„Das ist auch viel mehr Wasser als in einen Zahnputzbecher geht", berichtete sie.

„Was zum Teufel...?" Jetzt war der Vater doch beunruhigt und sprang auf. Mit wenigen raschen Schritten erreichte er die Tür zum Bad und patschte mit seinen Socken direkt ins Wasser, das vor der Türschwelle schon fast einen Zentimeter hoch stand und in Kürze in den Flur zu schwappen drohte.

„Ach du meine Güte!" Sein Blick fiel auf die Wand über dem Spiegelschrank, die bereits komplett dunkel durch die Feuchtigkeit war. Geistesgegenwärtig schaltete er das Licht über dem Spiegel aus, da er nicht wusste, ob auch dort bereits Wasser eingedrungen war. Zwar kannte er sich mit handwerklichen Fragen nicht wirklich gut aus, aber diese Situation war auch für den Laien ziemlich eindeutig.

„Wir haben einen Wasserrohrbruch", rief er und eilte in die Küche, um sich die andere Seite der Wand anzusehen. Hier traf er auf seine Frau, die entsetzt zusah, wie ein kleines Rinnsal von der Arbeitsplatte auf den Fußboden tropfte.

„Was können wir denn jetzt machen?", fragte sie entsetzt.

„Wo ist der Hauptwasserhahn?" Hektisch schaute er unter der Spüle nach, fand aber nur einen Vorrat an Putzmitteln neben dem Mülleimer. „Außerdem sollten wir die Sicherungen für die Küche und das Bad rausdrehen. Machst du das bitte?"

Inzwischen war der Junge ebenfalls im Flur erschienen und schätzte die Situation komplett anders ein.

„Cool, wir saufen ab!"

Das wiederum erschreckte das Mädchen, das jetzt doch mit den Tränen kämpfte.

„Müssen wir jetzt ertrinken?"

„Natürlich nicht, Spätzchen. Die Wasserleitung ist nur kaputt. Niemandem wird etwas passieren."

Der Vater, der Bilder aus Katastrophenfilmen vor Augen hatte, in denen Stromleitungen im Sturm rissen und lose Kabeltrossen auf überflutete Straßen fielen, woraufhin Los Angeles – oder war es New York? - in Flammen aufging, teilte diese Ansicht nur bedingt. Suchend blickte er sich um. Wo zur Hölle konnte der verdammte Hauptwasserhahn sein?

„Ich finde den Sicherungskasten nicht!" Die Stimme der Mutter kam aus dem Flur und klang leicht zittrig, als ob sich die Sprecherin am Rande der Panik entlanghangelte wie ein Wanderer auf einem steilen Bergpfad.

„Ich komme!"

Das Abschalten des Stroms hatte eindeutig Priorität. Der Vater eilte in den Flur und versuchte sich zu konzentrieren. Er erinnerte sich genau: Die Sicherungen lagen hinter einer weißen Metallklappe ziemlich genau auf Augenhöhe. Aber nirgendwo im Flur konnte er eine solche Klappe erspähen. Wie lange mochte es her sein, dass er selber mal an den Kasten gemusst hatte? Irgendwann vor Jahren hatte mal ein kaputter Toaster einen

Kurzschluss hervorgerufen und er musste den FI-Schutzschalter betätigen, damit sie wieder Strom im Haushalt hatten.

„Ha!" Er riss die Tür zu dem winzigen Abstellraum auf, in dem sie ihren Staubsauger und drei Getränkekisten aufbewahrten. Viel mehr passte auch nicht hinein. An der linken Wand, frei zugänglich und gut sichtbar, befand sich der Sicherungskasten. Er fummelte hektisch an dem Verschluss, bis er merkte, dass er den Knopf erst drehen musste, bevor er an der Tür ziehen konnte. Nun lagen die Sicherungen unmittelbar vor ihm. Aber welche waren die richtigen? Mühsam versuchte er die mikroskopisch kleine Beschriftung zu entziffern und drückte schließlich mehr auf gut Glück zwei Schalter.

„Papa, das Licht im Wohnzimmer geht nicht mehr!", schrie Laura und die Angst in ihrer Stimme war unüberhörbar.

„Mein Fehler, geht es jetzt wieder?" Er rammte einen der Schalter wieder nach oben.

„Ja, alles in Ordnung!" Der Junge antwortete und sehr zur Beruhigung des Vaters klang er noch ganz normal. Trotzdem blieb die Frage nach der richtigen Sicherung noch offen. Er drückte einen anderen Schalter.

„Das Küchenlicht ist aus", meldete sich seine Frau. Ein Glück! Jetzt musste er nur noch den Hauptwasserhahn finden. Vielleicht im Badezimmer? Er stürzte zurück.

„Himmel, wie kann das so schnell gehen?" Der halbe Flurteppich war schon vollgesogen mit Wasser. Offensichtlich war der Widerstand der Türschwelle gebrochen.

Im Halbdunkel des unbeleuchteten Badezimmers fand er sich nur schwer zurecht, denn die Flurlampe war zu weit von der Tür entfernt, um das Bad wenigstens teilweise zu erhellen. So tastete er unter dem Waschbecken herum, fühlte einen Absperrhahn und drehte ihn hastig. Nichts passierte.

„Verdammt", fluchte er halblaut mit zusammengebissenen Zähnen.

„Papa? Warum schimpfst du denn so?" Seine Tochter stand in der Tür und verdunkelte den Raum dadurch noch mehr.

„Spätzchen, lauf ins Wohnzimmer, ja?" Er bemühte sich um einen entspannten Tonfall, allerdings mit sehr eingeschränktem Erfolg. Immerhin zog Laura ohne weitere Fragen ab.

„Vielleicht doch rechtsrum?", murmelte er und drehte erneut am Absperrventil. Diesmal ließ sich der Hahn bewegen. Hastig drehte und drehte er und wunderte sich, wie lange das dauern konnte. Endlich spürte er Widerstand und zog den Hahn ganz fest an.

„So, das sollte es gewesen sein!"

Er richtete sich stöhnend auf und spürte erst jetzt, wie sehr seine Muskulatur verkrampft hatte. Außerdem war seine Hose nass, weil er sich in das Wasser gekniet hatte. Probehalber öffnete er den Wasserhahn und wartete, bis der Strahl dünner wurde.

„Na also!"

Zufrieden richtete er den Blick an die Decke, konnte aber nicht erkennen, ob sich etwas verändert hatte.

„Schatz, haben wir eine Taschenlampe?", rief er laut.

„Moment, ich schaue in der Küche nach. Hast du das Wasser abstellen können?"

„Das will ich ja gerade überprüfen. Aber ich glaube, ja."

„Hier, Papa! Ich habe eine!" Sein Sohn überreichte ihm stolz eine kleine LED-Taschenlampe. Nach einem Druck auf die Rückseite flammte das kalte Licht gleißend hell auf.

„Danke, Leo, super!" Er leuchtete die Wand über dem Waschbecken an und runzelte die Stirn. Hier sah es eigentlich nicht so aus, als ob der Wassereinbruch gestoppt wäre. Handelte es sich dabei um Restwasser aus den Rohren hinter dem Absperrventil? Konnte das überhaupt sein? Wenn der Druck von unten entfiel, dann konnte das Wasser doch wohl schlecht bergauf fließen! Das verstand selbst er mit seinem geringen handwerklichen Geschick.

„Warum hört das Wasser denn nicht auf?" Leo wirkte enttäuscht.

„Äh, ich weiß auch nicht genau. Vielleicht gibt es noch einen Hahn." Er leuchtete wenig überzeugt das restliche Badezimmer ab.

„Da, neben dem Klo!" Leos Ruf klang wie der Schrei des Wachhabenden aus dem Mastkorb der Santa Maria, mit der Kolumbus nach Amerika gesegelt war.

„Okay, ich versuch's." Wenig überzeugt drehte er am Absperrventil neben dem Wasserkasten. Selbst er glaubte zu erkennen, dass er jetzt lediglich das Wasser für die Toilette abstellte. Aber – einen Versuch war es wert.

„Gleich hört es auf, bestimmt!" Sein Sohn klang deutlich optimistischer. Er hätte gerne für sich in Anspruch genommen, dass seine Entdeckung das Problem gelöst hätte.

Leider lief weiterhin ungehindert Wasser die Wand hinunter.

„Scheiße." Leo war frustriert.

„Das kannst du laut sagen", bekräftigte der Vater, der unter normalen Umständen die Ausdrucksweise seines Sohnes kritisiert hätte.

„Frank?"

Jetzt erschien auch noch seine Frau im Türrahmen.

„Das Wasser fließt schon ins Wohnzimmer."

Eine Information, die keinesfalls half seinen Stress zu mindern.

„Wo ist nur dieser Scheiß-Hauptwasserhahn!" Seine Stimme wurde laut und zusammen mit der Formulierung zeigte sie an, dass der Mann an der Grenze zur Überlastung stand.

„Gibt es vielleicht einen Hahn für das ganze Haus? Zum Beispiel im Keller?" Ihre Frage kam zögernd, so als ob sie sich nicht in die Kompetenzen der Männerwelt einmischen wollte. Hier stand schließlich der Feind vor dem Tor und da griffen die Herren der Schöpfung zur Keule, während die Frauen die Kinder und das Feuer bewahrten.

Aber der Angesprochene war der Situation gegenüber viel zu hilflos, um irgendwelche Macho-Allüren an den Tag zu legen.

„Großartige Idee! Da hätte ich auch selbst drauf kommen können! Ich glaube nämlich, dass der Rohrbruch gar nicht bei uns ist, sondern da oben." Er deutete zur Decke.

„Hier ist der Kellerschlüssel. Du schaffst das schon." Sie stellte sich auf die Zehen und küsste ihn schnell auf den linken Mundwinkel. „Ich möchte nicht, dass hier alles nass wird."

Er nickte, griff sich den Schlüssel und rannte los. Seine nassen Socken hinterließen feuchte Spuren auf den Treppenstufen, aber das bemerkte er gar nicht.

Der Keller des Hauses war, wie so viele andere, düster und verströmte einen schwachen Duft nach altem Staub. Spinnweben hingen unter Heizungsrohren und selbst jetzt im Frühsommer war es hier unten kühl. Die Stahltür quietschte, als sie sich langsam hinter ihm schloss. Rechter Hand lagen die einzelnen Kellerabteile, die zu den Wohnungen gehörten. Links befanden sich erst der Raum für die Mülltonnen und dann ein Fahrradkeller für die Hausgemeinschaft. Von beiden gelangte man auch auf direktem Weg nach draußen.

Suchend glitt sein Blick über die Wände. Außer den dick isolierten Heizungsrohren – jedenfalls nahm er an, dass es sich um solche handelte – waren keinerlei Rohre zu sehen. Dementsprechend fand er auch keine Absperrventile. Ganz am Ende des Ganges gab es noch eine einzige Tür, die nicht mit einem Namensschild versehen war. Vielleicht eine Art Betriebsraum? Irgendwo musste schließlich auch die Heizung stehen. Er eilte durch den Gang, zog instinktiv den Kopf ein, als die Rohre unter der Decke seinen Weg kreuzten, und gelangte an die Stahltür. Hoffnungsvoll drückte er auf die Klinke.

Nichts passierte. Er erinnerte sich an den Kellerschlüssel in seiner Hand und probierte, ob er vielleicht ins Schloss passte.

Wieder kein Erfolg. Was konnte er noch tun?

Auf dem Weg zurück warf er vorsichtshalber noch einen Blick in die beiden öffentlichen Kellerräume, aber außer Mülltonnen, Fahrrädern und Kinderwagen entdeckte er nichts, was ihn irgendwie weiterbrachte. Als er die Kellertür abschloss, fiel sein Blick auf ein Schwarzes Brett, auf dem neben der Hausordnung und den Terminen für die Müllabfuhr auch eine Telefonnummer vermerkt war. Natürlich! Er würde die Hausverwaltung anrufen. Die würden ihm helfen können.

Oben angekommen stellte er entsetzt fest, dass das Wasser nunmehr bis zur Haustür gelangt war. Aber mit seiner neuen Idee im Hinterkopf konnte ihn das nicht mehr schocken.

„Papa, hier läuft immer noch das Wasser!", meldete Leo, der den Ausnahmezustand mit einer gewissen Begeisterung registrierte. Immerhin musste er auf diese Weise noch nicht ins Bett.

„Ich weiß. Unten war kein Absperrhahn zu finden. Aber ich rufe jetzt die Hausverwaltung an."

„Das habe ich gerade schon getan", klang es aus dem Wohnzimmer. „Da läuft nur ein Band. Aber sie haben eine Notfallnummer angegeben."

„Und?" Er lief ihr entgegen.

„Nichts und. Ich hab doch eben erst aufgelegt!"

Er nahm ihr das Telefon und den Zettel aus der Hand und tippte die Handynummer ein. Während er darauf wartete, dass sich die Verbindung aufbaute, versammelte sich die ganze Familie um ihn. Drei mehr oder weniger nasse Gestalten hingen an seinen Lippen, als er enttäuscht den Kopf schüttelte.

„Mailbox! Das gibt es doch nicht!"

* * *

Der große Raum hätte ohne Probleme als Clubheim eines Kaninchenzüchtervereins durchgehen können, denn er strahlte eine ähnliche Spießigkeit aus wie eine Hutablage im Auto mit umhäkelter Klorolle und Wackeldackel. Die holzvertäfelten Wände schienen alles Licht zu absorbieren, denn trotz einiger Lampen herrschte eine düstere Atmosphäre. Der riesige Tisch in der Mitte war alt und das Furnier teilweise abgeblättert, die Stühle schmucklos und nicht zueinander passend. Die Stirnwand wurde vom Logo der Free Riders dominiert, rundherum hingen unzählige Bilder von Menschen und Motorrädern. Vor der linken Wand stand ein Tresen mit Zapfanlage und Spülbecken, dahinter Regale mit Flaschen und Gläsern, sowie einer Musikanlage, die jedoch ausgeschaltet war. Gegenüber hingen Nummernschilder und Motorradteile an der Wand, Emailleschilder mit Bierwerbung und ein Kalender, dessen Titelblatt eine dunkelhaarige Frau mit unglaubwürdig großen und festen Brüsten zeigte, die sich derart auf einem Motorrad räkelte, dass jeder Gynäkologe ihre Gebärfähigkeit auch ohne manuelle Untersuchung hätte beurteilen können.

Am Kopfende des Tisches saß Fiete, der Präsident der Free Riders, und an den langen Seiten lümmelten sich sechs weitere Gestalten in Clubwesten, sowie Mike Staller, der als Einziger keine Insignien trug.

„Leute, ich hab' schlechte Nachrichten." Fiete schob das Bierglas zur Seite. Es war noch voll und ziemlich abgestanden, denn ihm war nicht nach Trinken zumute in diesem Moment. Er starrte kurz ins Leere, dann riss er sich zusammen und schaute in die Runde.

„Tommy und Bernie sind tot."

„Was?"

„Wieso beide?"

„Was ist denn passiert?"

Mike Staller beobachtete die Reaktionen der Rocker genau. Alle schienen völlig überrascht. Nichts deutete darauf hin, dass einer von ihnen bereits davon wusste.

Fiete hob beruhigend die Hände.

„Ich erkläre es euch ja. Sie wurden erschossen. Vor einer Kneipe beim Großneumarkt. Mike war heute Morgen am Tatort."

Jetzt war das Stimmengewirr derart laut und hektisch, dass niemand mehr ein Wort verstand. Darum ließ Fiete eine Pranke vom Format eines XXL-Schnitzels auf die Tischplatte fallen und rief: „Ruhe!"

Erstaunlich schnell wurde es still. Die Autorität des Präsidenten war offensichtlich intakt.

„Bevor wir weiter darüber reden, wollen wir unseren verstorbenen Brüdern die Ehre erweisen."

Wer eine Kopfbedeckung trug, zog sie herunter, dann verfielen alle in tiefes Schweigen und starrten auf die Tischplatte, bis Fiete sein Glas heranzog.

„Auf Tommy und Bernie!"

Ein einstimmiger Chor antwortete lautstark: „Auf Tommy und Bernie!"

Dann wurden alle Biergläser bis zur Neige geleert.

„So." Der Präsident wischte sich den Bart. „Irgendwelche Fragen?"

„Ja, sicher", bemerkte Lasse. „Wer macht so etwas? Und warum?"

„Tja, die Frage nach dem "warum" kann momentan vermutlich niemand beantworten. Außer dem Mörder." Fiete spielte gedankenverloren mit dem Bierglas. „Weiß einer von euch, ob sie mit irgendjemandem Streit hatten?"

Allgemeines Achselzucken, fragende Blicke, Ungewissheit. Daraufhin mischte Staller sich ein.

„Waren sie in letzter Zeit irgendwie anders? Vielleicht seltener hier? Mit anderen Leuten zusammen?"

Niemand antwortete. Alle schauten auf ihren Präsidenten. Der nickte zustimmend und erklärte: „Mike ist ein Kumpel. Er will uns helfen, den oder die Mörder zu finden. Ich vertraue ihm und ihr könnt das auch."

„Bist du nicht von dieser Fernsehsendung? Ich kenn' dich doch irgendwoher." Lasse machte weiterhin den Wortführer der übrigen Rocker.

„Stimmt." Staller blickte ernst über den Tisch. Da er das Magazin jahrelang moderiert hatte, war sein Gesicht bekannt, auch wenn er diesen Posten nun an Sonja Delft abgegeben hatte. „Wir berichten über Kriminalfälle. Und manchmal lösen wir auch welche. Ich weiß, dass ihr nicht mit Bullen redet. Aber wenn ihr die Täter vor Gericht sehen wollt, dann braucht ihr Hilfe. Ich kann euch helfen."

„Wie denn?", fragte Lasse.

„Wir wissen, wer es war. Aber wir müssen es auch beweisen." Fiete ließ die Bombe platzen. Wieder riefen alle durcheinander, stießen Drohungen aus und stellten Fragen, die niemand verstand. Der Präsident sah sich das Chaos für einen Moment an, dann hob er bittend die Hand.

„Rollo, schenkst du neu ein? Und ihr anderen beruhigt euch mal. Ich will ja alles erklären. Ihr müsst mich nur lassen."

Rollo stand auf, sammelte die Humpen ein und ging zum Tresen, während die übrige Gruppe verstummte und erwartungsvoll ihren Präsidenten anschaute.

„Heute Nachmittag waren Caspar Kaiser und drei von seinen Hounds of Hell hier." Fiete hob seine Hand um die aufkommende Unruhe im Keim zu ersticken. „Er hat mir gesagt, dass Tommy und Bernie in einer seiner Kneipen Schutzgeld erpressen wollten. Deshalb hat er sie umgelegt."

Der Lärm, der jetzt losbrach, war eher ein Tumult. Auch wenn sich die Free Riders unter der Führung ihres Präsidenten vom Verbrechen losgesagt hatten, so waren sie doch Männer – und Rocker. Der Ehrenkodex sagte, dass alle Brüder, denn so nannten sie sich untereinander, bedingungslos füreinander einstanden. In diesem Fall hieß das, dass sie den Tod von Tommy und Bernie rächen wollten, ja mussten. Zwei Hounds of Hell mussten sterben um die Ehre der Riders wieder herzustellen. So verlangten es die Statuten der Rocker überall auf der Welt.

„Ruhe! Ruhe, verdammt noch mal!"

Dieses Mal hatte Fiete erheblich größere Schwierigkeiten sich durchzusetzen. Aber schließlich verebbte der Aufruhr und die Männer nahmen wieder Platz. Rollo unterstützte das, indem er die frisch gefüllten Gläser auf den Tisch stellte.

„Eins will ich klarstellen: Niemand fährt hier los und schießt irgendwen über den Haufen. Das führt höchstens dazu, dass noch mehr Riders sterben müssen. Wer das möchte, der muss mich vorher als Präsi ablösen. Habt ihr das verstanden?"

Er blickte fragend in die Runde. Zögernd und geradezu widerwillig antwortete einer nach dem anderen mit ja.

„Gut. Damit wäre das erledigt. Also nochmal: War irgendwas mit Tommy oder Bernie?"

So turbulent es eben noch zugegangen war, so ruhig war es jetzt. Niemand schien etwas sagen zu können oder zu wollen. Schließlich meldete sich Lasse wieder zu Wort.

„Tommy hat mal was angedeutet, dass er seinen Job bei Hellmann schmeißen wollte."

„Hat er gesagt, warum?", wollte Staller wissen.

Der Rocker zuckte die Schultern.

„Keinen Bock mehr, schätze ich. Packer ist nicht gerade ein Traumjob. Und die Kohle ist auch mies."

„Hm." Fiete wirkte nachdenklich. „Er war aber nicht der Typ, der seinen Job einfach aufgibt. Nicht ohne einen neuen."

„Hat er vielleicht einen anderen Job erwähnt?", fragte Staller.

„Nö."

„Ist sonst noch jemandem irgendwas aufgefallen? Ich meine – wenn ich euch helfen soll, den Mörder hinter Gitter zu bringen, dann brauche ich ein bisschen Unterstützung."

Einer der Männer, die bisher geschwiegen hatten, antwortete.

„Bernie hat vor zwei Wochen allerhand Zeug für seinen Hocker in Amiland bestellt. Auspuffanlage, Speichenräder und so was. Kostete locker zwei, drei Mille. So viel Kohle hatte er normal nicht übrig."

„Und – hat er gesagt, wo er das Geld her hatte?"

„Nee. Da spricht man nicht drüber."

Staller nickte verständnisvoll. Besonders ergiebig war das Gespräch zwar nicht, aber immerhin gab es zwei Anhaltspunkte, denen er nachgehen konnte. Das war besser als nichts.

„Da die beiden keine Verwandtschaft hatten, schlage ich vor, dass der Club sich um die Beerdigung kümmert", schlug Fiete vor. „Das sind wir unseren Brüdern schuldig."

Die sechs übrigen Männer klopften zustimmend mit den Fingerknöcheln auf den Tisch.

„Mike, was wirst du nun tun?"

Staller strich mit den Fingern über sein Kinn.

„Zunächst werde ich mich bei Tommys Arbeitgeber umhören und versuchen herauszufinden, wo Bernie das Geld her hatte. Das ist relativ einfach. Dann werde ich mir Gedanken machen, wie ich an die Hounds of Hell rankomme. Das wird erheblich schwieriger."

„Wenn wir dir helfen können, meldest du dich, okay?" Fiete wandte sich an die übrigen Riders. „Und ihr denkt nach, ob euch nicht doch noch etwas einfällt. Ich will jemanden für diesen Scheiß im Bau sitzen sehen, bis ihm der Arsch vergammelt."

Die Männer nickten beifällig. Irgendeine Form von Vergeltung musste es geben.

* * *

„Herein!"

Dieter Grabow war völlig versunken in seine Unterlagen und hatte das erste Klopfen glatt überhört. Zu spannend war es, Informationen über das Objekt zu sammeln, das die Stadt demnächst veräußern wollte. Jetzt, da er immer mehr Einzelheiten über den Gebäudekomplex erfuhr, wuchs seine Dankbarkeit gegenüber dem Bausenator, der ihn so frühzeitig informiert hatte, praktisch stündlich. Hier waren Millionen zu verdienen und er hatte sich fest vorgenommen, dass diese in seine Tasche fließen würden.

Der Mann, der eintrat, war wie immer untadelig gekleidet. Wer Grabow und seinen Assistenten nicht kannte, hätte ihre Positionen glatt verwechselt. Denn der Assistent trat stets auf wie ein hochrangiger Banker oder Manager – exakt geschnittenes Haar, akkurate Rasur, makellose Kleidung mit allen dazugehörigen Accessoires, während der Chef mit seinen längeren Haaren, dem Vollbart und den aufgekrempelten Hemdsärmeln wirkte, als ob er nur kurz seine Weltumsegelung unterbrochen hätte, um schnell ein paar Unterlagen zu studieren.

„Was gibt's, Müller?"

Grabow hatte Spaß daran, seinen Untergebenen zu verunsichern, denn er verabscheute dessen pseudo-hanseatische Attitüde. Gern hätte er es gesehen, dass er mal aus der Rolle gefallen wäre, weil er dann den Menschen hinter der Fassade zu sehen bekommen hätte. Aber Müller zog seine Linie mit eiserner Disziplin durch.

„Es geht um das Wohnhaus in Altona, in der Hospitalstraße."

„Ja, und? Was ist damit?"

„Wir haben dort die Umwandlung in Eigentumswohnungen vorgesehen und entsprechende Schreiben an die Mieter verfasst."

„Ich weiß, was ich vorgesehen habe. Kommen Sie mal zu Potte, Müller!"

„Es gab dort gestern einen unerfreulichen Vorfall."

Grabow verdrehte die Augen, schwieg aber. Sein Assistent würde die Geschichte noch kleinteiliger erzählen, wenn er ihn weiter unterbrach.

„Wobei der Vorfall für uns wiederum ein Vorteil sein dürfte." Er machte eine weitere Kunstpause, während Grabow seufzend aus dem Fenster sah.

„Es handelt sich um einen Wasserrohrbruch." Erwartungsvoll sah er seinen Chef an.

„So. Ein Wasserrohrbruch in unserem Wohnhaus in der Hospitalstraße. Sieh mal einer an! Und in Singapur hatte ein Rollerfahrer einen Platten, was sagen Sie dazu?"

„Das betrifft mich vermutlich nicht." Humor war keine von Müllers Stärken.

„Ich gebe auf", stöhnte der Unternehmer. „Auf die Idee, die Angelegenheit unserer Gebäudeversicherung zu melden und die notwendigen Reparaturmaßnahmen zu ergreifen, sind Sie hoffentlich selbst gekommen. Andernfalls müsste ich Sie nämlich rausschmeißen."

„Das wäre ja kein Vorteil für uns. Der Vorfall war recht schwerwiegend."

„Aha."

„Der Schaden ist im dritten Stock entstanden. Der Bewohner hat den Vorfall offensichtlich nicht bemerkt und war den Abend über unterwegs. Der darunter wohnende Mieter ist im Urlaub, so dass erst die Familie im ersten Stock auf das Wasser aufmerksam wurde."

„Schön, es handelt sich also um drei Wohnungen, die instand gesetzt werden müssen. Wo ist jetzt der Vorteil für uns?"

„Der Mieter aus dem ersten Stock fand den Hauptwasserhahn nicht, da der Raum verschlossen war. Dann hat er in der Verwaltung angerufen, aber außerhalb der Bürozeiten. Deshalb bekam er nur die Nummer des Notdienstes. Leider war beim Handy des Diensthabenden der Akku leer."

„Und?"

„Der Mieter wusste nicht, was er tun sollte. Er hatte Angst, dass er den Einsatz bezahlen muss, wenn er die Feuerwehr ruft. Deswegen hat er sehr lange gewartet. Daher ist das gesamte Gebäude jetzt so beschädigt, dass vermutlich eine Kernsanierung erforderlich ist. Ich habe bereits die entsprechenden Gutachten beauftragt."

Jetzt wurde Grabow hellhörig. Das Umwandeln von Mietwohnungen in Eigentum ist eine komplizierte Angelegenheit mit vielen juristischen Fallstricken. Auch mit den versiertesten Anwälten im Nacken konnte es sehr lange dauern, bis man alle Mieter überzeugt hatte, entweder auszuziehen oder ihre Wohnung zu kaufen. Eine Grundsanierung schaffte die Möglichkeit, die Wohneinheiten durch entsprechende Maßnahmen erheblich aufzuwerten. Luxuriöse Bäder, großzügige Küchen, Fußbodenheizung – die Wunschliste der Käufer war lang. Im Gegenzug erzielten geeignete Objekte traumhafte Preise.

„Jetzt verstehe ich, Müller! Das ist in der Tat eine gute Nachricht für uns. Das Haus ist derzeit unbewohnbar?"

„Auf jeden Fall!"

„Wie lange dauert die Sanierung?"

„Das kann ich noch nicht genau sagen, aber sicherlich Monate."

„Sorgen Sie dafür, dass wir alles tun, um den Mietern bei der Suche nach einer neuen Wohnung zu helfen. Das ist unsere Chance, sie alle auf einen Schlag loszuwerden!"

„Natürlich, Herr Grabow."

„Und – Müller?"

„Ja?"

„Wenn alle Mietverträge in drei Monaten aufgelöst sind, ist ein Bonus für Sie drin." Grabow konnte seine Zufriedenheit nicht verbergen. Ein weiterer Millionengewinn stand unmittelbar bevor. Er liebte seinen Job.

* * *

„Moin, Kollegen! Danke, dass ihr einen Moment Zeit für mich habt."

Kommissar Bombach schloss die Tür zu dem kleinen Besprechungszimmer im zweiten Stock des Polizeipräsidiums und blickte belustigt in die Runde. Es war immer wieder überraschend, wie sehr sich die Kollegen vom OK – der Organisierten Kriminalität – vom erwarteten Bild eines Durchschnittspolizisten unterschieden. Wäre er den Kollegen in freier Wildbahn begegnet, hätte er beim heiteren Beruferaten auf Tennislehrer, Bodybuilder oder höchstens Werbetexter getippt. Ausgefallene Frisuren, lässige Kleidung und vor allem eine stark gebräunte Haut verband die drei Männer und unterschied sie klar von den anderen Sesselfurzern im Gebäude – ihn selbst eingeschlossen.

„Kein Problem. Was können wir für dich tun?"

Der langhaarige Kollege hatte ein Bein über die Stuhllehne geworfen und hielt eine Colaflasche in der Hand. Mit dem anderen Arm machte er eine einladende Geste zu einem der freien Stühle. Bombach nahm das vage Angebot an und warf begehrliche Blicke auf die Schale mit Keksen auf dem Tisch.

„Vermutlich habt ihr heute den Aufmacher in der Zeitung gelesen."

Die drei Männer nickten unisono. Die toten Rocker mit den abgeschnittenen Nasen waren in allen Hamburger Blättern prominent behandelt worden und hatten selbst bundesweit für Schlagzeilen gesorgt.

„Ich habe so eine Ahnung, als ob das eine Abrechnung zwischen zwei Rockergruppen war." Bombach musterte die Kollegen erwartungsvoll.

„Hm, ich weiß nicht", äußerte der erste Sprecher seine Zweifel. „Die Opfer waren Free Riders. Das sind gar keine Rocker in unserem Sinne."

„Warum nicht?"

„Das sind harmlose Spinner. Keine Drogen, außer vielleicht Eigengebrauch, keine Mädels am Laufen, keine Waffen. Lass dich nicht von den Strukturen blenden. Die haben bestimmt auch einen Sergeant at Arms – aber der verwaltet höchstens die Billardqueues." Spöttisches Gelächter. Bei den echten Rockergruppen waren die Sergeants at Arms für die Disziplin im Club und für die Waffen verantwortlich.

„Ihr beobachtet die also nicht?"

„Nope. Jedenfalls nicht regelmäßig. Die sind eure Kundschaft!"

„Und wenn sie beschlossen haben, jetzt auch in das große Geschäft einzusteigen? Dann kriegt ihr das doch gar nicht mit."

„Glaub mir, wenn die mitspielen wollten, dann würden die Hounds of Hell oder die Angels von Harbor City ziemlich ungemütlich werden. Die Claims sind abgesteckt, da ist kein Platz für neue Gruppen. Seht ihr das genauso?"

Seine Kollegen nickten bloß.

„Zwei Kerle erschießen und ihnen die Nasen abschneiden reicht bei euch nicht für das Prädikat "ungemütlich werden"? Junge, Junge, dann ist bei euch aber wirklich eine Menge los!" Bombach war ehrlich überrascht.

„Versteh das nicht falsch. Was ich sagen wollte, war: Das ist kein Ausgangspunkt für einen Rockerkrieg. Für mich sieht das nach einer persönlichen Sache aus. Aber dann war das ein Einzelner. In Gottes Namen auch ein Rocker. Aber nicht stellvertretend für seinen Club."

Der Sprecher fingerte sich einen Keks aus der Schale und verspeiste ihn mit sichtlichem Genuss. Bombach, dem das Wasser im Munde zusammenlief, beherrschte sich mit einiger Mühe.

„Kannst du mir in groben Zügen trotzdem erklären, wie die aktuelle Lage in Sachen Rocker bei uns hier aussieht?"

„Offiziell oder inoffiziell?", nuschelte der Mann mit vollem Mund.

„Beides", bat Bombach.

„Offiziell haben wir keine kriminelle Rockerszene in Hamburg."

„Wie bitte?" Der Kommissar machte ein Gesicht, als ob der Kollege ihm weismachen wollte, dass die Erde eine Scheibe wäre.

„Na hör mal! Jeder weiß doch, dass wir bisher in keinem einzigen Fall eine Anklage nach § 129 StGB erreicht haben. Kein Chapter von irgendeinem Rockerklub in Deutschland ist eine kriminelle Vereinigung."

Die Problematik bestand nun bereits seit über dreißig Jahren. Sämtliche Verbote regionaler Ableger waren nur über das Vereinsrecht durchgeführt worden. Wann immer ein Innenminister den Versuch gewagt hatte, einem Club nachzuweisen, dass er eine kriminelle Vereinigung sei, war er an mangelnden Beweisen und einer undurchdringlichen Mauer des Schweigens gescheitert. Zwar waren Mitglieder fast aller Clubs in Deutschland schon wegen unterschiedlicher Vergehen verurteilt worden, aber sie wurden stets als Einzeltäter behandelt.

„Und warum ist das so schwer?" Bombach schüttelte unwirsch den Kopf. „Jeder weiß doch, was Sache ist."

„Wissen ist die eine Seite, beweisen eine andere." Der Sprecher der Gruppe vom OK hob hilflos eine Handfläche nach oben. „Wir können dir von jedem Club ein Organigramm der Hierarchie aufmalen. Wir haben Namen, wir haben Zahlen. Wir wissen, wer in Kokain macht und wer in Pussys. Aber wir müssen jede verdammte Straftat einer bestimmten Person zuordnen – und da hakt es. Wenn wir mit Glück mal einen auf frischer Tat erwischen, dann ist es garantiert ein Prospect, der außer seinem Namen und seiner Adresse alles weitere vergessen hat."

„Könnt ihr so einen nicht mal unter Druck setzen?" Der Kommissar wollte einfach nicht aufgeben.

„Setz du mal jemanden unter Druck, der weiß, dass er in kleine Stückchen gehackt und im Aquarium verfüttert wird, wenn er plaudert. Und seine Familie, so er denn eine hat, gleich mit. Nee, nee, da läuft nix!"

Frustriert nahm sich Bombach nun auch einen Keks. Aber angesichts des Gehörten schmeckte er fade.

„Wie haltet ihr das aus? Immer nur zweiter Sieger zu sein, das kann doch kein Polizist auf Dauer ertragen."

„Einer muss es ja machen. Wenn wir den Betrieb einstellen, können wir den Jungs gleich den Schlüssel zum Rathaus geben. Jeder kleine Nadelstich, den wir setzen, jedes Gramm Stoff, das wir finden, jede illegale ukrainische Nutte, die wir da rausholen, zählt! Und wir warten darauf, dass irgendjemand mal einen Fehler macht."

Der Kommissar seufzte. „Ich könnte das nicht. Meine Kunden wandern wenigstens meistens in den Bau."

„Gut für dich!"

„Eine Bitte habe ich noch."

„Immer raus damit!"

„Könnt ihr die Ohren offen halten, falls doch irgendeine Auseinandersetzung zwischen den Clubs hinter meinen Toten steckt? Und mir Bescheid sagen, wenn ihr was hört?"

Die drei Männer vom Dezernat Organisierte Kriminalität wechselten einen kurzen Blick. „Du meinst – auf dem kleinen Dienstweg?", fragte der Sprecher.

„Ja, gerne."

„Klar. Aber versprich dir nicht zu viel davon. Sollte es wider Erwarten doch um einen Rockerkrieg gehen, dann halten die sich alle noch bedeckter. Das bekommen wir erst mit, wenn die nächsten Toten auftauchen – und auch nur, wenn wir sie finden sollen."

Der Sprecher hievte sein Bein von der Lehne und schob den Stuhl zurück.

„Sonst noch was?"

Bombach überlegte kurz und schüttelte dann den Kopf. „Nein, ich glaube nicht. Danke für eure Unterstützung. Und viel Glück!"

Nacheinander verließen die Drei den Raum. Der Letzte drehte sich in der Tür noch einmal kurz um.

„Das Glück wirst du brauchen, Kollege. Und noch ein Tipp: Lehn dich nicht zu weit aus dem Fenster. Das könnte ungemütlich werden."

Der Kommissar starrte auf die Tür und versuchte das Gespräch zu verarbeiten. Irgendwie verbargen sich zu viele Widersprüche in dem Gehörten. Und letztlich hatte er keine einzige Neuigkeit erfahren. Sein Bauch meldete sich nachdrücklich und diesmal war es nicht der Hunger. Diese Sache versprach schwierig zu werden. Und sein Instinkt als Polizist witterte Ärger.

* * *

Wie üblich betrat Staller das Büro von Helmut Zenz, ohne anzuklopfen – einfach weil er wusste, dass der Chef vom Dienst das hasste. Auf dem chaotisch überfüllten Schreibtisch lagen neben Ausdrucken und Notizzetteln mindestens sechs verschiedene Tageszeitungen aus den unterschiedlichsten Regionen der Republik.

„Musst du hier so hereinplatzen?", bellte der CvD ungnädig.

„Sorry Helmut. Ich wollte dir nur kurz ein update in dem Rockerfall geben."

Sofort war Zenz hochkonzentriert bei der Sache. Die beiden Toten waren das zentrale Thema der heutigen Sendung und die Tatsache, dass sie am Morgen viele Titelseiten geschmückt hatten, war der Garant für große Aufmerksamkeit beim Publikum und vermutlich eine herausragende Quote. Für Tage wie diese lebte er.

„Was gibt es Neues?"

„Bildmäßig nur diese Fotos." Staller schob einige Abzüge über den Tisch. Bevor er gestern Nachmittag den Beutel mit den Nasen zu Bombach ins Präsidium gebracht hatte, hatte er noch etliche Aufnahmen davon gemacht.

„Sind das ...?"

„Die fehlenden Nasen, ja" nickte Staller zustimmend.

„Das ist ja super! Wo hast du die her, vom Täter?" Zenz war geradezu aus dem Häuschen vor Freude.

„Nein. Die wurden bei den Free Riders abgegeben, zu denen die Toten gehörten."

„Perfekt! Also vermutlich doch konkurrierende Clubs. Eine Warnung oder so. Wissen wir, wer sie abgegeben hat?"

„Sie wurden anonym in den Briefkasten geworfen", log Staller ungerührt. Wenn er jetzt die Hounds of Hell ins Gespräch brachte, verspielte er die einzige Chance darauf, den Mord aufklären zu können. Die Rocker mussten glauben, dass Polizei und Presse völlig im Dunkeln tappten.

„Ärgerlich. Aber die Riders dürften vermutlich wissen, von wem das unerfreuliche Geschenk kommt."

„Wenn ja, dann behalten sie es für sich. Ich habe mit ihrem Präsidenten gesprochen und er hat keine Ahnung, warum seine Männer sterben mussten."

„Nutten, Drogen, Waffen – eins davon wird es schon gewesen sein", urteilte der CvD leichtfertig.

„Unwahrscheinlich. Die Free Riders sind für nichts davon bekannt."

„Das sagen sie alle! Ich glaube kein Wort davon. Irgendwie werden die schon Dreck am Stecken haben." Für Zenz gab es keine Differenzierungen. Rocker waren kriminelle Gestalten und damit basta.

„Es gibt keinerlei Anhaltspunkte dafür. Und reine Spekulationen, die lediglich eine diffuse Angst schüren sollen, sind mit mir nicht drin." Die Worte klangen völlig unaufgeregt. Aber in der Sache war mit Staller nicht zu verhandeln und Zenz wusste das. Wie so oft wandelten sie auf dem schmalen Grat zwischen journalistischer Aufrichtigkeit und dem Wunsch ein breites Publikum anzusprechen und zu fesseln. Der CvD stellte den Erfolg der Sendung zumindest innerhalb eines gewissen Rahmens vor die Genauigkeit der Recherche, während Staller nicht ohne triftigen Grund von der Wahrheit abwich. Das Erzeugen künstlicher Ängste gehörte nicht zu diesen triftigen Gründen.

„Ja, ja. Du wirst am Ende sehen, dass ich recht habe." Das Verhältnis zwischen Zenz und Staller war vielschichtig. Zwar war der Chef vom Dienst prinzipiell für die Inhalte der Sendung zuständig und verantwortlich, aber der Reporter war das Urgestein der Sendung. Er hatte sie mit entwickelt, lange moderiert und insgesamt zu einem erfolgreichen und lang laufenden Format gemacht, bevor er sich freiwillig wieder an die Arbeit an einzelnen Fällen gemacht hatte. Offiziell war Staller Chefreporter und verfügte damit über eine ähnliche Autorität wie der Chef vom Dienst. Nur hatte Staller es im Gegensatz zu Zenz nie nötig, seine Position ins Feld zu führen, was speziell bei den Kollegen sehr beliebt war. Im Falle einer direkten Konfrontation wäre die gesamte Redaktion inklusive ihres Chefredakteurs Peter Benedikt auf der Stallers Seite.

„Wir werden sehen." Dann erklärte der Reporter in groben Zügen, wie er den Bericht anlegen und welche ungefähre Länge er erhalten würde. Zenz notierte die Dauer, überflog seinen Sendeablauf und nickte zufrieden.

„Das passt. Wir könnten zwei Teile machen. Die starken Bilder einmal vorab als Teaser, dann eine Anmoderation von Sonja und dann die Geschichte im Ganzen mit allen Details, die wir haben. Immerhin sind wir noch tagesaktuell, auch wenn die Leichen gestern gefunden worden sind. In der Zeitung hat es schließlich erst heute gestanden."

Gute Ideen hatte Zenz ja.

„So machen wir das. Ich habe mit Eddy heute Morgen schon einen Aufsager am Tatort gedreht, weil wir insgesamt natürlich wenig O-Töne haben. Der Beitrag dürfte in etwa zwei Stunden fertig sein."

„Okay. Und versorg Sonja rechtzeitig mit Infos für ihre Anmoderation."

„Klar. Bis später!"

Der Reporter verließ das Büro, ohne die Tür zu schließen. Im Weggehen zählte er die Sekunden. Bei acht hörte er den Knall. Zenz hasste als Einziger in der Redaktion offene Türen. Schmunzelnd bog Staller in die Kaffeeküche ab und bediente sich.

Zwei Stunden später sprang er, immer zwei Stufen auf einmal nehmend, die Treppen aus dem Untergeschoss hoch, wo er im Schneideraum seinen Bericht fertiggestellt hatte. Mit einem für Außenstehende äußerst verwirrenden Schmierzettel voller Stichworte und Zahlenreihen betrat er das Büro von Sonja Delft, die mit gefurchter Stirn vor ihrem Rechner saß und Moderationen für die heutige Sendung schrieb.

„Störe ich?"

„Nein, setz dich. Lass mich nur noch den einen Satz formulieren."

Mit zusammengezogenen Augenbrauen fixierte sie eine Stelle knapp über dem Monitor und dachte offenbar intensiv nach. Staller, der sich den Besucherstuhl herangezogen hatte und die Beine übereinanderschlug, beobachtete seine Kollegin interessiert. Die Querfalte auf der Stirn war die gleiche, die Chrissie, seine verstorbene Frau, zeigte, wenn sie sich völlig auf etwas konzentrierte. Waren es die Ähnlichkeiten mit ihr, die sein Verhältnis zu Sonja so erschwerten? Als Kollegen und auch als gute Freunde verstanden sie sich prima. Aber es gab etwas zwischen ihnen, was darüber hinaus ging, und das ließ er nicht wirklich zu. War er nach sieben Jahren als Single nicht mehr beziehungsfähig? Denn an Sonja konnte es nicht liegen. Sie war alles, was ein Mann wie er sich wünschen konnte, und noch mehr. Und vor allem: Sie akzeptierte sein Zögern, seine Zurückhaltung und bedrängte ihn nicht, obwohl sie ihm deutlich zu verstehen gegeben hatte, dass sie sich mehr wünschte als das, was er ihr bisher geben konnte. War sein Verhalten ihr gegenüber eigentlich fair? Oder sollte er lieber …

„Mike? Bist du irgendwo da drinnen?" Ihre warme Stimme riss ihn abrupt aus seinen Gedanken.

„Äh, ja, entschuldige bitte. Ich war ein bisschen abgelenkt." Er bemühte sich, schnell wieder in die Realität zurückzufinden.

„Hoffentlich waren das angenehme Gedanken", grinste sie und wickelte eine Haarsträhne um ihren Finger. Eigentlich eine unschuldige, kleine Geste, aber wenn Sonja sie ausführte, wirkte sie sehr erotisch.

„Wie man's nimmt; es ging um den Rockermord." Offenbar war heute Tag der Notlüge. Aber er konnte ihr ja schließlich nicht erzählen, was ihn wirklich gerade bewegt hatte. Obwohl – warum eigentlich nicht?

Ärgerlich schob er diese Überlegungen beiseite und gab ihr einen kurzen Abriss seines Beitrages, verbunden mit einigen Zusatzinformationen, aus denen sie ihre Anmoderation zusammenstellen konnte. Sie hörte aufmerksam zu, notierte gelegentlich Stichworte und nickte schließlich zufrieden.

„Das reicht vollkommen. Damit kann ich etwas anfangen. Wollen wir noch eine Abmoderation mit ein paar Brocken für unsere Zuschauer machen oder bringt uns das in diesem Fall nichts?"

In Zeiten von social media versuchten auch die Produzenten von Fernsehsendungen eine gewisse Form von Interaktivität in ihr Programm zu integrieren. Wenn es eine Frage gab, die man dem Publikum stellen konnte, dann meldeten sich zwar immer auch haufenweise Spinner, aber manchmal auch wertvolle Informanten. Und der Rest der Zuschauer hatte zumindest den Eindruck, dass sie ernst genommen wurden und teilhaben durften. Das war für die Wahrnehmung einer Sendung in der Öffentlichkeit wichtig geworden.

„Ich wüsste nicht, was wir fragen könnten." Staller hatte sich schon mit diesem Gedanken befasst, war aber zu keinem Ergebnis gekommen. Bei Fahndungen war das alles ganz leicht, aber der Rockermord bot noch keinerlei Ansatzpunkte, bei denen man die Öffentlichkeit einbinden konnte.

„Gut, dann lassen wir das erst einmal. Wir werden ja vermutlich nicht zum letzten Mal darüber berichten. Was willst du als Nächstes tun?"

Der Reporter stand auf und ging wie ein Tiger im Käfig in dem kleinen Büro auf und ab. Manchmal brauchte er einfach Bewegung, damit sein Hirn besser funktionierte.

„Es ist eine absolut ungewöhnliche Situation. Normalerweise haben wir einen Fall und suchen den oder die Täter. Wenn wir diese Frage geklärt haben, ist der Fall gelöst." Er blieb kurz am Fenster stehen und schaute hinaus auf den Parkplatz.

„Hier haben wir die beiden Toten und wissen auch, wer sie umgebracht hat – und nichts ist gelöst."

„Also nochmal: Was willst du tun?" Sonja erkannte, dass Mike unsicher war, wie es weitergehen sollte.

„Natürlich werde ich versuchen über alle möglichen Quellen mehr über die Hounds of Hell, ihren Präsidenten und ihre Geschäfte zu erfahren. Aber mein Gefühl sagt mir, dass ich nichts wirklich Brauchbares erfahren werde."

„Weil die Leute Angst haben zu reden?"

Staller nickte. „Ich befürchte es. Aber versuchen werde ich es trotzdem. In den nächsten Stunden werde ich jede mögliche Quelle anrufen, die ich kenne, und schauen, dass ich etwas herausfinde. Und dann sehen wir weiter."

„Viel Glück dabei", wünschte ihm Sonja. „Im Moment kann ich dir nicht helfen, denn ich muss die heutige Sendung vorbereiten. Aber danach ..."

„Mir ist nicht zu helfen", grinste Staller. „Jedenfalls nicht bei diesen Recherchen. Aber danke!"

Mit einem lässigen Winken machte er sich auf den Weg in sein Büro, verfolgt von Sonjas nachdenklichen Blicken. Lange konnte sie sich allerdings nicht mit seinen letzten Sätzen beschäftigen und so wandte sie sich wieder ihren Moderationen zu.

Staller tat genau das, was er angekündigt hatte. Er führte unzählige Telefonate, mal etliche Minuten, mal nur wenige Sekunden lang. Vor ihm lag ein großer Bogen Papier, den er Stück für Stück mit Namen, Pfeilen und Notizen füllte. Gelegentlich strich er etwas durch oder ersetzte es durch eine ihm plausibler erscheinende Information. Am Ende seines Telefonmarathons war das Blatt dicht mit seinen Bemerkungen gefüllt. Seufzend streckte er seine müden Knochen und gähnte. Mehr würde er heute nicht in Erfahrung bringen können. Ihm war jetzt nach einer heißen Dusche, einem leckeren Essen und nach seinem bequemen Bett.

In diesem Moment klingelte sein Telefon.

„Sag mal, hast du deine Kiste angelassen oder warum ist immer besetzt bei dir?"

„Bommel, ich hatte zu tun. Im Gegensatz zu euch Beamten müssen wir fleißig arbeiten, damit der Schornstein raucht."

„Mir ist jetzt nicht nach Beamtenwitzen." Die Stimme des Kommissars klang ebenfalls erschöpft. „Können wir uns noch austauschen?"

Staller warf einen raschen Blick auf seine Uhr.

„Meinetwegen. Aber ich habe Hunger. Treffen wir uns bei Mario?"

„Gute Idee!" Bombach hörte sich gleich ein wenig fröhlicher an. „In einer halben Stunde?"

„Ja, das schaffe ich. Bis gleich!"

Das italienische Restaurant von Mario lag nur wenige hundert Meter von Stallers Wohnung in Eilbek entfernt, was aber nicht der entscheidende

Grund dafür war, dass es das Lieblingslokal des Reporters war. Mario, ein gebürtiger Sizilianer, der aber seit Menschengedenken in Deutschland lebte, war aus verschiedenen Gründen ein Original. Klein, korpulent und mit rabenschwarzen Haaren, die erst seit Kurzem von ersten Silberfäden durchzogen wurden, pflegte er eine fast operettenhafte Attitüde. Überschäumendes südländisches Temperament kultivierte er ebenso wie seinen schweren Akzent – zumindest während der Geschäftszeiten. Außerdem kochte er wirklich exzellent und für Günstlinge des Hauses, zu denen "meine sähr gute Freunde Mike" zählte, gab es immer besondere Gerichte, die sich sonst nicht auf der Speisekarte fanden. Außerdem verfügte Mario über einen hervorragenden privaten Weinkeller, den er gern mit seinen Lieblingsgästen teilte.

Als Staller das Restaurant betrat, sah er Bombach bereits an dem versteckten Tisch im Hintergrund sitzen, der für Familie und gute Freunde vorbehalten war. Ansonsten war das Lokal gut besucht. Auf Marios gerötetem Gesicht glänzte der Schweiß, als er mit einem Arm voll gut gefüllter Teller aus der Küche stürmte. Im Gegensatz zu seiner fülligen Erscheinung bewegte er sich mit der Eleganz und Geschwindigkeit eines Stierkämpfers.

„Ah, Mike! Momentino, per favore, isch bin gleich bei dir!" Er schaffte es trotz seiner beladenen Arme anmutig auf den Familientisch zu deuten, entschuldigend zu lächeln und die dampfenden Teller in Windeseile am Tisch neben dem Eingang zu servieren.

Staller hatte kaum Platz genommen und Bombach begrüßt, da stand der Wirt schon bei ihnen und erkundigte sich zunächst nach ihrem Wohlbefinden und dann nach den Essenswünschen.

„Hast du heute eine besondere Empfehlung für uns?", fragte der Reporter, wohl wissend, dass Mario längst beschlossen hatte, was sie essen würden.

„Si, si, naturalmente!" Mindestens drei der Kinne von Mario nickten eifrig Zustimmung.

„Dann nehmen wir das", entschied Staller, nachdem der Kommissar auf seinen fragenden Blick hin genickt hatte.

„Benissimo!" Der Wirt eilte davon. Normalerweise verlangte es die Höflichkeit, dass er sich einige Augenblicke mit seinen Gästen unterhielt, aber heute brummte der Laden offenbar so, dass Mario schweren Herzens gleich wieder in die Küche musste.

„Und? Was hast du erreicht heute?" Der Reporter fischte sich eines der köstlichen selbstgebackenen Brötchen aus dem Korb vor ihm und bestrich es üppig mit Aioli.

„Eine ganze Menge und doch sehr wenig."

„Aha. Arbeitest du jetzt nebenberuflich als Horoskopersteller oder warum formulierst du so kryptisch?"

„Wenn du mich nur einmal ausreden lassen würdest!" Bombachs gekränkter Tonfall war oskarreif. „Also: Die Nasen gehören zweifelsfrei zu den Toten."

„Nein! Das gibt es ja gar nicht!" Stallers Stimme triefte vor Sarkasmus.

„Ja, nun! Auch wenn es erwartbar ist, muss es zumindest mal amtlich festgestellt werden, oder?"

„Hast du noch mehr so Knallerinformationen für mich?"

„Siehst du, so langsam begreifst sogar du meinen Eröffnungssatz." Der Kommissar nippte an seinem Mineralwasser. „Ich war bei deinem Free Rider in der Werkstatt. Mann, war der maulfaul! Außer ja und nein beherrscht der offenbar keine Wörter."

Der Reporter musste lachen.

„Jetzt sag nicht, ich hätte dich nicht gewarnt! Hast du auch irgendetwas Brauchbares herausgefunden?"

„Ich hatte eine kleine Unterhaltung mit den Kollegen vom OK. Die kam mir ein bisschen seltsam vor." Bombach berichtete detailliert von dem Gespräch.

„Was genau kam dir daran merkwürdig vor?"

„Hm. Ich hatte den Eindruck, als ob sie alles tun wollten, um mich von dem Gedanken eines Revierkampfes abzubringen. Und ganz am Ende klang es sogar fast wie eine Drohung. Ich soll mich nicht zu weit aus dem Fenster lehnen!"

„Warum, glaubst du, hat er das gesagt?"

Der Kommissar antwortete nicht gleich, sondern drehte versonnen sein Wasserglas in der Hand.

„Ich kann es dir nicht sagen. Bauchgefühl. Vielleicht haben sie selber eine größere Aktion geplant und ich funke ihnen jetzt dazwischen. Oder ..." Er verstummte irritiert.

„Oder deine Kollegen von der Organisierten Kriminalität sind ein bisschen zu dicht dran an der Szene?"

„Das kann ich mir nicht vorstellen." Aber die Stimme von Bombach vermittelte Unsicherheit.

„So Mike, ein paar kleine Vorspeisen für euch und einen Roten!" Gerda, Marios deutsche Frau, balancierte eine beachtliche Silberplatte und eine Karaffe zum Tisch.

„Das sieht aber gut aus", stellte Bombach fest und griff instinktiv zur Gabel. Staller bedankte sich und schenkte Rotwein ein. Für eine kleine Weile ruhte das Gespräch. Wie erwartet, schmeckte das Essen köstlich.

„Uff, eigentlich reicht das schon", seufzte Bombach und legte das Besteck auf die Serviette. Die Vorspeisenplatte beherbergte lediglich noch zwei Salatblätter und einige Orangenscheiben.

„Ich ahne, dass da noch etwas kommt", schmunzelte Staller. „Und dass du natürlich auch dabei kräftig zugreifen wirst."

„Mal sehen. Hast du denn Neuigkeiten für mich?"

Der Reporter wischte sich den Mund ab und nahm einen Schluck Wein. Dann fischte er seinen Notizzettel aus der Tasche und strich ihn glatt.

„Hier steht alles, was ich auf die Schnelle über die Hounds of Hell finden konnte. Namen, Adressen, Treffpunkte, Aktivitäten und die Struktur des Klubs."

Der Kommissar studierte das Blatt eingehend und schob es dann über den Tisch zurück. „Eins muss der Neid dir lassen, deine Hausaufgaben hast du gemacht. Frage ist nur: Bringt uns das irgendwie weiter?"

„Das ist genau mein Problem. Viele Informationen, aber wenig Verwertbares. Und mit Blick auf den Mörder der Riders sogar komplett wertlos."

Bombachs Miene erinnerte an einen Hund, dem man den Fressnapf weggenommen hatte. Enttäuschung und Ratlosigkeit hielten sich die Waage.

„Was machen wir nun? Ich habe verdammt wenig Lust, diesen Fall abzuhaken. Wenn ich einen Mörder suche, dann pflege ich den auch zu finden – normalerweise. Aber hier gehen mir gerade die Ideen aus."

„Kopf hoch, Bommel!" Staller grinste schon wieder. „Für solche Fälle hast du ja mich."

Mit einem ausgeprägten Gespür für den passenden Zeitpunkt schleppte Mario eine weitere Platte heran, diesmal mit dem Hauptgericht und noch größer als die erste.

„Ecco, meine gute Freunde, buon appetito!" Mit flinken Fingern arrangierte er die Anordnung auf dem Tisch neu, sodass beide leichten Zugriff auf die Zusammenstellung weiterer Köstlichkeiten hatten. Dann zog er sich diskret zurück.

„Auszeit!", beantragte der Kommissar und griff mit hungrigem Blick zum Vorlegebesteck.

„Ich dachte, du hattest schon genug?"

„Da hab' ich mich wohl geirrt." Ein bemerkenswerter Berg Speisen fand seinen Weg auf Bombachs Teller, ohne dass dadurch auffällige Lücken auf der Platte entstanden. Das Essen bei Mario war nicht nur ausgesprochen lecker, sondern auch immer sehr reichlich. Auch Staller langte beherzt zu und füllte seinen Teller bis zum Rand.

Zwanzig Minuten später teilte die Hauptspeisenplatte das Schicksal der ersten und war bis auf minimale Reste vollständig geleert. Dafür hatten die beiden Helden von Messer und Gabel leicht glasige Augen und ein deutliches Druckgefühl um die Körpermitte.

„Ramazotti", ächzte der Kommissar und hielt sich den Bauch. „Und egal, was Mario sagt – auf keinen Fall Nachtisch!"

Staller holte tief Luft und schob ebenfalls seinen Teller nachdrücklich von sich.

„Ausnahmsweise gebe ich dir recht!" Er bestellte Espresso und den Kräuterschnaps. Regungslos wartete er ab, bis der Tisch abgeräumt war und das Gewünschte gebracht wurde. Vehement wehrte er sich gegen den Versuch von Mario, ihnen wenigstens noch ein kleines Dessert aufzuschwatzen und schaffte es, sich durchzusetzen, was ungewöhnlich war, denn normalerweise grenzte es an Beleidigung, wenn man einen Teil der Speisenfolge ablehnte. Aber heute zollte der Wirt ihrer Essleistung offenbar großen Respekt und ließ es durchgehen.

„Prost Bommel!" Der Reporter klang matt. Hoffentlich würde der Schnaps wenigstens für ein bisschen Erleichterung im Magen sorgen.

„Wo waren wir stehengeblieben?"

„Ich wollte gerade erzählen, wie ich mal wieder für dich die Kohlen aus dem Feuer holen werde."

„Richtig. In deiner üblichen bescheidenen Art und Weise. Aber leg ruhig los!"

„Es sieht doch so aus: Wir wissen lauter nutzloses Zeug aus der Peripherie der Hounds. Nicht eine unserer Quellen würde uns gerichtsverwertbare Beweise liefern können oder wollen. Niemand aus dem inneren Kreis würde überhaupt mit mir reden, geschweige denn mit dir."

Bombach hörte jetzt ernst und konzentriert zu. Was Staller da zusammenfasste, war natürlich völlig richtig.

„Was können wir also tun?"

„Wenn die nicht zu uns kommen, dann müssen wir zu ihnen gehen."

Mit dem Schnapsglas auf halber Höhe zwischen Tisch und Mund erstarrte der Kommissar. „Was genau meinst du damit?", fragte er vorsichtig nach.

„Wir brauchen einen Mann im inneren Kreis."

„Und wer könnte das sein?", erkundigte sich Bombach, obwohl er mehr als nur eine Ahnung hatte, wen sein Freund meinte.

„Da du für solche Aufgaben unbegabt bist, bleibt die Arbeit wohl wieder an mir hängen", feixte der Reporter und nahm einen großen Schluck von seinem Espresso.

„Du? Das ist nicht dein Ernst!" Der Kommissar war völlig konsterniert und hielt weiterhin sein Glas in die Luft. „Mal so eben undercover bei den Höllenhunden reinschauen, hallo sagen, fragen, wer denn wohl kürzlich zwei Riders abgeschossen hat und dann dankend zurückkommen, damit ich sie festnehmen kann – hast du das ungefähr so geplant?"

„So ähnlich." Staller musste kichern. „Jetzt mach halt irgendwas mit deinem Glas, sonst bekommst du noch einen Krampf."

Bombach stutzte, bemerkte, dass seine Hand immer noch in der Luft hing und stellte das Glas wieder auf den Tisch, ohne zu trinken.

„Also: Ganz so einfach, wie du das schilderst, ist es natürlich nicht. Die ganze Sache steht und fällt mit einer guten Legende. Aber Geschichten sind meine Welt und ich bin sicher, dass mir etwas einfällt, das mir die Türen öffnet. Ob ich dann so weit vordringe, dass wir einen Mörder festnageln können, das sehen wir dann."

„Wenn du nicht gleich auffliegst und ziemlich tot und ohne Nase in einem Hauseingang rumliegst."

Bombach bekam einen roten Kopf und redete sich mehr und mehr in Rage.

„Ich habe wirklich großes Interesse daran, den Mörder zu fangen. Aber ich fände es auch ganz nett, weiterhin dafür sorgen zu können, dass du ein anständiger Mensch bleibst. Hast du mal kurz darüber nachgedacht, dass du eine Verantwortung für deine Tochter trägst?"

„Jetzt reg dich doch nicht auf!"

„Ich hab' noch gar nicht angefangen mich aufzuregen! Auch wenn du nicht viel von der Polizei hältst – kannst du dir vielleicht vorstellen, dass auch bei uns schon mal jemand auf die Idee gekommen ist, einen Undercover-Einsatz zu starten? Und warum ist es wohl nicht dazu gekommen?"

„Weil selbst eure Zivilen zehn Kilometer gegen den Wind nach Bulle stinken?"

„Nein, sondern weil nach sorgfältiger Abwägung von Aufwand und Nutzen klar war, dass ein solches Unternehmen zu gefährlich wäre. Und das, obwohl unsere Leute für solche Aufgaben ausgebildet sind, was man von dir nun wirklich nicht behaupten kann."

„Dafür kann ich mich meiner Umgebung anpassen und falle nicht auf wie Moby Dick in einem Aquarium."

„Soll das eine Anspielung auf meine Figur sein?"

„Lieber Himmel, nein!" Bombach neigte wegen seiner Leidenschaft für gutes Essen – und gern viel davon – dazu, häufig mit seinem Gewicht zu hadern. Er war zwar keinesfalls dick und er trieb auch einigermaßen regelmäßig Sport, aber es war abzusehen, dass das kleine Röllchen um seine Körpermitte sich dauerhaft eingerichtet hatte und mittelfristig auf Wachstumskurs gehen würde, wenn er nicht höllisch aufpasste.

„Dabei fällt mir noch etwas ein, was ich vorhin vergessen hatte. Beim Besuch in der Kneipe, der ansonsten total ergebnislos blieb – rate mal, wen ich dort getroffen habe."

„Den Polizeipräsidenten?"

„Sehr witzig. Nein, aber den Typen, der mir damals den Molli auf die Veranda geworfen hat."

Vor Jahren hatte es schon einmal eine umfangreiche Ermittlung gegen eine Rockergruppe gegeben, damals wegen verschiedener Drogendelikte. Die Liberty Wheels waren wochenlang observiert worden und die Polizei hoffte, endlich Beweise für ein gemeinschaftliches, kriminelles Vorgehen zu finden. Aber wie so oft fehlte das letzte Puzzlestückchen in der Beweiskette und ließ sich trotz intensiver Bemühungen nicht beschaffen. Statt dessen kam es zu einer Serie von Zwischenfällen im Zusammenhang mit Beamten, die an der Ermittlung beteiligt waren. Ein Privatwagen wurde in Brand gesteckt, ein Kind auf dem Schulweg erschreckt und auf der Terrasse von Bombach landete am späten Abend ein Molotowcocktail, der vermutlich das ganze Haus abgefackelt hätte, wenn der Kommissar nicht zufällig erst genau in dem Moment nach Hause gekommen wäre, als der Werfer auf einem Motorrad vom Tatort flüchtete. Dabei trug er nur einen Halbschalenhelm und Bombach konnte das Gesicht unter einer Straßenlaterne gut erkennen. Er identifizierte den Täter als den Vizepräsidenten der Liberty Wheels und es kam zur Anklage. Ärgerlicherweise gaben bei der Verhandlung drei untadelige Zeugen unabhängig voneinander dem Angeklagten ein hieb- und stichfestes Alibi für den Tatzeitraum, sodass das Verfahren eingestellt wurde. Bombach schäumte damals vor Wut, da er sich seiner Sache hundertprozentig sicher war und genau wusste, dass drei nach äußerem Anschein unbescholtene Bürger bewusst für den Rocker gelogen hatten. Warum, konnte er leider nicht herausfinden. Steckten sie mit den Liberty Wheels in irgendwelchen Geschäften unter einer Decke? Waren sie erpressbar? Das Ergebnis war jedenfalls ein Freispruch, der Bombach noch für Jahre Magenschmerzen bereitete.

Gaby, seine Frau, die ihm immer den Rücken freigehalten und klaglos seltsame Arbeitszeiten, Überstunden und die latente Gefahr für sein Leben akzeptiert hatte, war so verängstigt, dass sie ihm ein Ultimatum stellte. Entweder er suchte sich einen anderen Beruf oder sie würde ihn verlassen. Nur dank der unermüdlichen Überzeugungsarbeit vieler Beteiligter, darunter ein Polizeipsychologe und auch Mike Staller, war es gelungen, ihr diesen Gedanken auszureden. Das Erlebnis, aus dem Schlaf aufzuschrecken und in eine Feuerwand vor dem Fenster zu starren, hatte sie nachhaltig traumatisiert. In mühsamen kleinen Schritten schafften es die beiden, das Geschehene aufzuarbeiten und einen gemeinsamen Weg für die Zukunft zu finden, der es Bombach ermöglichte, seinen Beruf zu behalten und Gaby, wieder durchschlafen zu können.

„Ulf Meier? Der ehemalige Vize von den Liberty Wheels?"

„Genau der!"

„Hm. Das ist aber mal interessant!"

„Eher ärgerlich." Bombach machte die Erinnerung an das Wiedersehen wütend. „Er hat erst auf seriös gemacht, von wegen Geschäftsmann, Im- und Export von Autos und Motorrädern – und dann hat er sich leise erkundigt, ob Gaby nachts noch hochschreckt, wenn ein Moped vorbeifährt." Er knirschte mit den Zähnen. „Das ist ja wie ein Geständnis!"

„Mit dem du nichts anfangen kannst, wenn es keiner gehört hat."

„Das ist ja das Allerschlimmste!"

„Ich verstehe deinen Ärger. Und ich glaube nicht, dass das Zufall war."

„Wie kommst du darauf?"

„Sieh mal hier!" Staller schob seinen Notizzettel wieder über den Tisch. „Da oben links bei den Spitzenleuten der Hounds of Hell."

Bombach mühte sich mit der krakeligen Schrift ab, dann wurde er blass.

„Ulf Meier – Treasurer. Er ist jetzt Schatzmeister bei den Hounds. Das darf doch nicht wahr sein!"

„Tja, die Liberty Wheels haben sich mehr oder weniger aufgelöst und dein Freund hatte keine Lust ein neues Leben anzufangen. Da hat er sich dem nächsten Club angeschlossen und es offensichtlich in der Hierarchie weit gebracht."

„Und mir will er weismachen, dass er mit Autos handelt!"

„Oh, das kann durchaus stimmen. Als Schatzmeister ist eine seiner Aufgaben mit Sicherheit die Geldwäsche. Da ist ein Fahrzeughandel geradezu ideal."

„Das macht mich wahnsinnig!" Der Kommissar kippte wütend seinen Schnaps hinunter. „Die Vorstellung, dass dieser Schweinehund mir ruhig ins Gesicht lächelt, weil er glaubt, dass ich ihm gar nichts kann. Mann!"

Er knallte das Schnapsglas derart auf den Tisch, dass sich einige andere Gäste irritiert herumdrehten.

„Dann solltest du dich erst recht über meinen Versuch freuen, den Höllenhunden mal auf den Zahn zu fühlen." Geschickt lenkte Staller das Gespräch zurück an den entscheidenden Punkt.

„Ich würde von hier bis Alaska schwimmen, um den Kerl in den Bau zu bekommen. Aber dein Vorschlag ist trotzdem zu gefährlich."

„Solange ich eine glaubwürdige Story als Deckung habe, wird schon nichts passieren. Außerdem will ich ja nicht bei denen im Clubhaus einziehen. Es geht lediglich darum, dass ich ein bisschen Anschluss finde, Vertrauen erwerbe und dabei Augen und Ohren offenhalte, mehr nicht. Und dann schwing' ich mich wieder auf mein Moped und tucker' in den Sonnenuntergang."

„Da geht es doch schon los. Du hast doch gar kein Motorrad. Besitzt du überhaupt einen Führerschein?"

„Aber klar", lachte Staller. „Und das Bike kann ich mir leihen. Ich kenne da jemanden … "

Bombach stöhnte bei dem letzten Satz auf. „Das hätte ich mir ja denken können. Aber ein anderes Thema – auch Rocker gucken abends mal fern. Meinst du nicht, dass dich einer erkennen könnte?"

„Das will ich doch hoffen!" Der Reporter war jetzt geradezu glänzend gelaunt. „Aber nicht, wenn ich auf muffigen Hamburger Chopperfahrer umgestylt bin. Gefärbte Haare, langer Bart und außerdem habe ich eine Macke. Ich lege meine Sonnenbrille nur im Bett ab."

Gegen seinen Willen musste nun auch der Kommissar grinsen. Er stellte sich seinen Freund gerade in entsprechender Verkleidung vor. Möglicherweise könnte das Vorhaben sogar gelingen.

„Was werden die Verantwortlichen von deiner Sendung dazu sagen?", gab er trotzdem zu bedenken.

„Das ist noch das größte Problem, da hast du ausnahmsweise mal recht. Schließlich ist nicht damit zu rechnen, dass ich die Sache mal eben in zwei oder drei Tagen aufgeklärt habe. Aber auch für die wird mir schon noch etwas einfallen."

„Und was ist mit Sonja ?" Bombach spielte seinen letzten Trumpf aus.

„Bin ich ihr etwa Rechenschaft schuldig?" Staller hörte sich trotzig an, aber in seinen Augen dämmerte Verstehen.

Der Kommissar schwieg.

„Sie wird es verstehen. Schließlich ist sie Profi, genau wie ich."

Bombach sagte immer noch nichts.

„Verdammt, Bommel, das machst du doch mit Absicht! Du weißt aber schon, dass ich durchaus am Leben klebe und nichts mache, was mich ernsthaft gefährden könnte?"

„Wenn man das nur immer in der eigenen Hand hätte, mein Lieber."

* * *

Der schwere Samtvorhang schloss sich langsam vor der Bühne und im Publikum brandete Applaus auf. Vereinzelt waren sogar "Bravo"-Rufe zu hören. Während die Lichter im Saal langsam aufgezogen wurden und sich die Seitentüren öffneten, schreckte der Bausenator auf seinem bequemen Sitz in der ersten Reihe überrascht hoch und warf einen vorsichtigen Seitenblick auf seine Frau, die ausdauernd klatschte und ihn dabei zornig anstarrte.

„Zweimal hast du sogar angefangen zu schnarchen", zischte sie.

Er setzte sich gerade hin, klatschte einige Male mit gemessenen Handbewegungen und stand dann auf. Der Vorteil der ersten Reihe bestand darin, dass es eine praktisch unbeschränkte Beinfreiheit gab. Der Nachteil war, dass man von hier aus den weitesten Weg zu den Getränkeständen hatte. Da aber das Ernst Deutsch Theater trotz seiner 744 Plätze insgesamt von einer überschaubaren Größe war, konnte er mit diesem Manko gut leben. Unauffällig kontrollierte er den Sitz seiner Kleidung und knöpfte sein Jackett zu.

„Ich muss ein paar Gespräche führen", entschuldigte er sich.

„Du könntest ausnahmsweise auch mal ein Gespräch mit mir führen. Zum Beispiel über das Stück!" Sie verstand es meisterlich, ihre scharfen Bemerkungen in schneidendem, aber nur für ihn hörbarem Ton abzusetzen.

„Wozu? Ich habe doch sowieso die Hälfte verschlafen", entgegnete er und wandte sich der Tür zu. Das ausgesprochene Interesse seiner Frau am kulturellen Leben der Hansestadt teilte er nicht. Wenn alle Theater, Literaturcafés, Opernhäuser und Ballettsäle morgen geschlossen werden würden, dann würde er keinerlei Verlust spüren. Trotzdem war er sich der Tatsache bewusst, dass seine Anwesenheit registriert wurde. Und seine Abwesenheit ebenfalls. So machte er das Beste aus der Situation und nutzte die Pausen für inoffizielle Konsultationen, die oft genug die Politik der Stadt in den nächsten Tagen bestimmten. Ein speziell ausgewiesener Stehtisch im Foyer diente ihm als Treffpunkt und stellte sicher, dass nur Personen von entsprechender Bedeutung Zugang zu ihm erhielten.

Trotz seiner inneren Gleichgültigkeit gegenüber den schönen Künsten war er bekannt als treuer Förderer gerade des Ernst Deutsch Theaters, welches für ihn bequem zu erreichen war, und genoss als solcher einige Vorteile. So musste er nicht mit der Masse anstehen, um sich Getränke zu besorgen, sondern er fand eine genügende Auswahl bereits an "seinem" Tisch vor. Während er mit gemessenen Schritten aus dem Gang ins Foyer trat und dabei ehrerbietige Grüße mit huldvollem Nicken erwiderte, versuchte er zu erkennen, wer sich bereits um den Honoratiorentisch gruppiert hatte. Aha, ein höchst erfolgreicher Bauunternehmer, ein gemäßigter und von daher interessanter Gewerkschaftler und dieser Öko-Spinner von den Grünen. Vermutlich hatte der mal wieder eine seltene Feldmaus im Gepäck, die irgendein wirtschaftlich unumgängliches Großprojekt torpedieren sollte. Licht und Schatten lagen wieder mal dicht beieinander. Aber da half nichts, es galt gute Miene zum möglicherweise bösen Spiel zu machen, so lauteten die Regeln.

„Guten Abend, meine Herren! Ich hoffe, Sie haben sich ebenso gut unterhalten gefühlt wie ich."

Er hatte keinerlei Probleme mit dieser schamlosen Lüge, nicht zuletzt, weil er wusste, dass niemand das Thema weiter vertiefen würde. Der Ort und der Anlass verlangten eine Bemerkung zum bisher Gesehenen, mehr aber auch nicht. Im Übrigen würde er keinen Euro darauf wetten, dass seine Gesprächspartner das Geschehen auf der Bühne aufmerksamer verfolgt hatten als er selber.

Erwartungsgemäß schwadronierte der Grüne sofort los. Es war zwar keine Feldmaus, sondern ein seltener Vogel, von dem außer ihm noch nie jemand etwas gehört hatte, was sein mögliches Aussterben für den Senator durchaus hinnehmbar machte – aber er wurde als Argument gegen die zweite Elbquerung ins Feld geführt. Das klang nach Unterschriftenlisten, Protestspaziergängen und einer Vielzahl von Eingaben in die Bürgerschaft, die das Projekt zwar nicht aufhalten, aber um weitere Jahre verzögern würden. Gern hätte der Senator dem Spinner um die Ohren gehauen, was er von dessen Öko-Gelaber hielt, aber die Höflichkeit und Etikette erforderten eine ernste Miene und das Versprechen, sich mit dieser Frage eingehend zu beschäftigen. Mein Gott, es gab doch genug Vögel! Als ob es auf diesen einen ankäme. Der Senator öffnete sich ein Bier und stellte sich vor, wie der Grüne jeden Sonntagmorgen mit Fernglas und Vogelkundebuch bewaffnet durch die Felder strich – immer auf der Suche nach Viehzeug, das aus fadenscheinigen Gründen schützenswert wäre. Wenn der Kerl selber mehr vögeln würde, hätte er vermutlich weniger Zeit für die anderen Viecher.

Nach diesem gedanklichen Bonmot und einem Großteil des einge-schenkten Bieres gewann der Bausenator die Hoheit über die Gesprächs-führung zurück und schaffte es, einige geschickte Andeutungen fallenzu-lassen, die den Bauunternehmer hellhörig werden ließen. Der Bereich Bau-en und Wohnen, der jahrelang in der Bürgerschaft recht stiefmütterlich be-handelt worden war, hatte unter der neuen Regierung eine gründliche Auf-wertung erfahren und verfügte nun über ein Budget, das Begehrlichkeiten wecken konnte. Wer sich jetzt gut mit dem Senator stand, der durfte unter Umständen damit rechnen, näher an Aufträge mit Millionenvolumen her-anzukommen.

Unter munterem Geplauder – der Grüne hatte den Tisch vorzeitig ver-lassen, nachdem er sein Sprüchlein aufgesagt hatte – verging die Pause und es klingelte zum ersten Mal. Bald würde der zweite Teil der Premiere be-ginnen. Während der Bauunternehmer mit Hinweis auf seine Frau nun ebenfalls den Tisch verließ, entdeckte der Senator Dieter Grabow, der sich mit einem Bier in der Hand gegen den langsam anschwellenden Strom der in den Saal zurück wandernden Zuschauer seinen Weg in Richtung des Honoratiorentisches bahnte.

„Ah, Grabow, schön Sie zu sehen! Haben Sie sich gut amüsiert?"

Die beiden Männer schüttelten sich die Hände, während sich nun auch der Gewerkschaftler anlässlich des zweiten Klingelns mit einem Winken verabschiedete. Die Geräusche der aufbrechenden Meute übertönten leicht die halblaut geführte Unterhaltung der beiden Männer.

„Immerhin wurde weder laut geschrien, noch gab es dutzendweise Nackte zu sehen", grinste Grabow in Anlehnung an ihr vorausgegangenes Telefonat. Der Senator lachte dröhnend und hielt dann die Hand vor den Mund, um verschwörerisch zu flüstern: „Selbst wenn – ich gebe zu, dass ich kurz eingenickt bin."

„Wer so viel arbeitet wie Sie, ist selbstverständlich entschuldigt. Irgend-wann holt sich der Körper, was er braucht."

Grabow war das Verständnis in Person.

„Habe ich etwas verpasst?"

„Es heißt, die Höhepunkte der Inszenierung liegen sowieso in der zwei-ten Hälfte. Sie haben das also klug eingeteilt!"

„Sagen Sie das mal meiner Frau! Die hat mich ganz böse angeschaut."

Mit dem dritten Klingeln hatte sich der Raum nun weitgehend geleert und nur noch ein kleiner Rückstau von Menschen, die darauf warteten in ihre Reihen zu gelangen, war zu sehen. Für den Senator kein Grund zu übertriebener Eile, denn er wusste genau, dass es innerhalb gewisser Grenzen üblich war, dass gewartet wurde, bis auch der Letzte seinen Platz wieder eingenommen hatte.

Grabow schien ebenso wenig Zeitdruck zu empfinden, denn er lehnte sich gemütlich mit einem Arm auf den Tisch und fragte: „Herr Senator, darf ich Sie um etwas bitten?"

Sein Gegenüber zog fragend eine Augenbraue hoch.

„Worum geht es denn?"

„Ich weiß, dass Sie sich sowohl im Freundeskreis dieses Theaters als auch in der Bürgerstiftung engagieren. Beides sind Institutionen, die ich selber auch gerne unterstützen möchte."

„Das ist löblich und passt zu dem Bild, das ich mir von Ihnen machen konnte."

„Ich halte allerdings wenig von dem so modern gewordenen Prinzip "Tue Gutes und rede darüber". Mir geht es um die Sache und nicht um Publicity. Deswegen würde ich Sie bitten, dass Sie meine Spende annehmen und damit nach Gutdünken verfahren. Wie genau Sie sie verwenden wollen, überlasse ich ganz Ihnen. Hauptsache, mein Name wird dabei nicht erwähnt."

Mit einer unauffälligen Handbewegung zog Grabow einen ziemlich dicken weißen Umschlag aus der Innentasche seines Sakkos und legte ihn auf den Tisch. Er trug keinerlei Aufschrift.

„Das ist gar nicht so ungewöhnlich." Der Senator wirkte wenig überrascht. „Viele Spender – und oft die engagiertesten – bitten um Anonymität. Sei es, dass sie nicht in der Presse erwähnt werden wollen, sei es, dass großzügige Unterstützer gern auch von anderen Institutionen um Beiträge gebeten werden. Und niemand kann schließlich allein all das Elend dieser Welt heilen."

„Wenn ich mir nicht sicher gewesen wäre, dass ich bei Ihnen auf Verständnis stoße, dann hätte ich Sie auch gar nicht um diesen Gefallen gebeten. Darf ich also davon ausgehen, dass Sie einverstanden sind?"

„Selbstverständlich, lieber Grabow! Und ich möchte Ihnen im Namen der Kunst und der benachteiligten Kinder meinen herzlichen Dank aussprechen. Männer wie Sie sind wichtig für unsere Stadt und ich freue mich über unsere gute Zusammenarbeit!"

Ein Platzanweiser erschien in der Tür zum Saal und blickte fragend in Richtung der beiden Männer, die nunmehr ganz allein im Foyer standen.

„Kommen Sie Grabow, die Kunst wartet! Meine Frau ist bestimmt schon ganz ungeduldig. Ich will sie nicht noch mehr verärgern."

Der Bausenator nahm den Umschlag vom Tisch, wog ihn anerkennend in der Hand und verstaute ihn dann zügig in der Jackentasche. Wenn das alles große Scheine waren, dann handelte es sich um eine sehr anständige Summe.

* * *

Peter Benedikt, der Chefredakteur von "KM – Das Kriminalmagazin" besaß eine Fähigkeit, die in seiner Position ungewöhnlich, für seine Gesprächspartner aber sehr angenehm war: Er konnte geduldig und aufmerksam zuhören. Heute Morgen kam Mike Staller in den Genuss dieser Gabe. Er fasste zunächst die Fakten rund um den Doppelmord an den beiden Rockern zusammen und ergänzte seinen Bericht um die Informationen, die er und Bombach inzwischen zusammengetragen hatten. Dann begann er den kompliziertesten Teil der Unterhaltung.

„Ich möchte versuchen, einen Zugang zu den Hounds of Hell zu bekommen. Unsere normalen Methoden werden in diesem Fall nicht funktionieren. Es gibt keine Informanten von außerhalb, jedenfalls keine, deren Aussagen verwendbar sind. Die Polizei hat in zehn Jahren nichts, aber auch gar nichts auf die Reihe bekommen. Und das Thema Rockerkriminalität ist brisant, wenn auch in der Öffentlichkeit noch nicht präsent. Außerdem traut sich niemand von den Kollegen an die Sache ran."

Der Chefredakteur stützte sein Kinn auf die Hand und nickte langsam.

„Ein Thema ist das auf jeden Fall. Aber es hat natürlich auch einen Grund, dass sich niemand damit beschäftigt."

„Klar. Ich werde eine sehr gute Legende brauchen und es besteht die Gefahr, dass eventuell nicht viel dabei herauskommt. Und es wird möglicherweise dauern. Das ist natürlich ein ökonomisches Risiko."

„Das macht mir nicht in erster Linie Sorgen. Mir geht es um deine Sicherheit – und natürlich die der ganzen Redaktion."

„Es darf selbstverständlich keine erkennbare Verbindung zu "KM" geben. Sonst bin ich in der Tat geliefert", räumte Staller ein. „Aber ich würde für ein paar Wochen aus der täglichen Arbeit rausfallen."

„Wir machen das so!" Ein weiterer Pluspunkt von Benedikt war, dass er in der Lage war zügig Entscheidungen zu treffen und an diesen auch festzuhalten. „Du bekommst einen Zeitrahmen von vier Wochen. Wenn … " Er hob einen Finger. „Wenn du mir eine schlüssige Deckung präsentierst. Ich werde keinesfalls zulassen, dass du dich – egal aus welchen ehrbaren Motiven – in eine unkalkulierbare Gefahr begibst. Ich verlange totale Offenheit von dir."

Der Reporter schürzte die Lippen. „Das klingt fair. Wenn ich nach vier Wochen keine klaren Fortschritte erzielt habe, dann ist die Geschichte vermutlich eh gestorben."

„Sollte dir ein Durchbruch gelingen, dann ist das Ziel ein "Spezial" von 45 Minuten. Ich habe mit dem Sender vereinbart, dass wir bis zu vier Sondersendungen pro Jahr machen können in Form einer langen Reportage oder Dokumentation. Damit lässt sich auch ein gewisser zusätzlicher Aufwand rechtfertigen."

„Mensch Peter, das ist ja riesig! Selbst wenn ich den aktuellen Fall nicht komplett bis zum Ende gelöst bekomme, wäre ein Bericht über die Szene bestimmt eine gute Sache. Allein wegen der Exklusivität!" Staller war geradezu euphorisiert. Eine Dreiviertelstunde netto Sendezeit – das war die Königsdisziplin. Ein solches Format bot die Gelegenheit, eine Geschichte einmal in einem anderen Tempo und viel komplexer zu erzählen. Und das Thema lud zu einer solchen Arbeitsweise geradezu ein. Denn die Rockerszene zeigte sich derart vielschichtig, dass es nur angemessen war, die gesamte Bandbreite zu beleuchten. Von den vergleichsweise harmlosen Motorradfahrern der Free Riders bis zu den Hounds of Hell, die ohne jegliche Skrupel Menschen umbrachten, nur um ihre kriminellen Geschäfte vor vermeintlichen Rivalen zu schützen, war es ein weiter Weg. Das einzige Problem bestand darin, die Reportage auch angemessen zu bebildern und gegebenenfalls Protagonisten zu finden, die sich vor der Kamera äußern würden. Aber diese Fragen würde er lösen, wenn er eine Verbindung hergestellt hatte.

„Ich sehe, dass es schon gewaltig in dir arbeitet", schmunzelte der Chefredakteur. „Aber denk bitte daran, dass du nur ein go bekommst, wenn du mir erklären kannst, wie genau du in den Kreis eindringen willst."

„Verstanden, Peter. Ich habe auch keinesfalls vor, meine Haut zu Markte zu tragen. Meine Tochter ist zwar praktisch erwachsen, aber ich möchte nicht, dass sie auch noch ihren Vater verliert."

„Sehr richtig, Mike. Und hier im Laden gibt es auch ein paar Menschen, die dich gerne gesund und munter sehen wollen. Lass mich wissen, wenn du dir etwas ausgedacht hast, ja?"

„Auf jeden Fall. Ich denke, es wird nicht lange dauern. Und Peter – danke! Ich weiß, dass die Sache trotzdem riskant für uns ist. Dein Vertrauen bedeutet mir viel."

Staller verließ das Büro des Chefredakteurs mit federnden Schritten. Auch wenn er im Allgemeinen selbst entschied, welche Geschichten er verfolgen wollte, war er froh, in diesem Fall die Rückendeckung eingeholt zu haben. Denn ab jetzt würde er nicht mehr regelmäßiger Bestandteil des Redaktionsalltags sein, sondern ganz auf sich allein gestellt agieren. Das war schon deshalb erforderlich, um die Kollegen aus der Schusslinie zu halten, wenn er in direkten Kontakt zu den Hounds of Hell trat.

An der Bürotür von Helmut Zenz, dem Chef vom Dienst, stoppte er kurz. Es war vermutlich sinnvoll, diesen so bald wie möglich von der neuen Situation in Kenntnis zu setzen. Denn ab sofort mussten alle neuen Entwicklungen im Fall der toten Rocker möglichst aus den aktuellen Sendungen herausgehalten werden.

Fünf Minuten später trat Staller wieder zurück in den Flur, die Mundwinkel zu einem kleinen Lächeln verzogen. Der CvD hatte erwartungsgemäß wenig begeistert reagiert. Ihm fehlte jetzt nicht nur ein Thema, sondern darüber hinaus noch ein wichtiger Mitarbeiter und schlimmer noch: Er würde keinen großen Einfluss auf die Spezial-Sendung haben, denn die unterlag allein Stallers Regie.

Zurück in seinem eigenen Büro flegelte sich der Reporter mit den Füßen auf der Schreibtischkante bequem auf seinen Stuhl und schloss die Augen. Die äußeren Umstände waren zu seiner Zufriedenheit geklärt. Jetzt kam es auf ihn an. Er brauchte eine Idee, mit der er anfangen konnte. Außerdem galt es parallel verschiedene Dinge zu planen, die möglicherweise eine gewisse Vorlaufzeit benötigten. Die wichtigsten Punkte neben einer glaubwürdigen Legende waren ein angemessenes Motorrad, ein passendes Outfit und diverse kosmetische Veränderungen, die sicherstellten, dass er nicht erkannt werden konnte. Außerdem musste er sich schon im Voraus überlegen, wie er seinen Ausstieg gestalten konnte, egal, ob er erfolgreich war oder nicht. Denn wenn er nach dieser Recherche weiterhin ungestört in der Stadt leben wollte, dann musste er genauso glaubwürdig wieder verschwinden, wie er aufgetaucht war.

Mitten in seine Überlegungen hinein platzte Sonja, die die angelehnte Tür heftig aufstieß und wutentbrannt in den Raum schoss.

„Sag mal, hast du sie noch alle?" Sie baute sich vor seinem Schreibtisch auf, die Hände in die Hüften gestützt, und blitzte ihn zornig an.

„Dir auch einen guten Morgen!" Staller konnte wie die personifizierte Unschuld gucken. „Was genau habe ich denn verbrochen, dass ich so von dir angefahren werde?"

„Das weißt du ganz genau! Du kannst doch nicht allen Ernstes undercover bei diesen Rockern recherchieren!"

„Ob ich das kann, wird sich erst noch zeigen. Aber einen Versuch ist es wert."

„Hast du ein heimliches Bedürfnis, dein Leben in einem der Hamburger Kanäle zu beenden, geschmückt mit modischem Schuhwerk aus Beton?"

„Bommel sieht mich eher nasenlos und erschossen in einem Hauseingang. Ihr müsst euch da besser absprechen." Die Tatsache, dass Staller so leichthin reagierte, steigerte den Ärger der Moderatorin noch.

„Himmel, Mike, hast du mal an Kati gedacht? Soll ich ihr vielleicht irgendwann erklären, dass ihrem Vater die berufliche Herausforderung wichtiger war als seine Tochter?"

„Das ist unfair, Sonja." Staller wurde nun ernst. Sonja biss sich auf die Lippen und verschluckte eine heftige Antwort. Sie knetete hektisch ihre Finger, dann senkte sie ihren Blick.

„Du hast recht. Tut mir leid. Aber ich … ich mache mir halt Sorgen. Was du da vorhast, ist verdammt gefährlich und ich habe Angst, dass dir etwas passiert." Jetzt verschleierten sich ihre Augen. Abrupt wandte sie sich dem Fenster zu und fuhr sich verschämt mit der Hand über das Gesicht.

„Sonja!" Keine Reaktion. Sie blickte weiterhin stumm aus dem Fenster. Er seufzte und erhob sich. Er trat hinter sie und legte ihr seine Hände sanft auf die Schultern.

„Sonja, hör mir bitte zu."

Unendlich langsam drehte sie sich um und hob ihm ihr Gesicht entgegen. In ihren blauen Augen schimmerten Tränen, die sie gern verbergen wollte, und die doch unnachgiebig nach draußen drängten.

„Ich bin über vierzig Jahre alt und absolut kein Glücksritter. Ich würde nie etwas riskieren, das meiner Tochter nach der Mutter auch noch den Vater nimmt. Und ich weiß, dass es hier ein paar Menschen gibt, die sich um mich sorgen."

Er stockte für einen Moment. „Und ich schätze das sehr", fuhr er mit leiser Stimme fort. Sonja nickte stumm, warf die Arme um ihn und barg den Kopf an seiner Brust. Ihr war klar, dass das für seine Verhältnisse eine ausführliche Liebeserklärung war, die ihm mit Sicherheit nicht leicht gefallen war.

„Trotzdem", fuhr er fort, „will ich versuchen diese Geschichte zu machen. Aber ich verspreche, dass ich sofort abbreche, wenn es ernsthaft gefährlich wird. Okay?"

Sie löste sich von ihm und trat einen halben Schritt zurück. Forschend schaute sie in seine Augen. Ja, er schien seine Worte sehr ernst zu meinen, denn er hielt ihrem Blick stand. Sie nickte bedächtig.

„Okay. Ich glaube dir. Aber wird das überhaupt möglich sein? Kannst du jederzeit raus aus der Nummer? Ich meine – wenn die erst mal Verdacht geschöpft haben, dann lassen die dich doch nicht einfach gehen!"

„Ich muss eben zusehen, dass sie mir erstens vertrauen und ich zweitens ein Hintertürchen behalte, durch das ich im Ernstfall hinausschlüpfen kann."

„Und – hast du schon eine Idee?"

„Bis jetzt noch nicht, aber lass mir wenigstens einen Tag, um die Sache von allen Seiten zu beleuchten."

„Gut. Ich lass' dich ja schon in Ruhe. Aber ich möchte auf dem Laufenden gehalten werden. Nicht dass du plötzlich verschwunden bist und ich weiß nicht, was los ist."

„Natürlich. Ich werde nicht einfach abtauchen. Versprochen!" Er hob die rechte Hand mit zwei ausgestreckten Fingern zum Schwur. „Großes Indianerehrenwort!"

Sonja musste lachen. Er sah gerade mindestens zwanzig Jahre jünger aus. In diesem Augenblick wäre sie gern allein mit ihm auf einer einsamen Insel gewesen. Aber das Leben war kein Wunschkonzert, denn prompt steckte Hannes, der Volontär, seinen Kopf in die Tür.

„Hier bist du also, Sonja! Moin, Mike. Ich hätte die Moderationstexte fertig."

Sonja wandte sich entschuldigend an den Reporter.

„Tja, du bist nicht der Einzige, der arbeiten muss. Bis später!"

Staller winkte beiden zu und setzte sich wieder an seinen Schreibtisch. Er würde jetzt das Telefon in die Hand nehmen und eine Menge Gefallen einfordern.

* * *

Der Platz war grob gekiest und wirkte insgesamt schmucklos. Ein mittelblauer Wohncontainer mit weißen Kunststofffenstern ganz am Ende diente offensichtlich als Büro. Ein freier Pfad führte von dem massiven Zaun aus Eisen, der das Grundstück zur Straße hin begrenzte, bis zu der offenstehenden Tür des Büros. Rechts und links davon waren Autos und einige Motorräder aufgereiht, die offenbar zum Verkauf standen. Es handelt sich nicht um das übliche Angebot überwiegend deutscher und japanischer Gebrauchtwagen, sondern hier waren eindeutig Exoten zu bewundern. Ein besonderes Schmuckstück war ein alter, dunkelblauer Mustang, dessen Chromteile in der Sonne blitzten. Daneben standen zwei Jeeps mit Chromfelgen und gigantischen Kuhfängern vor dem Kühler, sowie mehrere Vans mit stark verdunkelten Scheiben und metallisch glänzender, schwarzer Lackierung, die an einen Bergsee nach Einbruch der Dunkelheit erinnerte. Die Motorräder waren ausschließlich Harleys mit üppiger Sonderausstattung wie Zusatzscheinwerfern, ausladenden Ledersitzbänken und speziellen Auspuffanlagen, die jedem TÜV-Prüfer Zornesfalten auf die Stirn zaubern dürften.

Das große Schild am Zaun trug einen sehr exotisch klingenden Namen, eine Handynummer und den nüchternen Hinweis "Im- und Export hochwertiger Fahrzeuge". Kundschaft gab es keine, sah man von den beiden Knirpsen einmal ab, die sich durch den Zaun eifrig gegenseitig auf Details der einzelnen Exponate hinwiesen. Allerdings trauten sie sich nicht den Platz zu betreten. Möglicherweise hatten sie auch schlechte Erfahrungen damit gemacht, denn in diesem Moment erschien ein Mann in der Tür zum Büro und warf ihnen finstere Blicke zu. Die beiden Jungs fassten prompt die Riemen ihrer Schulrucksäcke und trabten davon, ohne einen Blick zurückzuwerfen. Der Mann zog ein letztes Mal an seiner Zigarette und warf sie achtlos auf den Kies. Dann trat er in den Container zurück.

Bombach, der in seinem dunkelgrünen BMW auf der anderen Straßenseite parkte und die Szene genau verfolgte, hob den Pappbecher mit Coffee to go an den Mund und warf ihn dann verärgert in den Beifahrerfußraum. Schon wieder leer!

Seit zwei Stunden beobachtete er den Platz nun schon und das Erscheinen den beiden Jungs war das absolute Highlight seiner Observation. Ansonsten hatte sich buchstäblich nichts ereignet. Langsam fragte er sich, ob er diesen Aufwand eigentlich rechtfertigen konnte. Ulf Meier stand in keinem direkten Zusammenhang mit dem Fall. Er hatte lediglich in der Kneipe gesessen, als Bombach den Wirt befragen wollte. Vermutlich war das reiner Zufall gewesen. Trotzdem regte sich der Instinkt des Polizisten in ihm. Oder war es doch nur der Ärger, dass der Rocker damals von der Anklage der Brandstiftung freigesprochen worden war?

Gerade als der Kommissar beschlossen hatte ins Präsidium zurückzufahren, tat sich auf dem Grundstück des Autohandels etwas. Meier – um den handelte es sich nämlich bei dem Mann im Container – schloss das Büro ab, überquerte den Schotterplatz, schob das schwere Metalltor zu und ließ es hörbar einrasten. Dann setzte er sich ans Steuer eines schweren Mercedes Geländewagens und startete den Motor. Bombach schüttelte jeden Gedanken an ein Ende der Observation ab und war plötzlich hellwach. Geschickt fädelte er sich in den Verkehr ein, wendete verbotenerweise und folgte Meier auf der Stresemannstraße stadteinwärts.

Der dichte Verkehr war sowohl Vor- als auch Nachteil für den Kommissar. In diesen Automassen war ein Verfolger zwar praktisch nicht zu entdecken, aber an jeder Ampel fürchtete er abgehängt zu werden. Er hatte zwar sein transportables Blaulicht dabei, aber das konnte er natürlich nicht benutzen. So hoffte er einfach auf ein bisschen Glück und atmete erleichtert auf, als Meier in die Holstenstraße einbog. Hier war nicht ganz so viel los.

Meier bewegte sich typisch hamburgisch immer knapp zehn Stundenkilometer zu schnell und damit völlig unauffällig durch den Verkehr. Sie befanden sich jetzt im Herzen Altonas und bogen von der Thedenstraße in die Schomburgstraße ein. Hier reihte sich Wohnblock an Wohnblock und rechts und links parkten die Autos in engen Reihen. Bombach ließ sich deutlich zurückfallen, denn auf der schmalen Fahrbahn waren nur wenige Fahrzeuge unterwegs. Meier überquerte auch noch die Virchowstraße und zog seinen Geländewagen dann rechts in eine Parklücke. Der Kommissar reagierte schnell und bog rechts ab. Natürlich stand genau hier eine Reihe Poller auf dem rechten Seitenstreifen, die das Parken verhindern sollten. Bombach ignorierte das und blieb halb auf der Straße stehen. Immerhin blieb noch genug Platz für ein Auto zum Vorbeifahren. Mit schnellen Schritten eilte er zur Kreuzung zurück und lugte dann vorsichtig um die Ecke. Der Mercedes war leer. Jetzt rannte er sogar bis zur Ecke des ersten Häuserblocks und suchte dann zumindest teilweise Deckung hinter zwei Reihen Mülltonnen in ihren Verkleidungen aus Waschbeton.

„Scheiße", fluchte er leise vor sich hin. Sein Blick fiel auf ein viergeschossiges Wohngebäude. Es besaß drei Eingänge, was bedeutete, dass dort mindestens 24 Mieter zu finden waren. Von Meier war nichts zu sehen. Theoretisch war es sogar möglich, dass er dem schmalen Weg an den Eingängen vorbei weiter gefolgt war und irgendwo in dem dahinter liegenden zweiten Block verschwunden war, obwohl er dafür sehr schnell gegangen sein musste. Ausgeschlossen war das jedenfalls nicht.

„Und nun?", fragte der Kommissar sich halblaut und ließ seinen Blick schweifen. Der Bau aus Rotklinker war schlicht, aber gepflegt. Die weißen Fenster mit Isolierverglasung zeugten von einer kürzlichen Modernisierung. Zwischen den Gebäuden prangte ein Stück Rasen, auf dem zwei Birken und eine Esche für die Begrünung zuständig waren. Eine kleine Hecke verbarg die Mülltonnen und ein niedriger Zaun aus kunststoffummanteltem Metall trennte das Grundstück vom Gehweg. Insgesamt machte die Gegend mit dem kleinen Park auf der anderen Straßenseite einen ansprechenden Eindruck. Wohnte Meier hier selbst? Oder machte er nur einen Besuch? Fragen, auf die es momentan so recht keine Antwort gab.

Bombach beschloss das Risiko einzugehen, vom Fenster aus gesehen zu werden. Er spazierte zielstrebig auf den ersten Hauseingang zu und warf einen Blick auf die Klingelschilder. Ha! Im dritten Stock wurde er gleich fündig. Leider handelte es sich um Meyer mit einem "y". Der Kommissar pfiff unwillkürlich einen Song von Westernhagen und machte sich auf den Weg zum nächsten Eingang. Nichts. Auch die letzten Klingelschilder blieben unergiebig.

Er konnte jetzt nicht den ganzen Tag darauf verwenden, Ulf Meier zu beschatten, der, genau genommen, in keinem Zusammenhang mit dem Mordfall stand. Nach einem letzten Blick auf den Wohnblock wandte er sich deshalb zum Gehen. Möglicherweise half ihm die Überprüfung der Meldeadresse von Meier weiter, aber dafür musste er zurück ins Büro.

In dem Moment, als er um die Ecke bog, sah er die Frau im dunkelblauen Kostüm.

„Och nö!", entfuhr es ihm und er setzte sich in Trab.

„Entschuldigung? Hallo!" Er erreichte seinen Wagen gerade noch rechtzeitig, bevor die Politesse den Strafzettel unter den Scheibenwischer klemmen konnte.

„Ich bin ein Kollege", presste er hervor und wunderte sich, dass er von den paar Metern außer Atem war. „Es ist dienstlich."

„So, so. Das ist ja mal eine ganz neue Ausrede." Sie wirkte kühl wie ein Wintermorgen in den Bergen.

„Warten Sie!" Bombach fummelte in seiner Jackentasche herum. Wo war denn nur sein Dienstausweis?

Ihre Mimik schaffte es gleichzeitig Skepsis und Langeweile auszudrücken. Wie viele mehr oder weniger originelle Erklärungen mochte sie in ihrem Berufsleben schon gehört haben? Vermutlich zu viele.

„Hier ist er!" Erleichtert präsentierte der Kommissar seinen Ausweis. „Ich habe einen Verdächtigen observiert und musste mich vergewissern, welchen Hauseingang er nimmt. Das musste schnell gehen. Normalerweise parke ich nicht so."

„Das will ich auch hoffen. Schönen Tag noch!" Sie zerknüllte das Knöllchen und steckte es dann sorgfältig in ihre Tasche, bevor sie weiterging.

Wieso reagierte er so eigenartig? Bombach bemerkte, wie sehr er ins Plappern gekommen war. Offenbar ging es ihm wie den meisten Durchschnittsbürgern auch: Das Zusammentreffen mit einem Ordnungshüter machte nervös und verursachte ein schlechtes Gewissen. Dabei hatte er sich ja überhaupt nichts vorzuwerfen. Achselzuckend bestieg er seinen Wagen und fuhr davon.

* * *

Staller parkte seinen Pajero vor der schmutzig-weißen Mauer und betrat den Vorhof der Selbsthilfewerkstatt in der Gustav-Adolf-Straße in Wandsbek, direkt gegenüber den Bahngleisen. Hier herrschte ein unübersichtliches Chaos. Autos in den unterschiedlichsten Stadien der Demontage, Berge von undefinierbaren Ersatzteilen und ganze Stapel von Reifen aller möglichen Größen erinnerten eher an einen Schrottplatz als an eine Werkstatt. Doch bei genauerer Betrachtung fiel auf, dass zwischen alltäglichen Möhren durchaus automobile Schätze versteckt waren. Hier stand ein seltener Mercedes 300 SEL 6,3 mit dem Motor aus dem Mercedes 600 halb unter Pappkartons begraben, dort ein Roadster Triumph Spitfire 4 aus den frühen Sechzigern – beide erst nach gründlichem Studium als das zu erkennen, was sie waren. Denn überall fehlten wichtige Teile oder waren so lädiert, dass sie kaum zu identifizieren waren. Gleichmäßig verteilt waren Schmutz, Staub und verschmierte Lappen. Der vorherrschende Geruch nach Altöl und Zweitaktgemisch wurde ergänzt durch eine kräftige Brise Schadstoffe, denn mehrere Wagen standen mit laufendem Motor auf dem Hof herum – vermutlich in Vorbereitung auf eine Abgasuntersuchung.

Zwischen zwei Containern für Schrott, der nun wirklich für nichts mehr zu verwenden war, zwängte sich der Reporter hindurch zu einer schmalen Seiteneingangstür. Die Einfahrt zur Halle blockierte ein riesiger Unimog mit turmhohem Wohnmobilaufbau. Dessen Fahrer ließ gerade Luft aus den Reifen, um unter dem Rolltor hindurchzukommen.

In der Halle befanden sich links und rechts des Mittelganges insgesamt zehn Hebebühnen, die alle belegt waren. Der Gesamtwert der Autos dort lag vermutlich knapp im vierstelligen Bereich. Die Besitzer hatten entweder kein Geld oder riesigen Spaß am Basteln. Hier bei Karl, dem Besitzer der Werkstatt, mieteten sie für wenig Geld Werkzeuge aller Art, einen Platz für ihr Gefährt und seinen guten Rat in allen technischen Fragen.

Gängige Ersatzteile waren vorrätig, gegenseitige Hilfe selbstverständlich und das Klima stets heiter bis gelassen, auch wenn mal wieder eine Schraube am Auspuffkrümmer so festgerostet war, dass es dreier Leute, reichlich Kriechöl und etlicher Verlängerungen an der Knarre als Hebel bedurfte, um das Problem zu lösen.

Karl selbst war ein echtes Original. Niemand kannte ihn anders als im Blaumann, der bei ihm so verwaschen war, dass es eher ein Graumann war. Es gab Gerüchte, dass er darin sogar schlafen würde. Jahrelanger Umgang mit Motorenteilen und Altöl hatten seine Hände farblich dem Overall angepasst. Keine Handwaschpaste dieser Welt würde jemals wieder die Originalhautfarbe herstellen können. Sommers wie winters sah man ihn stets mit einer dünnen Wollmütze auf dem Kopf, die weniger für den Temperaturausgleich zuständig war, als für das Bändigen einer Haarpracht, die Robert Plant von der Rockgruppe Led Zeppelin vor Neid hätte erblassen lassen. Er war absolut alterslos und konnte sowohl für dreißig als auch für fünfzig durchgehen. Seine Ruhe und Gelassenheit waren sprichwörtlich und niemand hatte jemals ein lautes Wort aus seinem Mund gehört oder eine hektische Bewegung bei ihm gesehen.

Im Moment steckte er bis zu den Schultern in einem Motorraum und erklärte einem aufmerksam lauschenden Schüler, was es beim Wechseln eines Kühlers bei dessen hochbetagten Golf III zu bedenken gab. Staller trat heran und wartete geduldig, bis Karl wieder auftauchte.

„Moin Karl!"

„Mike, nanu? Zickt dein Pajero etwa rum? Der ist doch praktisch neu!" Selbstverständlich vergaß Karl nie, wer welches Auto besaß. Nur, dass seine Vorstellung von neu etwas von der Norm abwich, was aber vermutlich seinem Beruf geschuldet war. Stallers Pajero hatte inzwischen immerhin dreizehn Jahre auf dem Buckel.

„Nee, der läuft prima. Aber ich möchte dich um einen Gefallen bitten. Können wir irgendwo in Ruhe reden?"

Karl musterte seinen Besucher eindringlich. Das war seine Art, sich ein Bild von den Dingen zu machen, die da wohl kommen mochten. Nachfragen gab es nur, wenn es wirklich nötig war.

„Klar, komm mit." Er wischte sich die öligen Finger an einem Lappen ab, den er danach in der Tasche seines Overalls verstaute. Bei Bedarf würde er sich bedenkenlos mit dem gleichen Lappen die Nase putzen.

Sie durchquerten Karls Büro, einen Glaskasten am Kopf der Halle, in dem eine unfassbare Unordnung zu herrschen schien. Rechnungen, Lieferscheine, Kartons mit Ersatzteilen – alles lag über- und durcheinander. Aber der Eindruck von Chaos täuschte, denn Karl fand alles, was er suchte auf Anhieb. Durch eine Tür gelangten sie in einen Nebenraum, der so etwas wie Karls Wohnzimmer war. Eine uralte Sesselgarnitur mit einem gekachelten Couchtisch wurde von einer Stehlampe mit mottenzerfressenem Schirm heimelig beleuchtet. Das war auch nötig, denn natürliches Licht gab es nicht.

„Was gibt's denn?" Karl ließ sich auf das Sofa fallen und weckte dabei eine Katze, die zusammengerollt geschlafen hatte und nun unter protestierendem Maunzen das Sofa räumte.

„Ich brauche ein Motorrad", kam Staller gleich auf den Punkt. „Eine Harley."

„Hm. Was denn genau, Ratbike, naked, Low Rider, Custom?"

„Auf jeden Fall eine Maschine, mit der ich beim Bulldog Bash der Angels nicht dumm auffallen würde." Das Festival nahe Stratford-upon-Avon in England war legendär, zog bis zu 50.000 Besucher an und lag organisatorisch fest in den Händen der Hells Angels, die auch für die Sicherheit verantwortlich zeichneten. Das gelang offenbar so gut, dass regelmäßig nur eine Handvoll Delikte, meist Diebstähle, während der viertägigen Veranstaltung bekannt wurden – jedenfalls eine erstaunlich geringe Zahl.

„Aha. Ich glaube, da hab' ich was für dich. Komm!" Karl erhob sich und steuerte auf eine weitere Tür zu. Diese war tatsächlich abgeschlossen und er fingerte ein Schlüsselbund aus seinem Overall. Hinter der Stahltür lag ein weiterer dunkler Raum, den er mit einem Schalterdruck jedoch in gleißendes Licht tauchte.

Staller traute seinen Augen kaum. Während alle Räume der Werkstatt immer schmuddelig bis verkommen wirkten, wähnte er sich nun im Showroom einer Motorradausstellung. Sechs Maschinen standen hier auf dem sorgfältig mit Zementfarbe gestrichenen Boden, der absolut makellos wirkte. Über jedem Motorrad befand sich eine Leiste mit Spots, die das Exponat perfekt in Szene setzten. Chromteile funkelten, Leder glänzte und die teils hoch künstlerischen Lackierungen schienen tief wie Ozeane zu schimmern.

„Alter Schwede!" Der Reporter fand keine Worte.

„Hübsch, nicht?" Karl trat an das erste Motorrad heran und ließ seine Hände bewundernd über den kleinen, tropfenförmigen Tank gleiten.

„Ein Nachbau der legendären Captain America. Starrahmen, Fishtail Auspuff, 45° Lenkkopf – nur ein paar Änderungen, damit sie eine Zulassung erhält. Ohne Vorderbremse, Tacho und Blinker ist der TÜV etwas kleinlich."

„Wow. Die sieht fantastisch aus! Allerdings möchte ich damit nicht auf der Straße unterwegs sein. Erstens hätte ich Angst, dass sie einen Kratzer bekommt und zweitens ist sie doch ein bisschen sehr auffällig."

„Ganz ehrlich? Du hättest sie auch nicht bekommen. Da steckt mindestens ein halbes Jahr Arbeit drin. Aber was ist mit der hier?" Er zeigte auf eine Harley ganz hinten, die zwischen den blitzenden Exponaten aussah wie ein Lumpensammler beim Opernball. Der Tank wirkte halb verrostet und mit Mattlack grob überpinselt, die Sitzbank löchrig und die Luftfilterdeckel wie abgesäuert.

„Ein echtes Ratbike. Sieht aus, wie zwanzig Jahre Scheune, ist aber technisch absolut in Schuss."

Ratbikes waren ein Zeichen von Understatement. Sie bildeten das Äquivalent zu abgewetzten und verschlissenen Jeans und zeugten davon, dass der Besitzer kein Blender war, sondern ein Biker, dem es aufs Fahren und nicht auf den Showeffekt ankam. Putzen war verpönt und Gebrauchsspuren aller Art waren erwünscht.

„Ja, das wäre das Richtige für mich. Ich will sie aber nicht kaufen, sondern nur leihen. Für vier Wochen vielleicht."

„Wir werden uns da schon einig. Wann soll es denn losgehen?"

„Kann ich noch nicht genau sagen, aber vermutlich sehr bald."

„Und was ist mit der Zulassung? Willst du rote Nummern?"

„Nein, die lassen sich zu dir zurückverfolgen. Ich bräuchte eine Zulassung auf jemanden, den es … hm … vielleicht gar nicht gibt."

Karl erlaubte sich einen überraschten Blick.

„Reden wir hier über gefälschte Papiere?"

„Könnte sein. Ich gehe auf eine verdeckte Recherche und möchte keinerlei Spuren hinterlassen. Wenn du mir nicht helfen kannst, dann ist das kein Problem. Ich finde da schon jemanden."

„Ich habe nicht gesagt, dass ich dir nicht helfen kann. Aber ich muss ja wissen, worum es geht." Der Schrauber kratzte sich unter dem Kinn. „Es gibt da eine Möglichkeit. Ich könnte da etwas vorbereiten lassen, wo nachher nur noch ein Name und eine Adresse eingetragen werden müssen."

„Das klingt perfekt!" Staller atmete erleichtert auf. Damit war ein Problem schon mal gelöst. Viel Zeit hatte er dafür nicht verschwendet. Aber es warteten ja noch andere Herausforderungen auf ihn. Deshalb dankte er Karl herzlich und machte sich auf den Weg zu seiner nächsten Verabredung.

Kuddel, der Tätowierer mit der Rockervergangenheit, betrieb sein Studio im Herzen von Sankt Georg auf eine ganz eigene Art und Weise. Es gab keinen Geschäftsraum mit freundlichen Farben, dezenter Musik und attraktiven Assistentinnen. Auch geregelte Öffnungszeiten, den Kundenbedürfnissen angepasst, waren ihm fremd. Alles, was Kuddel machte, geschah in seiner Wohnung. Inwieweit sich das mit dem Gewerbeamt vereinbaren ließ, wollte Staller lieber nicht fragen. Tatsache war, dass die große Wohnung in zwei völlig unterschiedliche Bereiche aufgeteilt war. In den privaten Zimmern herrschte ein unglaubliches Chaos. Es stank nach Rauch und überall lagen Pizzapappen, Getränkedosen und Kleidungsstücke. Die beiden Räume, in denen er arbeitete, waren peinlich sauber, aufgeräumt und wirkten durchaus einladend.

Der Reporter saß mit dem Tätowierer in der Küche und schilderte seine Wünsche. Er atmete dabei vorsichtshalber flach, denn eine dichte Wolke von Zigarettenrauch hing in der Luft. Kuddel, der ausnahmsweise richtig wach war, fasste die Situation präzise zusammen.

„Du willst also ein paar Tattoos, die täuschend echt aussehen, aber nicht richtig gestochen sind, sondern nach einiger Zeit wieder verschwinden."

„Genau. Aber ein paar Wochen sollten sie schon halten."

„Hm. Knifflig." Kuddel überlegte, während er sich eine neue Zigarette drehte.

„Wo ist das Problem, gibt es so etwas nicht?"

„Temporäre Tattoos sind heute sogar ziemlich verbreitet. Aber die sind in der Regel auf ein paar Tage ausgelegt. Mit Airbrush sehen die zwar sehr echt aus, halten aber nur ein paar Tage. Und mit Seife oder Körperlotion gehen sie noch schneller ab."

„Das heißt, es geht nicht?"

„Nun hetz mich doch nicht so!" Der Tätowierer zündete den neuen Glimmstängel an und atmete eine dichte Wolke stinkenden Rauch aus. Was drehte er da bloß für ein Kraut, gehackten Pferdeschweif?

„Es gibt auch die Möglichkeit, ein temporäres Tattoo zu stechen. Aber das ist höchst kompliziert. Du darfst nicht zu tief stechen, sonst wird es permanent. Schlimmstenfalls wächst das halbe Motiv raus und der Rest bleibt bestehen und muss gelasert werden."

„Klingt nicht so prickelnd."

„Würde ich auch nicht machen. Ich tendiere eher zum Airbrush. Man müsste nur andere Farben nehmen."

„Und was heißt das?"

„Normalerweise sind die Farben so harmlos wie die aus dem Tuschkasten. Vermutlich könnte man sie sogar trinken." Kuddel prustete los, wobei sein Lachen nach einigen Sekunden in einen bellenden Husten wechselte. „Wenn man nun Farben nimmt, die ein bisschen haltbarer sind, dann haben die natürlich kein dermatologisches Prüfsiegel."

„Ist das denn erforderlich?"

„Es könnte allergische Reaktionen geben. Oder irgendwelche Schadstoffe dringen durch die Haut in den Körper, was weiß ich. Hat bestimmt 'nen Grund, dass Autolackierer immer in diesen Raumanzügen rumrennen."

„Gibt es denn nichts, was zwischen diesen Fingerfarben und Autolack liegt?"

„Schon. Aber da fehlen mir die Erfahrungswerte. Wie lange hält es und wie schädlich könnte es sein? Garantieren kann ich für nix."

„Das wäre dann mein Risiko."

„Ganz genau."

Staller dachte einen Moment nach.

„Okay, versuchen wir's. Wie läuft es ab?"

„Wenn du weißt, welche Motive du möchtest, dann brauchen wir Schablonen dafür. Dann an der richtigen Stelle festkleben, mit der Pistole drüberjauchen, abpudern, fertig. Piece of cake. Geht deutlich schneller als stechen."

„Das ist doch mal eine gute Nachricht. Was die Motive angeht, brauche ich auch ein bisschen Unterstützung von dir."

Der Reporter hatte lange überlegt, ob und wen er in seine Pläne einweihen konnte, um konkrete Hilfe beim Erstellen seiner Legende zu erhalten.

Es musste eine Person mit intimen Kenntnissen der Szene sein, die aber gleichzeitig weit genug von den Hounds of Hell entfernt war, um nicht in Gefahr zu geraten, sich zu verplappern. Seine Wahl war auf den Tätowierer gefallen, der selber lange Jahre der Szene angehört hatte und in seinem heutigen Job quasi neutral war. Neben den vielen Kunden aus allen möglichen Bevölkerungsschichten kamen nach wie vor auch Rocker aller Clubs und deren Freundinnen zu Kuddel. Denn der war einfach einer der besten Tätowierer der Stadt.

„Ich will eine Insidergeschichte über die Welt der Rocker machen. Dafür möchte ich bei den Hounds of Hell hinter die Kulissen schauen. Allerdings kann ich da nicht als Mike Staller auflaufen. Deshalb brauche ich eine glaubwürdige Identität, die mir Zugang verschafft, ohne Misstrauen zu erwecken. Und je nach Art dieser Identität richten sich natürlich die Motive der Tattoos."

„Hm, so ähnlich hatte ich mir das schon gedacht." Kuddel reagierte äußerst unaufgeregt. „Lass mich darüber mal einen Moment nachdenken."

Erneut machte er sich an seinem Zigarettenpapier zu schaffen, aber diesmal wurde die übliche Routine durchbrochen. Zu Beginn klebte er drei Blättchen Papier geschickt zusammen, streute eine Portion Tabak drauf und holte ein Bällchen Silberpapier aus der Westentasche. Darin eingewickelt war ein dunkelbrauner Klumpen, den er vorsichtig über seinem Feuerzeug erhitzte, bis er leicht mit den Fingernägeln kleine Brocken davon lösen konnte, die zwischen den Tabak fielen. Den Rest rollte er sorgsam wieder in die Alufolie und verstaute ihn sicher. Dann drehte er mit flinken Fingern aus dem Dreiblatt einen formidablen Joint, den er genussvoll anrauchte.

„Willst du auch?", bot er Staller an, doch der schüttelte den Kopf. „Ist das beste Zeug, das du in Hamburg kriegen kannst." Er nahm einen weiteren gewaltigen Zug.

„Also ..." Pause, während aus den Tiefen von Kuddels Körper eine Rauchwolke durch die Nasenlöcher zurück ins Freie strömte. „Ein Kumpel von mir war früher bei den Hounds. Ist lange her. Aber er war 'ne große Nummer. Road Captain, hat Ausfahrten organisiert, Treffen und so. Tja, da kommt man rum. Bis Norwegen ist er gekommen. Und da hat es bumm gemacht. Eine kleine, süße Maus hat ihm den Kopf verdreht. Er war so hin und weg, dass er zurückgekommen ist und gesagt hat, dass er nach Norwegen geht. Und so ist er raus aus dem Club."

„Und das war so einfach möglich? Ich meine – es heißt doch immer: einmal Hound, immer Hound."

„Er ist "out in good standing"."

Das hieß, dass er im Einvernehmen mit dem Club ausgeschieden war. Das Gegenteil "out in bad standing" hätte bedeutet, dass er vogelfrei gewesen wäre. Jedes Clubmitglied hätte ihn straflos umbringen können.

„Weil er nämlich zu den Hounds of Hell Nomads gewechselt ist."

Nomads nannte man die Mitglieder, die zwar einem Club, nicht aber einem bestimmten Chapter angehörten.

„Inzwischen hat der Gute drei Kinder, die norwegische Staatsbürgerschaft und einen Familienvan statt einer Harley. Er organisiert Wohnmobiltouren zum Polarkreis und wohnt am Arsch der Welt."

„Hat er noch Kontakte zu den Hounds?"

„Zum Hamburger Chapter nicht mehr. Als Nomad kannst du praktisch von der Bildfläche verschwinden, ohne dass es jemand bemerkt. Genauso gut kannst du aber irgendwann wieder auftauchen."

„Die Geschichte klingt allerdings interessant." Staller überlegte fieberhaft, inwieweit sich diese Informationen zu einer passenden Legende für ihn ausbauen ließen.

„Das ist aber noch nicht alles", grinste Kuddel.

„Was denn noch?"

„Warte einen Moment." Der Tätowierer verschwand im angrenzenden Raum und suchte dort offenbar etwas. Schranktüren und Truhendeckel wurden geöffnet und wieder geschlossen. Schließlich ertönte ein erfreutes Grunzen und Kuddel erschien in der Tür. Über seinem Arm hing eine zusammengefaltete Lederweste.

„Was sagst du dazu?" Er hielt die Weste an den Ärmellöchern hoch und drehte sie nach allen Seiten. Hinten war das Logo der Hounds of Hell zu sehen, ein Wolfskopf mit aufgerissenem Maul vor einem flammenden Hintergrund, umgeben von den Schriftzügen "Hounds of Hell" oben und "Nomad" unten.

„Ist das seine Kutte?"

„Jepp."

„Wieso gibt er die aus der Hand?"

Kuddel hängte die Weste sorgfältig über eine Stuhllehne.

„Er liegt mir schon ewig in den Ohren, dass ich ihn besuchen kommen soll. Er meint, dass ich mich bei ihm da oben aufs Altenteil zurückziehen müsste. Und mit der zurückgelassenen Kutte wollte er mich wohl unter Druck setzen. Ich habe aber den Verdacht, dass er die sowieso praktisch nicht mehr trägt. Er ist jetzt nur noch Familienvater und nicht mehr Rocker."

„Verstehe. Und – willst du auch nach Norwegen gehen?"

„Ich weiß nicht. Hamburg ist schon meine Stadt, auch wenn ich viel ruhiger geworden bin als früher. So mitten in der Pampa – das kann ich mir noch nicht vorstellen. Andererseits – ich werde nicht jünger." Nachdenklich strich der Tätowierer über die Weste. „Ich würde sie dir leihen, wenn du sie gebrauchen kannst."

„Das wäre natürlich super! Ich hatte mir schon überlegt, wie ich an ein entsprechendes Outfit gelange. Ein Original ist natürlich in jedem Fall um Klassen besser."

„Denke ich auch. So, was machen wir nun mit den Motiven?"

„Was hältst du von dieser Idee: Wir probieren heute zwei, drei Sachen im Airbrush-Verfahren aus und ich überlege mir bis morgen, was ich endgültig haben möchte. Und du machst dich in der Zeit über die haltbareren Farben schlau und morgen legen wir richtig los. Oder kannst du die Farbe nicht so schnell besorgen?"

„Doch, Mike, das sollte kein Problem sein. Dann lass uns mal rübergehen und schauen, was ich an Schablonen da habe. Vielleicht findest du ja ein paar Anregungen!"

* * *

Mit geschlossenen Augen döste er wohlig dem postkoitalen Koma entgegen, als ihn die Stimme von Gaby wieder zurück in die Realität holte.

„Thomas? Schläfst du schon?"

Obwohl alles in ihm dagegen kämpfte, diesen herrlichen Zustand der Schwerelosigkeit zu verlassen, gab sich Bombach einen Ruck und schaffte es schließlich ein Auge zu öffnen.

„Wassnlos?", nuschelte er mit einiger Anstrengung und versuchte das Gesicht seiner Frau zu fokussieren. Sie hatte sich auf die Seite gedreht und stützte ihren Kopf mit einer Hand ab. Ihr Haar zeigte Spuren ihres leidenschaftlichen Liebesspiels und stand in alle Richtungen ab. Sie hatte die Decke nur nachlässig über sich gezogen, sodass der größere Teil ihrer Brust unbedeckt blieb. Einer sehr attraktiven Brust übrigens, mit einer vorwitzig herausstehenden Warze.

„Hallo, ich bin hier oben!" Ihre Stimme klang erheitert, aber ein Grundton von Ernsthaftigkeit brachte ihn dazu, seine Augen mit leisem Bedauern von ihrem Oberkörper abzuwenden und ihr wieder ins Gesicht zu schauen.

„Ja?"

„Arbeitest du an dem Mord an diesen Rockern?", fragte sie leise.

Er holte Luft um zu antworten.

„Sag mir jetzt bitte nicht, dass du keinesfalls über deine Arbeit reden kannst. Das weiß ich, denn du sagst es immer. Und im Normalfall akzeptiere ich das auch. Aber jetzt ist eine besondere Situation und du weißt das. Deswegen möchte ich nur von dir wissen: Bearbeitest du diesen Fall?"

Bombach fühlte sich überfordert. Sein Gehirn war noch nicht wieder ausreichend durchblutet für derartige Anstrengungen. Außerdem hatte Gaby ihn komplett überrumpelt. Wie konnte es möglich sein, in dieser Situation auf solche Gedanken zu kommen?

Weil er sie aber über alles liebte und sich erinnerte, wie sehr sie damals der Anschlag psychisch getroffen hatte, entschied er sich für eine Antwort. Und er fand, dass sie es verdient hatte, die Wahrheit zu hören. Auch wenn er ein bisschen Angst vor den Konsequenzen hatte.

„Ja, das ist mein aktueller Fall." Er suchte in ihrem Gesicht nach einer Reaktion, fand aber keine. Sie schien die Antwort zunächst auf sich wirken zu lassen. Sollte er eine Erklärung abgeben, dass es keinerlei Zusammenhang mit den damaligen Geschehnissen gab? Doch dann musste er an die Begegnung mit Ulf Meier denken und entschied sich dagegen.

„Danke, dass du mir die Wahrheit gesagt hast." Gaby verzog ihre sinnlichen Lippen zu einem angestrengt wirkenden Lächeln. „Ich weiß, dass ich nicht damit anfangen muss, dass das auch ein Kollege machen könnte. Tu mir bitte nur den Gefallen, äußerst vorsichtig zu sein, ja? Versprichst du mir das?"

Er fühlte eine Woge der Zuneigung für seine Frau in sich. War es nicht absolut bewundernswert, wie sie ihre tiefe Angst bekämpfte und seine Arbeit gegen alle inneren Widerstände akzeptierte? Hatte er so viel Glück eigentlich verdient?

„Kuckuck! Hast du mich überhaupt gehört? Ich würde dich gerne noch ein bisschen behalten – und zwar möglichst in einem Stück."

„Entschuldige Schatz. Ich habe gerade darüber nachgedacht, womit ich ein solches Goldstück wie dich verdient habe. Ich verspreche dir hiermit hoch und heilig, dass ich nichts tun werde, was mich unnötig in Gefahr bringt. Oder dich. Das erst recht nicht!"

Er fummelte seine Hand unter der Bettdecke hervor und strich ihr zärtlich über das Haar. Seine Augen drückten dabei aus, was seine Zunge nicht oder nur holperig über die Lippen brachte. Gaby sah ihn an und erkannte, dass es ihm wirklich ernst war. Es steckte kein Romantiker in ihm und kein erfahrener Verführer. Er würde sie vermutlich nie mit Musical-Karten oder einem Wochenende im Wellnesshotel überraschen. Aber er liebte sie von ganzem Herzen und mit allen Mitteln, die ihm zur Verfügung standen. Mehr konnte man im Leben wirklich nicht erwarten. Sie hatte es gut getroffen, fand sie.

„So, jetzt kannst du dich wieder darum kümmern, wenn du willst." Sie nahm seine Hand, küsste die Innenfläche mit feuchten, warmen Lippen und führte seine Finger dann auf ihre Brust. Mit einem kehligen Seufzer presste sie sich ihm entgegen, was seine Müdigkeit auf der Stelle vertrieb. Was für ein Prachtweib, dachte er noch, bevor er sich ganz dem Rhythmus der Leidenschaft hingab und ihr diesmal die Führung überließ.

Eine halbe Stunde später lag sie erfüllt und träge auf dem Rücken und lauschte seinem gleichmäßigen Atem. Obwohl sie vom Liebesspiel erschöpft war, konnte sie noch nicht einschlafen. Das Leben an der Seite eines Polizisten war unruhig. Jeden Tag konnte ein Kollege an der Tür klingeln, den Blick gesenkt, und eine schlechte Nachricht überbringen. Was wäre dann? Dann stünde sie alleine auf der Welt. Natürlich war sie noch jung und attraktiv und würde vermutlich keine Probleme haben, noch einmal einen Partner zu finden. Aber sie wollte das nicht.

Würde sie sich anders fühlen, wenn sie ein Kind hätten? Ein Kind, in dem sie beide weiterleben würden? Sie wusste, dass er sich schon längst

Nachwuchs wünschte. Und er würde ein guter Vater sein, da hatte sie keinen Zweifel. Aber sie selbst hatte sich bisher gegen diesen Gedanken gesperrt. Gerade weil sie Angst hatte, dass ihm in seinem Beruf jederzeit etwas zustoßen konnte. Und dann wäre sie allein und hätte zusätzlich die Verantwortung für einen kleinen Menschen, dem sie erklären müsste, warum er oder sie keinen Vater mehr hatte. Eine furchtbare Vorstellung!

Aber war es richtig, sich von diffusen Ängsten in einer der größten Entscheidungen des menschlichen Lebens so beeinflussen zu lassen? Gab sie nicht viel zu viel auf für eine Eventualität, die möglicherweise nie eintreten würde? Machte sie sich zum Sklaven ihrer Befürchtungen? Manchmal sprach sie mit den Frauen seiner Kollegen über dieses Thema. Die meisten teilten ihre Ängste, hatten sich aber dennoch entschieden Kinder zu bekommen. Bisher hatte keine ihr gesagt, dass sie diese Entscheidung bereut hätte.

Probehalber versuchte sie sich vorzustellen, wie es wäre, jetzt auch auf die Schlafgeräusche eines Babys zu horchen. Vielleicht würde sie sie gar nicht hören können, denn der Mann neben ihr begann jetzt leicht zu schnarchen. Mit Mühe unterdrückte sie ein Kichern. Aber sie fand schnell wieder zu ernsthafteren Gedanken. Es fiel ihr auf, dass sie ausgerechnet an einem Tag, der ihr die Gefahren seines Berufs wieder einmal deutlich vor Augen geführt und die Vergangenheit präsent gemacht hatte, über Kinder nachzudenken begann. War das ein Zeichen von Veränderung ihrer Gefühlswelt? Oder meldete sich die biologische Uhr, deren Existenz sie stets vehement bestritten hatte, in der zweiten Hälfte der Dreißiger nun doch zu Wort?

Sie stellte fest, dass in ihr etwas angestoßen worden war, das sich bewegen wollte. Aber heute Abend würde sie zu keinem endgültigen Ergebnis mehr kommen. Und außerdem war das ein Thema, das sie unbedingt mit ihm gemeinsam angehen wollte, auch wenn der Ausgang ihrer Überlegungen vielleicht noch völlig offen war. Also machte sie sich eine innere Notiz, dass sie bei nächster Gelegenheit mit ihm über ihre Gedanken reden würde. Allein die Tatsache, dass sie sich mit der Frage wieder beschäftigte, würde ihn schon freuen.

Mit dieser Entscheidung hatte sie den Eindruck, dass sie jetzt ebenfalls gut schlafen würde. Sie drehte sich in ihre Lieblingsposition auf die linke

Seite und schloss die Augen. Im Wegdämmern spürte sie seine Wärme noch tief in sich und genoss das Gefühl von Nähe und Verbundenheit.

Das laute Klirren riss sie aus dem Grenzgebiet zwischen Wachen und Träumen und peitschte Adrenalin durch ihren Körper. Da war jemand auf der Terrasse! Unwillkürlich schrie sie laut auf. Bombach murmelte unverständliche Worte und drehte sich um. Dann wurde sein Atem wieder lang und gleichmäßig.

„Thomas! Wach auf!" Sie rüttelte an seinem Arm. Bilder aus der Vergangenheit standen erneut vor ihrem Gesicht. Sie glaubte wieder den hellen Schein der Flammen vor ihrem Fenster zu sehen.

„Lass mich schlafen, ich will nicht mehr!" Er schaffte es nicht die Augen zu öffnen.

„Da ist jemand auf der Terrasse. Ich glaube, das war schon wieder ein Anschlag!" Die Worte kamen gepresst und ihr Atem ging stoßweise. In ihren Schläfen hämmerte der Puls. Mit äußerster Mühe gelang es ihr, die aufkeimende Panik für den Moment noch unter Kontrolle zu halten. Plötzlich drang durch den dunklen Stoff der Vorhänge ein Leuchten.

„Thomas, es brennt! Alles ist ganz hell!" Jetzt kreischte sie. Bombach fuhr hoch und sah sich verwirrt um.

„Was ist denn?"

„Jemand hat etwas gegen unser Haus geworfen und jetzt brennt es. Schnell, so tu doch etwas!" Sie hatte sich aufgesetzt und die Decke bis unter ihre Nase gezogen. Damit war ihre Handlungsfähigkeit jedoch erschöpft und sie kauerte zitternd und mit angstgeweiteten Augen da, anstatt sich selbst in Sicherheit zu bringen. Nunmehr richtig wach, sprang der Kommissar aus dem Bett, griff sich seine Boxershorts und versuchte gleichzeitig zur Tür zu sprinten und die Hose anzuziehen. Was unter normalen Umständen zum Brüllen komisch ausgesehen hätte, erlebte Gaby in diesem Moment einfach nur als quälend langsam.

„Jetzt beeil dich doch!" flüsterte sie und starrte abwechselnd auf das erleuchtete Fenster und ihren auf einem Bein hüpfenden Mann. Der gewann schließlich den Kampf gegen die Unterhose und fegte mit beachtlichem Tempo die Treppe herunter. Im Flur nahm er sich immerhin noch die Zeit, aus der Kommode seine Waffe zu ziehen und stürmte dann ins Wohnzimmer. Trotz Pistole in der Hand gelang es ihm die Terrassentür zu öffnen.

Das war nicht ganz einfach, denn mit rechts musste er einen Hebel herunterdrücken und mit links den Griff drehen, da es sich um eine Tür handelte, die man sowohl öffnen als auch kippen konnte.

Sekunden später stand er auf der Terrasse und blickte sich mit der Waffe in der Hand hektisch nach allen Seiten um. Feuer gab es definitiv nicht, aber der Bewegungsmelder war ausgelöst worden und zwei starke LED-Scheinwerfer tauchten den halben Garten in helles Licht. Ein eventueller Einbrecher war ebenso wenig zu sehen wie ein potentieller Brandstifter. Er bog sicherheitshalber um die Hausecke, aber auch dort war niemand zu sehen. Etwas entspannter nahm er die Pistole herunter. Etwaige schlaflose Nachbarn sollten sich nicht vor einem bewaffneten Halbnackten ängstigen. Als er die Terrasse wieder betrat, entdeckte er auch den Grund für das klirrende Geräusch: Ein gläsernes Windlicht, das auf einem Mauersims gestanden hatte, lag zerschmettert auf dem Fußboden. Er pustete die Luft aus seinen Lungen, die er unwillkürlich angehalten hatte, und atmete ein paar Mal tief ein und aus. Dann beschloss er die Scherben bis zum nächsten Morgen zu ignorieren und wieder ins Bett zu gehen. Sorgfältig verschloss er die Tür, verstaute seine Dienstwaffe sicher und kehrte ins Schlafzimmer zurück. Gaby hockte immer noch im Bett und starrte ihn mit aufgerissenen Augen und dicht am Rande der Hysterie entsetzt an.

„Alles in Ordnung, Süße! Es war nur eine Katze, die ein Windlicht vom Sims gerissen und den Bewegungsmelder aktiviert hat. Kein Grund zur Sorge!" Er hockte sich auf ihre Bettkante und barg ihren Kopf an seiner Brust. Ihr schweißbedecktes Gesicht und ihr jagender Puls zeugten von der wahnsinnigen Angst, die sie ausgestanden hatte.

„Alles ist gut", flüsterte er zärtlich. „Du musst dir keine Sorgen machen."

„Es tut mir so leid", schluchzte sie, als sich die Spannung in ihr löste. Sie hob den Kopf und blickte ihn aus Augen, die in Tränen schwammen, erleichtert an. „Aber ich hatte plötzlich eine furchtbare Angst. All die Bilder von früher – sie waren mit einem Mal wieder da. Ich wusste nicht mehr, was ich machen sollte."

„Du hast alles ganz richtig gemacht."

In diesem Moment schalteten sich die Scheinwerfer draußen wieder aus und das Fenster wurde dunkel.

„Wollen wir wieder schlafen?", fragte er gähnend.

„Versuchen können wir es ja." Sie rang sich ein Lächeln ab. Er stand auf, lief um das Bett herum und stieg auf seiner Seite wieder ein.

„Komm mal in meinen Arm!" Er zog sie an sich und kuschelte sich an ihren Rücken. „Gut so?"

„Ja, schön. Danke, dass es dich gibt." Sie drückte seine Hand, spürte seinen warmen Körper und wusste plötzlich, dass sie trotz allem jetzt gut schlafen würde.

* * *

Nachdem er die halbe Nacht gegrübelt, Ideen skizziert und wieder verworfen und schließlich eine Basisversion seiner Legende als Rocker aufgeschrieben hatte, saß Michael Staller jetzt gut gelaunt bei einem ruhigen Frühstück in seiner Wohnung und teilte seine Aufmerksamkeit zwischen einem leckeren Schinkenbrötchen und den aktuellen Tageszeitungen auf. Der obligatorische Kaffee war frisch gebrüht und heiß, ein Glas mit selbst gepresstem Orangensaft sorgte für die nötigen Vitamine und der kleine Berg Rührei mit Speck war ein seltenes Vergnügen, das er sich heute einmal gönnte. Denn der Tag versprach noch lang und ereignisreich werden.

Beim Umblättern der Zeitung fiel sein Blick automatisch auf seine nackten Arme und er erschrak wohl zum zehnten Mal. Ein tätowierter Grabstein auf der Innenseite des linken Unterarms harmonierte makaber mit dem Sarg auf der anderen Seite. Obwohl diese beiden Motive nur aufgesprüht waren, sahen sie täuschend echt aus. Kuddel verstand halt sein Handwerk. Was wohl Kati oder Sonja dazu sagen würden! Unwillkürlich verzogen sich seine Lippen zu einem breiten Grinsen, was ihn sofort fünf Jahre jünger machte.

Die Vorstellung, dass er heute ins Büro gehen konnte, aber nicht musste, machte ihn zutiefst glücklich. Er liebte seine Arbeit. Aber am schönsten war sie, wenn er sich nicht mit irgendjemandem abstimmen musste, sondern einfach seinem Instinkt folgen konnte. Für heute bedeutete das zunächst einen Besuch bei Mohammed. Der gebürtige Libanese war im Objekt- und Personenschutz tätig und unterstützte "KM" in allen Situationen, in denen es auf ausgeklügelte Technik ankam. Minikameras und Peilsender waren ebenso schon zum Einsatz gekommen, wie bestens ausgebildete Personenschützer, die Staller eingesetzt hatte, als er einem mutmaßlichen Mörder eine Falle gestellt hatte. Mohammed war normalerweise furchtbar teuer, aber er war mit Abstand der Beste in seiner Branche. Und mit "KM" gab es stets die besondere Vereinbarung, dass er im Abspann einer Sendung genannt wurde, an der er beteiligt war. So bekam er eine kostenlose Werbung und der Preis für seine Leistung sank merklich.

Heute hatte Staller eine ganze Liste von Wünschen, die sich auf seine bevorstehende Zeit bei den Hounds of Hell bezogen. Einer davon betraf sichere Kommunikationswege. Als Michael Staller musste er von der Bildfläche verschwinden und in seiner neuen Rolle trotzdem Kontakt zu seiner Redaktion, Bombach oder seiner Familie halten können, wenn er es für sicher hielt. Natürlich durfte er nicht sein privates Handy behalten. Darüber hinaus hatte er noch einige Anliegen, die so speziell waren, dass er nicht sicher war, ob Mohammed ihm tatsächlich weiterhelfen konnte.

Der Reporter trank den letzten Schluck Kaffee, räumte den Frühstückstisch ab und schnappte sich seinen Autoschlüssel. Die entscheidende Phase seiner Vorbereitungen hatte begonnen. Er durfte jetzt nichts übersehen, denn wenn er einmal die Rolle gewechselt hatte, dann gab es kein Zurück mehr.

Nach einer Viertelstunde Fahrt, während der er im Geiste nochmals seine Wunschliste durchgegangen war, erreichte er Mohammeds Büro und wurde von dem eleganten Libanesen freundlich begrüßt. Nachdem der Höflichkeit Genüge getan war und eine Assistentin ein Tablett mit Getränken und Keksen bereitgestellt hatte, vergewisserte sich Staller mit einem kurzen Blick, dass sie die Tür auch wirklich wieder geschlossen hatte. Mohammed, der seinen Gast kannte, lächelte und kniff verschwörerisch ein Auge zu.

„Wir sind und bleiben ungestört und niemand kann hören, was Sie sagen, Mike. Mein Büro ist schallgeschützt. Es scheint sich um eine kniffelige Angelegenheit zu handeln."

„Ist das so offensichtlich? Ich muss an mir arbeiten." Staller musste ebenfalls lächeln. Mohammed gehörte zu den wenigen Leuten, die er vollständig ins Vertrauen ziehen konnte. Er war sich sicher, dass dieser es nicht missbrauchen würde. Also erklärte er zunächst den Hintergrund des Doppelmordes und dann seinen Plan, wie er sich Zugang zu den Hounds of Hell verschaffen wollte und welche Probleme damit verbunden waren. Der Libanese hörte konzentriert zu und wartete ab, bis Staller seine Ausführungen beendet hatte. Dann fasste er die wichtigsten Punkte zusammen, indem er zu jedem einzelnen einen Finger hob.

„Sie brauchen also sichere Telefone, präpariertes Material für eine Bewährungsprobe und ein glaubwürdiges Setting zu Ihrer Exit-Strategie."

Staller nickte zustimmend. „Bei dem letzten Punkt bin ich mir allerdings nicht sicher, ob das in Ihren Bereich fällt, Mohammed. Aber ich dachte mir: Fragen kostet nichts."

„Ja, das ist in der Tat selbst für mich ein wenig Neuland. Aber wenn Sie mir etwas Zeit geben könnten, werde ich das Problem für Sie lösen."

„Das klingt gut. Und für den letzten Punkt haben wir Zeit. Mindestens ein paar Tage, eventuell sogar ein paar Wochen. Ich weiß ja nicht, wie lange ich brauche."

„Gehen wir mal der Reihe nach vor." Mohammed stand von seinem bequemen Lederstuhl auf, ging um den Schreibtisch herum, vor dem Staller entspannt mit ausgestreckten Beinen saß, und öffnete eine Schranktür. Er zog mehrere durchsichtige Plastikbeutel mit Mobiltelefonen heraus.

„Einmal-Handys. Bestückt mit Prepaidkarten, jeweils nur geringes Guthaben und an völlig unterschiedlichen Orten besorgt. Das ist die beste und zugleich eine sehr günstige Art anonym zu kommunizieren. Je nach Situation können Sie ein solches Gerät sogar ein paar Tage verwenden. Oft ist es allerdings ratsam, es nach einmaligem Gebrauch zu entsorgen. Im Wasser wäre gut. Und getrennt von der Karte, um ganz sicherzugehen."

„Verstanden. Wie viele soll ich nehmen?"

„Ich gebe Ihnen erst mal fünf. Wenn das nicht reicht, finden wir einen Weg, wie wir Sie mit Nachschub versorgen. Kommen wir jetzt zu Ihrem zweiten Anliegen."

Mohammed dachte einen Moment nach. Staller schenkte sich in der Zwischenzeit ein Wasser ein und wartete geduldig. Er wusste sein Problem in den besten Händen. Nach vielleicht einer Minute erhellte sich das Gesicht des Libanesen und er strahlte förmlich.

„Man wird Ihnen auf den Zahn fühlen wollen, habe ich das richtig verstanden?"

„Ich vermute es sehr stark. Meine Legende weist mich zwar als Freund des Clubs aus, aber das wird nicht reichen um die Informationen zu bekommen, auf die ich scharf bin. Um größere Nähe herzustellen, werden die Höllenhunde mich auf die Probe stellen wollen."

„Wenn die Rocker bestimmen, was Sie wann und wo machen sollen, dann wird es schwierig. Aber wie wäre es, wenn umgekehrt Sie das Heft des Handelns in die Hand nehmen und sozusagen ungefragt nachweisen, dass Sie loyal und zuverlässig sind? Mit einer Tat, die über jeden Zweifel erhaben ist."

„Klingt einleuchtend. Sie haben doch eine Idee, oder?"

Mohammed nickte schmunzelnd und erklärte seinen Vorschlag. Staller hörte aufmerksam zu. Seine Mimik drückte zunächst Unglauben, dann Skepsis und schließlich Einverständnis aus.

„Mohammed, ich weiß schon, warum ich so gerne mit Ihnen zusammenarbeite. Sie sind einfach ein Fuchs! Das könnte wirklich funktionieren."

Der Sicherheitsexperte winkte bescheiden ab und erklärte Staller noch, wie er dessen Exit-Strategie technisch umsetzen würde. Nachdem er ein halbes Dutzend Details aufgezählt hatte, stellte er fest: „Allerdings wird das nicht ganz billig zu machen sein."

„Na ja, immerhin geht es dabei um mein Leben und das meiner Tochter. Da sollte man nicht zu kleinlich sein, oder?"

„Ich werde versuchen die Kosten so niedrig wie möglich zu halten ohne dass die Qualität leidet. In drei Tagen sollte ich alle notwendigen Fragen geklärt haben. Von dem Zeitpunkt an können wir die Maßnahme mit einem Vorlauf von etwa zwei Stunden durchführen."

„Perfekt!" Staller war rundum zufrieden. Der Besuch hatte sich absolut gelohnt und Mohammed das in ihn gesetzte Vertrauen mehr als verdient. Der Reporter nahm den Pappkarton, in den der Libanese alle erforderlichen Gegenstände gelegt hatte und klemmte ihn sich unter den Arm.

„Ich melde mich, wenn es losgeht. Und vielen Dank, Mohammed!"

„Keine Ursache. Passen Sie auf sich auf, Mike!"

* * *

„Oh, oh, das sieht aber gar nicht gut aus!"

Das Badezimmer glich einem Schlachtfeld. Auf dem Fußboden stand immer noch das Wasser, jetzt allerdings unterbrochen von Inseln aus Putz, Mauerbrocken und Tapetenresten. Die einst sorgfältig geschrubbte Badewanne diente aktuell als Hauptlager für all das, was die Handwerker aus der Wand gestemmt hatten, um freien Zugang zu der Wasserleitung zu bekommen. Ein Mann im grauen Kittel untersuchte diese mit einer starken Leuchte und machte zwischendurch immer wieder Notizen auf einem Formular, das er in einem Klemmbrett bei sich trug.

„Wie schlimm ist es denn?" Der Hausherr stand mit umgeschlagenen Hosenbeinen auf der Schwelle und raufte sich das schon zeitig dünner werdende Haupthaar.

„Auf die Feuchtigkeitsmessung können wir getrost verzichten. Hier ist es ja nicht feucht, sondern nass, wie man sieht." Er fuhr mit dem Stift einen imaginären Kreis um fast die ganze Wand zwischen Bad und Küche, an der die dunklere Farbe dominierte.

„Aber das wäre ja nicht das Problem." Er wandte sich dem Mann an der Tür zu. „Feuchtigkeit, selbst in diesem Umfang, könnte man maschinell in einer überschaubaren Zeit austrocknen. Das Problem ist die Wasserleitung an sich. Die ist offensichtlich flächendeckend marode. Selbst wenn der Bruch in der oberen Etage repariert ist, müsste man jederzeit mit erneuten Problemen an anderer Stelle rechnen."

„Und das heißt …?" Der Hausherr traute sich nicht, die Frage ganz auszusprechen.

„Das heißt, dass hier alles komplett erneuert werden muss. Und das betrifft vermutlich nicht nur die Wasserleitungen. Wenn hier sowieso alles rausgerissen und aufgestemmt wird, dann sollte man sinnvollerweise auch die Elektrik und die Heizung modernisieren."

„Ach du liebe Zeit!"

„Hier wurde zu lange nichts mehr gemacht. Das rächt sich jetzt. Sind sie Mieter oder Eigentümer?"

„Das sind keine Eigentumswohnungen, hier wohnen lauter Mieter."

„Tja, das dürfte jetzt anders werden. Das Haus muss grundsaniert werden."

„Und wie lange wird so etwas dauern?"

„Das dauert Monate! Ich erstelle jetzt erst mal ein Gutachten über die akuten Schäden. Dann wird die Versicherung ihre eigenen Leute schicken und schließlich entscheidet der Eigentümer oder dessen Gutachter, in welchem Umfang renoviert wird. Dann folgen Ausschreibungen, Terminabsprachen, Verhandlungen – da geht das Jahr schnell um."

„Aber was wird denn aus uns in der Zeit? Das ist doch unzumutbar. Wie sollen wir denn hier wohnen?"

„Wohnen? Haha! Das schminken Sie sich mal ab. Hier wohnt niemand während der Renovierung."

„Soll das heißen, dass wir hier raus müssen?"

„Was glauben Sie denn? Natürlich müssen Sie raus. Und wenn ich Sie wäre – dann würde ich mir gleich eine neue Wohnung suchen."

Der Mann in der Tür sah aus, als ob er mit einem Eimer kalten Wassers übergossen worden wäre. Hilflos ließ er die Blicke über das chaotische Badezimmer schweifen und verschwand schließlich im Rest der Wohnung. Für den Moment hatten sie sich bei Freunden in der gleichen Straße einquartiert, aber deren Wohnung war für vier zusätzliche Personen überhaupt nicht geeignet. Musste der Vermieter in so einem Fall eigentlich für Ersatz sorgen? Er wusste es nicht.

Plötzlich klingelte es an der Tür. Er öffnete und nahm überhaupt nicht richtig wahr, wer da stand.

„Ja?"

„Haben Sie es auch schon gehört? Dieses Haus ist für Monate unbewohnbar!" Der Besucher wirkte aufgebracht.

„Gerade eben, ja."

„Wollen Sie sich das etwa gefallen lassen, Herr Hausberg?"

„Bitte? Was soll ich denn machen? So ein Wasserrohrbruch passiert halt manchmal. Das ist furchtbar ärgerlich, aber wem sollte ich denn die Schuld dafür geben?"

„Das passiert einfach so? Wissen Sie, worum es hier geht?" Der Besucher redete immer lauter und wirkte äußerst erregt. „Unsere Wohnungen haben bis vor einem halben Jahr der Stadt Hamburg gehört. Das war der einzige Grund, warum die Miete noch bezahlbar war. Und nun hat dieser obskure Investor den ganzen Block übernommen!"

„Aber die Miete ist doch nicht gestiegen, oder?" Hausberg fragte sich langsam, welches Ziel sein Nachbar verfolgte.

„Noch nicht! Sehen Sie nicht, was da gerade passiert? Es gibt einen prima Vorwand, das ganze Haus einer Luxussanierung zu unterziehen. Und dann dürfen Sie dreimal raten, was passiert."

„Die Miete wird steigen?"

„Entweder das oder es werden überhaupt Eigentumswohnungen daraus gemacht. Ein Skandal ist das!"

„Entschuldigen Sie bitte." Hausberg erkannte immer noch keinen Sinn in den hastig vorgebrachten Sätzen. „Mein halber Hausstand ist unbrauchbar und meine Familie ist quasi obdachlos. Ich habe momentan kein Ohr für Verschwörungstheorien. Es gibt im Moment Wichtigeres zu tun. Bitte haben Sie Verständnis dafür." Mit einem entschuldigenden Achselzucken schloss er die Tür vor der Nase seines überraschten Nachbarn. Dieser stand mit offenem Mund im Flur und schüttelte schließlich empört den Kopf.

„Genau darauf bauen diese Immobilienhaie doch! Aber nicht mit mir. So nicht!" Wütend stapfte er davon.

* * *

Auch wenn der Umzug aus dem alten Präsidium am Berliner Tor nach Alsterdorf viele Neuerungen mit sich gebracht hatte, die größtenteils überfällig und daher von allen Kollegen freudig begrüßt worden waren, blieb eine Sache genauso lästig wie früher: Wer Informationen über vergangene Ermittlungen brauchte, der suchte sich stapelweise alte Akten zusammen und blätterte sie einzeln durch. Aus diesem Grund saß Kommissar Bombach nun zwar auf einem ergonomisch hervorragend auf seine Bedürfnisse angepassten Bürostuhl an einem höhenverstellbaren Schreibtisch, aber der kleine Rollwagen mit unzähligen Stößen von Akten war immer noch der gleiche wie früher.

Unter erbarmungswürdigen Seufzern wühlte er sich nunmehr seit fünf Stunden ohne Unterbrechung durch Berge von bedrucktem Papier, immer auf der Suche nach einem Detail, das ihm einen Ansatzpunkt für neue Überlegungen bieten konnte. Aber zu seinem großen Ärger fand er hauptsächlich Vermutungen, Schlussfolgerungen und Gerüchte von nicht genannten Zeugen. Die Hounds of Hell waren ganz überwiegend Verurteilungen jeder Art entgangen. Nicht, weil sie harmlose Motorradfahrer waren, sondern weil ihr offensichtlich kriminelles Verhalten zwar jedem bekannt war, sich aber in keinem einzigen Fall nachweisen ließ.

Die Akte, die er gerade studierte, befasste sich mit der Aussage einer Swetlana I., die aus der Ukraine stammte, sich illegal in Deutschland aufhielt und von den Höllenhunden zur Prostitution in einer sogenannten Modelwohnung gezwungen worden war. Ein Stammfreier, der sich schließlich in sie verliebt hatte, war mit ihr zur Polizei gegangen, weil er sie überzeugen konnte, dass man ihr helfen würde ihren Status zu legalisieren. Sein Plan war, den Hounds of Hell Zuhälterei und Menschenhandel nachzuweisen und für sich und seine Freundin über das Zeugenschutzprogramm eine neue Identität zu erlangen. Er träumte von einer gemeinsame Zukunft in einer norddeutschen Kleinstadt.

Das war durchaus realistisch gedacht. Bombach kannte die entsprechenden Möglichkeiten gut genug. Die Kollegen damals mussten sich gefreut haben wie Bolle, als die beiden vor ihnen saßen. Eine der ganz seltenen Gelegenheiten, in diesem Sumpf tatsächlich einmal aufzuräumen.

Aber es kam leider ganz anders. Der Freier war ein kleiner kaufmännischer Angestellter und kein Profi. Es war ihm zwar tatsächlich gelungen mit seiner Freundin unbehelligt bis ins Präsidium zu gelangen. Unbeobachtet war dies jedoch nicht geblieben. Während Swetlana I. zu ihrer eigenen Sicherheit im Präsidium blieb, machte er sich nach einer ersten Befragung auf den Heimweg. Doch er erreichte seine kleine Wohnung nicht mehr, sondern wurde auf offener Straße mit einer abgesägten Schrotflinte von einem Motorrad aus erschossen. Die Tatortfotos lagen der Akte bei und zeigten ein bis zur Unkenntlichkeit zerstörtes Gesicht. Der Mann war sofort tot. Die beiden Männer auf dem Motorrad konnten in dem allgemeinen Chaos unerkannt entkommen. Niemand hatte sich so schnell das Nummernschild merken können. Vermutlich war es allerdings sowieso geklaut und hätte die Ermittlungen nicht weitergebracht.

Swetlana I. erhielt völlig unvermutet noch im Präsidium Besuch von ihrem Anwalt. Dieser machte von seinem Recht Gebrauch, mit seiner Mandantin unter vier Augen zu sprechen. Danach widerrief sie alle bereits getätigten Aussagen und war zu keinerlei Kooperation mehr bereit.

Warum brauchte sie einen Anwalt? Bombach grübelte über diese Frage nach. Ihr wurde schließlich kein Verbrechen vorgeworfen. Sie hätte das Gespräch also ablehnen können. Ohne ihre Zustimmung wäre es zu keinem Kontakt gekommen. Aber vermutlich war ihre Angst so groß gewesen, dass sie eingewilligt hatte. Und der Anwalt hatte dann eine Botschaft der Hounds of Hell überbracht. Vermutlich die Nachricht, dass ihr Freier bereits tot war und dass ihr ein ähnliches Schicksal drohte, wenn sie den Mund aufmachte. Oder dass man Verwandte in ihrer Heimat töten würde. Schreckensszenarien aufzubauen war eine Spezialität der Rockergruppen; in dieser Disziplin waren sie Meister. Und das ukrainische Mädchen hatte aus purer Todesangst geschwiegen und war vermutlich in die Hölle der illegalen Prostitution zurückgekehrt.

Angeekelt schob Bombach die Akte zur Seite. Wie er das hasste! In seiner Vorstellung war das Gute stets stärker als das Böse. Das war sein Job – dafür zu sorgen, dass die Bösen am Ende hinter Gittern saßen. Wenn sie aber feist hinter einem Kneipentisch hockten und ihn respektlos auf seine Frau ansprachen, dann stieg sein Blutdruck in den ungesunden Bereich. Wie gern würde er Ulf Meier ins Gesicht sehen, während der Richter zum Ende der Verhandlung verkündete: „Der Angeklagte ist schuldig und wird zu lebenslanger Haft verurteilt!"

Aber der Weg dorthin war mit Sicherheit steinig und lang. Genau genommen hatte er keine Ahnung, wie er weiter vorgehen sollte. Er stellte sich gerade vor, wie er zur Befragung der Hounds of Hell in deren Clubhaus fahren würde. Vermutlich saßen sie zur Tatzeit alle zusammen und hatten noch Besuch von einem Bürgerschaftsabgeordneten, der das bestätigen konnte. So war es schließlich immer. Empört schnaubte der Kommissar durch die Nase und warf einen unglücklichen Blick auf den Aktenstapel. Obwohl er genau wusste, dass es ihm nichts nützen würde, beschloss er jede einzelne Seite zu lesen. Er wollte nichts unversucht lassen. Vielleicht hatte er ja doch Glück und entdeckte wenigstens einen winzigen Anhaltspunkt.

* * *

In der Redaktion von "KM" herrschte das gewohnt hektische Treiben wie in einem Bienenstock – nur nicht so großartig organisiert. Kaum ein

Fernsehzuschauer vermutete, wie viele Menschen man brauchte, um zweimal wöchentlich fünfundvierzig Minuten Sendezeit mit möglichst relevanten und aktuellen Berichten über Kriminalfälle zu füllen. Zwei Hauptabteilungen bestanden nebeneinander, nämlich Redaktion und Produktion. Erstere kümmerte sich um Inhalte, letztere um Organisation und Abwicklung. Zwischen den beiden Abteilungen herrschte stets eine gewisse Spannung, denn während zum Beispiel der Produktionsleiter nicht ganz zu Unrecht mutmaßte, dass den Redakteuren die Kosten des Projekts schnurzegal waren, meckerten jene permanent, dass die restriktive Ausgabenpolitik vernünftiges journalistisches Arbeiten praktisch unmöglich machte. Lustigerweise lagen Redaktion und Produktion sauber getrennt links und rechts des Treppenhauses. Wenn also ein Redakteur einen Dreh anmeldete, dann sagte er, dass er nach "drüben" müsse, was stets so klang, als ob er den Eisernen Vorhang durchbrechen wolle.

Unten im Keller befanden sich dann noch Schnitträume und das Tonstudio, beides so etwas wie eine neutrale Zone. Angebaut war noch das eigentliche Studio, in dem die Sendung aufgezeichnet wurde. Rechnete man alle Beteiligten zusammen, so waren weit über fünfzig Menschen nötig, um das Magazin auf den Bildschirm zu bringen.

Normalerweise war Staller in diesem quirligen Betrieb an verschiedenen Stellen eingebunden. In fast jeder Sendung wurde ein Stück von ihm ausgestrahlt, das er vorher planen, drehen, schneiden und texten musste. Meistens sprach er auch noch die Off-Texte dazu und lieferte zumindest eine Rohfassung für die An- und Abmoderation. Aber heute saß er als Einziger ziemlich friedlich in seinem Büro und wurde von niemandem behelligt. Nicht, dass er nicht alle Hände voll zu tun gehabt hätte, aber zumindest wurde er nicht noch mit den Problemen anderer Leute konfrontiert.

Bisher hatte er lange mit Karl telefoniert und ihm Einzelheiten zu den gewünschten Papieren durchgegeben, die er zusammen mit dem Leihmotorrad möglichst bald abholen wollte. Diese Baustelle machte ihm wenig Sorgen, denn Karl versprach, dass alles in Kürze für ihn bereitstehe.

Dann hatte er mit einer begabten Maskenbildnerin, die gelegentlich auch für "KM" arbeitete, einen Termin abgemacht und ihr vorab seine Wünsche mitgeteilt. Professionell, wie die Frau nun mal war, hatte sie einige Fragen gestellt und dann erklärt, dass er bereits morgen von ihr umgestylt werden konnte. Das Projekt nahm also konkrete Formen an.

Der einzige Punkt, der nicht reibungslos funktionierte, war die Suche nach einer geeigneten Farbe für die temporären Tattoos. Das lag nicht etwa daran, dass Kuddel seinen Job nicht ernst nahm, sondern einfach an den Farben selber. Der Tätowierer war für seine Verhältnisse unchristlich früh um zehn Uhr schon unterwegs zum Einkauf gewesen, aber bisher war er mit den Proben noch nicht zufrieden. Das äußere Erscheinungsbild war natürlich von großer Bedeutung und deshalb vermied Staller es zu drängeln. Ein prominent angebrachtes Tattoo, das im entscheidenden Moment verlief, würde seine Glaubwürdigkeit massiv untergraben. Kuddel versprach jedoch, dass er bis zum nächsten Tag ganz sicher fündig werden würde.

Einen ganz wichtigen Faktor hätte der Reporter fast vergessen. Er brauchte natürlich eine Basis, von der aus er agieren würde. Dafür war seine eigene Wohnung natürlich denkbar ungeeignet. Alles, was Spuren zu seiner tatsächlichen Identität liefern konnte, musste er konsequent vermeiden. Welche Art der Unterkunft würde zu seiner Legende passen? Natürlich konnte er eine billige Pension wählen. Aber damit war verbunden, dass er einen Meldeschein ausfüllen musste und dass sein Kommen und Gehen vermutlich leicht nachzuvollziehen war. Eine extra angemietete Wohnung passte nicht zu seiner Geschichte. Was blieb ihm also für eine Möglichkeit? Nach einigem Nachdenken kam ihm die zündende Idee und er telefonierte daraufhin eine Weile in Hamburg herum.

Nach einer halben Stunde lehnte er sich zufrieden in seinem Bürostuhl zurück und legte die Füße über die Schreibtischecke. Er hatte unter einem falschen Namen für einen Monat einen Wohnwagen auf dem Campingplatz an der Kieler Straße gemietet. Dort musste er zwar den Wucherpreis von über fünfhundert Euro bezahlen, aber dafür hatte er eine neutrale Basis, die sehr zentral gelegen war. Sie erlaubte ihm zu kommen und zu gehen, wie er wollte, ohne dass er stets unter Beobachtung stand. Auf dem Gelände waren häufig Baukolonnen auf Montage untergebracht, sodass reger Betrieb herrschte, in dem er nicht weiter auffallen würde.

Zwei wichtige Punkte hatte er bisher erfolgreich verdrängt. Er musste noch mit Bombach reden, denn dieser sollte ihm von außen ein bisschen Unterstützung leisten, die den Einstieg als vertrauenswürdige Person bei den Hounds erleichtern sollte. Und – wichtiger noch – er musste mit Kati sprechen. Seine Tochter war zwar äußerst selbstständig, aber natürlich hatte sie ein Recht darauf, von ihm persönlich genau zu erfahren, wie seine Pläne für die nächsten Tage oder gar Wochen aussahen. Denn auch sie würde ihn nicht oder nur auf großen Umwegen erreichen können. Da gab es viele Dinge zu besprechen. Er würde heute Abend einfach in sein Wochenendhaus in der Heide fahren, in dem sie sich mit Isa immer noch von den Abiprüfungen erholte und Pläne für die Zukunft schmiedete. Zumindest offiziell.

„Mike, hast du einen Moment Zeit?" Peter Benedikt, der Chefredakteur, stand im Türrahmen und klopfte mit den Fingerknöcheln gegen das Holz.

„Klar, Peter, komm rein!" Schwungvoll nahm er die Füße vom Tisch und deutete vage auf seinen Besucherstuhl, der ausnahmsweise einmal nicht mit Papierbergen belegt war.

„Was kann ich für dich tun?"

„Du könntest mich ein bisschen teilhaben lassen an den Dingen, die du so planst im Zusammenhang mit deinem neuen Fall."

„Oh!" Staller wirkte ehrlich zerknirscht. „Entschuldige, Peter. Ich bin so in die Vorbereitungen vertieft gewesen, dass ich völlig vergessen habe, mich mit dir darüber abzustimmen. Zumal ich einige Posten angeleiert habe, die nicht gerade günstig sind."

„So etwas Ähnliches hat Mohammed mir auch schon angekündigt, mit dem ich heute Mittag zufällig telefoniert habe."

„Und nun fragst du dich vermutlich, wofür ich soviel Geld ausgebe, stimmt's?"

„Mike, ich weiß, dass du nicht dazu neigst sinnlos Kosten zu produzieren. Sonst hätte ich dich gar nicht auf diesen Fall angesetzt. Mir geht es mehr darum, dass ich über dein Vorhaben informiert bin und das gute Gefühl habe, dass sich mein Mitarbeiter vernünftig abgesichert hat, wenn er schon undercover im Bereich der Organisierten Kriminalität recherchiert."

Bendikt war weit über den Mikrokosmos von "KM" hinaus dafür bekannt, dass er seinen Leuten bedingungslos den Rücken stärkte, solange er von ihrer Arbeit überzeugt war. Im ewigen Kampf zwischen Redaktion und Produktion schaffte er es immer wieder Gelder locker zu machen, die der Arbeit der Kreativen entgegenkamen.

Staller hob entschuldigend die Hände. „Irgendwann wäre es mir bestimmt noch eingefallen, mit dir zu reden. Noch einmal: Es tut mir leid!"

Dann erklärte der Reporter in groben Zügen seinen Plan, der es ihm im günstigsten Fall ermöglichen würde, den inneren Kreis der Rockergruppe zu betreten und dort Beweise zu sammeln, entweder für den Mord an den beiden Free Riders oder für die anderen kriminellen Aktivitäten der Höllenhunde.

„Das Szenario für meinen Ausstieg", schloss Staller seine Erklärungen ab, „wenn der Job entweder erledigt ist oder aber absehbar kein Ergebnis bringt, ist zwar aufwendig und teuer, aber es ist eine sehr gute Chance, dass man mich nicht als Verräter und Eindringling erkennt. Wenn das allerdings zu viel kostet … "

„Nein, nein, darum geht es nicht. Das ist zwar viel, aber völlig angemessen. Du sollst dein Leben ja anschließend ganz normal weiterführen können. Ich habe mir sogar erlaubt, im Gespräch mit Mohammed noch eine eigene Idee einzubringen."

„Aha. Und die wäre?" Stallers Neugierde war geweckt. Benedikt war selbst jahrelang investigativer Reporter gewesen und kannte das Metier in- und auswendig. Wenn er eine Idee beisteuerte, dann hatte sie in aller Regel Hand und Fuß.

„Hier!" Der Chefredakteur zog eine Armbanduhr mit großem Display aus der Tasche seiner wie immer tadellos gebügelten Anzughose. „Für dich." Er reichte sie über den Tisch.

„Hm, eine Uhr." Staller betrachtete das Display, das in großen Ziffern die aktuelle Zeit anzeigte, und drehte die Uhr in seinen Händen hin und her.

„Ich vermute mal, dass das Offensichtliche nicht das Entscheidende ist, richtig? Einen Chronometer hätte ich im Zweifel nämlich selbst." Er deutete auf sein Handgelenk, das von einer sehr schlichten, aber zuverlässigen analogen Armbanduhr geschmückt wurde.

„Schlaues Kerlchen. Das ist eine ziemlich ausgeklügelte Smart-Watch, auch wenn man ihr das nicht unbedingt ansieht. Das Geheimnis besteht aus zwei Teilen. Das eine ist ein sehr guter GPS-Tracker. Wenn du nicht gerade in einem Bunker bist, lässt sich die Uhr sehr genau orten."

„Ich weiß nicht, ob mir das wirklich gefällt."

„Moment, Mike. Es geht nicht darum, dich ständig zu überwachen. Das ist das zweite besondere Feature dieser Uhr: Du kannst das GPS gezielt einschalten und sendest damit ein Signal an einen Mitarbeiter von Mohammed. Es bedeutet, dass du Hilfe brauchst. Der Mann wird sich dann sofort auf den Weg machen und auf ein zweites Signal von dir den Kontakt herstellen. Falls du mal frische Unterwäsche brauchst oder so." Benedikt zeigte, wie man die Uhr bediente.

„Okay, verstehe." Staller nickte zustimmend. „Das könnte in der Tat hilfreich werden. Aber ein Mann auf Abruf für eine Zeit von möglicherweise ein paar Wochen … das ist bei Mohammeds Preisen enorm teuer."

„Zum einen gibt es für die Sicherheit meiner Leute keinen Preis, der zu hoch wäre. Und darüber hinaus habe ich einen ganz guten Deal mit Mohammed abgeschlossen. Es kostet nur eine Bereitschaftspauschale und der Rest wird pro tatsächlichem Einsatz abgerechnet. Insofern wäre ich ganz dankbar, wenn du deine Unterwäsche doch lieber selbst kaufen könntest."

„Das sollte ich schaffen." Der Reporter ging seinen Plan in Gedanken noch einmal durch. „Eine wirklich gute Idee. Auf diese Weise habe ich ein zusätzliches Back-up. Vielen Dank, Peter!"

Der Chefredakteur stand auf.

„Keine Ursache. Weißt du schon, wann du loslegen kannst?"

„Bald", orakelte Staller. „Sehr bald."

* * *

Mit einem tiefen Seufzer schob Kommissar Bombach die letzte der Akten über die Hounds of Hell zurück auf den Stapel auf dem kleinen Rollwagen. Wie erwartet hatte er nichts gefunden, das ihn auf die Spur des Mörders der beiden Rocker gebracht hätte. Was konnte er jetzt noch tun?

Mit mehr als nur ein bisschen Verzweiflung nahm er sich noch einmal die Ermittlungsakte des aktuellen Falles vor. Sie war enttäuschend schmal. Die Befragung in den Häusern nahe des Fundorts der Leichen war komplett ohne Ergebnis geblieben. Niemand hatte etwas gesehen, niemand hatte etwas gehört. Die Auswertung der nächstgelegenen Webcams war praktisch unmöglich, solange er nicht wusste, wonach er suchen sollte. Denn der Kneipeneingang selbst war nicht einsehbar und die nächste Kamera war fünfhundert Meter entfernt. Da nicht davon auszugehen war, dass die Leichensäcke quer über ein Motorrad geworfen worden waren, waren entweder alle Fahrzeuge verdächtig oder keines. Ganz abgesehen davon, dass ja niemand wusste, auf welchem Weg die Täter zur Wexstraße gekommen waren.

Er beschloss in seiner Verzweiflung einen Schuss ins Blaue. Er würde feststellen lassen, welche Fahrzeuge auf die bekannten Mitglieder der Höllenhunde zugelassen waren und die Kamerabilder daraufhin überprüfen. Eine elende Fleißarbeit ohne ernsthafte Erfolgschancen, denn es konnte entweder ein geklautes Fahrzeug verwendet worden sein, ein Mietwagen oder ein beliebiger Firmentransporter. Aber seine Optionen waren stark limitiert.

Der medizinische Bericht brachte ebenso wenig Licht ins Dunkle. Selten hatte er eine so dünne Spurenlage erlebt. Keine Hautpartikel unter den Fingernägeln der Toten, keine Abwehrverletzungen und bisher auch keine fremden DNA-Spuren. Offenbar eine kaltblütige Hinrichtung und ein sorgsamer Abtransport. Ein hübsches Geständnis wäre hilfreich, aber das Milieu der mutmaßlichen Täter senkte die Wahrscheinlichkeit einer solchen Einlassung ziemlich genau auf null. Der Fall schrie geradezu nach dem Stempel "nicht aufgeklärt".

Wenn er schon keinen konkreten Ermittlungsansatz hatte, dann konnte er zumindest seiner persönlichen Befindlichkeit nachgehen, fand Bombach. Ulf Meier war ein ranghohes Mitglied der Hounds und damit verdächtig. Es war unmöglich, allen Membern gleichermaßen auf den Füßen zu stehen, jedenfalls ohne eine vielköpfige Sonderkommission. Und irgendwo musste er schließlich anfangen. Warum dann nicht bei dem Mann, von dem er sowieso wusste, dass er zu jedem Verbrechen fähig war? Vor der Verurteilung wegen Brandstiftung an Bombachs Haus hatte ihn ein falsches Alibi bewahrt. Aber vielleicht konnte der Kommissar seinem Intimfeind dafür jetzt zumindest eine Mittäterschaft in einem zweifachen Mordfall nachweisen. Wenigstens verspürte er große Lust es zu versuchen.

* * *

Es dämmerte bereits, als Michael Staller sein Wochenendhaus in der Heide erreichte und beinahe die Auffahrt verpasste, weil die Haselnusssträucher rechts und links davon so gewuchert waren, dass ihre Zweige die Lücke fast verdeckten. Da das Haus ganz allein lag und er erstens keine Zeit für regelmäßige Verschönerung und zweitens Freude an naturnahen Gärten hatte, überließ er das große Grundstück mit den vielen Bäumen und Sträuchern weitgehend sich selbst. Alle paar Jahre machte er sich im Frühjahr, bewaffnet mit seiner Motorsäge, daran, allzu großen Wildwuchs energisch einzuschränken. Aber die Natur in ihrer stillen Beharrlichkeit füllte die entstandenen Freiräume ebenso schnell wie gründlich wieder auf.

Er zwängte seinen Pajero um die Ecke und hörte, wie die Zweige an den Seiten des Geländewagens entlang schrammten. Er würde wohl zumindest ein paar davon mit dem Astkneifer entfernen müssen. Obwohl – das konnten schließlich auch die Mädels erledigen. Wenn sie sich hier schon erholten, würde ihnen ein bisschen Bewegung an frischer Luft nicht schaden.

Als er das Natursteinpflaster erreichte, stutzte er. Mit dem kleinen, knuffigen Twingo seiner Tochter hatte er gerechnet, aber das dunkelrote Motorrad irritierte ihn. Ein Besucher aus dem nahegelegenen Dorf? Staller wusste, dass Kati gelegentlich zu Feierlichkeiten in die örtliche Kneipe ging, aber bisher war ihm nicht bekannt, dass ihre Kontakte so eng waren, dass sie jemanden aus der Dorfjugend zu sich einlud.

Er parkte den Wagen vor dem Nebengebäude, das eigentlich als Garage dienen sollte, mittlerweile aber derart mit allen möglichen Dingen vollgestopft war, dass höchstens noch ein Fahrrad hineinpassen würde, und streckte sich. Hier, irgendwo im Nirgendwo, fiel stets aller Stress von ihm ab und der langsame Rhythmus der weitgehend unbehelligten Natur ergriff Besitz von ihm. Hier konnte er tagelang allein und ungestört sein, wenn er wollte. In der Frühe weckten ihn die für das Stadtohr unfassbar lauten Vögel und am Tage war höchstens mal ein entfernter Trecker zu hören. Abends konnte er an der Feuerstelle im Freien sitzen und zuhören, wie die Natur Stück für Stück den Tagesbetrieb einstellte, bis höchstens noch ein Käuzchen gelegentlich Laut gab.

Als er mit der kleinen Reisetasche in der Hand zum Eingang ging, betrachtete er erneut das Motorrad. Eine Suzuki VZ 800 mit vorverlegter Fußrastenanlage, jeder Menge blinkender Chromteile und vielen liebevollen Details, die aus einem serienmäßigen Softchopper eine Maschine für Individualisten zauberten. Das Hamburger Nummernschild machte seine

Theorie vom Besucher aus dem Dorf zunichte. Schulterzuckend betrat Staller das Wohngebäude. Gleich würde er ja mehr erfahren.

„Hallo Mädels, ich bin's!", machte er sich nach dem Eintreten bemerkbar. Die Tür war, wie üblich, nicht abgeschlossen. In dieser Abgeschiedenheit hatten sie noch nie Angst vor Einbrechern gehabt und ihre Sorglosigkeit war bisher auch nicht erschüttert worden.

„Paps, was machst du denn hier? Es ist doch noch kein Wochenende!" Kati erschien in der Tür zur Küche und knipste die Dielenlampe an.

„Ich wollte dich ja vorwarnen, aber dein Handy war aus und hier ist niemand ans Telefon gegangen."

„Richtig. Wir haben eine kleine Ausfahrt mit dem Motorrad gemacht."

„Wir ...?", dehnte Staller fragend.

„Na, Isa und ich! Ich hab doch gesagt, dass Isa mit mir kommt."

Die Angesprochene erschien ebenfalls im Flur, wobei sie wenig mädchenhaft, aber sehr lässig eine Bierflasche in der Hand hielt. Trotz der relativ warmen Temperatur trug sie eine schwarze, enge Lederhose, die an den Seiten geschnürt war. Dazu Chopperstiefel mit Lederriemen und Chromringen um die Knöchel und ein schwarzes T-Shirt.

„Äh, hallo Isa! Ist das deine Suzi da draußen?"

„Yep."

„Ich wusste gar nicht, dass du Motorrad fährst."

„Coole Sache, oder? Live to ride und ride to live und so." Offensichtlich hatte Isa wieder ein Projekt gefunden, dem sie sich mit Haut und Haaren hingeben konnte. Derzeit wandelte sie also auf den Spuren von Peter Fonda und Dennis Hopper aus "Easy Rider". Selbstverständlich gab sie sich gleich die volle Dröhnung. Custom Bike, passende Klamotten, cooler Auftritt – selbst ihre Stimme klang irgendwie anders. Was immer Isa machte, pflegte sie gründlich zu erledigen, da gab es keine Kompromisse.

„Hast du denn einen zweiten Helm?"

„Paps!" Kati rollte die Augen.

„Jetzt bleib mal locker, Pa. Natürlich hat dein Töchterlein eine Mütze getragen." Isa nahm einen Schluck aus der Flasche und lehnte sich gegen den Türrahmen. Staller fühlte sich irgendwie in eine Filmszene versetzt, wusste aber nicht, in welche.

„Schön, schön. Dann ist ja alles paletti. Habt ihr schon gegessen?" Er hielt es für das Beste, einfach zur Tagesordnung überzugehen. Isa war zwar unfassbar begeisterungsfähig und experimentierfreudig, aber gleichzeitig sehr vernünftig und selbstständig.

„Wir kochen gerade. Es gibt Auflauf. Hast du Hunger?" Kati winkte alle in die große Wohnküche und warf einen prüfenden Blick in den Ofen, in dem eine erfreulich große Kasserolle friedlich vor sich hin blubberte.

„Wie ein Wolf", stellte Staller überrascht fest und hielt sich den Magen, der auf den Anblick des Auflaufs mit einem tiefen Knurren reagierte. „Ich glaube, ich hatte heute nur Frühstück."

„Solange es kein Bikerfrühstück mit einer Kanne Kaffee und einer Schachtel Luckys war, wirst du es überleben", befand Isa, die sich breitbeinig auf einen der Küchenstühle gefläzt hatte.

„Was verschafft uns überhaupt die Ehre deines unerwarteten Besuches?" Kati nahm vier Teller aus dem Bauernschrank und stellte sie auf den blanken Holztisch.

„Erwartet ihr noch mehr Besuch?" Staller hatte drei Bestecke aus der Schublade geholt und stand jetzt verunsichert damit am Tisch.

„Yep." Isa nutzte die Gelegenheit, um einen weiteren ihrer neuen, lakonischen Kommentare abzugeben.

„Sonja wollte zum Essen kommen." Nach einem kurzen Blick auf ihre Uhr fügte Kati hinzu: „Sie müsste eigentlich jeden Moment da sein."

„Oh." Staller wirkte sichtlich überrascht. „Davon wusste ich gar nichts."

„Hast du sie denn heute überhaupt gesprochen?"

„Heute … äh … warte mal. Nein, ich glaube nicht."

„Könnte das damit zusammenhängen, dass du komplett von dieser Idee gefangen bist, dich bei den Rockern einzuschleichen?" Kati klang zwar nicht direkt inquisitorisch, aber trotzdem bereitete ihm ihr Tonfall Unbehagen.

„Ja, deswegen bin ich ja heute hier, weil ich dir davon erzählen wollte."

„Rocker find' ich cool. So outlawmäßig mit Ehrenkodex und so. Alle für einen und einer für alle!" Isa schien die Spannung zwischen Vater und Tochter nicht zu spüren.

„Red keinen Scheiß!", fuhr Kati ihre Freundin unerwartet scharf an. „Zwangsprostitution, Drogen- und Waffengeschäfte, das findest du cool? Außerdem haben die ein total krankes Frauenbild und nehmen auch keine auf."

„Es gibt doch Motorradclubs nur für Ladies, zum Beispiel die Women on Wheels. Oder Clubs, in denen das Geschlecht keine Rolle spielt. Wie der MC Kuhle Wampe." Das MC klang sehr amerikanisiert, etwa wie „"Ämm-Ssieh". Wie immer zeigte sich Isa schon nach kurzer Zeit in ihrem neuen Projekt sehr bewandert.

„Tja, wie bei allen Menschen gibt es auch unter Bikern solche und solche. Und selbst die, die sich Rocker nennen, unterscheiden sich noch ganz gewaltig. Der Club, um den es mir geht, hat zwei Menschen erschossen und ihnen die Nasen abgeschnitten um klarzustellen, dass sie diese nicht in das Revier der Hounds of Hell stecken sollen."

„Okay, das ist definitiv nicht cool", stellte Isa fest.

„Es trägt nicht zu meiner Beruhigung bei, wenn hier von abgeschnittenen Nasen die Rede ist", klagte Kati.

Staller wollte grade eine besänftigende Bemerkung machen, da klopfte es an der Tür. Er entschloss sich also anders und öffnete sie.

„Immer herein in die gute Stube; das Essen ist gleich fertig!", behauptete er kühn.

„Ich hatte mich schon gewundert, warum dein Wagen hier steht!" Sonja Delft, die auch nach einem langen, anstrengenden Arbeitstag frisch und munter wirkte, trat ein und umarmte ihn freudig. Staller spürte die Blicke von Isa und Kati in seinem Rücken und reagierte entsprechend hüftsteif.

„Komm doch erst mal herein", meinte er und löste sich schnell wieder von ihr. Sie lächelte nur vielsagend und begrüßte die Mädels.

„Dein Moped, Isa?"

„Jo."

„Cooles Ding. Muss Spaß machen, damit über die Landstraße zu tuckern."

Bemüht, eine weitere Gender-Diskussion zu vermeiden, übernahm Staller jovial die Gastgeberrolle.

„Was hätten die Damen denn gerne zu trinken?"

„Noch 'n Bier." Isa reagierte knapp und schnell.

„Für mich Wasser, bitte!" Kati trank selten Alkohol.

„Hast du vielleicht einen leckeren Rotwein?" Sonja schenkte ihm ein verführerisches Lächeln, das ihn prompt dazu brachte, den Faden zu verlieren.

„Ein Bier, Saft und Rotwein, kommt sofort."

„Wasser, Paps, Wasser! Du hast nie gekellnert, oder?" Seine Tochter klang amüsiert.

„Hab' ich wohl. Und außerdem war der Saft für mich. Wasser steht doch eh auf dem Tisch." Um Ausreden war er nie verlegen. Das Bier und eine Flasche Apfelsaft – den musste er jetzt ja wohl trinken – holte er aus dem Kühlschrank und den Rotwein aus einem Regal im Flur. In der Zwischenzeit hatte Kati die Auflaufform aus dem Ofen auf ein Holzbrett gestellt und füllte die Teller, während ein betörender Duft nach überbackenem Käse durch die Küche zog.

„Na dann: Guten Appetit!", wünschte Staller, nachdem er allen eingeschenkt hatte.

Das Essen verlief unter belanglosem Geplauder und ohne weitere Peinlichkeiten, sah man mal davon ab, dass Isa nach dem dritten Teller Auflauf und ihrem zweiten Bier ein formidables Bäuerchen an die frische Luft entließ.

„Sorry, aber wer keine Miete zahlt, fliegt raus", kommentierte sie den Fauxpas mit ihrer neuen Lässigkeit. Kati und ihr Vater sahen sich an und unterdrückten ein Grinsen. Das war so typisch Isa!

„Wenn sich von euch jemand erbarmt und Espresso macht, dann räume ich ab", bot Staller an.

„Das war ganz wunderbar, Kati!" Sonja lehnte sich in ihren Stuhl zurück und strich sich matt über den prall gefüllten Bauch. „Soll ich …?"

„Lass nur, ich mach' schon." Kati schaltete den Vollautomaten ein und stellte Espressotassen auf das Heizfeld. Ihr Vater räumte das Geschirr in die Spülmaschine und vergaß auch nicht, die Auflaufform vorher kurz auszuspülen. Dann setzte er sich wieder an den Tisch und suchte nach einem passenden Anfang.

„Ich werde mich sehr bald für einige Zeit rar machen und nicht ohne Weiteres für euch erreichbar sein. Das geschieht allerdings ausschließlich zu eurem und zu meinem Schutz."

„Was bedeutet dieses "nicht ohne Weiteres erreichbar" denn?", wollte Kati wissen.

„Das heißt, dass ich ständig wechselnde Handynummern benutze und darum von euch nicht angerufen werden kann. Das wäre auch ziemlich blöd, wenn ich nämlich gerade mit dem Chef von den Hounds zusammensitze."

„Aber dann wissen wir ja nicht, ob mit dir alles in Ordnung ist!" Sonja runzelte die Stirn und zeigte diese steile Falte über der Nase, die Staller immer an Chrissie, seine verstorbene Frau, erinnerte.

„Das wisst ihr doch sonst auch nicht in jeder Minute. Ich werde mich jeden Tag mindestens einmal von mir aus bei euch melden." Er zog ein schlichtes Mobiltelefon aus der Tasche und legte es vor sich auf den Tisch. „Und zwar unter dieser Nummer hier."

Kati und Sonja blickten sich an.

„Nimm du es", entschied die Moderatorin und schob das Gerät über den Tisch. „Du bist schließlich seine Tochter!"

Kati zögerte einen Moment und schob das Handy dann zurück.

„Nein, es kann ja durchaus sein, dass er Informationen oder sonstige Unterstützung braucht. Und da kannst du ihm bestimmt besser helfen als ich."

„Okay. Ich verspreche dir, dass ich dich immer sofort anrufe, sobald ich etwas von Mike gehört habe."

„Ja, das wäre gut. Denn ich gebe gerne zu, dass mir die Sache nicht so wirklich gefällt."

„Worum geht's hier eigentlich gerade genau?", wollte Isa wissen.

„Mike möchte sich unter einer Tarnung bei den Hounds of Hell einschleichen. Die haben vor kurzem zwei Rocker eines anderen Clubs erschossen. Außerdem sind sie höchst verdächtig, ihre Finger in Drogen- und Waffengeschäften zu haben. Und in illegaler Prostitution und Menschenhandel."

„Und warum verhaftet Thomas die dann nicht, wenn das alles bekannt ist?" Für Kati klang die Geschichte nicht sehr logisch.

„Weil die Polizei viele Dinge zwar genau weiß, sie aber nicht beweisen kann. Bommel würde vermutlich freiwillig bis an sein Lebensende auf Currywurst verzichten, wenn er irgendwas gegen die Höllenhunde in der Hand hätte. Hat er aber nicht. Vor Gericht sind das plötzlich alles liebevolle Pfadfinder, die noch niemals irgendetwas Böses getan haben."

„Und wenn sie wirklich unschuldig sind?" Isa fühlte offenbar eine spontane Solidarität mit den Rockern, die möglicherweise damit zusammenhing, dass sie selbst ja nun ebenfalls begeisterte Bikerin war.

„Sind sie definitiv nicht." Staller berichtete kurz, wie der Präsident der Hounds die Nasen der Toten bei Fiete, dem Chef der Free Riders, abgegeben hatte.

„Aber damit hat er den Mord doch zugegeben", wandte Kati ein. „Warum sagt dieser Fiete nicht aus, was passiert ist und dann wird der Täter verurteilt!"

„Wenn das so einfach wäre! Die Übergabe der Nasen fand unter vier Augen statt, das Gespräch über den Mord ebenso. Selbst wenn Fiete eine offizielle Aussage machen würde – was ausgeschlossen ist – würde Caspar Kaiser, der Präsident der Hounds einfach alles abstreiten. Außerdem hätte er mit Sicherheit für die Tatzeit ein wasserdichtes Alibi. Und schließlich: Wir wissen zwar, dass die Höllenhunde die Morde begangen haben, aber nicht, wer die Tat ausgeführt hat. Vielleicht Kaiser. Vielleicht sein Vize. Aber möglicherweise auch ein Prospect, der daraufhin jetzt bald Full Member wird."

Kati verdaute das Gesagte einen Moment lang und schüttelte dann entsetzt den Kopf. „Das sind ja Zustände wie bei der Mafia!"

„Gewisse Parallelen sind mit Sicherheit vorhanden", räumte ihr Vater ein.

„Und da willst du dich einschleichen?"

„Ich will es zumindest versuchen. Ob es mir gelingt, werden wir sehen. Aber ich hoffe, dass meine Geschichte überzeugend wirkt."

„Wieso musst du das eigentlich machen? Die Polizei beschäftigt doch extra verdeckte Ermittler. Oder sie sucht sich einen V-Mann, der am Ende straffrei ausgeht und den Kronzeugen gibt. Das machen die doch ständig." Kati wollte sich einfach nicht damit abfinden, was für Staller längst beschlossene Sache war.

„V-Leute im Rockermilieu anzuwerben scheint schwierig bis unmöglich zu sein. Und die Sache mit den verdeckten Ermittlern … das ist ein spezielles Problem. Sagen wir mal so: Die Polizisten, die ich kenne – und das sind eine ganze Menge – besitzen nicht die nötige Flexibilität und Authentizität für so einen Auftrag."

„Du meinst, du bist der bessere Rocker als Bommel", warf Sonja mit einem leisen Lächeln ein.

„Das auf jeden Fall!" Staller stellte sich seinen Freund in Lederhose und Kutte vor und lachte herzhaft.

„Was machen die denn mit dir, wenn sie herausfinden, dass du kein Rocker bist, sondern Journalist?", wollte Kati wissen.

„Äh, darüber sollten wir nicht nachdenken. Deshalb gebe ich mir ja so große Mühe, meine Tarnung möglichst perfekt zu gestalten." Der leichte Ton konnte nicht darüber hinwegtäuschen, dass an dieser Frage letztlich alles, auch Stallers Leben, hing.

Kati sah ihren Vater lange Zeit sehr ernst an. Er hielt ihrem Blick stand und versuchte nicht, mit einem lockeren Spruch auszuweichen. So viel war er seiner Tochter schuldig. Schließlich räusperte er sich und sagte: „Ich bin mir der Gefahr bewusst, glaube ich. Und ganz sicher bin ich mir bewusst, dass ich für dich eine Verantwortung trage, die seit Chrissies Tod gewaltig gewachsen ist. Ich verspreche dir hoch und heilig, dass ich sofort abhaue, wenn es wirklich brenzlig wird. Außerdem habe ich praktisch einen persönlichen Aufpasser im Hintergrund." Er berichtete kurz von dem Gespräch mit Peter Benedikt, der speziellen Uhr und dem Mann von Mohammed, der stets bereit stand, ihn zu unterstützen, wenn er Hilfe brauchte.

„Das ist ja ein bisschen wie bei James Bond", zeigte sich Isa beeindruckt. „Cooles Spielzeug!"

Staller überging diesen Einwurf und wandte sich erneut an Kati.

„Das ist für mich eine ganz wichtige Gelegenheit, zwei Fliegen mit einer Klappe zu schlagen. Wenn alles so läuft, wie ich mir das vorstelle, dann kann ich einen bedeutenden Zweig der Organisierten Kriminalität in Hamburg empfindlich treffen. Und gleichzeitig bekomme ich Material für ein sensationelles Feature. Wir können nämlich eine einstündige Sondersendung machen. Das ist eine gewaltige Herausforderung und eine noch größere Chance."

Staller trank zwischendurch von seinem Espresso, dann fuhr er leise fort: „Es ist mir aber wichtig, dass du einverstanden bist, dass ich das mache, Töchterlein. Wenn du strikt dagegen bist, dann blase ich hier und jetzt alles wieder ab."

Sonja und Isa spürten die Bedeutung des Moments und schwiegen beide. Sonja drehte gespannt den Stiel ihres Rotweinglases in der Hand und Isa ließ ihren Blick wie bei einem Tennisspiel immer wieder von Staller zu Kati und wieder zurück wandern.

Kati selbst starrte vor sich auf die Tischplatte und schien in Gedanken versunken zu sein. Fahrig schob sie ihre Espressotasse hin und her. Endlich schien sie einen Entschluss gefasst zu haben.

„Ich hab' mir gerade überlegt, was Mama dir geantwortet hätte", begann sie leise und schob sich gedankenlos eine Haarsträhne aus dem Gesicht. Dabei sah sie ihrer Mutter mit einem Mal sehr ähnlich, wie Staller überrascht feststellte. Bisher war er immer der Meinung gewesen, dass sie viel von ihm geerbt hatte.

„Vermutlich hätte sie es etwa so gesagt: "Du machst ja doch, was du willst, Großer! Aber komm mir heil wieder!" Und ich schätze, besser kann man es nicht formulieren." Katis Stimme schwankte ein wenig. Es war allerdings nicht klar, ob es an der getroffenen Entscheidung oder an der Erinnerung an ihre Mutter lag. Staller jedenfalls war so berührt, dass er aufstand, den Tisch umrundete und seine Tochter fest in den Arm nahm.

„Chrissie wäre ganz sicher stolz auf dich! Und ich bin es sowieso. Ich liebe dich, Töchterlein!"

Isa, die normalerweise eine solche Stimmung mit irgendeinem Spruch unabsichtlich zerstörte, hielt ausnahmsweise den Mund. Und Sonja hatte den Kopf leicht schräg gelegt und beobachtete die Szene zwischen Vater und Tochter wie gebannt. In ihren Augen schimmerte es verräterisch. Zum ersten Mal hatte sie Mike derart emotional erlebt. Auch wenn sie selbst in diesem Moment nicht angesprochen war, spürte sie eine große Wärme in sich. Und das fühlte sich sehr gut an.

Der weitere Abend verlief entspannt und geradezu heiter, besonders als Staller die Ärmel seiner dünnen Fleecejacke hochschob und seine Tattoos zeigte.

„Ernsthaft? Ein Sarg? Und ein Grabstein!" Isa prustete los. „Das ist aber mal richtig old style."

„Ich möchte an dieser Stelle an unsere Diskussion über Selbstverstümmelung erinnern, als du mir vor ein paar Jahren rigoros mein Bauchnabelpiercing verboten hast. Wie passt das denn jetzt zusammen?" Kati war empört.

„Ist das nicht sexy?", witzelte Staller und wedelte mit seinem Arm vor Sonjas Gesicht herum.

„Nein, auf keinen Fall!", befand diese und schob das sogenannte Kunstwerk entschlossen von sich.

„Na gut, ich kläre es auf." Der Reporter zog die Jackenärmel wieder herunter. „Das ist nur aufgesprüht. Hält ein paar Tage, dann ist es schon wieder weg."

„Und wie erklärst du das dann deinen neuen Rockerfreunden?", wollte Sonja wissen.

„Das wird noch mit einer anderen Farbe neu gemacht. Dann hält es ein paar Wochen und das muss reichen. Ansonsten berufe ich mich auf Michael Jackson. Der hat ja auch pausenlos die Farbe verändert."

Isa nutzte das Gelächter über diesen Spruch um ihr T-Shirt über den Kopf zu ziehen. Der Effekt war beachtlich, denn sie hatte nicht nur auf einen BH verzichtet, sondern präsentierte einen rotbraunen Drachen, der fast ihre ganze Vorderseite bedeckte und der drei Häupter besaß, deren Gesichter jeweils als Totenkopf ausgeführt waren. Zwei davon prangten auf ihren Brüsten, der dritte in der Mitte oberhalb davon.

„So macht man ein Tattoo!", bemerkte sie nicht ohne Stolz.

„Isa! Das hast du mir ja noch gar nicht gezeigt!" Kati verschlug es beinahe die Sprache, denn der Körper ihrer Freundin war nicht wiederzuerkennen.

„Hui!" Auch Sonja konnte ihre Überraschung schwer verbergen.

Staller, der es seltsam fand, der Freundin seiner Tochter auf den Busen zu starren, andererseits aber den Blick von dem wirklich kunstvoll gestalteten Tattoo nicht abwenden konnte, stellte die klassische Elternfrage: „Hast du dir das auch gut überlegt?"

Isa, die kein Problem damit zu haben schien sich allen nackt zu zeigen, prustete erneut los.

„Nein, Daddy. Das war eine totale Spontanentscheidung. Eigentlich wollte ich nur Obst und Milch kaufen und dann war da dieser Tattoo-Laden ..."

Sonja erkannte das Offensichtliche und löste die Situation auf.

„Das ist ein Henna-Tattoo, oder? Dann hält das auch nur eine bestimmte Zeit und verschwindet dann wieder vollständig."

„Das sieht irgendwie toll aus. Vielleicht lasse ich mir so etwas auch einmal machen", schmunzelte Kati und warf ihrem Vater einen Seitenblick zu.

„Das zahlst du aber selber!", gab dieser zurück. Dann warf er einen Blick auf seine neue Superuhr, die tatsächlich neben all den tollen Gimmicks auch die Zeit anzeigte und stellte fest: „Kinder, es ist spät geworden. Ich glaube, ich fahre zurück nach Hamburg. Morgen habe ich einen Haufen Arbeit auf dem Zettel. Da brauche ich meinen Schönheitsschlaf."

„Oh, welch plötzlicher Sinneswandel", flötete Kati. „Dabei hast du vorhin doch deine Übernachtungstasche in den Flur gestellt." Sie warf bezeichnende Blicke hinüber zu Sonja und Isa.

„Äh, da habe ich nur ein paar wichtige Dinge für die nächsten Tage drin", redete Staller sich raus.

„Die du natürlich auf keinen Fall im Auto lassen wolltest. Hier – mitten in der Einöde."

„Das war nur so ein Reflex, weil sie auf dem Beifahrersitz stand."

Sonja mischte sich begütigend in das Vater-Tochter-Geplänkel ein.

„Lass mal, Kati. Mike muss sich vermutlich auf seine Rolle als einsamer Wolf vorbereiten. Da ist so ein Übermaß an Weiblichkeit bestimmt hinderlich."

„Genau." Staller nahm die Vorlage dankend an. „Außerdem bin ich ja auch völlig unangemeldet in eure Verabredung hineingeplatzt. Da will ich jetzt nicht weiter stören!"

Er stand auf, verabschiedete sich relativ hastig und lief zur Tür.

„Vergiss deine Tasche nicht!", klang die Stimme von Kati hinterher. Staller, der schon fast draußen war, drehte sich um und fluchte unterdrückt. „Nein, nein, natürlich nicht. Ich bin dann weg, tschüss!"

Das Gelächter der drei Frauen folgte ihm, bis die Tür zufiel.

* * *

Thomas Bombach trat einen Schritt von der weißen Tafel zurück und begutachtete sein bisheriges Tagewerk. Seit er sich entschlossen hatte, bei Ulf Meier, dem Schatzmeister der Hounds of Hell, seine Ermittlungen zu beginnen, hatte er zwar keine nennenswerten neuen Erkenntnisse gewonnen, aber zumindest hatte er das Gefühl etwas Sinnvolles zu tun. Sein Plan sah vor, zunächst alle möglichen Informationen zu sammeln und dann von allen Seiten Druck auszuüben. Es gab genügend Möglichkeiten, wie er dem Rocker auf die Füße treten konnte. Sein Autohandel allein bot schon mehrere Ansatzpunkte. Wie wäre es zum Beispiel mit einer Steuerprüfung durch das Finanzamt? Sollte das Gewerbeaufsichtsamt den Verkaufsplatz nicht einmal überprüfen? Und da fast überall, wo Autos lange standen, Öl oder andere Flüssigkeiten austraten, hätte auch die Umweltbehörde ein Interesse daran, den Platz einmal zu überprüfen. Wenn Meier Fahrzeuge im- oder exportierte, ließe sich auch der Zoll involvieren. Möglicherweise führte keine dieser Maßnahmen zu drastischen Folgen, aber es würde Meier in jedem Fall eine Menge Zeit und Nerven kosten.

Ganz zu schweigen von den Kollegen auf der Straße. Allgemeine Verkehrskontrollen wurden regelmäßig an vielen Stellen in der Stadt durchgeführt. Es musste keine besonderen Gründe geben um ein Fahrzeug anzuhalten und zu überprüfen. Das lag ganz im Ermessen der Streifenpolizisten. Spätestens bei der zweiten Kontrolle in kürzester Zeit wüsste Meier, dass er persönlich gemeint war, und könnte sich doch nicht gegen die lästige Maßnahme wehren. Bombach konnte sich ein Grinsen nicht verkneifen.

„Nanu, so gut gelaunt, Bommel?" Staller hatte das Büro betreten, ohne anzuklopfen, und kam ganz ungezwungen näher.

„Wie kommst du denn hier rein?", fragte der Kommissar erstaunt mit hochgezogenen Augenbrauen. Kein Besucher gelangte so ohne Weiteres in die Räume des Präsidiums. Dafür benötigte man einen Besucherausweis und musste sich am Empfang anmelden. Der Reporter hatte zwar einen Dauerbesuchsausweis, aber die Pförtner hielten trotzdem stets telefonisch Rücksprache.

„Stell dir vor, es gibt noch andere Polizisten, die den Umgang mit mir nicht scheuen. Aber ich wollte diese heiligen Hallen natürlich nicht verlassen, ohne meinem besten Kumpel ein bisschen über die Schulter zu gucken. Und was sehe ich? Du planst eine Charmeoffensive gegenüber deinem Lieblingsrocker, richtig?" Staller zeigte auf das Whiteboard, auf dem Bombach die Punkte zusammengetragen hatte, an denen Meier angreifbar war.

„Das hast du geradezu meisterhaft erkannt, Bob Woodward!", antwortete der Kommissar etwas säuerlich. „Was willst du von mir? Ich bin beschäftigt."

„Dann will ich auch gar nicht lange stören. Ich wollte mich nur verabschieden."

„Verabschieden? Wanderst du vielleicht aus?", fragte Bombach hoffnungsvoll.

„Das hättest du wohl gerne. Nein, aber mein Abtauchen in die letzten Refugien wahrer Männlichkeit rückt nun näher."

„Moment mal. Du meinst es wirklich ernst? Du willst verdeckt bei den Hounds of Hell recherchieren?"

„Ich hab's dir doch gesagt."

„Aber wie hast du das so schnell vorbereitet? Dafür braucht man doch ...", er suchte nach dem passenden Zeitbegriff. „ ... länger!"

„Ja, du vielleicht. Aber ich muss ja keinen ganzen Beamtenapparat in Bewegung setzen. Alles, was ich brauche, ist eine Geschichte, ein Motorrad, ein neues Outfit und eine Basis, von der aus ich operieren kann."

„Und das hast du alles zusammen?"

„Klar. Kleinigkeit." Staller gefiel sich darin, seinen Freund mit der Schwerfälligkeit dessen Behörde aufzuziehen.

Bombach verzichtete auf die Spielchen und starrte den Reporter voller Unverständnis an. „Selbst wenn man bedenkt, dass Geld bei euch keine Rolle spielt, Entscheidungen im Zweifel von dir selbst getroffen werden und du keinerlei Skrupel hast, das eine oder andere Gesetz zu übertreten – das ging schnell. Sehr schnell."

„Du zeichnest zwar ein völlig falsches Bild, aber im Ergebnis muss ich dir recht geben." Staller strahlte unverhohlene Genugtuung aus. „Reden wir drüber?"

Bombach zeigte einladend auf den kleinen Besprechungstisch.

„Da ich dich sowieso entweder irgendwann identifizieren oder dir den Arsch retten muss, wäre es sinnvoll, mich ein bisschen vorzubereiten. Kaffee?"

Staller, der sich sofort so bequem wie möglich auf einen der schlichten Stühle lümmelte, nickte zustimmend. „Und Kekse, falls du sie nicht alle selbst aufgegessen hast."

Innerhalb kurzer Zeit hatte der Kommissar alles Erforderliche organisiert, wobei er für die Kekse tatsächlich einen kleinen Umweg über das Büro eines Kollegen machen musste.

„Darf ich dich gleich mal auf eine der unzähligen Schwachstellen bei deinem Vorhaben hinweisen?", begann er nachdem er ihnen eingeschenkt hatte.

„Nur zu", räumte der Reporter großmütig ein und stippte einen der trockenen Kekse in seinen Kaffeebecher.

„Mal angenommen – und wirklich nur angenommen, denn ich glaube nicht daran – du gelangst wirklich in den Dunstkreis der Höllenhunde, was glaubst du, passiert dann? Erwartest du wirklich, dass sie einem wildfremden Menschen all ihre Geschäfte und Machenschaften präsentieren, frei nach dem Motto: Schau, was wir für tolle Verbrecher sind?"

„Was soll ich dazu sagen?"

„Am besten nichts! Ich sage dir nämlich, was passieren wird: Wenn – also wenn! - sie dir wirklich die alberne Geschichte abkaufen, die du dir vermutlich ausgedacht hast, dann werden sie schön darauf achten, dass du astrein entjungfert wirst, bevor sie dir auch nur einen Joint anbieten!"

Entjungferung bedeutete in diesem Zusammenhang, dass Staller eine kriminelle Tat begehen musste, mit der er bewies, dass er wirklich ein Outlaw war, der sich nicht um Recht oder Gesetz scherte. Eventuelle verdeckte Ermittler konnten sich auf solche Dinge natürlich nicht einlassen. Im Grunde war das die perfekte Methode einen Neuling zu überprüfen. Deswegen wurden solche Aufgaben auch gerne an Prospects delegiert. Zum einen hatten die dann Dreck am Stecken und der Club hatte oft genug die Beweise dafür in der Hand und zum anderen musste sich dann kein Member die Finger schmutzig machen.

„Auch wenn du vermutlich denkst, dass ich keine Bedenken hätte eine solche Probe zu bestehen, weil es mir ja nur um meine Story geht – über das Thema habe ich nachgedacht. Und ich glaube, dass ich eine Lösung habe."

Bombach winkte ab. „Das ist mir jetzt zu ernst für irgendwelche Frotzeleien. Glaubst du wirklich, dass du das Problem lösen kannst, ohne dir die Finger schmutzig zu machen?"

„Ja, das glaube ich."

„Ich höre."

„Den Vortrag habe ich heute schon Peter Benedikt gehalten; ich habe also eine gewisse Routine."

Fast zehn Minuten hörte Bombach sehr aufmerksam zu, wie Staller seinen Plan vorstellte, der ihn im Idealfall in den innersten Kreis der Hounds bringen würde. Als der Reporter am Ende angelangt war, malte der Kommissar mit dem Finger kleine Kreise auf die Tischplatte und ließ sich das Gehörte noch einmal durch den Kopf gehen.

„Für meine Begriffe sind da noch ein Haufen Unwägbarkeiten versteckt. Aber trotzdem – der Plan könnte sogar aufgehen. Wenn man einkalkuliert, dass du im Allgemeinen unglaubliches Glück hast."

„Da verwechselst du aber gerade Glück mit Geschick", grinste Staller. „Jetzt bist du in groben Zügen informiert. Ich werde viel improvisieren müssen, aber das liegt mir ja."

„Wie kann ich Kontakt mit dir halten?"

„Gar nicht. Wie Kati, meine Redaktion und Sonja übrigens auch. Ich muss komplett abgeschnitten sein, sonst ist das Risiko zu hoch, dass irgendjemand sich dafür interessiert, mit wem ich so telefoniere. Wenn es erforderlich ist, werde ich schon einen Weg finden dich zu erreichen."

Er zog ein schlichtes weißes Kärtchen mit einer Telefonnummer und sonst nichts darauf aus der Tasche.

„Das ist die Nummer meines einzigen Verbindungsmannes. Es ist einer von Mohammeds Leuten." Auf Bombachs versuchten Einspruch hob der Reporter abwehrend die Hand. „Ich weiß, dass du unseren libanesischen Freund für nicht sauber hältst. Aber erstens glaube ich, dass du da irrst, und zweitens verfügt er über die Ressourcen, die ich unbedingt benötige. Wenn du eine Nachricht für mich hast, dann sag es ihm bitte."

„Na gut." Bombach willigte ein, ohne völlig überzeugt zu sein. Aber was blieb ihm sonst übrig? „Etwas ganz anderes: Du hast sehr richtig geschlussfolgert, dass ich unserem Freund Meier auf die Pelle rücken will. Keine Ahnung, ob es etwas bringt, aber so sehr viele Optionen habe ich ja nicht. Kollidiert das in irgendeiner Weise mit deinen Plänen?"

„Nein, im Gegenteil. Wenn die Hounds einen gewissen Fahndungsdruck verspüren, sind sie vielleicht eher bereit, einen Außenstehenden in ihre Vorhaben einzubeziehen. Wenn dann etwas schief geht, sind sie selbst fein raus."

„Gut. Dann mache ich erst mal so weiter. Aber zwei Fragen hätte ich doch noch."

„Zwei nur? Heute muss mein Glückstag sein!" Staller nahm sich einen weiteren Keks und grinste breit. „Dann schieß mal los!"

„Mir ist nicht so sehr nach Scherzen zumute", beklagte sich Bombach bedrückt. „Erste Frage: Gibt es irgendeine Möglichkeit, dir diese Idee doch noch erfolgreich auszureden?"

„Das war aber eine rhetorische Frage, Bommel!" Der Reporter schüttelte vehement den Kopf. „Nein, ich ziehe das durch. Und ich bin sicher, dass du am Ende glücklich darüber sein wirst."

„Na hoffentlich. Ich habe allerdings mit so einer Antwort gerechnet. Zweite Frage: Hast du dir schon überlegt, wie die Sache ausgehen könnte? Wir sind hier schließlich nicht in Dodge City. Du kannst ja nicht nach einem Shootout mit Caspar Kaiser in den Sonnenuntergang reiten. Irgendwann kommt wohl doch die Kavallerie ins Spiel – also wir. Irgendeine Idee, wie das funktionieren soll?"

„Nö!"

„Das ist alles? Nö?"

„Ja!"

„Mike, du machst mich wahnsinnig!"

Staller lächelte fröhlich und trank seinen Kaffee aus.

„Bommel, glaub mir, ich weiß, worauf ich mich einlasse. Alles, was sinnvollerweise geplant werden kann, habe ich durchdacht und vorbereitet. Aber es liegt in der Natur solcher Einsätze, dass irgendwann der Punkt kommt, an dem man von Augenblick zu Augenblick reagieren muss. Nur so besteht eine Chance, das Ziel überhaupt zu erreichen. Wenn es soweit ist, werde ich wissen, was zu tun ist."

„Ich kann nicht sagen, dass mich das beruhigt."

„Deshalb bist du ja auch Polizist und ich Reporter. Wir sind unterschiedlich. Aber ich wette mit dir um eine Kiste Roten, dass du mir am Ende recht geben musst. Abgemacht?"

„Das wäre ein Wetteinsatz, den ich gerne bezahlen würde. Die Alternative wäre nämlich, dir die Kiste mit ins Grab zu stellen."

„Wirst du langsam alt? Wo bleibt dein Optimismus?" Staller stand auf und streckte sich. „So, ich hab' noch einen Haufen zu tun."

Auch Bombach erhob sich.

„Du erkennst das vielleicht nicht, aber ich versuche dir nur zu zeigen, dass ich um dich besorgt bin, alter Freund."

„Weiß ich doch. Aber keine Sorge: Ich werde dir noch auf die Nerven fallen, wenn du schon lange pensioniert bist!"

„Immerhin verstehst du es, Abschiede leicht zu machen", brummte der Kommissar und umarmte seinen Freund kurz, aber herzlich.

* * *

Der Mann in der dünnen braunen Lederjacke betrat das Gebäude, in dem "KM – Das Kriminalmagazin" residierte, und blieb dann mitten in der Eingangshalle etwas orientierungslos stehen. Angetrieben von seiner Wut und ohnmächtigen Verzweiflung hatte er sich aufgemacht und nun stand er hier und wusste nicht so recht, wie er vorgehen sollte. Eigentlich hatte er gehofft, dass er Michael Staller auf dem Flur treffen könnte und ihm einfach seine Geschichte erzählen würde. Nun stand er aber in einem geräumigen Entree, das außer einer kleinen Sitzgruppe und einem Getränkeautomaten nur noch einen Empfangstresen beherbergte und beobachtete die tüchtige junge Frau, die eifrig in ihr Headset sprach.

Unentschlossen trat er ein paar Schritte vor, schaffte es damit aber noch nicht die Wahrnehmungsschwelle der Empfangsdame zu überschreiten. Hätte er jetzt eine Mütze gehabt, dann hätte er sie verlegen zwischen seinen Händen drehen können, aber dafür war es eindeutig zu warm. Wenn die Frau am Tresen wenigstens mal aufhören würde zu telefonieren! Aber immer, wenn sie einen Anrufer verabschiedete, drückte sie danach einen kleinen Knopf vor sich und begann ein neues Gespräch.

„Kann ich Ihnen helfen?"

Jutta Brehm hatte das Gebäude betreten, in der Hand eine Papiertüte mit dem Aufdruck einer Bäckerei.

„Ja, äh, danke. Also ich meine: gern!" Überrascht fuhr der Mann herum und blickte unsicher in das freundliche Gesicht der Sekretärin von "KM".

„Und was kann ich für Sie tun?"

Jutta kannte das schon. Immer wieder kamen Menschen direkt in die Redaktion und bekamen dann Angst vor der eigenen Courage. Die vierte Macht im Staate flößte offenbar vielen nach wie vor solchen Respekt ein, dass sie nicht wussten, wie sie mit den Journalisten umgehen sollten. Allerdings gab es auch solche, die mit Vehemenz verlangten, dass dieser oder jener Missstand doch unbedingt ins Fernsehen müsse – das waren meist die Geschichten, die sich am Ende als haltlos erwiesen. Grundsätzlich war der direkte Kontakt zu den Zuschauern durchaus erwünscht. Die Quote an guten Storys, die aus diesem Kontakt entstanden, war allerdings sehr gering.

„Ich wollte eigentlich zu Herrn Staller. Es geht um einen Skandal im Immobilienbereich." Immerhin konnte der Mann sein Anliegen klar formulieren, war also schon mal kein kompletter Spinner. Auch solche fanden ihren Weg in die Redaktion und brachten dann Verschwörungstheorien vor, dass zum Beispiel die Wasserwerke ihrem Produkt geheime Stoffe beimischten, die alle Menschen langsam vergiften sollten.

„Herr Staller ist gerade nicht im Hause. Aber kommen Sie doch trotzdem mit! Ich bringe Sie zu unserem Chef vom Dienst. Der ist sowieso dafür zuständig zu entscheiden, welche Geschichten wir aufgreifen. Hier entlang, bitte!"

Jutta Brehm deutete auf die Treppe. Das war eine wunderbare Gelegenheit, dem unbeliebten CvD eins auszuwischen. Der hasste es nämlich, direkten Kontakt zu den Zuschauern zu haben. In seiner Wahrnehmung waren die, die auf die Redaktion zugingen, nämlich alles Verrückte, die ihm stundenlang die Zeit stahlen. Obwohl er natürlich wusste, dass ganz gelegentlich eine wirklich tolle Story für "KM" dabei heraussprang.

„Worum geht es denn bei Ihrem Skandal?"

„Wir hatten neulich einen Wasserschaden bei uns im Haus. Komischerweise war der Raum, in dem sich der Hauptwasserhahn befand, aber abgeschlossen und bei der Hausverwaltung war niemand erreichbar. Es hat Ewigkeiten gedauert, bis das Wasser schließlich von der Feuerwehr abgedreht wurde. Das hatte zur Folge, dass das gesamte Gebäude so durchnässt wurde, dass es jetzt komplett saniert werden muss. Wir sind praktisch obdachlos."

„Das ist ja sehr bedauerlich, aber klingt das nicht eher nach großem Pech als nach einem Skandal?"

„Das ist doch alles absichtlich so geplant worden, damit der Hausbesitzer jetzt eine Luxussanierung durchführen kann. Und hinterher steigt entweder die Miete in astronomische Höhen oder die Wohnungen werden sogar in Eigentum umgewandelt."

Jutta Brehm nickte mitfühlend. „Das ist sicher sehr schlimm für Sie! Ich bringe Sie jetzt zu Herrn Zenz, dem können Sie alles ganz in Ruhe erzählen. Wie ist denn Ihr Name?"

„Brandt. Mit Dee-Tee am Ende."

Inzwischen waren sie auf den Redaktionsflur eingebogen und die Sekretärin klopfte höflich an die Bürotür des CvD. Sein geknurrtes "Herein" klang zwar nicht gerade einladend, aber das sollte ja nicht ihr Problem sein. Sie öffnete die Tür.

„Hallo Helmut! Ich habe hier einen Besucher für dich, der dir von einem Immobilienskandal berichten möchte. Das ist Herr Brandt." Sie schob den Besucher ins Zimmer und weidete sich einen Augenblick an der resignierten Miene von Zenz. Dann drehte sie sich um und schloss leise die Tür hinter sich. Sie warf einen kurzen Blick auf ihre Uhr. Wie lange würde Herr Brandt – mit Dee-Tee – den Chef vom Dienst wohl von seiner eigentlichen Arbeit abhalten? Leise kichernd begab sie sich in ihr Büro.

Zwei Türen weiter saß Sonja Delft an ihrem Schreibtisch und kaute auf einem Kugelschreiber herum. Ihre eigentliche Aufgabe bestand darin, einen Moderationstext für eine Serie von Einbrüchen in Wohngebieten am Rande der Stadt zu schreiben. Aber sie konnte sich einfach nicht auf das Thema konzentrieren. In Gedanken malte sie sich immer wieder aus, wie Mike zwischen lauter Kriminellen und Gewalttätern herumlief und Beweise für den Doppelmord suchte. Wenn er seinen Job ernst nahm – und das tat er garantiert – dann musste er sich förmlich durch Fragen oder Beobachten verdächtig machen. Und was Motorradgangs mit Verrätern zu machen pflegten, war hinreichend bekannt und endete auf jeden Fall im Leichenschauhaus. Sofern der Körper gefunden wurde, versteht sich. Die Angst um Staller brachte sie dazu, einmal mehr über ihre Gefühle ihm gegenüber nachzudenken.

Als Kollege war er ein absoluter Glücksfall. Immer zuverlässig, hilfsbereit und ideenreich. Er hatte früh das Potenzial von Sonja erkannt und sie zu seiner Assistentin gemacht. Schon bald hatte er ihr weitgehend selbstständig zu erledigende Aufgaben zugeteilt und stand bei Zweifeln und Fragen stets unterstützend an ihrer Seite. Er konnte zuhören und – was nicht selbstverständlich war – seine eigene Meinung revidieren, wenn man ihm vernünftige Argumente lieferte. Mike war es auch gewesen, der schließlich vorgeschlagen hatte, dass sie die Moderation der Sendung von ihm übernehmen sollte, als er wieder mehr auf die Straße und an die Tatorte wollte. Das hatte nicht nur ihr Renommee erheblich gesteigert, sondern ihr auch eine satte Gehaltserhöhung eingebracht. Für all das war sie ihm wirklich dankbar.

Darüber hinaus war er aber auch ein wunderbarer Mann mit einem ausgeprägten Gerechtigkeitssinn und einem großartigen Gespür für seine Mitmenschen. Seine Empathie erweckte Vertrauen und er enttäuschte dieses Vertrauen nie. Mit seiner humorvollen Art machte der Umgang mit ihm Freude und seine spontane Begeisterungsfähigkeit ließ niemals Langeweile aufkommen. Und obwohl er es nie betonte, war ihr klar, dass er für seine Freunde, zu denen sie sich sicher zählen durfte, jederzeit sein letztes Hemd geben würde.

So weit war das alles ja noch ganz einfach. Aber mehr und mehr stellte sie fest, dass sie ihn nicht nur als Kollegen und Freund schätzte, sondern sich darüber hinaus auch als Frau von ihm angezogen fühlte. Mit seiner großen, lässigen Erscheinung, dem lausbubenhaften Grinsen und vor allem seinen freundlichen, lebendigen Augen wirkte er ausgesprochen sexy auf sie, wie sie dem leichten Ziehen in ihrem Körper, das sich nur beim Gedanken an ihn einstellte, entnehmen konnte. Anders gesagt: Sie hatte sich im Laufe der Zeit mehr und mehr in ihn verliebt.

Ärgerlich warf sie den angekauten Kuli auf den Schreibtisch. Jetzt hatte sie es zum ersten Mal, wenn auch nur in Gedanken, geradeheraus ausgesprochen. Das verbesserte die Situation kein bisschen. Ihre Angst wurde dadurch höchstens größer. Gab es doch nicht nur einen Kollegen oder Freund zu verlieren, sondern den Menschen, der ihr Herz auf ganz besondere Weise berührte.

Mit einem Seufzer lauschte sie auf die Stimme in ihrem Innersten und dachte an die wechselvolle Beziehung zu Mike. Manchmal, wenn er sich unbeobachtet fühlte, ruhten seine Augen so liebevoll auf ihr, dass sie keinerlei Zweifel an seinen Gefühlen hegte. Aber wenn sie ihn drängte, ihrem Herzen Luft verschaffte und ihrer Zuneigung Raum und Sprache schenkte, dann glitt er ihr wie feiner Sand aus den Händen. Natürlich wusste sie, dass der Tod seiner geliebten Frau, der verlorene Kampf gegen den verdammten Krebs und ihr Suizid, bei dem sie nicht sicher war, welche Rolle er dabei gespielt hatte, Narben in seine Seele gefräst hatten wie ein gnadenloses, spitzes Werkzeug. Seine Bindungsangst war ebenso offensichtlich wie seine Zuneigung zu ihr. Aber wie konnte sie ihn aus diesem Dilemma erlösen? Gar nicht. Und das wusste sie auch. Eines schönen Tages musste er selbst erkennen, dass es ihm überhaupt nichts nützte, den Kopf in den Sand zu stecken. So lange musste sie Geduld haben. Oder sich einen anderen Mann aussuchen. Aber im Moment wollte sie das nicht.

„Störe ich?"

Hannes, der gleichermaßen junge wie vielversprechende Volontär, steckte seinen Kopf durch die Tür.

„Aber nein, komm rein!" Sie war sogar glücklich, dass er sie aus diesen komplizierten Gedankengängen herausgerissen hatte. Sie pflegte sich in ihnen zu verlieren, ohne die Chance auf einen Erkenntnisgewinn.

„Was gibt es denn?"

„Ich stecke irgendwie in einer Zwickmühle und könnte einen Rat gebrauchen. Normalerweise frage ich dann Mike, aber der ist ja im Moment nicht da."

„Und stattdessen kommst du jetzt zu mir? Na, das ehrt mich doch. Wo liegt denn das Problem?"

„Ich habe mitbekommen, wie Zenzi einen Besucher abgebügelt hat, der uns eine Geschichte bringen wollte. Helmut hat heute wieder eine echte Scheißlaune und deshalb bin ich dem Typen hinterher und habe mir seine Story auch noch einmal erzählen lassen."

„Nur, dass du zu dem Schluss gekommen bist, dass du dich doch mal darum kümmern solltest?"

„Ja, genau. Und nun habe ich das Problem, dass Zenzi die Geschichte weggeworfen hat und ich sie gern wieder ausgraben würde. Was soll ich denn nun machen?"

„Worum geht es denn dabei?"

„Der Typ erzählt von einem Mietshaus, in dem es einen Wasserschaden gegeben hat. Normalerweise kein großes Ding. Aber dort lief es so seltsam ab, dass praktisch das ganze Haus unter Wasser stand, bevor jemand an den Hauptwasserhahn kam. Der Schaden war ganz oben. Die Wohnung darunter war gerade leer. Der Technikraum war abgeschlossen, der Notdienst nicht erreichbar, in der Zentrale lief nur ein Band – ziemlich viele Zufälle also."

„Das klingt komisch, aber wo siehst du denn dabei die Geschichte für uns?"

„Durch diese Verkettung seltsamer Umstände ist das Haus praktisch unbewohnbar geworden und muss aufwendig saniert werden. Und wie es einer dieser unzähligen Zufälle will, ist der Block erst vor kurzer Zeit von der Stadt an eine private Gesellschaft verkauft worden." Hannes machte eine bedeutsame Pause.

„Ja, das ist vielleicht ein Zufall zu viel." Sonja kräuselte nachdenklich die Lippen. „Da könnte der Verdacht aufkommen, dass entweder die Mieten bald explodieren oder gar die Mieter durch Eigentümer ersetzt werden. Und die private Baugesellschaft hat einen schnellen Gewinn gemacht."

„Exakt. Das sind natürlich alles Dinge, die schwer zu beweisen sind. Aber ich glaube, dass sich der Zuschauer für so eine Gemeinheit interessiert."

„Auf jeden Fall. Die große Wohnungsbaugesellschaft gegen den kleinen Mieter. Das schafft Sympathien."

„Aber was soll ich nun unternehmen?"

„Geh der Sache nach. Sprich mit anderen Mietern. Nimm die Gesellschaft unter die Lupe. Hat sie noch andere Häuser mit ähnlich auffälligen Vorkommnissen? Gab es schon mehr Umwandlungen von Wohnraum?"

„Aber was ist, wenn Zenzi das merkt?"

„Na und? Du sollst doch ständig selber Themen ausgraben. Du darfst nur deine anderen Berichte nicht vernachlässigen. Aber das schaffst du leicht. Es geht ja erst mal um ein bisschen Hintergrundrecherche. Und mit den entsprechenden Fakten kannst du das Thema prima wieder in der Konferenz vorschlagen."

Dankbar warf Hannes der Moderatorin eine Kusshand zu. „Danke, du bist die Beste!" Dann stürmte er davon.

Sonja, ein amüsiertes Lächeln auf den Lippen, wandte sich wieder ihrem Moderationstext zu. Die kleine Ablenkung hatte ihr gut getan.

* * *

Der Fahrtwind war warm und liebkoste seine tätowierten Unterarme, die frei aus dem aufgekrempelten Flanellhemd hervorlugten. In den Fingern mit den dicken Silberringen spürte er das kraftvolle Vibrieren des Motors, der zwischen seinen Beinen mit dumpfem Grollen zuverlässig seine Arbeit verrichtete. Die Auspuffanlage diente offensichtlich mehr optischen als physikalischen Zwecken. Jedenfalls dämpfte sie das Stampfen der Kolben nur unwesentlich. Schon nach wenigen Kilometern hatte er sich an die ungewohnte Haltung gewöhnt und fühlte sich im Sattel seiner Harley mehr und mehr heimisch. Wenn man sich das Motorrad wegdachte, dann sah er vermutlich aus wie ein Weitspringer beim Flug in die Grube. Die Arme waren nach vorne oben durchgestreckt und die Hände lagen fast in Kopfhöhe auf den Griffen des Hochlenkers. Durch die weit vorverlegte Fußrastenanlage, waren auch die Beine fast gerade nach vorne gestreckt und reichten bis vor den Motor. Auf den Soziussitz hatte er einen großen Sack geschnallt, an den er sich bequem anlehnen konnte.

Auf dem Kopf trug er einen mattschwarz lackierten Halbschalenhelm und eine große, verspiegelte Sonnenbrille. Den überwiegenden Rest des Gesichts und weite Teile des Halses versteckte ein formidabler, dunkelblonder Vollbart. Sichtbar blieben im Grunde nur die Nase und die Ohren, sowie ein fingerbreiter Streifen Stirn.

Vor einer roten Ampel in der Kieler Straße trat er mehrmals auf die Schaltwippe, bis er den Leerlauf erreicht hatte. Den anderen Fuß stellte er zum Abstützen auf den Asphalt. Das schwarze Leder und die großen Chromringe der Bikerboots glänzten in der Sonne. Die mittelblauen Jeans wirkten, als ob sie eine Wäsche vertragen könnten und die schwarze Lederkutte erzählte von vielen Jahren, die sie Wind und Wetter getrotzt hatte.

Als die Ampel umsprang, trat Staller den ersten Gang ein, ließ die Kupplung kommen und drehte den Gasgriff halb auf. Die Harley beschleunigte mühelos und unter donnerndem Getöse. Er schaltete weiter hoch und hielt mit niedriger Drehzahl die Tachonadel bei knapp sechzig Stundenkilometern. Es war kein guter Zeitpunkt, um in eine Verkehrskontrolle zu geraten.

Kurz darauf betätigte er den Blinker und bog rechts in die gepflasterte Auffahrt zum Campingplatz ein. Wer den Ort nicht kannte, wäre arglos vorbeigefahren. Zwischen Wohnhäusern und kleinen Geschäften konnte kein normaler Mensch mit einem Campingplatz rechnen.

Er stellte seine Maschine direkt neben dem gemieteten Wohnwagen ab und schloss die schmale Kunststofftür auf. Diese wenigen Quadratmeter würden nun bald für eine längere Zeit sein Zuhause sein. Die Einrichtung war nüchtern, zweckmäßig und nicht mehr ganz neuwertig. Aber er hatte ein Bett zum Schlafen, einen Tisch mit Bank und sogar eine winzige Nasszelle. Der Küchenbereich bot die Gelegenheit Kaffee und einfache Gerichte zu kochen und ein Minikühlschrank beherbergte eine sehr sparsame Grundausstattung an Lebensmitteln.

Er warf seinen Packsack auf den Tisch und inspizierte die Stauräume. Für seine Bedürfnisse waren sie mehr als ausreichend. Die wenigen Wäschestücke und persönlichen Gegenstände waren schnell untergebracht. Einige andere Dinge benötigten einen etwas sichereren Ort. Nachdenklich sah er sich im Wohnwagen um. Der Raum war natürlich zu beschränkt um ein wirklich gutes Versteck zu bieten, aber ihm kam es mehr darauf an, dass bestimmte Sachen nicht auf den ersten Blick oder eine flüchtige Untersuchung aufzufinden waren. Schließlich entschied er sich für den kleinen Schrank unter der Kochzeile. Zwischen dem Spülbecken und der Außenwand war gerade soviel Platz, dass er die entscheidenden Dinge mit Klebeband so befestigen konnte, dass sie nur mit Mühe und unter großen Verrenkungen ertastet werden konnten. Aufmerksam betrachtete er sein Werk. Die Vorbereitungen waren weitgehend und zu seiner Zufriedenheit beendet. Er warf seine Kutte und den Helm auf die Sitzbank und schob die altmodischen Stoffgardinen vor den Fenstern zurück, um einen kurzen Blick über den Platz zu werfen. Momentan war kein Mensch zu sehen.

Sorgfältig verschloss er den Wohnwagen und verließ das Gelände zu Fuß. Mit etwas Mühe überquerte er die Kieler Straße und stieg in seinen Pajero, der auf dem Parkstreifen vor einer heruntergekommenen Kneipe stand. Eine letzte Aufgabe wartete noch auf ihn. Dann konnte der Tag X kommen. Morgen würde es soweit sein.

* * *

„Vielen Dank, Kollege. Du hast einen gut bei mir!"

Bombach legte den Telefonhörer auf. Dies war der letzte in einer ganzen Reihe von Anrufen gewesen, mit denen er bei den unterschiedlichsten Stellen und Ämtern versucht hatte, Druck gegen Ulf Meier aufzubauen. Der wird sich wundern, dachte der Kommissar mit einer gewissen hämischen Vorfreude. Viele Besucher wird er bekommen – und keiner wird ihm willkommen sein. Wenn er Meier schon nicht verhaften konnte, so wollte er ihm wenigstens gehörig auf die Nerven gehen. Der offizielle Weg war steinig und lang und würde vermutlich nie zum Ziel führen. Aber wozu hatte man ein Netzwerk verständnisvoller Kollegen, die jeder ihren individuellen Spielraum hatten? Und Meier würde schon nicht zum Polizeipräsidenten gehen und sich beschweren, dass er gemobbt würde.

Für den Anfang war Bombach nun wichtig, dass der Rocker auch genau wusste, wem er die Unbequemlichkeiten der nahen Zukunft zu verdanken hatte. Deshalb hatte er diesen letzten Anruf getätigt. Nun musste er sich nur noch ins Auto setzen und warten, dass Meier seinen Autohandel verließ.

Zwanzig Minuten später hatte der Kommissar seinen alten Beobachtungsposten gegenüber dem Autohandel wieder eingenommen und hoffte auf ein bisschen Glück. Zumindest war Meier vor Ort, denn sein dunkler Geländewagen parkte auf dem Platz und die Tür zum Büro stand, vermutlich wegen des warmen Wetters, weit offen. Gelegentlich konnte man Meier im Inneren hin- und hergehen sehen.

„Jetzt wäre ein guter Zeitpunkt für einen Termin außerhalb", schickte Bombach ein leises Stoßgebet gen Himmel und stellte sich trotzdem auf eine längere Wartezeit ein. Aber zumindest heute lief es gut für ihn, denn schon eine knappe Viertelstunde später erschien Meier in der Tür des Büros und schloss ab.

Bombach nahm sein Handy und wählte die eingespeicherte Nummer.

„Es geht los. Schwarzer Mercedes Geländewagen, Nummer HH-UM-3874. Er fährt vermutlich Richtung Holstenstraße."

Meier fuhr zunächst seinen Wagen so weit auf den Fußweg, dass er das Tor zu seinem Gelände schließen konnte. Offenbar fiel ihm aber noch etwas ein, denn er ging noch einmal zurück zum Büro und kam wenig später mit einer schwarzen Aktenmappe wieder heraus. Mit geradezu diebischem Vergnügen beobachtete der Kommissar, wie in der Zwischenzeit ein Streifenwagen langsam die Straße entlang fuhr und auf der Ausfahrt so anhielt, dass er den Mercedes von Meier blockierte. Das klappte ja besser, als er gehofft hatte! Meier hatte den Motor laufen lassen, was – genau genommen – nicht erlaubt war.

Die beiden Polizisten stiegen aus und gingen gemächlich zu dem Geländewagen. Der eine von ihnen öffnete die Fahrertür und schaltete den Motor aus. Dann zog er den Schlüssel ab. Der andere umrundete den Wagen und kniete sich nieder um das hintere Nummernschild genau zu inspizieren. Jetzt erschien Meier und redete gestikulierend auf die Polizisten ein. Aber die schienen sich überhaupt nicht aus der Ruhe bringen zu lassen und schüttelten nur ernst und gemessen den Kopf. Ach, wenn er doch nur das Gespräch mithören könnte!

Jetzt suchte Meier offensichtlich in seinen Taschen nach Führerschein und Fahrzeugpapieren. Seine Miene drückte mühsam zurückgehaltenen Zorn aus. Aber was sollte er machen? Schließlich fand er die erforderlichen Dokumente und händigte sie dem Streifenpolizisten aus. Dieser begab sich damit zum Streifenwagen und setzte sich hinein. Offenbar wollte er die Daten überprüfen lassen. Meier hatte aber keine Zeit, sich über diese vermeintliche Schikane aufzuregen, denn nun beschäftigte ihn der zweite Beamte. Augenscheinlich zähneknirschend begann Meier in seinem Kofferraum zu suchen und förderte schließlich ein Warndreieck und einen Verbandskasten zutage, den der Polizist sorgfältig überprüfte, bevor er widerstrebend nickte. Dann sagte er aber noch etwas, woraufhin Meier den Rest des Wagens untersuchte. Ob es womöglich um eine Warnweste ging? Bombach grinste wie ein Honigkuchenpferd und rechnete im Kopf zusammen. Unnötige Lärm- und Abgasbelästigung – zehn Euro. Keine Warnweste mitgeführt – fünfzehn Euro. Und die Kollegen waren mit ihrem Latein noch nicht am Ende. Meier musste sich hinter das Steuer setzen und nacheinander Lichter und Blinker vorführen. Durch die Frontscheibe konnte Bombach sein verkniffenes Gesicht gut beobachten. Meier schäumte vor Wut. War sein Termin womöglich dringend?

Der Kommissar startete seinen Wagen und wendete bei der nächsten Gelegenheit. Dann fuhr er auf der Gegenseite langsam zurück, bis er hinter dem Streifenwagen anhielt. Mit dem elektrischen Fensterheber öffnete er die Seitenscheibe auf der Beifahrerseite. So wartete er einige Sekunden, bis Meier wieder ausstieg und sich ihre Blicke trafen. Bombach führte die ausgestreckten Zeige- und Mittelfinger seiner rechten Hand bis dicht vor seine

Augen und deutete dann mit gleicher Geste auf Meier. Dann wiederholte er die Bewegung. Dazu nickte er langsam und bestätigend. Die Botschaft war klar. Und Meiers grimmige Miene zeigte, dass er verstanden hatte.

* * *

„Watt, wer bist du denn?"

Kati Staller starrte ihren Vater mit weit aufgerissenen Augen an und konnte nicht fassen, was sie sah.

„Gefällt es dir, Töchterlein?" Der Reporter grinste vermutlich breit. So genau konnte man das unter dem wilden Bart allerdings nicht ausmachen.

„Es ist ... äh ... sagen wir mal: anders!" Immerhin klappte sie ihren Mund jetzt wieder zu. Dann ging sie einige Male um ihn herum und beäugte ihn sorgfältig. „Auf jeden Fall verändert es dich so sehr, dass man schon extrem genau hinschauen muss, um dich zu erkennen."

„Das ist gut. So sollte es nämlich auch sein." Staller warf einen sehnsüchtigen Blick zum Herd. „Gibt es hier zufällig eine richtige Mahlzeit?"

„Wenn du kurz in den Wald gehst und ein Wildschwein erwürgst – klar!" Kati bemerkte die Enttäuschung in seinen Augen und wurde wieder ernst. „Natürlich können wir etwas essen. Worauf hast du denn Appetit?"

Gemeinsam inspizierten sie den gut gefüllten Kühlschrank und entschieden sich schließlich für ein asiatisches Gericht mit vielen verschiedenen Gemüsen, Hähnchenfleisch und Reis. Sie harmonierten prima als Kochteam und bald durchzog ein würziger Duft nach Ingwer und exotischen Gewürzen die Küche. Während sie noch darauf warteten, dass der Reis gar wurde, entkorkte Staller eine Flasche chilenischen Cabernet Sauvignon und schenkte zwei bauchige Rotweingläser davon ein.

„Was ist eigentlich mit Isa?"

„Die wollte mal in ihrer Wohnung nach dem Rechten sehen und noch ein paar Sachen holen. Sie kommt morgen wieder." Kati beschloss, dass das Essen jetzt fertig sei und stellte die große Pfanne und den Reistopf auf den Tisch. Staller füllte zwei Teller und schenkte ihnen auch Wasser ein.

„Ich fände es ganz gut, wenn ihr noch eine Zeit hier draußen bleiben würdet. Ihr habt doch jetzt frei, oder?"

„Schon, aber warum möchtest du das? Nicht, dass es hier nicht schön wäre, aber es interessiert mich doch."

„Es gibt keinen richtigen Grund. Ich habe einfach das Gefühl, dass du hier weit aus der Schusslinie bist. Normalerweise rechne ich nicht mit ernsthaften Problemen, aber wenn doch etwas schief geht und jemand mich erkennt, dann wäre mir wohler, wenn du nicht in Hamburg wärst."

Kati blickte ihn misstrauisch an.

„Ist die Sache vielleicht doch etwas gefährlicher, als du zugeben willst?"

Er zuckte die Schultern.

„Eigentlich nicht. Aber man weiß ja nie, was alles passiert. Ich will dich ja auch gar nicht bevormunden. Du tust eh, was du willst. Es wäre mir einfach lieb, wenn ich wüsste, dass du hier in Sicherheit bist."

Sie dachte einen Moment über das Gesagte nach.

„Okay. Wenn dich das beruhigt, bleiben wir erst mal hier. Also meistens. Ein paar Sachen möchte ich schon in Hamburg machen."

„Es wäre gut, wenn du abends wieder hierher zurückkommst und nicht in unserer Wohnung dort übernachtest."

„Das kriege ich hin." Sie lächelte ihn liebevoll an. „Ich weiß ja, dass du das nicht vorschlägst, um mich zu ärgern. Darf ich dich auch um etwas bitten?"

„Klar, jederzeit."

Kati drückte seine Hand und fixierte ihn mit ernster Miene.

„Sei bitte wirklich sehr vorsichtig. Du erzählst mir zwar sowieso nicht, was du genau vorhast, aber denk bitte daran, dass wir dich heil wiederhaben möchten."

„Wir?" Staller schmunzelte.

„Du weißt ganz genau, dass Sonja sich ebenso viele Sorgen macht wie ich." Tadelnd hob sie den Zeigefinger. „Und tu nicht immer so, als ob dir das egal wäre. Ist es nämlich nicht, so!"

„Hast du schon mal überlegt, ob du Psychologie studieren möchtest, Töchterlein?", fragte Staller belustigt.

„Könnte ich bestimmt. Denn ich erkenne zum Beispiel ganz schnell, dass du sofort ein Ablenkungsmanöver startest, wenn ich Sonja erwähne."

„Tatsächlich? Aber egal – ich weiß deine … eure … Sorge zu schätzen. Und ich habe ja schon versprochen, dass ich sehr vorsichtig sein werde.

Dein neues psychologisches Gespür sollte dir eigentlich sagen, dass ich ganz schön am Leben klebe."

„Ich wünschte mir zwar, dass du einmal ernsthaft auf meine Sorgen antworten würdest, aber ich kaufe dir ab, dass du dir Mühe gibst. Mehr kann ich wohl momentan nicht erwarten."

„Ein alter Hund lernt keine neuen Kunststücke mehr", befand Staller und prostete seiner Tochter augenzwinkernd zu. Danach ließen sie das Thema ruhen. Dies war vermutlich für einige Zeit ihr letzter gemeinsamer Abend und den wollten sie noch einmal genießen. Erst als es ziemlich spät geworden war und beide schon gähnten, kam Kati noch einmal auf das Thema zurück.

„Wie geht es denn nun konkret weiter bei dir?"

„Morgen werde ich versuchen, Kontakt zu den Hounds of Hell herzustellen. Das bedeutet, dass ich von da an in meinem neuen Domizil leben werde."

„Das heißt, von da an bist du für uns verschwunden?"

„Genau. Aber ich hatte ja versprochen, dass ich mich jeden Tag melde."

„Hast du keine Angst? Ich meine – du hast es mit ziemlich harten Jungs zu tun, oder?"

„Direkt Angst – nein. Natürlich bin ich etwas unsicher, weil ich nicht genau weiß, was passieren wird. Aber wahrscheinlich wird mein größtes Problem die Langeweile sein. Denn ich lebe ja nicht mit denen zusammen. Also wird es vermutlich einige lange, einsame Abende in meinem Wohnwagen geben. Ich kann ja nicht ins Büro oder so."

„Du armer Kerl!" Richtig mitleidig klang Kati nicht. „Hast du dich übrigens von Sonja verabschiedet?"

„Verabschiedet? Wieso? Ich wandere doch nicht aus."

Sie rollte verzweifelt mit den Augen.

„Herr im Himmel, was bist du nur für ein Torfkopp!"

„Also bitte!"

„Nein, ehrlich. Das ist ja nun das Mindeste, was du tun kannst! Was ist, wenn du ein paar Wochen lang weg bist?"

Staller blickte kleinlaut auf den Tisch vor sich. „Meinst du ...?"

„Allerdings, unbedingt! Du musst das dringend nachholen."

„Ich rufe sie morgen an", brummelte er.

„Wehe, du vergisst es!" Kati klang sehr energisch.

„Werde ich nicht. Und jetzt muss ich ins Bett. Meine letzte Nacht in Freiheit." Er stand auf und umarmte seine Tochter liebevoll.

„Danke für dein Verständnis! Schlaf gut."

* * *

Der Mond war wolkenverhangen und das Wohnhaus lag komplett dunkel und ruhig im trüben Schein der Straßenlaternen. Eine einzelne Gestalt glitt ebenso lautlos wie unbemerkt in den Schatten des Hauseingangs. Minimales Licht spendete hier nur die von innen beleuchtete Hausnummer. Der Mann warf einen kurzen prüfenden Blick zurück auf die Straße. Es war niemand zu sehen und auch die umliegenden Häuser waren unbeleuchtet. Offenbar war er völlig unbemerkt geblieben. Zufrieden wandte er sich wieder der Tür zu und zog einen Schlüssel aus der Hosentasche. Seine Hände steckten dabei in dünnen Handschuhen aus Funktionsmaterial, die die Finger eng umschlossen und den Tastsinn wenig beeinträchtigten. Ohne Schwierigkeiten drehte er den Schlüssel zweimal und registrierte nebenbei, dass die Hausordnung - "Nach 20 Uhr muss die Tür abgeschlossen werden" - brav eingehalten wurde.

Er selbst ignorierte diese Anweisung und verzichtete auch darauf, das Licht im Treppenhaus einzuschalten. Eine bleistiftdünne Taschenlampe diente ihm zur Orientierung. Auf leisen Gummisohlen schlich er die Stufen hinauf. In jedem Stockwerk machte er eine kleine Pause um in die Wohnungen hineinzuhorchen. Nirgendwo konnte er ein Geräusch ausmachen, welches ihm angezeigt hätte, dass jemand wach war. Allerdings hätte ihn das auch gewundert. Zwei Uhr nachts war die vielleicht geeignetste Uhrzeit, wenn man Wert darauf legte ausschließlich Schläfer vorzufinden.

Als er das oberste Stockwerk erreicht hatte, richtete er den Lichtstrahl an die Decke. Ein längliches Rechteck mit einer Öse an der kurzen Seite zeigte an, dass hier eine Bodentreppe auf den Dachboden führte. Ein kurzer Blick nach allen Seiten offenbarte in einer Ecke den gesuchten Holzstab mit dem Haken daran, mithilfe dessen sich die Bodenluke öffnen ließ. Ganz vorsichtig führte er den Haken in die Öse und zog probehalber leicht. Überraschenderweise gab die Luke sofort nach und ließ sich ohne aufdringliches Quietschen öffnen. Nun klappte er die Bodentreppe aus und stellte sie geräuschlos auf den Steinfußboden. Bis hierhin war alles kinderleicht gegangen.

Vorsichtig betrat er die steile Treppe. Ein leises Knarren ließ sich nicht vermeiden. In der Stille des Treppenhauses wirkte es unnatürlich laut. Der Mann verharrte kurz und wartete auf irgendeine Reaktion. "Sei kein Blödmann!", schalt er sich. Alle Bewohner des Hauses schliefen. Dieses minimale Geräusch könnte keinesfalls jemanden wecken.

Zügig erklomm er daraufhin die restlichen Stufen. Der Rucksack behinderte ihn kaum. Lediglich als er sich durch die Öffnung presste, blieb er für einen Moment am Schließmechanismus der Klappe hängen. Aber mit einer kleinen Drehung hatte er sich schnell wieder befreit.

Oben angekommen suchte er den Lichtschalter. Er wusste, dass es keine Dachfenster gab. Deshalb entschloss er sich, die Ovalleuchte mit dem Metallschutzgitter einzuschalten. Die 40-Watt-Birne sorgte für eine äußerst sparsame Beleuchtung, die kaum bis in das darunterliegende Stockwerk reichte, ihm aber eine grobe Orientierung im Raum ermöglichte.

Der Dachboden war zu niedrig, um irgendetwas Sinnvolles mit ihm anzufangen. Hier konnte man keine Wäscheleinen spannen und auch keine Tischtennisplatte aufstellen. Es gab lediglich den Zugang zum Schornstein, gedämmte Dachschrägen und eine Vielzahl von Kartons auf den staubigen Holzdielen. Da man den Raum sonst nicht nutzen konnte, war man in der Hausgemeinschaft offenbar überein gekommen, ihn als Abstellfläche für selten oder nie gebrauchte Dinge zu verwenden. Und weil wegen der engen Luke hier kein Platz für größere Möbelstücke war, stapelten sich Kartons, alte Stühle und jede Menge Kleinteile rechts und links des schmalen Ganges zum Kontrollschacht des Schornsteins. Das war sicherlich nicht erlaubt, störte aber niemanden, da man sich offenbar einig war. Schließlich sammeln sich in jedem Haushalt im Laufe der Jahre Unmengen von Dingen an, die man eigentlich nicht mehr braucht, von denen man sich aber trotzdem nicht trennen möchte oder kann. Genau deshalb türmten sich hier jetzt einige Haufen Leichtgerümpel auf, die mühelos zwei bis drei Container füllen würden.

Dem Mann mit der Taschenlampe kam dies alles äußerst gelegen. Er ließ seinen Rucksack vorsichtig auf den Boden gleiten und öffnete ihn mit geübten Handgriffen. Der schwarze Kanister aus festem Kunststoff hatte einen Drehverschluss und enthielt eine klare Flüssigkeit, die er unter leisem Gluckern hauptsächlich über etlichen Zeitschriftenbündeln entleerte. Dann holte er einen weiteren Plastikbehälter aus dem Rucksack, der wie eine überdimensionierte Brotdose wirkte und sich seitlich aufklappen ließ. Darin lag eine dünne, zusammengerollte Schnur, die in einer Flüssigkeit eingelegt war. Das eine Ende dieser Schnur klemmte er unter die völlig durchtränkten Zeitschriften, dann wickelte er die Rolle ab und legte die Schnur so aus, dass sie bis zum Rand der Bodenluke reichte. Das waren etwa vier Meter, die von der Schnur überbrückt wurden. Genug, wie er fand.

Nun packte er alle Dinge, die er mitgebracht hatte – bis auf die Schnur – wieder in seinen Rucksack, verschnürte ihn sorgsam und schwang ihn wieder auf den Rücken. Er hatte jetzt zwar annähernd das gleiche Volumen wie vorher, wog aber fast nichts mehr. Bevor er zurück zur Treppe ging, überlegte er, ob er die funzelige Lampe wieder ausschalten sollte, entschied sich aber dagegen. Nun stieg er rückwärts so weit die Treppe hinab, dass er nur noch mit dem Kopf über den Fußboden ragte. Sicherheitshalber lauschte er einen Moment in die Tiefe, aber er konnte absolut nichts hören. Kein Spätheimkehrer und kein Frühaufsteher störten seine geheime Mission. Nun war er sich sicher, dass alles wie geplant gelingen würde.

Aus seiner Hosentasche zog er ein silbernes Sturmfeuerzeug. Mit einem geschickten Schlenker seines Handgelenks öffnete er die Verschlusskappe und drehte an dem kleinen Rädchen, das den Zündfunken erzeugte. Die Flamme war mittelgroß und flackerte kaum. Mit einem zufriedenen Lächeln hielt er sie an die provisorische Zündschnur und beobachtete, wie die Feuerlinie entlang der Schnur über den Boden raste, zu dem Stapel mit Zeitschriften aufstieg und diesen mit einem dumpfen Geräusch in Brand setzte. Zunächst überwog die bläuliche Farbe des Brandbeschleunigers, aber schnell mischten sich orange Effekte dazwischen, als das Papier der Zeitungen und die umstehenden Kartons ebenfalls Feuer fingen. Lange würde es nicht dauern, bis der gesamte Dachboden lichterloh brannte. Zu viele Dinge standen hier, die ein gefundenes Fressen für die Flammen waren. Es hatte schon einen Grund, warum diese Art der Dachbodennutzung feuerpolizeilich verboten war. Aber zu seinem Glück neigten die Menschen dazu, solche Verbote nicht allzu ernst zu nehmen.

Für einige Sekunden beobachtete er den Fortschritt seiner Brandstiftung. Als ihm klar war, dass es absolut ausgeschlossen war, dass das Feuer von alleine ausging, steckte er das Feuerzeug wieder ein und stieg die letzten Stufen bis ins Obergeschoss hinab. Sollte er die Luke wieder schließen? Nein, das war nicht nötig. Im Gegenteil: Durch den Kamineffekt würde Sauerstoff nach oben auf den Dachboden gesogen werden, der das Feuer zusätzlich anheizen würde. Natürlich war dadurch sofort klar, dass es sich hier um Brandstiftung handelte, aber er war erfahren genug um zu wissen, dass die Spezialisten der Brandermittlung auch ohne diesen Hinweis Spuren des Brandbeschleunigers nachweisen würden. Von allein gerieten Häuser im Allgemeinen nun mal nicht in Brand. Insofern war es egal. Nun war es nur noch wichtig, unerkannt zu verschwinden.

Im Treppenhaus nutzte er erneut seine kleine Taschenlampe. So geräuschlos wie möglich gelangte er bis ins Erdgeschoss. Noch war kein Prasseln des Feuers zu vernehmen, aber sehr lange würde es nicht mehr auf sich warten lassen. Bis dahin musste er verschwunden sein.

Vorsichtig öffnete er die Haustür einen Spaltbreit und blickte auf die verlassene Straße. Kein Fußgänger in Sicht. Er huschte hinaus und zog die Tür hinter sich zu.

* * *

Die ersten Bilder waren kaum zu erkennen, denn offenbar rannte der Kameramann mit laufender Kamera auf der Schulter die Straße entlang, vorbei an diversen Einsatzfahrzeugen der Feuerwehr, bis er an der Stelle anhielt, von der aus er das Geschehen perfekt dokumentieren konnte. Jetzt folgte ein hektischer Schwenk nach oben, dann stabilisierte sich das Bild und wurde scharf. Man erkannte den lichterloh brennenden Dachstuhl eines Mehrfamilienhauses. Die Flammen schlugen bereits hoch in den Hamburger Nachthimmel. Nachdem dieses Bild einige Sekunden lang gestanden hatte, schwenkte die Kamera hinunter auf den Hauseingang, in dem in diesem Moment zwei Feuerwehrleute erschienen, die gemeinsam eine alte Dame aus dem Haus trugen. Die Frau trug ein geblümtes Nachthemd, hatte die Hände vors Gesicht geschlagen und weinte bitterlich. Die beiden

Männer trugen sie so vorsichtig wie möglich und einer von ihnen redete beruhigend auf sie ein. Ob sie das richtig mitbekam, schien jedoch zweifelhaft.

Nicht eine, sondern gleich zwei Drehleitern wurden ausgefahren. Dafür, dass in der Straße ein heilloses Chaos zu herrschen schien, arbeiteten die Männer von der Feuerwehr erstaunlich zielgerichtet und effektiv. Innerhalb kürzester Zeit waren zwei Schläuche in Position gebracht worden und das Wasser schoss in dicken Strahlen auf das brennende Dach, wobei der Schwerpunkt jeweils auf den Rändern lag. Dadurch sollte offenbar ein Übergreifen der Flammen auf benachbarte Gebäude verhindert werden. Das Kameramikro lieferte einen gespenstischen Mix aus den unterschiedlichsten Geräuschen. Befehle wurden gebrüllt, Schaulustige, die sich ungeachtet der nächtlichen Stunde eingefunden hatten, schrien und über all dem akustischen Inferno lag das Prasseln des Feuers und der gelegentliche Knall einer herabstürzenden Dachpfanne.

Ein erneuter Schwenk auf den Eingang zeigte eine Gruppe Feuerwehrleute mit speziellem Atemschutz, die das Haus verließen und mit erhobenen Daumen signalisierten, dass sich offenbar keine Menschen mehr im Gebäude aufhielten. Die Männer zogen sich rasch aus der Gefahrenzone hinter ein Einsatzfahrzeug zurück und sanken erschöpft auf den Fußboden, nachdem sie einen Teil ihrer schweren Ausrüstung abgelegt hatten. Ihr Job war jetzt erledigt und ihren erhitzten Gesichtern war anzusehen, wie sehr er sie gefordert hatte. Neben den rein physischen Belastungen durch das Gewicht ihres Equipments und die im Haus herrschende Hitze mussten sie bei ihrer Arbeit stets damit rechnen, auf Menschen in Panik, bewegungsunfähige Schwerstverletzte oder sogar Leichen im Zustand größtmöglicher Entstellung zu stoßen. Diese psychische Beeinträchtigung wog womöglich noch schwerer als die rein körperliche Anstrengung. Heute hatten sie offenbar Glück gehabt und alle Menschen lebendig aus dem Haus retten können.

Ein Zwischenschnitt zeigte eine Absperrung, hinter der sich einige Dutzend Menschen drängelten, die teilweise in Schlafanzüge und Bademäntel gekleidet waren. Das Spektrum ihrer Gesichtsausdrücke schwankte von blankem Entsetzen bis zu gespannter Faszination.

„Es ist immer wieder erschreckend, dass Menschen sich derart an Katastrophen weiden können." Sonja Delft schüttelte angewidert den Kopf.

„Laut Infotext gab es keine Toten und nur wenige Verletzte, davon die meisten auch nur leicht. Dafür ist das Feuer aber recht beeindruckend. Ich kann die Leute verstehen." Klar, dass diese Aussage von Helmut Zenz, dem Chef vom Dienst von "KM", stammte. Er zappte durch den Rohschnitt des Materials auf der Suche nach den spektakulärsten Bildern. Und er wurde nicht enttäuscht, denn die Kamera hatte gerade wieder bildfüllend den brennenden Dachstuhl eingefangen, als dieser in der Mitte mit einem lauten Krachen zusammenstürzte. Funken stoben gen Himmel und Teile der verkohlten Balken krachten auf den Bürgersteig vor dem Haus, gefolgt von einem kollektiven Schreckensschrei der Gaffer.

„Gutes Material", lobte Zenz. Es stammte von einem der vielen freien Kameraleute in Hamburg, die Tag und Nacht auf der Suche nach spektakulären Bildern waren, um sie dann an Sender und Produktionsgesellschaften für Nachrichten oder Magazine zu verkaufen. Idealerweise natürlich an möglichst viele Abnehmer, damit die hohen Kosten für Equipment, Personal und die Fälle, in denen sich kein Käufer fand, wieder hereinkamen. Ein knallhartes Geschäft, in dem die Preise ständig in Bewegung waren – meist nach unten. Konkurrenz entstand zusätzlich durch die unzähligen Handyvideos, die qualitativ mittlerweile so hochwertig waren, dass sie durchaus als sendefähig galten. Oft waren klassische Newsbilder eher auf Youtube zu sehen als in den jeweiligen Nachrichtensendungen.

Währenddessen zeigten die Aufnahmen weiter die Bemühungen der Feuerwehr, den Brand erfolgreich einzudämmen. Langsam wurden die Flammen kleiner und es schien zumindest gelungen, ein Übergreifen des Feuers auf angrenzende Gebäude zu verhindern. Aber es wurde ebenfalls ersichtlich, dass das Löschwasser offenbar das gesamte Haus durchlaufen hatte, denn aus dem Eingang plätscherten die ersten Vorboten der Fluten. Schmutziggrau und wie erschöpft rann die Flüssigkeit über den Bürgersteig und versickerte schließlich in der Kanalisation.

Zenz warf einen Blick auf den beigelegten Infotext und spulte vor, bis ein Gesicht den Bildschirm nahezu ausfüllte. Der Uniform nach handelte es sich um jemanden von der Feuerwehr. Aus dem Off erklang eine Frage, dann antwortete der Mann.

„Wir wurden um zwei Uhr vierzig von einem Nachbarn informiert und waren neun Minuten später vor Ort. Der Dachstuhl stand bereits komplett in Flammen. Mittlerweile haben wir das Feuer unter Kontrolle. Glücklicherweise konnten alle Bewohner rechtzeitig evakuiert werden, so dass lediglich ein Sachschaden zu beklagen ist, dieser jedoch in erheblicher Höhe."

„Herr im Himmel!", stöhnte Zenz. „Wann werden die es endlich lernen, dass man Gebäude evakuiert und keine Menschen!"

„Ansonsten ist der O-Ton aber brauchbar. Knapp und informativ", wandte Sonja Delft ein.

„Können Sie schon sagen, wie der Brand entstanden ist?", hörte man die Frage des Kameramannes. Die Zeiten, in denen ein ausgebildeter Journalist zusammen mit einem Kamera- und einem Tonmann das Grundteam für aktuelle Berichterstattung bildeten, waren überwiegend vorbei. Videojournalisten, kurz VJs, erledigten all diese Aufgaben heute oftmals in Personalunion.

„Es gibt noch keine sicheren Erkenntnisse, aber wir können Brandstiftung auf jeden Fall nicht ausschließen."

„Okay." Der Chef vom Dienst hatte seine Entscheidung getroffen. „Wir kaufen die Geschichte. Der Volontär soll einen Kurzbericht schneiden und die neuesten Infos besorgen. Wir machen heute Abend damit auf. Ich versuche, ob wir das Material für unseren Sender exklusiv bekommen. Dann gibt es zwar dreißig Sekunden davon schon in den News vor uns, aber wenigstens laufen die Bilder nicht überall."

„Gut. Gibst du mir den Infotext? Dann bereite ich die Moderation vor und lasse mich von Hannes über die neuesten Entwicklungen auf dem Laufenden halten."

„Hier." Zenz druckte ein Blatt aus und gab es ihr. „Sag dem Dings, dem Volontär, er soll nicht mehr als zwei Minuten machen. Obwohl – warte!"

Auf dem Bildschirm flackerte es nach einigen Sekunden Schwarzbild erneut und das Haus erschien abermals, diesmal aber mit noch fast intaktem Dach. Lediglich einige Rauchwolken deuteten die sich anbahnende Katastrophe an. Im Hintergrund hörte man Sirenen, dann schwenkte die Kamera auf die Straße und zeigte, wie die ersten Einsatzfahrzeuge der Feuerwehr mit Blaulicht herbei rasten. Zusammen mit der nächtlichen Stimmung gab das beeindruckende Bilder, auch wenn die Qualität etwas schlechter war. Offensichtlich hatte sich der Nachbar, der den Notruf abgesetzt hatte, mit seinem Handy auf die Straße begeben und filmte nun das Geschehen.

Zenz warf einen Blick auf den Zettel und seine Miene hellte sich auf.

„Ah, sehr gut. Das Material vom Handy können wir nutzen. Der Kameramann hat es gekauft. Dann machen wir drei Minuten inklusive der beiden O-Töne. Hektische Blaulichtfahrten bei Nacht rocken immer!"

Sonja dachte einen Augenblick an die Menschen, deren Zuhause vermutlich endgültig zerstört war, und konnte die Freude des CvD nur bedingt nachvollziehen. Trotzdem erkannte sie die Faszination der Aufnahmen und nickte zustimmend.

„Alles klar. Ich sag Hannes Bescheid."

Immerhin gab es keine Toten, tröstete sie sich.

* * *

Mike Staller rollte die schwere Harley rückwärts an den Bordstein heran und klappte den Seitenständer aus. Sollte es erforderlich sein, konnte er so zügig davonfahren. Steifbeinig stieg er vom Sattel, löste den Kinnriemen seines Halbschalenhelms und stülpte diesen lässig über die Lampe seines Motorrades. Niemand würde es wagen, diesen zu berühren oder gar wegzunehmen. Dann sah er sich um.

Ein paar Meter weiter stand eine ganze Reihe schwerer Bikes, ausnahmslos ebenfalls Harleys. Ein guter Hinweis darauf, dass er die Gesuchten hier und jetzt finden würde. Das Reklameschild der Kneipe war schlicht und verwittert. Mit schwarzer Schrift auf beigefarbenem Grund stand dort: Our Place. Unser Platz. Nicht so wahnsinnig originell. Vermutlich war die sprachliche Nähe zum alten Stammlokal der Hells Angels "Angel Place" beabsichtigt.

Von dem alten Haus blätterte der Putz. Auch die Fensterrahmen konnten dringend einen neuen Anstrich vertragen. Hinter den Scheiben hingen ehemals weiße Gardinen, die von jahrelangen Rauchschwaden und Bierdünsten schwer gezeichnet waren. Ein Plastikschild neben der dunklen Tür warb für die Produkte eines Eisherstellers. Insgesamt wirkte der Laden unweit des Schiffbeker Moors wie eine vernachlässigte Dorfkneipe.

Hatte sich da gerade die Gardine des äußersten Fensters bewegt? Staller war sich fast sicher. Natürlich war das dumpfe Hämmern seiner Harley bei der Ankunft nicht unbemerkt geblieben. Jetzt interessierte man sich offenbar für ihn. Gut so. Er wandte sich erneut seinem Motorrad zu und machte sich an der rollenförmigen Ledertasche, die vorne an der Gabel befestigt war, zu schaffen. Das ermöglichte dem heimlichen Späher, seine Lederweste mit den Colours der Hounds of Hell Nomads genau zu inspizieren.

Schließlich richtete er sich auf. Jetzt musste sich erweisen, ob er in seiner Rolle akzeptiert wurde oder nicht. Er wusste, er hatte nur diesen einen Versuch. Den durfte er nicht vermasseln.

Mit gelassenen, raumgreifenden Schritten näherte er sich dem Eingang, wobei sein breitbeiniger Gang von langen Stunden im Sattel seiner Harley zeugte. Die Stiefelabsätze klackten rhythmisch auf den Gehwegplatten. Mit einer Hand drückte er die Tür auf, die erwartungsgemäß gequält quietschte. Er betrat den kleinen Gastraum und hatte leichte Anpassungsschwierigkeiten, denn die vergilbten Gardinen hielten erfolgreich den überwiegenden Teil des Tageslichtes ab. Trotzdem behielt er seine Sonnenbrille auf der Nase und gewöhnte sich langsam an die Düsternis. Ein Glatzkopf von mindestens 250 Pfund beschäftigte sich hinter dem Zapfhahn, ohne den Neuankömmling auch nur eines Blickes zu würdigen. Vor den Fenstern standen zwei Tische, die jeweils mit drei Personen besetzt waren. Dabei handelte es sich ausschließlich um Männer, alle zwischen dreißig und vierzig Jahren alt, mit langen Haaren, Bärten und vielen Tätowierungen. Keiner von ihnen trug jedoch eine Kutte. Vermutlich handelte es sich um Hangarounds - Typen, die von den Rockern fasziniert waren und ihre Nähe suchten, mit dem Ziel, vielleicht eines Tages auch dazugehören zu dürfen. Sie wurden im Allgemeinen geduldet, über eine längere Zeit auf ihre Zuverlässigkeit geprüft und in manchen Fällen schließlich zum Prospect gemacht.

An einem der Tische wurde Skat gespielt und jeder der Spieler hatte ein Bierglas vor sich stehen. Die Männer am anderen Tisch hatten ihre Unterhaltung unterbrochen und musterten Staller ungeniert.

Eine Tür auf der linken Seite führte in ein Nebenzimmer. Dabei handelte es sich um den Raum, in dem vorhin die Gardine bewegt worden war. Möglicherweise hielten sich dort die Höllenhunde auf, von denen hier nichts zu sehen war.

Staller trat an die Theke heran. Jetzt konnte er sehen, dass der Bulle hinter dem Zapfhahn als Einziger eine Kutte trug mit den Emblemen der Hounds und einem schmalen Patch, auf dem "Prospect" zu lesen stand.

„Einen Kaffee", orderte er und zog sich einen Barhocker vor dem Tresen so zurecht, dass er den ganzen Raum zumindest aus dem Augenwinkel überblicken konnte.

Der Mann hinter der Theke schaffte es noch wortkarger zu sein, indem er lediglich nickte. Dann drehte er sich um und nahm eine Glaskanne von einer Wärmeplatte. Beim Einschenken in den schlichten schwarzen Becher schien sich die Flüssigkeit nur ungern in Bewegung setzen zu lassen. Wie lange die Brühe hier wohl schon herumstand? Kommentarlos und ohne eine Miene zu verziehen, knallte der Glatzkopf den Becher auf den Tresen und schob ihn zu Staller herüber. Selbstverständlich ohne Zucker und Milch oder wenigstens eine Nachfrage. In seiner riesigen Faust schien der Kaffee beinahe zu verschwinden.

„Danke." Staller hielt sich zumindest an die Grundformen der Höflichkeit. Ein Blick in den Raum offenbarte ihm, dass die drei Männer am ersten Tisch ihre Unterhaltung wieder aufgenommen hatten. Unterbrochen wurde diese lediglich, als einer der Skatspieler sich mühsam erhob und Richtung Toiletten stapfte.

„Spielt einer von euch eine Runde für mich? Ich muss mal was wegbringen."

Staller führte vorsichtig seinen Becher zum Mund und schnupperte misstrauisch. Ja, grundsätzlich handelte es sich wohl um Kaffee. Der Zustand war jedoch äußerst zweifelhaft. Mit Bedacht nahm er einen winzigen Schluck und stellte den Becher dann rasch wieder auf die Theke. Mit Mühe widerstand er dem Bedürfnis, die zähe schwarze Masse zu kauen. Die Kanne musste schon Stunden auf der Heizplatte stehen.

Eigentlich hatte er damit gerechnet, dass die Hounds auf ihn zugehen würden – schließlich hatte er ihnen lange genug seine Weste unter die Nase gerieben. Wer zu einem anderen Chapter, eine Art Ortsverein, des gleichen Clubs gehörte, war automatisch ein Bruder, der wie ein Familienmitglied anzusehen war. Aber hier sah es nicht so aus, als ob sich jemand um ihn kümmern würde. Er musste die Angelegenheit also selbst in die Hand nehmen. Deshalb entschloss er sich, den Glatzkopf hinter dem Tresen, der jetzt in aller Gemütsruhe ein paar Gläser polierte, anzusprechen.

„Ist eigentlich jemand von den Hounds hier? Ich würde gerne mit ihnen sprechen."

Der Bulle hielt ein Glas gegen das Licht, schüttelte den Kopf und setzte erneut das Handtuch ein.

„He, ich rede mit dir!" Staller erlaubte es sich unwirsch zu klingen.

„Wer will denn das wissen?", fragte der Prospect ungnädig.

„Ein Bruder. Mehr geht dich nichts an."

Der Glatzkopf stellte sein Glas in das Regal, hängte das Geschirrtuch an einen Haken und beugte sich dann über den Tresen.

„Hör mal, Meister! Wenn du hier den Lauten machst, dann schmeiß ich dich durch die geschlossene Tür raus, hast du mich verstanden?"

Staller reagierte, ohne nachzudenken. Mit der linken Hand packte er die Lederweste des Bullen knapp unterhalb des Halses und zerrte den Mann dicht an sich heran, während er mit der Rechten blitzartig an seine Hüfte fuhr und aus der am Gürtel befestigten Lederscheide sein Lapplandmesser zog. Bevor der andere überhaupt reagieren konnte, hatte er die Spitze der fast einundzwanzig Zentimeter langen und vier Zentimeter breiten Klinge in seinem linken Nasenloch. Dieses Messer war ein Stück traditioneller Handwerkskunst, schnitt Feuerholz ebenso wie Zwiebeln, wurde von den norwegischen Special Forces eingesetzt und trug den Spitznamen Baby Machete – und das völlig zurecht. Staller brachte sein Gesicht ganz dicht an das des Glatzkopfs.

„Nein, jetzt hörst du mal zu!" Seine Stimme klang ruhig, ja beinahe sanft. „Ich erkläre dir jetzt mal das Wort Respekt. Wenn ein Hound von außerhalb kommt und seine Brüder sprechen möchte, dann antwortet man ihm. Und zwar höflich. Möchtest du, dass ich dir das Wort "Respekt" zur Erinnerung auf die Stirn ritze?"

„Das wird nicht nötig sein", erklang es von links. Die Seitentür zum Nebenzimmer stand offen und drei groß gewachsene Gestalten waren erschienen.

„Du kannst ihn jetzt loslassen. Hoss hat dich sicher verstanden."

„Hoss?" Staller ließ den Kerl los, hielt das Messer aber weiterhin in der Hand.

„Na ja, mit Cowboyhut sieht er original aus wie Hoss Cartwright von Bonanza." Der Sprecher der Gruppe trat näher und grinste gewinnend. „Nettes Spielzeug hast du da. Aber du musst niemandem hier den Schädel spalten. Du bist bei Freunden."

Staller steckte das Messer weg und stand auf. Der Sprecher trat näher, musterte ihn eingehend und breitete die Arme aus.

„Willkommen beim Chapter Hamburg, Bruder! Ich bin Caspar."

„Mike."

Sie umarmten sich unter krachenden Schlägen auf die Schultern des jeweils anderen. Dann löste sich der Sprecher und machte eine einladende Handbewegung. „Komm mit nach nebenan!" Er wandte sich dem kleinlaut wirkenden Prospect hinter dem Tresen zu. „Und du - koch mal neuen Kaffee!"

In dem Nebenraum befand sich ein sehr großer, sehr massiver Holztisch, um den insgesamt neun Stühle gruppiert waren. Einer, mit höherer Lehne und breiten Armstützen stand am Kopfende mit Blick auf die Straße, die anderen an den Seiten. Mit Staller waren sie nun zu fünft im Raum. Er wurde der Reihe nach vorgestellt und begrüßte alle Hounds mit ähnlich herzlichen Umarmungen. Jeder hatte ein paar freundliche Sätze zu sagen und niemand verhielt sich auch nur ansatzweise feindlich. Einer wollte sein Messer sehen und pfiff anerkennend durch die Zähne, als Staller es ihm gab. Sein sportlicher Auftritt hatte offensichtlich alle beeindruckt.

Danach setzten sie sich, wobei Caspar als Präsident der Hounds den Sitz am Kopfende einnahm.

„Was bringt dich zu uns, Mike?", fragte er und zündete sich eine Zigarette an.

Staller lehnte sich entspannt zurück und machte ein nachdenkliches Gesicht.

„Ein Teil davon ist eine Familienangelegenheit, über die ich nicht sprechen möchte. Aber ein paar Dinge kann ich euch sagen."

Alle Augen hingen interessiert an seinen Lippen.

„Ich komme gerade aus Norwegen. Wir sind dort einige Nomads. Einen davon dürftet ihr kennen, denn er ist wie ich aus Hamburg. Es ist Kurti, euer früherer Road Captain."

„Kurti?"

„Nee, oder?"

„Das gibt's ja nicht!"

Wirr klangen die Wortfetzen durcheinander, aber die Tonlage deutete an, dass man den früheren Hamburger Hound in guter Erinnerung hatte.

Bevor er weitere Details erzählen konnte, klopfte es an der Tür und Hoss brachte eine frische Kanne Kaffee herein.

„Schenk mal allen ein", grunzte Caspar.

Hoss tat, wie ihm befohlen war und blieb bei Staller etwas länger stehen als nötig. „Nichts für ungut, Bruder. War nicht so gemeint. Ich hab' 'n böses Auge und kann nicht so gut gucken."

„Schon gut. Ist vergessen." Staller zeigte sich großmütig und der Prospect zog sich wieder zurück.

„Hoss war in Afghanistan und ist dort geblendet worden. Er sieht tatsächlich nur noch auf einem Auge." Caspar fühlte sich offenbar genötigt, die Entschuldigung seines Prospects noch etwas zu untermauern. „Außerdem hat er noch ein paar andere Andenken an den Krieg, die auch nicht schön sind."

„Alles okay. Ich bin nicht nachtragend." Staller probierte den Kaffee. Er schmeckte wundervoll.

„Gut. Dann erzähl mal weiter." Caspar hatte seine Frage nicht aus den Augen verloren.

„Kurti hat mir gesagt, dass ich immer auf euch zählen kann, wenn ich mal in Hamburg bin. Und jetzt ist es soweit. Ich habe hier ...", Staller machte eine bedeutsame Pause, „ ... eine Aufgabe zu erledigen. Das ist meine Privatsache und geht den Club deshalb eigentlich nichts an. Aber vielleicht brauche ich ein bisschen Support. Tipps für einen sicheren Ablageort oder so. Und nötigenfalls ein Alibi."

Der Präsident drückte seine Zigarette aus und deutete auf einen Aufnäher auf Stallers Weste. Dort stand "No mercy".

„Hat das was damit zu tun? Willst du jemanden umlegen?"

Staller verzog den Mund zu einem winzigen Lächeln.

„Es ist besser, wenn ihr nicht zu viel von dem wisst, was ich vorhabe. Wie gesagt – es ist keine Clubsache. Werdet ihr mich trotzdem unterstützen?"

Er war sich bewusst, dass er ein gewagtes Spiel spielte, aber er setzte voll darauf, dass die Rocker Respekt vor einer "Familienangelegenheit" hatten.

„Hm. Sehr gesprächig bist du ja nicht." Caspar überlegte offenbar noch, wie er sich dem auswärtigen Clubfreund gegenüber verhalten sollte. Aber der Eindruck, den Stallers Auftritt gegenüber dem Prospect hinterlassen hatte, war günstig gewesen.

„Okay – du bist ein Bruder. Du bekommst unsere Unterstützung, solange du uns nicht in einen Mord hineinziehst. Klingt das fair?"

„Fair genug. Ich erzähle euch ja gerade deshalb nur so wenig, weil ich euch aus meinen Angelegenheiten raushalten will. Ich werde einige Zeit hier in Hamburg sein, bis ich mein Problem gelöst habe. Wenn ihr also auch mal meine Hilfe braucht ..."

„In Ordnung, Bruder. Ich vertraue dir. Wo wirst du wohnen? Wir könnten dir einen Platz bei uns im Clubhaus anbieten."

„Danke. Ich habe schon eine passende Unterkunft. Aber ich würde gerne mal vorbeischauen. Für uns Nomads gibt es ja wenig geregeltes Clubleben. Manchmal vermisse ich das ein bisschen."

„Und ich dachte schon, du wärst ein totaler Einzelgänger. Komm doch abends mal vorbei, bei uns ist immer was los!" Der Präsident schlug ihm auf die Schulter und kniff ein Auge zu. „Meistens laufen auch ein paar hübsche Chicks rum. Die sind immer ganz wild auf Brüder von außerhalb."

„Klingt gut. Wo ist das denn?"

Caspar nannte ihm die Adresse und erklärte ihm, wie er dorthin finden würde.

* * *

Dezent, diskret, elegant. Diese drei Begriffe fanden sich überall in den Räumen des bekannten Nobelitalieners in der Nähe des Rathauses wieder. Die Einrichtung – dunkle Hölzer, klare Flächen, indirektes Licht. Die Speisekarte – ohne jegliche Gastro-Lyrik, schlicht und informativ mit Hauptaugenmerk auf den Merkmalen regional und saisonal. Selbst die Kellner in ihren blütenweißen Hemden und dunklen Hosen schienen sich in irgendeiner unsichtbaren Nische aufzuhalten bis ihre Anwesenheit erwünscht war und sie sich spontan am Tisch des jeweiligen Gastes materialisierten. Die Frauen trugen Schmuck und elegante Garderobe, aber niemals aufdringlich oder gar billig. Es war eine Enklave der wahren Mächtigen und Einflussreichen, die weder einen lärmenden Auftritt noch ein verzücktes Publikum benötigten.

In einer kleinen Ecke im hintersten Teil des Lokals saßen der Bausenator und sein Gast vor tiefen weißen Tellern mit ausladendem Rand, in denen eine winzige Nudelportion mit zwei Gambas um Aufmerksamkeit flehte. Die Rotweingläser waren aus edelstem Kristall, mundgeblasen und vom Fassungsvermögen eines kleinen Eimers. Dunkelrot, fast schwarz glänzte der Wein in der passenden Karaffe, in die er mit Sicherheit unter perfekten Bedingungen zum exakt richtigen Zeitpunkt dekantiert worden war. Eine Flasche Pellegrino, die bereits geleert war, wurde soeben diskret ersetzt.

„Danke, Luigi", meinte Dieter Grabow, der Bauunternehmer, und ließ damit dezent durchblicken, dass er Stammgast in diesem Restaurant war, das über eine Vielzahl von guten Geistern verfügte.

„Es ist ja sehr nett, dass Sie mich zu diesem wirklich ausgezeichneten Essen einladen, mein lieber Grabow, aber ich befürchte, Sie haben noch andere Intentionen, als mir nur den BMI zu versauen", tönte der Senator tapfer durch seinen vollen Mund. Seine Vorliebe für gutes Essen wurde höchstens von seinem Drang nach guten Geschäften übertroffen und heute hoffte er, beide Interessen gleichzeitig befriedigen zu können. Mit erwartungsvollem Gesichtsausdruck führte er das Weinglas zum Munde, trank und stellte das Glas – mit einem weiteren Fettmund am Rand verziert – wieder ab.

„Dieser Barolo ist ein Trank für die Götter, finden Sie nicht?", fügte er noch hinzu.

Grabow, der im Grunde seines Herzens für ein frisch gezapftes Pils schwärmte, nickte trotzdem.

„Sie haben wie fast immer völlig recht, Herr Senator. Mit beiden Aussagen." Grabow unterbrach sich um einen Schluck Wasser zu nehmen. „Ich habe sehr aufmerksam die Vorgänge um die Hamburger Olympiabewerbung verfolgt und mit Freude registriert, dass wir uns so eindeutig gegen Berlin durchsetzen konnten. Und ich vermute, dass Sie einen entscheidenden Anteil an diesem Erfolg haben."

„Na, ich will mich ja nicht selber loben, aber wir alle wissen, dass Infrastruktur heute der Schlüssel für die Vergabe von Großereignissen ist. Wir in Hamburg haben zwar eine solide Grundlage, für Olympische Spiele hingegen bedarf es einer ebenso umsichtigen wie mutigen Vision und ich darf bei aller Bescheidenheit sagen: Die habe ich gehabt, ja."

„Das habe ich mir gedacht." Grabow nahm jetzt doch das Rotweinglas in die Hand und prostete dem Senator zu. Es würde nicht schaden, wenn dieser ein bisschen mehr trank, als er beabsichtigte. „Dafür möchte ich Ihnen danken, Herr Senator. Auf Ihr Wohl!"

Mit feinem Klang stießen sie an und der Senator nahm mit geschlossenen Augen einen großen Schluck. Kaum hatte er das Glas wieder abgestellt, erschien wie aus dem Nichts der Kellner und schenkte prompt nach.

„Ich habe mich ebenfalls mit den Olympischen Spielen beschäftigt. Für den gesamten Norddeutschen Raum wäre das eine Initialzündung. Die Bevölkerung ist überwiegend begeistert, Sportereignisse haben eine große Tradition in unserer schönen Stadt, die Handwerksbetriebe freuen sich auf Aufträge und die Tourismusbranche freut sich sowieso."

„Ganz recht!" Der Senator hatte seine Pasta verspeist und schenkte dem Bauunternehmer seine volle Aufmerksamkeit. Es war unwahrscheinlich, dass der ihn nur bauchpinseln wollte. Da kam noch etwas, so viel war sicher.

„Scusi!" Die leise, melodische Stimme von Luigi deutete an, dass dieser den Tisch für den Hauptgang freiräumen wollte. Er stapelte in atemberaubendem Tempo Teller, Besteck, Brotkorb und den Gruß aus der Küche – verschiedene edle Olivenöle mit speziellem Salz – auf seinem Arm und verschwand lautlos.

„Hamburg wird ein wunderbarer Gastgeber sein. Es werden Spiele der kurzen Wege, der großen Emotionen und des hanseatischen Kaufmannsgeistes sein. Nicht unbescheiden, aber effizient. Nicht großkotzig, aber fein. Nicht prollig, sondern mit Stil und Anstand. Trotzdem volksnah."

„Es freut mich, dass Sie meine Meinung teilen." Der Senator wirkte beschwingt und zwei leichte rosa Flecken auf seinen Wangen ließen darauf schließen, dass Aperitif und Rotwein erste Wirkung zeigten.

„Eine Sache ist mir jedoch aufgefallen, über die ich erst mal einen Moment nachdenken musste."

„Aha – und das wäre?"

„Wir sind uns sicher alle einig, dass der überflüssige Gigantismus vergangener Spiele ein Ende haben muss. Dass darüber aber die vergessen werden, die entscheidend zum Gelingen solcher Veranstaltungen beitragen, wäre ein Fehler, der das ganze Projekt zum Scheitern verurteilen könnte."

„Wie meinen Sie das?" Der Senator wurde hellhörig und trank geistesabwesend einen weiteren Schluck Rotwein.

„Im Moment liegt der Fokus auf bescheidenen Unterkünften, rückbaubaren Stadien und geringen Eingriffen in die Umwelt. Das ist ja auch alles gut und richtig."

„Aber?"

„Schauen Sie, Herr Senator, selbst wenn wir uns in Deutschland als Bewerber mühelos durchgesetzt haben – die eigentliche Aufgabe kommt ja erst. Und die Funktionäre des IOC haben, ebenso wie die vielen hochrangigen Besucher der Spiele selbst, gewisse … Ansprüche. Damit meine ich adäquate Unterkünfte in unmittelbarer Nähe zu den Sportstätten, anspruchsvolles Catering, kulturelle Abwechslung, kurz: Dinge, die in der beengten Kabine eines Kreuzfahrtschiffes nicht vorstellbar sind."

„Reden Sie weiter, das klingt bisher sehr interessant." Der Senator hing an Grabows Lippen.

„Neben dem Medienzentrum und dem Olympischen Dorf, die ruhig etwas spartanischer ausfallen dürfen, benötigen wir absolute Premiumunterkünfte für einige hundert Top-Funktionäre. Und genau darüber habe ich mir Gedanken gemacht."

„Na, dann rücken Sie mal raus mit der Sprache!"

„Gern. Das Zentrum der Spiele ist ja das Olympiastadion auf dem Kleinen Grasbrook. Das heißt, es wird in jedem Fall eine umfangreiche Neustrukturierung im Hamburger Hafen geben. Soweit richtig?"

„Allerdings. Eine riesige Herausforderung, die wir aber meistern werden."

„Davon bin ich überzeugt. Nun meine Idee! Wenn die Stadt es ermöglichen kann, dass bei dieser Umstrukturierung ein genügend großes und von der Lage her attraktives Grundstück – selbstverständlich zu einem angemessenen Preis – an die BaWoGra, also an meine Firma, geht, dann biete ich folgendes an: Ich baue dort einen Gebäudekomplex, der den höchsten Ansprüchen genügt. Ich garantiere die Fertigstellung rechtzeitig zu den Spielen. Und ich stelle Ihnen diesen kostenlos zur Verfügung, um darin IOC-Mitglieder und sonstige VIPs unterzubringen."

Erwartungsvoll blickte Grabow dem Senator in die Augen und versuchte dessen Reaktion abzuschätzen. Aber der Mann war ein Profi, ihm war nichts anzumerken.

„Ich darf noch hinzufügen, dass es Ihnen natürlich freisteht, trotzdem die Stadt in moderater Weise an den nicht unerheblichen Kosten dieser Unterbringung zu beteiligen. Wir werden dann einen Weg finden, der es Ihnen ermöglicht, diesen Betrag – und der wird durchaus eine siebenstellige Summe erreichen – nach Ihrem Gutdünken einzusetzen."

Grabow lehnte sich zurück und griff erneut zu seinem Wasserglas. Nun war die Katze aus dem Sack. Wenn der Senator dieses Angebot als Bestechung auffasste und entrüstet zurückwies, dann war ihre erfolgreiche Geschäftsbeziehung an dieser Stelle vermutlich beendet.

Der Senator ließ den Rotwein im Glas ein paar Mal kreisen und sog genießerisch die beeindruckende Blume in sich auf. Dann nahm er einen großen Schluck in den Mund und kaute einen Moment auf dem Wein herum, bevor er ihn mit vernehmlichem Glucksen die Kehle herunterrinnen ließ.

„Mit einem Millionenbetrag kann man ziemlich viel Gutes bewirken, denken Sie nicht auch?"

Grabow bemerkte erst jetzt, dass er den Atem angehalten hatte. Mit einem tiefen Seufzer stieß er ihn nun aus und antwortete mit fester Stimme: „Ich bin überzeugt, dass Sie eine angemessene Verwendung finden werden."

Innerlich brach er in vorsichtigen Jubel aus. Ihre bisherige Geschäftsbeziehung war stets in eine Richtung gegangen. Der Senator hatte ihn mit Informationen über die Objekte versorgt, die die Stadt veräußern wollte und daraufhin hatte Grabow sich mit angemessenen "Spenden" revanchiert. Nun hatte er erstmals selbst einen Vorschlag für ein Geschäft gemacht. Und die Sache schien zu funktionieren.

„An welche Nutzung nach den Spielen hatten Sie denn gedacht?"

„Mir schwebt ein Quartier in Anlehnung an die erfolgreiche Umsetzung in der Hafencity vor. Ein Hotel der Spitzenklasse, Apartmenthäuser mit Elbblick, Gastronomie und Geschäftsräume. Ich sehe keine Probleme, denn Sie wissen, dass Wohnraum in Hamburgs Toplagen knapp und begehrt ist."

„Das stimmt natürlich. Aber mir wäre noch etwas anderes wichtig."

„Worum handelt es sich denn? Sie wissen, dass mir Ihre Meinung äußerst viel bedeutet, Herr Senator."

„Die besten Geschäfte macht man mit exklusiven Immobilien im Hochpreisbereich, das ist mir klar. Ich habe aber natürlich eine Verantwortung allen Bürgern gegenüber. Mir liegt daher ein bezahlbares Angebot von Wohnraum für Studenten und Familien sehr am Herzen. Das sollte unbedingt Eingang in Ihr Projekt finden. Es würde die Chancen für einen Zuschlag an die BaWoGra ganz außerordentlich erhöhen."

Du Fuchs, dachte Grabow, es reicht dir nicht, eine Millionensumme zu kassieren, du sorgst auch noch dafür, dass du politisches Kapital aus der Angelegenheit schlagen kannst.

„Diese Anregung nehme ich sehr gerne auf. Natürlich setzt sie eine gewisse Mindestgröße der Liegenschaften voraus. Aber bei dem Gesamtvolumen des Projekts Olympische Spiele dürfte das nicht ins Gewicht fallen."

Grabow stellte sich blitzschnell auf die neue Situation ein. Der Senator hatte indirekt grundsätzlich in das Projekt eingewilligt und seine weiteren persönlichen Bedingungen gestellt. Und nun wurde verhandelt. Bezahlbarer Wohnraum bedeutete, dass die Amortisation der entsprechenden Objekte Jahrzehnte dauern würde. Das war nicht die Priorität des Bauunternehmers. Wenn er diese Kröte also schlucken sollte, musste dieser Teil des Projekts zu dem schon geplanten Umfang hinzukommen.

„Ich denke, dass wir uns da einig werden. Wissen Sie was? Schicken Sie mir doch einfach eine grobe Planung mit den entsprechenden Eckdaten. An meine private Mailadresse natürlich. Wir wollen diese Angelegenheit ja zunächst nur unter uns besprechen, nicht wahr?"

„So ist es. Ich bin überzeugt, dass das Konzept Hamburg weiter voranbringen wird. Eine vernünftige Stadtentwicklung steigert die Attraktivität für Einheimische und Besucher gleichermaßen. Und das Olympische Komitee dürfte derartigen Plänen ebenfalls sehr aufgeschlossen gegenüberstehen."

„Davon gehe ich aus", lachte der Senator. „Unterkünfte mit Elbblick zum Nulltarif dürften ihnen gefallen. Diese alten Bonzen sind doch nur auf ihren persönlichen Vorteil aus!"

Zum Glück erschien in diesem Moment Luigi mit den Hauptgerichten und ermöglichte es Grabow dadurch, seine Mimik wieder unter Kontrolle zu bekommen. Der Senator war schon eine Marke. Aber das Geschäft würde kommen. Der Abend war außerordentlich erfolgreich verlaufen.

* * *

Wie schon so oft stellte Staller voller Überraschung fest, dass die Umgebung Hamburgs grün, ländlich und nahezu einsam war. Er war noch keine zwei Kilometer gefahren, seit er die Autobahn bei Stapelfeld verlassen hatte, und befand sich nun auf der L 92, die von Braak nach Großensee führte. Rechts und links der Landstraße lagen Wiesen und Felder und nur äußerst selten ließen ein Stall oder eine Scheune auf menschliche Besiedlung schließen. Nach einem weiteren Kilometer bog er auf eine Kreisstraße ab, auf der er nun tatsächlich allein unterwegs war. Auf der Landstraße waren ihm noch gelegentlich Autos entgegengekommen, vielleicht von dem in einiger Entfernung liegenden Golfclub. Jetzt waren zwei Tauben und eine einsame Krähe die einzigen sichtbaren Lebewesen außer ihm selbst.

Er war gespannt, wie das Clubhaus der Hounds of Hell wohl wirken würde, denn von pulsierendem Leben konnte man hier wirklich nicht sprechen. Hinter einem schmalen Feldweg, von dichten Bäumen und Büschen fast verdeckt, fand er schließlich die Einfahrt zu einem Grundstück, das früher offensichtlich einen landwirtschaftlichen Betrieb beherbergt hatte. Zumindest ließen die große Scheune und das alte Bauernhaus mit dem angebauten Stall darauf schließen. Er steuerte seine Harley mit kaum mehr als Leerlaufdrehzahl über den gepflasterten Hof. Bisher gab es keine Anzeichen dafür, dass hier das Clubhaus einer der größten Rockergruppen Norddeutschlands stand. Die Scheune wirkte verlassen und keinerlei Motorräder waren zu sehen. Als er jedoch am Ende der langen Seite der Scheune um die Ecke bog, bot sich ihm ein anderes Bild. Säuberlich aufgereiht stand hier mindestens ein Dutzend schwere Motorräder. In einem alten Eisenfass loderte ein Feuer und an die Rückseite der Scheune war eine Art Veranda angebaut mit Sichtschutzelementen, Lichterketten und Blumenkübeln. Jetzt, bei einbrechender Dunkelheit, wirkte die Szenerie warm und einladend. Hinter den Motorrädern begann ein großer Garten mit Rasenflächen, Sträuchern und sogar einer Spielecke mit Schaukel und Sandkiste. Etwa in der Mitte befand sich ein ziemlich großer Teich, dessen Ränder teilweise mit schilfartigen Pflanzen bewachsen waren. Einige Fackeln illuminierten diese Fläche, an deren Ende man eine große Hecke als Begrenzung des Grundstücks ausmachen konnte.

Staller parkte seine Harley ordentlich in der Reihe der anderen Motorräder und sah sich zunächst gründlich um. An der Scheunenrückwand prangte riesengroß der Wolfskopf mit dem aufgerissenen Maul und dem flammenden Hintergrund, der das Logo der Hounds of Hell darstellte. In das Maul hatte man eine orangefarbene Leuchte integriert, sodass das Tier zusätzlich Feuer zu spucken schien. Auf der Veranda standen einige Tische und Bänke aus rohem Holz. Hier saßen überraschend viele Personen und genossen die milde Temperatur.

Dabei handelte es sich aber durchaus nicht ausschließlich um Rocker. Über die Hälfte von ihnen waren Frauen und auch einige Kinder waren zu sehen. Die Atmosphäre war fröhlich und unbeschwert. Auf den Tischen standen bunte Gläser mit Teelichtern darin und jeder hatte ein Getränk. Die Männer tranken überwiegend Bier, die Frauen nippten an Longdrinkgläsern mit Cola oder Cola mit Schuss. Für die Kinder gab es Saft oder Limonade.

Wenn die Männer nicht durchgängig in schweres Leder gekleidet gewesen wären, hätte man auch denken können, beim Straßenfest eines Wohngebietes zu sein. Aus an den Balken angebrachten Lautsprechern tönte Musik und die Unterhaltung war angeregt bis ausgelassen.

Während Staller seinen Helm auf dem Sitz seiner Harley deponierte, ging die Tür zur Scheune auf. Hoss, der Prospect, erschien mit einem großen Grillrost in der Hand, auf dem dicht an dicht Schweinenacken und Rindersteaks lagen. Unter großem Gejohle trug er ihn zu dem Eisenfass und legte ihn über das Feuer. Da die Aufmerksamkeit aller Erwachsenen auf das Grillgut gerichtet war, nutzte ein vielleicht dreijähriges Mädchen die Gelegenheit, um sich unauffällig davonzustehlen. Unbemerkt schlenderte es hinüber zum Spielplatz, versetzte der Schaukel probeweise einen Stoß und schlurfte mit ihren Sandalen durch den Sand. Dann entdeckte es auf der Wiese eine Pusteblume und pflückte sie entzückt ab.

Auf der Veranda herrschte offensichtlich Getränkeknappheit, denn eine der Gestalten am Tisch rief laut: „Hoss, du alter Faulpelz! Siehst du nicht, dass das Bier alle ist? Komm mal in Gange!"

„Das geht gerade nicht, sonst brennt mir hier das Fleisch an."

„Und ich soll hier verdursten? Das verlängert deine Probezeit um mindestens drei Monate!"

Dröhnendes Gelächter begleitete diese Frotzelei. Eine der Frauen, eine hübsche Blondine mit langen Haaren und einem weißen Tanktop, stand auf und warf besorgte Blicke um sich. Sie trat an den Rand der Veranda und blickte in den Garten. Plötzlich schrie sie erschreckt auf.

„Melissa! Nicht in den Teich, du kannst doch nicht schwimmen!"

Staller, der durch das Geplänkel auf der Veranda abgelenkt war, drehte sich um und reagierte sofort. Mit einigen großen Sprüngen hatte er das Ufer erreicht und griff beherzt nach dem Mädchen, das an einer Stelle, an der der Rand etwas höher war, versuchte, eine Seerose zu erreichen. Er erwischte ihren Arm gerade in dem Moment, als sie das Gleichgewicht verlor. Mit einem Ruck befreite er sie aus der Gefahrenzone und nahm sie gleich darauf liebevoll auf den Arm.

„Hey, kleine Prinzessin, nicht weinen. Das ist ja gerade noch mal gut gegangen."

Das Mädchen schniefte noch einmal kurz und beruhigte sich dann schnell wieder. Staller machte sich auf den Rückweg und begegnete etwa auf Höhe der Motorräder der aufgeregten Mutter, die sich ebenfalls eilig auf den Weg gemacht hatte.

„Alles in Ordnung. Deine Prinzessin ist heil und sogar trocken. Stimmt's Kleine?" Das Mädchen lächelte fröhlich und kuschelte sich zufrieden in Stallers Arm. Fasziniert beobachtete sie seinen dichten Vollbart und griff mit einer ihrer kleinen Hände hinein und zog kräftig daran.

„Au!", klagte Staller lauthals und erstarrte im selben Moment vor Angst. Würde der angeklebte Bart dieser Belastung standhalten? Oder würde er gleich mit einer halb herunterhängenden, falschen Gesichtsbehaarung dastehen und akuten Erklärungsnotstand haben? Zum Glück war seine Sorge unberechtigt. Entweder hatte die Maskenbildnerin ganze Arbeit geleistet oder das Mädchen besaß doch noch keine so großen Kräfte. Jedenfalls konnte er vermelden: Hamburger Umland, zwanzig Grad – das Haar sitzt!

„Melissa, lass sofort den Bart los! Du solltest dich lieber bedanken, dass der Mann dich gerettet hat."

„Danke! Du bist lieb", stellte das kleine Mädchen fest und drückte Staller einen Schmatz in das Gestrüpp im Gesicht.

„Hey, kleine Lady, du gehst ja ran! Ich schätze, in zehn, fünfzehn Jahren wirst du den Jungs aber gewaltig den Kopf verdrehen!"

Mit diesen Worten hob er sie noch einmal hoch über seinen Kopf und übergab sie dann ihrer Mutter, die sie mit geübtem Schwung auf eine Hüfte setzte.

„Danke auch noch mal von mir. Du hast verdammt schnell reagiert", meinte sie und musterte Staller intensiv in der schummrigen Beleuchtung. „Hey, ich kenne dich gar nicht. Wer bist denn du?"

Bevor Staller antworten konnte, trat Caspar Kaiser, der Präsident der Hounds an die Brüstung der Veranda und grinste breit.

„Das ist Mike, ein Bruder von den Nomads. Er kommt aus Norwegen und wird eine Zeit hier sein. Guter Einstand, Bro!" Er schlug ihm mächtig auf die Schulter. „Komm, du hast dir ein Stück Fleisch und ein Bier verdient. Hoss! Bring mal neues Bier und ein Steak für Mike!"

Damit zog er Staller an einen der Tische und stellte ihm die übrigen Gäste vor. Die drei Männer aus der Kneipe waren auch dabei.

„Schön habt ihr es hier. Und Stress mit Nachbarn dürfte auch selten sein. Wie kommt ihr darauf, ein Clubhaus direkt am Arsch der Welt zu beziehen? Das ist ja fast so einsam wie bei uns in Norwegen."

Caspar winkte mit einer herrischen Geste zu den drei Frauen, die mit am Tisch saßen. „Lasst uns mal allein. Das ist jetzt Männersache." Gehorsam standen die Frauen auf und gingen widerspruchslos nach drinnen, wohin bereits die Blondine mit Melissa verschwunden war.

„Ich habe das Haus geerbt. Der Vorteil ist in der Tat die Einsamkeit. Keine Sau stört es, wenn wir mal Krach machen. Außerdem gibt es hier nur einen verträumten Dorfsheriff, der selber Motorrad fährt, und glücklich ist, wenn wir ihn zu unseren Partys einladen und er mal ein paar anständige Titten anglotzen kann. Dafür lässt er uns ansonsten in Ruhe und gibt uns Tipps, wenn wir aufpassen müssen."

Der Präsident zwinkerte Staller vielsagend zu.

„Gute Idee. Wir haben auch unseren Dorfbullen auf der payroll. Ist den Einsatz allemal wert. Unser Business ist hauptsächlich Artillerie, denn für Fleisch will keiner weit fahren. Und Dope läuft bei uns schlecht."

Was er damit andeutete, war, dass die norwegischen Nomads ihr Geld mit Waffenhandel verdienten, da ihr Revier für Zuhälterei einfach zu wenig besiedelt war.

„Das ist bei uns ein bisschen anders. Chicks gehen immer in Hamburg. Und Koks. Mittlerweile viel besser als Heroin. Obwohl uns die Crystal-Dealer gerade mächtig Konkurrenz machen. Aber wir schauen, wie wir da ins Geschäft kommen können."

Staller brummte zustimmend und attackierte das riesige Steak, das Hoss ihm gerade zusammen mit einem Glas Bier hingestellt hatte.

„Na, iss erst mal! Danach zeige ich dir unser Clubhaus."

Das Fleisch war ausgezeichnet und der verkleidete Reporter aß mit gutem Appetit. An dem Bier nippte er nur, schließlich musste er später noch Motorrad fahren. Nebenbei lauschte er den Gesprächen der anderen, aber die drehten sich im Moment nur um allgemeine Themen und brachten ihm keine neuen Erkenntnisse. Schließlich hatte er seinen Teller geleert und quittierte das mit einem zufriedenen Rülpsen. Die übrigen Männer trommelten anerkennend mit den Fäusten auf die Tischplatte.

„Komm Mike, ich führ' dich mal rum!" Caspar Kaiser schien den Neuankömmling unter seine Fittiche nehmen zu wollen. Er öffnete die Tür zur Scheune und schob Staller hinein.

Innen war nur ein kleiner Teil durch eine Zwischenwand abgetrennt, der Rest bildete einen großen zusammenhängenden Raum, der allerdings ganz unterschiedlich genutzt wurde. Zur Straße hin befand sich eine Art Werkstatt, die über ein eigenes Tor erreicht werden konnte. An den Wänden hingen sorgfältig aufgehängt alle möglichen Werkzeuge. Es gab Hebebühnen für Autos, aber auch für Motorräder. Ein hohes Regal diente als Lager für Ersatzteile und ein großer Kompressor versorgte offensichtlich verschiedene Druckluftwerkzeuge. Etliche mehr oder weniger demontierte Maschinen zeugten davon, dass die Werkstatt auch tatsächlich rege genutzt wurde. Auf einer Hebebühne für Autos stand ein schwarzer Pick-up ohne Nummernschilder.

Im vorderen Teil der Halle rechts befand sich ein langer Tresen mit Zapfanlage, Spülbecken und allem, was für eine mittlere Kneipe nötig gewesen wäre. Regale an der verspiegelten Wand waren mit Gläsern aller Art und Spirituosen reichlich gefüllt. Eine ganze Reihe Kühlschränke komplettierte das Bild. Hinter dem Zapfhahn stand Hoss und füllte gerade einige Biergläser.

Links waren etliche Sitzelemente loungeartig angeordnet und vermittelten zusammen mit Pflanzkübeln und kleinen Tischen einen geradezu wohnlichen Eindruck. Ein gewaltiger Billardtisch aus poliertem Holz wurde dezent angestrahlt. Halbhohe Raumteiler trennten den vorderen Bereich von der Werkstatt ab.

„Donnerwetter!", entfuhr es Staller. „Das sieht aber sehr gut aus hier. Habt ihr prima hinbekommen."

„Du solltest sehen, was bei unseren Partys hier abgeht. Einmal im Monat ist die Bude gerammelt voll. Samstag ist es wieder so weit. Das solltest du dir keinesfalls entgehen lassen."

„Und was ist in dem abgeteilten Raum?"

Caspar lachte dreckig.

„Dort kann man auf der Party ungestört einen verlöten. Und ansonsten kann darin mal jemand wohnen, der gerade nichts anderes hat."

„Es gefällt mir immer besser bei euch! Ich hab' mich nur gewundert wegen der Kinder ..."

„Hier draußen kann nichts passieren. Das Schlimmste, was die Bullerei hier bei einer Razzia finden könnte, wären vielleicht ein paar Gramm Marihuana bei irgendjemandem. Eigenbedarf, pillepalle, Verfahren eingestellt. Alles safe. Wir haben schließlich eine Verantwortung unseren Familien gegenüber."

„Zu wem gehört die Kleine denn?"

„Du meinst die Mutter von Melissa?" Caspar beugte sich näher an Stallers Ohr. „Das ist 'ne Clubmatratze. Steht auf harte Jungs und wird gern ordentlich rangenommen. Solltest du unbedingt mal ausprobieren!"

„Ist notiert." Staller zwang sich zu einem schmutzigen Grinsen. Wenn er sich vor Augen hielt, dass dieser Kerl einerseits alles für seine Familie tat und andererseits vermutlich zwei Männer auf dem Gewissen hatte, dann geriet sein Verstand ins Schleudern.

Caspar griff sich zwei Biergläser vom Tresen und deutete zur Tür.

„Komm, wir setzen uns wieder raus. Da können wir in Ruhe reden."

Daraus wurde allerdings erst einmal nichts, denn in diesem Moment schoss ein dunkler Geländewagen auf den Hof und bremste so scharf, dass die Reifen trotz ABS kurz blockierten. Ein Mann stieg aus, knallte die Tür zu und stürmte auf die Veranda. Wütend griff er sich ein Bier und stürzte es hinunter.

„Ulf, was ist denn los?" Caspar wirkte teils irritiert, teils belustigt.

„Im Grunde nichts. Aber mich haben heute die Sheriffs zweimal komplett gefilzt. Reine Schikane!"

„Irgendeine Ahnung, warum?"

„So ein Bulle, den ich mal geleimt habe, probt den Aufstand und versucht mir auf den Nerv zu gehen."

„Was ihm offenbar gelingt", ergänzte Staller trocken.

„Wer bist du denn?" Ulf Meier bemerkte erst jetzt, dass er einen Unbekannten vor sich hatte.

„Das ist Mike von den Nomads. Er kommt gerade aus Norwegen. Mike, das ist Ulf unser Finanzminister."

„Wenn du mal jemanden brauchst, der deinem Bullen ein bisschen auf die Füße tritt, dann sag Bescheid. Das mache ich immer gern." Für Staller war es wichtig, schnell Vertrauen zu gewinnen. „All cops are bastards, nicht wahr?"

„Allerdings. Danke für das Angebot. Vielleicht komme ich mal darauf zurück. Was machst du hier?", wollte Meier wissen.

„Familienangelegenheit. Muss jemandem eine Lektion erteilen. Eine, die er nicht vergisst", gab Staller sich wolkig.

„Oh, klingt nach Spaß!"

„Für ihn eher nicht." Die grimmige Miene von Staller verhieß nichts Gutes.

Meier wandte sich an Caspar Kaiser.

„Ich hab' einen Kranz für die Beerdigung morgen besorgt. Bleibt es dabei, dass wir gemeinsam hinfahren?"

„Unbedingt. Ich möchte damit demonstrieren, wer das Sagen hat in der Stadt."

„Habt ihr auch jemandem eine Lektion erteilt?", fragte Staller beiläufig.

„Sagen wir es so: Zwei Männer von einem anderen Club waren etwas ungeschickt, was zu ihrem frühen Tod geführt hat. Alle Hamburger Hounds sollen bei der Beerdigung Präsenz zeigen. Die Free Riders sind zwar ziemliche Lutscher, aber ich möchte trotzdem sicherstellen, dass sie nicht versuchen uns in die Quere zu kommen."

„Wenn wirklich alle mitfahren sollen, wer übernimmt dann die Bewachung von unseren neuen Hühnern? Ich würde ungern einen von den Hangarounds einweihen." Ulf Meier sah sich nachdenklich um. Aber Kaiser hatte sofort eine Lösung parat.

„Mike, hast du morgen Mittag schon etwas vor? Oder könntest du uns einen kleinen Gefallen tun?"

„Immer gern. Was liegt denn an?"

„Es ist eigentlich ganz easy. Wir kriegen regelmäßig neue Mädels aus der Ukraine, die für uns anschaffen gehen sollen. Die müssen natürlich erst einmal ein wenig eingearbeitet werden, bevor wir sie losschicken können. Bis dahin bleiben sie in einer Mietwohnung und wir kümmern uns um sie." Meier sprach völlig emotionslos.

„Wenn du willst, kannst du auch ein bisschen Spaß mit ihnen haben. Wir sind da nicht kleinlich." Der Präsident teilte einen kräftigen Ellenbogenstoß aus und lachte erneut dreckig.

„Kein Problem. Das mach' ich doch gern."

Meier holte ein Stück Papier und einen Stift aus der Tasche und notierte etwas.

„Hier ist die Adresse. Kannst du um 13 Uhr dort sein?"

„Sicher."

* * *

Thomas Bombach verspeiste den letzten Bissen seines zweiten Brötchens mit sichtlichem Genuss und warf begehrliche Blicke auf die ungegessene Hälfte, die Gaby auf ihrem Teller liegen hatte.

„Willst du mein Brötchen noch haben?", fragte sie lächelnd, denn sie kannte ihn gut genug um zu wissen, dass er bei Essen kaum nein sagen konnte.

„Wollen schon. Aber dürfen – eher nicht." Manchmal schaffte er es dank eiserner Selbstdisziplin der Versuchung zu widerstehen. Heute hatte er das Gefühl, dass er mal wieder die Zügel etwas anziehen musste.

„Ich möchte nicht eines Tages als Fass vor dir stehen, meine Hübsche."

Sie warf ihm eine verführerische Kusshand zu und beugte sich dicht an sein Ohr.

„Ich verrate dir ein Geheimnis: Dich mag ich sogar mit Übergewicht. Das du selbstverständlich noch nicht hast", fügte sie hinzu, als sie seinen entsetzten Blick sah.

„Ich bleibe bei nein. Außerdem sollte ich mal langsam ins Büro fahren. Danke für das gute Frühstück!"

Normalerweise stand er sehr zeitig auf und verließ das Schlafzimmer ganz leise, um Gaby nicht zu wecken, die eine ausgesprochene Langschläferin war. An solchen Tagen machte er sich nur einen Kaffee und besorgte sich irgendwo unterwegs ein belegtes Brötchen. Umso schöner waren dann die Tage, an denen sie gemeinsam aufstanden und in Ruhe frühstückten. Gaby meist noch im Morgenmantel und mit wirrem Haar, er bereits frisch geduscht und fertig angekleidet.

„Sei vorsichtig und lass dich nicht ärgern!" Sie gab ihm einen Kuss und drückte sich fest an ihn.

„Sei du lieber vorsichtig, sonst mache ich heute frei und schleppe dich gleich wieder nach oben", neckte er sie, während er sich mit etwas Mühe von ihr löste.

„Oh, ich würde mich bestimmt nicht wehren. Aber da ich aussehe wie eine gut abgelagerte Vogelscheuche, schätze ich, dass du nur nett sein willst. Also los, geh spielen!" Sie gab ihm einen zärtlichen Klaps auf das Hinterteil und schob ihn zur Tür. Er drehte sich noch einmal um und zwinkerte frech.

„Ich habe eine Vorliebe für abgehalfterte Vogelscheuchen." Danach suchte er rasch das Weite und schloss die Küchentür hinter sich, bevor sie mit der Zeitung nach ihm werfen konnte. Im Flur nahm er den Autoschlüssel und das Handy von der Ablage und holte seine Jacke. Dabei überlegte er, was er noch tun konnte, um Ulf Meier das Leben zu erschweren.

Sein dunkelgrüner BMW stand rechts von ihm in der Auffahrt vor der Garage, genau so, wie er ihn gestern Abend abgestellt hatte. Er umrundete die Motorhaube und wollte gerade die Fahrertür öffnen, als er stutzte. Auf das Fenster der Fahrertür hatte jemand ein Foto von Gaby geklebt. Es war offenbar aufgenommen worden, als sie das Haus gerade verlassen wollte. Das Bild zeigte ihren Oberkörper in Schwarzweiß. Über das Foto hatte jemand eine rote Flüssigkeit gekippt, die teilweise an der Tür herablief und entweder Blut war oder diesem zumindest sehr ähnlich sah.

Bommel runzelte die Stirn und versuchte die Situation noch zu erfassen, als er hinter sich auf der Straße das Aufheulen eines starken Motors hörte. Als er sich umdrehte, erkannte er den schwarzen Geländewagen gleich wieder. Das Fenster auf der Beifahrerseite war herabgelassen und der Fahrer schob in diesem Moment die Sonnenbrille in die Haare. Dann zeigte er mit Zeige- und Mittelfinger seiner rechten Hand zuerst auf seine Augen, dann auf den Kommissar und dann wieder auf seine Augen. Dazu nickte er ernst und schoss einen wütenden Blick quer über die Einfahrt. Schließlich hob er seinen Mittelfinger zu einem Gruß, der allgemein als eher wenig respektvoll galt und rammte anschließend den Schalthebel nach vorn. Mit quietschenden Reifen setzte sich der Mercedes in Bewegung und war wenige Sekunden später verschwunden.

Bombach sah ihm hinterher und seufzte. Meiers Botschaft war eindeutig und unerfreulich. Er hatte den Kommissar ganz richtig als die Ursache für die polizeilichen Schikanen erkannt und wollte mit dieser Warnung mehr oder weniger subtil zu verstehen geben, dass er ebenfalls Mittel und Wege kannte, ihn unter Druck zu setzen. Und natürlich wusste er, dass Bombachs Frau seine Schwachstelle war.

Was sollte er nun tun? Die Untersuchungen gegen Meier und die Hounds auf Eis legen, also kapitulieren? Dagegen wehrte sich alles in ihm. Andererseits hatte er überhaupt keine Lust, Gaby in irgendeiner Weise in Gefahr zu bringen. Und was war mit den Kollegen von der OK, der Organisierten Kriminalität? Die mussten sich doch mit solchen Fragen auskennen? Aber die hatten ihm ja schon einmal geraten, sich aus der Sache herauszuhalten. Es gab keinen Grund anzunehmen, dass sie sich dieses Mal anders äußern würden.

Klar war nur, dass dieser Anlass, so beunruhigend er auch war, nicht ausreichte, um Personenschutz zu beantragen. Abgesehen davon, dass niemand zu Schaden gekommen war, würde seine Schilderung von Ulf Meiers Verhalten als Beweis nicht ausreichen. Und wie er Meier kannte, waren weder auf dem Foto noch an der Farbe oder dem Blut gerichtsverwertbare Identitätsnachweise zu finden. Wieder einmal würde sein Wort gegen Meiers stehen.

Ohnmächtig vor Wut riss Bombach das Foto ab und zerknüllte es. Dann warf er es in die Mülltonne. Er ging auf die Rückseite der Garage und füllte einen Eimer mit Wasser am Außenwasserhahn. Dann nahm er den kleinen Besen zum Schneeabfegen, den er auch im Sommer im Wageninneren spazieren fuhr, und reinigte damit notdürftig die Fahrertür. Auf dem Weg ins Präsidium würde er darüber nachdenken, wie er mit der Situation umgehen sollte.

* * *

Staller parkte seine Harley in der Schomburgstraße direkt vor dem kleinen gepflasterten Viereck für die Müllcontainer. Dann sah er sich zunächst
in Ruhe um. Die Wohnanlage wirkte ziemlich gepflegt und der winzige
Park mit dem eingezäunten Bolzplatz auf der anderen Straßenseite zeigte,
dass hier viele Familien mit Kindern wohnten. Dieser Stadtteil war sicherlich kein In-Quartier, aber auch kein sozialer Brennpunkt. Hier wohnten
ganz normale Menschen, sozusagen der Fleisch gewordene Max Muster-
mann mit seiner Frau und seinen Kindern.

Drei Eingänge führten in den rotgeklinkerten Wohnblock und Staller
strebte dem mittleren entgegen. Der Name, den er suchte, stand am Klin-
gelschild im zweiten Stock links. Ein kurzer Blick auf die Uhr verriet ihm,
dass er pünktlich war. Seine Stiefelabsätze klackten auf den Steinstufen der
Treppe. Es roch leicht nach Mittagessen, aber das Treppenhaus wirkte sauber und gepflegt. Die Türen und Wände waren relativ frisch gestrichen
und auf den Treppenabsätzen standen weder Fahrräder noch Kinderwagen.

Ein Rocker, selbstverständlich mit den Club-Insignien versehen, öffnete
ihm die Tür. Er hatte ihn am Abend im Clubhaus kurz gesehen, aber seinen
Namen wieder vergessen.

„Ah, Mike, du kommst uns ablösen. Sehr gut, komm rein!"

Staller betrat die Wohnung und sah sich neugierig um. Im Flur standen
ein Sideboard und eine Garderobe aus hellem, zueinander passendem
Holz. Die Wände waren in einem ganz leichten Gelbton gestrichen, der
überraschend geschmackvoll mit dem grauen Velours des Bodenbelags
harmonierte. Links konnte er durch die offen stehende Tür in eine kleine
Küche sehen, in der auf einem winzigen Klapptisch an der Wand Bierfla-
schen, Kaffeetassen und ein gefüllter Aschenbecher wild durcheinander
standen. Außerdem gab es noch eine kleine Arbeitsplatte, auf der sich Pizzapappen, Plastiktüten und gebrauchtes Besteck drängten.

Rechts führte eine ebenfalls geöffnete Tür in ein großes Wohnzimmer
mit einem hübschen Balkon. Eine beige Couchgarnitur mit flachem Tisch

und ein moderner Flachbildschirm waren erkennbar. Insgesamt drei weitere Türen waren geschlossen. Die eine, gegenüber dem Eingang, führte vermutlich ins Bad, die anderen, dem Schnitt der Wohnung nach zu urteilen, in zwei kleinere Zimmer.

„Bist du allein?", wollte Staller wissen.

„Nee, Bodo ist auch noch hier. Er beschäftigt sich gerade damit die Chicks noch etwas einzuarbeiten." Das breite Grinsen war äußerst vielsagend.

„Hey, Bodo, wir wollen los!", rief der Rocker über den Flur. Eine Minute später öffnete sich die Tür neben der Küche und der andere Hound erschien. Ungeniert verschloss er im Gehen seine Hose.

„Ich hoffe, du hast ein paar Ladungen mitgebracht. Die Neuen müssen noch ordentlich zugeritten werden."

„Das wird schon. Muss ich noch irgendetwas wissen?"

„Ja. Bei der Blonden solltest du ein bisschen aufpassen, wenn sie dir einen blasen soll. Bei mir hat sie eben versucht zu beißen. Aber das bereut sie jetzt. Und im Kühlschrank ist noch Bier."

„Gut zu wissen." Staller verbarg seinen Ekel. „Wann kommt ihr wieder?"

„Sollte nicht länger als drei Stunden dauern. Kommst du klar?"

„Sicher. Bis später!"

„Nimm sie ruhig hart ran. Bis dann!"

Die beiden Rocker schnappten sich ihre Helme und stapften davon. Staller beobachtete aus dem Küchenfenster, wie sie den gepflasterten Weg zur Straße entlanggingen, bis sie aus seinem Sichtfeld verschwunden waren. Wenig später hörte er durch das gekippte Fenster das Grollen der schweren Zweizylindermotoren, das sich schließlich entfernte. Er machte sich schnell mit dem Rest der Wohnung vertraut. Das Wohnzimmer bot keine Überraschungen und der Raum daneben war winzig und beherbergte ein Klappbett und einige Koffer. Auch das Bad sah genauso aus wie in Hunderten anderen Wohnungen dieser Art in Hamburg.

Nun blieb nur noch das Zimmer mit den Frauen. Staller wappnete sich innerlich gegen das, was er gleich sehen würde, und öffnete die Tür. Der Raum wirkte relativ dunkel, da vor dem Fenster ein lichtundurchlässiges Rollo heruntergezogen war. In einer Ecke verbreitete eine kleine Nachttischleuchte mit einem stoffbezogenen Schirm nur schwaches Licht. Bei dem Doppelbett, das den Raum dominierte, handelte es sich um eine große und schwere Ausführung aus Metall. Das Kopfteil war kunstvoll verschnörkelt und doppelt so hoch wie das Fußteil. Die Decken in schlichter, blauer Bettwäsche lagen zerknüllt an den Seiten und hingen teilweise auf den Boden herab. Das Zimmer war von schalen Gerüchen erfüllt, als ob lange nicht gelüftet worden war. Billiges Parfüm, kalter Rauch und ein Hauch von altem Sperma ergaben eine Mischung, die genauso zu Stallers Ekel beitrug wie das Bild der beiden Mädchen in der Mitte des Bettes.

Eine Blondine und eine Brünette hatten sich eng aneinander geklammert, so als ob die Körperwärme der jeweils anderen Trost und Schutz bieten könnte. Die langen, wirren Haare lagen ausgebreitet auf der Matratze und waren wie diese von getrockneten Flüssigkeiten verklebt. Die Blondine lag mit dem Gesicht zur Tür und schaute ihn aus weit aufgerissenen Augen an, die aussahen, als ob jegliches Leben aus ihnen gewichen sei. Ihre Nase und ihr Mund waren blutverschmiert, Zeugnis eines kräftigen Fausthiebes, der noch nicht lange her sein konnte, denn das Blut rann immer noch nach. Die aufgeplatzte Oberlippe schwoll langsam an.

Bekleidet waren beide nur mit je einem winzigen Tanga. Die Körper waren jugendlich, mit flachen Bäuchen und straffen Brüsten, aber übersät mit blauen Flecken, die von vergangenen Torturen zeugten. Jeweils eine Hand und ein Fuß waren mit einer metallenen Fessel versehen, die am Kopf-, beziehungsweise Fußende des Bettes befestigt waren. Sie gaben den Frauen nur gerade so viel Raum, dass sie sich ein wenig hin und her drehen konnten.

„Könnt ihr mich verstehen?", fragte Staller sanft.

Zunächst gab es keine Reaktion.

„Do you speak english?", versuchte er es erneut, aber mit wenig Hoffnung.

Die Brünette drehte sich langsam zu ihm um und musterte ihn mit stumpfem Blick. Ihr Gesicht war zwar nicht so verunstaltet wie das der Blondine, aber dafür sprachen die großflächigen, dunklen Hämatome links und rechts an ihrem Hals ebenfalls eine deutliche Sprache.

„Du ficken?", fragte sie mit einer schwachen Stimme, die bewies, dass die Hoffnung dieser Frau bereits gestorben war.

„Nein", versicherte Staller und schüttelte vehement den Kopf. „Nein, ich will euch helfen. Wo ist der Schlüssel für die Handschellen, weißt du das?"

„Nix verstehen", flüsterte die Brünette. „Wir Ukraine."

„Schlüssel", wiederholte Staller indem er vorsichtig ihre gefesselte Hand nahm und mit den Fingern Drehbewegungen über dem Schloss machte. „Wo?"

„Nicht hier. Weiß nicht."

Die Blondine hatte diesen Austausch mit stumpfem Blick verfolgt. Es war unklar, ob sie Staller verstand, denn sie zeigte keinerlei Reaktion und bewegte sich auch nicht.

„Moment. Ich komme gleich wieder!" Staller untermalte seine Worte mit einigen Gesten, in der Hoffnung sich so verständlich zu machen. Rasch durchsuchte er den Rest der Wohnung und wurde in der Küche fündig. Mit den Schlüsseln in der Hand kehrte er ins Schlafzimmer zurück und befreite die Frauen als Erstes von den Handschellen. Die Brünette schaffte es sich aufzusetzen und rieb ihr Handgelenk. Die Blondine hingegen blieb apathisch liegen.

„Warte, ich bringe dir etwas zum Säubern." Staller verließ das Zimmer erneut und kehrte nach einiger Zeit mit einer Schüssel voll warmen Wassers und einem Waschlappen zurück. Vorsichtig tupfte er ihr Gesicht damit ab und versuchte das Blut zu entfernen. Als er ihre Lippe berührte, zuckte sie schmerzerfüllt zusammen.

„Das tut weh, nicht wahr? Sorry!"

Nachdem sie ihre Arme und Beine ein paar Mal gestreckt hatte, wandte sich die Brünette Staller zu und nahm ihm den Lappen ab.

„Ich machen, okay?"

„Klar. Habt ihr Hunger oder Durst?"

„Viel Durst, nix Hunger."

„Ich schau' mal, was ich finde."

Ein weiteres Mal begab sich Staller in die Küche. Im Kühlschrank stand nicht nur Bier, sondern auch eine große Flasche Cola. Obwohl die Brünette angegeben hatte, keinen Hunger zu haben, hielt er das zuckerhaltige Getränk im Moment für geeigneter als Wasser. Wer weiß, wann die Frauen zum letzten Mal etwas gegessen haben mochten! Mit der Flasche und zwei

Gläsern kehrte er ins Schlafzimmer zurück. Mittlerweile saß auch die Blonde aufrecht und lehnte sich dabei an das Kopfteil.

„Kannst du etwas trinken?", fragte Staller und schenkte beide Gläser voll. Die Blonde nickte leicht und streckte ihre Hände aus. Beide Handgelenke wiesen Verletzungen auf. Offenbar hatte sie sich zu Anfang noch vehement gegen die Vergewaltigungen gewehrt. Jetzt hingegen war ihr Widerstand gebrochen. Dankbar nahm sie das Glas mit beiden Händen entgegen, führte es zitternd an den Mund und trank mit großen Schlucken, obwohl ihr anzusehen war, dass es ihr Schmerzen bereitete.

„Wie seid ihr hierhergekommen? Was ist passiert?", wollte Staller wissen.

Die Brünette, die sich bereits ein zweites Glas einschenkte und insgesamt etwas kräftiger wirkte, antwortete.

„Ukraine Leben nix gut. Viel Krieg. Familie Hunger. Ich will arbeite in Deutschland. Witali sagt, bringt mich her. Arbeite Kellnerin oder putzen, ganz egal."

Der Reporter seufzte. Immer die gleiche Geschichte! Skrupellose Menschenhändler fanden stets willige Opfer, die bereit waren alles zu tun, um in das gelobte Land zu kommen. Unter menschenunwürdigen Bedingungen wurden sie dann nach Deutschland geschleust, mussten ihren Pass abgeben und wurden quasi verkauft, um den Lohn für die Passage zahlen zu können. Die neuen Besitzer der Mädchen hatten diese komplett in der Hand, denn deren Aufenthalt war selbstverständlich illegal. In diesem Fall sollten sie offensichtlich zur Prostitution gezwungen werden.

Die Blonde hatte ihr Glas inzwischen ganz ausgetrunken und hielt es Staller bittend entgegen.

„Darf ich noch ein Glas haben?" Ihre Stimme war ein angenehmer Alt und man musste sich äußerst anstrengen, um einen Akzent herauszuhören.

„Natürlich", beeilte sich Staller zu sagen und schenkte nach. „Du sprichst ja ganz ausgezeichnet Deutsch. Wo hast du das gelernt?"

„Ich habe deutsche Wurzeln. Mein Urgroßvater stammte aus Berlin. Er sorgte dafür, dass alle Familienmitglieder zweisprachig aufwuchsen." Sie trank wieder gierig. Das süße Getränk weckte langsam, aber sicher ihre Lebensgeister.

Staller beugte sich hinunter und löste nun auch die Fesseln an den Füßen der Mädchen. Auch hier bemerkte er Schürfwunden und Hämatome an den Knöcheln im Bereich der Metallringe.

„Wie wäre es mit einer heißen Dusche?", schlug er vor. Die Brünette, die ihre geschundenen Beine massiert hatte nickte nur, während die Blondine Staller sehr aufmerksam musterte.

„Du trägst die gleichen Abzeichen wie die anderen Männer, aber du bist nicht böse wie sie. Wer bist du?"

Staller überlegte, wie viel er ihnen sagen konnte.

„Ich heiße Mike und gehöre nicht wirklich zu den Hounds of Hell. Ich möchte wissen, ob sie zwei Männer umgebracht haben."

„Du bist von der Polizei?"

„Nein. Ich bin Journalist. Ich habe mich sozusagen bei denen eingeschlichen."

Die Blondine bewies, dass ihr Verstand wieder vollständig funktionierte.

„Das ist sehr gefährlich. Und noch gefährlicher ist es, uns davon zu erzählen. Warum machst du das?"

„Weil ich nicht einfach wegsehen kann. Ich habe eine Tochter, die ungefähr so alt ist wie ihr. Und ich weiß, was euch in den nächsten Jahren erwartet, wenn ihr hier bleibt."

Die Brünette machte ein bedrücktes Gesicht. Offenbar verstand sie eine ganze Menge von dem Gesagten.

„Ich heißen Mascha. Meine Freundin Julia." Wäre die Situation nicht so schrecklich gewesen, hätte diese förmliche, fast vornehme Vorstellung durchaus eine gewisse Komik besessen.

„Ich mache euch einen Vorschlag, Mascha und Julia. Ihr geht unter die Dusche und sucht euch etwas anzuziehen. Und ich sehe in der Zwischenzeit zu, dass ich etwas Essbares finde. Dann reden wir weiter. Okay?"

„Gut", befand Mascha.

„Danke", hauchte Julia.

Dann standen sie beide auf. Sie machten keine Anstalten, ihre weitgehende Blöße zu bedecken, als sie sich vorsichtig streckten. Staller fragte sich, ob sie durch die erlittenen Erniedrigungen bereits innerlich gebrochen waren oder ob er so vertrauenswürdig wirkte, dass ein solcher Schutz nicht vonnöten war. Natürlich fand er keine Antwort darauf. Aber immerhin freute er sich, dass sie sich verständigen konnten. Der Rest musste sich finden.

In der Küche entdeckte er einen blauen Müllsack, in dem er die Pizzapappen, Essensreste und den Inhalt der Aschenbecher entsorgte. Dann stellte er die leeren Flaschen hinter der Tür an die Wand. Das schmutzige Besteck und die Kaffeetassen deponierte er in der Spüle. Mit einem Lappen wischte er den Tisch und die Arbeitsplatte ab. Nun hatte er wenigstens Platz.

Nach einer gründlichen Sichtung der vorhandenen Vorräte stellte sich das Menü quasi von selbst zusammen. Es gab Rührei, Schwarzbrot mit Schinken oder Käse und Gewürzgurken. Hartnäckige Gourmets konnten die Speisenfolge noch mit einem Schluck Tomatenketchup aufpeppen. Toll war das nicht, aber immerhin besser als nichts. Während er im Badezimmer die Dusche rauschen hörte, stellte er eine Pfanne auf den Herd, schmolz einen Klacks Butter darin und zerschlug alle sechs vorhandenen Eier. Immerhin gab es Salz und Pfeffer. Und die angebrochene Tüte Milch roch noch nicht sauer. Im Hängeschrank fand er Geschirr und in der Besteckschublade sogar noch saubere Messer und Gabeln. Er deckte für zwei an dem kleinen Klapptisch. Als das Rührei genügend gestockt war, stellte er den Herd ab und schob die Pfanne halb auf die Seite.

Als er zurück in das Schlafzimmer ging um dort einmal gründlich zu lüften, hörte er die Mädchen im Bad munter miteinander plappern. Das wertete er als gutes Zeichen, auch wenn er kein Wort verstand. Auf dem Rückweg rief er in Richtung der Badezimmertür: „Das Essen wäre jetzt fertig!"

„Wir kommen gleich!"

In der Küche beschloss er, noch eine Kanne starken Kaffee zu kochen. Dafür fand er schnell alles Erforderliche. Während die einfache Maschine lautstark zu blubbern begann, traten die äußerlich völlig veränderten Mädchen schüchtern näher. Beide trugen schlichte, aber saubere T-Shirts und bequeme Jogginghosen aus Baumwollstoff. Ihre nassen Haare waren locker zu Pferdeschwänzen zusammengebunden. Ohne jedes Make-up wirkten sie fast noch kindlich und sehr verletzlich.

„Mögt ihr Rührei?"

Beide nickten eifrig.

„Na los, setzt euch. Sonst wird es noch kalt!" Er füllte großzügige Portionen auf die beiden Teller und machte eine auffordernde Handbewegung in Richtung Brot und Aufschnitt. „Bedient euch! Ich koche gerade noch Kaffee dazu."

Gierig machten sich die Mädchen über das bescheidene Essen her. Offenbar hatten sie doch mehr Hunger, als sie gedacht hatten, denn in Windeseile verschwanden das Rührei und mehrere Scheiben Schwarzbrot in den eifrig kauenden Mündern. Selbst das Glas mit den Gewürzgurken wurde geleert. Als der Kaffee fertig war, goss Staller ein und nahm sich selber auch einen Becher davon.

„Besser?", fragte er, nachdem auch die letzte Scheibe Brot verputzt war.

Mascha nickte nur, denn sie hatte noch einen Bissen im Mund. Julia umklammerte ihren Kaffeebecher mit beiden Händen und musterte Staller eingehend.

„Du bist wirklich nett. Du kochst sogar für uns. Sind alle deutschen Männer so?"

Die Frage warf Staller ein wenig aus der Bahn. Die Herstellung von Rührei zum Beispiel hätte er selbst nicht als Kochen bezeichnet. Und inwieweit partizipierten Deutschlands Männer generell an häuslichen Tätigkeiten? Wie viele trugen wohl nur den Müll raus? Oder war das ein Klischee? Die ständig wachsende Zahl an Singlehaushalten zwang andererseits auch Männer an den Herd. Oder gingen die immer essen?

„Zumindest sind nicht alle Männer so wie die Typen, die euch hier festhalten." So viel glaubte er behaupten zu können.

„Hast du Frau?", wollte Mascha wissen, deren harter Akzent ihre Herkunft deutlich verriet.

„Nein", antwortete er ehrlich. „Meine Frau ist vor sieben Jahren gestorben. Seitdem lebe ich mit meiner Tochter allein."

„Warum? Du guter Mann. Arbeiten und freundlich. Brauchen Frau. Warum will nicht?" Das dunkelhaarige Mädchen aus der Ukraine betrachtete ihn interessiert. „Du schwul?"

Staller musste lachen. In ihrem holprigen Deutsch brachte Mascha ihre Fragen ziemlich auf den Punkt.

„Nein, schwul bin ich nicht. Vielleicht habe ich die Richtige bisher nicht gefunden." Schon während er es aussprach, kamen ihm Zweifel. Wenn jemand die Richtige war, dann doch wohl Sonja! Was war nur los mit ihm?

Die einfachen Fragen dieser jungen Mädchen brachten ihn in eine Erklärungsnot, die zum jetzigen Zeitpunkt wirklich in die falsche Richtung führte.

„Es wäre im Moment vermutlich wichtiger, dass wir über euch reden. Und wie es mit euch weitergehen soll."

„Wir bei dir bleiben?", fragte Mascha hoffnungsvoll.

Jetzt mischte sich Julia wieder ein. Hastig redete sie in einer Sprache auf ihre Freundin ein, von der Staller nicht wusste, ob es Russisch oder Ukrainisch war. Auf jeden Fall war eine gewisse Dringlichkeit zu spüren. Mascha entgegnete wenig, hörte aber aufmerksam zu. Im Verlaufe des Redeschwalls nahm ihr Gesicht einen immer enttäuschteren Ausdruck an. Schließlich wandte sich Julia wieder an den Reporter.

„Entschuldigung. Mascha spricht nicht gut genug Deutsch, deshalb musste ich es ihr auf Russisch erklären. Wir können natürlich nicht mit dir gehen, sonst bist du enttarnt."

Staller war beeindruckt. Julia hatte die Zusammenhänge blitzartig durchschaut. Wenn er die Mädchen jetzt aus der Wohnung befreite, dann war seine Mission bei den Höllenhunden beendet, bevor sie richtig begonnen hatte. Ohne Papiere würden Julia und Mascha sofort wieder in die Ukraine abgeschoben werden. Andererseits konnte er sie natürlich auch nicht einfach ihrem Schicksal überlassen. Aber was hatte er für Möglichkeiten?

„Im Moment kann ich wenig für euch tun. Ich könnte euch hier herausholen, aber ihr würdet als Illegale in die Heimat abgeschoben werden."

„Nicht zurück in Ukraine!" Maschas Gesicht wurde hart.

„Wisst ihr, wer eure Pässe hat?"

„Passport? Nix wissen. Hat Witali."

„Witali ist ein Bekannter von uns. Er hat behauptet, dass er uns für je fünfhundert Dollar nach Deutschland bringen kann. Er braucht den Pass, damit er ein Visum beantragen kann. Hat er zumindest gesagt." Julias Stimme wurde gegen Ende des Satzes leiser. Ihr schien aufzugehen, dass der ukrainische Bekannte sie hintergangen hatte.

„Dieser Witali wird eure Pässe entweder selbst oder über Mittelsmänner an die Hounds of Hell übergeben haben. Selbst wenn ich an die rankommen sollte, wird es ohne gültiges Visum schwer für euch zu bleiben. Und ich denke, ihr wisst inzwischen, was euch hier erwartet."

„Wir arbeiten Nutte", stellte Mascha emotionslos, aber sehr zutreffend fest.

„Wäre es da nicht besser, ihr würdet doch zurück ...?"

„Nein!"

„Warum nicht? Ihr seht doch, wie ihr hier behandelt werdet. Glaubt ihr, dass das mit der Zeit besser wird?" Staller verstand die beiden Frauen nicht.

„Hast du schon mal vom Bataillon Donbass gehört?", fragte Julia leise.

„Klar. Das ist ein Kampfverband von Freiwilligen, der die Ostukraine gegen die prorussischen Separatisten verteidigen will. Ein ehemaliger Offizier und Geschäftsmann finanziert diese Gruppe. Sie sind strikt gegen jede Waffenruhe und fordern die Verhängung des Kriegsrechts."

„Du weißt gut Bescheid. Semen Sementschenko heißt der Anführer. Unter ihm dienen mittlerweile über tausend Männer. Sie interessieren sich nicht dafür, was die Politiker beschlossen haben. Genauso wenig wie die russischen Separatisten. Unsere Väter und unsere Brüder haben sich dem Bataillon angeschlossen. In unserer Heimat regiert der blanke Hass. Die Leute ziehen in kleinen Gruppen durch die Dörfer, brennen Häuser nieder und plündern das Wenige, das es noch gibt. Dort passieren Dinge ..."

Sie machte eine kleine Pause und war offensichtlich mit ihren Gedanken weit weg.

„Ob wir hier oder dort vergewaltigt werden, ist letztlich egal. Aber hier bleiben wir eher am Leben."

Julia sprach tonlos und unbeteiligt. Das berührte Staller mehr, als wenn sie getobt und geschrien hätte. Junge Mädchen, gerade erst dem Kindesalter erwachsen – und doch schon fürs Leben gezeichnet. Würden sie je eine normale Familie gründen können, mit Männern, die ihnen Respekt entgegenbrachten und Kindern, deren unbeschwertes Lachen ein Beweis für die bedingungslose Liebe ihrer Eltern war? Ein Leben führen mit einem Job, der sie ernährte, einem Haus mit kleinem Garten und mit Nachbarn, die abends mit einer Flasche Wein zum Grillen vorbeikamen?

„Ich kann mir vermutlich nicht einmal vorstellen, was ihr alles erlebt habt. Aber ich weiß, dass es hier nicht besser wird. Die Hounds werden euch anschaffen lassen, solange ihr jung und hübsch genug seid. Sie werden sagen, dass sie viel Geld bezahlt haben um euch aus der Ukraine rauszuholen. Das müsst ihr mit Prostitution verdienen und zurückzahlen. Vermutlich werdet ihr das nur ertragen, wenn ihr Drogen nehmt. Die geben sie euch – und eure sogenannten Schulden werden immer mehr. Aus diesem Teufelskreis kommt ihr sehr wahrscheinlich nicht lebend heraus."

Staller beschönigte absichtlich nichts. Es tat ihm zwar leid diese harten Worte auszusprechen, aber er wollte, dass Julia und Mascha ihre Situation möglichst klar vor Augen hatten.

„Du Ratschlag für uns?", fragte Mascha, die zumindest in groben Zügen verstanden zu haben schien, was er erklärt hatte.

„Es gibt eine Möglichkeit", nickte der Reporter. „Wenn ihr als Kronzeugen gegen die Rocker aussagt, dann könnt ihr versuchen mit der Staatsanwaltschaft einen Deal auszuhandeln. Dann könntet ihr hierbleiben."

Die beiden Mädchen sahen sich an und begannen erneut sehr schnell auf Russisch miteinander zu sprechen. Offensichtlich waren sie über irgendetwas unterschiedlicher Meinung und konnten sich nicht so recht einigen. Nach einer Weile war es abermals Julia, die das Wort wieder an Staller richtete.

„Entschuldigung. Wir wissen nicht, wie bei euch in Deutschland die Rocker reagieren. Bei uns in der Heimat gibt es die Notschnyje Wolki aus Russland. Das bedeutet übersetzt: Nachtwölfe. Die kämpfen zwar auf der russischen Seite, aber sie zwingen keine Frauen zur Prostitution oder handeln mit Drogen. Mascha glaubt, dass es für uns nicht so schlimm werden wird."

„Und du? Glaubst du mir?"

„Ich weiß es nicht. Was wir bisher erlebt haben, war schlimm, aber ob es so bleibt … " Julia zuckte die Schultern. „Andererseits bist du so nett zu uns, warum solltest du lügen?"

„Es ist die Wahrheit. Allerdings kommt noch etwas dazu: Der Arm dieser Rocker reicht weit, sehr weit. In den seltenen Fällen, in denen jemand sich bereit erklärt hatte gegen sie auszusagen, haben sie Mittel und Wege gefunden, seine Angehörigen zu bedrohen. Und schon herrscht das große Schweigen. Deshalb hat es bisher noch keine Verurteilungen geben können. Euer Vorteil wäre, dass ihr keine Verwandten in Deutschland habt."

Stille. Die Mädchen fassten sich unwillkürlich an den Händen. Das maschinengewehrartige Schnattern jedoch blieb aus. Falls eine Verständigung zwischen ihnen stattfand, dann jedenfalls ohne Worte. Schließlich stellte Julia eine Frage, die Staller überraschte.

„Wie viele solche Rocker gibt es in Deutschland?"

„Schwer zu sagen. Ein paar tausend vielleicht." Worauf wollte die junge Ukrainerin denn jetzt hinaus?

„Und alle sind solche … Verbrecher?"

„Nein, alle sicher nicht. Aber wie viele davon – das weiß ich nicht."

„Aber eine Menge?"

„Bestimmt."

Julia machte ein trauriges Gesicht.

„Ich habe gedacht, Deutschland ist ein anständiges Land, in dem Verbrechen bestraft werden. Aber was du erzählst, klingt anders. Wie kann es sein, dass diese Männer das einfach machen können?"

Staller fühlte sich überrumpelt. Mit dieser einfachen Frage hatte das Mädchen ziemlich erfolgreich den Rechtsstaat in Frage gestellt. Jetzt könnte er ihr die Bedeutung der Unschuldsvermutung, die Wichtigkeit schlüssiger Beweise und den Grundsatz "in dubio pro reo – im Zweifel für den Angeklagten" erläutern. Aber würde er sie angesichts dieser offenkundigen Verbrechen der Hounds of Hell damit erreichen oder gar überzeugen können? Vermutlich nicht.

„Wir haben ein sehr gutes Rechtssystem. Es funktioniert in den allermeisten Fällen ganz ausgezeichnet. Und in einigen wenigen leider nicht so", räumte er ein.

Julia nahm ihren Kaffeebecher in beide Hände und wärmte sich die Finger. Staller fühlte sich angesichts der Not der Mädchen sehr hilflos. Aber er hatte keine andere Wahl, als den beiden die Wahrheit zu sagen. Es gab keine Garantien für einen guten Ausgang dieser Geschichte.

„Wir dir vertrauen", brach es plötzlich aus Mascha heraus. Sie legte ihre Hand auf Stallers Arm und sah ihn bittend an. „Du uns helfen, ja?"

„Ich werde mein Bestes tun."

Staller versuchte sich an einem hoffnungsvollen Lächeln und es gelang ihm halbwegs. Julia schien jedoch hinter seine Maske schauen zu können, denn ihr Gesichtsausdruck blieb sehr nachdenklich.

* * *

Die Nachmittagssonne schien mild auf die kleine Straße im Herzen Rahlstedts herunter. Die Häuser auf der einen Straßenseite lagen friedlich und still in einer Art späten Siesta. Nur selten fuhr ein Fahrzeug vorbei und störte kurz die Ruhe mit einem gleichmäßigen Brummen. Auf der anderen Seite ging es noch leiser zu, denn dort befand sich der Friedhof Rahlstedt. Wer hier lag, hielt sich unbedingt an die Ruhezeiten.

Eine grau getigerte Katze döste im Schatten der Natursteinmauer, die den Friedhof umschloss. Das Tier ließ sich auch durch einige freche Spatzen nicht provozieren, die nicht weit von ihm mit einigem Gezeter für kurzfristigen Aufruhr sorgten. Nach einmaligem Blinzeln befand es offensichtlich, dass die Störenfriede keinerlei Beachtung verdienten.

Auf dem Friedhofsgelände selbst, das mit makellos gefegten Wegen einen sehr gepflegten Eindruck hinterließ, hatte sich eine Trauergesellschaft an einem offenen Grab versammelt. Das Loch war ungewöhnlich groß, denn es war für zwei Särge ausgehoben worden. Etwa dreißig Menschen hatten sich eingefunden. Es fiel auf, dass sie alle relativ jung waren – die üblichen Greise, ohne die sonst kaum eine Beerdigung vorstellbar war, fehlten. Männer waren deutlich in der Überzahl und auch das entsprach nicht dem Durchschnitt.

„Erde zu Erde, Asche zu Asche, Staub zum Staube! Amen."

Der Pastor schob die kleine Schaufel zurück in den Behälter mit Erde, aus der er zu jedem Wortpaar eine Handvoll auf die Särge geworfen hatte. Er verharrte noch einen Moment im stillen Gebet. Dann trat er zurück, umrundete das Fußende der Grube und nahm auf der Seite, an der kein Aushub aufgehäuft war, eine beobachtende Stellung mit vor dem Bauch gefalteten Händen ein.

Der Erste, der nun an das Grab trat, trug eine steinerne Miene zur Schau. Allerdings zeigte eine regelmäßige Bewegung der Kieferknochen, dass der Mann alles andere als emotionslos war. Er biss offensichtlich stark auf die Zähne, um sich seine Gefühle nicht anmerken zu lassen. Erleichtert wurde seine Absicht dadurch, dass von seinem Gesicht nicht allzu viel zu sehen war. Eine große, verspiegelte Sonnenbrille und der dichte, graue Bart verbargen das Meiste.

Fiete, der Präsident der Free Riders, ignorierte die Schaufel, die in seiner Pranke wie ein Kinderspielzeug gewirkt hätte, und griff in die Innentasche seiner Lederweste. Dort zauberte er einen Flachmann einer bekannten Whiskymarke hervor.

„Farewell, bro!" flüsterte er mit zusammengebissenen Zähnen und warf die Flasche in sanftem Bogen in das linke Grab. Dann griff er erneut in seine Weste und zog dieses Mal eine Zigarettenschachtel heraus, die er etwas weniger vorsichtig in der rechten Grabhälfte versenkte.

„Gone, but not forgotten, Bruder!" Seine Stimme klang verdächtig brüchig. Er hielt einen Moment inne und sammelte sich. Dann sprach er ein wenig lauter, mehr an die Trauergemeinde gerichtet, obwohl er den Blick nicht von den beiden Särgen abwandte.

„Ihr wart Teil unserer Familie und ihr werdet es immer sein. Euer Herz gehörte dem Club und ihr seid immer aufrechte und loyale Brüder gewesen. Echte Free Riders eben. Jetzt steigt ihr für die letzte Ausfahrt auf. Möge die Party an eurem Ziel laut und schmutzig und geil sein! Und haltet uns einen Platz an der Theke frei, okay?"

Fiete atmete tief ein und aus. Sein mächtiger Bauch hob und senkte sich entsprechend. Dann drehte er sich um und hob die linke Faust zum Himmel, wobei er den kleinen Finger und den Zeigefinger zur sogenannten "Pommesgabel" ausstreckte.

„Riders forever!", brüllte er mit sonorer Bassstimme.

„Forever Riders!" schallte es im Chor so laut zurück, dass sogar die Katze am Eingang des Friedhofs, obwohl sie zweihundert Meter weit entfernt war, wie der Blitz aufsprang und flüchtete. Dann senkte sich wieder tiefe Stille über den Ort. Fiete trat zurück und schritt die Reihe der Trauernden langsam ab. Jedes Mitglied der Free Riders umarmte er wie ein großer, dicker Bär mit gewaltigen Schlägen auf Rücken und Schultern. Dies diente vor allem dazu Haltung zu bewahren. Die Frauen wurden zwar auch umarmt, aber deutlich vorsichtiger behandelt. Es bot sich ein seltsames Bild mit all diesen harten Kerlen in schwarzem Leder, deren Augen allesamt feucht waren, wie ihr häufiges Blinzeln erkennen ließ. Jedenfalls bei denen, die keine Sonnenbrille trugen. Viele der Frauen weinten ganz offen, wobei eine von ihnen wenig feminin ihre triefende Nase am Ärmel ihres Langarmshirts abwischte.

Thomas Bombach stand zwei Querwege von der Gruppe entfernt und beobachtete das illustre Treiben, hinter einem hohen Grabstein halb verborgen, aufmerksam. Einer nach dem anderen traten nun die Mitglieder des Motorradclubs an die Grabstelle und warfen mitgebrachte Gegenstände in die Grube. Einmal glaubte der Kommissar sogar einen "Playboy" zu erkennen. Der Behälter mit der Erde blieb jedenfalls ungenutzt. Der Pastor zeigte eindeutig Haltung und ließ sich nichts anmerken. Offensichtlich hielt er seinen Gott für tolerant genug, die abweichenden Rituale dieser Rockergruppe gnädig zu betrachten. Nicht ganz zu Unrecht, denn abgesehen von dem wüsten Äußeren und den ungewöhnlichen Grabbeigaben ließen die Trauernden echte Anteilnahme und die Hoffnung auf ein besseres Leben auf der anderen Seite erkennen. Das widersprach der christlichen Betrachtung des Todes und des ewigen Lebens zumindest nicht direkt.

Während die Vorgänge am Grab still voranschritten, tat sich auf der Straße eine neue Lärmquelle auf, deren Pegel rasch anwuchs und an Stärke alles bisher Dagewesene in den Schatten stellte. Zwanzig Harleys mit modifizierten Auspuffanlagen rauschten im Pulk auf der langen geraden Straße heran und verursachten einen infernalischen Krach. Die Gruppe kam von der Schöneberger Straße und donnerte die gesamte Länge der Straße Am Friedhof entlang. Wäre die Katze jetzt noch an ihrem Platz gewesen, hätte sie vermutlich bleibenden Schaden genommen. Entgegen den Vorschriften bog der Trupp schließlich auf den Vorplatz der Kapelle ein und reihte seine Maschinen dort dicht an dicht auf. Viel freier Raum blieb dabei nicht mehr. Erst als das letzte Motorrad seinen Platz gefunden hatte, stellten alle auf ein Zeichen des ersten Fahrers ihre Motoren aus. Die Hounds of Hell waren vollständig angetreten.

Bombach, der den Lärm ebenfalls frühzeitig wahrgenommen hatte, zückte unwillkürlich sein Handy und hielt es ans Ohr, bereit sofort Verstärkung anzufordern, falls die Situation irgendwie eskalieren sollte. Vierzig Rocker unterschiedlicher Clubs mit zehn Frauen als möglicher Pufferzone ließen Übles erahnen. Sollte er vielleicht auf bloßen Verdacht hin die Kollegen vom Revier verständigen? Andererseits bedurfte es schon einer ungewöhnlich massiven Polizeipräsenz angesichts der großen Zahl der Rocker. Zwei oder drei Streifenwagen nützen garantiert nichts. Da wären schon Bereitschaftspolizei oder besser noch das MEK gefordert. Und bis die vor Ort waren – bis dahin war es vermutlich zu spät.

Es dauerte einen Moment, bis die beiden Gruppen aufeinandertrafen. Die Hounds mussten sich auf dem Vorplatz der Kapelle erst formieren und die Riders bildeten vorübergehend einen ungeordneten Haufen, weil die wichtigsten Mitglieder versuchten eine improvisierte Konferenz abzuhalten und gleichzeitig die Frauen aus der Schusslinie zu scheuchen. Nach vorübergehendem Durcheinander setzte sich aber eine altbewährte Strategie durch. Ähnlich einer Wagenburg im Wilden Westen gruppierten sich die Trauernden so, dass die weiblichen Gäste in die Mitte genommen wurden. Fiete, Lasse, Rollo und drei weitere Gründungsmitglieder bildeten die Speerspitze gegen die anrückenden Feinde. Mächtige Bizeps wurden durch gekreuzte Arme zusätzlich betont, gewaltige Pranken verharrten abwartend auf Hüfthöhe und zu Schlitzen verengte Augen fixierten die Ecke, um die die Hounds biegen mussten. Für einen Augenblick schienen selbst die sangesfreudigen Amseln zu verstummen, vielleicht in Vorahnung schlimmer Ereignisse, die unmittelbar bevorstanden.

Hinter den Grabstein geduckt meinte der Kommissar, die Spannung geradezu mit Händen greifen zu können, als er sah, dass die Männer der Hounds of Hell mit ihrem Präsidenten an der Spitze auf den Weg einbogen, der zum Grab der beiden Riders führte. Der Örtlichkeit angepasst bewegten sich die Rocker sehr gemessenen Schrittes in fast militärisch anmutenden Zweierreihen. Der uniforme Eindruck wurde durch die Kleiderordnung unterstützt. Alle Männer trugen entweder schwarze Jeans oder Lederhosen, schwarze T-Shirts und natürlich ihre schwarzen Lederkutten. Selbst für Bombach, der immerhin etwa fünfzig Meter entfernt stand, ließ sich die starke Wirkung dieses Auftritts nicht leugnen. Er wirkte wie die Prozession eines Ordens aus der Hölle und die Umgebungstemperatur schien ungeachtet der anhaltend scheinenden Sonne zu sinken.

Am Grab angekommen und damit direkt gegenüber der Führungsriege der Riders hielt Caspar Kaiser an und stoppte damit den gesamten Zug. Dann schob er seine Sonnenbrille auf die Stirn und bohrte seine Augen sekundenlang in die von Fiete, ohne irgendeine menschliche Regung zu zeigen. Auf Kaisers Zeichen hin trat vom Ende der Gruppe ein Mann nach vorne, der ein riesiges Gesteck aus weißen Lilien trug, an dem eine rote Schleife befestigt war. Neben seinem Präsidenten hielt er kurz an und grunzte halblaut: „Wohin?"

Die Frage war berechtigt. Der Weg rechts um die Grabstelle herum war von den Free Riders verstellt und links blockierten die Hounds den Zugang zur anderen Seite. Im Moment blieb also nur die Möglichkeit, das Gesteck in die Grube zu werfen. Das immerhin hatte der Träger des Grabschmuckes offenbar als pietätlos eingeordnet.

Kaiser erkannte die Problematik und trat zwei Schritte zur Seite. Mit einem Kopfnicken gab er den entscheidenden Wink. Der Mann mit dem Gesteck balancierte es, vierschrötig wie er war, mit einigen Schwierigkeiten am Rande des Grabes entlang auf die linke Seite, wo der Pastor es eilig vorzog sich über die benachbarte Grabstätte zurückzuziehen. Auf der entstandenen freien Fläche deponierte der Blumenmann nun seine Last und trat zurück in die Reihe. Caspar Kaiser begab sich geradezu staatsmännisch an das Gesteck und fummelte so lange an der Schleife herum, bis sie glatt ausgebreitet auf dem Kunstrasen lag und der Text gut zu lesen war. In goldenen Lettern, kunstvoll verschlungen, stand dort auf der roten Schleife: "Als letzter Gruß zum Abschied – Hounds of Hell Hamburg".

Da der Abstand zu groß war, um den Text mit bloßem Auge lesen zu können, benutzte Bombach die Kamerafunktion seines Smartphones. Mit genügend Zoom funktionierte das ganz wunderbar. Bei der Gelegenheit warf er zugleich einen näheren Blick in die Gesichter der Rocker, die ihm zugewandt waren, um ihre Mienen zu studieren. Stand der Ausbruch von Handgreiflichkeiten oder Schlimmerem unmittelbar bevor? Leider lieferte der Gesichtsausdruck der Männer keinerlei Anhaltspunkte. Gefurchte Stirnen und zusammengekniffene Münder deuteten zwar auf ein gewisses Maß an Anspannung, verrieten jedoch nicht mehr. Der Kommissar hatte das dringende Bedürfnis irgendetwas zu tun; ihm fehlte allerdings jede Idee, was das sein könnte. Die erzwungene Passivität als Beobachter drohte ihn zu zermürben.

Kaiser richtete sich wieder auf und trat an das Fußende des Grabes zurück. Der verunsicherte Pastor registrierte mit Genugtuung, dass der Verlauf der Trauerfeier einen winzigen Schritt in Richtung Normalität zu machen schien, denn der große Mann in Leder nahm tatsächlich die kleine Schaufel und warf drei Handvoll Erde auf die Särge. Dann drehte er sich um.

Fiete hatte den Auftritt der Höllenhunde, der insgesamt nur wenig mehr als eine Minute gedauert hatte, mit äußerlich gelassener Miene verfolgt, auch wenn es in seinem Inneren brodelte. Aber er wusste, dass er Ruhe bewahren musste, denn eine Massenschlägerei am offenen Grab würde weder seine Männer wieder lebendig machen, noch eine akzeptable Form der Wiedergutmachung darstellen. Außerdem galt es Rücksicht auf die Frauen zu nehmen. Deshalb behielt er seinen undurchdringlichen Gesichtsausdruck bei, als Kaiser jetzt auf ihn zutrat.

„Tut mir leid, dass das so kommen musste. Aber du kennst die Gesetze der Outlaws. Ich hatte keine andere Wahl. Für mich ist die Angelegenheit damit erledigt."

Jetzt war der kritische Moment gekommen. Bombach spürte es ganz genau, auch wenn er nicht verstehen konnte, was die beiden Präsidenten da miteinander sprachen. In den nächsten Sekunden würde sich entscheiden, ob die Hounds friedlich abziehen würden oder ob sich der beschauliche Friedhof im Herzen von Rahlstedt in eine überdimensionale Kampfarena verwandeln würde. Natürlich würden dabei nicht nur Fäuste fliegen. Die Erfahrung hatte gelehrt, dass kein einziger Rocker unbewaffnet war. Messer, Schlagstöcke, ja sogar Schusswaffen waren an der Tagesordnung. Wenn diese beiden Gruppen jetzt aufeinander losgingen, dann würde Blut fließen. Viel Blut. Hätte er doch besser rechtzeitig Verstärkung angefordert?

Fietes Fäuste waren geballt, aber das war auch das einzige Anzeichen seiner inneren Gemütsverfassung. Seine Miene blieb undurchdringlich.

„Du redest von den Gesetzen der Outlaws. Wir werden prüfen, ob eure Anschuldigungen stimmen und meine Jungs tatsächlich in eurem Revier gewildert haben. Sollte das nicht stimmen, dann weißt du, was die Gesetze dazu sagen."

„Prüft das ruhig. Ich habe hundertprozentige Gewissheit." Kaiser griff in seine Westentasche, was eine erhöhte Aufmerksamkeit der Riders zur

Folge hatte. Aber er förderte nur ein Zigarettenpäckchen zutage. Die Männer ihm gegenüber entspannten sich sichtlich. Nachdem er sich eine der Filterlosen angezündet hatte, blies er den Rauch entspannt durch die Nase.

„Mein Beileid!"

Die Riders standen regungslos hinter ihrem Präsidenten und zeigten keinerlei Reaktion. Kaiser verstaute seine Zigaretten wieder und drehte sich um.

„Abmarsch, Männer!", rief er und die Gruppe der Hounds of Hell gab ihre geordnete Formation auf. Einzeln oder in kleinen Grüppchen machten sie sich auf den Weg zurück zur Kapelle, vor der ihre Motorräder standen. Die Riders blieben weiterhin an ihren Plätzen und verfolgten den abziehenden Club lediglich mit Blicken. Diese jedoch sprachen von Wut, Hass und Vergeltung.

Hinter seinem provisorischen Sichtschutz stieß Bombach die angehaltene Atemluft tief aus. Erst jetzt merkte er, wie sehr er sich verkrampft hatte. Die Krise war offensichtlich für den Moment vorüber und der Rockerkrieg zumindest vertagt. Für ihn gab es hier nichts mehr zu tun. Auf einem benachbarten Weg machte er sich ebenfalls in Richtung Kapelle auf.

„Schön, dass ihr alle kommen konntet", rief Kaiser seinen Männern zu, als sie ihre Maschinen erreicht hatten. „Da es sich für eine ordentliche Beerdigung gehört, dass das Fell der Toten versoffen wird, erwarte ich euch alle im Clubhaus. Da steht ein Fass Bier für uns, das getrunken werden möchte."

Für diese Bemerkung erntete er johlende Zustimmung, die er lachend abwehrte.

„Schon gut. Irgendjemand muss Mike bei den neuen Hühnern ablösen. Wer macht das freiwillig?"

Ulf Meier, der seinen schwarzen Geländewagen heute gegen eine ebenfalls schwarze Harley getauscht hatte, rückte seine Sonnenbrille zurecht.

„Ich fahre hin. Bei Beerdigungen kriege ich immer einen Ständer. Wär' doch schade, wenn der ungenutzt bliebe."

Erneutes, noch lauteres Gelächter ertönte. Der Pastor, der gerade um die Ecke der Kapelle bog, zuckte förmlich zurück. Die Überraschungen im Zusammenhang mit der heutigen Beisetzung waren offenbar noch nicht vorüber. Er zog es vor, das Gebäude von der anderen Seite zu betreten, sodass er von den merkwürdigen Motorradfahrern nicht gesehen werden konnte.

„Gut, Ulf. Sag Mike, dass wir für ihn auch ein Bier haben. Und danke, dass er eingesprungen ist. Abfahrt, Männer!"

Hinter einigen Tannen nahezu unsichtbar verfolgte Bombach, wie die Hounds of Hell aufsaßen und ihre Harleys starteten. Der Lärm war durchaus ausreichend, um auch Tote wieder aufzuwecken, fand er. Unwillkürlich bewunderte er aber die Ordnung, mit der die Abfahrt des doch umfangreichen Trupps vonstattenging. Ein Motorradfahrer fuhr auf die Straße und blieb dort quer zur Fahrspur stehen, bis die gesamte Gruppe nach rechts in Richtung Rahlstedter Straße abgebogen war. Dann brauste er hinterher.

Ulf Meier war auf dem Sattel seines Choppers sitzengeblieben und rauchte in Ruhe seine Zigarette auf. Er schien keinerlei Besorgnis zu hegen, dass die noch auf dem Friedhof befindlichen Riders ihn ihre Unzufriedenheit spüren lassen könnten. Als er den letzten Zug genommen hatte, warf er die Kippe auf das Pflaster und trat sie mit dem Stiefelabsatz aus. Dann setzte er seinen Helm auf.

Bombach nutzte diesen Augenblick, um durch den Seitenausgang zu schlüpfen. Sein BMW parkte fast unmittelbar gegenüber. Bevor Meier das Gelände des Friedhofs verlassen hatte, saß der Kommissar bereits hinter dem Lenkrad und hatte den Motor gestartet.

* * *

Sonja Delft blickte mit zwiespältigen Gefühlen auf den Bildschirm ihres Rechners. 118 ungelesene Mails! Einerseits war es toll, dass sie eine so ausführliche und direkte Resonanz ihrer Zuschauer auf die letzte Sendung von "KM" bekam. Andererseits würde es mindestens anderthalb Stunden dauern bis sie alle gelesen hatte – Zeit, die ihr an anderer Stelle wieder fehlen würde. Gerade wollte sie seufzend die erste öffnen, da steckte Hannes den Kopf zur Tür herein.

„Darf ich?", fragte er höflich und musste sich offensichtlich Mühe geben nicht in das Büro zu stürmen.

„Komm rein, bevor du mir noch platzt", lächelte Sonja und wedelte mit einer Hand einladend Richtung Besucherstuhl. Das schien ein Wink des Schicksals zu sein, dass die Mails noch etwas warten konnten. „Was hast du denn Wichtiges auf dem Herzen?"

Hannes hockte sich auf die vordere Kante des Stuhls und beugte seinen Oberkörper weit vor.

„Ich habe noch ein bisschen weiter recherchiert über den Brand in dem Wohnhaus, den wir gestern gebracht haben."

„Und? Was hast du herausgefunden?"

„Zwei Dinge, die ich äußerst interessant finde. Erstens: Die Eingangstür des Hauses muss ab zwanzig Uhr abends abgeschlossen werden und die Mieter haben sich weitgehend daran gehalten. Trotzdem gibt es keinerlei Spuren eines gewaltsamen Eindringens. Das bedeutet: Der Brandstifter besaß einen Schlüssel."

„Oder die Tür ist halt doch einmal nicht abgeschlossen worden."

Eine Tür, bei der lediglich die Zunge ins Schloss eingeschnappt war, zu öffnen, war ein Kinderspiel. Ganz anders sah es aus, wenn ein- oder gar zweimal abgeschlossen worden war. Jedenfalls, wenn es sich, wie in diesem Fall, um ein Sicherheitsschloss handelte.

„Und ausgerechnet an dem Tag kommt rein zufällig ein Brandstifter daher? Das halte ich für sehr unwahrscheinlich." Der Volontär schüttelte den Kopf.

„Es sei denn, ein Mieter wäre Komplize. Was hast du noch?"

„Das ist jetzt der eigentliche Knaller: Rate mal, wem der Häuserblock gehört?"

Sonja Delft zuckte mit den Schultern.

„Meine Kristallkugel ist gerade zur Inspektion. Sag du es mir."

Hannes lehnte sich voller Zufriedenheit zurück.

„Der BaWoGra!"

„Aha. Und was bedeutet das?" Die Moderatorin begriff die Brisanz dieser Aussage bisher ebenso wenig wie seinen selbstzufriedenen Gesichtsausdruck.

„Das ist die gleiche Gesellschaft, der das Haus gehört, in dem der seltsame Wasserschaden passiert ist, bei dem praktisch das gesamte Gebäude ruiniert worden ist."

Sonja brauchte ein wenig Zeit, bis sie sowohl den komplizierten Satzbau als auch den Inhalt der Mitteilung durchschaut hatte. Dann war der Groschen gefallen.

„Das bedeutet, dass für die BaWoGra innerhalb kürzester Zeit zwei Objekte unter jeweils merkwürdigen Umständen mehr oder weniger unbewohnbar geworden sind ... "

„ ... und das eröffnet dem Unternehmen die Chance, die – im übrigen dringend renovierungsbedürftigen – Häuser komplett zu sanieren. Ein hübsches Sümmchen davon zahlt die Versicherung und der Rest lässt sich spielend und mehrfach über die hinterher deutlich höheren Mieten hereinholen."

„Wenn nicht sogar Eigentumswohnungen daraus gemacht werden", fügte Sonja nachdenklich hinzu. „Ich denke, jetzt haben wir eine große Geschichte am Haken. Das kann Zenzi nicht mehr ignorieren."

„Ich habe noch ein bisschen mehr über die BaWoGra." Der Volontär war in seinem Eifer kaum zu bremsen.

„Dann schieß los. Du kannst es ja offenbar nicht bis zur Konferenz für dich behalten."

„Die Gesellschaft gehört einem gewissen Dieter Grabow. Der Mann ist der absolute Shootingstar in der Hamburger Immobilienszene. Vor zehn Jahren hat er als kleiner, relativ bedeutungsloser Makler angefangen. Heute ist er einer der erfolgreichsten Unternehmer der Stadt."

„Komisch, ich habe den Namen noch nie gehört."

„Er ist ausgesprochen öffentlichkeitsscheu. Interessant ist aber vor allem eines: Seit einigen Jahren bekommt er mit großem Abstand die meisten Zuschläge bei öffentlichen Verkäufen."

Die Moderatorin sog überrascht die Luft zwischen ihren Zähnen hindurch.

„Hui! Das ist allerdings wirklich spannend. Hast du Einzelheiten dazu?"

„Noch nicht sehr viele. Außer, dass fast fünfzig Prozent der Objekte, die die Stadt in den letzten fünf Jahren angeboten hat, bei Grabow gelandet sind."

„Fünfzig Prozent? Donnerwetter, das ist mal eine Hausnummer. Hannes, ich glaube, du bist einem richtig großen Ding auf der Spur. Aber das bedeutet auch: Du musst absolut wasserdicht recherchieren."

„Ich weiß." Der Volontär wirkte mit einem Mal gar nicht mehr so euphorisch. „Mir geht ein bisschen die Muffe. Und ausgerechnet jetzt ist Mike nicht da."

„Mike hat sicher von allen hier die meiste Erfahrung in solchen Dingen. Aber gemeinsam werden wir die Sache auch so stemmen", versuchte Sonja Hannes aufzumuntern. „Als Volontär werden wir dich nicht mit dem Thema allein lassen. Und jetzt müssen wir mit Zenzi reden."

Die wenig begeisterte Miene des jungen Mannes sprach Bände.

„Ich weiß", tröstete Sonja. „Aber die Geschichte wird groß. Da muss der Chef vom Dienst von Anfang an involviert werden. Sollte mich nicht wundern, wenn sich über kurz oder lang sogar Peter einmischt."

* * *

„Alles in Ordnung hier?"

Ulf Meier trat an Staller vorbei in die Wohnung und deutete mit dem Daumen auf die verschlossene Schlafzimmertür.

„Klar. Wie war's bei der Beerdigung?"

„Die Riders hätten uns zwar gern gefressen, haben sich aber nicht getraut."

„Normalerweise müsste für sie doch Rache erstes Gebot sein, wenn ihr zwei von denen umgelegt habt."

Meier lachte laut.

„Das sind doch keine Outlaws! Wenn die keine Motorräder hätten, würden sie vermutlich im Schrebergarten sitzen und Rosen züchten." Der Rocker warf seinen Helm auf das Sideboard im Flur und schlenderte in die Küche. Dort öffnete er den Kühlschrank und holte sich ein Bier heraus. „Auch eins?"

„Nee, danke." Staller kratzte sich nachdenklich den Bart. „Eins verstehe ich nicht. Wenn das solche Flachpfeifen sind – warum habt ihr dann den beiden das Licht ausgepustet?"

Meier nahm einen langen Zug aus der Flasche und wischte sich zufrieden über den Mund.

„Sagen wir es mal so: Die zwei hatten eine Geschäftsidee. Bei der Umsetzung gab es dann einen Interessenkonflikt mit uns. Ich schätze, ihr Club wusste gar nichts von der Sache."

Er sah sich in der Küche um und bemerkte die Überbleibsel der Mahlzeit.

„Hast du den Hühnern etwa Essen gemacht?", fragte er überrascht.

„In Norwegen habe ich gelernt, dass man sich um seine Investitionen kümmern muss, wenn man eine optimale Rendite erzielen will. Satt und sauber bringen sie mehr ein als versifft und weggetreten."

„So, so."

Der Schatzmeister der Hounds ging mit der Bierflasche in der Hand durch den Flur und riss die Tür zum Schlafzimmer auf. Die beiden Mädchen lagen auf dem frisch bezogenen Bett und schienen zu schlafen. Anstelle von jeweils zwei Fesseln waren sie nur mit je einer Handschelle am Bettgestell fixiert. Außerdem trugen sie ihre vollständige Bekleidung.

„Was ist mit den Fußfesseln?"

„Was soll damit sein? Die liegen auf dem Tisch. Mal ernsthaft – glaubst du, dass die das Bett hochkant stellen und damit durch die Tür robben? Das sind doch fast noch Kinder!"

„Kann es sein, dass du ganz schön weich bist, Bruder Mike?"

Meier musterte Staller misstrauisch. Doch der zuckte ganz entspannt die Schultern und ging zurück in die Küche.

„Ich muss nicht bei kleinen Mädchen auf dicke Hose machen, damit ich als harter Kerl gelte. Frag mal die alten Luden, welche Hasen am meisten Geld gebracht haben. Nämlich die, die ihren Kerl lieben. Nicht die, die sich vor Angst in die Hose pissen und deshalb rund um die Uhr breit sind."

„Interessanter Ansatz." Meier folgte ihm und warf sich auf einen der Hocker.

„Erfolgreicher Ansatz", verbesserte Mike und grinste. Dann schenkte er sich den letzten Rest Kaffee ein und setzte sich ebenfalls.

„Erzähl mal ein bisschen was über dich. Bisher warst du ja sehr geheimnisvoll - vor allem in Bezug auf deine Aufgabe hier in Hamburg."

„Dazu sage ich auch lieber nichts. Besser, wenn niemand zu viel weiß."

„Na, so einen kleinen Anhaltspunkt könntest du schon geben. Immerhin haben wir dich bei uns wie einen Bruder aufgenommen."

„Das ist richtig und dafür bin ich euch auch dankbar." Staller hatte diesen Moment vorausgesehen. Jetzt musste sich beweisen, ob seine Geschichte akzeptiert werden würde. „So viel kann ich immerhin sagen: Kurti, euer früherer Road Captain, ist ja wegen seiner Old Lady nach Norwegen gekommen. Erst hat er als Schrauber gearbeitet, aber das war wohl viel Arbeit und wenig Kohle. Ein paar von uns Nomads da oben haben ihm erklärt, dass er mit Hardware gutes Geld machen könnte." Hardware bedeutete: Waffen. „Er hatte gute Kontakte und hat eine Quelle aufgetan. Aus Hamburg. Irgendwann wurde der Typ unverschämt. Kurti hatte inzwischen eine neue Quelle gefunden, praktischerweise vor Ort. Deshalb hat er den Hamburger geschasst."

Mike machte eine kunstvolle kleine Pause und nahm einen weiteren Schluck Kaffee. Der Schatzmeister der Hounds hörte ihm gespannt zu und schien bisher keine Zweifel am Wahrheitsgehalt der Geschichte zu hegen.

„Der Hamburger war natürlich unzufrieden. Immerhin haben wir ihm regelmäßig eine Menge Ware abgenommen und vertickt. Aber statt über den Preis zu reden, hat er eine Dummheit gemacht."

„Was hat er getan?"

„Als ich auf Verkaufstour war, hat er sich auf dem Hügel nahe der Ausfahrt zur Landstraße bei Kurtis Haus auf die Lauer gelegt. Dort hat er gewartet, bis Kurtis Wagen vorbeifuhr. Dann hat er mit einer AK-108 einfach draufgehalten."

„Mit einem Sturmgewehr? Autsch." Meier schien beeindruckt. Die AK-108 war so ziemlich das Nonplusultra in dieser Kategorie, auch wenn die neuere AK-12 mittlerweile auf dem Markt und deutlich vielseitiger war. Aber wie so oft war die technische Innovation auf Kosten der Zuverlässigkeit gegangen und der freie Markt hatte das modernere Modell bisher nicht akzeptiert. „Wie ist die Sache ausgegangen?"

Mikes Gesicht wirkte undurchdringlich. Völlig emotionslos berichtete er weiter.

„Kurti wurde mehrfach getroffen und lebensgefährlich verletzt. Aber er ist ein harter Hund. Er wird durchkommen. Die beiden Frauen, die mit ihm im Auto waren, wurden jeweils in den Kopf getroffen und waren sofort tot."

„Scheiße!" Meier war ehrlich betroffen. „Seine Old Lady?"

Staller nickte nur.

„Und die andere?"

„Meine. Sie waren beste Freundinnen."

„Scheiße, Mann." Viel fiel dem Rocker nicht ein. Aber sein Gesicht zeigte deutlich, dass er nun genug erfahren hatte. Der Hamburger Waffenhändler war ein toter Mann. Er wusste es nur noch nicht.

„Jetzt hab' ich doch mehr erzählt als ich eigentlich wollte. Aber egal. Mehr wirst du nun dazu nicht mehr hören. Meine Aufgabe dürfte klar sein."

„Allerdings. Wenn wir dir irgendwie helfen können … "

„Danke, nicht nötig. Ich bin es Kurti und mir schuldig, dass ich die Angelegenheit ganz alleine zu Ende bringe. Und unseren Frauen."

Staller setzte einen abweisenden Blick auf und schien in die Ferne zu starren. Meier sah dies und schüttelte unmerklich den Kopf. In der Haut dieses Waffenhändlers wollte er bestimmt nicht stecken. Sollte dessen Tod kurz und schmerzlos sein, dann hatte er unverdientes Glück gehabt.

„Das verstehe ich natürlich. Und – es tut mir wirklich leid, Bruder. So etwas sollte nicht passieren."

„Danke, noch einmal." Mike nahm seinen Becher und stellte ihn in die Spüle.

„Tja, ich werde dann mal abziehen. Du kommst hier klar?"

„Natürlich. Ich soll dir sagen, dass im Clubhaus ein Fass Bier wartet. Das Fell von den beiden Riders muss doch versoffen werden."

„Klingt gut. Für heute habe ich sonst nichts weiter vor. Da schau ich doch mal dort vorbei!"

„Mach das." Ulf Meier stand auf und umarmte Mike mit viel Schulterklopfen. „Und danke, dass du hier eingesprungen bist, Bruder."

„Kein Problem."

* * *

„Es ist unbestreitbar auffällig, wenn ein einzelnes Unternehmen beziehungsweise sogar ein einzelner Unternehmer in wenigen Jahren für eine dreistellige Millionensumme Immobilien aus öffentlicher Hand kauft. Erst recht, wenn es sich am Anfang nicht gerade um den Platzhirsch handelt."

Helmut Zenz hatte das Kinn auf seine verschränkten Finger gestützt und starrte auf die einzelne Seite mit Fakten, die Hannes zum Fall zusammengetragen hatte.

„Andererseits sind zwei Vorkommnisse, die lediglich Fragen aufwerfen, noch kein Beweis für eine große Betrugsmasche. Das ist zu wenig."

„Aber das sind zwei Häuser mit insgesamt 16 Parteien, deren Wohnungen man in einem halben Jahr entweder kaufen muss oder nicht mehr bezahlen kann!" Hannes befürchtete wieder einmal vom CvD abgebügelt zu werden.

„Das behauptest du ja bisher nur. Man könnte auch sagen, dass hier zweimal Pech im Spiel war. Du weißt doch nicht, was die BaWoGra mit den Häusern vorhat."

Sonja Delft war die Dritte in der kleinen Runde, die sich im Konferenzraum getroffen hatte. Bisher hatte sie dem knappen und präzisen Vortrag des Volontärs aufmerksam gelauscht, aber selbst noch nicht Stellung bezogen.

„Juristisch gesehen würde ich von einem begründeten Anfangsverdacht sprechen", versuchte sie etwas Schärfe aus der Diskussion zu nehmen. „Natürlich reicht das Material noch nicht für einen Bericht. Aber ich denke, dass es reicht, um etwas tiefer zu bohren. Sollte dabei nichts herauskommen, dann haben wir halt mit Zitronen gehandelt."

Der Chef vom Dienst kraulte unentschlossen sein Kinn.

„Solche Fälle rufen doch meistens nur die Sozialromantiker auf den Plan. Die bösen Unternehmer, wir brauchen bezahlbaren Wohnraum – bla, bla, bla. Viel heiße Luft und wenig harte Fakten."

„Der bezahlbare Wohnraum wird aber immer knapper in Hamburg. Die Preise kennen nur eine Richtung: steil nach oben", beharrte Hannes. „Und die Mehrheit unserer Zuschauer interessiert das, weil es sie selbst betrifft. Die können sich nämlich keine Eigentumswohnung leisten."

Zenz, der eine schöne Altbauwohnung in Ottensen besaß, die er von seinen Eltern geerbt hatte, wiegte sein Haupt.

„Also besonders sexy ist das Thema nicht", befand er. „Zumal es eine gewisse Bilderknappheit geben dürfte. Denn den Brand haben wir ja schon reichlich gezeigt."

„Sexy vielleicht nicht. Aber brisant. Denn, wenn die Baubehörde möglicherweise involviert ist ..."

„Auch das ist bisher eine reine Vermutung von euch!"

„Wir wollen ja auch nicht für übermorgen zehn Minuten Sendezeit. Ich möchte nur, dass wir das Thema mit Nachdruck weiter recherchieren, damit wir herausfinden, ob da etwas dran ist. Ich bin sicher, dass Mike das genauso sehen würde." Sonja blieb beharrlich, aber ruhig.

„Oh, wenn der Meister persönlich das gutheißen würde, dann wäre das natürlich etwas anderes", ätzte Zenz. „Aber leider kümmert der sich ja ausschließlich um seine Spezial-Sendung."

„Nimmst du das Thema nun zur Recherche auf oder nicht?"

Der Chef vom Dienst warf übertrieben dramatisch die Hände in die Luft.

„Um des lieben Friedens willen, meinetwegen. Aber seid euch bitte bewusst: Wenn ihr vorhabt, aus der Nummer einen Korruptionsskandal zu machen, dann werden nur Fakten veröffentlicht, die von der Rechtsabteilung abgesichert worden sind. Haben wir uns da verstanden?"

„Natürlich, Helmut." Es gelang Sonja, jeden Anklang von Triumph aus ihrer Stimme herauszuhalten. „Für den Moment klemme ich mich mit Hannes dahinter. Wenn die Recherche zu aufwendig wird, melden wir uns."

„Na gut. Aber haltet mich jederzeit informiert. Keine Schnellschüsse, keine Alleingänge, ist das klar?"

„Jawoll", meldete sich Hannes schneidig auch mal wieder zu Wort. Zenz warf ihm einen misstrauischen Blick zu und schien zu überlegen, ob der Ton wohl ironisch gemeint war. Dann entschied er sich jedoch, diese Frage zu ignorieren, und bevorzugte den eiligen Abgang samt knallender Tür. Sonja wartete ab, bis seine Schritte leiser wurden, dann kicherte sie unterdrückt. Hannes zwinkerte ihr verschwörerisch zu. Aber die Moderatorin fasste sich schleunigst wieder.

„Dann lass uns mal einen Schlachtplan schmieden. Wo würdest du ansetzen?"

Hannes überlegte einen Moment, dann hob er eine Hand und zählte an den Fingern auf.

„Wir brauchen eine Liste aller Wohnungen der BaWoGra. Wir müssen herausfinden, ob es schon früher Luxussanierungen oder Umwandlungen in Eigentumswohnungen gab. Ich hätte gern eine Antwort auf die Frage, warum ein einziges Unternehmen so viele Wohnungen von der Stadt kaufen kann. Wer ist bei der Stadt dafür zuständig und in welchem Verhältnis steht er zu Grabow? Tja – und natürlich alles, was wir über Grabow selbst herausfinden können." Hannes gingen die Finger aus und er blickte fragend zu Sonja. „Habe ich etwas vergessen?"

Die Moderatorin überlegte einen Moment und schüttelte dann den Kopf.

„Ich denke nicht. Es ist in jedem Fall auch genug zu tun. Ich halte mich an Grabow und sein Pendant bei der Stadt. Du kümmerst dich um den Rest, okay?"

„Klar. Mann, ich bin ganz schön aufgeregt." Hannes fuhr sich mit den Fingern durch die Haare und verwüstete das, was schon vorher nicht unbedingt eine Frisur genannt werden konnte, endgültig. „Hast du noch einen entscheidenden Tipp für mich?"

„Du hast ja gehört, was Zenzi über die Rechtsabteilung gesagt hat. Sieh zu, dass du zu allen Fragen möglichst wasserdichte Belege bekommst. Es reicht nicht, wenn du irgendeinen Sachbearbeiter oder einen Mieter als anonyme Quelle nennst. Du brauchst schriftliche Beweise. Unterlagen, Aktennotizen, Abnahmeprotokolle, Rechnungen – das muss alles hieb- und stichfest sein."

„Okay, verstanden. Noch etwas?"

„Ja." Sonja machte eine kleine Pause und suchte nach den richtigen Worten.

„Das ist eine sehr ... sensible Recherche. Wenn die Geschichte wirklich so groß ist, dann werden alle Beteiligten sehr vorsichtig und misstrauisch agieren. Deswegen wäre es besser, wenn du einen unauffälligen Vorwand hättest für deine Fragen."

Hilfesuchend trommelte sie mit den Fingern auf den Konferenztisch.

„Ich wünschte wirklich, Mike wäre hier. Das ist sozusagen seine Kernkompetenz: Er kann sich wunderbare Deckgeschichten ausdenken und sie dazu auch noch perfekt und glaubwürdig vortragen."

„Mir kommt schon noch eine Idee. Haben wir denn keine Möglichkeit ihn zu erreichen?"

„Jedenfalls nicht direkt und schon gar nicht jederzeit. Er hat nur versprochen, sich einmal am Tag bei mir zu melden. Wann das ist, weiß der Geier."

„Das ist ja blöd." Der Volontär blickte enttäuscht zu Boden.

„Für uns ja. Für ihn ist es überlebenswichtig."

„Hast ja recht. Uns fällt bestimmt noch etwas ein!"

* * *

Staller startete seine Harley und tuckerte die Schomburgstraße entlang in westliche Richtung. Als er die Hospitalstraße querte, bemerkte er den großen BMW im Rückspiegel, der rasch zu ihm aufschloss.

„Denk dran – rechts vor links, Kollege", brummte er vor sich hin und achtete wieder auf die Straße, die sehr eng und von geparkten Fahrzeugen dicht gesäumt war. Hier musste man jederzeit mit spielenden Kindern oder unbedacht aufgerissenen Autotüren rechnen. Er passierte einige weitere Querstraßen, als er bemerkte, dass der BMW immer noch hinter ihm fuhr. Interessierte sich der Fahrer für ihn? Leider vibrierte der winzige Rückspiegel im Takt der Kolbenschläge auf der holperigen Straße so stark, dass er kaum etwas erkennen konnte. Immerhin war es nicht auszuschließen, dass die Hounds of Hell mal überprüfen wollten, was ihr neuer Bruder aus dem Norden denn so trieb, wenn er allein war.

Staller setzte den Blinker um nach rechts in die Goethestraße abzubiegen. Er blieb sehr langsam und fuhr weit rechts. Wenn der Fahrer jetzt weiterhin hinter ihm blieb, dann war das auffällig. Aber praktisch noch während des Abbiegevorgangs schoss der BMW vorbei und bevor Staller überhaupt realisiert hatte, wer ihn da gerade überholt hatte, wurde eine rotweiße Polizeikelle aus dem Seitenfenster gehalten und auf und ab geschwungen. Dann bremste der dunkelgrüne Wagen langsam ab und fuhr an den rechten Fahrbahnrand. Staller folgte automatisch und klappte den Seitenständer aus, nachdem er den Motor abgestellt hatte. Kopfschüttelnd verfolgten seine Blicke den Mann, der den BMW nun grinsend verließ und sich vor ihm aufbaute.

„Allgemeine Verkehrskontrolle, Führerschein und Fahrzeugpapiere bitte!"

„Mensch Bommel, wo kommst du denn jetzt her? Verfolgst du mich etwa?" Der Reporter in der Rockerkluft war für einen Moment aus der Fassung.

„Dich nicht. Aber deinen neuen Kumpel." Der Kommissar war bester Laune und zeigte dies auch.

„Wieso … woher …"

„Hach, dass ich das noch erleben darf! Der eloquente Medienmann, das penetrante Schweinchen Schlau, der Herr aller unvorhergesehenen Situationen bekommt den Mund nicht zu und stammelt unzusammenhängendes Zeug. Danke, Herr, vielen, vielen Dank dafür!" Bombach machte mit beiden Händen anbetende Gesten in Richtung Himmel.

„Nun pass aber auf, dass es dir nicht gleich feucht am Beinchen runterläuft, mein Bester. Erzähl mir lieber mal, warum du ausgerechnet jetzt hier auftauchst." Staller hatte sich wieder gefangen und warf prüfende Blicke in alle Richtungen. Sollte jemand dem Kommissar gefolgt sein, dann war von dieser Person jedenfalls nichts zu sehen.

„Ich war Beobachter bei einer Doppel-Beerdigung und hatte das zweifelhafte Vergnügen, die gesamte Truppe der Höllenhunde dort ebenfalls zu Gesicht zu bekommen. Zum Glück ist es nicht zum Showdown zwischen denen und den Riders gekommen, obwohl es kurz davor stand. Dann sind die Hounds fast komplett abgefahren, nur meinen speziellen Freund Ulf zog es in die andere Richtung. Und damit er sich nicht so allein fühlt, hab ich ihn begleitet. Ganz unauffällig natürlich."

Ein solcher Wortschwall war eigentlich ganz untypisch für Bombach.

„Er verschwindet in einem Hauseingang, es dauert lediglich ein paar Minuten und – bingo! – du erscheinst im gleichen Hauseingang und machst dich vom Acker. Da frage ich mich natürlich: Was geht denn wohl so Spannendes in dieser unauffälligen Wohnung vor, dass sich die Herren Kuttenträger quasi die Klinke in die Hand geben. Ulf Meier ist nämlich nicht zum ersten Male dort. Und wohnen tut er da nicht."

Staller hob abwehrend die Hände.

„Bommel, du bist ja wie eine mexikanische Rennmaus auf Speed!"

„Mag sein. Aber ich habe das untrügliche Gefühl, dass ich gleich etwas gegen Meier in der Hand habe. Nämlich, wenn du mir erzählst, welche finsteren Dinge in dieser bürgerlichen Umgebung vor sich gehen. Und das macht mich sehr, sehr zufrieden."

„Ja – und mich sehr, sehr verdächtig. Schon mal daran gedacht?"

„Wieso? Die Existenz der Wohnung ist mir bereits bekannt. Ich habe Meier schon einmal dorthin verfolgt. Und heute halt wieder."

„Klar. Und was hast du konkret vor? Klingeln und mal hallo sagen? Vielleicht fragen, ob er irgendwelche ungesetzlichen Dinge in dieser Wohnung treibt? Du hast doch keinerlei Handhabe gegen ihn!"

„Doch, wenn du sie mir lieferst."

„Eben. Ich! Und damit bin ich die Ratte, die den Club verrät."

Bombach trat einen Schritt zurück und musterte seinen Freund irritiert.

„Den Club verraten? Sag mal, hast du vielleicht die Seiten gewechselt und spielst jetzt bei den bösen Jungs mit? Oder wie soll ich das verstehen?"

Staller holte tief Luft und beherrschte sich mühsam.

„Herrgott, Bommel, was ist denn mit dir los? Natürlich habe ich nicht die Seiten gewechselt. Aber wenn ich jetzt wegen einer belanglosen Kleinigkeit auffliege, dann hast du vielleicht – und ich betone: vielleicht! - Ulf Meier am Haken. Der Rest hingegen macht munter weiter und Meier ist morgen ersetzt. Wieso bist du so verdammt fixiert auf diese eine Person? Bloß, weil er dir vor Jahren durch die Lappen gegangen ist?"

Jetzt war der Kommissar an der Reihe zuerst einmal ruhig durchzuatmen. Staller hatte ja recht. Wenn er wegen eines Steaks die ganze Kuh tötete, dann war das ziemlich dämlich. Aber die Angst um seine Frau raubte ihm die Fähigkeit gelassen zu bleiben.

„Meier hat ein Foto von Gaby an meinem Auto befestigt. Es war mit Blut übergossen. Und er hat dafür gesorgt, dass ich ihn gesehen habe."

„Oh, shit." Das erklärte natürlich Bombachs Verhalten. Stallers Zorn über die irrationale Argumentation seines Freundes verflog wie der Morgennebel an einem sonnigen Tag im Frühherbst.

„Kannst du nicht irgendwie Polizeischutz für sie organisieren?"

„Auf welcher Grundlage denn?" Der Kommissar zuckte mit den Schultern. „Formal ist das ein dummer Streich, allenfalls eine Sachbeschädigung. Dafür bekomme ich keinen Personenschutz. Zumal die Kollegen sowieso chronisch überlastet sind."

„Und wenn sie für eine Zeit zu ihrer Mutter fährt?"

„Das müsste ich ihr ja irgendwie erklären. Und wenn sie den Grund erfährt, dann macht sie mir die Hölle heiß, weil sie Angst um mich hat." Er hatte den ganzen Tag über immer wieder über das Problem nachgedacht, ohne auf eine geeignete Lösung zu stoßen. „Weglaufen ist auf Dauer sowieso keine Option. Aber ich möchte nicht, dass sie auf irgendeine Weise in diesen Fall hineingezogen wird."

„Verständlich." Staller strich sich mit der Hand über den langen, angeklebten Bart und dachte fieberhaft nach. Es musste eine Lösung geben.

„Meinst du, dass jetzt die richtige Zeit für ein Nickerchen ist?" Bombachs Frage erreichte Stallers Aufmerksamkeitszentrum nur leicht zeitversetzt, denn ihm kam gerade eine wirklich gute Idee, die er noch schnell von allen Seiten auf ihre Möglichkeiten zur Umsetzung überprüfen musste.

„Ich weiß, was wir machen können." Er machte sich gar nicht erst die Mühe, auf die Frage einzugehen. „Du wirst Meier in der Wohnung doch festnehmen!"

„Bitte?" Der Kommissar hatte Schwierigkeiten zu folgen. „Ich denke, dafür habe ich keine Handhabe?"

„Hast du doch."

„Aber dann fliegst du ja auf!"

„Nicht unbedingt."

Bombach hob beschwörend die Hände.

„Könntest du mir bitte den Gefallen tun und in vollständigen, nachvollziehbaren und auf das geistige Potenzial eines Hauptkommissars abgestimmten Sätzen sprechen?"

„Ich erkläre es gern so, dass auch du es verstehst", grinste Staller und entwickelte in groben Zügen seinen Plan. Bombach lauschte zunächst äußerst skeptisch, aber nach und nach zog wie ein plötzlicher Wetterwechsel Befriedigung über sein Gesicht.

„Das könnte funktionieren", stimmte er zu. „Allerdings steht und fällt der Plan damit, dass die Hounds da auch mitspielen."

„Stimmt. Aber hattest du vorhin nicht eine kleine Lobeshymne auf den eloquenten Medienmann und Herrn aller unvorhergesehenen Situationen angestimmt?"

„Du hast das penetrante Schweinchen Schlau vergessen", knurrte der Kommissar.

„Das habe ich nicht vergessen, sondern höflicherweise überhört", korrigierte Staller. „Und jetzt fahre ich ins Clubhaus und warte dort. Eins noch: Fang mich nicht noch einmal so auf offener Straße ab, ja? Ich könnte schließlich unauffällige Begleitung haben."

Während Bombach zerknirscht dastand und sein Bassetgesicht machte, hob der Reporter lässig die Hand und startete sein Motorrad.

* * *

Die Frau, die vor dem Schreibtisch der Sekretärin stand, gehörte zu einem Typus, der in der Hansestadt durchaus verbreitet war. Das lange, blonde Haar fiel in geordneten Wellen bis über die Schultern und das Gesicht war entweder von regelmäßigen Aufenthalten in der Sonne gebräunt oder stark geschminkt, vermutlich jedoch beides. Eine leicht getönte Sonnenbrille von Gucci verdeckte großzügig die Augen und etliches darüber hinaus. Zusammen mit der dezenten, aber eleganten Designerkleidung vermittelte der gesamte Auftritt eine klare Botschaft: Ich habe Geld und bin bereit es auszugeben. Die dazugehörige Stimme klang weich und kultiviert.

„Ich möchte bitte zu Herrn Grabow."

„Haben Sie denn einen Termin?" Die Sekretärin war tüchtig, denn ihr gelang der Spagat zwischen freundlichem Entgegenkommen und gebotener Skepsis perfekt. Große und bedeutende Männer suchte man nicht einfach so auf. Andererseits gab es durchaus Ausnahmen. Frauen, die sowohl gutaussehend als auch reich waren, mochten eine solche bilden.

„Nein, bisher nicht. Aber er wird mich sehen wollen." Die Frau wischte mit zwei Fingern ein unsichtbares Stäubchen von ihrem dunkelblauen Blazer, der ihre schlanke und gleichzeitig weibliche Figur auf das Angenehmste betonte. Dabei machte sie keinerlei Anstalten, ihr Vorhaben mit weitergehenden Informationen oder gar einer Visitenkarte zu untermauern. Das ließ eigentlich nur zwei Schlüsse zu. Entweder sie war mit Dieter Grabow persönlich bekannt und übte sich aus irgendwelchen Gründen in höchster Diskretion oder sie gehörte in eine solche gesellschaftliche Liga, dass ihr der Gedanke, sich irgendwie legitimieren zu müssen, gar nicht erst kam.

„Ich will gerne sehen, ob er im Moment Zeit hat." Die Sekretärin war beeindruckt von der natürlichen Souveränität dieser Besucherin. Deshalb entschloss sie sich in diesem Fall eine Ausnahme zu machen. „Wen darf ich Herrn Grabow denn melden?"

„Sagen Sie ihm einfach, Sonja wäre hier und es ginge um etwas Siebenstelliges." Sonja Delft – um die handelte es sich nämlich, auch wenn man sie kaum wiedererkannte – nahm einen kleinen Taschenspiegel aus ihrer teuren Clutch und warf einen prüfenden Blick hinein, nachdem sie ihn routiniert aufgeklappt hatte. In ihrem Auftreten schwang keinerlei Zweifel mit. Die Sekretärin, von derart ausgeprägtem Selbstbewusstsein schier überrumpelt, murmelte eine kurze Entschuldigung und zog sich in den Flur zurück. Das Klappern ihrer Absätze war deutlich zu verfolgen. Es klang eilig.

Sonja nutzte den unbeobachteten Moment um sich ein wenig umzusehen. Aber das Reich der Sekretärin unterschied sich kaum von Dutzenden anderer Büros. Ein gehobener Computerarbeitsplatz mit einem iMac in 27-Zoll-Ausführung, Designertelefon und einer weitgehend aufgeräumten Ablage für Posteingänge. Im Hintergrund einige Aktenschränke, deren verschlossene Türen keinen neugierigen Blick zuließen. Ein Sideboard, auf dem ein teurer Kaffeevollautomat stand, der seinem futuristischen Äußeren nach für eine Raumstation entworfen worden war.

Enttäuscht beendete die Moderatorin die kleine Blitzinspektion und nahm wieder ihre aufrechte Haltung vor dem Schreibtisch ein. Sie zauberte ihr elegantes Smartphone aus der Unterarmtasche und hielt es sich ans Ohr. Als sie erneut das Klappern der Absätze der Sekretärin vernahm, die offensichtlich in Begleitung den Flur entlang zurückkam, begann sie in das Gerät zu sprechen.

„Ja natürlich, Roswitha. Wir sehen uns morgen auf dem Golfplatz." Sie hörte einen Moment stumm zu und fuhr dann fort: „So einen Blödsinn habe ich ja noch nie gehört. Ausgerechnet du und zu viel auf den Rippen? Das ist ja lächerlich!"

Die Sekretärin betrat das Büro, dicht gefolgt von der auffälligen Figur Dieter Grabows, der wie üblich die Ärmel seines weißen Hemdes aufgekrempelt hatte und nicht zuletzt dank seiner gesunden Gesichtsfarbe mehr wie ein Seebär als wie ein Immobilientycoon wirkte. Mit neugierig hochgezogenen Augenbrauen musterte er Sonja, die daraufhin eilig in ihr Telefon säuselte: „Ich muss aufhören, meine Liebe. Der Mann sieht ja noch besser aus als du mir erzählt hast. Warum hast du mir das bloß nicht schon früher gesagt, hm? Ich melde mich!"

Sie steckte das Gerät wieder ein und schenkte Grabow ein strahlendes Lächeln.

„Das war Roswitha, die Frau unseres Bausenators. Ich bin ihr ein bisschen böse, denn sie hat Sie mir viel zu lange verschwiegen!"

Mit ausgestrecktem Arm trat sie auf den großen Mann mit dem ungebändigten Haarschopf zu und zwang ihn so, ihr entweder die Hand zu geben oder sehr unhöflich zu sein.

„Äh, was verschafft mir die Ehre, Frau … ?" Er ließ die Frage unbeendet im Raum verklingen.

„Sagen Sie doch einfach Sonja zu mir. Ich bin mir sicher, dass wir uns blendend verstehen werden. Mein Anliegen ist gleichermaßen geschäftlicher wie privater Natur, deshalb … "

Jetzt ließ sie ihren Satz offen und warf einen erklärenden Blick auf die Sekretärin, die sich pflichtschuldigst wieder hinter ihren Schreibtisch begab.

Grabow, der genau genommen keinerlei Ahnung hatte, worum es bei diesem Besuch ging, aber von dem überzeugenden Auftreten der Frau und der Erwähnung des Bausenators kurzfristig aus der Balance geraten war, machte eine einladende Handbewegung Richtung Flur.

„Wenn wir dann vielleicht in mein Büro gehen wollen … "

Sonja, die nun sicher war, dass sie das Spiel für den Moment gewonnen hatte, schenkte der völlig verdatterten Sekretärin einen huldvollen Abschiedsblick.

„Danke sehr", sagte sie an niemanden bestimmten gerichtet und ging voraus. Im Flur änderte sie offenbar ihre Meinung und flötete honigsüß, aber mit dem angemessenen Anteil von Stahl in der Stimme, der zu den geborenen Entscheidern gehört: „Ach wissen Sie, ich habe noch nicht zu Mittag gegessen. Darf ich Sie zu dem entzückenden kleinen Spanier hier gleich um die Ecke einladen? Sehr annehmbare Speisen und äußerst diskret. Wir werden ganz unter uns sein."

Sie schenkte Grabow einen verheißungsvollen Blick.

„Nun – normalerweise spreche ich ja solche Einladungen aus." Der Baulöwe konnte der geballten Versuchung nicht widerstehen und versuchte die Oberhand in diesem Spiel zurückzugewinnen. „Ich nehme Ihren Vorschlag an. Aber unter einer Bedingung."

„Die da wäre?"

„Selbstverständlich sind Sie mein Gast. Ich muss darauf bestehen."

„Wenn es für Sie so wichtig ist, will ich mich ausnahmsweise fügen. Ich bin sicher, dass sich eine Gelegenheit zur Revanche ergeben wird."

„Ich hole nur schnell noch mein Jackett. Laufen Sie nicht weg in der Zwischenzeit."

„Ich werde mich hüten!" Sie probierte ein mädchenhaftes Kichern und sah ihm nach, wie er mit großen Schritten auf das letzte Büro im Flur zustrebte. Sein federnder Schritt wirkte ebenso sportlich wie männlich. Irritiert wandte sie den Blick von ihm ab und rief sich innerlich zur Räson. Sie konnte mit dem ersten Erfolg zufrieden sein. Immerhin war es ihr praktisch auf der Stelle gelungen, sein Interesse zu wecken. Nun kam es darauf an, welche Informationen sie ihm in der nächsten Stunde entlocken konnte.

Wenige Minuten später saßen sie in der hintersten Ecke des gemütlichen Restaurants, durch Raumteiler gut vor den Blicken der anderen Gäste geschützt. Eine große Platte mit verschiedenen Tapas stand in der Mitte des Tisches auf dem rot-weiß karierten Tischtuch. Sonja trank Wasser, während Grabow einen Café con leche bestellt hatte. Nach einigen Bemerkungen über das Essen und das Wetter konnte es der Immobilienmakler nicht mehr länger aushalten.

„Jetzt müssen Sie mir aber wirklich sagen, was Sie zu mir führt, Sonja, und warum Sie sich so geheimnisvoll geben." Er lehnte sich in seinem Stuhl zurück und bemühte sich, seiner Besucherin in die Augen zu schauen. Da diese aber ungeachtet der schummrigen Beleuchtung immer noch ihre Sonnenbrille trug, fiel ihm dieses schwer.

„Nun, mein Anliegen besitzt in der Tat eine pikante Note. Ich habe mich bei Roswitha erkundigt, an wen ich mich wenden könnte und dabei ist Ihr Name gefallen. Der Bausenator hält offenbar große Stücke auf Sie."

Grabow lachte leise.

„Das will ich auch hoffen. Schließlich sind wir langjährige Geschäftspartner und wollen das auch bleiben."

„Ich habe mich ein wenig über Sie erkundigt. Ihre Karriere im Hamburger Immobiliengeschäft verlief sehr gradlinig und stets steil nach oben. Das finde ich beeindruckend und ein bisschen überraschend."

„Warum überraschend?"

„Ich frage mich, was Sie anders machen als die vielen anderen Makler. Warum Sie?"

„Das Geschäft mit Häusern und Wohnungen funktioniert im Prinzip genau wie jede andere Branche auch. Wer zuverlässig handelt, immer ehrlich zu seinem Wort steht und nicht zu gierig ist, der gewinnt das Vertrauen seiner Kundschaft. Da gibt es kein großes Geheimnis."

„Aber Sie machen doch sehr viele Geschäfte mit der Stadt. So sagt es jedenfalls Roswitha. An solche Deals kommt man doch nicht ohne Weiteres heran."

„Die Ausschreibungen erfolgen alle öffentlich. Wenn ich einen Zuschlag bekomme, dann habe ich vorher das beste Angebot gemacht." Grabow rührte nachdenklich seinen Kaffee um. „Aber warum reden wir nicht mal über Sie? Ich weiß immer noch nicht, was Sie eigentlich von mir wollen."

Sonja, die gerade von einem der Tapas abgebissen hatte, legte den Rest auf ihren Teller und tupfte sich die Mundwinkel ab. Nicht, dass da ein Krümel gewesen wäre, aber die Geste sah anmutig aus und gab ihr noch einmal Gelegenheit sich zu sammeln.

„Ich sitze hier gewissermaßen stellvertretend für ein ungewöhnliches kleines Konsortium, wenn man das so nennen darf. Wir sind vier Freundinnen, die aus den unterschiedlichsten Gründen die Absicht haben, jede eine Eigentumswohnung zu erwerben. Allerdings sollten alle diese Wohnungen in einem Haus liegen. Das macht die Suche nach einem geeigneten Objekt nicht einfacher."

„Und vermutlich haben Sie auch eine Vorstellung von der Größe, Ausstattung und der Lage ihres Traumhauses, oder?" Grabow lehnte sich unmerklich weiter nach vorn. Vier Eigentumswohnungen auf einen Schlag verkaufte selbst er nicht jeden Tag. Und voraussichtlich handelte es sich um einen der teureren Stadtteile. Sein Interesse war unzweifelhaft geweckt. Sonja hatte ihn am Haken und das merkte ihr geschultes Auge auch sofort.

„Auf die Größe kommt es nicht so sehr an", erklärte sie mit einem zweideutigen Lächeln. „So um die 120 Quadratmeter sind völlig ausreichend."

Manche Hamburger Familien mit mehreren Kindern hätten eine solche Wohnung riesig genannt. Aber es kam ja immer auf den Betrachter an.

„Die Ausstattung sollte natürlich wirklich gehoben sein. Es handelt sich dabei nicht um eine Kapitalanlage, sondern um eine Art Refugium für uns. Wir könnten dort Gäste unterbringen oder uns selbst mal eine Auszeit gönnen. Das Geheimnis einer guten Ehe ist ja die Freiheit, die man sich gegenseitig lässt, nicht wahr?"

„Ich war zwar nie verheiratet, aber was Sie sagen, klingt einleuchtend." Konnte das wahr sein? Erklärte diese Frau ihm wirklich gerade, dass sie und ihre drei Freundinnen praktisch ein ganzes Wohnhaus kaufen wollten, um jeweils einen Platz für außereheliche Spielereien zu haben? Grabow staunte über die Selbstverständlichkeit, mit der dieser Wunsch ihm entgegengebracht wurde.

„Und was die Lage angeht – da erfordert die Diskretion neue Wege. Die üblichen Ecken wie Ottensen, Eppendorf und Harvestehude fallen aus verständlichen Gründen weg. Da wohnen ja in jeder zweiten Straße Bekannte. Zentral und halbwegs anständig gelegen sollte es trotzdem sein." Sie schien einen Moment nachzudenken. Dann nannte sie eine Straße.

Grabows Reaktion war kurz, aber unmissverständlich. Für Bruchteile von Sekunden schien sein Gesicht zu leuchten, dann hatte er sich wieder unter Kontrolle. Er nickte bedächtig und suchte sich zwei weitere Tapas aus, die er auf seinen Teller lud.

„Das halte ich für machbar. Ich hätte da ein passendes Objekt, bei dem Sie sogar noch individuelle Wünsche äußern könnten, da es in nächster Zukunft zu umfangreichen Renovierungsmaßnahmen kommen wird. Danach handelt es sich praktisch um einen Neubau."

„Das klingt ausgesprochen vielversprechend. Ich hatte befürchtet, dass wir uns auf eine längere Suche einstellen müssten."

„Sie haben einfach einen sehr günstigen Zeitpunkt erwischt. Das Haus wurde von einem Brandstifter angezündet und ist durch die Kombination von Feuer und Löschwasser unbewohnbar geworden. Es muss kernsaniert und damit praktisch komplett erneuert werden."

„Du liebe Zeit! Hoffentlich ist niemandem etwas passiert."

„Zum Glück nicht. So weit ich weiß." Grabow klang nicht sehr interessiert am Schicksal der Bewohner des Hauses.

„Was wird denn mit den Mietern? Werden die nicht in ihre alten Wohnungen zurückkehren wollen?", fragte Sonja beiläufig.

„Da erwarte ich keinerlei Probleme. Bis die Baumaßnahmen abgeschlossen sind, werden die sich alle neue Wohnungen gesucht haben. Und sollte doch noch jemand bleiben wollen – nun so eine Renovierung hat logischerweise Auswirkung auf den Mietpreis. Den muss man sich erst mal leisten können."

Sonja ließ sich ihren Schrecken über die Kaltschnäuzigkeit des Immobilienmaklers nicht anmerken, sondern nickte nur verständnisvoll.

„Das klingt alles ganz wundervoll. Wie lange wird es wohl ungefähr dauern, bis die Wohnungen bezugsfertig sind?"

„Genau kann ich das natürlich nicht sagen. Viel hängt davon ab, wie viel Zeit meine Gutachter benötigen, um sich mit denen der Versicherung zu einigen. Die reinen Baumaßnahmen nehmen danach vielleicht noch ein halbes Jahr in Anspruch. Natürlich in Abhängigkeit von den Ansprüchen der neuen Besitzer. Hubschrauberlandeplätze auf dem Dach dauern etwas länger."

Er blinzelte seiner Besucherin spitzbübisch zu. Dadurch erinnerte er sie wieder für einen Augenblick an Staller und sie musste sich bewusst zusammenreißen.

„Auf den Landeplatz können wir verzichten, glaube ich. Die entsprechende Baugenehmigung dürfte auch eher problematisch zu erlangen sein."

„Sie haben selbst den Bausenator erwähnt. Ihn zu kennen, kann Türen öffnen, die sonst verschlossen bleiben."

„Oh, haben Sie einen solch guten Draht zu ihm?" Sie bewegten sich jetzt auf dem Terrain, das für Sonja am interessantesten war. Wie eng waren die Verflechtungen zwischen Grabow und dem Chef der Baubehörde?

„Sie haben ja selber festgestellt, dass ich viele Geschäfte mit der Stadt mache. Dadurch ergibt sich zwangsläufig ein guter Kontakt zum Bausenator. Jedenfalls, wenn man seriös arbeitet."

„Und das sind Sie – seriös?", neckte ihn Sonja spielerisch.

„Jedenfalls in Geschäftsangelegenheiten", antwortete Grabow mit treuherzigem Augenaufschlag.

„Ich werde das überprüfen", versprach die Moderatorin und warf einen schnellen Seitenblick auf ihre Armbanduhr. „Und was die Wohnungen angeht, werde ich mich bei Ihnen melden. Danke für das Essen und dass Sie so schnell Zeit für mich hatten."

Sie stand auf und streckte ihm ihre Hand zur Verabschiedung entgegen. Wenn er überrascht über ihren plötzlichen Aufbruch war, dann ließ er es sich zumindest nicht anmerken. Auch er erhob sich und führte ihre Hand ganz nonchalant an seine Lippen, anstatt sie zu schütteln.

„Ich habe zu danken", schmeichelte er. „Es ist bestimmt eine Freude, Geschäfte mit Ihnen zu machen, aber ein noch größeres Vergnügen, Zeit mit Ihnen zu verbringen!"

Sonja, die befürchtete, dass sie erröten würde, nickte bloß und schritt eilig davon. Jetzt hätte sie in der letzten Sekunde doch beinahe die Maske der toughen Geschäftsfrau verloren. Ärgerlich verzog sie den Mund.

* * *

Auf dem kleinen Treppenabsatz ging es ganz schön eng zu, denn die beiden Streifenpolizisten, die Bombach zur Unterstützung herbeigeordert hatte, hätten gut einen Nebenjob als Preisboxer annehmen können. Der Kommissar, selber weder klein noch dünn, kam sich zwischen den beiden vor wie ein Schlepper zwischen zwei Ozeanriesen auf der Elbe. Der Vorteil bestand allerdings darin, dass jeglicher Widerstand gegen diese geballte Macht des Staates zwecklos erschien.

„Bereit?", fragte er und drückte, ohne die Antwort abzuwarten, auf den Klingelknopf. Das schnarrende Geräusch war durch die Wohnungstür gut zu hören. Einige Sekunden verstrichen, dann erklangen im Inneren schwere Schritte. Augenblicke später öffnete sich die Tür.

„Man sieht sich immer zweimal!" Bombachs Stimme vibrierte mit einer Art unterdrücktem Triumph, als er den verdatterten Ulf Meier zurückschob und die Wohnung, dicht gefolgt von den beiden Streifenpolizisten, betrat.

„Sie haben kein Recht … ", widersetzte sich Meier halbherzig.

„Doch. Habe ich. Gefahr im Verzug, verstehen Sie? Die Nachbarn haben gemeldet, dass hier jemand gequält und geschlagen wird. Das müssen wir natürlich überprüfen."

Der Kommissar stand nun mitten im Flur, während die Beamten den Fluchtweg durch die Eingangstür versperrten.

„Dort entlang", befahl Bombach und bewegte sich zielstrebig auf die einzige geschlossene Tür zu. Ein Polizist begleitete ihn, der andere hielt Meier im Auge, der sich nicht traute energischer zu protestieren.

„Na sieh mal einer an!", staunte der Kommissar und überflog das Zimmer mit einem schnellen Blick. Die beiden jungen Frauen lagen nach wie vor angekettet auf dem Bett. Ihre Kleidung lag allerdings in einem unordentlichen Haufen auf dem Fußboden und sie versuchten ihre Blöße mit der dünnen Bettdecke zu schützen.

„Wie gut, dass es aufmerksame Nachbarn gibt. Das sieht mir doch sehr nach Freiheitsberaubung aus. Herr Meier, möchten Sie etwas sagen?"

Der Rocker, der dem Kommissar mürrisch gefolgt war und nun betont lässig an der Wand lehnte, schüttelte in betonter Verzweiflung den Kopf.

„Sie machen da einen Riesenfehler, Herr Kommissar."

„Ach, ist das so? Welchen denn?"

„Schauen Sie, ich verstehe ja, dass Sie mir etwas anhängen wollen. Es muss frustrierend sein, wenn man bei den Guten ist und trotzdem immer verliert. Aber Sie schätzen die Situation mal wieder komplett falsch ein."

„Tatsächlich? Wie ist sie denn wirklich?" Bombach verschränkte die Arme und heuchelte Interesse.

„Von Freiheitsberaubung kann keine Rede sein. Ich wollte nur ein bisschen Spaß mit den beiden Mädels haben."

„Und dafür war es nötig, sie anzuketten? Oder sie zu schlagen?" Der Kommissar deutete wütend auf die dicke Lippe der einen Frau und die diversen blauen Flecken.

„Keine Ahnung, wie das passiert ist. Vielleicht ein unglücklicher Sturz im Dunkeln? Ich jedenfalls bin nur hier, um eine gepflegte Nummer zu schieben. Ich hab' Spaß, die Mädels kriegen ihr Geld und alles andere geht mich nichts an. Fragen Sie die doch, die werden es gerne bestätigen. Oder, Mädels?" Der drohende Unterton seiner Stimme sprach Bände.

„Kollegen, den Mann sofort abführen. Der versucht hier gerade eine Lügengeschichte abzustimmen und Zeugen zu beeinflussen. Aber das wird ihm nicht gelingen. Und dann ruft bitte eine Beamtin, die sich um die Frauen kümmern kann."

Die beiden riesigen Polizisten gingen auf Meier zu, der abwehrend beide Hände hob.

„Nicht anfassen, Jungs, okay? Ich komme ja mit. Aber nur so lange, bis mein Anwalt euch Pappnasen die Hölle heißgemacht hat."

Bombach trat dicht an den Rocker heran und sprach bewusst leise.

„Freiheitsberaubung, Menschenhandel, illegale Prostitution – das reicht eigentlich. Aber wenn es noch ein bisschen Beamtenbeleidigung oder Widerstand gegen die Staatsgewalt sein soll, dann bitte. Nur zu!"

„Schöner Versuch, Columbo." Meier hatte die Fassung wiedererlangt und antwortete ebenso leise, aber nicht minder gefährlich. „Lass es dir gesagt sein: Du hast nichts, gar nichts. In einer Stunde bin ich wieder auf freiem Fuß. Wollen wir wetten?"

„Ich wäre da nicht so sicher. Auf dem Revier ist die Telefonanlage gestört, da wird es so schnell nichts mit dem Anruf beim Anwalt. Höhere Gewalt – was will man da machen?"

Die beiden Männer durchbohrten sich gegenseitig mit Blicken, während die Polizisten geduldig warteten, bis sie ihren Auftrag ausführen konnten. Die Mädchen kauerten weiterhin verängstigt auf dem Bett. Augenblicke dehnten sich zu Sekunden und niemand bewegte sich. Schließlich wandte sich Bombach ab und knurrte: „Bringt ihn weg."

Während die Beamten Meier aus der Wohnung geleiteten, setzte sich der Kommissar auf die Bettkante.

„Könnt ihr mich verstehen?" Seine Stimme klang nun sanft und freundlich. Trotzdem reagierten die jungen Frauen nicht.

„Ich weiß, dass ihr Angst habt", fuhr er unbeirrt fort. „Aber diese Männer können euch nichts mehr tun. Eine Kollegin wird kommen und sich um euch kümmern. Ihr seid jetzt in Sicherheit."

In den Augen der Mädchen war keinerlei Beruhigung zu erkennen. Im Gegenteil: Die Ungewissheit der veränderten Lage schien ihnen noch mehr Angst einzuflößen. Sie klammerten sich aneinander und zitterten.

Bombach versuchte es auf einem anderen Weg.

„Wo kommt ihr her, aus der Ukraine?"

Ein schwaches Nicken als Antwort. Immerhin.

„Ich werde euch sagen, was ich denke. Ihr habt aus guten Gründen euer Land verlassen. Irgendjemand hat euch versprochen, dass er euch in Deutschland einen Job besorgt. Kellnerin vielleicht. Oder sogar Model? Dann habt ihr euren Pass abgeben müssen und seid irgendwann an die Hounds of Hell geraten."

Er machte eine kleine Pause, um den Frauen Gelegenheit zu einer Reaktion zu geben, wurde aber enttäuscht. Aber zumindest schienen sie ihm aufmerksam zuzuhören. Wie viel sie verstanden, vermochte er nicht zu beurteilen.

„Die haben euch in diese Wohnung gebracht, gefesselt und vergewaltigt. Das ist ein schlimmes Verbrechen in diesem Land. Dafür gehören sie ins Gefängnis. Damit das möglich wird, brauche ich eure Hilfe. Wenn ihr erzählt, wie es gewesen ist, dann werden sie alle für einige Jahre hinter Gitter wandern. Und ihr seid sicher vor ihnen."

Wieder ließ er das Gesagte einen Moment wirken und beobachtete sie scharf. Flackerte da in den Augen der Blonden so etwas wie Verständnis auf? Er konnte es nicht sagen, denn sie schwieg beharrlich.

„Ihr müsst das auch nicht mir schildern. Gleich kommt eine Frau, die viel Erfahrung mit solchen Dingen hat, wie ihr sie erlebt habt. Der könnt ihr alles sagen. Das ist bestimmt leichter, als es einem Mann zu erzählen. Sie kann euch auch einen Dolmetscher besorgen, wenn ihr wollt. Aber bitte helft uns, diese Typen hinter Gitter zu bringen, ja?"

Die Blondine schloss die Augen und umarmte die Brünette noch enger. Keine der Frauen lieferte einen Hinweis darauf, ob die Worte des Kommissars sie erreicht hatten. Bombach zuckte die Schultern. Mehr konnte er nicht tun.

* * *

Im Clubhaus der Hounds of Hell herrschte ziemlich ausgelassene Stimmung. Das angekündigte Fass Bier zur Feier der Beerdigung war bereits geleert und ein zweites angestochen worden. Aus den Boxen dröhnte laute Rockmusik aus den Siebzigern, zu der einige Frauen und auch ein paar Kinder ausgelassen tanzten. Die Männer standen oder saßen in kleinen Gruppen beisammen und waren teilweise schon leicht angetrunken. Der Prospect hatte alle Hände voll zu tun, um die Getränkewünsche zu erfüllen.

Caspar Kaiser und sein Vizepräsident saßen etwas abseits an einem kleinen Tisch und unterhielten sich leise. Im Gegensatz zum Rest der Truppe wirkten sie noch sehr nüchtern. Ihr Gespräch drehte sich um die Clubgeschäfte, zu denen neben Prostitution vor allem der Drogenhandel gehörte.

„Ich habe vorhin einen Anruf bekommen, der endlich unseren Einstieg in das Business mit Crystal Meth ermöglichen kann", berichtete Kaiser mit einem äußerst zufriedenen Gesichtsausdruck.

„Wow, das ist aber mal eine Neuigkeit!" Der Vizepräsident, den alle nur unter dem Namen Bandit kannten, zeigte deutliches Interesse. „Wie soll das gehen?"

„Unser Gewährsmann im Hafen hat mir einen Tipp gegeben. Es kommt eine größere Lieferung für die Russen rein." Das Geschäft mit der tödlichen Modedroge wurde weitgehend von einer russischen Bande beherrscht, die auch immer wieder im Rotlichtviertel auf der Reeperbahn Fuß zu fassen versuchte.

„Und was willst du damit tun?"

„Wir holen es uns." Kaiser erlaubte sich ein kleines, gefährliches Lächeln.

„Das wird den Russen aber gar nicht gefallen", gab sein Gegenüber zu bedenken.

„Soll es auch nicht. Vor allem dann nicht, wenn sie eine Ware bezahlen müssen, die sie nicht bekommen haben. Das wird ihnen entweder sehr weh tun – oder sie sind ihren Lieferanten los."

„Wie viel ist es denn?"

„Die Russen sind schlaue Typen. Ihnen ist die Gier der tschechischen Lieferanten zu groß geworden, daher haben sie eine neue Quelle aufgetan. Das Zeug kommt per Schiff aus Afrika. Die Lieferung, um die es geht, besteht aus zehn Kilo Stoff."

„Heilige Scheiße!" Bandit riss die Augen weit auf. „Das ist auf der Straße ja ungefähr eine Million wert!"

„Genau. Die gehört dann nämlich uns. Und die Russen müssen an die Lieferanten zahlen."

„Wie viel mag das sein?"

„Die Tschechen nehmen die Hälfte vom Straßenverkaufspreis. Die Afrikaner kenne ich nicht, aber es wird billiger sein. Vielleicht dreihunderttausend?"

„Oh, damit bekommen die Russen ein Problem. Aber wie soll das ablaufen?"

„Unser Mann im Hafen hat einen cleveren Plan ausgeheckt. Das Zeug ist in einem Container mit Elektronikzeugs. Smartphones, Tablets und so 'n Kram. Heiß begehrt bei Hehlern. Ist irgendwie das Neueste auf dem Markt und lässt sich von daher unglaublich gut verticken."

„Ja, schön, aber was bedeutet das für uns?" Bandit hatte Schwierigkeiten, seinem Präsidenten zu folgen.

„Das ist gerade der Clou! Unser Mittelsmann ist für die Sicherheit auf dem Platz verantwortlich, auf dem der Container steht. Er wird den Stoff rausnehmen und dann weggucken, wenn eine Bande den Container klaut."

Jetzt fiel langsam der Groschen.

„Ah, verstehe!" Der Vizepräsident grinste breit. „Der Mann lässt sich schmieren, damit die Leute das Technikgedöns klauen können und bekommt von uns nochmal Geld für den Stoff. Und die Russen müssen denken, dass ihr Crystal versehentlich von einer Diebesbande mit erbeutet wurde. Damit sind wir fein raus!"

„Haargenau! Deshalb fallen die fünfzig Riesen, die der Mann haben will, nicht weiter ins Gewicht."

„Das ist wirklich clever gedacht. Fünfzigtausend ist allerdings ein Haufen Holz."

„Schon. Aber du musst bedenken, dass unser Mann so einen Deal nur einmal machen kann. Darum muss für ihn schon eine richtige Summe rausspringen."

„Auch wieder wahr." Bandit schien zufriedengestellt. „Ein Reingewinn von neunhundertfünfzigtausend Krachern kann sich im Übrigen ja durchaus sehen lassen."

„Zumal das Risiko vergleichsweise gering ist. Der einzig kritische Punkt ist der Transport der ganzen Menge zu unserem Lager. Dabei darf natürlich nichts passieren. Mit zehn Kilo kannst du einpacken, wenn du geschnappt wirst." Kaiser deutete abermals ein Lächeln an. „Aber dafür habe ich auch schon eine Lösung gefunden."

„Ein Job für Hoss, weil er als Prospect immer das größte Risiko nehmen muss?" Zweifelnd zog Bandit die Augenbrauen hoch.

„Ja und nein. Allein traue ich Hoss das nicht zu. Er ist zwar loyal wie ein Schäferhund, aber nicht ganz so klug. Unser norwegischer Bruder hingegen macht einen äußerst intelligenten Eindruck."

„Traust du ihm denn genügend, um ihm so einen Job zu geben?"

„An der Stelle kommt wiederum Hoss ins Spiel. Er bekommt nur die Aufgabe, dafür zu sorgen, dass Mike mit der Beute nicht durchbrennt. Wobei ich bei ihm eigentlich keine Bedenken habe."

Der Vizepräsident malte mit dem Finger nachdenklich einige Kreise auf den Tisch.

„Bist du anderer Meinung?", fragte Kaiser.

Bandit ließ sich Zeit mit der Antwort.

„Einerseits scheint er sauber zu sein. Sein Auftritt in der Kneipe mit Hoss war schon recht überzeugend. Aber zwei Dinge irritieren mich ein bisschen. Erstens ist seine Geschichte mit Kurti nicht nachprüfbar, denn keiner von uns hat mehr Kontakt zu ihm. Und zweitens macht er ein ziemliches Geheimnis daraus, welchen Job er hier in Hamburg zu erledigen hat."

„Na, wenn es tatsächlich eine Familienangelegenheit ist, dann würden wir auch nicht viel darüber reden. Und wenn er wirklich jemanden umlegen will, dann bin ich sogar ganz dankbar, wenn ich nichts Genaues darüber weiß."

„Das stimmt natürlich. Aber warum kommt er dann überhaupt zu uns und zieht es nicht allein durch?"

Dieses Argument gab Kaiser einen Moment zu denken.

„Vielleicht braucht er am Ende doch unsere Hilfe. Außerdem ist es doch ganz natürlich, dass du dich an das örtliche Chapter wendest, wenn du in einem anderen Land bist. Aber ich verstehe deinen Einwand. Wir machen es so: Hoss und Mike übernehmen den Transport. Und wir fahren mit einem zweiten Wagen hinterher. Dann haben wir alles im Auge. Und uns kann nichts passieren, denn wir haben ja nichts dabei."

„Guter Plan! Damit bin ich einverstanden. Mann, fast eine ganze Million, ich kann es kaum glauben! Wann ist es denn soweit?"

Jetzt grinste Kaiser über das ganze Gesicht.

„Morgen, Bandit. Schon morgen!"

„Geil!" Auch der Vizepräsident strahlte wie ein Honigkuchenpferd. Dann brüllte er Richtung Theke: „Hoss, alte Schlafmütze, bring mal zackig zwei Drinks! Wir haben was zu feiern."

Bestellungen der Chefs wurden selbstverständlich mit Priorität ausgeführt und wenige Augenblicke später standen zwei Longdrinkgläser mit Cola-Whisky auf dem Tisch.

„Warte mal." Der Präsident hielt den Prospect am Arm fest. „Sauf dir keinen an, okay? Ich habe morgen einen Job für dich, bei dem du nüchtern sein musst. Verstanden?"

„Klar, Präsi, geht in Ordnung."

„Wenn das reibungslos läuft, bist du auf einem guten Weg zum kompletten Patch. Also versau es nicht!"

Die Kutte mit den vollständigen Vereinsabzeichen war das höchste Ziel eines jeden Prospects. Die Aussicht darauf ließ auch den sonst eher muffigen Hoss nicht kalt. Er verzog sein Gesicht zu einer Grimasse, die er für ein freudiges Lächeln hielt.

„Du kannst dich jederzeit auf mich verlassen."

Die Party nahm weiter Fahrt auf. Am Tresen hatte sich eine kleine Gruppe von Vitaminfreunden zusammengefunden, die Runde um Runde ihr Bestes gab, einer Flasche Tequila den Garaus zu machen. Im Gleichklang feuchteten sie das Dreieck zwischen Daumen und Zeigefingerwurzel an, streuten Salz drauf, leckten es ab, kippten die Gläser mit der durchsichtigen Flüssigkeit hinunter und bissen herzhaft in geviertelte Zitronen, nur um sich danach kollektiv zu schütteln. Bemerkenswert war dabei vor allem, dass zwei Frauen die Schlagzahl der im Durchschnitt fast doppelt so schweren Rocker ohne sichtbare Mühe halten konnten.

Kaiser und Bandit hatten ihre Gläser genommen und sich an den sogenannten Familientisch gesetzt. Hier saßen die Frauen der Cluboberen, die Old Ladies, zusammen mit ein paar Kindern und unterhielten sich über die Themen, die alle Mütter beschäftigen. Momentan ging es um die Frage, ob man den Fernsehkonsum und die Zeit, die ihre Kinder mit Computerspielen zubrachten, irgendwie limitieren sollte oder nicht. Die vorgetragenen Meinungen unterschieden sich in nichts von denen, die man auf jedem beliebigen Elternabend der Republik hören konnte. Das Äußere der Protagonistinnen war jedoch alles andere als durchschnittlich. Keine Frau, die nicht mindestens ein großes Tattoo zur Schau trug. Neben den üblichen Bildmotiven und unverständlichen chinesischen Schriftzeichen waren offensichtlich klare Statements gerade im Trend. "Property of Caspar" hatte eine von ihnen im Halbkreis über dem großzügig präsentierten Dekolleté stehen und outete sich damit als Frau des Präsidenten. Eine andere wollte sich offenbar personell nicht so festlegen, aber trotzdem ihre Bereitschaft zum Austausch mit dem anderen Geschlecht demonstrieren, denn auf ihrem Unterarm stand wie eine Gebrauchsanweisung zu lesen: "Don't hug me, just fuck me". Auf dem schon erwähnten Elternabend hätte diese Aussage vermutlich zu tumultartigen Szenen geführt.

Davon abgesehen waren zumindest hier Piercings noch nicht ganz out und der Schmuck wirkte schwer und auffällig. Lange Haare waren offenbar Pflicht und extravagante Fingernägel ebenso. Die Kleiderordnung verbot außerdem alles, was schlabbrig wirken könnte. Jeans und Tops saßen hauteng und überließen der Fantasie des Betrachters wenig Spielraum.

„Hey, jetzt kommt ein bisschen Leben in die Bude!"

Bandit deutete begeistert auf den Billardtisch. Gerade hievten zwei der Tequilatrinker eine entrückt grinsende Frau auf den grünen Filz. Dort bewegte sie ihren Körper lasziv zu der dröhnenden Musik. Trotz des ohrenbetäubenden Krachs war der Chor der herbeieilenden Herren gut zu verstehen.

„Auszieh'n, auszieh'n!", intonierte die johlende Horde und zur allgemeinen Freude wurde dieser Wunsch gnädig erhört. Trotz leichter Koordinationsprobleme ergriff die Tanzende mit beiden Händen den Saum ihres hellgelben Tops und zerrte ihn mehr oder weniger elegant in die Höhe. Ein Zwischenstopp am Bauchnabelpiercing wurde dank tatkräftiger Mithilfe eines Zuschauers kurz gehalten. Den nächsten Widerstand bot die beachtliche Oberweite, die trotz Abwesenheit eines Büstenhalters erfolgreich der Schwerkraft trotzte. Aber auch dieses Hindernis konnte überwunden werden. Neckisch ließ sie ihr Shirt an einem Finger kreisen, bis es den Fliehkräften folgte und quer durch den Raum flog. Nun hob die junge Frau geschmeidig ihre Arme und wiegte sich mit geschlossenen Augen in den Hüften. Die Menge der Männer drängte sich dicht um den Billardtisch und feuerte die Tanzende weiter an. Sie öffnete daraufhin die Augen, blickte sich orientierungssuchend um und sank dann langsam auf die Knie. Mit einem geübten Schlafzimmerblick drückte sie die Schultern nach hinten zusammen und schüttelte ihren Oberkörper. Das blieb nicht ohne Auswirkung auf ihre wirklich prächtigen Brüste.

„Yeah, Baby! Schüttel, was du hast!" Bandit, der an den Tisch herangetreten war, verfolgte die rotierenden Kugeln mit glänzenden Augen. Der Körper der jungen Blondine war makellos und schlank. Ihre Haut glänzte leicht, denn die Temperatur im Clubhaus war hoch.

„Ich brauch' was zu trinken!", brüllte sie plötzlich und setzte hinzu: „Viva Tequila!"

Hoss war blitzartig mit den gewünschten Utensilien zur Stelle. Die Tänzerin stürzte ihr Glas so hastig herunter, dass ein paar Tropfen daneben rannen und an ihrem Hals herabliefen. Bandit beugte sich vor und leckte sie unter rhythmischem Klatschen der übrigen Männer ab.

„Schenk mir auch einen ein!", rief er Hoss zu. Dieser reichte ihm ein Glas und die Zitrone, aber an dieser Stelle griff die Tänzerin ein.

„Das Obst musst du dir erst verdienen, Süßer", gurrte sie und verbarg die Zitrone im Tal zwischen ihren Brüsten, die sie mit beiden Händen umfasste, um der Südfrucht einen sicheren Halt zu geben. Die Menge feuerte die beiden lautstark an. Bandit leerte das Glas bis zur Neige und griff sich dann die Flasche. Er goss einen ordentlichen Schluck in die appetitliche Brustspalte und versenkte anschließend sein Gesicht darin. In der Pause zwischen zwei Liedern war sein angestrengtes Lutschen für alle gut zu hören und sorgte für einen donnernden Applaus. Die Frau presste seinen Kopf an ihren Oberkörper und ließ ihm keine Luft zum Atmen. Immer weiter drängte sie sich ihm entgegen.

Schließlich befreite er sich doch von ihr und trat mit rotem Gesicht und klebrigem Bart zurück. Er grinste breit und leckte sich die Lippen. Die Blondine hatte offenbar noch nicht genug, denn sie rief mit leicht schleppender Stimme: „Wer will noch mal, wer hat noch nicht?"

Sofort bildete sich eine lärmende Schlange und Hoss brachte vorsorglich eine weitere Flasche. Um unnötige Wartezeiten zu vermeiden, wurde jetzt auch die zweite Tequila-Trinkerin auf den Tisch gehoben und genötigt ebenfalls ihr Shirt auszuziehen. Das schien ihr wenig auszumachen, denn im Nu hatte sie ihren Oberkörper entblößt. Auch wenn sie nicht ganz so üppig bestückt war wie ihre Vorgängerin, brachte auch ihr Dekolleté die Männer in Wallung.

In diesem Moment betrat Staller nahezu unbemerkt das Clubhaus. In der Tür blieb er für einen Moment stehen und versuchte das Chaos zu überblicken. Niemand nahm von ihm Notiz. Die Männer umringten alle den Billardtisch und konnten ihre Augen nicht von den Tänzerinnen lösen, während die Frauen vornehmlich die Männer beobachteten. Dafür, dass es draußen noch hell war, war die Party beachtlich weit fortgeschritten.

Er schlenderte mit seinem breitbeinigen Cowboygang, den er sich in seiner Rolle als Motorradfahrer zugelegt hatte, gemächlich bis an den Familientisch, neben dem er mit in die Gürtelschlaufen eingehakten Daumen stehenblieb.

„Für 'ne Beerdigung ist die Stimmung erstklassig, würde ich sagen."

„Tequila und Titten – das ist doch eine unschlagbare Kombination", stellte Caspars Frau nüchtern fest. „Du bist Mike, richtig?"

„Jepp. Ulf sagte, hier gäbe es ein Bierchen. Ich finde er hat leicht untertrieben."

„Ich bin Anne, sozusagen die First Lady von dem Haufen hier."

Staller deutete eine höfliche Verbeugung an.

„Enchanté, Madame!"

„Hey, du bist gut in Französisch. Schätze, die Mädels werden dir hier zu Füßen liegen." Die anderen Frauen kicherten beifällig und nicht nur eine musterte den neuen Höllenhund völlig ungeniert. „Kommst du zur monatlichen Clubparty am Samstag? Dann lasse ich die Mädels Nummern ziehen!" Mehr Gelächter und noch mehr unverhohlene Blicke waren die Folge. Ein Rocker mit Hirn und Manieren, der dazu auch noch gut aussah – das weckte Begehrlichkeiten.

„Mike, gut dass du da bist!" Kaiser trat hinzu und schlang ihm einen Arm um die Schulter. „Ich muss etwas mit dir besprechen. Ihr müsst einen Moment auf unseren neuen Bruder verzichten. Geschäft geht vor." Er zwinkerte den Frauen zu und zog Staller mit sich in eine dunkle Ecke abseits des lärmenden Geschehens.

„Hattest du Spaß mit den Chicks?"

„Willst du 'ne ehrliche Antwort? Die waren mir zu versifft. Ich hab' sie erst mal in die Wanne gesteckt."

Kaiser schaute einen Augenblick verwirrt, dann brüllte er vor Lachen los.

„Welche Spielchen du mit denen machst, ist ja deine Sache. Ulf hat dich abgelöst?"

„Jo. Ob er mit denen mehr Spaß hat als hier – nun, das ist dann eben seine Sache."

„Das ist noch gar nix. Warte erst die richtige Clubparty ab. Da kommen noch allerhand Auswärtige und es geht so richtig ab. Du kommst doch, oder?"

„Wie könnte ich eine Einladung der First Lady ausschlagen?"

„Ja, die Mädels stehen auf dich, das hab' ich auch schon gemerkt."

„Du wolltest etwas Geschäftliches mit mir besprechen?"

„Genau. Es geht um eine Lieferung Stoff, die an einer bestimmten Stelle abgeholt und ins Lager gebracht werden muss. Kannst du uns dabei helfen? Dich kennt hier ja keiner und von daher hat dich auch niemand auf dem Zettel."

Staller wusste ganz genau, warum er für diesen Job ausgewählt wurde. Drogenkuriere lebten gefährlich. Sie konnten von der Konkurrenz beobachtet und überfallen werden oder sie wurden ohne eigenes Verschulden in einen Verkehrsunfall verwickelt und dann zufällig von der Polizei durchsucht – es gab vielfältige Möglichkeiten. Trotzdem beschloss er, sich auf den Auftrag einzulassen, denn es war eine sehr gute Möglichkeit seine Loyalität zu beweisen.

„Klar, kein Problem. Was muss ich tun?"

Mit gedämpfter Stimme entwickelte Kaiser seinen Plan. Staller hörte aufmerksam zu, unterbrach ihn einige Male, um Fragen zu stellen und nickte am Ende zustimmend.

„Ich bin dabei."

Der Präsident klopfte ihm wohlwollend auf die Schulter.

„Ich war mir sicher, dass ich mich auf dich verlassen kann. Aber jetzt wollen wir noch ein bisschen feiern. Wie wär's mit 'nem Bier?"

„Aber nur eins. Eine Fahne sollte ich morgen lieber nicht haben."

Gemeinsam schritten sie zur Theke, an der ausreichend Platz war, denn die Aktivitäten rund um den Billardtisch dauerten noch an. Hoss stellte zwei Gläser mit perfekten Schaumkronen vor ihnen ab und sie griffen dankbar zu. Aber noch bevor sie den ersten Schluck trinken konnten, betrat ein äußerst finster dreinblickender Ulf Meier das Clubhaus und stapfte grimmig zum Tresen. Er griff sich ein halb fertiges Bier, das unter dem

Zapfhahn stand, und stürzte es in einem Zug hinunter. Dann knallte er das Glas auf den Tresen und bedeutete Hoss, es wieder aufzufüllen.

„Was ist denn mit dir los? Und wieso bist du nicht bei den Hühnern?" Kaiser wirkte irritiert.

„Ehrlich gesagt bin ich froh, nicht mehr bei den Hühnern zu sein. Die sitzen nämlich immer noch bei der Polizei!"

„Was?" Jetzt war der Präsident geradezu entsetzt. „Erzähl, wie ist das passiert?"

Meier leerte erneut das halbvolle Glas und zitterte geradezu vor Wut.

„Dieser Scheißbulle von früher stand mit zwei Streifenhörnchen vor der Butze und hat uns alle mitgenommen. Irgendein Nachbar soll angerufen und sich beschwert haben, dass da immer wieder Frauen schreien."

„Also, als ich da war, herrschte Ruhe", warf Staller ein.

„Wer weiß, vielleicht war das auch nur ein Vorwand, um in die Wohnung zu kommen. Ich konnte die drei ja schlecht rauswerfen. Die Mädels sind jedenfalls weg."

„Shit." Kaiser trug die schlechte Nachricht halbwegs mit Fassung. Vermutlich hing das mit dem bevorstehenden Crystal-Deal zusammen. „Und wie bist du freigekommen?"

Meier gestattete sich ein freudloses Grinsen.

„Was sollten die mir denn anhängen? Ich bin doch nur ein harmloser Freier, der mit zwei Nutten eine vergnügliche Stunde verbringen möchte. Dass sie dabei angekettet sind, gehört zum Spiel und kostet 'nen Hunni extra."

„Werden die Chicks das bestätigen?", erkundigte sich der Präsident ernst.

„Das möchte ich ihnen doch raten. Ich denke, dass sie verstanden haben, dass unser Arm zur Not auch bis in den Knast oder das Präsidium reicht. Außerdem wissen sie, dass wir die Adressen ihrer Familien haben."

„Ist Schneider informiert?"

„Klar, ohne Rechtsverdreher wäre ich da nicht so schnell wieder weggekommen. Er war zum Glück sofort da, als ich endlich telefonieren durfte."

„Dafür bezahlen wir ihm ja auch genug. Ich frage mich nur … war das ein Zufall, dass ausgerechnet jetzt die Bullen dort auftauchen?" Kaiser blickte nachdenklich in sein Bierglas.

„Keine Ahnung. Der Kerl hat mich ja offensichtlich auf dem Kieker. Oh, wie gern würde ich dem eine reinwürgen. Aber vermutlich wäre es klüger, die Füße für den Moment mal still zu halten. Ich hab' ihm eine kleine Drohung hinterlassen und dachte eigentlich, dass er den Schwanz einzieht. Offenbar habe ich das Arschloch unterschätzt."

„Was für eine Drohung?", wollte Kaiser wissen.

„Och, eigentlich ganz harmlos. Ich hab ihm ein mit Blut übergossenes Foto von seiner Alten an das Auto geklebt. Vor seinem Haus."

„Und ahnt er, von wem das kommt?"

„Ich habe ihm freundlich zugewinkt, als er es gefunden hat."

„Gut fürs Ego, schlecht fürs Geschäft", resümierte Staller lakonisch.

„Du bleibst erst mal auf Tauchstation, bis wir uns überlegt haben, was wir mit diesem Bullen machen können. Ich möchte nicht, dass wir im Moment mehr Staub aufwirbeln als nötig", bestimmte der Präsident und erklärte Meier seine Pläne mit dem Rauschgift.

„Jesus, das gibt ja mehr Cash, als wir mit den Hühnern im Leben machen können", staunte Meier, dessen Laune sich spontan besserte. „Caspar, du bist ein Fuchs!"

„Und Mike wird uns dabei helfen. Weil du vorerst ausfällst, wird er immer wichtiger für uns."

„Ich hätte ja noch eine Idee, wie ich mich nützlich machen könnte", mischte sich Staller wieder ein.

„Und die wäre?"

„Der Bulle. Vielleicht ist er ein bisschen begriffsstutzig. Dann sollte ihm mal jemand klar machen, dass er ein wenig kürzer treten sollte."

„Lass mich raten: Dieser jemand bist du?"

„Sagen wir es mal so: Ich mag keine Bullen. Mich kennt hier niemand. Deshalb kann keiner eine Verbindung zu euch herstellen, wenn ich zivil unterwegs bin. Selbst wenn ich also erwischt würde, wärt ihr safe."

Der Präsident ließ sich diese Überlegung durch den Kopf gehen, während Meier zweifelnd die Augenbrauen hochzog.

„Kann es sein, dass du dir ganz schön viel auf einmal vornimmst? Den Waffendealer umlegen, Stoff durch Hamburg kutschieren und jetzt auch noch den Bullen aus dem Verkehr ziehen?"

„Was ist das mit dem Waffendealer?", hakte Kaiser nach.

„Das ist die Familienangelegenheit. Ich hab' vorhin mit Ulf ein bisschen zu viel geplaudert. Vergiss es einfach, das ist meine Privatsache." Staller gab sich kurz angebunden. Der Präsident blickte fragend zu Meier und der nickte unauffällig.

„Wir reden später darüber, was wir wegen des Bullen unternehmen können. Jetzt ist die oberste Priorität, dass wir den Stoff in unseren Besitz bringen. Danach sehen wir weiter, okay?"

„Klar, kein Problem. Vielleicht solltest du ein paar Tage hier im Clubhaus bleiben, Ulf. Sozusagen von der Bildfläche verschwinden. Wenigstens bis der Stoff unter Dach und Fach ist", schlug Staller vor.

„Gute Idee", befand Kaiser. „Und jetzt wollen wir noch ein bisschen Spaß haben. Morgen wird ein spannender Tag!"

„Ich mach mich lieber vom Acker. Nicht, dass ich hier noch versacke", grinste Staller.

„Das werden die Mädels aber nicht gerne hören", frotzelte der Präsident.

„Aufgeschoben ist ja nicht aufgehoben. Wir sehen uns morgen!"
Staller hatte es jetzt eilig. Es gab noch einige Dinge für ihn zu erledigen.

* * *

Der große Konferenzraum von "KM" platzte schier aus allen Nähten. Waren normalerweise immer noch mindestens fünf Sitzplätze am Tisch frei, stand heute jeder verfügbare Zentimeter voller extra herbeigeschaffter Stühle. Mit Ausnahme des entschuldigt fehlenden Mike Staller waren alle Redakteure, Assistenten und freien Mitarbeiter gekommen. Außerdem war die Produktionsabteilung mit dem Produktionsleiter, der Sekretärin und einem hochrangigen Anwalt der Kanzlei, mit der das Magazin zusammenarbeitete, anwesend. Zu guter Letzt betrat auch noch Peter Benedikt den völlig überfüllten Raum und sah sich amüsiert um.

„Wenn wir bei den Zuschauern ein ebenso großes Interesse wecken wie bei den Mitarbeitern, dann sehe ich unserer neuen Ausgabe sehr fröhlich entgegen", bemerkte er launig, nachdem sich das allgemeine Gemurmel gelegt hatte.

„Ich habe die große Runde einberufen, weil wir einen ziemlichen Knaller am Haken haben", drängte sich Helmut Zenz in den Vordergrund. „Es geht um einen der größten Bauunternehmer und Makler Hamburgs und um viele hundert Wohnungen, die aus dem Besitz der Stadt an ihn verkauft wurden. Sonja und unser Volontär Hannes haben die Geschichte recherchiert, die mir eine zuverlässige Quelle zugetragen hat."

Das war wieder mal typisch Zenz. Sonja hatte Mühe, ihren Zorn im Zaum zu halten. Der Chef vom Dienst hatte schließlich den Zuschauer, der sich ganz zufällig an ihn gewandt hatte, weil Mike an dem Tag nicht im Büro war, zügig abgeschmettert. Nur dank der Hartnäckigkeit von Hannes, der auf eigene Faust begonnen hatte die Geschichte zu überprüfen, stand der Fall überhaupt auf der heutigen Tagesordnung. Da es aber eine wichtige Story zu werden schien, musste Zenz seinen Anteil an der Entwicklung natürlich so gut wie möglich aufblasen.

„Sonja, fasst du eure Ergebnisse für uns kurz zusammen?"

Die Moderatorin biss sich auf die Innenseite der Wangen, um zu verhindern, dass ihr eine patzige Bemerkung herausrutschte, und sortierte kurz ihre Gedanken.

„Hannes hat auf eigene Faust die Erzählung eines Zuschauers überprüft, bei der es um einen Wasserschaden in einem Mietshaus ging. Durch eine auffällige Häufung von Zufällen führte ein simpler Rohrbruch dazu, dass das Haus praktisch unbewohnbar wurde. Das Haus war kurz zuvor von der Stadt an die BaWoGra verkauft worden."

Ein vielsagendes Murmeln war die Antwort auf die Erwähnung des Firmennamens. Jeder kannte ihn. Manche wohnten sogar in einem Haus, das der BaWoGra gehörte.

„Das ist allerdings kein Einzelfall. Ihr erinnert euch alle an den Dachstuhlbrand, den wir letztens in der Sendung hatten."

Zustimmendes Nicken bei vielen. Die Gesichter der Zuhörer waren gespannt, man wartete auf weitere Enthüllungen.

„Wieder ein Haus, das früher der Stadt gehört hat und dann an die BaWoGra verkauft wurde."

„Das ist ja ein Ding!"

„Kann das Zufall sein?"

„Donnerwetter!"

Die Nachricht erfüllte die Erwartungen der Kollegen, aber Sonja war noch nicht fertig.

„Ich habe mich mit Dieter Grabow, dem Eigentümer der BaWoGra, getroffen und mich als Interessentin für eine Eigentumswohnung ausgegeben. Und er hat mir genau das Haus, in dem es gebrannt hat, vorgeschlagen. Meine persönlichen Wünsche könnten bei der Sanierung sogar noch berücksichtigt werden."

Nun brach ein allgemeines Stimmengewirr aus, das sich nur mit Mühe wieder eindämmen ließ.

„Kollegen, bitte! Wir sind noch nicht am Ende. Und bisher fehlen uns auch noch jede Menge Fakten. Denn das, was wir bisher gehört haben, mag unerfreulich sein, ist aber nicht verboten. Und wir sind ein Kriminalmagazin, kein Waldorf-Kindergarten." Zenz hielt beide Hände erhoben und wirkte für den Moment wie ein zorniger Christus.

„Es stimmt, dass wir bisher noch nicht nachweisen können, dass der Brand oder der Wasserschaden irgendwie von Grabow initiiert worden sind", fuhr Sonja fort. „Das könnte auch schwer werden, denn darüber wird es keine betriebsinternen Memos geben."

Vereinzeltes Gelächter.

„Deshalb können wir nur weiter kleine Bausteinchen zusammentragen und Fragen stellen. Hannes, präsentierst du uns mal ein paar Zahlen?"

Der Volontär, sonst stets für eine flotte Bemerkung zu haben, schluckte erst einmal. Die schiere Größe der Versammlung schien ihn zu beeindrucken. Er räusperte sich, strich sich verlegen durch die Haare und begann schließlich zu reden.

„Tja, also, ich habe mich mal umgehört … "

„Lauter!", schallte es aus den hinteren Reihen. Hannes brach ab, setzte neu an und versuchte seiner Stimme etwas mehr Druck zu verleihen.

„Ich … äh … habe mich ein bisschen umgehört. Die BaWoGra hat in den letzten Jahren mehr Häuser von der Stadt gekauft als alle Mitbewerber zusammen."

„Das ist allerdings nicht ungesetzlich", warf Helmut Zenz ein. „Ich weiß, dass für solche Käufe ein Gebot abgegeben wird. Das beste bekommt den Zuschlag."

„Stimmt. Das kann zweierlei bedeuten: Entweder Grabow macht häufig sehr üppige Angebote. Dann fragt man sich natürlich, warum er regelmäßig mehr zahlen sollte als die Konkurrenz. Oder ein kleines Vögelchen verrät ihm den Stand der Gebote." Sonja sprang dem Volontär zur Seite.

„Das ist jetzt aber reine Spekulation", stellte Zenz fest.

„Richtig. Wir tragen ja nur Zahlen und Fakten zusammen und stellen uns Fragen. Von einer Anklage ist ja keine Rede. Weiter, Hannes!"

„Fast zwanzig Prozent der städtischen Wohnungen, die die BaWoGra gekauft hat, sind inzwischen in Eigentumswohnungen umgewandelt worden."

„Ist das denn viel?", wollte ein Kollege wissen.

„Bei den anderen Wohnungsgesellschaften sind es weniger als fünf Prozent."

Im Raum wurde es still. Das Verhältnis war zu auffällig, um es als Zufall abzutun.

„Zwei Drittel der Mietwohnungen wurden zudem innerhalb eines Jahres teilweise sehr aufwendig renoviert. Das hat in jedem Fall zu deutlichen Mietsteigerungen geführt. Und zwar immer hart an der Grenze der gesetzlichen Möglichkeiten."

„Auch das ist natürlich nicht ungesetzlich", warf Sonja ein, bevor Zenz es ansprechen konnte. „Interessant ist allerdings, dass die Firma, die all diese Baumaßnahmen durchgeführt hat, ebenfalls Grabow gehört."

Der Chefredakteur pfiff leise durch die Zähne.

„Gute Arbeit! Ihr habt in kurzer Zeit ziemlich viel herausbekommen."

„Danke, Peter. Das meiste davon haben wir Hannes zu verdanken."

Auf den Wangen des Gelobten erblühten zwei rote Flecken wie Rosen in der Sonne. Er fummelte nervös in seinen Haaren herum, konnte dort aber keinen weiteren Schaden anrichten.

„Die Frage zum jetzigen Zeitpunkt ist zunächst: Senden wir schon einen Bericht oder warten wir noch ab?" Sonja gab die Frage in ganz offener Form weiter. Wenig überraschend war es Zenz, der sich als Erster skeptisch äußerte.

„Unabhängig vom Stand der Recherchen, den ich noch für dünn halte, steht bereits fest, dass sich die Geschichte nicht gerade durch spannende Bilder selbst erzählt. Das ist ein Problem."

„Eine starke Geschichte verträgt schwache Bilder. Das haben wir alle oft genug erlebt. Es geht nur darum, ab wann wir sagen, dass wir eine echte Story haben."

Peter Benedikt, der Chefredakteur, griff an dieser Stelle ein, wohl wissend, dass die Diskussion über das Für und Wider Stunden dauern konnte.

„Liebe Kolleginnen und Kollegen, lasst mich bitte kurz etwas dazu sagen, bevor ich Euch das Feld für Grundsatzdiskussionen überlasse. Dieser Fall ist für uns ganz klar von Interesse. Wir sollten ihn mit Priorität verfolgen. Ich sehe nur ein Problem: Sobald wir damit an die Öffentlichkeit gegangen sind, passieren zwei Dinge. Erstens – sämtliche Kollegen springen auf den Zug auf. Zweitens – die Betroffenen mauern sich ein und kehren alles unter den Teppich, was irgendwie vertuscht werden kann. In beiden Fällen bringt uns das nur Nachteile. Wir sollten also genügend in der Hand halten, wenn wir damit auf Sendung gehen."

Die Autorität des Chefredakteurs war so groß, dass nicht einmal Zenz einen Einwand vorbrachte.

„Also Kinder, recherchiert die Story möglichst schnell rund. Wenn es Fragen gibt – ihr erreicht mich auf dem Handy. Ich hab' noch einen Termin. Bis später!"

Und schon huschte Benedikt, wie immer im blütenweißen Hemd und mit messerscharfer Bügelfalte, aus dem Raum. Es dauerte ein paar Sekunden, dann brach die Diskussion in voller Lautstärke vom Zaun.

„Ich habe euch doch gesagt, die Geschichte ist zu dünn. Aber mir glaubt hier ja keiner!" Der Chef vom Dienst klang wie so oft beleidigt.

„Das ist ja ein Oberhammer! Wenn wir das rausbringen, dann bebt es bis in die Bürgerschaft", rief ein Redakteur, der stark mit den politischen Positionen der Linken sympathisierte.

„Liebe Kollegen, ich möchte euch gerne Herrn Bagger von der Kanzlei Mosch, Starke und Bagger vorstellen", versuchte sich der Produktionsleiter wenig erfolgreich gegen das allgemeine Stimmengewirr durchzusetzen. Der Anwalt, ein kluger Mann, erkannte die Situation richtig und versuchte erst gar nicht zu Wort zu kommen. Es war Sonja, der das Durcheinander langsam auf die Nerven ging, die es schaffte, die Kollegen wieder zur Räson zu bringen.

„Ruhe! Seid doch bitte mal leise, so hat das doch keinen Zweck!"

Journalisten reden gern und streiten noch lieber. Wenn das anders wäre, hätten sie auch ihren Beruf verfehlt. Schwierig ist es nur, wenn viele Journalisten auf einem Haufen hocken. Dann erkennt man auch, dass viele Pressevertreter lieber reden als zuhören. Trotzdem gelang es Sonja, die ihr

Anliegen mit weit ausholenden Armbewegungen unterstrich, mit der Zeit die Gemüter zu beruhigen. Sie wartete, bis endgültig wieder Stille eingekehrt war und fuhr dann fort.

„Ihr habt es gehört: Die Story hat Priorität und soll schnell vorangetrieben werden. Aber wir brauchen auch Ergebnisse. Hat jemand Vorschläge, wie wir weiter vorgehen können? Irgendwelche Quellen, die uns helfen könnten? Und bitte einzeln mit Wortmeldung, wenn es geht, damit es alle mitbekommen."

„Wenn du jetzt die Konferenz leitest, dann kann ich ja gehen", knurrte Helmut Zenz leise, blieb aber selbstverständlich sitzen.

„Ich könnte versuchen, die offiziellen Vergabekriterien für Wohnungsverkäufe durch die Stadt zu organisieren. Dann können wir gucken, ob das vorgeschriebene Prozedere eingehalten wurde." Der Kollege mit der intellektuellen Nickelbrille verfügte über hervorragende Kontakte in die Stadtverwaltung.

„Das wäre mit Sicherheit hilfreich. Mach das bitte!" Sonja lächelte ihm dankbar zu und er errötete leicht.

An dieser Stelle nutzte der anwesende Anwalt die relative Ruhe, um sich ebenfalls zu Wort zu melden.

„Die Produktion hat mich gebeten, in dieser Angelegenheit eng mit Ihnen zusammenzuarbeiten, um eventuelle juristische Probleme im Vorfeld zu vermeiden. Da nach meinem Ermessen die Zahl der bisher aufgedeckten Fakten keine Rückschlüsse auf irgendein ungesetzliches Verhalten zulassen, möchte ich Sie bitten, die geplanten Beiträge vor Ausstrahlung von mir prüfen zu lassen."

„Das ist Zensur!", maulte der links angehauchte Kollege.

„Diese Bitte dient lediglich Ihrer eigenen Absicherung. Dadurch vermeiden wir einstweilige Verfügungen und andere Maßnahmen, die eine Ausstrahlung solch brisanter Beiträge verhindern könnten."

Das Murren im Plenum zeigte an, dass die Argumentation des Anwalts den inneren Widerstand der Journalisten nicht zu brechen vermocht hatte.

Die vierte Macht im Staate reagiert stets unwillig auf jede potenzielle Einschränkung ihrer Freiheit. Dies war und ist in einem demokratischen System natürlich wichtig. Pressefreiheit ist eines der wichtigsten Güter. Das zeigt sich immer dann, wenn in totalitären Staaten nur noch gleichgeschaltete Medien existieren und moderne Kommunikation unterbunden oder eingeschränkt wird. China, Iran und selbst die Türkei liefern beispielsweise oft genug unrühmliche Beispiele für eine drastisch beschnittene Meinungsfreiheit. Insofern ist es nachvollziehbar und grundsätzlich positiv zu bewerten, wenn Journalisten sehr sensibel auf vermeintlich drohende Zensur reagieren.

Dass auch andere Aspekte bei der Einordnung einer Situation eine Rolle spielen, bewies der Produktionsleiter, der dem Anwalt zur Seite sprang.

„Liebe Kollegen, von Zensur kann überhaupt keine Rede sein. Hier geht es lediglich darum, dass wir nicht Dinge behaupten, die schlichtweg nicht beweisbar sind. Wir alle nehmen dankbar an jedem Ersten ein anständiges Gehalt entgegen und sind in der glücklichen Lage unseren Job zu machen, ohne ständig auf jeden Cent gucken zu müssen. Damit das so bleibt, sollten wir zum Beispiel unnötige Schadensersatzforderungen vermeiden. Deswegen und nur deswegen wird Herr Bagger die juristische Prüfung aller Beiträge zu diesem Thema übernehmen."

Das unwillige Gemurmel verstummte zwar nicht ganz, wurde aber beträchtlich leiser. Sonja nahm ihren Faden wieder auf.

„Hat noch jemand eine Idee, die uns inhaltlich weiterhilft?"

Der Redakteur, der sich eben noch über die angebliche Zensur durch den Anwalt beschwert hatte, meldete sich zu Wort.

„Was ist, wenn wir einen abgestimmten, harten Fragenkatalog gleichzeitig an Grabow und die Baubehörde schicken, mit der Bitte um schriftliche Beantwortung?"

In diesem Moment vermisste Sonja Staller aus ganzem Herzen. Der Reporter hatte das begnadete Talent, genau solche Situationen elegant zu meistern und die unterschiedlichen Interessen gleichmäßig zu berücksichtigen. Außerdem hätte er bestimmt gewusst, welche Maßnahmen sie noch ergreifen sollten. Sie seufzte innerlich, aber das half natürlich nichts. Staller war anderweitig beschäftigt und für den Moment unerreichbar.

„Das ist im Prinzip ein guter Vorschlag", lobte sie. „Aber ich befürchte, dass dann genau das passiert, was Peter vorhin angedeutet hat. Die Betroffenen wissen Bescheid und können Schadensbegrenzung betreiben. Dann wird es für uns unter Umständen noch schwerer."

Unterstützung für die Moderatorin kam von unerwarteter Seite. Zenz bewies an dieser Stelle, dass er zwar vielleicht ein schwieriger Kollege, aber gewiss ein guter Journalist war.

„Der plakative Fragenkatalog nützt uns nur etwas, wenn wir ihn mit harten Fakten konterkarieren können. Dann kann er in der Tat den Todesstoß bedeuten. Sollten wir klare Beweise haben, dass Mitarbeiter XY die BaWoGra über die aktuellen Gebote für ein Objekt informiert hat und fragen dann nach – das funktioniert! Entweder muss die Behörde dann die Hosen runterlassen, was uns auch recht ist – oder sie streitet alles ab. Dann können wir sie der Lüge überführen - das wäre perfekt. Aber hart nachfragen und die Antwort mangels besseren Wissens akzeptieren müssen ist ganz kleines Tennis."

„Wir werden deinen Vorschlag natürlich im Auge behalten. Irgendwann könnte seine Zeit kommen", beeilte sich Sonja hinzuzufügen. „Weitere Ideen? Ja, Hannes?"

„Es ist zwar eine mühsame und zeitraubende Sache, aber ich würde gerne die Mieter aus den beiden unbewohnbaren Häusern aufstöbern. Irgendwo müssen die ja untergekommen sein. Vielleicht hat doch einer von denen etwas gesehen oder gehört."

„Das ist in der Tat schwierig. Aber einen Versuch ist es wert." Sonja nickte ihm ermutigend zu.

„Tja, Herrschaften, wenn es sonst keine Vorschläge mehr gibt … würde ich sagen: ab an die Arbeit!" Zenz klatschte mehrmals in die Hände und löste die Konferenz damit auf.

* * *

Seine Schultern sackten um mehrere Zentimeter herunter und er schloss müde die Augen. Irgendwie hatte er damit gerechnet, aber ein Funken Hoffnung auf einen anderen Ausgang war ihm doch geblieben. Die Enttäuschung grub tiefe Furchen um seine Mundwinkel und er musste sich zwingen, ganz ruhig nachzufragen.

„Noch einmal: Ihr habt den Mann noch nie vorher gesehen und er war lediglich ein Kunde?" Bombachs Stimme klang ungläubig.

Die Dolmetscherin ratterte harte Silben wie Maschinengewehrfeuer herunter und legte den Kopf in Erwartung der Antwort leicht schief. Die Blondine und die Brünette schauten sich nicht einmal an. Gleichzeitig antworteten sie mit "da", was der Kommissar auch ohne das Eingreifen der Übersetzerin als Zustimmung erkannte.

„Schade. Ich dachte, ich hätte euch klar gemacht, dass mit eurer Hilfe die Verbrecher eingesperrt werden können. Ohne eure Aussage haben wir keine Beweise gegen sie und sie werden weitermachen. Vielleicht holen sie das nächste Mal eure kleinen Schwestern oder Freundinnen. Wollt ihr das wirklich?"

Dieser letzte Versuch des Kommissars entsprang der reinen Verzweiflung und konnte nicht mehr übersetzt werden, denn in diesem Moment wurde die Tür aufgerissen und zwei Männer betraten eilig den Vernehmungsraum.

„Tach zusammen, wir übernehmen dann!" Bombach erkannte den langhaarigen Kollegen von der OK, mit dem er vor einigen Tagen noch über die beiden toten Free Riders gesprochen hatte.

„Moment mal, was heißt das …?"

„Die beiden Pussys sind unser Revier. Du hast sie doch zusammen mit Ulf Meier festgenommen. Der ist Treasurer von den Hounds – voilà, Organisierte Kriminalität. Unsere Zuständigkeit. Wir nehmen sie gleich mit. Mal sehen, ob wir aus ihnen was rausbekommen."

„Ja, aber ...“

„Sei doch froh! Ab jetzt musst du keinen Papierkram mehr übernehmen. Wir befragen sie, klären ihre Herkunft und schieben sie dann ab. Denn Pässe haben sie vermutlich nicht, oder?"

„Nein, aber ...“

„Business as usual, lieber Kollege. Glaub mir, du kannst machen, was du willst. Die reden kein Stück mit uns. Und das vermutlich aus gutem Grund. Irgendwie hängen die alle an ihren hübschen Gesichtern, ihrem Leben und dem Wohlergehen ihrer Verwandten in der Ukraine. Ist immer dasselbe."

Bombach fühlte sich zutiefst frustriert.

„Ihr redet ja fast so, als ob ihr auf Seiten der Rocker stündet", schimpfte er los.

„Tun wir das?" Der Polizist blieb völlig gelassen. „Vielleicht hört sich das so an. Das hängt damit zusammen, dass wir das alles schon zigmal erlebt haben. Irgendwann hast du verstanden, an welcher Stelle sich ein Einsatz lohnt oder eben nicht."

Er wandte sich an seinen Kollegen.

„Nimm die zwei mit rüber zu uns."

Der Mann hatte Handschellen dabei, die er den Frauen anlegte.

„Ist das wirklich nötig?", brummte Bombach verärgert.

„Vorschriften sind Vorschriften, Kollege. Das sind illegale Prostituierte, keine Austauschschülerinnen. Sie können dann gehen!" richtete er das Wort an die Dolmetscherin.

„Bisher ist nicht bewiesen, dass sie anschaffen gegangen sind. Dafür steht nur das Wort von Meier. Und der wollte sich damit doch nur den eigenen Arsch retten."

„Das ist ihm ja offensichtlich auch gelungen! Er ist ja bereits wieder auf freiem Fuß. Ich hatte dir doch gesagt, dass du dich nicht zu weit aus dem Fenster lehnen sollst. Bringt nix. Die Frauen haben keinen Pass und deshalb behalten wir sie hier, bis alles geklärt ist. Streng nach Dienstanweisung. Schönen Tag noch!"

Ohnmächtig musste Bombach mit ansehen, wie die kleine Prozession den Raum verließ. Die ukrainischen Mädchen wurden dabei von den Beamten flankiert. Der leere und erschöpfte Blick der Blonden würde ihn noch lange verfolgen. Aber er hatte keine Handhabe. Formal war das Vorgehen der Kollegen von der Organisierten Kriminalität völlig in Ordnung. Manchmal hasste er seinen Job.

* * *

Es war die blaue Stunde zwischen Sonnenuntergang und endgültiger Dunkelheit, in der eine Stadt wie Hamburg, erst recht in der Nähe des Wassers, Bilder von atemberaubender Schönheit bot. Jedenfalls an Tagen wie heute, an denen nur einige zarte, weiße Schleierwölkchen das dunkler werdende Blau des Himmels unterbrachen. Ein paar Kräne ragten wie Industriedenkmäler über das Wasser und das Kreischen der Möwen trug weit. Bunte Container standen vereinzelt oder in Türmen, wie von spielenden Riesen aufgestapelt, auf den Höfen der jeweiligen Firmen. Endlose Kaimauern und zahllose Bahngleise zeugten von der Menge der Güter, die hier umgeschlagen wurden und dem Tempo, mit dem dies geschah.

Um diese Tageszeit schlug der Puls des Hafens jedoch ruhiger, zumindest hier. Wo sich sonst ein träger Lindwurm aus Autos und Lastwagen zur Köhlbrandbrücke wälzte – erst recht, wenn eine der zentralen Autobahnen A1 oder A7 mal wieder verstopft war – war der Verkehr so überschaubar, dass man die zulässige Höchstgeschwindigkeit erreichen, ja sogar überschreiten konnte.

Genau dies vermied Staller am Steuer des schwarzen Pick-ups allerdings aus gutem Grund. Oberste Maxime seines Handelns war im Moment: nicht auffallen! Deshalb blieb er stets knapp unter der Geschwindigkeitsbegrenzung, blinkte brav bei jedem Spurwechsel und verhielt sich überhaupt so gesetzestreu wie ein pensionierter Buchhalter. Auf dem Beifahrersitz hockte Hoss und ließ seine Blicke rastlos umherschweifen. Dies war einerseits auf erhöhte Nervosität zurückzuführen und andererseits auf sein im Afghanistankrieg geblendetes Auge.

„Entspann dich", versuchte Staller seinen Mitfahrer zu beruhigen. „Im Moment haben wir noch keinen Stoff an Bord und können deshalb keinerlei Probleme bekommen."

„Ich weiß nicht, ob wir dem Kerl aus dem Hafen trauen können. Was ist, wenn er uns verlädt, und die Russen warten nur drauf, dass wir ihnen den Stoff klauen?"

Staller warf einen prüfenden Blick in das Gesicht seines Beifahrers.

„Machst du dir vielleicht gerade in die Hosen?"

„Ich kann nichts dafür." Hoss klang mühsam beherrscht. „Es ist alles so ähnlich. Die Fahrt im Zwielicht kurz vor der Dunkelheit. Ein Kontaktmann hatte uns gesagt, wo wir ein Nest mit Taliban ausheben könnten. Er hatte alles genau beschrieben. Kurz bevor wir an der Stelle ankamen, ging es durch eine verwinkelte Felsschlucht. Wir konnten nur ganz langsam fahren. Dort lagen sie im Hinterhalt. Zu Fuß, viel beweglicher als wir und immer mit genügend Deckung."

Die Stimme des breitschultrigen Rockers wurde immer hektischer.

„Sie haben ohne Vorwarnung das Feuer eröffnet. Unser Fahrer war sofort tot. Der Wagen prallte gegen einen Felsen, dann blieb er stehen und der Motor erstarb. Sie kamen von allen Seiten gleichzeitig. Wir hatten keine Chance … "

„Hör mal, das war bestimmt schlimm für euch. Aber wir sind hier nicht in Afghanistan." Staller spürte die aufkeimende Hysterie. „Vertraust du Caspar? Glaubst du an deinen Präsi?"

Hoss schluckte und klammerte sich mit einer Hand an den Haltegriff über seiner Tür.

„Natürlich vertraue ich Caspar. Das ist doch wohl klar."

„Also", entgegnete Staller beruhigend. „Caspar hat mit dem Platzwart einen Deal. Der Mann bekommt einen Haufen Kohle. Warum sollte er uns verladen?"

„Ich weiß es doch nicht. Es ist nur so ein Gefühl."

„Okay. Wir machen es so: Sobald wir an dem bezeichneten Ort angekommen sind, bleibst du im Wagen sitzen. Ich hole das Zeug alleine. Falls es eine Gefahr gibt, dann doch wohl genau in dem Moment, wenn wir den Stoff abgreifen wollen."

„Hältst du mich jetzt für feige?", wollte Hoss kleinlaut wissen und warf einen schnellen Seitenblick zu Staller hinüber.

„Quatsch. Ich weiß doch, dass viele von euch Jungs traumatisiert aus dem Krieg zurückgekommen sind. Ist ja nicht eure Schuld. Erzähl ruhig weiter, wenn du willst."

Der bullige Rocker nickte dankbar.

„Ich bin nämlich wirklich nicht feige. Wenn es Mann gegen Mann geht, dann weiche ich keinen Millimeter. Es sind bestimmte Situationen wie diese, bei denen immer die Erinnerung zurückkehrt."

„Wie ging es damals weiter?"

„Sie waren deutlich in der Überzahl. Wir wurden aus dem Wagen gezerrt und mussten mit den Händen über dem Kopf marschieren. Es kam uns endlos vor. Immer wieder stießen sie uns die Kolben ihrer Gewehre in die Rippen, wenn wir zu langsam wurden."

Hoss schluckte schwer.

„Vorher haben sie den Wagen mit unserem toten Kameraden hinter dem Steuer einfach angesteckt. Dabei haben sie gelacht und ihre Knarren geschwenkt. Es war ihre Art einen Sieg zu feiern."

„Was haben sie mit euch Lebenden gemacht?"

„Irgendwann kamen wir an eine Höhle. Tief innen im Berg gab es eine Quelle. Das war einer ihrer Rückzugsorte, die wir praktisch nie finden konnten. Deswegen war dieser Krieg auch nicht zu gewinnen. Wir haben die Taliban stets bis an den Rand der Berge gejagt und dann … waren sie plötzlich verschwunden. Wie weggeblasen. Und wenn wir sie zu Fuß verfolgt hätten, dann wären wir einer nach dem anderen aus dem Hinterhalt weggeputzt worden."

„Ja, das mussten sie alle dort unten einsehen – Russen, Amerikaner und auch wir. Ziemlich sinnlos, dort Krieg zu führen. Ungefähr so, wie auf dem Waseberg in Blankenese einen Skilift aufzustellen. Kann man zwar machen, bringt aber nichts. Wie ging es in der Höhle weiter?"

„Wir wurden verhört. Stundenlang und immer wieder. Sie wollten Einzelheiten über unsere Einheit, wie wir bewaffnet waren, unsere Pläne – alles."

„Konnten sie euch denn verstehen?"

„Ihr Anführer sprach ziemlich gut Englisch. Er hat die Fragen gestellt. Andere haben uns gefoltert …"

Staller betätigte den Blinker und bog rechts in eine kleinere Straße ab. Hier gab es praktisch keinen Verkehr mehr und er fuhr mutterseelenallein über das Kopfsteinpflaster weiter. Nach einer Weile nahm Hoss den Faden seiner Erzählung wieder auf.

„Drei Tage und drei Nächte ging das so. Die Höhle war so groß, dass wir alle einzeln gefesselt in irgendwelchen Nischen lagen, wenn wir gerade nicht verhört wurden. Es herrschte fast immer ein unangenehmes Halbdunkel. Nur wenn es erneut zum Anführer ging, wurden wir mit grellen Taschenlampen geblendet. Vermutlich, damit wir uns nicht orientieren konnten."

Aus einer Hofeinfahrt bog ein Transporter auf die Straße ein und fuhr ihnen entgegen. Seine Scheinwerfer waren aufgeblendet. Die Reaktion des Rockers war erstaunlich. Sein ganzer Körper erstarrte und sein Gesicht war verzerrt. Die Erinnerung an die Geschehnisse in der Hölle Afghanistans überwältigte ihn so sehr, dass er spürbar erzitterte. Dann schaltete der Fahrer das Fernlicht aus. Hoss holte tief Luft. Als er schließlich weitersprach, war seine Stimme leise und völlig emotionslos.

„Wir konnten nicht schlafen und bekamen nichts zu essen. Nur ein bisschen Wasser gab es hin und wieder. Bei meinem letzten Verhör brannte ein riesiges Feuer in der Nische, in der uns der Anführer ausquetschte. Wieder stellte er die gleichen Fragen. Ich wollte nicht antworten. Aber anstatt mich schlagen zu lassen, wie er es sonst machte, gab er einen unverständlichen

Befehl. Zwei Männer hielten meinen Kopf fest. Die Hände waren mir sowieso auf den Rücken gebunden. Der Anführer ging zum Feuer und griff nach einem großen Eisenstück, das in der Hitze rot zu glühen begonnen hatte. Er führte es dicht vor mein Auge. Der Schmerz war unvorstellbar. Meine Netzhaut wurde durch die Wärmestrahlung größtenteils zerstört und die Augenflüssigkeit schien zu kochen."

Staller konnte sein Entsetzen nicht verbergen. Diese barbarische Art der Folter verband er höchstens mit dem Mittelalter. Angewidert schüttelte er den Kopf.

„Und dann hast du geredet. Bevor er dein zweites Auge auch blenden konnte."

Der Rocker nickte nur.

„Hey, deswegen musst du dir keine Vorwürfe machen. Da hätte keiner schweigen können."

„Vielleicht nicht. Und möglicherweise habe ich uns damit sogar das Leben gerettet."

„Wie das?"

„Die Taliban sind sofort aufgebrochen und wollten unser Lager überfallen. Sie ließen nur eine einzige Wache zurück. Einer von uns hatte seine Fesseln gelockert. Er hat der Reihe nach alle anderen losgebunden. Dann haben wir die Wache überwältigt und sind losmarschiert. Irgendwie ist es uns gelungen, uns durch das unwegsame Gebirge zu schlagen und Kundus zu erreichen. Aber es war ein Marsch durch die Hölle."

„Und euer Lager?"

„Ist rechtzeitig verlegt worden. Als unsere Patrouille nicht zurückkehrte, hat man sich schon gedacht, dass wir überfallen worden sind. Die Kameraden sind umgezogen und haben uns gesucht. Allerdings vergeblich."

Hoss schwieg und schien in der Vergangenheit versunken zu sein. Staller ließ sich die Geschichte noch einmal durch den Kopf gehen. Unabhängig von der Person des Rockers fühlte er sich in seiner Meinung bestätigt, dass Krieg in der heutigen Zeit immer ein Problem, aber nie eine Lösung war.

In der fortschreitenden Dämmerung kniff er die Augen zusammen, um sich besser orientieren zu können. Hier musste es sein. Ein verlassen aussehendes Gelände voller Container, umgeben von einem hohen Zaun. Ein großes, massives Eisentor verhinderte die Zufahrt auf den Platz. Der Hof war so dicht mit Containern vollgestellt, dass man nur gerade eben mit einem Fahrzeug dazwischen hindurchgepasst hätte. Neben dem großen Tor, das auf Rollen gelagert war und zum Öffnen zur Seite geschoben werden musste, befand sich eine kleinere Tür, die vermutlich für die Männer gedacht war, die zu Fuß oder mit dem Fahrrad ihren Arbeitsplatz erreichen wollten. Momentan wirkte das Gelände komplett verlassen. Einige Strahler auf hohen Masten sorgten für Beleuchtung, aber kein Mensch war zu sehen. Wenn es so etwas wie eine Baracke für einen Nachtwächter gab, dann war sie von der Straße aus jedenfalls nicht zu erkennen. Staller musterte die Masten ganz genau, konnte aber keine Kameras entdecken.

„Wir sind da. Und alles sieht genau so aus, wie es Caspar beschrieben hat. Ich werde jetzt dort hineingehen und den Stoff holen. Du wartest hier, bis ich zurückkomme, und dann fahren wir zu eurem Depot. Es wird alles ganz easy, okay?" Mike griff nach dem Hebel, der die Fahrertür öffnete.

„Was ist, wenn sich die Russen dort zwischen den Containern versteckt haben?" Hoss klang einigermaßen beunruhigt, aber nicht panisch.

„Erstens glaube ich das nicht. Und zweitens – selbst wenn: Ich bin gut vorbereitet." Er schob auf der rechten Seite seine Kutte zurück und offenbarte das Messer, mit dem Hoss bereits nähere Bekanntschaft gemacht hatte.

„Und wenn es hart auf hart kommt ..." Nun schob er die linke Seite seiner Kutte zurück. In einer praktischen Schlaufe der Weste glänzte matt eine Pistole mit aufgesetztem Schalldämpfer. Hoss' Gesichtsausdruck wäre unter anderen Umständen zum Kugeln gewesen.

„Holy shit, was ist das denn?"

„Eine Walther P99 Q. Aktuelle Dienstwaffe der Hamburger Polizei."

„Wie kommst du denn an so was?"

„In Norwegen dealen wir viel mit Hardware. Die hier stammt noch von einer Hamburger Quelle."

„Wow. Damit solltest du dich besser nicht erwischen lassen."

„Hab' ich auch nicht vor", grinste Staller. „Ist aber 'ne prima Lebensversicherung."

Er ließ ein weiteres Mal seinen Blick über den Hof und die Straße schweifen. Momentan waren sie hier offenbar allein. Bessere Voraussetzungen würde es nicht mehr geben.

„Wenn etwas ist, drückst du einfach auf die Hupe. Aber es dauert bestimmt nicht lang. Halt die Ohren steif!"

„Danke Mann. Und viel Glück!" Hoss saß leicht vorgebeugt auf dem Beifahrersitz und drehte pausenlos den Kopf, um möglichst in alle Richtungen gleichzeitig gucken zu können. Bei nur einem funktionsfähigen Auge war das nicht leicht.

Staller glitt aus dem Wagen und schloss leise die Tür. Geschmeidig und nahezu geräuschlos näherte er sich der kleinen Pforte neben dem Rolltor. Ein kurzer Druck auf die Klinke und die Tür öffnete sich mit einem leisen metallischen Quietschen. Alles schien nach Plan zu laufen. Caspar hatte erklärt, dass der Sicherheitsmann das Schloss nicht verriegeln würde. Staller zeigte den erhobenen Daumen zu Hoss und betrat das Gelände.

Er hielt sich dicht an der linken Seite und ging direkt an den teilweise vier Etagen hohen Containertürmen entlang. Auf diese Weise blieb er weitgehend im Schatten. Sein Puls schlug überraschend ruhig und gleichmäßig. Immerhin beteiligte er sich hier an einer Straftat. Aber seiner Meinung nach war das der einzige Weg, um sich sicher im Zentrum der Rockerbande zu etablieren. Damit wurde ihm außerdem ermöglicht, Beweise für das verbrecherische Treiben der Hounds of Hell zu erlangen.

Sorgfältig zählte er die Reihen der Container ab. Nach der vierten hielt er an und lugte um die Ecke. Hier befand er sich an einem kritischen Punkt, denn es galt einen Querweg zu überschreiten, wobei er für einen kurzen Moment dem Licht der Scheinwerfer ausgesetzt sein würde. Dazu sah er auf der gegenüberliegenden Seite eine Baracke, die von einer Neonröhre beleuchtet wurde. Durch das große, nicht besonders saubere Fenster erhielt er einen guten Einblick ins Innere der Bude. Ein Mann mit einer schwarzen Bomberjacke saß auf einem Bürostuhl und hielt eine aufgeschlagene Zeitung in der Hand. Wie verabredet, wandte er dem Fenster den Rücken zu.

Staller überprüfte noch kurz die anderen Wege, soweit er sie einsehen konnte. Nachdem er nichts Auffälliges erkennen konnte, überquerte er rasch die offene Fläche und tauchte auf der anderen Seite dankbar wieder ins Dunkel ein. Drei Reihen Container musste er jetzt noch abzählen, dann hatte er sein Ziel erreicht. Ein letzter Blick zurück brachte ihm nur die Erkenntnis, dass er ihren Wagen gegen das Licht nicht mehr sah. Weil aus dieser Richtung jedoch alles ruhig blieb, ging er davon aus, dass mit Hoss alles in Ordnung war. Als er den dritten Container erreicht hatte, sah er schon die kleine Lücke dahinter. Hier konnte gerade ein Mann durchschlüpfen, mehr Platz blieb nicht. Im hinteren Teil des Geländes brannten kaum noch Strahler und er hatte Mühe sich zu orientieren. Zu dumm, dass er seine kleine Taschenlampe mit dem Punktlicht nicht dabei hatte!

Für einen Moment blieb er stehen und schloss die Augen. Eine halbe Minute zählte er im Geiste mit, dann öffnete er sie wieder zu einem Schlitz. Mit diesem Trick erhöhte er seine Sehfähigkeit um genau so viel, dass er auch in dem dunklen Zwischenraum zumindest Schemen erkennen konnte. Langsam schob er sich in die Lücke, wobei er sich an dem rechten Container entlangtastete. Hinter diesem sollte der Karton mit dem Crystal Meth liegen.

Als er gerade das Ende des Behälters mit der Hand befühlte, hörte er ein hässliches Fiepen und ein pelziges Tier huschte über seine Finger. Erschrocken zog er den Arm zurück und unterdrückte nur mit Mühe einen überraschten Aufschrei. Offenbar hatte er eine Ratte aufgescheucht, die sich nun widerwillig entfernte. Nach zwei, drei Atemzügen hatte Staller sich wieder unter Kontrolle und bückte sich. Mit großer Vorsicht führte er seine Fingerspitzen dicht über dem Boden in die Spalte. Er spürte Kieselsteinchen, Erde und Blätter – vermutlich von irgendeinem sehr anspruchslosen Unkraut. Sonst war da nichts. Hatte er sich bei den Containern verzählt? Im Geiste ging er den Weg abermals durch, konnte aber keinen Fehler finden. Oder handelte es sich hier doch um eine Falle des Sicherheitsmannes?

Hoss hatte vom Wagen aus verfolgt, wie Mike sich auf das Gelände geschlichen und seinen Weg in den hinteren Teil offensichtlich unbeobachtet gefunden hatte. Jetzt, da er ihn nicht mehr sehen konnte, dehnten sich die Sekunden zu Stunden. Wie lange konnte es denn dauern, bis er die vielleicht hundertfünfzig Meter zurückgelegt, einen Karton aufgesammelt und den Rückweg bewältigt hatte? Nervös warf er einen Blick auf die Uhr im Armaturenbrett. Drei Minuten, seitdem Mike ausgestiegen war. War das lang? Vielleicht eher nicht. Trotzdem erfasste ihn eine Unruhe, die sich mit jeder Sekunde steigerte. Seine erzwungene Tatenlosigkeit trug erheblich dazu bei. Mit einem Fingerdruck betätigte er den elektrischen Fensterheber und lauschte angestrengt in die Richtung, aus der er Staller zurückerwartete. Allerdings konnte er keine verdächtigen Geräusche hören. Ein kurzer

Blick in beide Richtungen entlang der Straße brachte ebenfalls keine neuen Erkenntnisse. Weiterhin war weit und breit kein Mensch zu sehen.

„Nun mach schon, wo bleibst du denn!", presste der Rocker zwischen den Zähnen hervor und knetete unbewusst seine Hände. Mit dem zusammengekniffenen schlechten Auge konzentrierte er sich wieder auf den Punkt, an dem er Mike bei dessen Rückkehr erkennen würde. Dabei entging ihm der unauffällige Golf, der mit ausgeschalteten Scheinwerfern aus einer Nebenstraße um die Ecke kroch. Hinter einem Holunderbusch parkte das dunkle Auto am Straßenrand und war jetzt kaum mehr zu sehen. Die Fahrertür öffnete sich lautlos und ohne dass sich dabei eine Innenbeleuchtung einschaltete. Ein Mann in schwarzer Kleidung drückte die Tür ganz leise zu und huschte am Zaun entlang dem Pick-up von Hoss entgegen. In der einen Hand trug er eine Pistole und in der anderen eine fast armdicke Taschenlampe, wie sie von amerikanischen Securitybeamten gern benutzt wurde. Seine Gummisohlen machten keinerlei Geräusch auf dem ungepflegten Grasstreifen. Geschickt nutzte der Mann jeden Baum und jeden Busch als Deckung. Dabei behielt er den Insassen des Wagens vor ihm stets im Blick. Aber da Hoss wie gebannt auf das Hoftor starrte, lief der Neuankömmling keinerlei Gefahr entdeckt zu werden. Nach kurzer Zeit befand er sich nur noch wenige Meter hinter dem Wagen und hielt für einen kurzen Moment inne.

Staller machte sich so klein, wie es irgend ging, und schaffte es, den Arm noch ein Stück weiter in den Spalt zwischen zwei benachbarten Containern zu schieben. Und jetzt spürte er plötzlich einen Gegenstand, der offenbar so weit wie möglich in die Lücke geschoben worden war. Mit den Fingerspitzen befühlte er die zugängliche Frontseite. Das Material war glatt, vielleicht Metall oder Plastik. Als er sich langsam nach oben tastete, bemerkte er etwas, das sich von der Fläche abhob. Ein Griff! Es handelte sich bei dem Gegenstand um einen Koffer, der mit dem Boden voraus hochkant in den Zwischenraum gedrückt worden war. Es gelang ihm, seine Finger unter den Griff zu schieben und er zog vorsichtig. Ohne größere Schwierigkeiten befreite er den Aktenkoffer aus der Enge und zog ihn zu sich in den Gang. Jetzt konnte er ihn drehen und vor dem Körper tragen. Er war sich sicher, dass er das Rauschgift nun in Händen hielt.

Nun galt es nur noch abermals ungesehen zum Wagen zurückzukehren. Da bisher alles exakt so eingetroffen war, wie es Caspar Kaiser angekündigt hatte, hegte Staller keine Zweifel an der Loyalität des Sicherheitsmannes. Trotzdem blieb er vorsichtig und vermied jeden unnötigen Laut. An der Kreuzung mit der Baracke fand er die Situation unverändert. Der Mann in der Bomberjacke wandte dem Fenster den Rücken zu und las weiterhin in seiner Zeitung. Mit acht Sprüngen überquerte Staller den offenen Raum zwischen den Containerreihen und erreichte unbemerkt den schützenden Schatten. Jetzt konnte er den Koffer wie ein Geschäftsmann gemütlich an der Hand tragen und ging zügigen Schrittes in Richtung des Tores. Nachdem er nun alle Scheinwerfermasten hinter sich gelassen hatte, reichte sein Blick bis zu ihrem geparkten Pick-up. Alles schien ruhig.

Hoss starrte gebannt gegen die blendenden Scheinwerfer auf den Hof des Lagerplatzes. Sah er da eine Bewegung am Rande der Containertürme? Seine Nerven vibrierten mittlerweile. Nach seiner Einschätzung war Mike inzwischen viel zu lange weg. Hatten die Russen ihn an dem angeblichen Drogenversteck erwartet und überwältigt? Die beste Bewaffnung schützte schließlich nicht vor einem von hinten ausgeführten Schlag auf den Schädel.

„Verdammt Mike, bist du's oder bist du's nicht?", flüsterte der Rocker und verfluchte seine eingeschränkte Sehfähigkeit. Er war sich fast sicher, dass er nur einen Mann erkennen konnte, oder war da noch ein zweiter Schatten?

In diesem Moment wurde die Beifahrertür aufgerissen. Hoss fuhr herum und wurde vom gleißenden Strahl einer Lampe direkt in seinem gesunden Auge getroffen. Das unfassbar helle Licht schien auf seiner Netzhaut zu brennen wie damals das rotglühende Eisen. Mit einem erstickten Gurgeln der Überraschung versuchte er seinen Angreifer zurückzustoßen um aus dem Auto zu fliehen. Aber so geblendet wie er war, fuchtelten seine Arme ziellos in Richtung Licht, ohne dass er einen Gegner zu fassen bekam. Er fühlte sich hilflos und ausgeliefert. Die Stresshormone, die sein Körper automatisch ausschüttete, bildeten zusammen mit der vorübergehenden Blindheit einen Trigger, der fast hörbar in seinem Gehirn einen Schaltkreis einrasten ließ. Er war in Lebensgefahr! Der Feind wollte ihn blenden, um zu erfahren, wo er die Drogen versteckte! Die Russen würden das Crystal nehmen und ihn dann erschießen! Immer schneller rasten die Gedanken durch sein Gehirn und mit jeder Runde ging ein Stückchen Realitätssinn mehr verloren. Das quälende Licht nagte weiterhin an ihm wie eine Hyäne an einem verendeten Tier. Ein runder, kalter Gegenstand wurde gegen seine Stirn gepresst. Ein Rohr? Nein, eine Waffe! Der Rocker verlor den letzten Rest Beherrschung und brüllte seine Not in die einsame Nacht hinaus.

Staller empfand den Koffer mittlerweile als ziemlich schwer. Zehn Kilo Drogen samt Verpackung zerrten nachdrücklich an seinem Arm. Aber die letzten hundert Meter würde er natürlich auch noch schaffen. Im Grunde war er äußerst dankbar, dass bisher alles so absolut reibungslos verlaufen war. Auch wenn er sich im Vorwege nicht allzu viele Sorgen gemacht hatte – es gab genügend Dinge, die schief gehen konnten. Der problematischste Teil lag jetzt jedoch hinter ihm. Wenn er die Fahrt zum Depot der Hounds of Hell unauffällig und vorsichtig erledigte, war die Chance von der Polizei angehalten zu werden verschwindend gering. Normalerweise dürfte dabei nichts mehr passieren.

Während er in Gedanken die nächsten Schritte durchging, hatte er den Pick-up für einen Moment aus den Augen verloren. Das plötzliche Geheul seines Kompagnons lenkte seine Aufmerksamkeit blitzartig wieder auf den Wagen. Was war da los? Mit einer Hand zog er die Walther aus der Weste, mit der anderen griff er den Koffer fester. Dann setzte er zum Sprint an.

Hoss hatte angesichts des Drucks der Pistolenmündung auf seiner Stirn seinen Widerstand aufgegeben und war in seinen Sitz zurückgesunken. Die Augen hielt er geschlossen und sein Atem kam in kurzen, krampfhaften Stößen. Seine riesigen Pranken lagen wie vergessene Spielzeuge in seinem Schoß, wobei die Finger absichtslos die mittlerweile als "Merkel-Raute" bekannte Haltung einnahmen. Er war insofern ein Stück weit in die Realität zurückgekehrt, als dass er wusste, dass er sich nicht in den afghanischen Bergen befand. Trotzdem war das Gefühl der Waffe an seiner Stirn immer noch so beherrschend, dass er sich wie ein unterlegener Hund beim Revierkampf in diese Demutsgeste flüchtete. Schutzlos präsentierte er sein Gesicht und seinen Hals und versuchte nicht weiter gegen einen Gegner anzukämpfen, den er erstens nicht sah und den er zweitens nicht einschätzen konnte. Er musste jedoch davon ausgehen, dass der Angreifer die Waffe nicht nur zum Spaß angesetzt hatte und unter Umständen über einen sehr nervösen Zeigefinger verfügte. Was sollte er in seiner Situation auch tun? Wenn das Schicksal ihn den Kampf mit den Verrückten in Afghanistan hatte überleben lassen, nur damit ein nicht minder verrückter russischer Drogendealer das angefangene Werk der Terroristen beenden konnte – nun, dann war es eben so. Als er sich den Outlaws angeschlossen hatte, geschah das in dem Wissen, dass ein friedlicher Tod im Bett nach einem langen Leben nicht die wahrscheinlichste Option für seine Zukunft war.

„Na los, drück schon ab, Russki", knurrte er durch zusammengepresste Zähne und schaffte es sogar relativ gelassen zu klingen. Die Zeit der Panik war vorbei. Wenn man erst einmal mit dem Leben abgeschlossen hatte, dann fiel es leichter, dem kalten Stahl auf der Stirn zu begegnen. Er bedauerte nur, dass er sein Ende in der undekorierten Kutte des Prospects finden musste und nicht im vollen Ornat des verdienten Full Members der Hounds of Hell. Trotzdem beschloss er in Würde und ohne mit der Wimper zu zucken abzutreten. Bei diesem Gedanken verzogen sich seine Lippen sogar zu einem leichten Lächeln.

„Was ist, Russki, bekommst du jetzt ein schlechtes Gewissen?"

Hoss öffnete vorsichtig die Augen, denn er hatte durch die geschlossenen Lider bemerkt, dass der blendende Lichtstrahl der Lampe verschwunden war. Trotzdem konnte er seine Umwelt nur schemenhaft wahrnehmen. Die dunkle Gestalt, die mit einer Hand immer noch die Pistole auf seine Stirn drückte, hatte die riesige Taschenlampe, die sie in der anderen Hand hielt, über den Wagen irgendwo auf den Eingang gerichtet. Schwankend fuhr der Lichtstrahl hin und her, offensichtlich auf der Suche nach einem bestimmten Ziel. Jetzt hörte der Rocker, dessen Wahrnehmung momentan geradezu übernatürlich scharf zu sein schien, rasche Schritte aus der Richtung, in die Mike sich entfernt hatte. Plötzlich hörten sie auf. Was war los? Kehrte Mike gerade in diesem Moment zurück? Geriet er jetzt ins Visier des unbekannten Gegners? Und was würde der Russe - denn für den hielt Hoss seinen Angreifer - tun? Wen würde er zuerst erschießen?

Das nächste Geräusch war zuerst schwer einzuordnen. Es klang wie ein trockenes Ausspucken mit erheblichem Luftdruck. War das ein Schuss aus einer schallgedämpften Waffe? Wer hatte denn jetzt geschossen? Wenn der Russe abgedrückt hatte, dann dürfte er das Geräusch nicht mehr hören können. Er wäre bei einem aufgesetzten Schuss in die Stirn jetzt nämlich ziemlich tot.

Während dieser Überlegungen, die dem emotional erschöpften Rocker blitzartig durch das Gehirn schossen, obwohl es ihm so vorkam als ob er in Zeitlupe dachte, nahm der Druck des schlanken Stahlzylinders auf seiner Stirn ab. Auch das wilde Zucken des Lichtes ließ nach. Die dunkle Gestalt neben seiner Autotür schien wie in Superzeitlupe nach hinten zu kippen. Nach einer gefühlten Ewigkeit hörte er den Aufprall des Körpers auf der Straße, ein Klirren, als die Lampe auf das Pflaster schlug und das Scharren, mit dem der Arm, der die Pistole hielt, seine letzte Bewegung ausführte.

„Alles in Ordnung, Hoss?"

Die Stimme von Mike. Besorgt, aber auch gleichzeitig drängend. Der große Rocker wollte reagieren, hatte aber die Kontrolle über seinen Körper irgendwie verloren. Es kam ihm vor, als ob er die Szene von einem weit entfernten Raumschiff durch ein starkes Teleskop beobachtete. Er sah sich selbst mit den halb gefalteten Händen auf dem Beifahrersitz hängen, den Kopf zurückgeworfen und die Augen weit aufgerissen.

„Mike, bist du das?"

Auch die Stimme schien nicht ihm zu gehören. Sie klang entfernt, dunkel und verzerrt, so als ob sie zu langsam wiedergegeben würde.

„Was ist denn mit dir los, bist du verletzt?" Harte Schläge rechts und links ins Gesicht halfen Hoss, seinen Körper und seinen Geist wieder in eine gemeinsame Dimension zu führen. Protestierend riss er die Hände hoch und schützte seine Wangen vor weiteren Ohrfeigen.

„He, was soll das, bist du verrückt?"

„Ich nicht. Aber bei dir bin ich mir nicht ganz sicher."

„Hast du den Russen ...?"

„Erschossen, ja. Es gab schließlich keine Alternative. Woher weißt du, dass es ein Russe war, kennst du ihn?"

„Nein, keine Ahnung. Wer sollte es sonst sein?"

„Was weiß ich. Polizei, einer von der Lagerfirma hier oder einer von den Jungs, die den Rest vom Container haben wollen. Ist mir auch egal. Aber wir müssen hier schleunigst weg."

Staller trat zurück und beobachtete, wie Hoss sich aufrichtete und beiläufig seine Stirn betastete. Dann fragte der Rocker: „Hast du den Stoff?"

„Ist alles in diesem Koffer!" Er drückte ihn Hoss in die Hand.

„Was machen wir mit dem Toten, Mike?"

„Gar nichts. Wir lassen ihn hier liegen."

„Sollen wir ihn nicht besser wegschaffen?"

„Auf keinen Fall! Damit hinterlassen wir nur zusätzliche Spuren. Hier hat uns bisher keiner gesehen. Wir müssen nur schnell abhauen!"

Staller umrundete das Fahrzeug und sprang auf den Sitz hinter dem Steuer.

„Los, mach die Tür zu!"

Hoss gehorchte halbwegs zügig und bewies damit, dass er wieder einigermaßen Herr seiner Sinne war.

„Ich konnte nichts dafür, ich hab' doch nur auf dich geachtet! Der Kerl stand wie aus dem Nichts plötzlich vor mir und hat mich mit seiner Lampe geblendet."

„Schon gut."

Staller startete den Motor und wendete den Wagen, ohne das Abblendlicht zu betätigen. Mittlerweile war es stockdunkel, aber das Licht der Straßenlaternen und auf den angrenzenden Lagerplätzen reichte aus, um sich genügend orientieren zu können.

An der nächsten Kreuzung schaltete er das Licht ein. Bis hierhin hatte er weder ein anderes Fahrzeug noch einen Menschen gesehen. Sie hatten den Schauplatz der Tat ungesehen verlassen.

„Du hast den eiskalt abgeknallt. Ohne jede Warnung." Hoss begriff erst allmählich die Tragweite des Geschehens.

„Ich hab' gesehen, wie er dir seine Waffe an die Stirn gehalten hat. Hätte ich warten sollen, bis er abdrückt?"

„Nee, natürlich nicht. Und – äh … danke auch!" Langsam dämmerte dem Prospect, dass Mike ihm gerade das Leben gerettet hatte. „Das war wohl nicht dein erstes Mal, oder?"

„Warum?"

„Weil du so cool warst. Richtig abgezockt." Ein bisschen Bewunderung klang in diesen Worten mit.

„Er oder du. Das war eine einfache Entscheidung." Staller hatte nicht vor, mehr als nötig zu diesem Gespräch beizutragen. Die Reaktion seines Partners auf die stressige Situation war nicht unnormal. Einige versanken angesichts von Lebensgefahr in stummes Brüten und andere – wie Hoss – gerieten ins Plappern.

„Wie geht es nun weiter? Ich meine, was machen wir?"

„Wir bringen den Stoff in euer Lager und fahren dann zurück."

„Das meine ich doch nicht." Der Rocker begleitete seine Worte mit wilden Gesten. „Bäng! – Mann erschossen. Wen? Egal! Liegen lassen, abfahren. Und dann machst du ganz normal weiter im Programm? Willst du gar nicht wissen, was da eigentlich los war? Warum der Kerl von uns wusste?"

„Du hast recht. Eins ist noch zu tun."

Staller, der gerade über eine Brücke auf der Klütjenfelder Straße fuhr, drückte den Knopf für den Fensterheber. Warme Abendluft strömte in den Wagen. In der Mitte der Brücke, als er sicher war, dass kein anderes Fahrzeug in der Nähe war, lenkte er den Wagen bis auf die Gegenfahrbahn.

„He, was machst du da?"

„Beweismittel entsorgen", meinte Staller kurz angebunden und griff in seine Weste. Dann warf er die Walther mit dem Schalldämpfer in einem hohen Bogen über den schmalen Fußweg und das stählerne Geländer ins Wasser.

„Schade", stellte er noch fest. „War 'ne gute Waffe. Und kaum gebraucht."

Hoss schüttelte angesichts dieser Kaltschnäuzigkeit den Kopf.

„Du denkst an alles, oder?"

„Nicht wirklich. Ich habe keine Ersatzkanone dabei. Hoffen wir mal, dass der Rest des Abends etwas friedlicher verläuft." Mike steuerte zurück auf die richtige Spur und beschleunigte vorsichtig. „Mach ein freundliches Gesicht. Gleich kommen wir am Zoll vorbei."

Die Beamten an der Kontrollstation waren allerdings nicht an dem einsamen Pick-up interessiert und winkten sie einfach durch. Innerlich atmete Staller tief aus, denn bei einer gründlichen Kontrolle wäre das Rauschgift natürlich aufgefallen. Aber sowohl die Kontrollstelle als auch die Uhrzeit waren sorgfältig geplant. Ob die Höllenhunde die Zöllner geschmiert hatten? Oder hatten sie es einfach drauf ankommen lassen, weil es schließlich nur einen Prospect und einen Nomad von außerhalb betraf und im Zweifelsfall nicht auf sie selbst zurückfallen konnte? Eine interessante Frage.

Der silberne Mercedes älteren Baujahres wartete am Ernst-August-Stieg. Als der Pick-up vorbeifuhr, ließ Caspar Kaiser zügig den Motor an.

„Da sind sie ja. Alles scheint bisher nach Plan gelaufen zu sein. Ich glaube, bald gibt es richtig was zu feiern!"

Er legte den ersten Gang ein und folgte dem Wagen mit gebührendem Abstand. Nun konnte nichts mehr schiefgehen.

* * *

Der Junge mit dem blauen Rucksack legte den Heimweg von der Schule mit der traumwandlerischen Sicherheit zurück, die nur Kindern zu eigen ist. Völlig überraschend hatte es nicht eine einzige Hausaufgabe gegeben, sodass einem langen Nachmittag mit Fußballspielen und Abhängen im Park nichts mehr entgegenstand. Er musste nur schnell etwas essen, seiner Mutter glaubhaft erklären, dass es wirklich nichts für die Schule zu tun gab – denn es lag auch keine Klassenarbeit an – und schon konnte er in die angenehmen Strahlen der Frühsommersonne eintauchen. Heute lohnte es sich sogar, seine Fußballschuhe mitzunehmen, denn sie würden ein kleines Turnier organisieren. Und selbstverständlich würde er sein St. Pauli-Trikot tragen. Ob es eines Tages als Spieler zu seinem Lieblingsverein schaffen würde?

Bei solch spannenden Fragen und Überlegungen verwunderte es, dass der Junge es tatsächlich unverletzt über mehrere Straßen schaffte. Äußerlich war jedenfalls nicht zu erkennen, dass er dem Verkehr auch nur einen Funken Aufmerksamkeit widmete. Er trottete mit gesenktem Blick dahin, kickte gelegentlich ein Steinchen vor sich her und lebte ganz offensichtlich in einem Paralleluniversum für Dreizehnjährige, die von einer Karriere als Fußballprofi träumen.

Trotz seiner Versunkenheit geriet er auch nicht vom Weg ab, sondern beendete seinen Tagtraum an der Haustür. Er stieß sie auf und mit dem Betreten des Treppenhauses, das wie immer nach einer undefinierbaren Mischung aus Essen und Putzmitteln roch, kehrte er in die Wirklichkeit zurück. Die ersten beiden Treppen stürmte er jeweils zwei Stufen auf einmal nehmend hinauf. Dann hüpfte er erst auf dem rechten, dann auf dem linken Bein. Das war ziemlich anstrengend, aber ein gutes Training für seine Muskulatur. Als es gerade noch drei Sprünge bis zum Treppenabsatz waren, ging dort oben eine Wohnungstür auf. Unwillkürlich hielt er an, drückte sich dicht an das Geländer und spähte hinauf.

„Wenn du keinen hoch kriegst, dann ist das dein Problem! Es hat trotzdem meine Zeit gekostet und deswegen musst du bezahlen."

Die Sprecherin trug eine Art rotes Negligé über schwarzen Strümpfen und dazu hochhackige Schuhe. Ihr Gesicht war eine Maske aus Schminke mit dunkel umrandeten Augen, blutroten Lippen und glitzernden Lidschatten. Die Haare – ganz offensichtlich eine Perücke, und zwar eine schlechte – fielen in dicken Strängen über die Schultern und rahmten ein überwiegend freiliegendes Dekolleté ein. Die großen, runden Brüste schaukelten anmutig, während ihre Trägerin sich zunehmend echauffierte.

„Also los, rück raus, den Fuffi! Eigentlich sollte ich dir mehr abknöpfen. Ich krieg bestimmt Muskelkater in den Lippen."

Der Angesprochene war ein kleiner, dicklicher Mann in einem schlecht sitzenden Sakko und einer fleckigen Hose. Die Absätze seiner Schuhe, die dringend mal geputzt werden mussten, waren schief abgelaufen. Sein runder Kopf war von einem spärlichen Kranz dünnen Haares umgeben, dessen Farbe an eine Maus erinnerte.

„Ja, aber ..." versuchte der Kunde sich zu Wort zu melden. Die seltsam hohe und brüchige Stimme hatte allerdings keine Chance gegen das zigaretten- und whiskyerprobte Organ der Frau.

„Kein aber! Oder möchtest du vielleicht einen Hausbesuch meiner Freunde? Wenn die das Geld abholen, gibt es immer gleich einen Feiertagszuschlag. Meistens sogar mitten ins Gesicht."

Der Mann schrumpfte noch mehr zusammen. Fahrig griff er in seine hintere Hosentasche und zog eine Geldbörse hervor, deren Leder in langen Jahren kontinuierlich abgenutzt worden war. Außerdem wirkte sie recht dünn. Als er sie aufklappen wollte, fiel sie ihm beinahe aus der Hand.

„Gib schon her, du Tollpatsch!", herrschte die Frau ihn an und riss ihm das Portemonnaie aus den zittrigen Fingern. „Wenigstens hast du einen Schein dabei!"

Das Gespräch war – zumindest seitens der Frau – in einer Lautstärke geführt worden, die das Treppenhaus mühelos erfüllte. Es schien ihr aber völlig egal zu sein, ob und wer ihren geschäftlichen Transaktionen möglicherweise lauschte. Der Junge jedenfalls bekam alles ganz genau mit und schwankte zwischen Furcht und Faszination. Er begriff die Situation nur unterschwellig und fühlte sich wie ein Autofahrer auf der Schnellstraße, der auf der Gegenfahrbahn einen Unfall sieht: Es war ihm unmöglich, die Augen abzuwenden.

Der Lärm hatte aber auch die Nachbarin alarmiert, die jetzt ihrerseits die Wohnungstür öffnete und mit verärgertem Gesichtsausdruck auf den Treppenabsatz trat.

„Können Sie Ihre ekelhaften Geschäfte nicht wenigstens innerhalb Ihrer Wohnung abwickeln? Hier im Haus wohnen schließlich kleine Kinder!"

Die Nachbarin hatte die Arme vor der Brust verschränkt und hielt mit den Händen ihre Ellenbogen umfasst. Ob es nur der Ärger war oder der Versuch sich selber Mut zu machen, blieb offen. Die Geste passte jedenfalls zum Bild der erschöpften und verhärmten Frau in ihrem unauffälligen grauen Pullover und der etwas zu weiten Jeans. Obwohl sie wenig über dreißig Jahre alt war, wirkte sie vom Leben gezeichnet. Harte Linien umrahmten ihren Mund und die schmalen Lippen hielt sie fest zusammengepresst. Ihre halblangen Haare fielen sauber, aber kraft- und glanzlos auf ihre Schultern.

„Na und? Das ist die Kundschaft von morgen!" Die Frau hatte den Fünfziger aus der Geldbörse gezogen und schob ihn aufreizend zwischen ihren Brüsten in das Negligé. Der Mann versuchte vergeblich mit dem Hintergrund zu verschmelzen und unsichtbar zu werden. Offensichtlich war ihm der Auftritt peinlich.

„Wenn gar nichts anderes hilft, werde ich Sie anzeigen! Das kann doch nicht erlaubt sein, dass Sie in einem normalen Mietshaus Prostitution betreiben." Die Nachbarin versuchte ihrer Stimme einen festen Klang zu verleihen, hörte sich aber nur müde an.

„Mach mal, Schätzchen." Dann wandte sie sich wieder an ihren Kunden. „Das nächste Mal einfach vorher ein bisschen weniger wichsen, dann klappt's auch wieder. Du wirst nicht jünger. Und jetzt hau ab!"

Der Mann zog den Kopf noch weiter zwischen die Schultern und versuchte sich so zu drehen, dass er die Treppe erreichen konnte, ohne dass er von der Nachbarin erkannt wurde. Er hatte jedoch erst zwei Schritte gemacht, als ihn die belustigte Stimme der Prostituierten bremste.

„Sach ma, willste deine Brieftasche nicht mitnehmen? Hinterher behauptest du noch, ich hätte dich beklaut!" Sie streckte ihm die Geldbörse entgegen, nur um sie ihm, als er zugreifen wollte, wieder wegzuziehen.

„Wann kommste wieder?"

Er murmelte etwas Unverständliches, nahm ihr die Brieftasche aus der Hand und wandte sich erneut ab. Als er die Treppe erreichte, sah er den Jungen, der sich immer noch an das Geländer presste und atemlos die spannenden Vorgänge im Hausflur verfolgte. Beschämt wandte der Mann sein Gesicht ab und eilte die Treppe hinunter. Auf Höhe des Jungen wäre er fast gestürzt, fing sich aber gerade noch ab. Dabei verursachte er ein Poltern, das die Nachbarin bewegte einen Schritt nach vorn zu machen.

„Marvin, wie lange stehst du schon da?", rief sie aufgeregt.

„Bin gerade erst gekommen", verkündete der Junge, der so eine Ahnung hatte, dass dies die richtige Antwort wäre. „Warum?"

„Nichts, nur so." Es war nicht zu erkennen, ob seine Mutter ihm Glauben schenkte. „Komm schnell rein!"

Marvin brauchte erstaunlich lange für die letzten Stufen. Möglicherweise lag das daran, dass seine Augen an der offenherzig gekleideten Frau klebten. Diese fühlte sich überhaupt nicht belästigt, sondern beugte sich sogar noch etwas vor, sodass ihre Brüste fast aus dem Negligé zu kullern drohten.

„Wie alt bist du denn, junger Mann?", fragte sie mit einer Stimme, die den Jungen erschauern ließ.

„Dreizehn", brachte er schließlich mit Mühe heraus.

„Dann bist du noch ein bisschen jung. Aber du wirst mal ein Hübscher!"

„Wagen Sie es ja nicht meinen Sohn anzumachen, sonst … " Marvins Mutter schäumte vor Wut und zitterte leicht.

„Sonst was? Huh, ich fange ja an mich zu fürchten!" Sie spitzte die Lippen und warf Marvin eine Kusshand zu, die ihn in den nächsten Nächten in den Traum begleiten würde. Dann lachte sie tief und kehlig.

„Ab in die Wohnung mit dir!" Die Frau schob ihren Sohn hastig durch die Tür. Dann drehte sie sich noch einmal um.

„Verlassen Sie sich drauf: Das wird ein Nachspiel haben! Jetzt haben Sie den Bogen überspannt!"

„Wirklich? Wenn es dir hier nicht gefällt, dann zieh doch aus!" Die Prostituierte wirkte nicht sonderlich beunruhigt. „Immer diese Leute, die sich für was Besseres halten." Kopfschüttelnd hob sie den Mittelfinger in Richtung ihrer Nachbarin und zog sich dann in ihre Wohnung zurück, nicht ohne die Tür mit unnötiger Kraft zuzuwerfen.

Die Mutter des Jungen fand keine Gelegenheit mehr zu reagieren. Allerdings wusste sie auch nicht, was sie noch hätte sagen sollen. Sie lebte nun schon seit über zehn Jahren in diesem Haus und hatte sich früher hier ausgesprochen wohl gefühlt. Man grüßte sich im Treppenhaus, man half sich aus, wenn mal ein Lebensmittel fehlte und alle achteten darauf, respekt- und rücksichtsvoll miteinander umzugehen. Und jetzt? Diese geballte Form der Unverschämtheit ließ sie ratlos zurück. Ausziehen! Wohin denn bloß? Wenn die Wohnungen nicht immerzu teurer werden würden, dann wäre sie doch schon längst weg. Aber für alleinerziehende Mütter waren selbst die weniger beliebten Stadtteile Hamburgs kaum noch zu bezahlen. Nur wer schon lange in ein und derselben Wohnung lebte, behielt vielleicht noch genug Geld zum Leben übrig. Egal, welche Partei in den vergangenen Jahren in Hamburg an der Regierung war – auf diesem Sektor hatten sie alle versagt.

„Was gibt es denn zu Mittag?", tönte es drängend aus dem Inneren der Wohnung. Die Frau riss sich aus ihren Gedanken los und eilte ihrem Sohn hinterher. Samstag würde sie sich wieder mal das Hamburger Abendblatt kaufen. Vielleicht war in dem umfangreichen Wohnungsmarkt ja doch genau ihre Traumwohnung versteckt. Die Hoffnung stirbt bekanntlich zuletzt.

* * *

„Hallo Sonja!"

Erschreckt blickte Sonja Delft zur Seite. Sie war ganz in Gedanken aus dem Gebäude von "KM" zu ihrem Parkplatz gegangen und rechnete nicht damit, urplötzlich angesprochen zu werden.

„Ich bin sicher, dass Sie nicht so schnell damit gerechnet haben mich wiederzusehen. Aber ich hoffe, dass Sie sich freuen."

Dieter Grabow streckte ihr mit einem Lächeln seine Hand entgegen und die Moderatorin ergriff sie automatisch. Es war ihm gelungen, sie genau so zu überrumpeln, wie sie das mit ihm gemacht hatte.

„Das ist wirklich eine Überraschung", räumte sie ein, während ihr tausend Gedanken durch den Kopf schossen. „Wie haben Sie mich gefunden?" „Meine Sekretärin. Sie ist ein Fan Ihrer Sendung und hat Sie im Nachhinein erkannt. Jedenfalls war sie fast sicher. Bilder gibt es genug von Ihnen im Netz und diese Adresse ist ja nun auch kein Geheimnis." Seine entwaffnend offenen Gesichtszüge ließen keinerlei Rückschlüsse darauf zu, was er beabsichtigte. Er wirkte einfach wie der Mann von Welt, der eine Frau, die ihm etwas bedeutet, um ein Date bittet. Und genau das tat er auch.

„Sie hatten gesagt, dass sich gewiss eine Gelegenheit zur Revanche bietet. Nun, wenn Sie nichts Besseres vorhaben, wäre ich bereit mich von Ihnen zum Essen einladen zu lassen. Ich kenne hier um die Ecke einen sehr schönen Italiener. Gemütlich, diskret und exzellente Küche. Was sagen Sie?"

War es Zufall, dass er ihre Worte nahezu exakt wiederholte? Sonja war verunsichert. Was waren seine Motive für diesen Überfall? Natürlich konnte es sein, dass sie ihn als Frau gereizt hatte. Aber war es nicht auch möglich, dass er erkannt hatte, welche fadenscheinige Geschichte sie ihm aufgetischt hatte? Das würde sie allerdings nur herausfinden, wenn sie ihm folgte.

„Ich fühle mich geschmeichelt. Sie haben ja offenbar keine Mühe gescheut mich ausfindig zu machen. Und ich habe noch nicht gegessen. Darf ich Sie also einladen?"

„Sehr gern." Er grinste, als ob er keine andere Antwort erwartet hätte. „Gehen wir zu Fuß? Es sind nur ein paar Schritte."

Sie nickte und gemeinsam schlenderten sie die Straße entlang. Grabow wusste viel über einzelne Gebäude zu erzählen und erwies sich als charmanter Plauderer. Nach kurzer Zeit erreichten sie das Lokal des Nobelitalieners und wurden ohne weitere Nachfragen an den Tisch geleitet, an dem Grabow bereits kürzlich mit dem Bausenator seine Olympia-Pläne besprochen hatte.

„Sie müssen sich Ihrer Sache sehr sicher gewesen sein, dass Sie gleich einen Tisch reserviert haben", bemerkte Sonja, als sie Platz genommen hatten.

„Warum sollte ich weniger erfolgreich sein als Sie?", gab Grabow zurück und schenkte ihr ein strahlendes Lächeln. Gott, konnte der Mann charmant sein! „Mögen Sie Rotwein?"

„Lieber Wasser, bitte." Auf keinen Fall wollte sie ihre Denkfähigkeit einschränken. Noch wusste sie nicht, wohin dieser Abend führen würde. Grabow gab dem Kellner ein knappes Signal.

„Darf ich Sie etwas fragen, Sonja?" Er ließ sie gar nicht erst antworten. „Warum erzählen Sie mir, dass Sie und drei Freundinnen von Ihnen ein Refugium für Schäferstündchen kaufen wollen, wenn Sie noch nicht einmal verheiratet sind?"

Dankbar wartete die Moderatorin ab, bis der diskrete Kellner ihr ein Glas mit Wasser eingeschenkt hatte. Sie brauchte jetzt etwas Zeit, um ihre Gedanken zu sortieren.

„Ich bewundere Ihre Sorgfalt in der Recherche. Womit habe ich es nur verdient, dass Sie sich so viel Mühe geben?"

„Schauen Sie, es gehört zu meinem Beruf, dass ich mir ein Bild von meinen Kunden mache. Sie glauben gar nicht, welche Lügengeschichten ich oft zu hören bekomme. Ich lebe davon, dass ich faule Eier rechtzeitig aussortiere."

„Und mich halten Sie für so ein faules Ei?" Sonja gestattete sich einen Hauch Gekränktheit in der Stimme.

„Oh, das wollte ich nicht gesagt haben. Damit wollte ich nur erklären, warum ich gerne weiß, mit wem ich Geschäfte mache. Sie sind von der Bonität her prinzipiell eine geeignete Kundin, wobei das angestrebte Objekt eher die obere Grenze der Belastung für Sie darstellen dürfte."

Jetzt war die Moderatorin regelrecht schockiert.

„Wie können Sie meinen finanziellen Background beurteilen?" Ihr Ton war spitz geworden.

„Ich kenne ihn nicht, aber nach meinem persönlichen Scoring-Verfahren traue ich mir ziemlich exakte Schätzungen zu." Falls ihm seine Enthüllungen peinlich waren, ließ er das nicht durchblicken. „Viel interessanter ist für mich die Frage, warum Sie mich angelogen haben und ob das etwas mit Ihrem Beruf zu tun hat."

„Wäre Ihnen denn mein berufliches Interesse unangenehm?", versuchte Sonja zu kontern.

„Sie sind sehr gut im Ausweichen. Das macht Sie zu einer spannenden Gesprächspartnerin. Oder zu einer gefährlichen Gegnerin. Was sind Sie?"

„Gut, wenn Sie Schwarzweiß-Bilder bevorzugen, kann ich ganz klar sagen: Gegnerin bin ich nur dann, wenn mein Gegenüber Dreck am Stecken hat. Haben Sie das?" Geschickt hatte sie sich Grabows Art der Gesprächsführung angepasst und schoss ihre Frage mit ähnlicher Zielstrebigkeit ab.

„Touché, meine Liebe." Er nickte ihr anerkennend zu. „Was soll ich darauf antworten? Ich habe ein paar Strafmandate für falsches Parken und einmal für eine Geschwindigkeitsüberschreitung bekommen. Und bei der Steuerprüfung werden gelegentlich nicht alle Bewirtungsbelege anerkannt. Bin ich jetzt in Ihren Augen ein bad boy?"

Der treuherzige Augenaufschlag, mit dem er seine Worte begleitete, täuschte nicht darüber hinweg, dass auch er der eigentlichen Frage ausgewichen war. Ihre Unterhaltung bekam den Charakter eines rituellen Tanzes, bei dem die Schritte vorgegeben waren.

„Ich denke ein paar Strafzettel würden nicht reichen. Aber wie kann ich sicher sein, dass Sie ganz aufrichtig zu mir waren?"

„Es gibt keine Sicherheit. Überlegen Sie einfach, wie aufrichtig Sie waren." Er nahm gelassen einen Schluck Wasser.

„Ich habe nie behauptet, dass ich verheiratet wäre."

„Aber Sie haben es so klingen lassen. Sind Sie denn gebunden?"

Seine direkte, fast schon ungebührliche Art faszinierte sie irgendwie. Dieser Mann wusste, was er wollte, und steuerte geradeaus darauf zu. Das war ein sehr deutlicher Unterschied zu Staller.

„Nicht direkt." Ein Kompromiss. Faktisch war sie Single, aber sie fühlte sich Mike schon auf eine besondere Weise verbunden. Wobei sie sich manchmal fragte, warum alles so schwierig sein musste. „Und Sie?"

„Gar nicht. Ich lebe für mein Geschäft. Eine Partnerschaft würde mich zu sehr ablenken, zu viele Ressourcen binden. Vielleicht bin ich auch zu egoistisch. Aber mir gefällt es so."

Zum ersten Mal hatte sie das Gefühl, dass er hundertprozentig aufrichtig zu ihr sprach. Ein attraktiver Mann, vielleicht skrupellos, ganz sicher intelligent, aber vor allem eins: sich selbst genug. Ein anständiges Exemplar, das zudem bindungsfähig war, wäre mal eine angenehme Abwechslung.

„Wollen wir bestellen?" Er winkte dem Kellner, der praktisch im selben Moment an ihren Tisch trat.

* * *

Thomas Bombach fand überraschenderweise einen Parkplatz in der Caffamacherreihe direkt gegenüber dem Kommissariat 14, das für die Neustadt zuständig war. Der Rotklinkerbau mit den endlosen Fensterfronten wirkte neben den modernen Bürogebäuden schon fast wieder wie ein Relikt aus der Vergangenheit. Dabei hatte er erst vor etwa zehn Jahren die traditionsreiche Wache am Großneumarkt – vielen bekannt als das "Großstadtrevier" - abgelöst.

Mit ausgreifenden Schritten bewältigte er die sieben Steinstufen, die zu der modernen Glastür führten, durch die er das Gebäude betrat. Jetzt, zu später Stunde, war die hektische Betriebsamkeit des Tages einer etwas langsameren Gangart gewichen. Der Kommissar begab sich in den ersten Stock, durchschritt den langen Flur und betrat das vierte Büro auf der linken Seite, nachdem er flüchtig angeklopft hatte.

„Bommel, schön dich zu sehen!" Harald "Harry" Harms stand auf, um seinen Kollegen zu begrüßen. Er war seinerzeit Bombachs erster Dienststellenleiter gewesen und gehörte zu den ganz erfahrenen Polizisten in Hamburg. Jetzt stand er kurz vor der Pensionierung, wirkte aber durchaus noch nicht eingerostet und bewegte sich sehr geschmeidig.

„Ich freue mich auch, Harry. Alles im Lack bei dir?" Die beiden Männer schüttelten sich kräftig die Hände und klopften sich gegenseitig auf die Oberarme.

„Och, die Jahre gehen nicht spurlos an mir vorbei, aber die letzten Monate werde ich wohl gerade noch rumkriegen. Man will ja auch ein bisschen was haben von seinem Ruhestand."

„Komm, du kannst doch nicht ohne. Bestimmt hängst du auch nach deiner Pensionierung weiter hier herum."

„Nee, auf keinen Fall! Meine Lisa hat ein Wohnmobil gekauft und wenn ich die Reiseführer richtig deute, die sich zu Hause stapeln, dann werde ich erst mal ein Jahr weg sein. Mindestens." Beim Lachen gruben sich viele kleine Fältchen in Harrys Augenwinkel.

„Aber du kommst bestimmt nicht, um dir meine Zukunftspläne anzu-hören. Was kann ich für dich tun, mein Junge?" Er deutete auf einen Stuhl gegenüber von seinem Schreibtisch.

Bombach nahm Platz und überlegte sich, wie er anfangen sollte. Das Thema war ein bisschen heikel, selbst für einen guten Bekannten. Denn es brachte diesen womöglich in Erklärungsnot. Der Kommissar hatte nämlich bei dem von ihm so sehr gehassten Aktenstudium einige Auffälligkeiten bemerkt, denen er gewohnt gründlich nachgegangen war.

„Es geht um diverse Einsätze im Zusammenhang mit den Hounds of Hell", begann er zögernd. „Rund um den Großneumarkt sind die … hm, ziemlich aktiv."

Harms nickte verständnisvoll.

„Die Rockergeschichten. Ja, das ist häufiger mal Thema in unserem Re-vier. Aber das geht quasi direkt an die Kollegen vom OK."

„Nicht, wenn es um Notrufeinsätze geht. Dann seid ihr zuständig."

„Sicher, das ist richtig. Wenn es jedoch etwas aufzunehmen gilt, dann übergeben wir die Angelegenheit praktisch am nächsten Tag. Dienstanwei-sung. Vermutlich, damit die Kollegen ein möglichst vollständiges Bild be-kommen."

„Ich habe dir ja schon am Telefon erzählt, dass ich einen Doppelmord an Rockern bearbeite. Die Hounds sind tatverdächtig. Daraufhin habe ich mir mal alle Vorkommnisse in der Umgebung des Tatorts angesehen."

„Und?"

„Alles spricht dafür, dass mindestens der halbe Großneumarkt Schutz-geld an die Höllenhunde zahlt."

„Das will ich nicht ausschließen. Aber uns sind die Hände gebunden. Wenn akute Gefährdung besteht, dann rücken wir natürlich sofort aus, aber sonst … "

Bombach räusperte sich verlegen, druckste einen Moment herum und rückte dann doch mit der Sprache heraus.

„Bist du sicher, dass ihr immer schnellstmöglich vor Ort wart?"

Der alte Polizist runzelte die Augenbrauen und starrte seinen Besucher überrascht an. „Natürlich. Das ist unser Job. Zweifelst du daran?"

„Ehrlich gesagt: ja." Der Kommissar zog einen zusammengefalteten DIN A4-Zettel aus seiner Hemdentasche und reichte ihn über den Schreib-tisch. Harms schob einige Akten beiseite, bis er unter einem aufgeschlagenen Ordner seine Lesebrille fand. Die setzte er umständlich auf, faltete den Zettel auseinander und las.

„Ich habe die Daten von zwei Jahren analysiert. Was davor war, kann ich nicht sagen. Aber die ausgewerteten Zeiten sprechen eine deutliche Sprache. Tut mir leid." In Bombachs Stimme klang Bedauern mit.

Der erfahrene Polizist studierte den Zettel gründlich, griff sich an den Hemdkragen, um diesen zu lockern, und las dann ein zweites Mal. Als er schließlich zu seinem alten Freund aufschaute, wirkte er schockiert.

„Ist das wirklich wahr?", fragte er. Allerdings bewies seine Miene, dass er mit dieser Frage nur einen allerletzten Strohhalm ergriff.

„Der Durchschnitt eurer Reaktionszeit bei allen Einsätzen nach Notrufen liegt bei etwas über sieben Minuten. Das entspricht auch ungefähr dem Hamburger Gesamtschnitt. Aber immer, wenn dem Notruf zu entnehmen war, dass Rocker involviert waren, habt ihr euch deutlich mehr Zeit gelassen. Im Schnitt über 15 Minuten. Mehr als doppelt so lang wie sonst. Hast du eine Erklärung dafür?"

„Ich … also … " Harms stotterte ziemlich hilflos vor sich hin. „Du weißt doch, wie das ist. Erst versperrt jemand die Einfahrt, dann kommt ein altes Mütterchen, der gerade jemand die Handtasche geklaut hat … "

„Harry, das passiert einmal. Meinetwegen auch zweimal. Ich habe hier dreizehn Einsätze allein in diesem Jahr untersucht. Du kannst mir nicht erzählen, dass es jedes Mal irgendwelche zufälligen Verzögerungen gegeben hat."

„Na ja, aber irgendeine Erklärung muss es doch geben." Die Ausrede wirkte lahm. Als erfahrener Polizist wusste Bombachs ehemaliger Vorgesetzter natürlich, welchen Schluss es aus dieser Situation zu ziehen galt.

„Allerdings. Und die kennst du genauso gut wie ich. Deine Leute werden geschmiert. Sie bekommen Geld, damit sie weggucken und den Rockern Zeit lassen, ihren Job zu Ende zu bringen."

„Aber das würde ja bedeuten, dass meine ganze Truppe korrupt ist. Womöglich glaubst du, dass auch ich etwas damit zu tun habe?"

Bombach schüttelte den Kopf.

„Ich kenne dich so lange, dass es mir schwer fällt anzunehmen, dass du die Hand aufhältst. Aber bei deinen Leuten läuft etwas gewaltig schief. Du solltest das aufklären – auch wenn du schon mit einem halben Bein in Pension bist."

„Was wirst du mit diesen Daten anfangen?"

„Ich gebe sie dir. Wenn du mir versprichst, dass du intern dafür sorgst, dass die betroffenen Kollegen ausfindig gemacht werden. Sonst wird dieser Sumpf nie ausgetrocknet. Die hohen Herren vom OK haben mir nämlich schon durch die Blume gesagt, dass ich den Ball flach halten soll. Und das passt mir überhaupt nicht."

„Könnte es sein, dass das OK mit drin hängt?"

Bombach seufzte tief.

„Ganz am Anfang hatte ich die Vermutung. Aber ehrlich gesagt: Ich weiß es nicht. Beweise habe ich jedenfalls keine. Im Gegensatz zu den Geschehnissen um deine Leute."

Harms schlug mit der Hand auf den Zettel und drückte den Rücken durch.

„Bommel, ich verspreche dir, dass ich mich darum kümmern werde. Ich bin zutiefst entsetzt, dass so etwas praktisch direkt unter meinen Augen vorkommen konnte. Das wird meine letzte große Anstrengung in diesem Job sein. Aber diesen Saustall werde ich noch ausmisten."

„Nichts anderes hatte ich von dir erwartet. Und wenn du die Hounds ein bisschen unter Druck setzen könntest, dann würdest du mir einen großen Gefallen tun."

„Ich werde zusehen, was ich machen kann. Gibt es aktuelle Gründe dafür?"

„Einer von ihnen hat mir privat gedroht. Sie sollen wissen, dass sie mich nicht einschüchtern können."

„Was ist passiert?" Harms sah besorgt aus.

„Eigentlich nichts. Einer von den Spinnern hat mir ein Foto meiner Frau ans Auto geklebt und mit Blut übergossen. Und dann hat er dafür gesorgt, dass ich ihn sehe."

„Nicht sehr subtil, diese Drohung. Wie kannst du sie schützen?"

„Das ist nicht so einfach. Aber ich glaube, dass ich einen unorthodoxen und dennoch sehr erfolgreichen Weg gefunden habe." Er erlaubte sich ein zufriedenes Grinsen. „Harry, das war es auch schon. Ich bin sicher, dass du das Richtige tun wirst."

Der alte Polizist stand auf und schüttelte Bombach die Hand.

„Mach's gut, Bommel!" Auf dem Weg zur Tür fügte er noch hinzu: „Und – danke! Du hättest diese Liste schließlich auch deinem Kumpel Mike geben können. Der hätte bestimmt ein Riesenfass aufgemacht."

„Auf jeden Fall. Aber dann wären auch ein paar Gute unter die Räder gekommen. Ich baue darauf, dass du die Schlechten ermittelst und denen die Hölle heiß machst."

„Verlass dich auf mich!"

* * *

Als Staller auf seiner Harley um die Ecke der Scheune bog, präsentierte sich das Clubhaus deutlich anders als bei seinem ersten Besuch. Im gesamten Gartenteil rund um den kleinen Teich waren Bierzeltgarnituren aufgestellt. Auf der Terrasse stand zusätzlich ein mobiler Tresen mit Zapfanlage, Spülbecken und einigen Kühlschränken. Die Lautsprecher, die an den Holzbalken über der Veranda angebracht waren, wurden durch zwei Türme ergänzt, die zur Not vermutlich auch ein mittleres Festival beschallen konnten. Momentan arbeiteten sie noch sehr zurückhaltend, aber trotzdem waren die schrammelnden Bartträger von ZZ Top sicher noch Hunderte von Metern weit zu hören.

Die Zahl der Motorräder, die vor dem Eingang parkten, war bereits doppelt so groß wie bei seinem ersten Besuch und auch etliche Autos bewiesen, dass die monatliche Clubparty ziemlich beliebt war. Auf dem Spielplatz tummelte sich fast ein Dutzend Kinder unterschiedlicher Altersstufen. Ihr fröhliches Geschrei sorgte zusammen mit der dröhnenden Musik für eine Melange aus Geräuschen, bei der man keine einzelnen Töne mehr zuordnen konnte. Etliche Besucher saßen schon auf der Terrasse oder im Garten, bestens versorgt mit Getränken. Das Grillfass war bereits befeuert worden und Hoss deckte gerade die Höllenglut mit weiteren zwei Säcken Kohle ab. Riesige, mit Klarsichtfolie bezogene Plastikwannen standen bereit und enthielten vermutlich zentnerweise Nackensteaks und Würste.

Der Prospect, der alle Hände voll zu tun hatte und schon mächtig schwitzte, winkte Staller fröhlich zu und hob den Daumen in die Höhe. Der Einsatz im Zusammenhang mit dem Crystal Meth hatte das Verhältnis zwischen ihm und Mike sehr zum Guten verändert. Hoss hielt jetzt riesige Stücke auf den norwegischen Nomad, den er als seinen Lebensretter betrachtete.

Am Fuße der Terrasse blieb Staller stehen und hakte die Daumen in die Gürtelschlaufen seiner Hose. Der Widerspruch zwischen der idyllischen Gartenpartyatmosphäre und den knallharten kriminellen Machenschaften der Hounds verwunderte ihn immer wieder. ZZ Top beendeten ihren Einsatz und himmlische Ruhe kehrte ein.

„Hi Mike! Schön, dass du schon da bist!" Zusammen mit der Frauenstimme unter seinem Ohr nahm er zwei weiche Arme wahr, die ihn von hinten umfingen.

„Hi ...äh ..."

„Ach ja, du kennst meinen Namen ja noch gar nicht. Ich bin Manuela. Du hast diese Woche meine Kleine vor dem Ertrinken gerettet, weißt du noch?" Sie ließ ihn los und umrundete ihn halb. Dann stand sie mit blitzenden Augen vor ihm. Ihr langes, blondes Haar hing ihr fast bis zur Taille herab und sowohl die Jeans als auch das weiße Oberteil schienen erst an ihrem Körper zusammengenäht worden zu sein, so eng umschlossen sie ihn.

„Klar, ich erinnere mich. Bist du eher eine Manu oder eine Ela?"

„Was gefällt dir denn besser?" Offensichtlicher als sie konnte man nicht flirten.

„Ela klingt gut für mich."

„Dann bin ich eindeutig eine Ela. Willst du etwas trinken?" Ihr roter Mund wirkte feucht und einladend und schien zu schreien: Küss mich! Aber Staller blieb standhaft.

„Gern. Aber erst mal nur ein Wasser! Ich weiß nicht, ob heute noch Arbeit anliegt."

„Arbeit? Hey, es ist Party-Time! Wir sollten versuchen, so viel Spaß wie nur irgend möglich zu haben." Bei diesen Worten umarmte sie ihn nun auch noch von vorn und die Art, wie sie ihren Unterleib an ihn drückte, ließ wenig Spielraum für Interpretationen.

„Mach mal halblang, Manu", ertönte die belustigte Stimme von Caspar Kaiser. „Ich bin sicher, dass Mike nicht gleich wieder wegrennt. Aber jetzt haben wir noch was zu besprechen. Also husch, husch!"

Widerwillig, aber doch zügig löste sie sich von ihm.

„Wir sehen uns später!", raunte sie verführerisch und drehte sich um. Dann stöckelte sie aufreizend davon, sicher, dass die Blicke der beiden Männer sie verfolgten.

„Ein heißes Gerät!". Der Präsident der Hounds schnalzte mit der Zunge. „Du bist ein Glückspilz, Mike. Komm mal mit nach hinten. Wir wollen noch ein paar Dinge besprechen, bevor die Party hier so richtig abgeht."

Da im gleichen Moment die Musik wieder mit aller Macht einsetzte, nickte Staller nur und folgte Caspar. Steppenwolf, die jetzt die Hymne aller Motorradfahrer auf der ganzen Welt intonierten, machten jegliche verbale Kommunikation unmöglich.

Get your motor runnin'
Head out on the highway
Looking for adventure
In whatever comes our way ...

Rocker und Gäste, Männer und Frauen, jung oder schon älter – niemand konnte dem zwingenden Rhythmus dieses Songs widerstehen. Da wippten Knie, Hände trommelten auf Schenkel und Tische und verklärte Gesichter zeugten entweder von zeitigem Alkoholgenuss oder von tiefempfundener Sehnsucht nach gemütlichen Fahrten über endlose Highways, der untergehenden Sonne entgegen. In diesem Moment konnte sich Staller vorstellen, mit all diesen Menschen in einem gigantischen Konvoi über die Route 66 zu donnern und kilometerlange Staubfahnen hinter sich herzuziehen.

Er musste sich schütteln, um diese romantische Vorstellung zu vertreiben. Diese Menschen – wenigstens einige von ihnen – waren Zuhälter, Drogendealer und Mörder und damit als Urlaubsbegleitung gänzlich ungeeignet.

Caspar führte ihn durch den vorderen Teil der Scheune in das abgeteilte Séparée. Hier war der Lärm der langsam anlaufenden Party nur noch gedämpft zu hören und ein normales Gespräch möglich. Er durchquerte eine Art Wohnzimmer mit einer alten, aber gemütlichen Sofaecke und gelangte in einen kleinen Flur, von dem weitere drei Türen abgingen.

„Donnerwetter", entfuhr es Staller. „Das ist größer hier, als ich dachte!"

„Allerdings", antwortete Caspar nicht ohne Stolz. „Es gibt ein Schlafzimmer mit Bad, eine kleine Küche und dann noch unser Allerheiligstes."

Mit diesen Worten stieß er die letzte Tür auf und betrat einen Raum, den man vielleicht als Konferenzzimmer bezeichnen konnte, nur dass er sich von den herkömmlichen Vorstellungen erheblich unterschied. Es gab zwar einen großen Tisch, der von etlichen Stühlen umgeben war, aber damit hörten die Gemeinsamkeiten auch schon auf. Das massive Möbel zeigte in der Mitte als Relief herausgearbeitet den riesengroßen Wolfskopf der Hounds of Hell. Das Motiv maß fast einen Meter im Durchmesser und durfte als künstlerisch gelungen bezeichnet werden. An drei Seiten des ovalen Tisches standen unterschiedliche Sitzmöbel mit und ohne Armlehnen. Die vierte Seite wurde von einem Lehnstuhl beherrscht, der aus einem alten Rittersaal zu stammen schien. Wie der Tisch war er aus Eiche hergestellt und dazu mit altem Leder bezogen. Die Armlehnen waren mit Schnitzereien verziert und das Rückenteil ragte bis über den Kopf empor. Neben dem Thron – denn anders konnte man ihn nicht bezeichnen – stand ein gewaltiger Amboss auf einem abgesägten Baumstamm, darauf ein schwerer Schmiedehammer.

„Hier haben nur die Führungsmitglieder der Hounds of Hell und wenige ausgewählte Gäste Zutritt. Alle wichtigen Entscheidungen über den Club werden hier gefällt."

„Donnerwetter", konnte sich Staller nur wiederholen und zeigte sich ehrlich beeindruckt. Der Raum mit seinen dunklen Farben und wuchtigen Einrichtungsstücken strahlte eine ungezügelte Kraft aus, der man sich nicht entziehen konnte. Der Mangel an Tageslicht war durch eine Vielzahl von teils indirekten Lichtquellen erfolgreich kompensiert worden. Das Wohngefühl erinnerte ein bisschen an einen alten englischen Club, nur viel ursprünglicher und rauer.

„Hi Mike!" Ulf Meier, der momentan hier im Club-Refugium sein Lager aufgeschlagen hatte, um den lästigen Polizeischikanen zu entgehen, stand von einem der Stühle auf und begrüßte Mike freundschaftlich.

„Moin Ulf, langweilst du dich schon?", fragte Staller mit einem verschmitzten Augenzwinkern.

„Geht so. Aber ich hab' seit zwei Tagen nicht einen Bullen mehr gesehen und das ist ein gutes Gefühl."

Caspar Kaiser ließ sich in den Lehnstuhl des Präsidenten fallen und deutete auf die beiden Sessel neben sich.

„Setzt euch mal." Er wandte sich an Mike. „Hoss hat mir erzählt, was im Hafen geschehen ist."

„Shit happens. Ist ja nichts passiert", wiegelte Staller ab.

„Du bist echt 'ne coole Sau", mischte sich Meier ein. „Pustest mitten in der Stadt einen Typen um und findest, dass nichts passiert ist." In seiner Stimme mischten sich aufkeimende Zweifel mit unumwundener Anerkennung.

„Hoss war kein so toller Berichterstatter. Außer, dass er jetzt dein größter Fan ist, hat er nicht viel Licht ins Dunkel bringen können. Was, zum Teufel, war da draußen los?" Der Präsident stützte einen Arm auf die Lehne seines Throns und wirkte äußerst konzentriert.

Staller hatte sich denken können, dass der Vorfall zur Sprache kommen würde, und zeigte sich daher gut vorbereitet.

„Wir kommen am Lagerplatz an und sind offensichtlich allein. Ich gehe rein und hole den Stoff. Hat ein bisschen gedauert, weil es ein gutes Stück zu laufen war. Als ich zurückkomme, sehe ich Hoss im Auto und davor eine dunkle Gestalt, die ihm eine Kanone ins Gesicht hält. Deshalb hab' ich mich an den alten Grundsatz gehalten: Wer zuerst schießt, lebt länger."

Er brachte diesen sehr pointierten Bericht mit einer Ruhe vor, als würde er von einem Kaffeekränzchen berichten.

„Hm. Und der Typ war tot?"

„Anzunehmen. Ich pflege meine Ziele zu treffen." Staller brachte diese Information eiskalt herüber.

„Und warum hast du ihn einfach dort liegenlassen?" Caspars Ton war neutral, neugierig und nicht etwa anklagend.

„Vorsicht. Er hätte ja noch ein paar Komplizen haben können. Außerdem – was sollte ich schon mit ihm machen? Schlimmstenfalls hätte ich noch Spuren an ihm hinterlassen."

„Was geschah dann?"

„Ich habe das Crystal eingepackt und bin zum Depot gefahren. Zwischendurch hab ich noch die Wumme entsorgt. Das war's schon."

„Irgendeine Idee, wer das war?"

„Wie sollte ich? Das ist euer Terrain hier. Ich vermute aber, dass es kein vorbildlich gesetzestreuer Bürger war."

„Warum?" Caspar stellte alle Fragen wie ein interessierter Unbeteiligter, der einen spannenden Sachverhalt erläutert bekommt.

„Keine Meldung in den Nachrichten, nicht einmal ein Dreizeiler in der Zeitung, dass ein unbekannter Toter gefunden wurde – da hat jemand hinter uns aufgeräumt. Jemand, der nicht wollte, dass die Sache an die Öffentlichkeit gerät."

Kaiser nickte beifällig.

„Klingt einleuchtend. Ich habe mich mit unserem Mann dort getroffen, um ihm sein Geld zu geben. Er hat nichts von alledem mitbekommen und der zweite Teil des Deals ist reibungslos verlaufen. Der Container mit dem Elektronikzeug ist geleert."

„Tja, dann bleiben wohl nur die Russen. Kann es sein, dass euer Mann ein doppeltes Spiel gespielt hat?"

Die beiden Hounds sahen sich fragend an. Ulf Meier zuckte die Schultern und der Präsident kratzte sich ausgiebig am Kinn.

„Sicher kann man nie sein. Bisher hielt ich ihn für loyal. Andererseits: Wenn es denn die Russen waren – von wem hätten sie es sonst erfahren sollen?"

Meier mischte sich ein.

„Entscheidend dürfte die Frage sein: Was wissen die Russen jetzt?"

„Kommt drauf an", überlegte Staller laut. „Wenn euer Mann geredet hat, dann wissen sie, wer ihren Stoff hat. Aber nicht, wo er lagert. Sollte der Tote dort nur zufällig als Wache herumgestanden haben, dann könntet ihr Glück haben und niemand weiß, dass ihr das Crystal habt. Aber das werdet ihr schon merken."

„Warum?"

„Na hör mal! Wenn ich wüsste, wer mir eine Waffenlieferung vor der Nase weggeschnappt hat, die ich bezahlen müsste, dann würde ich dort aber mal einen freundschaftlichen Besuch machen und ein paar Fragen stellen. Ausnahmsweise, bevor ich schieße."

Abermals wechselten die beiden Rocker einen schnellen Blick.

„Klingt einleuchtend", stellte Caspar fest.

„Dann steht uns wohl eine unangenehme Auseinandersetzung bevor", meinte Meier mit sorgenvoller Miene.

„Vermutlich. Aber ihr müsst es positiv sehen. Jetzt habt ihr nicht nur den Stoff der Russen, sondern bekommt eine gute Gelegenheit die Konkurrenz auszuschalten." Staller brachte diesen Gedanken ganz nüchtern und kühl vor.

„Du klebst so gar nicht am Leben, Bruder, oder?" Caspar Kaiser wusste nicht, ob er entsetzt oder beeindruckt reagieren sollte. Mikes Andeutung bedeutete nichts weniger als einen Bandenkrieg, bei dem Tote auf beiden Seiten nahezu unvermeidbar waren.

„Hier haben die meisten Brüder Familie", gab Meier zu bedenken. „Das mindert die Lust auf ein offenes Shootout ganz schön."

„Das verstehe ich. Aber ich schätze, uns bleibt keine andere Wahl. Ihr könnt ja schlecht den Stoff zurückgeben und euch für den kleinen Zwischenfall am Hafen entschuldigen."

„Du sagst gerade: "Uns" bleibt keine andere Wahl. Wie meinst du das?", fragte der Präsident.

„Ich würde sagen, was man angefangen hat, sollte man auch zu Ende bringen. Wenn ihr mich dabei haben wollt, werde ich euch unterstützen."

Zum dritten Mal wechselten Kaiser und Meier einen schnellen Blick.

„Du bist aber wirklich mit ganzem Herzen dabei", stellte Caspar fest. „Planst du vielleicht in Hamburg zu bleiben, nachdem du deine … Aufgabe erledigt hast?"

„Im Moment mache ich keine Pläne", entgegnete Staller düster. „Ich habe einen Schwur einzulösen und nichts anderes zählt. Danach überlege ich, wie es weiter geht. Wenn es ein "danach" überhaupt gibt."

„Das verstehe ich. Du solltest aber wissen, dass wir deinen Einsatz für unser Chapter sehr zu schätzen wissen. Und wenn - falls – du in Hamburg bleiben willst, dann hätten wir sicher Verwendung für einen wie dich." Caspar schlang Mike einen seiner kräftigen Arme um den Hals und drückte ihn.

„Ja, wirklich. Du hast uns alle beeindruckt. Denn du bist nicht nur dem Club treu ergeben, sondern du hast auch noch allerhand in der Birne. Die Kombination ist nicht so häufig." Meier grinste anerkennend.

„Danke", antwortete Staller knapp. „Ich werde es mir überlegen. Eins noch, Ulf. Der Bulle, der dir so auf der Schleppe steht. Hast du seine Adresse?"

„Was hast du vor?"

„Sagen wir: Ich möchte ihm ein Angebot machen, das er nicht ablehnen kann. Damit er dich und uns künftig in Ruhe lässt."

„Und was heißt das genau?"

„Ach, das willst du gar nicht wissen. Wir sind doch an Ergebnissen interessiert, nicht an Methoden, oder?"

„Also ich finde, Mike hat bisher gezeigt, dass er weiß, was er tut", mischte sich Caspar wieder ein. „Lass ihn mal machen."

„Okay, ich schreib' sie dir auf." Meier nahm ein Stück Papier und notierte die Adresse, die Staller natürlich auswendig kannte. Dann hielt er ihm den Zettel hin.

„Du kannst dich praktisch schon wieder als freier Mann fühlen", grinste Staller und steckte die Adresse weg.

„Böse wäre ich darüber nicht. Aber sagt mal, sollte hier nicht heute eine Party stattfinden?"

„Aber hallo! Lasst uns rausgehen und feiern. Das haben wir uns verdient!"

* * *

Dieter Grabow beobachtete, wie Sonja mit ihrem Wagen den Parkplatz verließ und sich zügig in den Verkehr einfädelte. Sein Gesicht war sehr nachdenklich und ernst. In Gedanken ließ er das Essen noch einmal Revue passieren und kam zu dem Schluss, dass die Journalistin ihre Karten geschickt verdeckt gehalten hatte.

Früher am Tage hatte ihm ein Mitarbeiter des Bausenators in einem diskreten Telefonat mitgeteilt, dass es eine recht detaillierte Anfrage von "KM" gegeben hätte, die sich auf Projekte der BaWoGra bezog. Dieses Frühwarnsystem sollte verhindern, dass Grabow unvorbereitet in ein Interview mit Journalisten stolperte. Heute nun hatte er versucht herauszufinden, welches Thema das Magazin im Zusammenhang mit ihm bearbeitete. Aber trotz intensiver und geschickter Bemühungen hatte er Sonja nichts entlocken können. Dabei hatte er sogar seinen ganzen Charme eingesetzt und gespürt, dass sie durchaus empfänglich für seine Avancen war. Trotzdem hatte sie über ihre beruflichen Absichten eisern geschwiegen. Im Grunde imponierte ihm das. Sie war eine sowohl schöne als auch extrem intelligente Frau. Er hätte sich durchaus vorstellen können, diese Nacht mit ihr zu verbringen und vermutlich hätte er es dann auch geschafft ihr Schweigen aufzubrechen. Aber seine dezenten Vorstöße in diese Richtung hatte sie zwar freundlich, aber gleichzeitig bestimmt abgeblockt. Schade eigentlich!

Während er den Weg zu seinem eigenen Auto antrat, überlegte er, wie nun sein nächster Schritt aussehen konnte. Auf jeden Fall würde es nicht schaden, wenn er auch den Senator über den Stand der Dinge in Kenntnis setzte. Dieser hatte noch ganz andere Möglichkeiten. Der Vorteil eines Netzwerkes bestand schließlich darin, alle zur Verfügung stehenden Ressourcen zu nutzen. Mit diesen Überlegungen im Hinterkopf zückte er sein Mobiltelefon und drückte auf eine Kurzwahltaste.

* * *

Das Gelände rund um das Clubhaus der Hounds of Hell hatte sich inzwischen weiter gefüllt. An den Tischen im Garten war kaum ein freier Platz mehr zu erkennen und alle gaben sich Mühe Hoss auf Trab zu halten, der schwitzend Teller um Teller voll frisch Gegrilltem zu dem langen Tapeziertisch schleppte, der als Buffet diente. Hier standen große Schüsseln mit den verschiedensten Salaten und Saucen, sowie Berge duftender Kräuterbrote. Entstandene Lücken wurden umgehend wieder geschlossen. Man merkte, dass hier erfahrene Gastgeber am Werk waren.

Staller lehnte mit Meier und Kaiser am Eingang der Terrasse an einem Holzständer und beobachtete das muntere Treiben. Die Musik war momentan, vielleicht wegen des Essens, deutlich leiser. Er warf einen Blick auf seine Armbanduhr, die er dabei mit Daumen und Zeigefinger seiner rechten Hand in eine passende Position zog.

„Dafür, dass es gerade mal halb neun ist, sind aber schon jede Menge Leute da", bemerkte er beiläufig. „Kennt ihr die eigentlich alle?"

„Nö", antwortete Kaiser. „Es hat sich inzwischen herumgesprochen, dass wir an jedem ersten Samstag im Monat hier eine Sause veranstalten. Ich betrachte das als eine Art Öffentlichkeitsarbeit. Ein Club, bei dem jeder kommen und in Frieden sein Bier trinken kann, wird unmöglich als Bande von gesetzlosen Outlaws betrachtet."

„Ich habe sogar schon mal ein paar Bullen erkannt, die privat hier aufgekreuzt sind und mit ihren Mädels abgefeiert haben." Ulf Meier grinste.

„Mein Spezi war allerdings nicht dabei. Hatte vermutlich Angst, dass seine Alte auf harte Jungs in Leder steht und ihn sitzenlässt."

Pflichtschuldig fiel Staller in das spöttische Gelächter ein.

„Und wie macht ihr das mit der Kohle?"

„Vorne am Tresen steht ein Sparschwein. Dort kann jeder reinschmeißen, wie viel er für richtig hält. Und weißt du was? Wir haben noch nicht einmal draufgezahlt, stimmt's Ulf?"

Der Angesprochene nickte und deutete zur Zapfanlage.

„Ich hol' uns mal Bier, okay?"

Da niemand widersprach, schlenderte er davon.

Caspar Kaiser klemmte sich eine Zigarette zwischen die Lippen und entzündete sie stilecht mit einem Zippo-Feuerzeug.

„Wie steht es eigentlich mit deiner Familienangelegenheit?", wollte er wissen, nachdem er eine dichte Rauchwolke ausgestoßen hatte. „Hast du deinen Mann schon gefunden?"

„Gefunden – ja", antwortete Staller knapp.

„Wenn du Unterstützung brauchst, dann sagst du Bescheid, okay? Wir werden dir helfen, wo immer wir können."

„Danke, Caspar. Ich weiß das zu schätzen."

Über dem Scheunendach erschien ein eigenartiges Flugobjekt, das wie ein Minihelikopter mit einer angehängten Last aussah.

„Erwartest du irgendeine Lieferung?", fragte Staller und deutete auf die Drohne.

Kaiser drehte den Kopf und riss erstaunt die Augen auf.

„Was zum Teufel ist das denn?"

„Die Zukunft des Versandhandels. Der automatische Paketbote, der nie streikt und keine Kaffeepausen macht. Es dürfen bloß keine Satelliten ausfallen, sonst liefert er versehentlich Kühlschränke nach Grönland aus."

„Alter, das ist gespenstisch! Was macht so ein Teil hier bei uns?" Der Präsident hatte sich noch nicht wieder gefasst und starrte das Flugobjekt weiterhin an wie ein Kind den Weihnachtsmann.

„Das ist also auf keinen Fall ein Partygag oder so was? Du bist sicher, dass niemand von euch etwas damit zu tun hat?"

Staller sprach hastig und beobachtete konzentriert, wie die Drohne langsam über den Parkplatz einschwenkte, der mittlerweile gut gefüllt war. Von hier bis zu dem Gartenteil, in dem sich die meisten Gäste aufhielten, waren es vielleicht noch fünfzig Meter. Da alle mit Essen und Trinken beschäftigt waren und der Geräuschpegel relativ hoch war, hatte bisher niemand das überraschend leise Sirren des Minimotors vernommen.

„Ganz sicher. Auf so eine Idee würde keiner von uns kommen."

Kaiser schien nicht zu wissen, was er von dieser Erscheinung halten sollte. Er war vollauf damit ausgefüllt mit offenem Mund zu verfolgen, wie der fliegende Lastesel sich weiter näherte, wobei er seinen Kurs mehrmals korrigierte, bis er genau die Schneise zwischen zwei Reihen von geparkten Motorrädern gefunden hatte. Er bewegte sich langsam vorwärts und verringerte sein Tempo immer weiter, bis er fast auf der Stelle zu schweben schien. Dabei war das an einem kurzen Seil hängende Paket gut zu erkennen. Es bestand aus brauner Pappe, war etwas größer als ein Schuhkarton und schien mit Klebeband verschlossen zu sein.

„Ich hab' kein gutes Gefühl", murmelte Staller und behielt die Drohne mit zusammengekniffenen Augen fest im Blick.

„Warum? Ich denke das ist ein Irrtum. Falsche Adresse oder so."

„Die Dinger sind noch nicht offiziell im Einsatz. Außer auf irgendeinem Testgelände. Was ist, wenn das ein kleiner Gruß von den Russen ist?"

In diesem Moment klinkte der Helikopter das Paket aus und es fiel aus etwa zwei Metern Höhe auf den Parkplatz. So, wie es fiel, schien es jedenfalls nicht ganz leicht zu sein. Caspar Kaiser beschränkte sich weiterhin darauf, das Manöver mit großen, staunenden Augen zu verfolgen. Staller hingegen, der registriert hatte, dass das Paket nun nur noch gut zwanzig Meter von den feiernden Gästen entfernt war, reagierte sofort. Er sprang von der Terrasse, raste auf den Parkplatz und schnappte sich das Paket mit beiden Händen. Dann drückte er es vor seine Brust und setzte seinen Sprint fort. Erst am Ende der Reihe der parkenden Motorräder holte er aus und warf den Karton, so weit er konnte, in die Richtung, in der die Grundstückseinfahrt lag. Kaiser konnte nicht mehr sehen, wo das Paket landete, denn die Scheune versperrte ihm die Sicht.

Plötzlich ertönte ein lauter Knall, gefolgt von Zischlauten und Pfeifen wie bei einem Feuerwerk. Dies wurde von allen Anwesenden registriert, aber da die Quelle des Lärms nicht ersichtlich war und er sich auch nicht wiederholte, entstand keine besondere Aufregung. Die wenigen Gäste, die sich gewundert hatten, warum einer der Rocker so eilig über den Parkplatz gestürmt war, bemerkten lediglich ein seltsames Flugobjekt, das sich eilig über das Scheunendach hinweg entfernte. Da im gleichen Augenblick die Musik wieder mit unverminderter Lautstärke einsetzte – AC/DC beschritt gewohnt druckvoll die Straße zur Hölle – vergaßen sie den kleinen Zwischenfall schnell und richteten ihre Aufmerksamkeit wieder auf die Party.

„Mike, alles in Ordnung?"

Endlich hatte sich Kaiser aus der Erstarrung lösen können und war Staller gefolgt, der vorsichtig um die Ecke der Scheune gebogen war.

„Alles schick", versicherte dieser und nahm die Überreste des Paketes in die Hand. „Die Herrschaften waren so freundlich, nur ein besseres Tischfeuerwerk einzusetzen. Hätte auch eine Splitterbombe sein können. Wenn man die über dem Garten gezündet hätte, dann wäre das die letzte Party hier gewesen."

„Woher hast du das nur gewusst?"

„Gewusst? Gar nicht. Im Zweifelsfall verlasse ich mich auf meinen Instinkt. Und der hat mir gesagt, dass mit der Drohne etwas faul ist. Hier, schau!"

Staller bog die geschwärzten Kartonreste auseinander und hielt eine flache Box aus Holz in die Höhe, deren Oberseite einige Brandflecken aufwies. Als er sie vorsichtig öffnete, fand sich ein Brief darin, auf dem mit Großbuchstaben: KASPAR KAISER – PRESIDENT DER HOUNDS OF HELL stand. Daneben lag ein einfaches Mobiltelefon.

„Post für dich!" grinste er und übergab das Schreiben.

„Ich schreibe mich mit "C", ihr Legastheniker!", grummelte Caspar, nahm aber den Brief. Er riss ihn auf, überflog ihn einmal und las ihn ein weiteres Mal, während sich seine Miene mehr und mehr verfinsterte.

„Kein Liebesbrief, nehme ich an?", fragte Staller mitfühlend.

„Eher nicht." Der sonst so wortgewandte und redelustige Präsident der Höllenhunde wirkte mehr als schmallippig. „Lies selbst!", forderte er unwirsch.

Staller nahm das Schreiben und studierte es gründlich. Dann griff er auch nach dem Umschlag, drehte ihn und hielt ihn gegen das Licht. Schließlich beendete er seine Untersuchungen und zuckte die Schultern.

„Ich hätte liebend gerne Unrecht gehabt, aber er ist ja offenbar tatsächlich von den Russen. Zumindest finde ich keine Anhaltspunkte, die dem widersprechen."

„Scheiße, verdammte!" Kaiser fehlten immer noch die Worte.

„Ich fasse mal zusammen", ergriff Staller die Initiative. „Die Russen wissen, dass wir ihr Crystal haben. Sie sind eindeutig "not amused" und sie wollen den Stoff zurück. Mit einer zusätzlichen Entschädigung von fünfzig Riesen."

„Geld, das wir im Moment nicht ohne weiteres flüssig haben", knirschte der aufgebrachte Präsident zwischen den Zähnen hervor.

„Eigenartig. Habt ihr nicht genau Fünfzigtausend an den Kontaktmann im Hafen gezahlt?"

„Wie meinst du das?"

„Könnte es sein, dass er ein doppeltes Spiel gespielt hat und von den Russen die gleiche Summe kassiert hat, nur um ihnen den Verrat zu verraten? Warum sonst diese Summe in ihrer Forderung?"

„Hm. Da könnte was dran sein. Wir sollten uns um den Mann kümmern."

„Das ist vermutlich zwecklos. Der wird das Ganze genau geplant haben und ist jetzt mit der Kohle auf und davon. So einen Deal macht man nur einmal. Der sitzt vermutlich schon in der DomRep oder sonst wo und schlürft an einem Cocktail."

Der Präsident der Hounds of Hell kniff den Mund zusammen und schaute grimmig auf den Brief. Dann nahm er das mitgeschickte Mobiltelefon in die Hand und untersuchte es gründlich.

„Das wird uns nicht weiterbringen", vermutete Staller. „Dürfte ein Prepaidhandy aus dem Supermarkt sein."

„Was sollen wir jetzt machen?"

„Versuch doch mal die Sache positiv zu sehen, Caspar. Du hattest geplant, den Russen eine Lieferung zu klauen. Das hätte sie geärgert, aber nicht vernichtet. Jetzt, da die Nummer aufgeflogen ist und sie über dieses Telefon ein Treffen organisieren wollen, bei dem du den Stoff und das Geld übergeben sollst, kannst du sie ein für alle Mal loswerden. Statt Crystal nimmst du genügend Hardware und Männer mit zu dem Treffen und löschst die Russen einfach aus."

Kaiser hörte mit skeptischem Gesichtsausdruck zu.

„Stellst du dir das nicht ein bisschen zu leicht vor? Immerhin dürften die Russen sich gut auf diese Übergabe vorbereiten. Sie bestimmen den Zeitpunkt und den Ort. Wer weiß, wie viele Männer sie dort postieren werden? Oder ob es irgendwo mitten unter Menschen geschehen soll?"

„Zehn Kilo Stoff übergibt man da, wo es möglichst niemand sehen kann. Und gerade weil die Russen glauben werden, dass sie auf der sicheren Seite stehen, wirst du beste Chancen haben sie zu überrumpeln. Denn sie werden genau so wie du denken, dass ein Angriff zu riskant wäre."

„Hm, das klingt natürlich einleuchtend."

„Und überleg mal: Du hättest auf Jahre hinaus den Crystal-Vertrieb sicher. Denn davon erholen sich die Russen nicht."

„Möglich. Ich denke drüber nach." Kaiser musterte Mike sehr eindringlich. „Und du wärst mit dabei?"

„Vorneweg sogar", grinste Staller.

„Kann es sein, dass du etwas Ähnliches wie eine Todessehnsucht hast?"

Der Journalist in Rocker-Verkleidung ließ seinen Blick undefinierbar in die Ferne schweifen, bevor er antwortete.

„Sagen wir es besser so: Bisher hatte ich zwei Familien. Meine Frau und meinen Club. Für die hätte ich jederzeit mein letztes Hemd gegeben. Und jetzt habe ich nur noch eine."

Er hatte gerade die richtige Menge Pathos in seine Stimme gelegt, denn der Präsident nickte langsam und packte Mike fest an der Schulter.

„Das Chapter Hamburg wird immer gerne deine Familie sein, wenn du es wünschst. Männer wie du sind leider selten geworden." Mit diesen Worten zog er Staller an seine Brust und umarmte ihn kraftvoll.

So hart die Rockerszene sich nach außen auch gab und so achtlos, wie sie gegebenenfalls mit anderen Menschen und deren Leben umging, so familiär und geradezu emotional ging es innerhalb der jeweiligen Gruppen zu. Wer einmal dazugehörte, der durfte sich jeglicher Unterstützung sicher sein – egal, was passierte, solange er sich an die ungeschriebenen Gesetze des Clubs hielt, die sich hauptsächlich um Schweigen und Loyalität drehten. Musste beispielsweise ein Mitglied in den Knast, so wirkte der Club mit allen Mitteln darauf hin, dass es dem Inhaftierten so gut wie irgend möglich ging. Das reichte von verschiedenen Privilegien wie Einzelzelle oder verlängerte Hofgangzeiten über die Versorgung mit Alkohol und Zigaretten bis hin zum Schutz vor potenziell gefährlichen Mithäftlingen. Dass dies alles nur unter zumindest gnädigem Wegsehen der Wärter funktionieren konnte, war zwar intern bekannt, wurde aber in der Öffentlichkeit nie richtig wahrgenommen.

Staller jedenfalls hatte es wieder einmal geschafft die richtigen Knöpfe zu drücken und durfte sich von der Führungsriege der Höllenhunde voll akzeptiert fühlen. Jetzt lag es an ihm, aus diesen günstigen Vorzeichen Kapital für seine Aufgabe zu schlagen.

„Komm, wir gehen wieder zurück zur Party! Heute wird wohl nichts mehr passieren." Kaiser gab Staller einen aufmunternden Schubs. „Und was die Sache mit den Russen angeht – ich bespreche das mit den anderen. Aber ich denke, dass du recht haben könntest. Wir sollten das als Chance auffassen."

„Unbedingt!"

Gemeinsam stapften die beiden auf das Epizentrum der Party zu. Aus den Lautsprechertürmen wummerten die Bässe mittlerweile fast ohrenbetäubend und die Terrasse war kurzerhand zur Tanzfläche umfunktioniert worden. Dem etwas altmodischen und härteren Musikgeschmack der meisten Besucher folgend, erklang gerade *Wheel in the sky* von Journey. Vorwiegend Frauen, aber auch einige Männer zuckten im Takt der treibenden Rhythmen. Da langsam die Dämmerung hereinbrach, hatte irgendjemand einige Ständer mit Scheinwerfern aufgestellt, deren bunte Lampen die Tanzenden in flackerndes Licht tauchten.

Kaiser und Staller blieben an der Stufe zur Terrasse stehen und ließen ihre Blicke über das Geschehen schweifen.

„Schau mal, da hinten ist Manu!", brüllte der Präsident gegen den Lärm an und boxte Staller spielerisch in die Rippen. „Na los, schnapp sie dir! Du wirst es nicht bereuen."

„Werd' ich machen", antwortete Staller in ähnlicher Lautstärke. „Aber erst will ich noch einen Moment über die Geschichte mit den Russen nachdenken. Vielleicht kommt mir noch eine Idee."

Caspar klopfte ihm zustimmend auf den Unterarm und drängte sich durch die wogende Masse in Richtung Tresen. Ein kühles Bier war jetzt genau das Richtige!

Staller zog sich an die Seite der Terrasse zurück, an der er erstens allein und zweitens durch einige Sichtschutzwände ein wenig vor dem Krach geschützt war. Während er sich mit dem Rücken gegen die Scheunenwand lehnte, beobachtete er ein weiteres Motorrad, das langsam auf den Parkplatz einbog. Es war mit zwei Personen besetzt, die Integralhelme mit getönten Visieren trugen. Die Suzuki VZ 800 war dunkelrot und mit viel

Chrom und einer vorverlegten Fußrastenanlage aufgemotzt worden. Wo hatte er so eine Maschine bloß vor Kurzem gesehen?

Die beiden Personen waren abgestiegen und fummelten an den Klickverschlüssen ihrer Helme herum. Sie wirkten nicht besonders groß und eher zierlich. Ob es Frauen waren? Was mochte zwei Motorradfahrerinnen zu einer Rockerparty ziehen?

In dem Moment, als der erste Helm ein Gesicht freigab, fiel Staller wieder ein, wo er das Motorrad schon gesehen hatte und er setzte sich zügig in Bewegung.

„Sagt mal, seid ihr von allen guten Geistern verlassen?", zischte er, als er die Maschine erreicht hatte.

„Das darf doch nicht wahr sein", beschwerte sich Isa und drehte sich zu Kati um. „Wir sind noch nicht ganz bei der Party angekommen und wer gibt hier den Türsteher? Dein Vater!"

„Hallo Paps!" Kati wirkte im Gegensatz zu ihrer Freundin etwas unsicher, als sie ihre vom Helm zerdrückten Haare erfolglos zu ordnen versuchte.

„Was wollt ihr hier?"

„Ein bisschen abfeiern? Was könnten wir wohl sonst wollen?" Isa fand seine Aufregung offensichtlich völlig unverständlich.

„Geht's noch?" Staller wandte sich an seine Tochter. „Ich hatte doch extra gebeten, dass ihr draußen in der Heide bleibt! Nicht nur, dass das hier keine Veranstaltung für euch ist – ihr bringt möglicherweise sogar mich in Gefahr."

„Das wollen wir natürlich nicht, Paps, aber … "

„Ich wollte hier hin", unterbrach Isa. „Und Kati habe ich überredet mitzukommen. Sie war eigentlich dagegen, wollte mich dann aber nicht allein fahren lassen."

„Außerdem hat Sonja mir Bescheid gesagt, dass du sie unbedingt anrufen sollst. Sie braucht deine Hilfe in irgendeiner Frage mit eurer Sendung."

„Okay, okay." Staller kam mit dem Denken nicht hinterher. „Ich werde Sonja heute noch anrufen. Könnt ihr dann nicht einfach wieder fahren?"

Kati öffnete schon den Mund, um einzulenken, da antwortete Isa einen Hauch schneller.

„Wenn wir schon mal hier sind, dann will ich wenigstens einen Blick auf die Party werfen. Nur ein paar Minuten. Du kannst ja heimlich auf uns aufpassen, Mike."

Wenn Isa sich eine Sache einmal in den Kopf gesetzt hatte, gab es keine Möglichkeit mehr sie davon abzubringen. Dementsprechend setzte sie sich auch direkt in Bewegung und folgte der Musik. Kati sah hilfesuchend zu ihrem Vater, doch der zuckte nur mit den Schultern. Daraufhin warf sie ihm einen entschuldigenden Blick zu, murmelte: „Nur ein Viertelstündchen, okay?" und folgte ihrer Freundin eilig.

Staller fluchte lautlos vor sich hin und ließ den Mädchen einen kleinen Vorsprung. Zum Glück hatte niemand gesehen, wie sie miteinander gesprochen hatten. Er hoffte jetzt nur darauf, dass die Feierlichkeiten bei so viel öffentlicher Beachtung nicht völlig aus dem Ruder liefen.

Während er langsam ebenfalls zur Terrasse ging, überlegte er, was Sonja wohl von ihm wollte. Er hatte heute tatsächlich einfach vergessen, sie anzurufen. War sie deswegen besorgt oder gab es tatsächlich eine knifflige Situation bei "KM"? Aber das würde er nicht herausfinden, ohne mit ihr zu sprechen.

Als er die improvisierte Tanzfläche erreicht hatte, blieb er stehen und lehnte sich gegen einen der Holzbalken. Die Stimmung war fröhlich und ausgelassen, aber er konnte keine Vorfälle beobachten, die nicht auch in jeder Dorfdisco möglich waren. Einige knutschende Paare konnten die Hände nicht stillhalten und fummelten fiebrig aneinander herum. Vereinzelt waren Männer, aber auch Frauen zu erkennen, die offenbar zügig einen Alkoholpegel erreicht hatten, der ihren Bewegungen etwas Unsicheres verlieh, aber es gab keine Totalausfälle. Offensichtlichen Drogenkonsum konnte er ebenfalls keinen sehen.

„Wo warst du denn so lange? Ich habe dich vermisst!"

Es war zwar bei der lauten Musik kaum möglich, aber diese Worte wurden ihm geradezu ins Ohr geschnurrt. Als er sich umdrehte, erkannte er Manuela, die prompt wieder den möglichst vollflächigen Körperkontakt zu ihm suchte. Da er sie nicht abschütteln wollte, musste er wohl oder übel ihre Umarmung erwidern.

„Caspar und ich mussten noch etwas besprechen. Geschäfte halt." Er musste sich zu ihr hinunterbeugen um sich verständlich zu machen.

„Ist schon gut", meinte sie ohne großes Interesse. „Viel wichtiger ist, dass du jetzt da bist, Mike. Nun entwischst du mir aber nicht mehr!"

Mit diesen Worten stellte sie sich auf die Zehenspitzen, warf die Arme um seinen Nacken und drückte ihre warmen, vollen Lippen in die Lücke, in der sie unter seinem Bart den Mund vermutete. Ihre langjährige Erfahrung verhalf ihr zu einem Volltreffer. Er nahm noch kurz eine Mischung aus Alkohol und Zigarettenrauch wahr, dann spürte er, wie sich ihre Lippen öffneten und eine vorwitzige Zungenspitze sich aufmachte seinen Mund zu erobern. Gleichzeitig fühlte er, wie sich ihr erhitzter Körper in einer sehr erregenden Weise an seine Vorderseite presste.

Das anerkennende Pfeifen von der Tanzfläche lenkte ihn von dem besitzergreifenden Weib ab. Isa und Kati bewegten sich ganz in seiner Nähe begeistert zu den Klängen von Golden Earrings *Radar Love*. Beide Mädels erwiesen sich als textsicher und schmetterten den Beginn der zweiten Strophe in seine Richtung:

When she is lonely and the longing get's too much …

Er verdrehte ärgerlich die Augen und fühlte sich versucht seine Sicht der Dinge zu erklären, aber mit Manuelas Zunge tief in seinem Hals war das nicht so einfach. Außerdem verschwanden die beiden kurz darauf wieder aus seinem eingeschränkten Blickfeld.

Nach schier endlosen Sekunden gab Manuela ihr Opfer vorübergehend wieder frei und zog den Kopf einige Zentimeter zurück. Ihre grünen Augen wirkten umwölkt und die Lider hingen ein wenig herab, was unzweifelhaft sexy wirken sollte.

„Das war nur ein kleiner Vorgeschmack. Wir sind hier schließlich in der Öffentlichkeit und der Club verlangt, dass wir uns halbwegs zurückhaltend benehmen. Aber warte, bis wir alleine sind. Dann kannst du alles mit mir machen!"

„Äh, ja. Später, genau. Jetzt muss ich allerdings erst noch irgendwo in Ruhe telefonieren. Immer noch Geschäfte." Er brauchte dringend etwas Abstand von dieser Frau, die es sich offenbar in den Kopf gesetzt hatte, ihn so schnell wie möglich flachzulegen.

„Wir können nach hinten in den abgeteilten Raum gehen, da ist es ruhiger." Dann verengten sich ihre Augen noch mehr. „Außerdem sind wir dort allein … "

„Sind wir nicht", entgegnete Staller fröhlich. „Ulf hat seine Zelte für ein paar Tage dort aufgeschlagen."

Sie wirkte definitiv enttäuscht. Aber er wusste, wie er sie zumindest für den Moment beschäftigen konnte.

„Organisier uns doch mal was zu trinken. Ich erledige derweil draußen meine Telefonate und komme dann wieder, ja?"

Diese Art des Umgangs war ihr vertraut, denn sie drehte sich ohne Zögern herum und begab sich auf den schwierigen Weg durch die tanzende Meute zum Tresen. Er atmete erleichtert auf und rannte fast hinaus. Im Garten saßen nur noch vereinzelt kleine Gruppen um Feuerkörbe herum und unterhielten sich. Die meisten hatten sich offenbar ins Innere der Scheune oder wenigstens auf die Terrasse zurückgezogen. Der Parkplatz wirkte menschenleer.

Staller schlenderte betont beiläufig bis zur Ecke der Scheune, an der er vorhin das Präsent der Russen entdeckt hatte. Hier hatte er freie Sicht nach allen Seiten und konnte die Annäherung eines ungebetenen Zuhörers rechtzeitig bemerken. Außerdem herrschte ein beruhigendes Halbdunkel. Nach einem prüfenden Blick ins Rund zückte er sein Telefon und tippte hastig eine Nummer ein.

„Sonja? Ich bin's, Mike. Hör mal, ich habe nicht viel Zeit. Du musst bitte ein paar Dinge für mich tun."

Er brauchte ziemlich genau zwei Minuten um eine ganze Reihe von Anweisungen herunterzurattern. Am anderen Ende schrieb Sonja offenbar fleißig mit, denn er wiederholte keinen einzigen Satz. Während der ganzen Zeit ließ er seine Augen kreisen und achtete auf ungebetene Zeugen. Gerade als Sonja ihrerseits anfing zu reden, erschien eine kleine Gestalt auf der Stufe der Terrasse, sah sich um und trat dann auf den Parkplatz.

„Mist", fluchte Staller leise. „Jemand kommt. Ich muss Schluss machen."

Eilig steckte er das Telefon weg und ging der Gestalt entgegen. Konnte Manuela nicht einmal abwarten, bis er mit seinen Aufgaben fertig war?

„Hattest du Angst, dass ich weglaufe?", fragte er belustigt.

„Kann es sein, dass du mich verwechselst?" Die Stimme, die die Antwort gab, klang völlig anders als die seiner neuen Verehrerin, gehörte aber unzweifelhaft ebenfalls einer Frau.

„Sorry, du bist anscheinend nicht Manuela." Staller fragte sich, ob er bereits unter einer milden Form des Verfolgungswahns litt.

„Nein. Und du bist nicht aus Norwegen, habe ich recht?"

Für einen Moment erstarrte er. Was sollte das heißen? War seine Tarnung etwa aufgeflogen?

Irgendwo in seinem Hinterkopf waberte eine Erinnerung, aber sie kam nicht sofort an die Oberfläche. Er hatte dieses Gesicht schon einmal gesehen, da war er fast sicher. Nur wo? Bilder aus der Vergangenheit rasten an seinem inneren Auge vorbei. Es musste schon ziemlich lange her sein. In welcher Weise konnte sich ein Gesicht in zehn, zwanzig oder noch mehr Jahren verändern?

Sie bemerkte seine Unsicherheit und musste grinsen. Dabei zog sie ihre Nase auf eine unnachahmliche Weise kraus, die bei ihm den Groschen zum Fallen brachte.

„Andrea ...?"

„Na, lang hat's zwar gedauert, aber am Ende hat es ja doch noch ohne Nachhilfe geklappt."

„Wie kommst du denn darauf?" Er musste jetzt vorsichtig sein.

„Weil ich dich kenne, Mike ... Staller, ist das nicht richtig?" Sie war dicht an ihn herangetreten, aber im Dämmerlicht der einbrechenden Nacht konnte er ihr Gesicht nicht genau erkennen.

„Was machst du hier?"

Sie ergriff seinen Arm.

„Komm, wir gehen ein paar Schritte." Er war zu überrascht, um sich zu wehren und so folgte er ihr kommentarlos um eine weitere Hausecke, die von einem Strahler erhellt wurde, der offensichtlich mit einem Bewegungsmelder gekoppelt war. Im gleißenden Licht des Scheinwerfers drehte sie ihn zu sich heran und schaute ihm ernst, aber nicht unfreundlich in die Augen. Sie war deutlich älter als Manuela, obwohl sie sich gut gehalten hatte. Sie mochte etwa vierzig Jahre alt sein. Ihr Haar leuchtete kastanienrot und fiel wellig bis auf ihre Schultern. Zwei große, braune Augen waren aufmerksam auf ihn gerichtet.

„Erkennst du mich so besser? Ich wäre dir aber auch böse gewesen, wenn nicht!"

Sie warf die Arme um seinen Hals und drückte ihn liebevoll an sich. Was für ein Unterschied! Manuela, die fordernd und besitzergreifend gewesen war, direkt auf der Suche nach der sexuellen Stimulation und auf der anderen Seite Andrea, seine Jugendliebe, bei der echte Gefühle, Freude und Herzlichkeit zu spüren waren. Auch er nahm sie in den Arm und hielt sie erleichtert umfangen.

„Deine Haare haben mich irritiert. Das Rot ist neu und ungewohnt. Obwohl ich zugeben muss, dass es dir gut steht."

Sie lachte laut und fröhlich.

„Tja, nicht alle haben das Glück, mit Anfang vierzig noch alle Haare in der Originalfarbe zu besitzen!" Sie wuschelte ihm zärtlich durch seinen vollen, blonden Schopf. „Mich hat das Schicksal mit einem frühen Grau beschenkt. Da muss frau dann zur Farbe greifen."

„Was hast du mit den Hounds zu tun?", wollte er wissen.

„Ich bin die Old Lady von Bandit, dem VP." VP bedeutete Vizepräsident.

Staller wusste nicht, wie er seine nächste Frage so formulieren sollte, dass es nicht wertend klang. Aber es war wichtig für ihn zu wissen, ob seine erste ernsthafte Freundin aus früher Jugend die kriminellen Machenschaften des Motorradclubs mittrug. Er senkte den Blick und sprach leise.

„Dann weißt du aber schon, dass die Jungs nicht nur Moped fahren und Bier trinken, oder?"

Sie löste sich von ihm und schaute mit zusammengekniffenen Lippen über seine Schulter. Mit einem Mal sah sie so alt aus, wie sie war.

„Ich weiß, was du meinst. Das ist kein Kindergarten hier. Du glaubst gar nicht, wie oft ich Bandit gebeten habe dem Club den Rücken zu kehren."

„Selbst du nennst ihn so?" Staller konnte sich ein Grinsen nicht verkneifen.

„Seine Mutter nennt ihn auch so." Auch über ihr Gesicht huschte ein Lächeln. „Und was treibst du bei uns? Hat das was mit deinem Job zu tun?"

Jetzt war er in der Zwickmühle. Konnte er es sich leisten offen mit ihr zu sprechen? Würde sie ihn nicht dann verpfeifen müssen? Andererseits hatte sie seine wahre Identität sowieso erkannt. Wenn sie also wollte, konnte sie ihn in die Pfanne hauen, wann immer es ihr passte. Im Grunde war es vielleicht sogar die einzige Chance, wenn er rückhaltlos seine Motive darlegte. Und deshalb nickte er.

„Zwei Männer von den Free Riders sind ermordet worden. Ziemlich sicher sind die Hounds of Hell dafür verantwortlich. Den Toten wurden sogar die Nasen abgeschnitten und Caspar Kaiser hat sie den Riders überbracht."

„Dann wird er es auch gewesen sein." Ihre Antwort kam wie aus der Pistole geschossen. „Seit er Präsi ist, haben sich die Vorzeichen im Club mächtig gewandelt. Er will die fette Marie machen und kennt dabei keine Grenzen."

„Und dein Kerl?"

„Bandit ist noch einer vom alten Schlag. Klar, ein bisschen Koks verdealen und in Pussys machen, ja – aber er würde niemals jemanden umlegen. Das kannst du mir glauben!"

„Hattet ihr irgendwie Streit mit den Free Riders?"

„Keine Ahnung, wirklich. Du weißt doch, wie das funktioniert. Wir Frauen werden so ziemlich aus allem rausgehalten, wenn es um Clubgeschäfte geht."

„Das stimmt natürlich. Weißt du, dass die Hounds illegal Mädchen aus der Ukraine einschleusen und hier angekettet bewachen, bis sie bereit sind anschaffen zu gehen? Das geht nicht ohne Mitwissen des VP."

Jetzt war es an ihr, den Kopf zu senken.

„Ich stelle nicht so viele Fragen."

„Andrea, du warst als junges Mädchen ganz anders! Du hättest solch eine Geheimniskrämerei niemals akzeptiert."

„Ich weiß", antwortete sie stockend. „Es hat sich viel verändert seit damals."

„Was ist passiert?" Er packte sie an beiden Oberarmen und zwang sie so ihm ins Gesicht zu sehen.

„Wir haben uns alle verändert. Du auch, da bin ich mir sicher."

„Du weichst mir aus!"

„Was willst du denn hören?" Jetzt brach es aus ihr heraus. „Dass ich mein Leben verpfuscht habe? Weil ich nicht studiert habe und Anwältin geworden bin? Oder dass ich meine Liebe an ein Arschloch verschwende, das mich schlägt und quält, wann immer es ihm passt? Viellicht wäre es anders gewesen, wenn wir zusammengeblieben wären. Sind wir aber nicht. Du wolltest diese Chrissie und du hast sie bekommen. Seid ihr wenigstens

noch glücklich?" Sie hatte immer schneller geredet und der letzte Satz triefte förmlich vor Bitterkeit.

„Sie ist seit fast sieben Jahren tot. Krebs. Aber bis dahin waren wir sehr
glücklich miteinander", antwortete Staller sanft.

Andrea sah ihn mit erschrockenen Augen an und presste eine Hand vor
ihren Mund.

„Oh, Gott!", klang es erstickt. „Das tut mir wahnsinnig leid. Das habe
ich nicht geahnt."

„Natürlich nicht." Er drückte ihren Kopf an seine Brust und streichelte
ihr über das Haar. Nach einigen Sekunden hörte er ihr unterdrücktes
Schluchzen.

„Hast du schon mal darüber nachgedacht, all diese Dinge … ", er machte eine vage Handbewegung über das Gelände hinweg, „ … zurückzulas-
sen und ein neues Leben zu beginnen?"

Sie zog recht unweiblich die Nase hoch und schluckte.

„Nein, habe ich nicht. Nicht, weil ich nicht wollte. Aber mir fehlte irgendwie immer die Kraft dafür. Und jünger werde ich auch nicht."

„Was hat das mit dem Alter zu tun?"

Ihre tränenverschleierten Augen hoben sich und fixierten ihn.

„Na hör mal, wer will denn so ein altes Schrapnell wie mich noch? Bei
euch Männern ist das völlig wurscht, aber bei Frauen? Ich hab' doch gesehen, wie Manu um dich rumscharwenzelt. Und die ist mindestens zehn
Jahre jünger."

„Ich habe mir allerdings sagen lassen, dass das nicht an meinem Ado-
niskörper liegt, sondern dass Manuela das quasi reflexhaft bei jedem Kerl
macht. Insofern bilde ich mir jetzt nicht viel darauf ein. Davon abgesehen:
Findest du, dass ein neues Leben zwingend einen neuen Partner erfordert?
Man kann doch auch allein gut klarkommen."

„Bist du allein?", fragte sie hoffnungsvoll.

„Nein", entgegnete er. „Ich habe zum Beispiel eine wundervolle Tochter."

„Siehst du! Wenn ich hier in den Sack hauen würde, hätte ich niemanden mehr. Außerdem haut man als Old Lady nicht einfach ab. Ich müsste
damit rechnen, dass der Club nach mir sucht."

„Und wenn es den Club in der Form nicht mehr gäbe?"

Sie machte sich los und trat einen Schritt zurück. Mit dem Handrücken wischt sie sich ein paar Tränen aus den Augen und betrachtete misstrauisch ihr Gegenüber.

„Ist es das, was du willst? Den Club zerstören?"

Staller spürte genau, dass sein Vorhaben jetzt haarscharf auf der Kippe stand. Entsprechend sorgfältig überlegte er sich die nächsten Sätze.

„Ich habe gerade Crystal Meth für eine Million Euro aus einem Container im Hafen geholt und es quer durch die Stadt in ein Versteck der Hounds gebracht. Eigentlich gehört es einer russischen Bande, aber Caspar hat einen Tipp bekommen, wo es wann unbeaufsichtigt war."

Ihre Augen wurden groß, aber sie sagte nichts.

„Außerdem habe ich zwei Mädchen aus der Ukraine in einer kleinen Wohnung gefunden. Sie waren ans Bett gefesselt und über Tage von etlichen Männern dieses Clubs immer wieder vergewaltigt worden. Auf brutalste Art und Weise", fuhr er fort. „Sie sind noch ganz jung, gebildet und wurden unter Vorspiegelung falscher Tatsachen von gewissenlosen Menschenhändlern verschleppt. Wenn sie nicht spuren, werden ihre Angehörigen umgebracht. Auftraggeber sind die Hounds of Hell."

Andrea schwieg immer noch, zeigte aber deutliche Spuren von Verunsicherung. Daraufhin fuhr er fort.

„Dein Club erpresst ganze Stadtviertel. Rund um den Großneumarkt gibt es kaum eine Kneipe, die nicht Schutzgeld zahlt. Und Ulf Meier, euer Treasurer, hat ein Geflecht von Firmen und Scheinfirmen entworfen, über das dieses Schwarzgeld gewaschen wird. Hier geht es nicht mehr um die Romantik einer Bande von Gesetzlosen, die innerhalb einer staatlichen Ordnung nur versuchen ihre persönliche Freiheit zu leben."

Er beugte sich ihr entgegen und schaute ihr direkt in die Augen.

„Das ist organisierte, das ist internationale Kriminalität. Deine Freunde sind keine raubeinigen Motorradkumpel, die es mal ein bisschen übertreiben. Sie sind das deutsche Pendant zur Mafia oder zu den Triaden. Ihretwegen sterben Menschen."

Erschöpft hielt er inne. So eindringlich hatte er lange nicht mehr gesprochen. Aber er spürte, dass seine Jugendfreundin zweifelte, dass ihre Loyalität wankte. Jetzt blieb nur die Frage, was stärker war: ihre Angst vor den Rockern oder ihr Vertrauen in ihn. Er holte tief Luft und dann kamen die entscheidenden Sätze.

„Ich kann sehr bald etliche von ihnen hinter Gitter bringen. Aber es liegt nicht in meiner Macht, das ganze System zu zerschlagen. Selbst wenn zwei Drittel der Hounds im Knast sitzen – und sei es für ein paar Jahre – wird der Rest sich neu organisieren und genau da weitermachen, wo die anderen aufgehört haben."

Staller machte eine kleine Pause. Andrea schenkte ihm ihre volle Aufmerksamkeit. Das war schon mal besser als nichts.

„Anders wäre es, wenn es einen Kronzeugen gäbe. Jemanden, der beweisen kann, dass all diese Verbrechen gemeinschaftlich verabredet und einvernehmlich durchgeführt wurden. Dann gäbe es die Chance, den Club endgültig zu zerschlagen."

Ihre Miene drückte nach wie vor Skepsis aus. Aber immerhin widersprach sie ihm nicht vehement.

„Ich bin zwar nicht bei der Polizei, aber ich kenne mich gut genug aus um zu versprechen: Ein solcher Kronzeuge bekommt alle Hilfen, die er braucht. Vollen Zeugenschutz bis zum Prozess und danach eine neue Identität und genügend Startkapital, um an einem anderen Ort komplett neu anzufangen. Das ist eine echte Chance, sein Leben noch einmal vollständig umzukrempeln."

Seine Stimme verklang. Der Scheinwerfer, der ihnen bisher ermöglicht hatte die Gesichtszüge des Anderen genau zu beobachten, erlosch. Staller ruderte mit den Armen, um den Bewegungsmelder erneut zu aktivieren. Schließlich gelang es ihm auch. Andrea sah nachdenklich vor sich hin und schnaubte bitter durch die Nase.

„Ha! Das klingt alles schön und einfach und ungeheuer kuschelig. Eine Bar irgendwo im Süden, wo es immer warm ist und alle Leute freundlich und gut gelaunt."

„Meinetwegen auch ein Handarbeitsladen auf Rügen! Du hast früher immer so begeistert gestrickt. Deine rote Pudelmütze habe ich übrigens heute noch." Er zwinkerte ihr fröhlich zu.

Jetzt musste sie wider Willen doch lachen.

„Ich gebe zu, dass es mich interessieren würde, wie du heute damit aussiehst. Wenn ich mich recht erinnere, war sie viel zu groß." Dann wurde sie wieder ernst. „Mike, du machst dir keine Vorstellung, wie weit der Arm der Hounds reicht. Ich habe selber erlebt, wie sie beschlossen haben, dass jemand im Knast sterben musste. Glaub mir, die haben überall Leute, die für Geld alles tun. Auch bei der Polizei."

„Kann sein", räumte er ein. „Aber auch dafür gäbe es eine Lösung. Wir haben die beste Security-Firma der Stadt an der Hand. Wir könnten auch sie mit deinem Schutz beauftragen."

„Lass mich raten: Da arbeiten viele Leute, die vorher beim Personenschutz oder dem MEK waren, oder?"

„Ja schon, aber … "

„Dann sind die nicht besser als die Bullen. Irgendwer kennt immer irgendeinen, der ihm noch einen Gefallen schuldet. So läuft das nämlich."

„Ich verstehe dich ja. Und du hast völlig recht: Hundertprozentige Sicherheit gibt es nie. Aber wir könnten ziemlich dicht drankommen. Und ob dein derzeitiges Leben so prall ist, dass du es unbedingt genau so beibehalten willst – nun, das kannst du nur selber wissen."

Eine Bewegung im Schatten erregte Stallers Aufmerksamkeit. Eine bullige Gestalt kam mit unsicheren Schritten auf sie zu.

„Überleg es dir. Bitte!", murmelte er noch schnell in Andreas Richtung, dann trat die Gestalt in den Radius des Scheinwerfers.

„Na, wen haben wir denn da?", nuschelte die tiefe Stimme des Kuttenträgers. „Gräbt der neue Liebling von unserem Präsi da etwa eine Old Lady an?"

Andrea wollte antworten, aber Staller kam ihr zuvor.

„Sehe ich aus wie ein ehrloser Kerl? Wenn du das ernsthaft meinst, dann müsste ich dir leider so von Bruder zu Bruder die Fresse polieren. Also, was ist?"

Er trat ihm einen Schritt entgegen, wodurch er zwei Vorteile erlangte. Erstens stand er jetzt zwischen dem Neuankömmling und Andrea, sodass er sie schützte und zweitens blickte er in den Schatten hinein, während der Rocker gegen das helle Licht des Scheinwerfers blinzeln musste. Staller stand breitbeinig da und ließ die Arme locker vor dem Körper baumeln. Die Geste war nicht direkt aggressiv, drückte aber unmissverständlich aus, dass seine Sätze ernst gemeint waren.

Sein Gegenüber blieb schwankend stehen und prüfte seine Optionen. Da er offensichtlich ziemlich stark angetrunken war, dauerte dies seine Zeit. Schließlich tat er das einzig Vernünftige – er lenkte ein.

„He, bleib mal locker, Bruder. War nur Spaß. Aber was macht ihr zwei Hübschen denn hier so allein unter der romantischen Funzel?"

„Bandit, wir haben nur geredet", begann Andrea.

„Deine Lady wollte ein bisschen was über Norwegen hören. Ich hab ihr erzählt, dass das ein sehr schönes Land ist, in dem man prima leben kann, wenn man es etwas einsamer mag", ergänzte Staller.

„Ganz ehrlich? In so einer Pampa möchte ich ja nicht tot überm Zaun hängen. Aber jeder Typ ist anders", entgegnete der Vizepräsident begleitet von einem plötzlich einsetzenden Schluckauf. „Hoppla, ich sollte mal was trinken. Sonst hört das nicht mehr auf. Na los, kommt mit! Heute wollen wir doch feiern, nicht quatschen."

Er legte einen Arm um Stallers Schulter und packte mit der anderen Hand Andrea brutal am Hals. Dann hängte er sich förmlich zwischen sie. Staller wollte protestieren, aber Andrea schüttelte energisch den Kopf. Sie schleppten Bandit mehr, als dass sie gingen, aber gemeinsam erreichten sie nach kurzer Zeit den Eingang zur Partyzone.

„Da bist du ja endlich wieder!" Direkt an der Stufe zur Veranda wartete die treue Manuela mit einem Bier und einem Longdrinkglas in den Händen. Das verhinderte immerhin, dass sie ihm abermals direkt um den Hals fallen konnte.

„Wir begleiten Bandit eben noch zum Tresen. Bin gleich wieder da!", flötete Staller und zog den immer betrunkener wirkenden Rocker weiter. Die frische Luft hatte ihm offenbar den Rest gegeben.

Auf dem Weg durch die feiernde Meute bemerkte Staller, dass sich Isa und Kati mit den Helmen in der Hand auf den Weg Richtung Parkplatz machten. Innerlich machte er drei Kreuze und vermied es dann, weiter in ihre Richtung zu gucken. Das wäre jetzt noch ein Knaller gewesen, wenn sie sich bei ihm verabschiedet hätten!

Hinter dem Tresen wirkte Hoss deutlich entspannter. Zwei Frauen unterstützten ihn bei der Arbeit und er beschränkte sich aufs Bierzapfen.

„He, Hoss, meinst du, dass du für Bandit einen Kaffee organisieren kannst? Ich glaube der wäre genau richtig für ihn", brüllte Staller gegen die Musik.

Hoss hob nur den Daumen und verschwand.

„Geh ruhig zu ihr", meinte Andrea. Allerdings lag in ihrer Stimme dabei eine Spur Bedauern.

„Och, es eilt nicht." Staller lehnte den Vizepräsidenten an den mobilen Tresen und sah sich zum Parkplatz um. Keine Spur mehr von Kati und Isa.

* * *

Die Sonne schien so hell in den kleinen Konferenzraum von "KM", dass die Lamellenjalousien heruntergelassen waren. Allerdings standen sie schräg gekippt, sodass zwar Licht hineinfallen konnte, aber trotzdem niemand geblendet wurde.

Im Gegensatz zu dem überaus fröhlich und freundlich wirkenden, stahlblauen Himmel schaute Peter Benedikt sehr ernst drein. Die überschaubare Runde bestand neben ihm aus Helmut Zenz in seiner Eigenschaft als Chef vom Dienst, Sonja Delft und Hannes.

„Gestern Abend hat mich der Programmdirektor unseres Senders angerufen. Und zwar ziemlich spät und unter meiner Privatnummer. Ich glaube, das war das erste Mal, seit ich Chefredakteur hier bin. Was er mir zu sagen hatte, war entsprechend brisant. Eigentlich kann ich es immer noch nicht fassen."

Er machte eine Pause, um fassungslos den Kopf zu schütteln. Die anderen hingen gebannt an seinen Lippen und nicht einmal Zenz machte eine Bemerkung.

„Er hat es zwar geschickt verklausuliert, aber unterm Strich wollte er mir mitteilen, dass er keine Berichterstattung über die BaWoGra wünscht."

Der Effekt dieses Satzes hätte nicht größer sein können, wenn er verkündet hätte, dass ab jetzt nackt gearbeitet würde.

„Das darf doch nicht wahr sein!" Zenz eroberte wie üblich die verbale Pole Position.

„Mir fehlen die Worte!", gestand Sonja.

Hannes, der sich als Volontär in dieser Runde eher unwohl fühlte, spitzte lediglich die Lippen zu einem unhörbaren Pfiff.

„Ich gebe zu, dass ich zunächst auch sprachlos war", fuhr Benedikt fort. „So etwas habe ich in zwanzig Jahren Journalismus noch nicht erlebt. Nachdem ich mich von dem Schock ein bisschen erholt hatte, habe ich erklärt, was ich von Maulkörben halte. Nämlich nichts!"

„Sehr gut", lobte Sonja.

„Was hat er dazu gesagt?", wollte Zenz wissen.

„Zunächst mal hat er behauptet, dass es ja kein Maulkorb sei, sondern nur ein Hinweis darauf, dass wir unnötige Rechtsstreitigkeiten vermeiden sollten. Und wie unpassend es wäre, wenn ausgerechnet die Baubehörde eines Olympiabewerbers ungerechtfertigt ins Zwielicht geriete."

„Von wegen ungerechtfertigt", murmelte Hannes.

„Clever formuliert!" Zenz, der Meister des Taktierens, wusste die Feinheiten des Satzes zu schätzen, auch wenn er in der Sache natürlich nicht einverstanden war. Er neigte zwar selbst dazu, eher obrigkeitshörig zu sein, lehnte aber als Vollblutjournalist die direkte Einmischung von oben selbstverständlich rundweg ab.

„Vermutlich fiel meine Antwort nicht zitierfähig aus." Benedikt pflegte sein Magazin und seine Leute mit Zähnen und Klauen zu verteidigen und kannte dabei keine Angst. Auch nicht vor höchsten Instanzen. „Jedenfalls fühlte der Programmdirektor sich genötigt zu erklären, dass es sich bei seiner Aussage um eine klare Dienstanweisung handele. Für den Fall, dass ich diese ignorieren sollte, kündigte er direkte Konsequenzen an."

„Er hat dir mit Kündigung gedroht?" Zenz war entsetzt.

„Nicht mir persönlich. Der Mann kennt mich gut genug, um zu wissen, dass ich mich davon nicht abhalten ließe. Nein, er hat mich auf ein Sonderkündigungsrecht hingewiesen, von dem unsere ganze Sendung betroffen wäre."

Die drei übrigen Journalisten starrten ihn entsetzt an. Diese Drohung überstieg wirklich alle Vorstellungskraft. Erstaunlicherweise war es diesmal Hannes, der als erster das Wort ergriff.

„Womit ja wohl glasklar bewiesen wäre, dass die Geschichte um den Wohnungsskandal erstens stimmt und zweitens vermutlich noch größer ist als bisher angenommen."

Peter Benedikt nickte anerkennend.

„Da gebe ich dir völlig recht, Hannes. Offensichtlich ist an der Story so viel Substanz, dass schon mal vorsorglich ein paar Kanonen in Stellung gebracht werden."

„Wie ging das Gespräch dann weiter?", fragte Sonja gespannt.

„Er hat keine Antwort mehr abgewartet, sondern mir nur geraten kluge Entscheidungen für mich und mein Team zu treffen."

„Und wie verhalten wir uns nun, stellen wir die Recherchen ein?" Der Chef vom Dienst war definitiv eingeschüchtert von der Aussicht seinen Job zu verlieren.

„Aber auf keinen Fall!", empörte sich Sonja. „Genau das ist doch unsere Aufgabe als vierte Macht im Staate, dass wir uns solchen Manipulationen und Erpressungen entschieden widersetzen!"

„Im Prinzip gebe ich dir völlig recht, Sonja", nickte der Chefredakteur. „Auf der anderen Seite müssen wir natürlich bedenken, dass bei uns viele, viele Menschen arbeiten, die im Ernstfall alle ihren Job verlieren könnten. Das sind nicht nur Journalisten, sondern auch Techniker, Reinigungskräfte und alle möglichen Leute in zweiter und dritter Reihe. Wer weiß, ob die problemlos einen neuen Job finden."

Zenz nickte zustimmend.

„Manchmal ist es vielleicht besser, wenn man nicht mit dem Kopf durch die Wand geht. Es hängt einfach zu viel dran, finde ich."

Man sah Peter Benedikt nicht an, was er von diesem Vorschlag hielt, denn seine Miene blieb komplett ausdruckslos, als er sich an Sonja wandte.

„Was sagst du dazu?"

„Meine persönliche Meinung kennst du. Niemand darf uns verbieten zu recherchieren, was immer wir wollen. Aber ich verstehe dein Argument bezüglich derer, denen es nicht um Journalismus, sondern um ihr tägliches Brot geht." Sie runzelte die Stirn, denn sie fühlte sich hin- und hergerissen. „Vielleicht sollten wir die Leute einfach fragen?"

Der Chefredakteur konnte sich ein kleines Schmunzeln nicht verkneifen.

„Ja, basisdemokratisch getroffene Entscheidungen besitzen einen gewissen Charme, das muss ich zugeben. Trotzdem gibt es damit ein paar kleinere Probleme, hauptsächlich logistischer Art. Wir müssen die ja alle auch zu fassen kriegen und sicherstellen, dass sie den gleichen Informationsstand für ihre Entscheidung haben. Das könnte dauern."

„Meine Meinung will ich als Volontär mal nicht so in die Welt posaunen", mischte sich Hannes wieder ein. „Aber ich bin mir ziemlich sicher, dass ich weiß, wie Mike entscheiden würde. Der würde sagen: Jetzt erst recht!"

„Auf jeden Fall", stimmte Sonja zu.

„Nur dass uns die angenommene Meinung eines abwesenden Reporters nicht weiterbringt. Außerdem haben wir extra für solche Fälle ja Strukturen, die sicherstellen, dass es eine kluge und maßvolle Entscheidung gibt." Zenz wirkte etwas bissig. Aber das hing vermutlich mit seiner Abneigung Mike gegenüber zusammen.

„Welchen Weg würdest du denn vorschlagen, Helmut?" Benedikt wirkte wieder betont neutral.

„Abblasen, das Ganze. Eine schwierige Geschichte, wenig Bilder, komplizierte Beweisführung und dazu noch potenzieller Ärger mit dem Sender – das kann nicht in unserem Sinne sein. Wir dürfen "KM" schließlich auf keinen Fall beschädigen!"

„Ich fasse zusammen: Unsere Mini-Erhebung ergibt eine Mehrheit von drei zu eins für weitermachen."

„Moment, Peter!", protestierte Zenz. „Mike hat sein Votum gar nicht abgegeben. Und ob ein Volontär vollständig zählt, steht auch noch nicht fest."

„Da seht ihr mal, schon hier im kleinsten Kreis beginnen die Probleme mit der Basisdemokratie." Peter Benedikt grinste jetzt ganz offen. „Deshalb habe ich das getan, was Helmut auch schon angedeutet hat. Ich habe meine Stellung ausgenutzt und als Chefredakteur eine Entscheidung nach Gutsherrenart getroffen."

Drei Augenpaare sahen ihn gespannt an.

„Wir verstärken unsere Sorgfalt in der Recherche und sichern jede Einzelheit nicht doppelt, sondern dreifach ab. Und wenn wir am Ende etwas zu senden haben, dann senden wir es und machen denen die Hölle heiß!"

Benedikt schlug tatsächlich mit der Faust auf den Tisch. Sonja klatschte in die Hände. Hannes nickte zufrieden. Nur Helmut Zenz machte ein sorgenvolles Gesicht, als ob ihm ein Magengeschwür mächtig zu schaffen machte.

„So, dann möchte ich euch nicht länger aufhalten. Sonja, hast du noch einen Moment Zeit für mich?"

„Klar!"

Benedikt wartete, bis Hannes und der CvD das Zimmer verlassen und die Tür geschlossen hatten. Dann öffnete er sich eine Flasche Wasser, trank einen Schluck und beugte sich dann zu der Moderatorin vor.

„Wie steht es denn um unseren Hobby-Biker? Hast du irgendetwas von ihm gehört, geht es ihm gut?"

Sonja schmunzelte.

„Es geht ihm offenbar so gut, dass er schon mal vergisst, sich täglich wenigstens einmal zu melden. Und wenn er es dann schließlich tut, dann wirkt das Gespräch sehr konspirativ und er muss unbedingt auflegen, bevor ich Fragen stellen oder auch eigene Dinge mit ihm besprechen kann."

Der Chefredakteur lachte verständnisvoll.

„Ich verstehe genau, was du meinst. Das werte ich unbedingt als gutes Zeichen. Hat er denn mal erzählt, wie er bei den Hounds of Hell aufgenommen worden ist?"

„Offenbar ganz gut. Gerade hat er erst Rauschgift im Wert von einer Million Euro für sie transportiert." Es gelang ihr, die Information absolut beiläufig klingen zu lassen.

„Ach du liebe Zeit!" Es fehlte nicht viel und Benedikt hätte buchstäblich die Hände über dem Kopf zusammengeschlagen. „Ich bin ja sehr überzeugt, dass er weiß, was er tut, aber solche Sachen können auch mal ganz blöd in die Hose gehen. Ein unaufmerksamer Autofahrer, der ihm die Vorfahrt nimmt und dann die Polizei ruft, ein misstrauischer Beamter, der den vermeintlichen Rocker filzt und dann findet der einen Berg Stoff. Na, Mahlzeit!"

„Also Mike klang hocherfreut. Die Anführer von dieser Bande scheinen ihm zu vertrauen. Er hat auch schon Einblicke in das Geschäft mit der Prostitution gewonnen. Aber da fehlen ihm noch allerhand Hintergründe, sagt er."

„Ich frage mich ernsthaft, wie er es geschafft hat, dass er nicht nur akzeptiert wird – das könnte ich noch verstehen, denn ich weiß ja, wie gut er sich an fremde Gegebenheiten anpassen kann – sondern sogar in den inner circle aufgenommen wird. Die lassen doch nicht jeden ihr Koks oder Heroin oder was auch immer herumfahren."

„Vielleicht liegt das daran, dass er jemanden umgelegt hat."

„Bitte, was?" Der mit allen Wassern gewaschene Chefredakteur, der niemals aus der Ruhe geriet und in jeder Situation kühl und überlegt Chancen und Risiken abwog, fiel ausnahmsweise aus allen Wolken. „Soll das ein Witz sein?"

„Das kann ich dir nicht sagen. Ich war natürlich genauso schockiert wie du. Aber Mike hat es so gelassen berichtet, als ob er übers Eis essen redet, und war auf der anderen Seite total glücklich, dass er dadurch beim Präsidenten einen Stein im Brett zu haben scheint."

Sonja hatte schon etwas Zeit gehabt, diese Information zu verdauen. Deshalb beobachtete sie belustigt, wie Benedikt im Schnelldurchlauf versuchte diesen Vorgang nachzuholen. Erwartungsgemäß bekam er den Brocken nicht im Stück geschluckt und schüttelte nur verzweifelt den Kopf.

„Also ich kann mir beim besten Willen nicht vorstellen, dass Mike einen Menschen umbringen könnte. Selbst wenn es ein Verbrecher wäre. Völlig unmöglich! Aber andererseits glaube ich auch nicht, dass er dir mit einer solchen erfundenen Geschichte einen Bären aufbinden würde."

Sonja zuckte mit den Schultern.

„Ich kann mir auch keinen Reim darauf machen. Aber als Nächstes will er die Frau von Thomas Bombach entführen."

Dieser zweite Paukenschlag zeigte ebenfalls die erwünschte Wirkung. Benedikt verschluckte sich an seinem Wasser und hustete und prustete, bis er schließlich wieder Luft bekam.

„Und was ist der tiefere Sinn hinter dieser Aktion?"

„Thomas hat sich wohl an einem der Führungsmitglieder der Hounds festgebissen und setzt ihm, so gut er kann, zu. Mike hat ihm versprochen, dass er den Diensteifer des lästigen Kommissars ein bisschen bremsen will. Er nannte es: eine weitere vertrauensbildende Maßnahme."

„Aha." Der Chefredakteur schien resigniert zu haben, was das Verständnis von Stallers Vorgehen betraf. Immerhin setzte er volles Vertrauen in seinen besten Mann und wusste darüber hinaus, dass sich dieser ungern in die Karten gucken ließ. „Er wird schon wissen, was er tut. Vielleicht könntest du ihn beim nächsten Kontakt um ein bisschen mehr Offenheit in der Kommunikation bitten."

„Das mache ich gern", seufzte Sonja, „aber ehrlich gesagt fehlt mir der Glaube an den Erfolg. Ihm macht es einfach Spaß, uns mit Informationsfetzen zu verwirren. Und die Sache mit dem Mann, den er für de Hounds umgebracht haben will – die nehme ich ihm wirklich übel. Oder kannst du dir eine Situation vorstellen, in der er zu solch einer Tat gezwungen werden könnte?"

Benedikt zögerte nur ganz kurz, bevor er überzeugt antwortete.

„Nein, ich hatte ja schon gesagt, dass ich das ausschließe. Oder zumindest habe ich dafür nicht genug Fantasie."

„Und zu allem Überfluss haben wir hier jetzt eine Geschichte, bei der er an allen Ecken und Kanten fehlt. Ich hätte ihn wirklich gerne dabei."

„Wem sagst du das", klagte der Chefredakteur. „Aber wichtiger ist mir noch, dass wir ihn überhaupt und heil wieder zurückbekommen."

Sonja überlegte einen Augenblick, bevor sie zögernd ihren Gedanken vorbrachte.

„Sag mal, Peter, meinst du, dass es vielleicht eine Möglichkeit gäbe, dass du seinen derzeitigen Auftrag abbrichst und ihn für den Wohnungsskandal zurückholst?"

„Hm." Benedikt legte die Stirn in Falten und trommelte mit dem Zeigefinger einen kleinen Rhythmus auf die Tischplatte. Offensichtlich fiel ihm die Antwort nicht leicht. Die spärlichen und in der Summe äußerst irritierenden Informationen über die verdeckte Recherche und die Probleme im Fall der BaWoGra hatten ihn auch schon kurzfristig auf diesen Gedanken gebracht. Aber andererseits kannte er seinen Chefreporter lange genug, um zu wissen, wie dieser tickte.

„Erstens", antwortete er schließlich, „vertraue ich euch voll und ganz. Ihr werdet die Story auch ohne Mike rund bekommen. Du selber hast schließlich lange genug mit ihm gearbeitet."

„Und zweitens?", fragte Sonja, die sich über das Lob sichtlich freute.

„Zweitens", räumte Benedikt ein, „befürchte ich, dass er mich und meinen Wunsch schlichtweg ignorieren würde, falls er glaubt, dass seine Geschichte funktioniert. Ich habe auch gar nicht die Möglichkeit ihn zu bremsen, denn ich wüsste nicht wie und wo ich ihn erreichen kann. Er selbst hat darauf bestanden, dass unsere Kommunikation eine Einbahnstraße ist."

„Du hast auch keine Kontaktmöglichkeit zu ihm? Das bedeutet: Wenn er sich nicht meldet, ist er ganz allein" schlussfolgerte Sonja bedrückt. Das gefiel ihr überhaupt nicht.

* * *

Der Lieferwagen setzte vorsichtig rückwärts auf die Auffahrt und hielt mit genügend Abstand vor der Garage, sodass die hydraulische Heckklappe sich noch öffnen und absenken ließ. Der Mann, der ausstieg, war groß und bärtig und trug eine mittelblaue Monteurskombination aus Arbeitshose und passender Jacke. Aus der Brusttasche ragten einige Stifte und in der Tasche an der Hosennaht war ein Zollstock verstaut. Der Elbsegler auf dem Kopf passte zwar stilistisch nicht zum Rest der Kleidung, harmonierte mit seinem dunklen Blau aber zumindest farblich recht hübsch. Der Schirm schloss praktisch nahtlos mit der großen Brille ab, deren dunkles Horngestell dem Träger eine überraschend strenge und gelehrte Note gab. Man hätte sich so ein Modell gut bei einem älteren Geschichtsprofessor vorstellen können. Ein solcher trüge allerdings nur in seltenen Fällen schwere Arbeitsschuhe mit eingearbeiteten Stahlkappen.

Der Lieferant drückte einen Knopf und mit einem dezenten Summen senkte sich die Klappe so weit, bis sie auf dem Niveau der Ladefläche stoppte. Nun kletterte er in den Wagen hinein und nach kurzer Zeit zog er einen riesigen Karton vom Format eines Kühlschranks mit Hilfe einer Sackkarre auf die Klappe. Ein erneuter Knopfdruck, mehr Summen und nach wenigen Augenblicken stoppte die Klappe auf dem Pflaster. Mann und Karre verschwanden in der Garage, die mit dem Haus durch eine Seitentür verbunden war.

„Kuckuck, jemand zu Hause?"

Der Mann hatte die Tür zum Haus geöffnet und den Kopf in den Hauswirtschaftsraum gesteckt.

„Ja, natürlich", klang es aus der Küche und die Tür wurde aufgerissen. Eine Frau in Jeans und Bluse erschien und tastete nach dem Lichtschalter. „Bist du das, Mike?", begann sie fröhlich und unterdrückte plötzlich einen Aufschrei. Der bärtige Monteur war ihr gänzlich unbekannt.

„Wer sind Sie?", fragte sie und wich unwillkürlich zurück.

„Ich werde um eine Gehaltserhöhung für die Maskenbildnerin bitten müssen", bemerkte eine bekannte Stimme trocken und der üppige Bart verzog sich dort, wo der Mund erwartet werden durfte, zu einem breiten Grinsen. „Wenn sogar du auf die Verkleidung reinfällst!"

Gaby Bombach blieb einen Moment mit offenem Mund stehen. Dann löste sich ihre Erstarrung und sie flog in seine Arme.

„Mike, das ist unglaublich!"

Er drückte sie einmal freundschaftlich und hielt sie dann auf Armeslänge von sich.

„Bist du bereit? Hat Bommel dir alles erklärt?"

„Ja", nickte sie. „Und nein!" Jetzt schüttelte sie den Kopf. „Mein geliebter Ehemann hat mich beauftragt, eine Tasche für ein paar Tage Abwesenheit zu packen und mich bereit zu halten, weil du mich heute Morgen abholen würdest. Warum das so ist, wohin es geht und wie er ohne mich klarkommen soll, hat er mir geflissentlich verschwiegen."

Staller lachte leise.

„Bommel und seine Geheimniskrämerei. Der hat ja schon Angst, dass er ein Dienstgeheimnis verrät, wenn er ausplaudert, welches Datum wir haben."

„Verrätst du mir denn etwas mehr?"

„Aber klar. Wir fahren gleich zu meinem Wochenendhaus in die Heide. Kati und ihre Freundin Isa sind auch dort; du bist also nicht allein. Es ist außerdem höchstens für ein paar Tage."

„Aber warum? Glaubt ihr, dass ich in Gefahr bin?" Sie schaute ihm mit einer tiefen Falte über der Nasenwurzel in die Augen.

„Natürlich nicht", log Staller, ohne zu zögern. „Es ist mehr ein Gefallen für mich. Ich kann dann damit prahlen, dass ich die Frau eines Kommissars entführt habe. Das verbessert meine Position bei den Rockern ungemein. Und sie denken dann, dass Bommel aus Angst um dich nicht weiter gegen sie ermittelt."

„Aber das ist doch alles furchtbar gefährlich für dich", meinte Gaby, die ernsthaft besorgt klang.

„Überhaupt nicht!" Er winkte ab und hörte sich äußerst überzeugend an. „Das ist alles genau durchdacht. Allerdings bedeutet das für dich ein paar Unbequemlichkeiten. Ich werde dich in diese Kiste stecken müssen. Zumindest so lange, bis ich dich irgendwo unbeobachtet umsteigen lassen kann. Für alle eventuellen Zeugen ist das hier eine hochprofessionelle Entführung."

Das unsichere Lächeln zeigte, dass Gaby noch nicht völlig überzeugt war.

„Was ist, wenn einer von diesen … ", sie stockte kurz, „ … von diesen Verbrechern dir gefolgt ist?"

„Mach dir keine Sorgen! Ich habe gut aufgepasst. Außerdem wissen sie nicht, was und wann ich es geplant habe. Wir machen hier nur ein bisschen Show für die Nachbarn, damit auch alles echt aussieht."

Er sah sich suchend um.

„Deine Tasche … ?"

„Steht im Flur. Muss ich noch an irgendetwas denken?"

„Musst du nicht", grinste er. „Wir leben zwar auf dem Dorf, aber immer noch zumindest in der Nähe von Zivilisation. Es gibt sogar Strom und fließendes Wasser. Und für alles, das fehlt, haben wir sogar ein kleines Kaufhaus in der Nähe."

„Und ich soll wirklich in diese … ?"

„ … Kiste steigen, jawohl." Er klappte die Vorderseite auf, so dass sie bequem einsteigen konnte. Sie musste sich nicht einmal bücken.

„Bitte keine erschreckten Aufschreie. Offiziell bist du nämlich geknebelt. Ich werde dich schon nicht von der Sackkarre stürzen lassen. Bleib einfach ganz entspannt!"

Er schloss den Karton wieder notdürftig und drückte die Klebestreifen fest. Dann kippte er die Sackkarre. Bis auf ein etwas heftigeres Atmen verhielt Gaby sich tatsächlich ruhig. Ohne Zwischenfälle transportierte er die Kiste in den Lieferwagen, wo er sie vorsichtig hinlegte.

„Ich hole noch schnell die Tasche, dann geht es los. Bleib einfach ruhig liegen. Sobald die Luft rein ist, hole ich dich hier raus. Kann aber ein bisschen dauern, okay?", flüsterte er.

„Okay."

Nachdem er die Tasche geholt hatte, verschloss er erst das Haus und dann den Wagen. Mit tief in die Stirn gezogener Mütze ging er um das Fahrzeug herum und setzte sich hinter das Steuer. Ein Blick auf die Straße zeigte ihm, dass niemand Notiz von ihm nahm. Zügig startete er den Motor und rollte dann vorsichtig bis an den Straßenrand vor. Auch hier gab es nichts zu sehen, das nicht zu der ruhigen Wohnstraße passte. Kein mit Personen besetzter Wagen auf den Parkstreifen, kein Passant, der irgendwo betont unauffällig herumstand. Nur eine ältere Dame lobte ausgiebig einen viel zu fetten alten Hund, der offenbar gerade sein großes Geschäft an Bommels Gartenzaun erledigt hatte. Dann zog sie ihn weiter. Das Konzept der Plastikbeutel für tierische Hinterlassenschaften schien diese Hundehalterin noch nicht erreicht zu haben. Auf jeden Fall war sie unverdächtig, bezogen auf eine kriminell motivierte Observation der "Casa Bombach". Staller schmunzelte, bog dann nach rechts ab und gab Gas.

* * *

Vor dem Gebäude, in dem die BaWoGra residierte, trat Hannes halb hinter einen parkenden VW-Bus zurück und behielt seine Zielperson fest im Blick. Er wusste nicht genau, warum er dem Baulöwen folgte. Es war eine spontane Entscheidung aus dem Bauch heraus gewesen. Polizisten und auch Journalisten haben manchmal eine besondere Art der Intuition, der sie folgen müssen, ohne einen triftigen Grund angeben zu können. So war der Volontär einfach an Grabow drangeblieben. Aus seiner Deckung heraus beobachtete er, wie Grabow sich auf dem Parkplatz vor dem Gebäude mit einem jüngeren Mann im dunklen Anzug unterhielt, der mehrfach nickte, aber selber wenig redete. Verstehen konnte Hannes nichts, dafür stand er zu weit entfernt. Um so besser konnte er jedoch beobachten, wie ein weißer Umschlag den Besitzer wechselte. Jetzt bewies eine Mundbewegung des Empfängers, dass er ebenfalls sprechen konnte. Zwei oder drei Worte – ein Dank? Eine Verabschiedung? - dann trennten sich die beiden Männer. Hannes überlegte, was er nun tun sollte. Grabow verschwand im Eingang und verbrachte jetzt vermutlich einige Zeit im Büro. Aber was war mit dem zweiten Mann? In welchem Verhältnis stand er zur BaWoGra, war er ein Angestellter? Und was war in dem weißen Briefumschlag, Geld? Lauter Fragen, auf die er keine Antwort wusste.

Ohne eine bewusste Entscheidung zu treffen, heftete sich Hannes dem Anzugträger in gebührendem Abstand an die Fersen. Der Mann ging mit den flotten Schritten des erfolgreichen und gestressten Geschäftsmannes, ohne nach links oder rechts zu sehen. Ganz offensichtlich fühlte er sich unbeobachtet.

Nach etwa zwei Minuten bog er in einen unscheinbaren Laden mit einer schmuddelig wirkenden Glasfront ein. Hannes ging weiter und warf aus dem Augenwinkel einen Blick ins Innere. Es handelte sich um einen Imbiss. Ein korpulenter Mann in halbwegs weißer Jacke stand schwitzend hinter dem Tresen und wickelte gerade geschickt einen Pappteller mit Alufolie ein. Der Anzugträger hatte sich an den vier oder fünf Kunden am Tresen vorbeigedrängt und stand an einem von zwei Stehtischen. Gerade machte er ein mürrisches Gesicht und starrte auf seine Armbanduhr.

Ganz spontan kehrte Hannes um und betrat ebenfalls den Laden. Er reihte sich in die Schlange der Wartenden ein und beobachtete weiterhin, was um ihn herum geschah. Aber außer dass der Besitzer Pommes in die Fritteuse warf und eine neue Bestellung aufnahm, passierte erst einmal nichts. Der Anzugträger machte keinerlei Anstalten sich etwas zu bestellen, sondern guckte lediglich in kürzer werdenden Abständen auf seine Uhr.

Ein neuer Kunde betrat den Imbiss. Sein Äußeres passte gut zu dieser speziellen Unterform der Gastronomie. Der Mann war groß, kräftig und neigte zur Verfettung. Außerdem wirkte er ein bisschen, als ob er in Frittenfett gebadet hätte – irgendwie schmierig. Er ging an den großen, verglasten Kühlschrank neben der Tür und entnahm ihm eine Flasche Bier und eine Dose Cola. Dann gesellte er sich zu dem Anzugträger und stellte die Getränke auf den Stehtisch.

Hannes verfluchte das laut plärrende Radio, das ihm jede Chance nahm, der beginnenden Unterhaltung zu folgen. Ständig in den hinteren Teil des Ladens zu schauen wäre auch zu auffällig gewesen. Er veränderte seine Position so weit, dass er die Glasfront des Kühlschranks als Spiegel nutzen konnte, aber der Erfolg stellte ihn auch nicht zufrieden.

Missmutig zog er sein Handy hervor, als ihm plötzlich die Idee kam, die Kamerafunktion zu nutzen. Schnell nahm er ein paar Einstellungen vor und schob das Gerät dann in seine hintere Hosentasche, allerdings nur so weit, dass die Linse noch außerhalb lag. Jetzt drehte er dem Tisch den Rücken zu und hoffte, dass er richtig stand und die beiden Männer im Fokus hatte.

„Was kriegst du?" Die Stimme des Betreibers klang drängend. Das Geschäft brummte und alles musste schnell gehen.

„Eine Currywurst bitte!" Das schien Hannes am wenigsten gefährlich zu sein. Das Fett in den Fritteusen wirkte nämlich, als ob es schon sehr lange in Benutzung war.

„Was dazu?" Selbst die Sprache hatte sich den Erfordernissen angepasst und verstörte durch ihren Minimalismus.

„Nein, danke."

Unwirsch begann der Koch die Bestellung des sparsamen Kunden auszuführen. Mit einer silbernen Zange fischte er eine Wurst mit verkohlter Pelle vom Grill, stopfte sie in eine Art Schredder und fing die Stücke geschickt in einer Pappschale auf. Eine Kelle giftig-roter Sauce, eine ordentliche Schicht Currypulver aus der Dose und ein gelber Plastikspießer komplettierten das Menü.

„Macht zwofuffzich!"

Hannes war gezwungen dem Mann an die Kasse zu folgen und versuchte gleichzeitig nach Kleingeld zu angeln und eine geeignete Position für seine Aufnahme zu behalten. Als er sich vorsichtig umschaute, um den neuen Winkel zu überprüfen, sah er, wie der weiße Umschlag erneut den Besitzer wechselte. Diesmal wurde er von dem Anzugträger an den schmierigen Typen weitergegeben. Dieser faltete ihn routiniert und schob ihn dann in seine Gesäßtasche. Mit einem tiefen Zug leerte er die Bierflasche und stellte sie ab. Mit einem Nicken verabschiedete er sich und drängte sich durch die wartenden Kunden zur Tür.

„Wat is' nu'?" nuschelte der Imbissbesitzer ungeduldig. „Wird das noch was mit bezahlen? Ich hab' nich' den ganzen Tag Zeit."

Hannes murmelte eine Entschuldigung und warf einen Geldschein auf den Tresen.

„Stimmt so." Dann drehte er sich zur Tür.

„He, deine Wurst!"

„Hab's mir anders überlegt!"

Hannes schlüpfte durch die Tür und sah den vierschrötigen Kerl in einiger Entfernung auf dem Bürgersteig vor sich. Dem würde er jetzt folgen, hatte er beschlossen. Es war doch interessant zu wissen, was es mit dem Umschlag auf sich hatte. Ob er wohl tatsächlich Geld enthielt? Und warum ließ Grabow Bargeld oder irgendetwas anderes an einen Kerl mit einem ausgesprochenen Galgenvogelgesicht übermitteln?

* * *

Im Konferenzraum der Hounds of Hell waren fünf Member versammelt, die den innersten Kern des Clubs bildeten. Neben Caspar Kaiser, Bandit und Ulf Meier, dem Schatzmeister, waren das noch zwei weitere Rocker, die ebenfalls auf der Vorderseite ihrer Kutte ein Patch hatten, das nicht jedem Mitglied zustand. "Sergeant at Arms" stand auf dem einen und "Secretary" auf dem anderen. Beide Begriffe bezogen sich auf die Aufgaben, die die Männer in ihrem Club zu erledigen hatten. Butch, so hieß der erste, verantwortete die interne Disziplin und verwaltete die Waffen. Gregor, der Secretary, kümmerte sich um die Außendarstellung und die Kommunikation mit anderen Chaptern und befreundeten Clubs. Caspar Kaiser, der Präsident, hatte vor sich auf dem großen Tisch mit dem Relief des Clubsymbols den Brief liegen, den die Russen mit der Drohne geschickt hatten. Aus seiner Brusttasche ragte das Handy, welches ebenfalls bei der Lieferung gewesen war. Eben hatte er die Situation erläutert und schloss seine Ausführungen nun ab.

„Mike hat den Vorschlag gemacht, dass wir die Übergabe der Drogen an die Russen zu einem Überraschungsangriff nutzen und sie platt machen. Dann können wir das Crystal behalten und haben den gesamten Markt für uns."

Falls irgendjemand von dieser Idee schockiert war, dann verbarg er es meisterhaft. Die Gesichter waren durchweg ernst, aber keinesfalls empört. Zunächst reagierte niemand. Der Gedanke musste offenbar einige Zeit in die Köpfe einsinken.

„Das Argument leuchtet natürlich ein. Die Kohle aus dem Crystal-Geschäft wäre nicht zu verachten", eröffnete Bandit schließlich die Diskussion.

„Das ist unbestritten, denke ich." Butch nickte zustimmend. „Aber wissen wir denn, wie viele Russen an der Übergabe teilnehmen werden und welche Hardware sie haben?"

„Nein", räumte Caspar ein. „Andererseits denke ich, dass sie alle Vorteile auf ihrer Seite zu haben glauben und nicht damit rechnen, dass wir sie wegputzen wollen."

„Das bedeutet eine offene Schießerei, richtig?" Der Secretary stützte sein Kinn auf beide Hände und wartete die Antwort gar nicht erst ab. „Sind wir dafür überhaupt passend ausgerüstet?"

Die Frage richtete sich natürlich an Butch. Der überlegte einen Moment und nickte dann einfach.

„Ich stelle mir das so vor: Die Russen bestimmen einen Treffpunkt. Der dürfte irgendwo im Nirgendwo liegen, damit niemand mitbekommt, dass da ein paar Kilo Stoff übergeben werden. Zeugen sollte es also keine geben. Aber die sind ja auch nicht doof. Bestimmt werden sie uns beobachten, bevor sie sich zeigen. Damit fallen die big guns schon mal aus. Wir brauchen Hardware, die wir unter der Jacke tragen können. So etwas haben wir."

„Du hast sicher recht, Butch." Caspar spielte nachdenklich mit dem Brief. „Wir sollten eine nicht zu große Gruppe bilden. Vielleicht fünf, sechs Mann. Zum Treffpunkt fahren, das Crystal auspacken und übergeben und dann … bäng!"

„Und wer sollte das sein?", wollte Ulf Meier wissen.

Bevor der Präsident antworten konnte, öffnete sich die Tür und Staller trat ein. Er war wie die anderen auch in voller Montur, trug allerdings eine Plastiktüte in der Hand. Er trat an den Tisch, legte sie ab und ging dann reihum die Anwesenden begrüßen. Erhobene Männerhände knallten lautstark ineinander oder klopften auf Schultern und Oberarme. Lediglich Caspar machte eine Ausnahme und schlang Staller einen Arm um die Schulter. Zu den anderen gewandt erklärte er: „Mike wird auf jeden Fall dabei sein. Das hat er uns schon zugesagt. Stimmt doch, oder?"

„Wovon redest du denn überhaupt", spöttelte Staller. „Doch hoffentlich nicht von den Anonymen Alkoholikern?"

Dröhnendes Gelächter war die Folge. Caspar löste seinen Arm und klopfte Staller abschließend einige Male auf die Schulter.

„Wir sprechen gerade über die Russen und die Übergabe des Stoffes. Wie viele mitfahren sollen und wer. Und welche Waffen wir brauchen. All so was."

„Gut, ich bin natürlich dabei. Wird heute eigentlich noch der Grill angeworfen?"

„Ohne Mampf kein Kampf", behauptete Bandit. „Klar wird er das. Aber könnten wir vielleicht erst unser kleines Problem besprechen?"

„Sicher", gestand Staller ihm gleichmütig zu. „Ich hätte nur gern, dass Hoss dann den Inhalt dieser Tüte mit verbrennt."

„Was ist es denn?", fragte Ulf Meier interessiert.

„Schau doch nach!"

Meier angelte nach der Tüte, warf einen kurzen Blick hinein und wurde ein bisschen blass.

„Ist es das, wonach es aussieht?"

„Jepp. Einen ganzen Overall hat das Schwein vollgeblutet. War eine ausgesprochen nasse Arbeit."

„Was hast du getan?", wollte Caspar wissen.

„Ich hab' den Typen fachgerecht zerlegt und in unterschiedlichen Mülltonnen entsorgt. Die werden morgen geleert, in die Müllverbrennung gefahren und dann sind alle Spuren beseitigt. Also, wenn dieser Overall ebenfalls verbrannt ist. Das Besteck liegt schon sicher in einem Kanal." Staller brachte diese Erzählung im Plauderton vor, so als ob er von einer Autowäsche berichtete.

„Zerlegt? Wie ein Schwein?" Bandit klang ungläubig. „Wo, womit und vor allem: warum?"

„Ich erzähle nicht die ganze Geschichte nochmal", meinte Staller. „Caspar und Ulf kennen sie schon. Privatsache. Wo? In einer kleinen Schlachterei. Mit fachmännischem Equipment. Gut, wenn man Freunde hat."

„Und damit ist deine … Aufgabe hier erledigt?" Die kleine Pause vor dem Wort "Aufgabe" hatte Caspar bewusst gewählt um zu zeigen, dass er Mikes Privatsphäre achtete.

„Fast. Ich habe noch ein kleines Souvenir zu verschicken." Er zog eine kleine, durchsichtige Plastiktüte aus seiner Tasche.

„Was ist denn das?" Butch machte ein etwas angeekeltes Gesicht.

„Seine Eier. Die schicke ich seiner Frau", antwortete Staller ungerührt. „Sie soll etwas haben, das sie jeden Tag an ihn erinnert."

„Das ist eine schöne Sitte", stellte Ulf Meier fröhlich fest. „Und Eier sind natürlich noch besser als Nasen. Speziell für eine Frau." Er lachte wiehernd. „Obwohl – stellt euch vor, wir hätten den Free Riders die Eier ihrer Kompagnons geschickt, statt der Nasen. Das wäre auch nicht schlecht gewesen."

„Du hast sie umgelegt und ihnen die Nasen abgeschnitten?", fragte Staller interessiert.

„Jepp. Vielleicht auch besser so. Die zwei hatten bestimmt Sackratten." Diesmal lachten fast alle.

„Lass uns mal wieder zum Thema kommen", beendete der Präsident das heitere Zwischenspiel. „Wir stimmen das mit den Russen einfach mal ab. Wer ist dafür, dass wir sie aus dem Weg räumen?"

Staller schnappte sich einen freien Stuhl und beobachtete die übrigen Hounds of Hell. Ulf Meier hob sofort die Hand. Er war offenbar skrupellos und risikobereit genug angesichts des Millionenbetrages. Butch folgte fast umgehend. Gregor, der Secretary, dachte offenbar angestrengt nach, denn in seinen Gesichtszügen spiegelten sich widerstrebende Gefühle wider.

Nach einiger Zeit schien er sich aber zu einer Entscheidung durchgerungen zu haben und nickte.

„Machen wir's!"

Alle Augen waren nun auf Bandit gerichtet. Niemand drängte ihn und das war auch nicht nötig. Die Statuten des Clubs sahen vor, dass derart einschneidende Entscheidungen, bei denen es um Leben und Tod ging, einstimmig gefällt werden mussten. Der Vizepräsident schlug sich offensichtlich mit ernsthaften Vorbehalten gegen den Vorschlag herum, sah aber ebenfalls, dass bisher alle zugestimmt hatten. Nun kämpfte er mit sich, ob er das ganze Vorhaben mit seinem Veto zu Fall bringen sollte. Es war durchaus möglich, dass bei dem Angriff Brüder verletzt wurden oder sogar sterben mussten. Auf der anderen Seite standen die Vorherrschaft im Drogengeschäft und ein sofortiger Reingewinn von einer Million Euro.

Das Schweigen lag wie Blei im Raum. Niemand bewegte sich. Alle Augen waren auf Bandit gerichtet. Wenn er jetzt widersprechen würde, käme keiner auf die Idee ihm Feigheit vorzuwerfen. Das Ganze war ein Projekt mit vielen Unbekannten.

Der Vizepräsident hob den Blick vom Logo der Hounds auf dem Tisch, das er die ganze Zeit blicklos angestarrt hatte und schaute in die Runde. Jeden einzelnen Mann musterte er scharf, bis sein Auge schließlich bei Caspar Kaiser verweilte.

„Du bist dafür?"

Der Präsident nickte nur.

„Okay." Bandit holte tief Luft und traf eine Entscheidung. „Ich auch."

Caspar wandte sich an Staller.

„Was ist mit dir, Mike? Du hast eigentlich nur Gaststatus am Tisch, aber weil du mitmachen willst und weil ich dich hinterher gern bei uns im Chapter sehen würde: Was meinst du?"

„Ich meine, dass ein paar Russen sich nochmal ordentlich mit Wodka volllaufen lassen sollten, weil sie nicht mehr viele Gelegenheiten für Kopfschmerzen haben werden", grinste er.

Caspar Kaiser nahm den schweren Hammer und schlug ihn auf den Amboss neben seinem Stuhl. Ein tiefer, rollender Ton klang durch den Raum.

„Damit ist es beschlossen."

„Gut. Eins noch, Ulf. Das dürfte dich freuen." Staller zog ein Mobiltelefon aus der Tasche und suchte einen Moment im Speicher, bis er ein Foto gefunden hatte. „Hier! Ich war wirklich fleißig."

Er reichte das Gerät über den Tisch. Meier starrte auf das Bild und staunte.

„Ist das ... ?"

„ ... die Frau von deinem Lieblingsbullen. Hübsch verpackt und sicher verstaut. Ich habe ihm das Bild zukommen lassen mit der freundlichen Bitte, in Zukunft etwas kürzerzutreten. Dann gäbe es eine Chance auf ein Wiedersehen mit seiner Alten. Ansonsten ... " Die unausgesprochene Drohung hing schwer in der Luft.

„Zeig mal", befahl Caspar und ließ sich das Handy geben. Er betrachtete aufmerksam die sorgfältig gefesselte Frau, deren Mund mit Klebeband verschlossen war. Sie saß auf einem Stuhl vor einer weißen, kahlen Wand und unter dem Klebeband sickerte ein Blutfaden hervor. Eines ihrer Augen schien angeschwollen und verfärbte sich wie nach einem schweren Faustschlag.

„Wo ist sie jetzt?"

„Mein Freund, der Schlachter, hat einen einsamen Bauernhof. In einem der nicht mehr genutzten Ställe hat er einen Teil der Güllegrube ausgebaut. Er dreht dort Videos. Ich glaube, dass er sich sehr freuen würde, wenn der Bulle sich nicht an die Regeln halten würde."

„Das ist interessant", meinte Ulf. „Hardcorefilme können auch ein gutes Geschäft sein. Wir haben ja immer mal wieder jemanden, den wir entsorgen müssen. Warum nicht Geld damit verdienen?"

„Deswegen bist du unser Schatzmeister, Ulf", grinste Caspar. „Du weißt immer, wie man aus einer Sache Geld machen kann."

„Gute Arbeit, Mike!" Ulf nickte anerkennend. „Und du meinst, man kann die Lady tatsächlich wieder rauslassen, wenn der Bulle die Füße stillhält? Ohne dass sie jemanden verpfeifen kann?"

„Das Verlies ist ein weißer Würfel, logischerweise ohne Fenster. Sie ist im Inneren einer dunklen Kiste transportiert worden. Mein Freund trägt Overall und Maske, wenn er zu ihr geht. Glaub mir, ich weiß, was ich tue!"

„Klingt, als ob Mike an alles gedacht hätte", stellte Caspar fest. „Wollen wir doch mal hören, wie er sich den Angriff auf die Russen vorstellt."

* * *

Eigentlich war es unlogisch, dass sich Sonja Delft und Thomas Bombach ausgerechnet bei Stallers Lieblingsitaliener in Eilbek trafen. Denn so hatten beide einen längeren Weg zurückzulegen, als wenn sie sich in der Stadt getroffen hätten. Aber vielleicht wollten sie ihren Freund stillschweigend teilhaben lassen. Mario, der sizilianische Wirt, hatte jedenfalls so fragend geguckt, dass Sonja freiwillig Auskunft über die Abwesenheit seines Lieblingsgastes erteilt hatte. Jetzt teilte sie sich mit Bombach die köstlichen Brötchen mit Aioli und freute sich auf einen leckeren Auflauf, den Mario mit blumigen Worten empfohlen hatte. Bombach, der traditionell die italienische Variante eines Schnitzels bestellt hatte, fragte mit vollem Mund: „Und Gaby kann wirklich nichts passieren?"

„Auf keinen Fall. Mike hat sie zu sich in die Heide gebracht. Kati und Isa sind ebenfalls dort. Er wäre nie dorthin gefahren, wenn er verfolgt worden wäre."

Bombach nickte zustimmend.

„Da hast du natürlich recht. Wie kommt er denn voran; hat er was gesagt?"

„Oh, gut. Er hat erzählt, dass er Crystal Meth im Wert von einer Million Euro transportiert hat."

Dem Kommissar fielen fast die Augen aus dem Kopf.

„Wie bitte?! Das ist ja … "

„ …strafbar, so ist es." Sonja kam sich schon vor wie Staller selbst, der diese Gelegenheit seinen Freund zu schockieren ebenso genüsslich genutzt hätte. „Aber es hat ihm den Schlüssel zum Kreis der Verantwortungsträger verschafft."

„Nicht auszudenken, wenn er damit erwischt worden wäre", knurrte Bombach unzufrieden. „Wie leicht kann das passieren! Eine blöde Verkehrskontrolle reicht doch. Aber so weit denkt Mike natürlich nicht."

„Na komm, Thomas, natürlich hat er das bedacht. Etwas anderes kann ich viel weniger begreifen."

„Und das wäre?" Bombach versuchte sich zu wappnen, als Sonja, jetzt selbst wieder verunsichert, die Bombe platzen ließ.

„Er hat gesagt, dass er jemanden erschossen hat."

Obwohl er mit dem Schlimmsten gerechnet hatte, war der Kommissar perplex.

„Das glaube ich nicht!"

„Ich auch nicht. Eigentlich. Aber es klang wirklich nicht wie ein Scherz von ihm."

„Das kann aber nicht sein", stellte Bombach nachdenklich fest. „Wir hatten gar keinen Mordfall in den letzten Tagen!"

Die beiden schauten sich ratlos an.

* * *

Im Clubhaus der Hounds of Hell war wieder Normalität eingekehrt. Die Versammlung der hochrangigen Mitglieder war beendet und alle hatten sich auf der Terrasse eingefunden, auf der Hoss, nachdem er den blutigen Overall von Mike verbrannt hatte, wieder seinen Pflichten als Grillmeister nachkam. Einige Frauen und drei Kinder hatten sich an einen Tisch in die Sonne gesetzt und plauderten unbeschwert miteinander. Staller, der mit Ulf Meier an der Brüstung lehnte, entdeckte Andrea, stellte aber befriedigt fest, dass Manuela nicht mit den anderen Frauen am Tisch saß.

Caspar und Bandit standen hinter dem ansonsten verwaist wirkenden Tresen und sprachen leise miteinander. Heute herrschte keine Partystimmung, sondern so etwas wie gespannte Erwartung. Entsprechend wenig wurden alkoholische Getränke nachgefragt. Der Club hielt sich einsatzbereit.

Staller warf einen beiläufigen Blick auf seine Armbanduhr und drückte unauffällig einen Knopf darauf. Meier, der ungewöhnlich still vor sich hinbrütete, hob den Kopf und ließ seinen Blick über das Gelände und das Clubhaus schweifen.

„Meinst du, wir kriegen das Ding mit den Russen gedreht?", fragte er halblaut.

„Oh ja, das wird einiges verändern für den Club, davon bin ich überzeugt", entgegnete Staller.

„Hm." Der Schatzmeister brummte und schob sich eine Zigarette zwischen die Lippen. Etliche Kippen im Aschenbecher zeugten von einer gewissen Nervosität. „Hör mal, Mike! Ich habe den Eindruck, dass du ein Talent für interessante Deals besitzt. Ich möchte gerne deine Meinung zu einer Geschäftsidee hören, die wir seit einiger Zeit verfolgen. Ich glaube nämlich, dass die noch ausbaufähig ist. Gehen wir ein Stück?"

„Klar."

„Muss ja nicht jeder mitbekommen." Meier setzte sich in Bewegung, grinste die Frauen abwesend an und schlenderte in Richtung Teich. Staller folgte ihm. Er versuchte Blickkontakt mit Andrea aufzunehmen, aber entweder bemerkte sie ihn nicht oder sie wollte ihn ignorieren.

„Die Sache hat etwas mit den toten Riders zu tun", begann Meier und hielt einen ziemlich langen Monolog. Staller hörte mit wachsendem Interesse zu und unterbrach den Schatzmeister nicht. Sie hatten das riesige Grundstück einmal umwandert und standen wieder an dem kleinen Teich unweit der Terrasse, als Meier stehenblieb und fragte: „Was meinst du dazu?"

Staller gab sich den Anschein, als ob er ernsthaft über die Frage nachdachte. Gerade öffnete er den Mund und wollte zu einer Antwort ansetzen, da erschien Caspar Kaiser auf der Terrasse und rief zu ihnen herüber.

„Sie haben angerufen! Kommt rein, wir treffen uns am Tisch." Er wirkte aufgeregt und drehte gleich wieder um.

„Das scheint jetzt wichtiger zu sein", befand Staller. „Ich nehme an, er meint die Russen. Wir können unsere kleine Unterhaltung ja später fortsetzen."

„Mich interessiert deine Meinung wirklich. Aber das Thema läuft uns nicht davon", stimmte Meier zu. Eilig begaben sie sich zurück in den Konferenzraum, in dem die Übrigen bereits Platz genommen hatten. Caspar hatte den Hammer in der Hand und strich unablässig über die blanke Metallfläche.

„Setzt euch! Das waren eben die Russen. Offenbar haben sie einen neuen Anführer, denn den kannte ich noch nicht. Und mit ihm scheint ein frischer Wind zu wehen."

„Was heißt das?", wollte Bandit wissen.

Caspar lächelte zufrieden.

„Er hat einen Vorschlag gemacht, der uns sehr entgegenkommen dürfte. Es soll nicht nur um die Übergabe von dem Crystal gehen, sondern er möchte solche Missverständnisse, wie er es nannte, für die Zukunft vermeiden."

„Aha, und wie soll das aussehen?" Ulf Meier war gespannt, konnte aber nicht verbergen, dass er keine Ahnung hatte, worauf das Gespräch hinauslief.

„Der Russe möchte mit uns über eine Absprache reden. Er sagt, dass Hamburg groß genug für zwei Gruppen ist. Das Gebiet soll aufgeteilt und vertraglich festgelegt werden. Dann gibt es keine Probleme und wir werfen uns nicht gegenseitig Knüppel zwischen die Beine."

„Klingt vernünftig", fand Bandit.

„Wir sollen mit der kompletten Führung kommen und den Deal besiegeln", fuhr Caspar fort.

„Heißt das, dass wir den Plan fallenlassen, die Russen auszulöschen?" Der Sergeant at Arms schien leicht verwirrt.

„Eben nicht", grinste Caspar. „Mike hat mich mit seiner Idee restlos überzeugt. Warum sollen wir teilen, wenn wir alles haben können? Der Vorschlag der Russen liefert uns die ideale Begründung, warum wir mit so vielen Leuten zum Treffpunkt kommen. Wenn wir sie dann blitzartig überrumpeln, haben wir den Stoff gerettet und den Markt alleine für uns."

„Wissen wir denn, wann und wo das Meeting stattfinden soll?", fragte Meier.

„Noch nicht genau. Er hat gesagt, dass er sich morgen kurzfristig meldet. Wir sollen uns bereit halten."

„Ich weiß nicht. Das gefällt mir irgendwie nicht." Der Secretary hatte Sorgenfalten auf der Stirn.

„Na hör mal! Das ist doch nichts weiter als eine Absicherung für die Russen. Die wollen verhindern, dass wir am Treffpunkt irgendeine Überraschung planen."

„Aber was ist, wenn die selber was vorhaben, Caspar?" Auch Bandit konnte eine gewisse Skepsis nicht verbergen.

„Warum sollten die einen Deal vorschlagen, wenn sie uns sowieso wegpusten wollen?", wandte Staller ein. „Das ist doch völlig unnötig. Sie locken uns irgendwo in die Einöde, knallen uns – peng - aus der Deckung heraus ab und holen sich den Stoff. Aber dann haben sie Krieg. Und den können sie nicht gebrauchen."

„Warum nicht?", wollte der Vizepräsident wissen.

„Sie sind schlicht und einfach unterbesetzt. Viele von ihnen sind in die Ukraine gegangen und kämpfen bei den Separatisten. Das sind keine Outlaws wie wir, die haben auch noch eine politische Mission." Staller grinste hämisch. „Und das wird ihnen morgen zum Verhängnis."

„Und woher weißt du das?"

„Unser neuer Waffendealer in Norwegen ist Russe. Er versorgt auch seine Landsleute überall in Europa. Nach der Übernahme der Krim haben wir eine lange Nacht mit sehr viel Wodka und ihm verbracht. Damals hat er eine Menge erzählt." Was Staller vorbrachte, klang absolut glaubhaft und authentisch. Improvisieren war schließlich seine größte Stärke.

„Ich finde das einleuchtend." Caspar Kaisers Augen leuchteten. „Männer, morgen sichern wir uns nicht nur die Million für das Crystal, sondern auch noch Hamburgs größten Wachstumsmarkt. Oder hat noch jemand Einwände?"

Selbst wenn es noch Vorbehalte gab, so äußerte sie niemand. Wenn der Präsident das Thema abgehakt hatte, dann überlegte man es sich lieber gut, ob man wirklich widersprach.

„Gut!" Kaiser hieb den Hammer auf den Amboss. „Dann lasst uns ein bisschen feiern. Aber übertreibt es nicht! Morgen müsst ihr einen Russen von einem Hound unterscheiden können."

* * *

In der aus Natursteinen flach ausgeformten Mulde brannte ein munteres Feuerchen. Es diente eigentlich nur der Atmosphäre, denn der Abend war lau. Isa hatte darauf bestanden und eigenhändig mit dem Handbeil die an sich kaminfertigen Holzstücke noch kleiner gehackt. Jetzt saßen sie auf bequemen Gartenstühlen auf der Wiese, blickten in die Flammen und bemühten sich, das opulente Abendbrot zu verdauen. Auch für die Mahlzeit hatte Isa die Verantwortung übernommen. Während Kati und Gaby mit einem Salat und Kräuterbrot zufrieden gewesen wären, hatte Isa heftig protestiert und war mit ihrem Motorrad zum nahe gelegenen Hausschlachter gefahren. Dort hatte sie sich mit Bergen von Nackensteaks und leckeren Fleischspießen eingedeckt. Tatsächlich war die erstaunliche Menge, die Isa fachmännisch gegrillt hatte, auch vollständig verputzt worden. Die naturgemäß danach einsetzende Trägheit nahmen die drei Frauen in Kauf, denn es gab nichts weiter für sie zu tun, als den Vögeln und einigen anderen Tieren zu lauschen und gelegentlich ein Stück Holz nachzulegen.

„Schön habt ihr's hier", seufzte Gaby Bombach zufrieden und streckte ihre Beine weit von sich.

Isa, die den obersten Knopf ihrer Lederhose geöffnet hatte, riss mit geübtem Griff eine Dose Bier auf. Dann nahm sie einen großen Schluck, rülpste nur wenig unterdrückt und warf einen prüfenden Blick über das große, von Büschen eingefasste Grundstück.

„Man müsste es nur besser nutzen. Hier ist es so einsam, da könnte man doch mal 'ne richtige Party feiern. Laute Mucke die ganze Nacht, Zapfanlage mit Fassbier, ein Spanferkel auf dem Grill – und kein Nachbar meckert. Das wäre geil!"

Die begeisterungsfähige beste Freundin von Kati war immer noch auf dem Biker-Trip. Sie war auch nur mit Mühe zu bewegen gewesen, die Feier bei den Rockern der Höllenhunde zügig wieder zu verlassen.

„Also eigentlich lieben wir das Haus gerade wegen der Ruhe."

Kati hatte sich zu Verdauungszwecken einen Espresso zubereitet und stellte die kleine Tasse jetzt auf das Gras.

„Ich hoffe, dass ich euch nicht noch lange auf die Nerven fallen muss. Irgendwie fühle ich mich ein bisschen wie ein Eindringling", sagte Gaby langsam.

„Das ist doch Quatsch! Du störst doch niemanden." Kati klang bestimmt. „Außerdem hat Sonja gesagt, dass es nicht mehr lange dauert. Mein Vater hat wohl schon ziemlich viel über diese Bande herausgefunden."

Die Frau des Kommissars seufzte erneut, diesmal aber eher schwermütig.

„Mir fiele ein Stein vom Herzen, wenn diese Kriminellen endlich aus dem Verkehr gezogen würden. Ich bin die Angst seit dem Brandanschlag nie so richtig losgeworden. Und Thomas muss darunter leiden." Sie machte eine kleine Pause, während die Mädchen schwiegen und ins Feuer starrten.

Dann setzte sie neu an und fragte: „Hast du gar keine Angst um deinen Vater? Immerhin ist er jetzt von lauter Verbrechern umgeben."

Kati dachte einen Moment nach.

„Ich glaube, dass mein Vater viel vorsichtiger geworden ist. Er meint immer noch, dass ich ein armes Halbwaisenkind bin, dem ja schon die Mutter gefehlt hat. Diesen Verlust will er kompensieren und sicherstellen, dass wenigstens er immer für mich da ist."

„Bloß führt das dazu, dass er wie eine Glucke um dich herumwuselt", meinte Isa und stocherte das Feuer wieder an.

„Ich finde, du tust ihm unrecht. Er lässt mir schon meine Freiheit. Aber wenn ich möchte, dann ist er für mich da. Es ist nur schade, dass er darüber sein eigenes Privatleben so vernachlässigt. Das sorgt mich mehr als sein Umgang mit den Rockern."

„Wie ist denn nun eigentlich sein Verhältnis zu Sonja? Als Frau spüre ich ja, dass da etwas im Busch ist, aber ganz so einfach scheint es nicht zu sein?"

Gaby Bombach war gelegentlich mit Mike und Sonja zusammengetroffen. Häufig dann, wenn sie alle nach einem spektakulären Fall bei Mario zusammensaßen und ein wenig feierten. Dabei war ihr natürlich die undefinierbare Spannung zwischen den beiden aufgefallen.

„Nicht ganz so einfach?" Isa brach in schallendes Gelächter aus. „Mike mag ja in seinem Job ein Knaller sein, aber sein Umgang mit Frauen ist allerhöchstens Kreisklasse. Dabei sieht doch jeder, dass die zwei füreinander geschaffen sind!"

„Und Sonja würde gerne …?"

„Aber hallo!" Isa hatte die Deutungshoheit über die Gefühle der beiden einmal übernommen und gab sie jetzt nicht wieder her. „Sonja würde ihn morgen heiraten, wenn er doch nur fragen würde."

„Ist das nicht ein bisschen übertrieben?", meldete Kati Bedenken an. „Dass sie ihn mag, das will ich ja gerne zugeben, aber deswegen gleich heiraten … ?"

Ein entferntes Motorengeräusch, das sich langsam näherte, kündigte einen weiteren Gast an. Andere Häuser gab es an diesem Weg nicht mehr und er endet auch wenige hundert Meter später in einem Feld. Vereinzelte Strahlen der Scheinwerfer krochen wie tastende Finger durch die wenigen

Lücken zwischen den dichten Büschen, dann bog ein Wagen auf die Einfahrt ein und hielt hinter Isas Motorrad an.

„Passender Auftritt", verkündete Isa. „Fragen wir sie doch am besten selbst. He, Sonja! Würdest du Mike eigentlich morgen heiraten, wenn er dich fragen würde?"

Kati rollte die Augen und Sonja Delft, die gerade erst ausgestiegen war, als sie derart überrumpelt wurde, verschaffte sich etwas zusätzliche Zeit, indem sie ihre Handtasche vom Beifahrersitz angelte. Dann näherte sie sich der Feuerstelle und schüttelte in gespielter Verzweiflung den Kopf.

„Isa, wie sie leibt und lebt. Warum zart klopfen, wenn man die Tür auch eintreten kann, was?"

„Das ist keine Antwort, Lady!" Sie stand auf, umarmte Sonja, mit der sie trotz ihrer überaus direkten Art ein sehr freundschaftliches Verhältnis pflegte und wies auf den freien Stuhl. „Ich kann mich hier auf den Hackklotz setzen. Also, würdest du?"

Sie nahm breitbeinig den Hackklotz in Besitz und trommelte demonstrativ mit den Fingern auf ihren Oberschenkel. Sonja ließ sich nicht beirren und begrüßte zunächst Gaby und Kati. Dann setzte sie sich hin, streckte sich und wandte sich Isa zu.

„Die Frage habe ich mir nie gestellt, weil sie absurd ist. Oder wer von euch kann sich Mike vorstellen, auf den Knien und mit einen Ring in der Hand … ?"

„ … und ausnahmsweise stammelnd, weil er die Worte nicht über seine Lippen bringt, okay, okay, ich ziehe meine Frage zurück. Aber wenn er es täte, würdest du ja sagen! Punkt!" Isa zwinkerte Sonja zu.

„Warum nicht? Es gibt schlimmere Schicksale, denke ich", ging Sonja auf den neckenden Tonfall ein.

„Hat mein Vater denn heute angerufen?"

Die Moderatorin wurde rasch wieder ernst.

„Erstmal soll ich euch alle schön grüßen, es geht ihm gut. Ihn stört nur, dass er sich praktisch ausschließlich von Currywurst und Grillfleisch ernährt."

„Das darf ich Thomas nicht erzählen, sonst platzt er vor Neid." Gaby Bombach kicherte albern los.

„Außerdem hat er gute Nachrichten überbracht. Er meint, dass er sehr bald genug Material hat, um die Hounds of Hell hochgehen zu lassen."

„Oh Gott, wenn das nur wahr wäre! Ich könnte endlich wieder ruhig schlafen. Dafür wäre ich ihm ewig dankbar!"

„Na, na, willst du ihn vielleicht heiraten?" Sonja zwinkerte Gaby zu, um zu unterstreichen, dass sie einen Scherz machte. Gaby ging darauf ein und machte ein nachdenkliches Gesicht.

„Hm, warum nicht? Er sieht gut aus, hat Humor, einen interessanten Job und … ach, ich hab' ja schon meinen Thomas. Also dann: Nein, ich heirate ihn nicht!"

„Siehst du, der Weg ist frei für dich, Sonja! Vielleicht solltest du ihm einen Antrag machen. Frauen-Power rules!" Isa hob die rechte Faust neben ihren Kopf.

„Du gibst nie auf, oder?" Kati hatte das Geplänkel ungeduldig verfolgt. „Was hat er sonst so gesagt?"

„Entschuldige, Kati. Er hat nur noch gesagt, dass er zum Wochenende wieder zurück sein wird. Und dass du etwas Anständiges zu essen einkaufen sollst."

„So hätte Thomas das auch gesagt. Männer sind doch alle gleich!" Durch die Art, wie Gaby das sagte, klang es eher gerührt als anklagend.

„Wenn ich ganz ehrlich bin, bin ich doch erst beruhigt, wenn er wieder hier ist und diese komische Verkleidung abgelegt hat. Allein diese Tattoos!" Sie rollte abermals mit den Augen. „Aber zu einem anderen Thema: Übernachtest du auch hier, Sonja?"

„Natürlich tut sie das. Es ist schon spät, sie hat noch nichts gegessen und einen Rotwein soll sie auch haben." Isa sprang auf und hielt die Hand prüfend über den Grill. „Ist noch heiß genug. Marinierte Fleischspießchen?"

Sonja nickte und bewunderte wieder einmal Isas Energie.

„Okay, ich hole das Fleisch. Kati – du weißt, wo Mike den guten Rotwein bunkert. Möchte noch jemand etwas mitessen?"

Gaby schüttelte schockiert den Kopf. Wenn es nach ihr ginge, gäbe es frühestens in vierundzwanzig Stunden die nächste Mahlzeit.

Der Abend geriet äußerst kurzweilig. Isa aß tatsächlich noch zwei Spieße mit und vertilgte dazu zwei weitere Dosen Bier. Die anderen drei teilten sich eine Flasche von Mikes bestem australischen Shiraz. Während das Feuer langsam herunterbrannte, zog Isa Sonja weiterhin mit Ideen für eine bevorstehende Hochzeit auf und alle mussten oft und herzlich lachen. Als die vom Bier leicht Beschwipste eine Parodie auf Stallers Reaktion auf einen Antrag zum Besten gab, war der Höhepunkt des Abends erreicht. Unter ständigem Gekicher machten sich die vier Frauen bettfertig und einigten sich schließlich darauf, dass Sonja in Mikes Zimmer schlief, da das Gästezimmer schon von Gaby belegt war. Isa gab bekannt, dass sie wegen der schönen Nacht ihren Schlafsack auf die Weide hinterm Haus schleppen und im Freien übernachten würde. Katis Einwand bezüglich der dort reichlich vorhandenen Mücken wischte sie lässig beiseite. Gegen Mitternacht lag das gesamte Anwesen sehr ruhig und friedlich da. Lediglich ein letzter kleiner Rauchfaden aus dem Lagerfeuer zeigte an, dass es hier menschliches Leben gab.

Zwei Stunden später näherte sich das dumpfe Bollern eines nur knapp über Leerlaufdrehzahl laufenden Zweizylindermotors. Majestätisch wie ein Hirsch, der eine Lichtung betritt, erschien eine mit zwei Personen besetzte Harley in der Einfahrt und umkurvte Sonjas Auto. Weiter vorne, an einer mit Natursteinen gepflasterten Stelle, hielt die dunkle Maschine an. Mit einem Klacken, das die Stille der Nacht durchschnitt wie ein Messer die Torte, rastete der Seitenständer ein. Die kleinere Gestalt kletterte vom Soziussitz herunter und fummelte am Kinnriemen ihres Helms. Auch der Fahrer schwang sein Bein über die Maschine und streckte sich.

„Willkommen in der Einöde. Normalerweise ist hier nicht so ein Auftrieb." Er zeigte auf die beiden Wagen und die Suzuki. „Aber wir werden schon ein Plätzchen finden." Auch er nahm nun seinen Helm ab. Die kleine Gestalt trat an ihn heran und schlang die Hände um seinen Hals.

„Bist du sicher, dass du das Richtige tust, Mike?", fragte eine ängstliche Stimme. „Wenn dir nun etwas passiert? Was wird dann aus mir?"

„Für mich gilt: Unkraut vergeht nicht. Und du bist bei meinem Kumpel Bommel in den besten Händen. Er ist zwar Bulle, aber einer von den guten. Ich habe ihm schon von dir erzählt." Er umfasste ihre Schultern und schob sie auf Armeslänge von sich. „Ich verspreche dir, dass niemand dir etwas tun wird, okay?"

Sie sah ihm lange und ohne zu blinzeln in die Augen. Schließlich seufzte sie und nickte. „Ich hab' ja eh keine Wahl. Ab jetzt muss ich dir vertrauen!"

Sie schaute sich um. Im Licht des aufgehenden Mondes und der Sterne konnte man sich einigermaßen orientieren.

„Warum stehen am Arsch der Welt drei weitere Fahrzeuge? Wer ist das und was machen die bei dir?"

„Meine Tochter erholt sich hier mit einer Freundin vom Abi-Stress. Der andere Wagen gehört einer Kollegin von mir. Offenbar ist sie spontan zu Besuch gekommen." Staller runzelte dabei die Stirn. Irgendetwas in ihm sträubte sich dagegen, Sonja und seine Jugendliebe Andrea unter einem Dach zu wissen. Aber das ließ sich nun nicht ändern.

„Außerdem ist noch die Frau von meinem Kumpel Bommel hier. Das ist die, die ich für Ulf entführt habe."

„Das gehörte auch mit zum abgekarteten Spiel?"

„Natürlich." Er grinste leicht. „Zwei Fliegen mit einer Klappe – Ulf denkt, dass ich ihm einen großen Gefallen getan habe und Gaby, so heißt sie, ist in Sicherheit."

„Du denkst an alles, oder?" Wieder musterte sie ihn intensiv.

„Ich gebe mir Mühe."

Spontan stellte sie sich auf die Zehenspitzen, drückte sich an ihn und presste ihre Lippen auf seinen Mund. Als sie spürte, dass er nicht nachgab, zog sie den Kopf widerstrebend zurück und sah ihn fragend an.

„Ich glaube nicht, dass das eine gute Idee wäre", meinte er.

„Da gibt es jemanden", stellte sie fest.

„Nun, vielleicht. Aber unabhängig davon wird sich für dich sehr viel verändern. Unter anderem auch dein Lebensmittelpunkt. Ich hingegen werde hier bleiben, bei meiner Tochter und meinem Job."

„Aber deine Tochter ist erwachsen. Und Arbeit gibt es für jemanden wie dich doch überall", flehte sie.

Er schüttelte nur den Kopf und löste sich ganz von ihr.

„Versteh mich bitte nicht falsch. Es hat absolut nichts mit dir zu tun. Aber du solltest die Gelegenheit nutzen und dir klar machen, welches wirklich deine Wünsche und Ziele sind. Wenn du sofort wieder woanders andockst, wirst du das nie herausfinden können. Und das wäre schade."

Sie hatte die Arme fallenlassen und hielt den Kopf gesenkt. Die Haare fielen ihr dabei ins Gesicht, sodass er ihre Miene nicht entschlüsseln konnte. Für lange Sekunden verharrte sie so, in tiefes Nachdenken versunken.

Schließlich hob sie ihren Kopf wieder und strich sich die rote Mähne aus dem Gesicht.

„Wahrscheinlich hast du recht. Ziemlich sicher sogar." Es klang bitter. „Du kannst dir vermutlich nicht vorstellen, dass es Menschen gibt, die nicht alles locker allein aus dem Ärmel schütteln. So wie du. Durch deinen Anstoß wird mein ganzes Leben auf links gekrempelt. Da hätte ein bisschen Halt nicht geschadet. Ich wollte dich schließlich nicht gleich heiraten."

„Das Thema ist ja heute wirklich nicht totzukriegen!", klang es verschlafen aus dem Schatten des Hauses. Mit unsicheren Schritten schlurfte Isa heran und gähnte demonstrativ. „Hallo Mike! Was flüstert ihr denn hier mitten in der Nacht herum?"

„Mensch Isa! Musst du uns so erschrecken!"

„Entschuldigung, aber ich komme nicht nachts um zwei mit dem Moped auf einen einsamen Hof getuckert und bringe irgendwelche Leute vorbei." Sie streckte Andrea die Hand entgegen.

„Hi, ich bin Isa. Und wer bist du?"

„Andrea", antwortete die Angesprochene automatisch und schüttelte Isas Hand. „Ich bin hier, weil … "

„ … weil ich als moderner Ritter gern Frauen aus komplizierten Situationen rette. Andrea brauchte eine dringende Luftveränderung, genau wie Gaby. Momentan ballt es sich ein bisschen. Wo schlafen die anderen denn?"

„Kati bei sich, Gaby im Gästezimmer und Sonja in deinem Bett. Dort wäre also noch ein Platz frei." Isa war zumindest so weit wach, dass sie dem Satz ein anzügliches Grinsen folgen ließ. Staller ignorierte das aus gutem Grund.

„Gut, dann bleibt für dich leider nur das Sofa. Ab morgen ist wieder mehr Platz, dann kannst du in mein Zimmer umziehen. Ich werde mal nach Bettzeug schauen."

„Bleibst du denn nicht hier?", wollte Andrea wissen.

„Nein, ich habe noch einen Haufen Dinge zu organisieren. Für mich wird es höchste Zeit!"

„Hey, um das Bettzeug kann ich mich doch kümmern", schlug Isa vor, die jetzt einen geradezu tatendurstigen Eindruck machte. „Wie sieht's aus, Andrea, hast du vielleicht Hunger? Ich könnte ruckzuck den Grill wieder anschmeißen. Ein paar Bier sind auch noch im Kühlschrank."

Andrea sah sich hilfesuchend zu Staller um.

„Schon okay! Isa ist ein bisschen speziell, aber ein herzensgutes Mädel. Ihr werdet euch ganz sicher gut verstehen!"

„Na schön, wenn du es sagst." Zu Isa gewandt fuhr sie fort. „Ich hätte tatsächlich ein bisschen Hunger. Und zu einem Bier würde ich auch nicht nein sagen."

„Cool. Gib mir ein paar Minuten." Auf Beinen, die an John Wayne nach einem anstrengenden Tag im Sattel erinnerten, stapfte Isa ins Haus, ohne ein weiteres Wort zu verlieren.

Staller, der dankbar war, dass er sich ohne die vorlauten Kommentare des Mädels von Andrea verabschieden konnte, deutete auf die Sitzgruppe bei der Feuerstelle.

„Du kannst das Feuer wieder anmachen, wenn euch kalt ist. Fühl dich überhaupt wie zu Hause! Und Isa ist der beste Halt, den du dir nur vorstellen kannst. Auf jeden Fall wird die Zeit wie im Fluge verstreichen. Das verspreche ich dir."

„Was wirst du machen?"

„Oh, ich weiß kaum, wo ich anfangen soll. Für mich wird es eine lange Nacht und ein noch längerer Tag. Und am Ende brauche ich dann noch die richtige Gelegenheit, ein bisschen Glück und deine Hilfe – dann sind die Hounds of Hell hoffentlich bald Geschichte."

„Das wird für dich ziemlich gefährlich werden, habe ich recht?"

Andrea trat wieder dichter an ihn heran, machte jedoch keine Anstalten ihn zu berühren.

„Was heißt schon gefährlich – die meisten Leute sterben im Bett, aber ist es deswegen dort gefährlich?" Er bemühte sich um einen heiteren, leichten Tonfall, aber sie ließ sich nicht ablenken.

„Ich weiß nicht genau, welche Pläne du hast, und ich will es auch nicht wissen. Aber versprich mir bitte, dass du vorsichtig bist!" Ihre Augen ließen ihn nicht los und strahlten groß und bittend.

„Vorsichtig ist doch mein zweiter Vorname! Warum nur muss mich alle Welt dazu ermahnen?", stöhnte er theatralisch, doch ein Blick in ihr Gesicht bremste ihn sofort. Ihr war ganz offensichtlich nicht zum Scherzen zumute und er erkannte, wie sehr er ihr unrecht tat.

„Entschuldige. Manchmal geht es immer noch mit mir durch."

„Ja, darin scheinst du dich nicht geändert zu haben", unterbrach sie ihn mit einem leichten Lächeln, das ihr Gesicht im nächtlichen Halbdunkel sehr jung aussehen ließ.

Er umfasste ihren Kopf mit beiden Händen und strich ihre eine Strähne kupferroten Haares vor dem Auge fort. Dann beugte er sich vor und küsste sie zart auf die Nase.

„Ich werde vorsichtig sein, versprochen. Okay?"

Ihre Augen schimmerten verdächtig, aber sie hielt den Blick unverwandt auf ihn gerichtet.

„Okay", flüsterte sie. Dann trat sie einen Schritt zurück. „Und jetzt geh! Sonst muss ich noch heulen. Und das ruiniert meinen Teint."

Ohne ein weiteres Wort drehte er sich um und ging zurück zu seinem Motorrad. Er setzte den Helm auf, schloss den Kinnriemen und drehte den Schlüssel, den er im Schloss steckenlassen hatte. Mit dem typischen Brabbeln einer Harley erwachte der Motor zum Leben. Staller klappte den Seitenständer ein, zog die Kupplung, trat auf die Schaltwippe und fuhr los. Andreas Blick folgte ihm, auch als er schon lange außer Sicht war.

„Hier ist dein Bier!"

Isa kam mit einem Tablett voller Grill-Utensilien zurück aus dem Haus.

* * *

Das plötzliche Geräusch holte ihn aus dem Tiefschlaf in die schwammige Zone, in der man zwar ansatzweise mitbekommt, was um einen herum vorgeht, aber nicht aktiv und gezielt in die Geschehnisse eingreifen kann. Er drehte sich eher unbewusst herum und ließ seine Hand auf die andere Bettseite hinüberwandern, während er etwas brummte, das tröstlich gemeint war.

Gabys gelegentliche Albträume und ihre nächtlichen Angstattacken waren so sehr Teil seines Alltags geworden, dass Thomas Bombach instinktiv und unbewusst reagierte. Meist reichte ein beruhigendes Tätscheln oder der vertraute Klang seiner Stimme, um sie schnell wieder zu beruhigen. Zumindest war die Zeit vorbei, in der sie nach einem solchen Erlebnis den

Rest der Nacht nicht mehr schlafen konnte, und dafür war er schon dankbar.

Als seine Hand aber anstelle ihrer warmen Haut nur ein Stück zusammengeknüllte Bettdecke ertastete, sorgte diese irritierende Erfahrung dafür, dass er auf dem langen Weg zum Aufwachen gleich mehrere Etappen übersprang. Er riss zwar nicht gerade die Augen auf, aber zumindest suchte er bewusst auf ihrer Seite nach Körperkontakt. Jedoch: Fehlanzeige.

Nach einer weiteren Körperdrehung und erneutem Tasten griff seine Hand in die Luft. Sein halb wacher Verstand brauchte einen Moment, dann hatte er die Erklärung parat: Das Bett war zu Ende; er fasste jenseits von Gabys Seite in die Luft. Einzig logische Folgerung: Seine Frau lag nicht im Bett neben ihm.

Nachdem sein Gehirn zu dieser unchristlichen Stunde im Halbschlaf derartige Schwerarbeit geleistet hatte, stellte es offenbar fest, dass es im Stand-by-Modus nicht weiterkam, und schlug Alarm. In der Folge schnellte er hoch, riss bei dem Versuch, die Nachttischlampe zu erreichen, eine Wasserflasche um und wäre um ein Haar aus dem Bett gefallen. Nunmehr wach, gelang es ihm Licht zu machen und er blickte sich hektisch um. Gabys Bettseite war unbenutzt. Offenbar war sie die ganze Nacht nicht hier gewesen.

Gerade als sich mit dieser Erkenntnis Panik bei ihm breit machen wollte, fiel ihm alles wieder ein. Gaby war in Sicherheit bei Mike im Wochenendhaus. Er selber hatte wegen seiner Einsamkeit bis in die Puppen gearbeitet und war nach dem Heimkommen nur noch ins Bett gefallen. Und jetzt vermisste er seine Frau. Vermutlich würde er längere Zeit nicht wieder einschlafen können – das ärgerte ihn. Wenn Gaby jetzt hier wäre, würde er sich an sie kuscheln und ihr weicher Körper würde ihn beruhigen. Ob sie ihn wohl auch vermisste? Und wie mochte es jemandem wie Mike gehen, der jetzt irgendwo in Hamburg vermutlich ebenfalls schlief. Vermisste er auch jemanden? Kati? Sonja? Oder war er gerade mit den Hounds of Hell unterwegs und musste jeden Moment um sein Leben bangen?

Bombach stellte fest, dass er so nicht würde leben können. Eine einzige Nacht war seine Frau nun fort und er grübelte und grübelte und fühlte sich traurig und allein. Verschämt blickte er sich um – als ob ihn jemand in seinem eigenen Schlafzimmer beobachten würde! - und griff dann unter das Kopfkissen auf Gabys Seite. Dort lag das T-Shirt, das sie meistens zum

Schlafen trug. Er zog es an sich und nahm es in den Arm. Ganz schwach konnte er ihren Duft darin erahnen. Zufrieden löschte er das Licht und schloss die Augen. Nun war sie zumindest ein bisschen bei ihm. Hoffentlich hatte dieser ganze Spuk bald ein Ende!

* * *

Das Clubhaus der Hounds of Hell erweckte heute keineswegs den Eindruck einer fröhlichen Partyzone. Der Garten und der Spielplatz lagen verwaist da und nicht einmal das Grillfass war in Betrieb.

Im Inneren des Clubhauses war mehr los, obwohl hier ausnahmsweise keine Frauen zu sehen waren. Der Billardtisch war mit einer großen Holzplatte abgedeckt, auf der die unterschiedlichsten Waffen dicht an dicht ordentlich aufgereiht waren. Springmesser, Revolver, Pistolen und sogar einige halbautomatische Waffen machten deutlich, dass es um die Feuerkraft der Höllenhunde nicht schlecht bestellt war.

Die Rocker saßen in kleinen Gruppen herum, rauchten und tranken ausschließlich Kaffee. Neben den Ausgewählten, die dem Treffen mit den Russen beiwohnen sollten, waren die übrigen Mitglieder nahezu vollständig erschienen. Caspar und Butch, der Sergeant at Arms, umrundeten ein ums andere Mal den Tisch und diskutierten Vor- und Nachteile der einzelnen Waffen.

Hoss, der auch heute für den Service zuständig war, genoss einen ungewöhnlich ruhigen Arbeitstag. Gelegentlich kochte er eine neue Kanne Kaffee oder er leerte einen Aschenbecher aus. Mehr gab es für ihn nicht zu tun. Nicht einmal Musik lief. Obwohl alle Männer im Raum sich betont lässig gaben, war die Spannung geradezu mit Händen zu greifen.

„Soll ich vielleicht irgendwas zu essen organisieren?", fragte der Prospect schon fast verzweifelt.

Der Präsident schüttelte nur den Kopf. Alle fünf Minuten zog er das Handy aus der Brusttasche seiner Weste und checkte Akku und Empfang. Beide waren, wie schon vorher, ausgezeichnet.

„Ich persönlich würde bis zur Dämmerung warten", meinte Staller, der breitbeinig auf einem Stuhl lümmelte, den er gegen die Wand gekippt hatte. „Muss ja nicht jeder sehen, dass wir uns treffen."

„Und welchen Ort würdest du wählen?", wollte Caspar wissen, der die Meinung des neuen Bruders aus Norwegen immer mehr zu schätzen wusste.

„Hm. Einsam auf jeden Fall. Vielleicht ein leerstehendes Lagerhaus in einer abgelegenen Gegend. Oder ein Waldstück? Jedenfalls einen Ort ohne Publikumsverkehr. Nicht, dass irgendein Anwohner Muffen vor den vielen Motorradfahrern kriegt und mal flott einen Streifenwagen alarmiert."

„Klingt logisch. Sehr viele Orte dieser Art gibt es allerdings nicht in Hamburg."

„Na ja, kommt drauf an. Überlegt mal: Euer Clubhaus ist nur wenige Kilometer von der Stadt entfernt und liegt auch schon ganz schön einsam."

„Auch wieder wahr." Caspar Kaiser zündete sich eine neue Zigarette an, obwohl seine alte noch unausgedrückt im Aschenbecher lag. Die Warterei zerrte auch an seinen Nerven.

Bandit, der reichlich bleich aussah, legte geometrische Muster aus Streichhölzern auf den Tisch. Auf einem der Hölzchen kaute er nachdenklich herum, während er unablässig neue Figuren entwarf.

„Wie ist eigentlich unser Plan? Bis jetzt haben wir doch nur eine vage Idee. Aber wenn wir die Russen überrumpeln wollen, dann sollten wir zumindest wissen, wer wann was macht. Oder seh' ich das etwa falsch?"

Butch und Gregor nickten beifällig. Ulf Meier hingegen, der gerade mit Hingabe eine Pistole reinigte, schien die versteckte Kritik überhaupt nicht wahrzunehmen. Der Präsident warf einen scharfen Blick auf seinen Stellvertreter und runzelte die Stirn.

„Fehlt dir der Sprit oder wirst du langsam alt? Geht dir vielleicht die Düse? Sollen wir lieber jemand anderen mitnehmen?" Beißender Spott klang aus seinen Worten.

„Willst du etwa damit ausdrücken, dass ich feige wäre?" Die bösartig wirkenden Augen Bandits verengten sich zu schmalen Schlitzen. „Ich erwarte nur, dass wir nicht blindlings in ein Abenteuer laufen, ohne zu wissen, was passieren soll."

„Hast du dein letztes bisschen Hirn am Samstag versoffen, dass du alles vergessen hast? Wir haben das alles besprochen!"

„Ach ja? Ist es jetzt neuerdings schon ein Plan, wenn man beschließt, dass man die Russen bei der Übergabe des Stoffs über den Haufen schießt?" Bandit sprach gefährlich ruhig und ignorierte die vorangegangene Beleidigung. „Von einem Präsidenten erwarte ich ein bisschen mehr. Wahrscheinlich fährst du ganz hinten und lässt uns den Vortritt. In letzter Zeit schickst du gerne mal andere vor, das stinkt mir!"

„Was willst du damit sagen?" Kalte Wut sprach aus Caspar Kaisers Worten.

„Du ziehst hier mehr und mehr dein eigenes Ding durch. Die Geschäfte werden immer riskanter. Und wenn es ein Problem gibt, dann lässt du andere die Drecksarbeit machen. Du wolltest die Riders aus dem Weg haben, obwohl sie ein sicheres und einträgliches Geschäft mitgebracht haben und Ulf musste sie umlegen! Nicht einmal das kannst du selber machen."

Der Vizepräsident hatte sich mehr und mehr in Rage geredet und auch Kaiser sah man an, dass ihn nur noch ein minimaler Rest Beherrschung davon abhielt, sich auf Bandit zu stürzen. Dieser übersah die Anzeichen und spuckte einen letzten Satz aus, der seine Wut auf den Punkt brachte.

„*Das* nenne ich feige!"

Diese vier Worte waren genau vier zu viel. Caspar brüllte laut und warf sich auf seinen Stellvertreter. Unter der Wucht zweier schwerer Körper brach der Stuhl, auf dem Bandit saß, zusammen und die beiden Rocker wälzten sich auf dem Fußboden. Kaiser schmetterte eine harte Rechte auf Bandits Kinn, die dieser mit einem Grunzen quittierte. Irgendwie gelang es ihm, den auf ihm sitzenden Caspar abzuschütteln und seinerseits einen kräftigen Schwinger zu landen. Dann packten sie sich gegenseitig an den Kragen und versuchten beide, sich in eine günstige Position für den entscheidenden Schlag zu bringen. Da sie aber etwa gleich groß und von ähnlichem Gewicht waren, ergab sich kein klarer Vorteil für einen der beiden Kämpfer. Obwohl die Auseinandersetzung erbittert und mit aller Kraft geführt wurde, fühlte sich keiner der übrigen Anwesenden gemüßigt einzugreifen.

Als nach weiteren Schlägen auf der einen wie auf der anderen Seite das erste Blut floss, hatte Staller genug. Er griff in seine Weste und förderte eine Pistole zutage. Dann richtete er den Lauf zur Decke und drückte ab. Da er dieses Mal keinen Schalldämpfer aufgeschraubt hatte, dröhnte der Schuss wie Donnerhall durch die alte Scheune. Augenblicklich stellten die Kämpfer ihre Anstrengungen ein und die übrigen Rocker erstarrten.

Staller schob kaltblütig die Waffe wieder in seine Kutte und schüttelte verwundert den Kopf.

„Wenn ihr euch schon den Schädel einschlagen wollt, dann macht das lieber morgen. Es nützt niemandem etwas, wenn sich vor einem so bedeutenden Moment ausgerechnet der Präsi und der VP wie die Schuljungen balgen. Schlimmstenfalls fehlen dann nachher zwei Leute und der ganze Deal geht den Bach runter. Wollt ihr das?"

Langsam entspannten sich die geballten Fäuste der Kombattanten. Caspar und Bandit sahen sich an und machten dabei ziemlich einfältige Gesichter. Die Erkenntnis, dass sie sich nicht sehr clever verhielten, sickerte langsam in ihr Bewusstsein ein.

„Na los, helft ihnen mal hoch!", wies Staller die am nächsten stehenden Rocker an. Diese waren so perplex, dass sie, ohne zu zögern, gehorchten. Gemeinsam brachten sie die schwer atmenden Kämpfer auf die Füße und klopften notdürftig den Staub von ihren Klamotten.

„Es ist schwierig einen konkreten Plan zu fassen, wenn die Gegebenheiten weitgehend unbekannt sind, so wie heute. Aber wir könnten ein paar Situationen durchspielen, dann fällt es uns leichter richtig zu handeln, wenn es so weit ist. Warum setzen wir uns nicht kurz zusammen?"

Staller hatte das Heft des Handelns einmal in die Hand genommen und machte nun einfach weiter. Das war zwar riskant, weil er ja keine offizielle Funktion bei den hiesigen Hounds hatte, aber er war sich seiner Position sowohl bei Caspar als auch bei Ulf Meier sehr sicher. Und die Reaktion gab ihm recht.

„Völlig richtig, Mike." Caspar bot seinem Vizepräsidenten die Hand. „Tut mir leid, Bandit, die Pferde sind mit mir durchgegangen."

Der VP schüttelte sie und wischte mit der anderen Hand etwas Blut von seiner Nase. „Nicht schlimm. Du schlägst ja wie ein Mädchen."

Die beiden grinsten sich an und klopften sich gegenseitig auf die Schultern. Ebenso schnell, wie der Ärger aufgekommen war, war die Stimmung nun wieder vollständig in die Gegenrichtung gekippt.

* * *

Sonja Delft hatte ganz wunderbar in Mikes Bett geschlafen, war früh aufgestanden und hatte sich mit einer Kanne Kaffee in sein Arbeitszimmer zurückgezogen. Hier war alles vorhanden, was ein Journalist für seinen Job brauchte, bis hin zu Hochgeschwindigkeitsinternet. Niemand hatte sie gestört, denn Gaby und Isa waren bekennende Langschläferinnen und Kati, die oft schon früh wach wurde, liebte es zu Fuß oder mit dem Rad stundenlang durch die Gegend zu streifen und die Natur zu genießen. Irgendwann erschien sie dann mit frischen Brötchen vom Bäcker und dann wurde gegen Mittag gefrühstückt.

Jetzt hatte Sonja einen wahren Telefonmarathon hinter sich gebracht. Ein Blick auf die Uhr verriet ihr, dass es tatsächlich schon Mittag war. Prompt meldete sich ihr Magen mit einem anklagenden Knurren. Zeit für eine Pause und ein leckeres Frühstück!

Im Haus war alles ruhig, aber bei dem schönen Wetter spielte sich sowieso das halbe Leben draußen ab. Sie schlenderte also barfuß durch die Diele und trat vor die Tür. Zwei undefinierbare Berge lagen um das heruntergebrannte Lagerfeuer drapiert. Einer davon geriet in Bewegung und nach einigen Sekunden erschien Isas zerknittertes Gesicht. Sie war offensichtlich gerade erst wach geworden.

„Moin Isa, hast du Kati etwa zur Übernachtung am Feuer überreden können?"

„Nicht so laut", flehte die Angesprochene und rieb sich mit schmerzverzerrter Miene den Kopf. Dass ihre sowieso schon strubbelige Frisur dadurch noch weiter zerstört wurde, merkte sie nicht einmal.

Sonja deutete auf einen beachtlichen Haufen leerer Bierdosen.

„Habe ich hier eine Feier verpasst? Wer hat all diese Biere vernichtet, etwa du allein?" Kati und Gaby tranken kein Bier.

„Andrea und ich", stöhnte Isa und pellte sich aus ihrem Schlafsack.

„Andrea? Welche Andrea?" Sonja war verwirrt.

Jetzt begann auch der zweite Berg sich zu bewegen und ein kastanienroter Mopp erschien in der Öffnung des zweiten Schlafsacks. Ihm folgten zwei nackte Arme und schließlich ein nur mit einem Tanktop bekleideter Oberkörper. Das Gesicht, welches durch die Fransen lugte, sah allerdings deutlich weniger mitgenommen aus als das von Isa.

„Was'n los? Is' schon Zeit zum Aufstehen?"

Sonja musterte die unbekannte Frau mit fragendem Gesichtsausdruck. Isa fiel auf, dass sie eine Erklärung schuldig war, die sie prompt ablieferte.

„Das ist Andrea von den Hounds of Hell. Mike hat sie in der Nacht gebracht. Offensichtlich verträgt sie mehr Bier als ich." Mit diesen Worten fiel sie zurück auf ihren Schlafsack und betrachtete die Unterhaltung als beendet.

„Hi, ich bin Sonja, eine Arbeitskollegin von Mike." Sie musterte Andrea, die jetzt aufgestanden war und sich genüsslich streckte. Schon ein bisschen älter, aber tolle Figur, stellte sie fest. Große, feste Brüste, die sich unter dem Top abzeichneten, straffe, tätowierte Arme und ein flacher Bauch. Warum Mike sie wohl hergebracht hatte? Hatte es etwas mit dem Fall zu tun oder war das eine private Angelegenheit? Sie konnte sich vorstellen, dass die Frau mit der lockeren Art und dem unkonventionellen Aussehen Mike gefiel.

„Hi. Eine Arbeitskollegin, aha. Die in seinem Wochenendhaus wohnt." Es klang nicht feindselig, was Andrea sagte, sondern nur verwundert. Ihr Blick lag prüfend auf der Moderatorin und auch sie checkte ihr Gegenüber unter der Prämisse, wie Mike wohl zu ihr stehen mochte. Schnell kam sie zu dem Schluss, dass Sonja womöglich mehr als nur eine Kollegin war.

„Nun, wir arbeiten schon recht lange und ziemlich eng zusammen", erklärte Sonja lahm.

„Das geht mich ja auch gar nichts an", entschuldigte sich Andrea. „Ich bin ein bisschen nervös. Mike hat mich aus der Schusslinie gebracht, weil ich … " Sie stockte, überlegte und fuhr dann zögernd fort. „Weil ich bestimmte Dinge weiß, die die Hounds of Hell betreffen."

Sonja, die die Zusammenhänge blitzartig verstand, fragte präzise nach.

„Du bist seine Kronzeugin?"

Andrea dachte einen Moment nach, bevor sie antwortete.

„Wenn du so willst, ja." Sie wühlte in dem Stapel Klamotten neben ihrem Schlafsack und förderte eine Schachtel Zigaretten zutage. „Möchtest du?"

Als Sonja den Kopf schüttelte, zog sie eine Kippe und ein Feuerzeug aus der Schachtel und steckte sie sich an. Tief inhalierte sie den Rauch und stieß ihn dann durch die Nase wieder aus.

„Mike hat gesagt, er lässt den Club hochgehen. Das bringt viele Member in den Knast. Aber damit wäre es nicht vorbei. Über kurz oder lang wäre alles beim Alten. Aber nicht, wenn ich auspacke." Sie zog erneut fest an der Zigarette. „Er hat mir einen kompletten Neuanfang versprochen. Hoffentlich stimmt das."

„Wenn Mike etwas verspricht, dann hält er das", erklärte Sonja überzeugt.

„Ich weiß. Er war schon immer ein sehr ehrlicher Typ."

„Kennt ihr euch schon länger?" Es klang spitz, obwohl die Moderatorin sich bemühte neutral zu bleiben.

„Kann man sagen. Er war meine erste große Liebe. Wir waren unzertrennlich. Bis Chrissie kam." Die Bitterkeit in ihrer Stimme war unüberhörbar.

„Seine Frau? Die Chrissie?"

„Jepp. Die hat ihn so richtig geflasht. Hin und weg war er. Tja, vor allem weg." Andrea schnippte die Kippe in das ausgebrannte Feuer. „Und wie geht's jetzt weiter?"

„Wie wäre es mit Frühstück?", fragte Kati, die mit dem Fahrrad auf den Hof gekommen war und den letzten Satz mitbekommen hatte.

Andrea sah sie an und stutzte.

„Ist sie ... ich meine bist du ... ?"

„Ich bin Kati, die Tochter von Mike. Und wer bist du?"

„Mein Gott! Chrissie, wie sie leibt und lebt", murmelte Andrea wie in Trance. Dann besann sie sich. „Äh, ich bin Andrea und eine von den Frauen, die dein Vater hier geparkt hat, damit sie anderswo nicht im Weg sind."

„Gründet meinetwegen ein Frauenhaus, aber macht nicht so einen Krach!", klang es stöhnend aus Isas Schlafsack.

„Wer feiern kann, der kann auch aufstehen", rief Kati fröhlich und betätigte ihre durchdringende Fahrradklingel. „Frühstück in fünfzehn Minuten! Wer will ein gekochtes Ei?"

* * *

Die Gruppe Motorradfahrer fuhr jeweils zu zweit und leicht versetzt nebeneinander. Das Donnern der großvolumigen Zweizylinder eilte den sechs Mitgliedern der Hounds of Hell weit voraus. Den telefonischen Anweisungen folgend hatten sie sich vom Clubhaus in der Nähe von Braak ausschließlich über kleine Landstraßen bewegt. Bei einbrechender Dämmerung waren sie gestartet und hatten Glinde, Reinbek und Wentorf durchquert. Nach einem kurzen Ausflug auf die B 5 bog die kleine Kolonne rechts in den Speckenweg ein und überquerte die Autobahn. Sofort wurde die Gegend ländlicher. Felder, Gehöfte und Einfamilienhäuser bestimmten das Bild. Die Straße hieß nun Horster Damm und nichts deutete mehr darauf hin, dass man sich noch auf Hamburger Stadtgebiet befand. Einige Weiden waren offenbar kurz zuvor gemäht worden, denn in der Luft hing noch der Duft von frischem Heu.

Die Straße wurde schmaler und ein Warnschild begrenzte die Geschwindigkeit auf 30 Stundenkilometer. In den Fenstern der Wohnhäuser brannte Licht und ein gelegentlicher, bläulicher Schein verriet die eingeschalteten Fernsehbildschirme. Die Gruppe hielt sich akribisch an die Verkehrsregeln und bemühte sich, den auftretenden Lärm ihrer Harleys möglichst gering zu halten. Unnötige Aufmerksamkeit galt es zu vermeiden.

Caspar Kaiser fuhr ganz vorne und checkte gelegentlich das Telefon in seiner Brusttasche auf neue Nachrichten. Staller fuhr schräg hinter ihm an zweiter Position und hatte seine übliche Sonnenbrille gegen ein Modell mit klaren Gläsern getauscht. Mittlerweile war es praktisch dunkel und dichter Baumbestand sowie seltener werdende Straßenlaternen verhinderten eine weite Sicht. Falls irgendjemand ihre Anfahrt unerkannt beobachten wollte, so musste er sich nur in einer Einfahrt oder einem Gebüsch verstecken und regungslos bleiben. Er konnte dann unmöglich entdeckt werden.

Einige Kühe auf der Weide glotzten gleichmütig in die Scheinwerfer. Vielleicht waren sie über die nächtliche Störung aufgebracht. Andererseits waren sie aber offensichtlich an Motorräder gewöhnt, denn sie liefen nicht etwa aufgeschreckt davon. An den Wochenenden war dieser Weg eine beliebte Nebenstrecke für Ausflügler auf dem Weg entlang der Elbe.

Sorgfältig gestutzte Hecken und frisch gestrichene Zäune säumten den Weg. Die Vorgärten waren gepflegt und wiesen kein Unkraut oder irgendwelchen Wildwuchs auf. Gelegentlich duckte sich ein windschiefes Reetdachhaus zwischen die Rotklinkerbauten und erinnerte an lang vergessene

Zeiten. Ein mit Wasser gefüllter Graben säumte jetzt den linken Straßenrand. Die vereinzelt stehenden Häuser waren nur durch Überfahrten zu erreichen. Das ländliche Idyll war perfekt.

An der nächsten Kreuzung hielt Caspar kurz an. Wobei Kreuzung schon übertrieben war. Eine noch schmalere Straße bog halbrechts ab, der Grammer Weg. Im Licht der Scheinwerfer war auf der rechten Seite ein Bauernhof zu erkennen. Danach schien sich die von Bäumen umgebene Straße in der Weite der Wiesen und Weiden zu verlieren.

„Hier muss es sein", rief der Präsident halblaut zu Staller hinüber, der neben ihm angehalten hatte. „Ich kann zwar kein Straßenschild sehen, aber ein anderer Weg ist hier ja nicht."

„Sehe ich auch so. Irgendwelche neuen Nachrichten?"

Caspar checkte das Handy.

„Nichts."

„Gut, dann sollten wir uns einfach an die letzten Anweisungen halten. Wir fahren weiter, bis wir angehalten werden. Gute Wahl von den Russen! Wir kommen jetzt offenbar in die völlige Pampa. Unsere kleine Ballerei dürfte außer ein paar Vögeln und Kühen niemanden aufschrecken."

„Hoffen wir, dass du recht hast, Mike!" Er hob den Arm und schwenkte ihn vorwärts. Dann fuhr er langsam wieder an. Die Kolonne formierte sich abermals in drei Zweiergruppen. Dieses Mal konnten sie direkt nebeneinander fahren, denn sie hatten die Straße für sich allein.

Sie ließen den Bauernhof als letztes Zeichen menschlicher Besiedelung hinter sich und rollten zwischen alten Bäumen an Wiesen und Feldern vorbei. Caspar fuhr nicht schneller als fünfzig, denn ab sofort mussten sie jederzeit mit einem Zusammentreffen mit den Russen rechnen.

Nach etwa einem Kilometer wurden die Felder durch einen Grüngürtel aus Bäumen und Gebüsch sowie einem etwa drei Meter breiten Wassergraben ersetzt. Überraschenderweise war dieser Teil zu beiden Straßenseiten hin von einem massiven Metallzaun abgetrennt. Unwillkürlich verlangsamte Caspar die Fahrt noch mehr, da eine solche Umzäunung ihm ungewöhnlich erschien.

In diesem Moment blendeten Scheinwerfer auf. Vor ihnen auf der Straße stand ein großes Fahrzeug, möglicherweise ein SUV oder ein Transporter. Rechts und links davon wurden Taschenlampen geschwenkt. Caspar und Mike bremsten noch weiter herunter und fuhren ziemlich geblendet in

Schrittgeschwindigkeit auf die Lichter zu. Dann hielten sie an, jedoch ohne die Motoren abzustellen.

„Da rein, dawai, dawai!", radebrechte eine große, aber nur schemenhaft erkennbare Gestalt hinter der geöffneten Autotür. Sie leuchtete auf ein großes Tor in der Umzäunung, das offen stand. Dahinter waren im tanzenden Licht des Handscheinwerfers ein Stück asphaltierten Weges und ein kleines, weißes Gebäude, möglicherweise ein Pumpenhaus, zu erkennen.

Caspar warf Mike einen fragenden Blick zu. Dieser zuckte mit den Schultern und legte den ersten Gang ein. Der Präsident nickte zustimmend und fuhr an. Die Kolonne folgte ihnen und nach wenigen Sekunden war die Straße wieder leer, denn der Transporter schloss sich den letzten Motorradfahrern an, wobei er jetzt die Scheinwerfer abgeblendet hatte. Nach einigen Metern jedoch blieb der Wagen stehen.

Mit etwas schnellerer Schrittgeschwindigkeit folgte das Führungsduo dem asphaltierten Weg, der genau für zwei Motorräder Platz bot. Rechter Hand befand sich der Wassergraben, links eine undurchdringliche grüne Wand aus Gebüsch und Bäumen, nur gelegentlich von einem kleinen Wirtschaftsweg unterbrochen, der bei der derzeit trockenen Witterung auch für andere Fahrzeuge als landwirtschaftliche Maschinen zu befahren sein mochte.

Nach gut fünfhundert Metern begannen auch auf der rechten Seite hinter dem Wassergraben dichte Inseln aus meterhohem Grün. Damit war auch der letzte Rest Helligkeit gebannt, der in der Nähe einer Großstadt auch ohne Straßenlampen stets eine gewisse Orientierung bietet. Lediglich der Lichtkegel der Motorräder beleuchtete einen schmalen Streifen dicht vor den Fahrern.

Plötzlich flammte eine ganze Batterie Scheinwerfer vor den sechs Hounds of Hell auf. Reflexartig bremste Caspar und hielt an. Alle waren dicht zusammengerückt. Was auch immer die Russen beabsichtigten – jetzt hatte es angefangen. Caspar drehte den Kopf zu Mike und fragte leise: „Und jetzt?"

„Erst mal abwarten. Sie werden uns schon sagen, wie es weitergeht. Wir sind zunächst einmal kooperativ, bis wir wissen, wo und wie viele es sind."

Der Präsident nickte Zustimmung und hielt den rechten Arm zur Seite. Dann führte er die Handfläche einige Male auf und nieder. Anhalten und Abwarten – dieses Zeichen verstand jeder.

Offensichtlich war dieses Treffen bis ins Detail geplant, denn die Scheinwerfer und ihre Position ließen erkennen, dass es sich nicht einfach um Autos handelte. Hier war professionell Licht aufgebaut worden, das von Generatoren gespeist wurde. Irgendjemand hatte sich viel Mühe gegeben.

Während die Truppe um Mike und Caspar sich bemühte im grellen Lichtschein ihr Sehvermögen zurückzugewinnen, passierte auf der Gegenseite – nichts. Die Sekunden zogen sich zäh wie Kaugummi, aber trotz angestrengten Blinzelns konnte keiner der Rocker eine Bewegung auf der Gegenseite erkennen. War das ein taktischer Schachzug der Russen? Bandit, der in der zweiten Reihe stand, fluchte unterdrückt und fragte nervös: „Warum zum Teufel passiert da nix? Was wollen die denn?"

„Keine Ahnung", gab Caspar zu. „Irgendeine Idee, Mike?"

„Nicht wirklich. Aber vielleicht fragen wir einfach mal höflich." Er legte die Hände an den Mund und brüllte: „Wir haben alle Anweisungen erfüllt. Wie geht es jetzt weiter? Und macht mal das Licht aus, wir sehen hier nichts!"

„Selbstbewusster Auftritt", befand Ulf Meier, der neben Bandit und hinter Mike stand. Als die Scheinwerfer plötzlich erloschen, fügte er hinzu: „Und so erfolgreich!"

Doch die Freude über das vermeintliche Zugeständnis währte nicht lange. Mit einem Mal überschlugen sich die Ereignisse. Von vorne ertönte eine laute Stimme durch ein Megaphon.

„Hier spricht die Polizei! Widerstand ist zwecklos, das Gelände ist abgeriegelt. Steigen Sie von den Motorrädern und legen Sie die Hände auf den Kopf. Ich wiederhole: Hier spricht die Polizei. Sie sind umstellt!"

Gleichzeitig flammten neue Scheinwerfer auf, dieses Mal von rechts und links, aber wieder mit enormer Lichtstärke. Für den Moment war kaum etwas zu sehen.

Staller fasste sich am schnellsten.

„Das ist eine verdammte Falle!", schrie er lautstark. „Die Russen haben uns reingelegt!" Dann mäßigte er seine Stimme und sprach abgehackt und schnell in Richtung der übrigen Höllenhunde.

„Es gibt nur eine Chance! Ich lenke sie ab und ihr wendet und versucht über den letzten seitlichen Feldweg zu entkommen. Vielleicht gelangt ihr so irgendwie wieder auf die Straße. Macht schon!"

Bevor irgendjemand protestieren konnte, trat Staller den ersten Gang ein und ließ den Motor aufheulen. Dann schoss seine Harley nach vorn, der asphaltierten Straße folgend, genau auf die ersten, inzwischen erloschenen Scheinwerfer zu. Wie einer unbekannten Inszenierung folgend, gingen diese jetzt wieder an, sodass die folgende Szene wie für einen Kinofilm perfekt ausgeleuchtet war.

Caspar und die übrigen Rocker hatten noch gar nicht ganz begriffen, was hier eigentlich vor sich ging. Mit aufgerissenen Augen und verständnislosem Gesichtsausdruck sahen sie wie in Zeitlupe, dass Staller beschleunigte, dann in seine Weste griff und eine Pistole zog. Er zielte irgendwo zwischen die Batterie von Scheinwerfern, dahin, wo er die Stellung der Polizisten vermuten musste. Der scharfe Knall des ersten Schusses übertönte das Grollen des Motors. Aber Staller gab sich damit nicht zufrieden. Schuss auf Schuss dröhnte aus seiner Walther P 99. Inzwischen war er der feindlichen Stellung schon recht nah gekommen. Ungefähr nach dem siebten Schuss setzte auf allen Seiten eine Reaktion ein. Aus dem Dunkel jenseits der Scheinwerferbatterie ertönten zwei Schüsse, deren Knall sich deutlich von dem aus Stallers Waffe unterschied. Erfahrene Schützen konnten vielleicht erahnen, dass hier ein Präzisionsgewehr abgefeuert worden war. Der Effekt war jedenfalls im hellen Licht unzweifelhaft zu erkennen. Staller wurde auf seinem Motorrad zurückgeworfen, verriss den Lenker und fuhr geradewegs in den Wassergraben. Dort verschwanden er und seine Harley aus dem Sichtfeld.

Das weckte die Rocker aus ihrer Lethargie.

„Verdammte Scheiße, bewegt euch Männer! Wenden! Der Feldweg ist unsere einzige Chance. Mike soll nicht umsonst gestorben sein!"

Butch und Gregor, die ganz hinten standen, reagierten nun endlich und wendeten ihre Motorräder mit quietschenden Reifen.

„Und er hatte doch eine Todessehnsucht", konstatierte Ulf Meier leise, bevor er ebenfalls umdrehte. „Schade um ihn!"

Als letzter riss sich Caspar los. Nur mit Mühe konnte er den Blick von dem Wassergraben wenden, in dem Mike sein Leben für den Club gegeben hatte.

„Gone, but never forgotten, mein Freund", quetschte er zwischen den Zähnen hervor. „Du wirst mir fehlen." Dann ließ er den Motor aufheulen und wendete ebenfalls. Nach wenigen Metern hatte er seine Mitfahrer eingeholt. Ihm blieb keine Zeit zum Nachdenken, sonst hätte er sich sicher gewundert, dass sie scheinbar unbehelligt davonfahren konnten.

An der Stelle, an der der Feldweg abging, bremsten die Rocker scharf und zwangen ihre Maschinen mit wild tanzenden Hinterrädern um die Kurve. Staub wirbelte auf und Caspar als Letzter bekam reichlich Dreck ins Gesicht. Das erschwerte es ihm, den unbefestigten Untergrund gut zu erkennen. Er spürte, wie die Maschine für einen Moment seiner Kontrolle entglitt, bevor der hintere Reifen wieder griff und das Motorrad einen Satz nach vorn machte.

Butch an der Spitze der wilden Jagd erwischte es als Ersten. Er sah zwar in letzter Sekunde das breite Nagelband, das quer über dem Feldweg ausgelegt war, hatte aber keine Zeit mehr zu reagieren. Die Nägel bissen sich in die Motorradreifen und zerstörten das Gummi an mehreren Stellen zugleich. Das Fahrverhalten wurde schwammig und war nicht mehr zu kontrollieren. Butch schlingerte noch einige Male von rechts nach links, versuchte verzweifelt den Lenker aufrecht zu halten und kippte doch schließlich unausweichlich auf die Seite, wobei er sich bemühen musste, nicht unter seiner Harley begraben zu werden. Während für ihn die Fahrt definitiv beendet war, kämpften seine Kumpel hinter ihm nicht nur mit den gleichen Problemen, sondern auch mit dem versperrten Weg. Nach wenigen Sekunden stand keine Maschine mehr aufrecht, sondern fünf keuchende und fluchende Rocker versuchten verzweifelt auf die Füße zu kommen und sich von der Last der Motorräder zu befreien. In diesem Moment flammte eine neue Batterie Scheinwerfer auf und beleuchtete eine Szene, die unter anderen Umständen sicher komisch gewesen wäre. Die Hounds of Hell lagen wie die Maikäfer in einem unordentlichen Haufen aus Menschenleibern und Maschinen. Niemand war ernstlich verletzt worden, aber für den Moment war das Durcheinander so groß, dass die plötzlich auftauchenden, vermummten Männer vom MEK keinerlei Mühe hatten, die fünf Rocker festzusetzen. Mit vereinten Kräften gelang es auch, die schweren Motorräder wieder aufzurichten und auf ihre Ständer zu stellen.

„So, dann wollen wir doch mal sehen, ob wir hier etwas finden", bemerkte der Anführer des Mobilen Einsatzkommandos salopp unter seiner schwarzen Gesichtsmaske hervor. Auf seine Handbewegung hin wurden sowohl die Männer als auch die ledernen Satteltaschen der Motorräder zügig durchsucht. Der Erfolg dieser Maßnahme zeigte sich, nachdem die gefundenen, auffälligen Gegenstände in einer Reihe auf schnell herbeigeholten Decken ausgebreitet worden waren.

Thomas Bombach, der inzwischen ebenfalls im Scheinwerferlicht erschienen war, schritt die Strecke ab und pfiff anerkennend durch die Zähne.

„Zehn Päckchen mit Rauschgift, vermutlich Crystal Meth, Schwarzmarktpreis eine satte Million. Verteilt auf fünf Packtaschen. Macht zwei Kilo pro Person, macht … na, sagen wir zwei Jahre für jeden. Ein guter Start!"

Er näherte sich den Rockern, die mit zusammengebundenen Füßen und hinter dem Körper gefesselten Händen am Rande des Feldweges saßen und keine glücklichen Gesichter machten.

„Dazu ein Waffenarsenal, das für einen kleinen Krieg ausreichen würde. Ich darf annehmen, dass keiner der Herren über einen Waffenschein verfügt? Noch mal zwei Jahre, mindestens."

Er wartete die Antwort gar nicht erst ab, sondern ging vor Ulf Meier in die Hocke. Leise sprach er diesen nun direkt an.

„Dieses schöne Exemplar gehört also Ihnen, Herr Meier. Oder bewahren Sie die Waffe nur für einen Freund auf? Denselben, der Ihnen gerne ein Alibi gibt, wenn es mal brenzlig wird?"

Meier zog es vor, grimmig zu schweigen und vor sich auf den Boden zu starren. Der Kommissar nahm die Pistole vorsichtig auf und drehte sie zwischen seinen behandschuhten Fingern.

„Hm, exakt das Kaliber, mit dem zwei Männer der Free Riders erschossen worden sind. Wenn die kriminaltechnische Untersuchung beweist, dass das die Waffe ist, aus der die Kugeln stammen, dann sieht es aber schlecht aus. Das ergibt einen gewissen Erklärungsnotstand!"

Dann erhob er sich wieder und schritt die Reihe der Gefesselten ab. Laut las er die Patches auf der Vorderseite der Kutten vor. Dabei zeigte sein Gesicht einen tief zufriedenen Ausdruck.

„President, Vice President, Treasurer, Sergeant at Arms und Secretary. Das ist ja ungefähr, als ob man das Bundeskabinett zusammenbekommen hätte. Nur die ersten Ränge. Da liegt der Verdacht sehr nahe, dass Ihr Vorhaben den Tatbestand der Bandenkriminalität erfüllt. Das wiederum bedeutet, dass Ihr Club eine kriminelle Vereinigung wäre. Vielleicht gelingt es mir mit diesem Material doch zum ersten Mal, einen Rockerclub komplett verbieten zu lassen. Abführen!"

Mit diesen Worten drehte er den Männern den Rücken zu und stapfte davon. Seine Ausgangslage war sicherlich besser als jemals zuvor. Ob seine hochgesteckten Ziele eines Verbots des Clubs allerdings erreichbar waren, das stand nach wie vor in den Sternen. Denn gewiefte Anwälte würden jedes nur mögliche Schlupfloch ausloten, so viel war sicher.

* * *

Im Hinterzimmer von Mario, Stallers Lieblingsitaliener, herrschte wahrlich kein Gedränge. Normalerweise saßen hier die Menschen dicht an dicht, wenn es galt, den Abschluss eines spannenden Falles zu feiern. Heute verloren sich die wenigen Personen fast in dem gemütlichen Raum. Zwar war wie üblich alles für einen opulenten Schmaus gedeckt, aber bis auf ein paar freundliche Grüße aus der Küche, die für Mario unverzichtbar waren, gab es noch keine Speisen.

Sonja saß an einer Ecke der langen Tafel mit Kati und schenkte sich gerade ein Glas Wasser ein. Ihnen gegenüber biss Gaby nervös in eins der frisch aufgebackenen Brötchen, ohne das duftende Aioli auch nur eines Blickes zu würdigen. Eine knappe SMS von Staller, gesendet am frühen Abend, hatte die Runde einberufen. Mario, der für seinen Lieblingsgast und Freund sogar die Fußballmannschaft von Juventus Turin in einen anderen Raum verlegt hätte, war sofort bereit, auch zu dieser ungewöhnlichen Stunde für das Wohl seiner Gäste mit einem speziellen Menü zu sorgen. Ihn irritierte es auch überhaupt nicht, dass die Uhr stark auf Mitternacht zuging. Wenn Mike um vier Uhr morgens essen wollte, dann würde Mario kochen, basta.

In einer Ecke steckten Isa und Andrea die Köpfe zusammen und tuschelten eifrig. Isa hatte die Gelegenheit genutzt und sich mit der Insiderin in allen Fragen rund um Motorradclubs schnell angefreundet. Unablässig bombardierte sie Andrea mit tausend Fragen und sog die Antworten wie immer auf wie ein Schwamm. Allerdings war die anfängliche Euphorie längst einer gesunden Skepsis gewichen und immer öfter machte sie ein ernstes Gesicht, während sie der Erzählung der Rockerbraut lauschte. Die Realität war dabei, dem Mythos den Zahn zu ziehen. Spätestens als Andrea ihre Hämatome, Narben und anderen alten Verletzungen gezeigt hatte, hatte sich das idealisierte Bild vom freien Outlaw, der unbekümmert in den Sonnenuntergang fährt, für Isa, die neben ihrer Begeisterungsfähigkeit über viel gesunden Menschenverstand verfügte, endgültig erledigt.

An der anderen Seite der Tafel hockte ein kleines Grüppchen, bestehend aus Hannes, dem Volontär von "KM", Karl, dem begnadeten Schrauberkönig, der Staller die Harley besorgt hatte, und Kuddel, dem Tätowierer, der ebenfalls geholfen hatte, aus Mike einen präsentablen Outlaw zu machen.

Kati trommelte mit den Fingerspitzen auf die Tischkante. Langsam ging ihr die Warterei gehörig auf die Nerven.

„Warum dauert das nur so lange? Wenn wirklich heute die Rocker verhaftet werden sollen, dann muss die Aktion doch auch irgendwann zu Ende sein. Hoffentlich ist da nichts passiert!"

„Mach dir keine Sorgen, Kati! Dein Vater hat sich zwar wie gewohnt bemerkenswert kurz gefasst, aber von Thomas habe ich etwas mehr erfahren. Die Verhaftung findet irgendwo im Nirgendwo in Altengamme statt. Viel weiter außerhalb geht nicht in Hamburg. Und Thomas hat das MEK mitgenommen. Da sind also Profis am Werk."

Sonja schlang einen Arm tröstend um Katis Schulter und drückte sie fest.

„Ich weiß. Trotzdem! Irgendwie habe ich ein blödes Gefühl. Keine Ahnung, warum. Sonst habe ich das nicht."

„Ich bin mir sicher, es gibt einen guten Grund, warum das so lange dauert. Bestimmt kommen sie gleich und lachen uns aus, weil wir uns Sorgen gemacht haben."

Sonjas Ton klang zwar leicht, aber im tiefsten Inneren ging es ihr nicht anders als Kati. Eine unbestimmte Unruhe hielt sie umfangen und nagte auch an ihren Nerven, wie eine hungrige Ratte an einem Stück Brot.

An der Stirnseite des Raumes hing ein großer Flachbildschirm, auf dem ohne Ton der Sender lief, auf dem auch "KM" ausgestrahlt wurde. Eben lief die Ankündigung der Mitternachtsnachrichten, die unterlegt war mit

Bildern eines nächtlichen Großeinsatzes der Polizei in einer ländlichen Umgebung.

„Hey, kann das sein? Da kommen schon Bilder von der Verhaftung", freute sich Hannes und deutete auf den Bildschirm. Nach kurzer Suche fand er die Fernbedienung und stellte den Ton genau in dem Augenblick lauter, als die Nachrichtensprecherin den Top-Beitrag ankündigte.

„ … exklusive Bilder, die uns vor wenigen Minuten erreichten!"

Der Umschnitt von der ernst, aber freundlich blickenden Sprecherin im Studio auf die nächtliche Szene im Wald hätte härter nicht sein können. Im Bild erschien, perfekt ausgeleuchtet, eine dicht gedrängte Gruppe von Motorradfahrern, die abwartend dastanden. Auch der Ton ließ keine Wünsche offen, denn das dumpfe Brabbeln der schweren Motoren erweckte den Eindruck, dass man sich mitten in der Szene befände.

Der vordere rechte Fahrer legte gerade die Hände an den Mund und rief: „Wir haben alle Anweisungen erfüllt. Wie geht es jetzt weiter? Und macht mal das Licht aus, wir sehen hier nichts!"

Selbst dieser Ruf war perfekt hörbar.

Zwei oder drei Sekunden passierte nichts. Die drei Grüppchen in Marios Hinterzimmer hingen gebannt am Bildschirm. Noch waren kaum Details zu erkennen, denn es war eine totale Einstellung zu sehen, in der die Gruppe relativ weit weg zu sein schien. Außerdem wurden offenbar die Scheinwerfer gelöscht, denn das Bild wurde schlagartig extrem dunkel und lediglich die Scheinwerfer der Motorräder waren noch zu sehen.

Jetzt hörte man eine Stimme aus dem Dunkel, die offenbar über ein Megaphon verstärkt wurde.

„Hier spricht die Polizei! Widerstand ist zwecklos, das Gelände ist abgeriegelt. Steigen Sie von den Motorrädern und legen Sie die Hände auf den Kopf. Ich wiederhole: Hier spricht die Polizei. Sie sind umstellt!"

Gleichzeitig wurde die Szenerie erneut in gleißendes Licht getaucht. Man sah, dass der Sprecher seinen Kumpanen etwas zuraunte und kurz darauf, wie er auf die Kamera zufuhr.

„Moment mal, das ist ja mein Bike!"

Karl hatte typischerweise zuerst sein Motorrad erkannt, das nun beschleunigt wurde und sich der Kamera näherte. Der Mann darauf griff in die Weste und zog eine schwere Pistole hervor, mit der er sofort zu schießen begann. Jeder Schuss wurde von einem scharfen Knall begleitet.

Kati, die vor Aufregung auf ihrem Zeigefinger herumkaute, schrie mit einem Mal auf.

„Das ist ja mein Vater!"

Sonja, die fast im gleichen Augenblick Staller erkannt hatte, krallte ihre Hände in eine Serviette und riss die Augen weit auf. Was ging dort vor?

„Was macht er da? Schießt er auf die Polizei?"

Karl und Hannes starrten fassungslos auf den Bildschirm und waren zu keiner Reaktion fähig. Isa und Andrea hatten sich hilfesuchend umarmt und konnten ihre Augen ebenfalls nicht von der erschreckenden Szene lösen. Die Schießerei schien keine Ende nehmen zu wollen.

Und dann ging alles ganz schnell.

Zusammen mit einem helleren, scharfen Knall erblühte eine dunkelrote Rose auf der Brust des heranstürmenden Motorradfahrers. Dann folgte eine zweite, dicht daneben. Man sah, wie der Fahrer zurückgeworfen wurde, aber den Lenker eisern festhielt. Es folgte ein Umschnitt. Jetzt sah man den Motorradfahrer von hinten. Er konnte die Spur nicht mehr halten und geriet nach rechts von der Straße ab. Nach einem kurzen Stück Grünstreifen geriet die Maschine am Rande eines Wassergrabens in Schieflage und stürzte schließlich samt ihrem Fahrer ins Wasser, in dem sie umgehend versank. Das letzte Bild zeigte den Fahrer, der mit dem Gesicht nach unten bewegungslos auf dem Wasser trieb. Dann folgte der Schnitt auf die Sprecherin im Studio.

„Oh Gott, Mike!" Sonja flüsterte nur, während Tränen über ihr Gesicht liefen.

„Paps, nein!" Kati schrie auf und schlug die Hände vors Gesicht. Ihr Körper bebte vor unterdrückten Schluchzern. Sie sackte mehr und mehr zusammen und bekam nicht mit, was die Sprecherin verkündete.

„Diese Bilder erreichten uns gerade eben und sind deshalb noch unkommentiert. Laut Augenzeugenberichten wurde eine Gruppe von sechs Männern des Motorradclubs "Hounds of Hell" von der Polizei umzingelt. Bei der Festnahme starb einer der Rocker, nachdem er mehrere Schüsse auf die Polizeibeamten abgegeben hatte. Niemand sonst wurde verletzt. Es wurden etliche Waffen, reichlich Munition und mehrere Kilo Rauschgift bei den Männern gefunden. Wir werden Sie unterrichten, sobald es etwas Neues gibt."

Lähmendes Entsetzen machte sich im Raum breit. Die knappen, nüchternen Worte der Nachrichtensprecherin standen im krassen Gegensatz zur furchtbaren Wirkung der grausamen Bilder. Mike Staller war gerade vor laufender Kamera erschossen worden. Die Frage nach dem Warum würde sich erst deutlich später stellen. Jetzt herrschten Ohnmacht, Trauer und Ungläubigkeit.

Isa war aufgesprungen und hatte Kati in den Arm genommen, die hemmungslos ihr Unverständnis herausheulte.

Sonja vergrub ihr Gesicht in den Händen und fühlte eine bleierne Leere in ihrem Kopf. Tausend Gedanken verlangten gleichzeitig ihre Aufmerksamkeit und schafften es doch nicht über die Bewusstseinsschwelle. Ein gnädiger Mechanismus in ihrem Körper schaltete alles Überflüssige einfach ab und betrieb lediglich die Erhaltungsfunktionen.

Auch Andrea hatte Tränen in den Augen. Viel Zeit war ihr nicht mit ihrer Jugendliebe vergönnt gewesen, nach so vielen Jahren. Hinter ihr abgebrochene Brücken, vor sich eine ungewisse Zukunft und zwar allein – sie weinte um Staller und sich selbst gleichermaßen.

Hannes und Karl sahen sich an ohne etwas zu erkennen. Der Schock hatte sie in seinen Klauen und weigerte sich wieder loszulassen. Kuddel, der Ex-Rocker, hingegen setzte seinen vorher gebauten Joint in Brand und nahm einen tiefen Zug.

„Gone, but not forgotten, brother", murmelte er und schüttelte langsam den Kopf.

Die Zeit schien jede Regelmäßigkeit verloren zu haben. Jeder der Anwesenden im Raum hatte eine mehr oder weniger enge Beziehung zu Mike gehabt und versuchte nun auf seine Weise die Nachricht überhaupt erst einmal zu begreifen. Er war ihnen vieles gewesen: Vater, Kollege, Freund, Geliebter, Mentor oder einfach nur ein Kumpel, mit dem man gerne zusammen war. Dieser Platz würde jetzt für immer leer bleiben.

In diese Phase der Bestürzung hinein wurde die Tür zum Hinterzimmer aufgerissen und eine Gruppe Menschen stürmte herein.

„Ich hab' dir gleich gesagt, dass du mehr aufs Gas treten sollst, Bommel! Wir sind zu spät gekommen. Jetzt schau dir an, was du angerichtet hast!"

„Warum zum Teufel musst du auch unbedingt noch die Spätnachrichten bedienen? Hättest du dir deinen Pulitzerpreis nicht auch morgen verdienen können?" Die Stimme Thomas Bombachs klang beleidigt.

„Morgen, morgen – ich arbeite beim Fernsehen, nicht bei der Behörde, Menschenskind! So, Freunde, wie sieht es aus, wollen wir essen? Ich habe einen Mordskohldampf!"

Staller hatte es bis halb in den Raum geschafft, bevor Kati und Sonja gleichzeitig aufgesprungen und auf ihn zugelaufen waren. Die drei einigten sich auf eine gemeinschaftliche Umarmung, die sehr lange dauerte, da Staller etliche Sätze zur Entschuldigung murmelte.

„Das hätte so nie passieren dürfen", schloss er zerknirscht und drückte Kati und Sonja noch einmal fest an sich.

„Hauptsache, es geht dir gut", presste Kati unter Tränen hervor, die diesmal aber der Freude geschuldet waren.

„Bei mir kommst du nicht so leicht davon", versuchte Sonja sich an einem leichten Ton, aber ihr Gesicht verriet, dass dieser nur aufgesetzt war.

„Ich könnte es zuerst mit einer anständigen Mahlzeit versuchen", schlug Staller vor und rief nach Mario. Dieser hatte offenbar das Auftauchen seines Freundes als Startsignal verstanden und erschien gleich mit einer gigantischen Platte Antipasti.

„Isse so spät, musst du haben große Hunger, meine liebe Freund", röhrte er mit seinem operettenhaften Dialekt und ordnete den Tisch.

„Bringst du uns ein paar Flaschen von deinem guten Roten? Ich muss bei einigen Anwesenden hier für schnelles Vergessen sorgen."

„Si, va bene. Ich bringe, pronto. Un momentino, prego!" Gewohnt gewandt schlängelte sich der übergewichtige, aber untergroße Meister südländischer Gastfreundlichkeit davon.

Mit Staller waren Eddy, sein Lieblingskameramann, und dessen Assistent, der sich um den Ton kümmerte, gekommen. Außerdem natürlich Bombach und ein Mann, den die meisten nicht kannten. Er war Stallers Verbindungsmann zu Mohammed, der ihn mit vielen wichtigen Dingen unterstützt hatte.

Die Gruppe platzierte sich rund um den Tisch und bediente sich. Weitere Vorspeisen und der versprochene Wein wurden gebracht. Als alle Teller gefüllt waren, hielt Hannes es nicht mehr aus und stellte die erste Frage.

„Wie hast du das gemacht, mit der Schießerei? Es sah täuschend echt aus."

Staller kaute an einem Stück Prosciutto und grinste.

„Eigentlich ganz einfach. In meiner Waffe waren nur Platzpatronen. Viel Krach, wenig Gefahr. Und Mohammeds bester Paintball-Spieler hat mit einer speziellen Softairwaffe zwei Farbpatronen auf mich abgefeuert. Sehr treffsicher übrigens. Der Knall dazu kam vom Band. Sah es gut aus?"

„Perfekt", lobte Hannes.

„So sollte es sein. Eddy hat drei Stunden Licht aufgebaut, hat er erzählt."

„Paps, ich muss dich auch etwas fragen", mischte sich Kati schüchtern ein.

„Immer raus damit, solange es nicht um mehr Taschengeld geht."

Kati ignorierte seine gespielte Fröhlichkeit.

„Hast du wirklich einen Mann erschossen?" Sie klang sehr ernst und schaute ihm aufmerksam ins Gesicht, während sie auf seine Antwort wartete.

„Natürlich nicht." Ausnahmsweise verzichtete Staller auf einen weiteren saloppen Kommentar. „Das würde ich doch nie tun."

Der Mitarbeiter von Mohammed mischte sich ein.

„Das könntest du auch nicht. Du bist ein lausiger Schütze. Aus fünf Metern Entfernung hast du mindestens drei Meter vorbeigeschossen!"

Staller grinste.

„Sei doch froh!" Dann wandte er sich wieder an seine Tochter. „Das war abgesprochen. Mit diesem Trick habe ich mir das unbedingte Vertrauen der Hounds gesichert und gleichzeitig das große Finale eingeleitet. Nur so konnte ich sie dazu bringen, dass sie mit einer Riesenmenge Rauschgift und schwer bewaffnet zu dem fiktiven Treffen gefahren sind."

„Rein rechtlich ist das übrigens bedenklich", bemerkte Bombach. „Hast du sie vielleicht zu einer Straftat angestiftet?"

„Aber auf keinen Fall!", beeilte sich Staller zu sagen. „Die Anweisung dafür kam selbstverständlich von Caspar Kaiser."

Sonja, die die ganze Zeit interessiert zugehört hatte, mischte sich jetzt ebenfalls ein.

„Reicht das denn jetzt, um den Club zu verbieten? Oder werden nur die fünf Verhafteten eingebuchtet wegen des illegalen Schusswaffenbesitzes und des Crystal Meth?"

„Das hängt unter anderem von den weiteren Ermittlungen und der Staatsanwaltschaft ab", antwortete Bombach.

„Ich hoffe nicht" unterbrach Staller. „Andrea?"

Die Angesprochene hob den Kopf und warf einen vorsichtigen Blick in die Runde.

„Ich hab' lange über das nachgedacht, was du mir gesagt hast." Sie verstummte und senkte den Blick abermals. „Es ist nicht leicht für mich und ich habe Angst. Aber ich bin zu dem Schluss gekommen, dass ich aussagen werde. Wenn ihr mir allen möglichen Schutz garantiert."

„Ich verspreche Ihnen, dass sie bereits morgen in ein sicheres Haus umsiedeln werden. Sie bekommen Personenschutz bis zum Prozess und werden dann ins Zeugenschutzprogramm aufgenommen. Wir überlegen dann gemeinsam, wie Sie sich Ihr weiteres Leben vorstellen." Bombach klang beruhigend und selbstbewusst.

„Mir bleibt ja wohl nichts anderes übrig, als Ihnen zu vertrauen, oder?" Sie nickte dem Kommissar zu und sah dann hilfesuchend zu Staller. „Werde ich sicher sein?"

„Ganz bestimmt!" Dann fiel Staller noch etwas ein. „Bommel, kannst du es ermöglichen, dass Andrea mit den beiden Mädels aus der Ukraine redet? Vielleicht würden sie dann auch aussagen."

Bombach, der den Mund – natürlich – gerade voll hatte, kaute und schlang, bevor er halbwegs verständlich Auskunft geben konnte.

„Die sind im Moment in der Obhut des OK. Und deren Vorgehensweise hab' ich immer noch nicht begriffen."

„Kannst du sie dort nicht loseisen? Sie stehen doch im direkten Zusammenhang mit deinem Fall. Und jeder Zeuge zählt."

„Damit hast du ausnahmsweise mal recht. Ich sehe zu, was ich machen kann."

Obwohl die Gruppe im Hinterzimmer von Mario, also weit weg von der Straße saß, drang das herannahende Donnern schwerer Motorräder bis hierher. Auf dem Höhepunkt des Lärms erstarben die Motoren. Offenbar hielten die Fahrer unmittelbar vor dem Restaurant. Andrea wurde bleich wie die frisch getünchte Rauputzwand, vor der sie saß. Bombach sprang auf und fummelte nach seiner Dienstwaffe. Auch der Personenschützer von Mohammed stand blitzartig neben der Tür und hielt ebenfalls eine Waffe in den Händen.

Staller, der tiefenentspannt sitzengeblieben war, nahm sich ein Brötchen und biss hinein.

„Jetzt bleibt mal locker", forderte er mit vollem Mund. „Ich hab' die Free Riders mit hierher gebeten. Immerhin waren sie der Ausgangspunkt der ganzen Geschichte."

Langsam entspannte sich die Gesellschaft wieder und wartete gespannt. Dann öffnete sich die Tür und Fiete, Lasse und Rollo, die drei massigen Gründungsmitglieder der Free Riders betraten den Raum, der daraufhin gleich etwas kleiner wirkte.

„Moin, schön, dass ihr gekommen seid!" Staller hatte sich erhoben und begrüßte die drei Männer wie alte Kumpel. Da er selber noch immer die Kluft der Hounds of Hell trug, wirkte die Begegnung ungewollt passend und komisch zugleich.

„Was trägst du denn da für einen hässlichen Fetzen?", wollte Fiete, der Präsident, wissen.

„Nennen wir es eine Art Dienstkleidung. Aber der Job ist vorbei. Ich bin gekündigt worden", grinste Staller und deutete auf den Tisch. „Setzt euch! Wir feiern ein bisschen."

Alle rückten hin und her, bis genug Platz für die Neuankömmlinge geschaffen war. Mario nutzte die entstandene Unruhe und schleppte weitere Nahrung herbei. Wie immer schien das Angebot die Nachfrage um ein Vielfaches zu übersteigen und wie immer würde es keine Reste geben.

„Hast du denn nun herausgefunden, warum meine Männer umgebracht worden sind?" Fiete nutzte den Moment, in dem er seinen bereits geleerten Teller erneut auffüllte, für die entscheidende Frage.

„Selbstverständlich." Staller wirkte außerordentlich zufrieden. „Das war schließlich der Ausgangspunkt meiner Recherchen."

„Bitte, Herr", wandte sich Bombach mit hilfesuchendem Blick zum Himmel, „verschone uns vor einer halbstündigen Selbstbeweihräucherung dieses mäßig talentierten Glückspilzes!"

„Du musst ihm im Gegenzug schon etwas anbieten. Wie wäre es mit Verzicht auf Nachtisch?"

Staller amüsierte sich kurz über das entsetzte Gesicht des Kommissars, bevor er ernsthaft fortfuhr.

„Die schlechte Nachricht ist, dass sich deine Männer tatsächlich auf eine illegale Sache eingelassen haben, Fiete. Sie haben einen Hamburger Immobilienhai von unliebsamen Mietern befreit. Natürlich mit ihren eigenen Methoden."

Hannes und Sonja sahen sich erstaunt an und wollten ihn schon unterbrechen, aber Staller ließ sich nicht beirren und redete einfach weiter.

„Der Mann kauft Häuser von der Stadt und will sie zu Eigentumswohnungen umwandeln. Deine Jungs haben auf unterschiedlichste Weise dafür gesorgt, dass die Mieter verschwinden. Ein zukunftsträchtiges Geschäft. Und für sie sollte es die Eintrittskarte zu den Hounds of Hell werden."

„Sie wollten ein Patch-over?" Fietes Augenbrauen zogen sich grimmig über der Nasenwurzel zusammen. Dies bedeutete, dass seine beiden Männer zu den Höllenhunden überlaufen wollten.

„So sieht es aus. Und das Business mit der schnellen Entmietung war ihre Mitgift. Offenbar haben sie allerdings zu viel gewollt. Deshalb hat der Club beschlossen, dass er die Männer aus dem Weg räumt und das Business trotzdem übernimmt. Ulf Meier hat das alles eingefädelt. Er hat sie beauftragt, in der Kneipe Schutzgeld einzutreiben. Dabei wusste er genau, dass der Wirt schon an die Hounds zahlt. Tja, der Wirt hat dann bei Caspar angerufen und der hat befohlen, die beiden umzulegen."

„Unfassbar!" Fiete war annähernd sprachlos.

Jetzt endlich gelang es Hannes sich einzumischen.

„Das ist ja der Oberhammer! Wir arbeiten praktisch alle bei "KM" an dieser Story mit dem Immobilienhai und es ist eine Riesennummer. Und du weißt von nichts und lieferst uns trotzdem den fehlenden Zusammenhang? Wahnsinn!"

Der Volontär war völlig aus dem Häuschen.

„Deswegen bin ich ja auch Chefreporter", schmunzelte Staller und zwinkerte Sonja zu. Diese lächelte zurück und ergänzte: „Wir hocken alle auf dem Schleudersitz. Die Geschichte geht hoch bis in den Senat. Peter hat erzählt, dass uns sogar mit der Einstellung der Sendung gedroht wurde, falls wir über das Thema berichten."

„Wie bitte?" Eine steile Zornesfalte erschien auf Stallers Stirn. „Erzähl mal genauer. Das lassen wir uns auf keinen Fall gefallen!"

Während Sonja berichtete, welche Fakten die Redaktion im Fall der Ba-WoGra bisher ermittelt hatte, zupfte Gaby Bombach ihren Mann nachdrücklich am Ärmel.

„Hast du mich vermisst?"

Der Kommissar tupfte mit einem letzten Brötchen die köstliche Sauce von seinem Teller. „Und wie! Ich konnte überhaupt nicht richtig schlafen, so allein in unserem Bett."

„Das wird heute Nacht besser werden", gurrte sie. „Und du solltest tatsächlich den Nachtisch weglassen."

Ein Schatten der Enttäuschung flog über sein Gesicht, wie eine dicke Regenwolke im Wind.

„Es gibt doch bestimmt wieder die legendäre Dessertauswahl ..."

„Bestimmt." Sie beugte sich weit zu ihm vor. Im tiefen Ausschnitt ihres T-Shirts erschienen für ihn gut sichtbar die von ihr geschickt zusätzlich mit den Armen zusammengedrückten Halbkugeln ihrer Brüste. „Aber ich habe etwas viel Besseres für dich."

Er schluckte trocken. Der Anblick hätte sogar den Papst nicht kalt gelassen, dessen war er sicher. Jeder Gedanke an Nachtisch war verflogen. Nun ging es nur darum, die Veranstaltung so schnell wie möglich zu verlassen. Gaby hatte eine unnachahmliche Art ihm einzuheizen, die auch nach vielen Ehejahren nichts von ihrem Reiz verloren hatte. Im Gegenteil! Mit ihren nächsten Sätzen jedoch übertraf sie alles bisher Dagewesene. Sie zog seinen Kopf zu sich heran und raunte ihm mit heiserer Stimme ins Ohr: „Ich hab' nochmal über deinen Herzenswunsch nachgedacht. Und ich finde, du hast recht. Lass uns heute Nacht einen kleinen Bommel machen!"